LARISSA BRAUN

LIBERANTAS

IM SCHATTEN DER ERINNERUNG

ROMAN

Montlake

Deutsche Erstveröffentlichung bei
Montlake, Amazon Media EU S.à r.l.
38, avenue John F. Kennedy, L-1855 Luxembourg
Dezember 2024

Umschlaggestaltung: bürosüd° München, www.buerosued.de
Umschlagmotiv: © Neirfy © Danar Zakiy © Vera NewSib
© its_vadim_k.photo © Vensto © Sunanda Malam © Henriette V.
© Lesik Vitaliy © NikonLamp / Shutterstock
Entwicklungslektorat: Ute Köhler
Lektorat und Korrektorat: Media-Agentur Gaby Hoffmann,
www.profi-lektorat.com
Gedruckt durch:
Amazon Distribution GmbH, Amazonstraße 1, 04347 Leipzig /
CPI Druckdienstleistungen GmbH, Ferdinand-Jühlke-Straße 7, 99095
Erfurt /
CPI books GmbH, Birkstraße 10, 25917 Leck /
Libri Plureos GmbH, Friedensallee 273, 22763 Hamburg

ISBN 978-2-49671-704-4
e-ISBN 978-2-49671-703-7

www.montlake.de

Für dich, Mama.
Du bist meine Heldin,
weil du mich gelehrt hast,
dass die tiefste Liebe deine
dunkelsten Orte erhellen
kann.
Ich liebe dich mehr, als ich je
in Worte fassen könnte.

Triggerwarnung

Dieses Buch könnte dich triggern!

Sei dir bewusst, dass es Mobbing, toxische Beziehungen, psychische Erkrankungen wie Depressionen und Borderline (im Zusammenhang mit SVV und Suizid(-gedanken)) sowie (sexualisierte) Gewalt thematisiert. Wenn es dir nicht gut geht, lies mit Bedacht und Vorsicht!

Seelsorge: https://www.telefonseelsorge.de/ (kostenlose Anrufe unter 0800/1110111 und 0800/1110222)

Prolog

War es möglich, dass die richtige Person mich in genau diesem Moment ebenso suchte wie ich sie? Wie wahrscheinlich war es, sie jemals zu finden, falls wir nicht dieselbe Sprache sprachen, geschweige denn dieselbe Welt unser Zuhause nannten? Wie hoch war die Wahrscheinlichkeit, die richtige Person zur richtigen Zeit am richtigen Ort anzutreffen und zeitgleich zu erkennen, dass sie es war, die man ewig gesucht hatte? Was wäre, wenn diese Person mit dem falschen Menschen ein Bett teilte und mich dadurch gar nicht beachtete? Wie viel Glück musste im Spiel sein, damit sich mein Leben für immer verändern konnte?

Als ich schließlich vor der Schönheit dieses neuen Lebens stand, das mir angeboten wurde, konnte ich mein Glück kaum in Worte fassen. Die Chance, aus dem alten Ich auszubrechen, war zum Greifen nah, sodass ich nur noch einen Schritt wagen musste, um sie in die Arme zu schließen. Beinah fühlte es sich so an, als würden die buntesten Farben das tiefe Schwarz meiner Seele überschatten. Tausende von Farbpunkten, die ineinander verschmolzen, überdeckten den dunkelsten Kern, den mir die Vergangenheit hinterlassen hatte. Ich glaubte, dass diese Farben die reinsten und hellsten waren, die ich je zuvor gesehen hatte. Doch in der Dunkelheit meiner eigenen Gedanken war ich offenbar farbenblind geworden.

Kapitel 1

Manchmal erzwingt das Schicksal Begegnungen, deren Sinn wir erst am Ende begreifen.

Menschen logen, wenn sie behaupteten, sie würden für immer an meiner Seite bleiben. Sie logen, wenn sie mir sagten, dass sie stets für mich da sein würden. Vor allem logen sie jedoch, wenn sie mir weismachen wollten, ich könnte eines Tages meine Vergangenheit ziehen lassen. Dass sie logen, wenn sie in einer Therapiestunde euphorisch äußerten, sie würden Fortschritte sehen, was meine mentale Gesundheit betraf, war mir allerdings neu.

Elainy Namin
20.02.2022

Zeigt hohes Maß an Reflexion.
Starke Emotionale Belastung, wenn Schuldfragen im Raum stehen.

Auf Fragen über selbstverletzendes Verhalten verweigert sie jegliche Antworten.
Freundschaften: instabil, aber intensive vermeintlich tiefe zwischenmenschliche Beziehungen. Sie scheint verzweifelt bemüht zu sein, nicht verlassen zu werden.
Identitätsstörung?
Äußert Angst vor Nähe, aber ebenso Angst vor dem Alleinsein.
Beschreibt impulsives Verhalten in zwischenmenschlicher Interaktion.
Zeigt Idealisierung und Abwertung einer Person in wechselndem Schema.
Der Eindruck entsteht, dass sie Angst vor Veränderungen ihres Umfeldes hat.
Die Borderline-Vermutung festigt/bestätigt sich zunehmend.
Klinischer Aufenthalt sinnvoll?
Frau Namin lehnt klinische Therapiemöglichkeiten ab.

Was für ein Bullshit!, dachte ich mir, zerknüllte das Papier und warf es mit meinen nicht vorhandenen Handballfähigkeiten direkt neben den Mülleimer. Schnell bückte ich mich, um den Blödsinn, den ich dort gerade gelesen hatte, endgültig zu vernichten. Mittlerweile bereute ich es ein wenig, dass ich mir die Notizen von Frau Doktor Lennox geschnappt hatte. Es machte mich wütend, dass sie ein solches Urteil gefällt hatte, ohne es mir auch nur im Geringsten mitzuteilen. Wie sollte ich wissen, dass etwas nicht mit mir stimmte, wenn sie bloß dasaß, nickte, lächelte und aufschrieb, wie verkorkst ich wirklich war? Mit einundzwanzig Jahren sollte man mir doch zumuten können, dass ich die Wahrheit ertragen konnte. Immerhin halfen mir diese Informationen, im Gegensatz zu den gut gemeinten Floskeln, weitaus mehr, um an mir und meinem psychischen Leck zu arbeiten.

All diese aufmunternden Worte, die man sich aus zahlreichen Poesiewerken zusammengeklaut hatte und sich munter als Wandtattoos in die Küche ballerte, waren ohnehin sinnlos. »Regen gehört dazu, damit man wachsen kann.« Ja, das mochte sein. Doch zu viel Regen würde alles überschwemmen und eine verdammte Naturkatastrophe hervorrufen. Da würde nichts mehr vernünftig wachsen können, außer vielleicht die Wahrscheinlichkeit zu ertrinken.

Wut staute sich in meiner Bauchgegend, die ich fast schon begrüßte. Es kam oft vor, dass ich meine impulsive Ader nicht gänzlich unterdrücken konnte. Vor allem dann nicht, wenn ich dachte, man würde mir etwas vorspielen, was meine Unsicherheit gegenüber zwischenmenschlichen Beziehungen noch verstärkte. Wie unzählige Male zuvor wünschte ich mir, einfach nichts mehr zu empfinden, mich leer zu fühlen, um nicht von den ganzen Emotionen erdrückt zu werden. Wie viel konnte ein Mensch schon ertragen, ohne innerlich zu explodieren oder bis zum bitteren Ende von seinen Gefühlen kontrolliert zu werden?

Am liebsten hätte ich meinem Kumpel und einzigem Freund Seynem geschrieben, um meinem Frust eine Stimme zu geben. Doch ich ließ mein Handy in meiner Hosentasche, wissend, dass es meine irrationalen Gefühle nur anstacheln würde. Er war trotz unserer Freundschaft der letzte Mensch, der mich verstehen würde. Nicht zuletzt, weil sich unsere Beziehung lediglich auf die vermeintlich positiven Seiten des Lebens beschränkte, da die negativen von ihm weitestgehend ignoriert oder schöngetrunken wurden, nicht aber eines tiefgründigen Gesprächs würdig erschienen.

Stattdessen trieben mich meine Beine flott durch die dämmernden Straßen Lutons. Ich sollte mich beeilen, denn in den nächsten Minuten würde die Dunkelheit vollends hereinbrechen und die Sicht auf eine potenzielle Gefahr deutlich erschweren.

Völlig aufgeheizt bog ich in die nächste Gasse ein und blieb wie festgefroren stehen. Meine Beine fühlten sich plötzlich wie Wackelpudding an, während mein Hirn offenbar einen Milchshake imitierte. Mit weit geöffneten Augen starrte ich geradeaus und fragte mich, ob der Punkt »paranoide Wahnvorstellungen« auf den Notizen meiner Psychiaterin gefehlt hatte. Nur etwa sechs Meter vor mir spielte sich eine Szene ab, die ich bislang ausschließlich in Fantasyromanen zu lesen bekommen hatte. Aber auch nach mehrmaligem Blinzeln verschwand der groß gewachsene Mann nicht aus meinem Sichtfeld. Stattdessen fokussierten meine Augen mächtige, große Flügel, die bei jeder Bewegung des Mannes mitschwangen. Wäre diese Tatsache nicht befremdlich genug, hätte ich wohl darüber gestaunt, dass die goldumrahmten türkisfarbenen pfauenartigen Federn in der sanften Dämmerung leuchteten und seine blonden, kurzen Haare fast silbern anmuten ließen. Er durchsuchte sichtlich gehetzt einen Karton, der augenscheinlich mit vergilbten Büchern befüllt war. Innerhalb weniger Sekunden begutachtete er jedes einzelne akribisch und hoch konzentriert und schmiss es danach lieblos in den Papiercontainer neben sich. Kurz überlegte meine innere Psycho-Elainy, welche Tatsache wohl die beängstigendere war: dass ich mit einem Vogelmann in einer verlassenen, düsteren Gasse stand oder dass es tatsächlich Geschöpfe gab, die Bücher ohne sichtlich schlechtes Gewissen in den Müll beförderten.

Als meine Lunge rebellierte, merkte ich schließlich, dass ich während meiner Schockstarre die Luft angehalten hatte. Ich öffnete keuchend meinen Mund, um mich von dem inneren Druck zu befreien. Vielleicht hätte ich mir vorher Gedanken machen sollen, ob ich lieber an selbst verschuldetem Ersticken sterben oder von einem knapp unter zwei Meter großen Vogelmann getötet werden wollte. Denn als er sich aufgeschreckt von meinem Keuchen in meine Richtung wandte und mich mit mörderischen tiefschwarzen Schallplattenaugen anstarrte, rutschte mir das Herz nicht nur in die Hose, sondern bis in die Kniekehlen. An Flucht war nicht zu denken. Meine Beine fühlten sich wie Blei an.

Für einen kurzen Moment schauten wir einander bloß stumm an, ehe er sich augenblicklich aus seiner Starre löste.

»Scheiße«, murmelte er und sprach damit meine Gedanken aus. Dann setzte er sich blitzschnell in Bewegung und rannte auf mich zu, als wäre ich das Sale-Angebot am Black Friday. Reflexartig drehte ich mich um und lief los, so schnell mich meine Beine tragen konnten. Warum war ich heute nicht mit der Bahn nach Hause gefahren, so wie es mein fauler Dickschädel nach der Therapiestunde eingefordert hatte? Aber wie konnte ich auch ahnen, dass ich plötzlich von einem leuchtenden Riesenvogel verfolgt werden würde? Das stand zuvor zumindest nicht auf meiner Liste der potenziellen Gefahren.

Meine Angst trieb mich zu Höchstleistungen an und trug mich durch die dunklen Gassen, die so menschenleer waren, als wäre die Stadt kurz zuvor evakuiert worden. Immer wieder schlitterte ich an den Mauern entlang, wenn ich die Kurve in meiner verzweifelten Flucht nicht richtig genommen hatte, ignorierte den pochenden Schmerz jedoch. Der Schmerz, der mir bevorstünde, sollte der Vogelmann mich einholen, wäre vermutlich weitaus bedenklicher als ein mittelgroßer Bluterguss an der Schulter. Meine schnellen Schritte auf den nassen Pflastersteinen hallten dermaßen laut von den Hauswänden wider, dass die Bewohner und Bewohnerinnen sicherlich gerade vermuteten, eine Elefantenherde hätte sich verlaufen.

Nach Luft schnappend und vier menschenleere Gassen weiter wurde ich schließlich langsamer und hoffte inständig, dass ich den Kerl losgeworden war. Mit rasendem Puls stand ich mitten auf der Abzweigung dreier Gassen und fühlte mich dadurch wie in einem Labyrinth gefangen. Ängstlich drehte ich mich um, prüfend, ob er mich weiterhin verfolgte. Als ich ihn tatsächlich nicht mehr entdecken konnte, atmete ich erleichtert auf. Was auch immer dieses Wesen gewesen war, ich wollte ihm jedenfalls kein weiteres Mal begegnen.

»Was war das denn bitte?«, redete ich kurzatmig mit mir selbst und drehte mich abermals um, um im normalen Tempo weiterzugehen. Ich kam nicht einen Zentimeter weit, denn ich stieß beim ersten Schritt nach vorn direkt an eine Muskelmauer. Während mein Herz vor einer Millisekunde einen Marathon gelaufen war, schien es nun offenbar scheintot zu sein. Vor mir stand dieser verflixt große Typ mit diesen verdammt großen Flügeln, deren Gefieder mich besonders durch die blau irisierenden Augen zunehmend an die eines Pfaus erinnerte, und starrte aufgewühlt auf mich herab. Was auch immer dieser Vogelmann von mir wollte, Kaffee trinken und gemütlich plaudern zählte seinem eiskalten Blick nach zu urteilen nicht dazu. Ich hätte heute einfach auf mein Bauchgefühl hören und mich weiterhin in Selbstmitleid in meinem Zimmer suhlen sollen, anstatt zur Therapie zu gehen. Zugegeben, von diesem Gefühl wurde ich täglich begleitet, aber zumindest heute hätte ich ihm folgen sollen. Vielleicht wäre mir der zusätzliche Selbsthass, den mir mein Overthinking bescherte, nicht erspart geblieben; dafür hätte sich aber sicherlich kein riesiger Mann wütend und entschlossen vor mir aufgebaut, um mir mit seinen bloßen Blicken den Tod zu wünschen.

Da spannte er plötzlich seine Flügel, die durch die goldene Umrandung noch graziöser anmuteten, als würde er mir seine Macht präsentieren wollen, und in der nächsten Sekunde zerfielen sie zu türkisfarbigem Staub, der sich auf dem Boden wie von selbst sofort auflöste, als hätte man Zucker in heißes Wasser getunkt. Was zum …?

Ohne ein Wort zu sagen, packte er mich grob am Oberarm und zerrte mich blitzschnell mit sich. Als ich mich erfolglos nach möglichen Personen umsah, die mich aus meiner Misere hätten befreien können, fiel mir auf, wie weit ich gelaufen sein musste. Diese Umgebung war mir völlig unbekannt.

Höchstwahrscheinlich wäre es spätestens zu diesem Zeitpunkt eine gute Idee gewesen, um Hilfe zu schreien, doch ich konnte meine Stimme nicht finden. Ich wurde schließlich gerade nicht von einem stinknormalen Kriminellen mitgeschleppt, sondern von einem Mann, dessen halber Körper vor wenigen Sekunden noch aus Flügeln bestand. Wer oder was sollte ihm schon etwas anhaben können?

Ein kleiner Teil in mir fragte sich sogar, ob ich überhaupt Hilfe wollte, obwohl mich die Angst doch so sehr lähmte. Vielleicht war das der Knackpunkt meiner Krankheit: Ich wollte sterben, ohne zu sterben.

Nur ein paar Wimpernschläge später hatten wir die offen stehende Tür eines Hauses erreicht, in das ich noch immer kommentarlos hineingezogen wurde. Ob er nur primitive Wörter wie »Scheiße« kannte? Ich hoffte, dass dem nicht so war. Mit Schimpfwörtern oder Beleidigungen zu argumentieren, um sich zu retten, erschien mir nicht ganz so sinnvoll.

Über seine langen Beine, die ihn schneller machten als meine Mutter bei ihrem Samstagseinkauf, wäre ich sicherlich gestolpert, hätte er mich nicht so dicht an sich gezerrt. Seine Hand hielt meinen Oberarm, sodass es sich so anfühlte, als hätte mir die Assistentin meiner Hausärztin den Venenstauer angelegt. Immer wieder hörte ich ihn leise fluchen, doch sein Murmeln war so undeutlich, dass ich beim besten Willen nicht einmal sagen mochte, ob er Englisch, Japanisch oder Deutsch sprach. Ich drehte mich in alle Richtungen, um mir etwas merken zu können, falls ich den Ausgang bei meiner mangelnden Orientierungskompetenz nicht mehr finden sollte – für den Fall, dass ich eine Chance zur Flucht bekam. Aber alles, was ich sah, war eine verdreckte Treppe, die nach oben führte, und eingerahmte, abstrakte, vor allem aber verstaubte Gemälde, die so schief an der Wand hingen, dass sie beim nächsten Windstoß sicherlich als Scherbenmeer durchgehen konnten. Wer wohnte hier denn, bitte? Die letzten Assis von der Tanke? Die Hempels? Hier würde wohl der berüchtigte große blaue Sack auch nicht mehr für Schadensbegrenzung sorgen können. Wenn mir meine Mutter noch einmal sagen würde, mein Zimmer sei ein Saustall, würde ich ihr ein Foto von diesem Haus zeigen. Vorausgesetzt, ich überlebte das hier.

Oben angekommen schubste er mich unsanft in einen Raum und gleich darauf auf einen der Holzstühle, die rings um einen massiven Metalltisch platziert waren. Ich nahm einen modrigen Gestank wahr.

Eine kleine Stehlampe erhellte den staubigen, kühlen Raum und schuf damit eine gespenstische Atmosphäre, sodass ich meinen Blick in dem kleinen Zimmer wandern lassen konnte, ohne um eine Taschenlampe betteln zu müssen. Auch hier gab es nicht viel, was ich mir hätte einprägen können. Lediglich ein paar Kisten voller Zettel konnte ich in einer Ecke ausmachen. Die Spinnenweben und Staubschichten, die sich durch den gesamten Raum zogen, zählte ich nicht unbedingt zur Wohnungseinrichtung. Das Haus sah eher aus wie einer dieser schäbigen, gruseligen Orte aus der »Lost Places«-Sammlung eines Urbexers. Ich wartete regelrecht darauf, dass dieser komische Dreirad-Clown aus »Saw« um die Ecke geeiert käme. Merkwürdige Gedankengänge, zumal die wahre Bedrohung bereits direkt vor mir stand und mich taxierte, als wäre ich eine Mücke, die ihn die ganze Nacht zerstochen hatte.

»Awan! Du solltest dir das lieber mal schnell angucken«, rief der Riesenvogel nervös und fuhr sich mit der flachen Hand durch sein Gesicht. Ohne Flügel sah er bloß wie ein groß gewachsener Mensch aus. Nicht unbedingt viel weniger bedrohlich, aber immerhin nicht wie ein typischer Bad Guy einer Fantasyserie.

Aha. Er war meiner Sprache also auch über Schimpfwörter hinaus mächtig. Das sollte ich erst mal als Pluspunkt werten, falls ich um mein Leben betteln musste. Oder um etwas zu essen. Mein Magen klang schon jetzt wie eine Horde Orcas beim Paarungsruf. Dass ich gerade in dieser Situation an Essen dachte, bestätigte bloß, dass ich wirklich nicht mal ansatzweise auf dem Weg der Besserung meiner mentalen Gesundheit war.

Der Vogelmann neben mir wirkte plötzlich nicht mehr wütend, sondern zutiefst verzweifelt, fast schon ängstlich. Unentwegt schaute er zu mir, um dann wieder zu der offen stehenden Tür zu linsen. Wer auch immer dieser Awan war, ich war mir nicht sicher, ob ich ihn kennenlernen wollte.

Von oben hörte ich schwere Schritte, die in einem Mordstempo die Treppe herunterhallten. Nervös zappelte ich auf meinem Stuhl hin und her und betete inständig, dass ich Opfer eines YouTube-Pranks geworden war. Mit jedem Schritt von diesem Awan wurden meine Hände schwitziger, mein Körper kühler. Wenn ich nicht gleich einen Kreislaufzusammenbruch erleiden wollte, musste ich mich zusammenreißen. Also versuchte ich, tief durchzuatmen, was bloß dazu führte, dass man meine Angst durch mein Keuchen hören konnte. Großartig.

Als schließlich ein weiterer groß gewachsener Mann über die Türschwelle trat, schrieb ich gedanklich bereits mein Testament.

Kapitel 2

Wir vermuten oft einen gefrässigen Löwen hinter einem grossen Schatten, bevor wir realisieren, dass sich dahinter bloss eine kleine Katze verbirgt.

Wie oft hatte ich mir die Frage gestellt, woran ich wohl sterben würde? Nun ja, ich war mir ziemlich sicher, dass dieser Kerl die Antwort darauf war, die ich nie erwartet hätte. Anders als bei dem Blondschopf neben mir waren seine Haare schwarz. Die Haarspitzen des Haupthaars standen in alle Himmelsrichtungen ab, während die Seiten relativ kurz geschnitten waren. Fast noch dunkler als seine Haare waren jedoch seine Augen. In welcher Verbindung standen die beiden Männer wohl zueinander? Ob sie vielleicht sogar Brüder waren? Zugegeben, außer den Augen und der ähnlichen Körpergröße hatten sie nicht viel gemein, aber ausgeschlossen hätte ich es nicht.

Als er mich erblickte, weiteten sich seine Augen, seine vollen Augenbrauen schossen in die Höhe und seine geschwungenen Lippen öffneten sich einen Spaltbreit. Unsere Blicke prallten mit einer solchen Intensität aufeinander, dass es mir eine Gänsehaut über den Körper jagte. Optisch war er eine gesunde Mischung aus dem düsteren Bruder von Logan Thibault aus »The Lucky One« und Edward Cullen aus »Twilight«. Trotzdem war er nicht unbedingt der typische Schönling, dem Hunderte von Frauen hinterherschmachteten. Dennoch bereiteten mir seine breiten, dunklen Augenbrauen, die katzenartige Form seiner düsteren Augen, die geschwungenen Lippen und der kantige Kiefer ein warmes Gefühl in der Bauchgegend. Dieses Gefühl kannte ich aus meiner Kindheit, als Jeremy Sumpter aus »Peter Pan« das erste Mal Empfindungen in mir auslöste, die mich dazu veranlasst hatten, meine Kinderzimmerwand mit Dutzenden Postern von ihm zu tapezieren. Doch anders als in den altbekannten Disneyfilmen stand ich keinem Prinzen gegenüber, sondern einem Mann, der offenkundig in der Dunkelheit der Hölle gebadet hatte. In diesem Moment bettelte ich gedanklich darum, unsichtbar zu werden.

Seine schwarze Jeanshose und das anthrazitfarbene Shirt machten seine düstere Erscheinung nicht rosiger. Auch wenn er ungefähr in meinem Alter sein musste, hatte ich das Gefühl, wie ein winziges, wehrloses Kind vor ihm zu kauern. Dieser verdammte Kerl stand mit diesen tiefschwarzen Augen, die direkt in meine Seele blickten, vor mir und ich konnte ihm nur entgegenstarren wie ein verirrtes, aufgeschrecktes Reh auf der Landstraße.

Dann schließlich, nach einer gefühlten Ewigkeit des Blickduells, schnellte seine Aufmerksamkeit zu meinem Kidnapper.

»Was soll das, Milo?«, fragte er aufgebracht.

Der Vogelmann knetete sich angespannt, fast schon gedankenverloren, den Nacken. »Das war nicht geplant. Sie hat mich gesehen …«

»Gesehen? Was meinst du mit *gesehen*?«, unterbrach Awan ihn mit drohendem Unterton, sodass sich abermals eine Gänsehaut auf meinem ganzen Körper ausbreitete. Seine Stimme war ohnehin sehr tief. Durch die Drohung war sie jedoch nicht nur dunkel, sondern auch rauchig. *Bitte, Hormone, kommt wieder, wenn ich nicht gerade in Schwierigkeiten stecke.*

Der Vogelmann schaute sichtlich eingeschüchtert, sodass ich innerlich fast aufgelacht hätte. Es wirkte ulkig und absurd, dass ein so großer, durchaus muskulöser Mann Angst hatte. Nicht, dass große Menschen kein Recht dazu hätten, Ängste zu entwickeln, aber ich war mir sicher, dass Milo diesen Awan in einem Kampf sicherlich besiegen und in den Boden stampfen könnte.

Der Vogelmann räusperte sich einmal und fuhr mit der Hand ein weiteres Mal über sein Gesicht, ehe er die Bombe platzen ließ: »Sie hat meine Flügel gesehen.«

Die Art und Weise, wie er es ihm gestand, ließ darauf schließen, dass die Kacke nun so richtig am Dampfen war. Mir fehlte nur noch Michael Buffers »Let's get ready to rumble« und die Szene, die sich vor mir abspielte, wäre perfekt abgerundet.

Awans Augen wurden riesengroß, während sich sein Gesicht noch deutlicher in eine wutverzerrte Fratze verwandelte. Dem wollte ich nicht begegnen, wenn sein Lieblingspudding ausverkauft war oder seine Ärmel beim Händewaschen herunterrutschten.

»Und dann schleppst du sie auch noch hierher?«

Mein Blick huschte zwischen den beiden hin und her. Kurz fühlte ich mich, als wäre ich ein unzurechnungsfähiges Kleinkind, während sie sich wie Eltern über ihren Erziehungsstil mir gegenüber stritten.

»Ich wusste nicht, was ich tun sollte!«, erklärte Milo und wirkte dabei eher wie ein Kind, das seinem Vater begründen musste, weshalb es schon wieder nicht die Hausaufgaben gemacht hatte.

Langsam schlich sich der leise Gedanke in mein Hirn, dass ich vielleicht meinen Mund aufmachen sollte, wenn sie schon über mich und meine Anwesenheit diskutierten. Zumindest wäre es sicherlich von Vorteil, ihnen zu zeigen, dass ich nicht wie eine brave Maus in der Falle auf meinen Todesstoß warten würde.

»Hm, also, ich weiß nicht, ob ihr es bemerkt habt, aber die Person, über die ihr sprecht, ist anwesend«, mischte ich mich schließlich kleinlaut ein. Trotz meiner offensichtlichen Furcht konnte der kleine pubertäre Teil in mir, der mir vermutlich für immer als primäre Rednerin am Hacken kleben würde, keine diplomatische Unterhaltung führen.

Awans Augen trafen erneut meine und in ihnen war ein Ausdruck tiefen Hasses zu erkennen. Ich zuckte zusammen.

In wenigen Millisekunden stand er direkt vor mir und blickte bedrohlich auf mich herab. »Du hättest froh sein können, wenn wir dich ignorieren, Avis!«

Irritiert sah ich zu ihm hinauf, ehe sich meine Wut zu Wort meldete. »Mein Name ist Elainy, du aufgeblasener Idiot!« Wie war das mit »nicht sinnvoll, sich mit Beleidigungen zu retten«?

Erst sah Awan mich schockiert an. Seine Augen waren weit geöffnet, während seine Augenbrauen Richtung Stirn wanderten. Im nächsten Moment verzog sich sein Gesicht zu einem schiefen Lächeln, das ihn zu meiner Beschämung zu einem der attraktivsten Menschen machte, die mir je begegnet waren.

»Ich habe noch nie einen Avis gesehen, der so viel Mut und Dummheit zugleich besitzt.« Dann wandte er sich zornig Milo zu. »Ist dir klar, was passieren wird, wenn Odium davon erfährt?«

Odium? Was für ein beknackter Name! Solange es keine rachsüchtige Hündin war, die ihre Welpen beschützen wollte, konnte ich mich hoffentlich bald entspannt zurücklehnen.

Milo hingegen schien zu erstarren, was meine Nervosität neu entfachte und den Versuch, meine Furcht durch Humor zu übertrumpfen, prompt zunichtemachte. Wenn sich jemand mit solch großen und mächtigen Flügeln vor etwas fürchtete, sollte höchstwahrscheinlich auch ich keinen gedanklichen Urlaub buchen.

»Was sollen wir denn jetzt tun?«, murmelte Milo mehr zu sich selbst.

Awan fuhr sich mit seiner sehnigen Hand durch die Haare und spähte noch einmal kurz zu mir. Seine Augen waren nun ein wenig matter und wirkten dadurch etwas heller, doch der Ausdruck darin bewies mir, dass er mich abgrundtief verachtete. Trotz der Leere, die sich in ihnen spiegelte, wurde ich wie von einem Sog der Dunkelheit angezogen, als würde ein Strudel in seinen Iriden all meine Hoffnung auf sich bannen. Kurz musterte er meine Hände, die ich angespannt knetete, ehe er wieder meine Augen fand. Spätestens jetzt würde ich die Theorie, helle Augen würden kälter wirken als dunkle, revidieren.

»Du willst sie doch nicht beseitigen, oder?«, rief Milo entsetzt, und Awan brachte ihn mit nur einem Blick zum Schweigen.

Stocksteif saß ich da und schaute von einem Mann zum anderen, um zu erahnen, ob die beiden gerade scherzten. Wenn ich gerade gedanklich meine eigene Comedyshow produziert hatte, um nicht durchzudrehen, hatten die beiden sie nun innerhalb einer Sekunde in eine endgültige Horrorveranstaltung verwandelt. Kurz lotete ich meine Fluchtmöglichkeiten aus, doch außer dem großen Fenster, das mir bei einem Sprung in die Tiefe alle Gliedmaßen auseinanderreißen würde, und der schmalen Tür, die von zwei großen Männern versperrt wurde, sah ich keine weitere Option.

Awan schien meine plötzliche Angst aufzufangen und wandte sich schnell von mir ab, während er sich ein weiteres Mal fluchend durch das Haar fuhr.

»Lass sie nicht aus den Augen. Ich kann hier nicht nachdenken.« Dann floh er schnellen Schrittes aus dem Raum und lief laut polternd die Treppe hinunter.

Machte er sich auf den Weg, um eine Waffe zu besorgen, die mich endgültig ausschalten sollte, oder war er im Begriff, genügend Mülltüten und eine Schaufel zu beschaffen, um mich anschließend zu verscharren? Je mehr sich mein Kopfkino in True-Crime-Szenarien erging, desto kraftvoller pochte mein Herz gegen meine Brust.

»Ich werde euch nicht verraten«, versprach ich Milo, als mir langsam bewusst wurde, in welcher Situation ich steckte und an welch dünnem Faden mein Leben hing. Doch dieser würdigte mich keines Blickes und starrte gedankenverloren an die Wand. Jeder normale Mensch wäre nun vermutlich geflohen, so schnell er nur konnte, doch mir war längst bewusst, dass ich keine Chance hatte zu entkommen. Nicht nur, weil ich nicht halb so schnell war wie er, sondern weil ich zusätzlich seine mächtigen Flügel von vorhin vor Augen hatte, die meine Hoffnung auf Flucht endgültig vernichteten. Ich erhob mich und schritt auf ihn zu, damit er mich endlich ansah und die Panik in meinem Gesicht erkennen konnte. Wenn ich eines aus den ganzen Dokumentationen über Mörder gelernt hatte, dann, dass Empathie und eine zwischenmenschliche Interaktion entscheidend waren, wenn man sich lebend aus einer Situation wie dieser herauswinden wollte.

Milo erhob die Hände vor der Brust, als würde er mich auf Abstand halten wollen, und schüttelte den Kopf. »Es war meine Schuld.«

Diese Aussage hatte ich am allerwenigsten erwartet, und so hielt ich für einige Sekunden inne. Fast wirkte es, als würden wir über zwei ganz unterschiedliche Themen sprechen. Ich runzelte die Stirn und suchte seinen Blick, doch er wich mir aus. »Was geht hier vor sich?«, hauchte ich in die Stille.

Endlich hatte ich seine Aufmerksamkeit und seine Augen richteten sich auf mein Gesicht, während er mich zornig anstierte. »Willst du unbedingt sterben?«

Ich schüttelte den Kopf. »Natürlich nicht. Aber ich will wenigstens verstehen, warum ich in Lebensgefahr stecke und … was du … bist.«

»Wenn du hier lebend rauskommen willst, solltest du deine Fragen für dich behalten, Avis«, zischte er zynisch und wandte sich von mir ab.

Wieder dieser merkwürdige Name, der sich aus ihren Mündern wie eine Beleidigung anhörte. »Elainy. Ich heiße immer noch Elainy«, stellte ich abermals irritiert klar und fragte mich derweil, warum ich ihm nicht direkt meine Adresse samt Hausschlüssel aushändigte.

Milo verdrehte sichtlich genervt und von Ungeduld geplagt die Augen, während er sich abwehrend etwas von mir abwandte. »In unserer Welt steht ›Avis‹ einfach nur für ›Mensch‹. Das ist kein Name.« Dann klatschte er sich mit der flachen Hand auf die Stirn. »Awan tut alles, um uns zu beschützen, Kleine. Ein Avis ist für uns nicht ansatzweise so viel wert wie in deiner Welt.«

In *meiner* Welt? Ich verstand nur Bahnhof. Was auch immer seine Worte zu bedeuten hatten, ich war mir ziemlich sicher, dass er die Wahrheit sagte und ich tatsächlich in den größtmöglichen Schwierigkeiten steckte. Seine Flügel waren schließlich die beste Begründung dafür gewesen, dass es offenbar Abgründe gab, die ich nicht einmal in meinen Träumen für möglich gehalten hätte.

»Du hast selbst gesagt, dass es deine Schuld sei! Dann hilf mir bitte auch hier raus!«, flehte ich den Tränen nah. Immer mehr sickerte der Schock von meinen Schultern und ich realisierte, was für absurde Dinge ich in den letzten Minuten gesehen und gehört hatte. Sollte dieser Awan zurückkommen, würde er mich ganz sicher nicht verschonen. Es grenzte bereits an ein Wunder, dass mich sein Todesblick nicht bereits niedergestreckt hatte.

Milo sah mir sekundenlang zweifelnd in die Augen, doch ich erkannte in seinem Blick, dass sich etwas in seinem Kopf veränderte.

Schließlich fluchte er lautstark und schaute zur Decke, ehe er mich anvisierte. »Schwörst du, dass du das alles hier vergisst?«

Fast hätte ich erleichtert ausgeatmet, doch ich verkniff es mir und umschlang meinen Oberkörper mit beiden Armen, um mir selber Halt zu bieten. »Ich schwöre, dass ich niemandem davon erzählen werde. Ein Schwur ist mir heilig, allerdings werde ich dir nicht versprechen können, es zu vergessen«, erwiderte ich wahrheitsgemäß, während sich eine Träne Richtung Wange verabschiedete.

Meine Ehrlichkeit schien ihn zu überzeugen. Er starrte wie beiläufig das Indiz meiner Verzweiflung auf meiner Wange an und drehte sich dann um. »Lauf!«

Kurz hielt ich inne, überrascht über seine plötzliche Aufforderung. Dann endlich realisierte ich die Überlebenschance, die sich mir bot. So schnell mich meine Beine trugen, rannte ich die staubige Treppe hinab und hoffte mit jeder Stufe inständig, dass ich nicht in Awan hineinprallte.

Unten lief ich weiter durch den staubigen, schmalen Flur und hinaus aus dem Haus, bis ich die Pflastersteine unter meinen Schuhen spürte. Die kalte Luft peitschte mir ins Gesicht, doch ich begrüßte sie. Sie bedeutete plötzlich Freiheit und Leben. Ein weiterer Adrenalinschub raste durch meine Adern.

Ich rannte an den hell erleuchteten Laternen vorbei und dachte kurz daran, wie stolz mein früherer Sportlehrer »Na, geht doch!« jubeln würde, wenn er mich nun sehen könnte. Ich sprintete durch eine Gasse in die nächste und achtete gar nicht darauf, dass meine Kehle bereits staubtrocken war, während ich hastig durch den Mund atmete.

Als ich bei der letzten Gasse, die mir endlich wieder bekannt vorkam, vor der Hauptstraße angelangt war, blieb ich abrupt stehen, nachdem ich eine an die Mauer gelehnte Gestalt wahrgenommen hatte. Das Gefühl, die Person zu kennen, beschlich mich vor der eigentlichen Erkenntnis. Mit Blick nach links zum Gebäudekomplex realisierte ich schnell, wem ich in die Arme gelaufen war. Ausgerechnet heute musste ich auch noch meinem Ex-Freund begegnen, dessen Wohngegend ich seit Monaten gemieden hatte. Großartig! Da er am Handy telefonierte, hatte ich die Hoffnung, unerkannt zu bleiben, und bewegte mich so unauffällig wie möglich. Schade nur, dass ich wie einer dieser Freunde war, denen man sagte, sie sollten nicht auffällig gucken und die sich dann mit einem Fernglas und Scheinwerfern auf eben diese Person stürzten. Sobald ich mich unauffällig verhalten wollte, verhielt ich mich extra auffällig.

Als Deven mich erblickte, wirkte er zunächst erstaunt, dann tauchte ein träges Lächeln auf seinem hübschen Gesicht auf. Seine blauen Augen waren in der Dunkelheit nicht halb so strahlend, wie ich sie kannte, und doch blickten sie mir tief in meine. Dass ich völlig verängstigt und zerstreut wirken musste, fiel ihm offenbar gar nicht auf. Etwas anderes hätte mich ehrlicherweise auch überrascht. Alles, was nicht ihn und sein Leid betraf, war quasi unsichtbar, vor allem aber irrelevant.

»Ich melde mich später noch mal«, verabschiedete er sich schnell bei der Person am anderen Ende der Leitung und ließ sein Handy in die Hosentasche gleiten.

»Elainy.«

Seine tiefe, melodische Stimme bereitete mir noch immer eine Gänsehaut. So viel Pech konnte auch wirklich nur ich haben! Es fühlte sich mittlerweile fast schon utopisch an, dass es eine Zeit gegeben hatte, in der ich angenommen hatte, das größte Glückslos gezogen zu haben, weil ich ihm begegnet war. In Wahrheit hatte ich in dem Moment, als ich ihm bei der Hausparty die Hand gereicht hatte, das Schicksal meiner Vertrauensprobleme besiegelt. Häufig fragte ich mich, wie es mir wohl heute ginge, hätte ich auf diese Party verzichtet, so wie es eigentlich mein Plan gewesen war. Doch aus einem unerfindlichen Grund hatte ich mich dann doch dazu durchgerungen, mich wieder unter Leute zu begeben. Meine Mutter hatte mir des Öfteren gesagt, dass jede Entscheidung und jedes Schicksal einen bestimmten Grund hätten. Deven begegnet zu sein, begründete ich damit, dass ich offenbar lernen sollte, dass Liebe eine Illusion und Vertrauen etwas für naive Masochisten war.

Ich hatte diesen Menschen geliebt, ohne zu sehen, wie sehr er mich daran gehindert hatte, mich selbst zu lieben. Viel zu spät hatte ich verzweifelt versucht, mich an die Frau in mir zu erinnern, die ich einst geliebt hatte, konnte jedoch nur eine zutiefst unglückliche Hülle ausmachen, wenn ich in den Spiegel sah.

Ich hatte mir gewünscht, diesem Mann nie wieder über den Weg laufen zu müssen. Denn jedes Mal, wenn ich ihn sah, erinnerte es mich daran, wie mickrig und machtlos ich eigentlich war. Er brachte mich dazu, mich schwach zu fühlen, als müsste ich mich für mich und meine Gefühle schämen, und das Schlimmste daran war, dass er das genau wusste und es mit jedem seiner Atemzüge genoss.

Als ich auf seiner Höhe war, spürte ich plötzlich eine Hand auf meinem Arm, die mich zum Anhalten zwang. »Hey, Süße! Ich bin es! Deven.«

Heiliger Bimbam! Jetzt musste ich mich ernsthaft noch mit meiner blöden Vergangenheit beschäftigen, obwohl ich gerade verdammt noch mal auf der Flucht um mein Leben war, um eine Chance auf eine Zukunft zu haben! Wenn ich mir zuvor eine Kopfnuss hatte geben wollen, weil ich nicht die Bahn genommen hatte, wollte ich nun mit Anlauf in eine Kreissäge laufen.

Wütend blickte ich ihn an. »Ich weiß ganz genau, wer du bist«, zischte ich und versuchte, mich loszureißen, doch seine Hand war wie zuvor Milos wie eine Würgeschlange um meinen Arm geschlungen. Es machte mich wütend, dass er infrage stellte, ihn erkannt zu haben, obwohl er mir mein Leben zur Hölle gemacht hatte. Doch meine Wut wurde noch weitaus mehr von der Tatsache entfacht, dass er es wagte, mich zu berühren.

»Warum hast du es denn so eilig? Wir haben uns so lange nicht mehr gesehen«, stellte er nüchtern fest und zog mich noch ein Stückchen enger an sich.

Ich hielt wie automatisch die Luft an, um seinen Geruch nicht einatmen zu müssen, der mich bereits auf negative Art und Weise konditioniert hatte: Wann immer ich sein Aftershave roch, wurde ich von einer Welle Erinnerungen getriggert. So, als würde ich wieder die Elainy sein, die sich bereitwillig innerlich von ihm hatte umbringen lassen, als hätte sie es verdient.

»Ja, und dieses ›so lange‹ hätte ich gern noch etwas ausgedehnt. So ungefähr auf ›nie wieder‹«, erwiderte ich ungeduldig und riss abermals an meinem Arm, bis es wehtat. Doch kein physischer Schmerz konnte schlimmer sein als der, den dieser Mensch in meinem Herzen hinterlassen hatte. »Und jetzt lass mich los!«

»Wir müssen reden«, entgegnete Deven nun zornig und zog mich dicht an sein Gesicht, sodass uns nur noch wenige Zentimeter trennten. Er war es nicht gewohnt, dass ich diejenige war, die Forderungen stellte. »Warum hast du mich überall blockiert?«

Die weitaus bessere Frage wäre »Warum nicht?« oder »Warum erst so spät?« gewesen. Kurz überlegte ich, wie ich ihn schnellstmöglich loswurde. Doch dieser Gedankengang wurde rasch durchbrochen, als meine Aufmerksamkeit in eine andere Richtung gelenkt wurde. Auf der anderen Seite der Gasse hörte ich schnelle Schritte und so sah ich mich nach dem Ursprung des Geräusches um, während Deven nach wie vor ausschließlich mich fixierte. In der Dunkelheit erkannte ich nicht unbedingt viel, doch im blassen Schein der Lichter, der durch einige Fenster der Hausfassade drang, konnte ich einen männlichen Umriss mit selbstbewusstem Gang ausmachen.

Angsterstarrt blickte ich dem Mann entgegen und konnte nur hoffen, dass es nicht Awan war. Doch je näher er kam, desto bewusster wurde mir, dass meine Hoffnung nicht erhört worden war.

»Lass sie los«, ertönte die feindselige, tiefe Stimme, die ich heute zum zweiten Mal vernahm. Seine Worte klangen in der Stille der Finsternis noch bedrohlicher.

Nun endlich bemerkte auch Deven unseren Besucher und musterte ihn, ohne mich loszulassen. »Geh weiter, das geht dich nichts an.« Entschlossen richtete er seine Augen wieder auf mich. »Hör auf, mich zu ignorieren!«

Ich konnte ihn lediglich verzweifelt ansehen und den Kopf schütteln. Es würde nicht mehr lange dauern und wir beide lägen tot am Boden. Leider konnte Deven nicht ansatzweise Mimik lesen, weil er viel zu sehr mit sich und seinen Bedürfnissen beschäftigt war, und so entschlüsselte er die stille Warnung nicht.

Awan war inzwischen noch näher gekommen und stierte Deven mordlustig an. »Ich glaube, ich habe mich nicht klar genug ausgedrückt: Lass. Sie. Los.«

Mein Ex verdrehte die Augen und zeigte nicht den kleinsten Hauch von Angst, obwohl Awan wie ein Racheengel vor ihm aufragte.

»Und ich sagte: Geh. Weiter.«

In der nächsten Sekunde war mein Arm frei und Deven nicht länger vor mir. Awan stand stattdessen nun direkt vor ihm und drückte ihn mit dem Unterarm grob gegen die Hauswand. »Wenn du dich jemals wieder an jemandem vergreifst, dann werde ich dich finden. Hör auf meine Worte.« Seine Stimme war rasiermesserscharf, sein Versprechen hallte durch die Gasse.

Deven schnappte erschrocken nach Luft und glotzte ihn mit geweiteten Augen an. Die Gänsehaut, die sich blitzartig auf meinem Körper ausbreitete, kribbelte bis in meine Zehenspitzen. Es war paradox, dass ich mich einerseits beschützt und andererseits bedroht fühlte. Noch paradoxer war es, dass Awan jemanden für respektloses Verhalten lynchte, obwohl er vor wenigen Minuten darüber nachgedacht hatte, ob er mich umbringen sollte. Die Situation verwirrte mich auf so unterschiedliche Weise, dass mir kurzzeitig schwindelig wurde.

»Entspann dich, Alter! Das ist meine Ex«, versuchte Deven, sein Gegenüber zu beschwichtigen, und wirkte längst nicht mehr so cool wie wenige Sekunden zuvor.

Sicherlich war er zum ersten Mal in einer Situation, die nicht er kontrollierte, denn ich erinnerte mich nicht daran, dass sich jemals jemand mit ihm angelegt hätte.

»Das soll jetzt genau was rechtfertigen?«, stieß Awan zwischen zusammengebissenen Zähnen hervor.

Deven schaute mich Hilfe suchend an, doch ich konnte nur wie erstarrt dastehen.

»Sieh nicht sie an, sondern mich«, befahl ihm Awan, und mein Ex-Freund tat sofort das, was von ihm verlangt wurde. »Tu das nie wieder. Ich werde dich finden.« Er stieß ihn noch ein letztes Mal kraftvoll gegen die Mauer, ehe er einen Schritt zurücktrat. »Und jetzt entschuldige dich.«

Deven schien mittlerweile begriffen zu haben, dass mit Awan nicht gut Kirschen essen war, und so schnaubte er bloß einmal trotzig und schaute zu Boden. »Sorry«, stieß er widerwillig an Awan gerichtet hervor, doch dieser schüttelte wütend den Kopf, während er auf mich deutete. »Du sollst dich bei *ihr* entschuldigen.«

Mein Ex sah fast schon anklagend und vorwurfsvoll in meine Richtung. So, als wäre ich daran schuld, dass seine respektlose, grenzüberschreitende Art nicht unbemerkt geblieben war. Endlich nuschelte er eine belanglose, an mich gerichtete Entschuldigung und verdrückte sich, ohne Awan eines weiteren Blickes zu würdigen, einige Meter weiter durch seine Haustür.

Völlig außer Atem wandte ich mich zu meinem Retter um, der ironischerweise genauso mein Todbringer sein konnte. Er kam auf mich zu und drückte mich wie Deven zuvor an die Wand. Doch mich behandelte er nicht halb so barsch wie meinen Ex. Stattdessen hielt er mich sacht an Ort und Stelle, damit ich nicht fliehen konnte und ihm zuhören musste.

»Geht's dir gut?«, erkundigte er sich zu meiner Überraschung, und ich nickte mechanisch.

»Gut.« Daraufhin holte er tief Luft. »Auch für dich gilt diese Warnung. Hör auf meine Worte: Wenn du jemals jemandem von uns und unserer Begegnung erzählst, werde ich dich finden.«

Erneut bekam er bloß ein automatisiertes Nicken von mir, dann gab er mich frei und drehte sich um. Kurz hielt er inne und lugte über die Schulter noch einmal zu mir zurück. »Versprich mir, dass du nie wieder auf die Idee kommst und allein in dunkle Gassen gehst.«

Meine Augen weiteten sich vor Verblüffung, während mein Hirn bloß wirre Gedanken stammelte. Kurz fragte ich mich, ob er mich verhöhnen wollte, doch sein Blick wirkte ernst, während er ungeduldig auf eine Antwort wartete.

»Ich verspreche es«, wisperte ich atemlos, und damit lief er fort.

Kapitel 3

Ein wahrer Freund versteht nicht deine Worte, sondern dein Herz.

Wer mir noch mal erzählte, dass ich nicht alles so negativ reden sollte, würde eine saftige Kopfnuss von mir verpasst bekommen. Das stand fest! Wie viel Pech musste ein Mensch haben, um am selben Tag gleich drei Ausgeburten der Hölle zu begegnen?

Der Heimweg war der Inbegriff von Fegefeuer. Ich konnte mir nun vorstellen, wie sich die großen, hübschen Models in Horrorfilmen fühlten, die vor dem Motorsägenkiller wegrannten und als Erstes zerhackt wurden. Mit der Ausnahme, dass ich weder Teil eines Horrorfilms noch ein großes, hübsches Model war. Andauernd blickte ich mich wie ein aufgeschrecktes Häschen nach allen Seiten um und erweckte mit Sicherheit den Anschein, als hätte ich gerade einen Doppelmord begangen, den ich sehr miserabel verschleiern wollte. Doch ich konnte mich nicht davon abhalten, mich zu vergewissern, dass mir niemand folgte. Weder der grenzüberschreitende Ex-Freund-Heini noch ein Wesen mit schwarzen Augen. Keine Ahnung, welche

Option die harmlosere war. Genau aus diesem Grund schlug mein Herz vermutlich auch so schnell, als hätte ich gerade fünfhundert Liegestütze absolviert, obwohl ich unter anderen Umständen eigentlich nicht mal eine mit meinen körperlichen Fähigkeiten bewerkstelligen konnte. Manchmal stellte ich mir die Frage, ob ich überhaupt Knochen hatte. Vielleicht war ich auch mit Schwimmnudeln unter der Haut geboren worden. Das würde zumindest erklären, warum ich noch nie Probleme damit hatte, mich an der Wasseroberfläche zu halten. Was zum Teufel dachte sich mein Hirn gerade und warum lief ich dabei die Straßen entlang, als hätte ich vor wenigen Minuten fünf Tequila-Shots gebechert? Würde jemand meine Gedanken hören, während ich meine Ängste unterdrückte, würde er mich direkt in die nächste Psychiatrie fahren. Meine Psychiaterin, die das grobe Ausmaß an Gedankengulasch kannte, wollte dies ja am liebsten selbst übernehmen.

Als ich endlich zu Hause ankam und die Tür hinter mir schloss, konnte ich erahnen, warum ich so wackelig auf den Beinen war. Plötzlich fiel der angestaute Restschock von mir ab und eine eisige Gänsehaut überlief meinen Körper. Ich fuhr mir durch die Haare und merkte, wie mich eine tiefe Müdigkeit übermannte.

»Elainy?«

Mein Blick schoss nach vorne und ich schaute in besorgte grüngraue Augen.

»Wo warst du so lange? Ich habe mir Sorgen gemacht!«, schimpfte meine Mutter und kam aus der Küche in den Flur auf mich zu.

Großartig! Vom Regen in die Traufe.

Ich fuhr mir mit den Fingern abermals durch meine dichten schwarzen und fast schon nass geschwitzten Haare und vermied, sie anzusehen.

Ich bin wie eine Irre aus einem Horrorfilm durch die Straßen geeiert, während mich mein sadistischer Ex, ein Mann mit Flügeln und dessen schwarzäugiger Boss verfolgt haben. »Ich bin noch ein wenig spazieren gegangen.«

Jedes Mal hatte ich den Fernseher angeschrien, wenn die Protagonisten des neunzigsten Thrillers, den ich mir reingezogen hatte, verschwiegen hatten, was ihnen passiert war, obwohl man ihnen doch vielleicht hätte helfen können. Nun verstand ich es auf verquere Art und glaubte, dass es das Beste wäre. Erstens hätte meine Mutter mir ohnehin nicht geglaubt. Wie denn auch? *Ein schwarzäugiger Vogelmann und sein Kumpel haben überlegt, mich umzubringen?* Klang wirklich überhaupt nicht unglaubwürdig. Zweitens hätte sie meine Worte als Anlass genommen, es auf meine psychische Krankheit zu schieben, und mich auf direktem Wege in eine geschlossene Klinik verfrachtet. Frau Doktor Lennox hätte dies als i-Tüpfelchen mit Beifall bedacht und befürwortet. Und drittens: Wer wusste schon, ob ich meine Mutter dadurch in Schwierigkeiten brachte? Sofern ich um mein Leben bangen musste, weil ich zu viel gesehen hatte, würde meine Mama vielleicht ebenso wenig verschont bleiben, wenn ich sie einweihte. Die unheilvolle Drohung klang noch immer in meinen Ohren, als würde Awan direkt neben mir stehen.

»So spät noch? Elainy, du weißt, was für Menschen an einem Freitagabend auf den Straßen herumlungern.«

Nicht nur Menschen …

»Mama … ich bin einundzwanzig. Ich weiß schon, was ich tue«, versuchte ich, sie zu beschwichtigen, und bemühte mich, dabei möglichst unbeeindruckt zu klingen. Sie hatte ja keine Ahnung, wie berechtigt ihre mütterliche Sorge diesmal war, während ich es lapidar und mit der Ich-bin-erwachsen-Karte herunterspielte. Dass ich, mal mit der realistischen Brille betrachtet, noch nicht einmal wusste, was ich mal werden wollte, und seit dem Ende der Schulzeit eher orientierungslos die Tage mit mir selbst verbrachte, war zwar den ganzen Umständen und meiner Krankheit geschuldet, doch weit entfernt davon, erwachsen zu sein.

Liebevoll schloss sie mich in ihre Arme und seufzte gedehnt. »Egal, wie alt du bist: Ich werde mir immer Sorgen um dich machen. Du weißt genau, warum.«

Alles versteifte sich in mir. Die Arme, die ich um meine Mutter gelegt hatte, wurden zu Stein, während sich mein Oberkörper aufrichtete, als würde ich jeden Augenblick fliehen wollen.

»Mama ... ich bin aber nicht er«, flüsterte ich monoton und spürte, wie die Stimmung wie so oft kippte. Ich wusste also, was zu tun war, um die herannahenden Diskussionen zu verhindern. »Ich bin müde. Wir reden morgen weiter, okay?« Ehrlicher formuliert wäre jedoch: *Ich werde jetzt gehen, damit ich mir deine Predigt nicht anhören muss. Wir werden gar nicht mehr darüber sprechen.*

Meine Mutter nickte und machte mir Platz, damit ich die Treppe zu meinem Zimmer hochsteigen konnte. Doch ich schaffte es lediglich, eine Stufe emporzuklimmen, ehe Mama noch einmal die Stimme erhob. »Etwas zu verdrängen, ist eine ganz schlechte Idee, Elainy, und es ist unfair ihm gegenüber.«

Ich hielt in meiner Bewegung inne und drehte mich langsam zu ihr um, während ich ihr einen ungläubigen Blick zuwarf. »Unfair ihm gegenüber? Unfair ist es, dass er einfach so abgehauen ist, ohne sich zu verabschieden.«

»Niemand weiß, ob dein Bruder überhaupt die Möglichkeit hatte«, erwiderte meine Mutter tadelnd und kam mir einige Schritte entgegen, sodass ich direkt in ihr niedergeschlagenes Gesicht sehen konnte. Ihre hellen Augen funkelten nun im schwachen Licht der Lampe, während sich ihre schulterlangen lockigen dunkelblonden Haare um ihre rosigen Wangen kräuselten.

»Was ist hier schon wieder los?«, mischte sich nun auch mein Vater ein, der soeben aus dem Wohnzimmer kam und dessen Pupillen immer wieder zwischen uns hin- und herwanderten. Er war unsere ständigen Auseinandersetzungen leid, dennoch hatte er jedes Mal das Bedürfnis zu intervenieren, um Schlimmerem vorzubeugen.

»Die Polizei geht nicht von einem Verbrechen aus«, antwortete ich meiner Mutter, ohne meinen glatzköpfigen Papa zu beachten, der wie ein großer Teddybär im Türrahmen stand.

»Elainy!«, widersprach sie empört. »Er würde uns das niemals antun … diese Ungewissheit …«

Mein Vater schien nun weniger unparteiisch zu sein, denn er funkelte mich wütend an, wollte offenbar diesmal nicht mit Intervention glänzen, und so atmete ich tief durch, ehe ich sagte: »Es wäre jetzt besser, wenn wir das Thema beenden, es führt zu nichts.«

»Wieso ist es immer unmöglich, vernünftig miteinander zu reden?«, fragte meine Mutter entnervt und zwickte sich in den Nasenrücken, während sie die Augen schloss, als wäre ich ein unbelehrbares Gör.

Augenblicklich füllten sich meine Augen mit Tränen. Der Schock über die Begegnungen an diesem Abend, die Wut über Frau Doktor Lennox' Notizen, die beschrieben, wie verkorkst ich war, und nun auch noch meine Eltern, die mich ansahen, als wäre ich genau das, was sie nie hatten haben wollen: eine Tochter, die nichts als Unmut verursachte.

»Warum weinst du denn jetzt?«, wollte mein Vater irritiert wissen, wirkte aber nicht gerade so, als würde er den Grund verstehen wollen.

Ich liebte meine Eltern über alles, und doch gab es Situationen, in denen sie eben nicht das kindliche Bild, Eltern wären unumstritten perfekt, verkörperten. Das war völlig normal und fein, aber manchmal wünschte ich mir dann doch, dass sie in meinen Kopf blicken könnten.

»Bitte sei jetzt nicht wieder so hochsensibel, Elainy«, bat Mama und betrachtete mich mit hochgezogenen Augenbrauen.

Und damit war meine Traurigkeit verflogen und wurde durch Zorn ersetzt. Ich hasste dieses Wort. *Hochsensibel.* Für mich fühlte sich das wie eine nette Umschreibung für Heulsuse oder Memme an.

»Hör auf, ständig Gründe zu finden, um mir die Schuld an meinen Gefühlen zu geben«, blaffte ich meine Mutter an, wohl wissend, dass ich die Situation damit nicht wieder ins Gleichgewicht bringen würde. Aber vielleicht wollte ich das auch gar nicht. Vielleicht wollte ich nun endlich die Konfrontation.

»Aber es sind doch deine Gefühle, die es gerade zum Problem machen«, entgegnete Mama, während mein Papa mich verständnislos musterte. »Wir hätten doch ganz normal darüber sprechen können.«

»Nein, das wahre Problem besteht darin, dass ihr euer Verhalten damit entschuldigt, dass ich hochsensibel sei.« Ich schüttelte den Kopf. »Mag sein, dass ich in euren Augen hochsensibel bin, in Ordnung. Aber wieso berechtigt euch das, dass ihr, obwohl ihr das annehmt, trotzdem nicht darauf achtet, mich nicht zu verletzen?«

»Sollen wir dich zukünftig mit Samthandschuhen anfassen?«, murrte mein Vater, während sich eine Augenbraue Richtung Stirn schob.

Ich wandte mich ihm zu und unterdrückte den unbändigen Zorn, der wie Feuer in meinem Kopf loderte. Meine Stimme konnte ich jedoch nicht mehr zügeln, sodass sie weitaus lauter wurde, als ich es in dem harmoniebedürftigen Teil meines Hirns beabsichtigt hatte. »Darum geht es doch gar nicht! Aber warum wird es jedes Mal heruntergestuft, wenn ich verletzt bin?

Nur weil du in meiner Situation darüberstehen würdest, bedeutet das doch nicht, dass ich das kann! Warum setzt du deine Gefühle mit meinen gleich?«

»Was erwartest du gerade von uns?«, meldete meine Mutter sich nun versöhnlicher zu Wort und legte meinem Vater eine Hand auf die Schulter, um ihm zu signalisieren, dass er sich zurückhalten sollte.

Mit Tränen in den Augen erwidere ich ihren Blick. »Dass ihr mich versteht!«

»Willst du, dass wir dir nicht mehr unsere Meinung sagen und darauf achten, dir bloß nicht zu nahe zu kommen?«, insistierte sie weiter, diesmal deutlich sanfter.

Doch nichts an ihrer Stimmlage änderte etwas an ihren Worten. Das war, als würde man mich liebevoll »Arschloch« nennen. Der nette Ton machte die Beleidigung auch nicht wett.

So langsam verlor ich die Geduld. »Du kapierst gar nichts!«

»Ich liebe dich, Elainy. Ich will verstehen, aber es ist nicht immer einfach.«

»Es ist nicht immer einfach *mit mir*«, ergänzte ich ihren Satz mit brüchiger Stimme. »Das ist es doch, was du sagen willst, oder?«

Ich wartete gar nicht mehr auf die Erwiderung, sondern stürmte sofort die Treppe hinauf, um mich in mein Zimmer einzuschließen. Was hätte es gebracht? Weitere verbale Kämpfe, die in Tränen endeten? Ich musste es uns allen nicht antun, wenn ich doch das Ende dieser Gespräche kannte, die ich schon zu oft geführt hatte.

Aufgewühlt schmiss ich mich auf mein großes, rustikales Bett, schnappte mir mein Lieblingsbuch von meinem Kissen, um es an mich zu pressen, und blickte aus dem Fenster. Niemand fragte mich, wie es mir ging. Alle verurteilten bloß meine Reaktionen. Gleichzeitig fühlte ich mich wie ein Teenager, weil ich noch immer in dem Haus meiner Eltern lebte und ihnen das Leben schwer machte. Jeder Tag begann mit einem Kampf, überhaupt das Bett zu verlassen, und endete mit den Versagensängsten, die daraus resultierten, dass ich nicht einmal in der Lage war, eine Ausbildung durchzuziehen. Es war ein ewiger Kreislauf von Hass auf mich und Wut auf meine momentane Situation, den meine Psyche ausgelöst hatte, sodass ich mir zum zweiten Mal an diesem Tag wünschte, meine Gefühle einfach abschalten zu können. Kurz erwischte ich mich dabei, wie ich mich danach sehnte, dass Awan mich nicht verschont hätte. Instinktiv schlug ich die Fingernägel in die Haut meines Armes, ehe ich überhaupt realisierte, was ich da im Begriff war zu tun. Ich kannte mich gut genug, um zu wissen, dass ich hier und jetzt einen Schlussstrich ziehen musste, um mich nicht vollends dem Verlangen hinzugeben.

Kurzerhand setzte ich mich auf und entschied mich dazu, die einzige Person zu kontaktieren, die mich nun ablenken konnte, und so rief ich Seynem über Videocall an. Beim zweiten Klingeln nahm er ab und mich trafen seine hellbraunen Augen. Mit einem verschmitzten Lächeln begrüßte er mich, sodass ich mich sogleich ausgeglichener fühlte, ohne es richtig greifen zu können. Er war attraktiv und das wusste er auch. Schließlich machten die Frauen keinen Hehl daraus, dass sie ihm zu Füßen lagen. Seine braunen kurzen Haare und der Dreitagebart ließen ihn etwas älter wirken, als er war, und doch machte ihn sein Charme deutlich jünger. Er war vermutlich der perfekte Schwiegersohn, den sich jede Mutter dieser Erde wünschte. Eingeschlossen meiner. Wie oft hatte sie mich nach ihm und unserer Beziehung ausgefragt, als wäre ich das neueste Klatsch-und-Tratsch-Magazin. Es war zum Verrücktwerden, wenn man seiner Mama jedes Mal erklären musste, dass wir bloß Freunde seien, während sie mich mit einem wissenden Blick analysierte. Sie hatte einfach nicht begriffen, dass ich nach der Trennung von Deven keinerlei Interesse mehr an Beziehungen hatte. Weder mit Frauen noch mit Männern.

»Hey«, begrüßte Seynem mich mit seiner melodischen Stimme und sprach dabei deutlich lauter als sonst, um gegen den Geräuschpegel seiner Umgebung anzukommen. »Du siehst aus, als hätte dich ein Lkw überfahren.«

Ich lachte halbherzig. »Freut mich auch, dich zu sehen, du Blödmann!«

»Alles gut?«, erkundigte er sich grinsend, obwohl er und ich wussten, dass er das lediglich aus Höflichkeitsgründen fragte. Im Hintergrund erkannte ich eine Bar, die Musik dröhnte durch meinen Lautsprecher. Seynem war viel draußen. Wenn ich ihn anrief, war er eigentlich dauernd unterwegs. Sollte er sich zur Abwechslung einmal zu Hause aufhalten, musste ich mir fast Sorgen machen. Er hatte viele Freunde, denen er gerecht werden wollte. Im Gegensatz zu mir.

Ich nickte. Er würde mir eh nicht glauben, was passiert war. Wer würde das schon? »Ich hatte nur eben kurz Stress mit meinen Eltern und wollte dich sehen.«

»Vielleicht kann ich dich ablenken«, erwiderte er hastig. »Wir haben gerade darüber diskutiert, dass sich ›schön für dich‹ egal in welcher Stimmlage immer provokant anhört.«

Mit einem halben Lächeln ließ ich mir diese Aussage durch den Kopf gehen. »Ich stimme dafür.«

»Warum kommst du nicht vorbei?«, schlug Seynem vor, noch bevor ich meinen Satz beenden konnte, während eine junge Frau neben ihm in die Kamera winkte und ihm einen Arm um die Schulter legte.

Ich lächelte schlicht. »Mir ist nicht danach, vielleicht nächstes Mal.«

»Das sagst du jedes Mal, Elainy. Wann ist dieses ›nächstes Mal‹?«, tadelte er mich und trank einen Schluck aus seinem Glas. Es sah nach Whisky aus.

Ein Getränk, das er meinem Gefühl nach öfter trank als Wasser. Wie oft hatte ich ihm meine Sorge darum gesteckt und versucht, ihn für Alkohol zu sensibilisieren. Nach seiner Auffassung war ich jedoch lediglich die Spaßbremse der Nation, wann immer ich ihm die Auswirkungen von Drogen aufzählte.

Ich zuckte mit den Schultern. »Du weißt, dass das nicht mein Ding ist.«

»Menschen sind nicht dein Ding«, präzisierte er und hielt das Glas in die Höhe. »Aber ich bin dein Ding und ein Drink ist bestimmt auch dein Ding nach einem stressigen Tag.«

»Das würde jeder Alkoholiker behaupten«, erwiderte ich. In Wahrheit hatte ich keine Motivation für irgendetwas. Sicherlich hätte es mir gutgetan, aber mich aufzuraffen, etwas zu unternehmen, sozial zu interagieren, war für meinen Körper und mich einfach zu viel. Es fühlte sich so an, als würde mein Geist müde sein und meinen Körper anspornen, es ihm gleichzutun. Als würden Stimmen in mir sich streiten, dass ich nicht immer absagen durfte, wenn es mir mental besser gehen sollte, und andererseits nicht zusagen sollte, wenn ich mich zu nichts motivieren konnte. Nicht nur mein soziales Umfeld wurde von meinem Tief geprägt, mein chaotisches Zimmer – inklusive altbekanntem wanderndem Wäschehaufen und unbesiegbaren Müllbergen – war ein ebenso großes Indiz dafür. Blöd nur, dass genau das dafür sorgte, dass ich mich noch unwohler fühlte.

»Und *das* würden Spießer sagen, die sich einen lustigen Freitagabend entgehen lassen!«, rüttelte mich Seynem aus meinen Gedanken.

Ich biss mir auf die Unterlippe. Wir waren oft unterschiedlicher Meinung, vor allem, was Alkohol und Partys betraf. Es war nicht so, als würde mich diese Tatsache stören, aber es nervte mich durchaus, wenn er seine Einstellung mit mir verknüpfen wollte, obwohl er genau wusste, dass ich exzessiven Alkoholkonsum als gefährlich ansah. Ich war nicht der Ansicht, man könnte mehr Spaß haben, wenn man seine Sinne benebelte, und glaubte felsenfest, dass alkoholhaltige Getränke mir den Rest gäben, würde ich erst beginnen, sie zu konsumieren. Dass er mich fast schon dazu drängte, Alkohol zu trinken, obwohl ihm bewusst war, wie es mir ging, hielt ich für keinen großen Freundschaftsbeweis. Aber vielleicht sah ich das alles auch zu eng. Ich entschied mich also dafür, keine Erwiderung dazu abzugeben, und sagte schlicht: »Ich wünsche euch viel Spaß, ja? Ich bin müde und sollte jetzt schlafen.«

Doch Seynem schien es nicht darauf beruhen lassen zu wollen. »Hey, Elainy! Wenn du schon nicht für dich kommst, dann für mich. Ich brauche doch eine Wingwoman!«

Ich musste tatsächlich über seinen bedröppelten Hundeblick lachen. »Wingwoman? Allein, dass du das gegendert hast, wird einigen Frauen so gut gefallen, dass du mich gar nicht mehr brauchst.«

»Die meisten Frauen hier sind schon vergeben oder sie haben kein Interesse an Bekanntschaften«, entgegnete Seynem mit einem Schmollen.

Schmunzelnd blickte ich auf sein Glas, an dem er nippte. »Vielleicht solltest du lieber in einer Drogerie nach der passenden Dame für dich suchen.« Ich zwinkerte. »Nicht nur, weil die Frauenquote höher ist, sondern weil sie dort ohnehin auf der Suche nach Dingen sind, die sie in ihrem Liebeskummer glauben zu brauchen, die sie aber auf Dauer nicht glücklich machen. Einer neuen Haarfarbe zum Beispiel oder … nach dir.«

Seynem schlug sich die Hand vor den Mund, um vor Lachen nicht sein Getränk auszuspucken. Fast schon tat er mir leid, als die Dame neben ihm etwas von ihm wegrückte, nachdem er mit Hamsterbacken um Luft rang. Aber so schadenfroh, wie ich war, konnte ich mir einen kleinen Lacher nicht verkneifen. Wie ulkig es war, dass der Frauenschwarm schlechthin auch einen peinlichen Fauxpas zu bieten hatte.

Als er es dann doch schaffte, es herunterzuschlucken, sah er mich wehmütig an. »Du fehlst hier.«

Komm schon, Elainy, gib dir einen Ruck! Du wirst dort ohnehin nicht willkommen sein. Seynem bietet dir das nur aus Höflichkeit an. Er weiß, wie unangenehm du sein kannst, wenn du neue Leute kennenlernst.

Sieh nicht immer alles so schwarz! Er denkt bestimmt nicht so negativ von dir wie du von dir selbst.

Und wenn doch?

Und wenn nicht?

Ich schaffe das nicht. Ich fühle mich nicht danach.

Ich fühle mich nie danach.

Und vielleicht ist gerade das der zentrale Punkt, nichts daran zu ändern, wenn es auch nach einem Abend nicht besser werden würde.

»Ich muss jetzt wirklich schlafen … Der Tag war ziemlich anstrengend«, sagte ich bloß stumpf.

»Vermassle dir dein Leben nicht selbst, Elainy«, ermahnte mich Seynem bedauernd. »Du verpasst das hier alles.«

Genau, du verpasst das alles!

Ich kann aber nicht.

Du wirst es irgendwann bereuen und dich fragen, wie viel Lebenszeit du wohl verschwendet hast.

Ich schaffe das nicht.

»Mag sein«, antwortete ich und schluckte meine bitteren Gedanken hinunter. Als ob ich nicht wusste, dass mein Leben eine langweilige, miefende Müllhalde darstellte. »Hab dich lieb, Sey.«

Er lächelte schmal. »Ich dich auch!«

Während ich auflegte, lachte er schon über einen Witz der jungen Frau neben ihm.

Ich hatte recht: Er verstand mich nicht.

Kapitel 4

Sich meinen schlimmsten Erinnerungen zu stellen, bedeutet gleichzeitig, sich mit meinen inneren Dämonen zu verbinden und ein Stück weit einer von ihnen zu werden.

Das Wochenende verbrachte ich damit, mich mit Süßigkeiten vollzustopfen und ein Buch nach dem anderen zu verschlingen. Vielleicht hatte ich die Hoffnung, ich würde irgendwann in einem der Bücher aufwachen und ein neues Leben beginnen können. Warum sonst las ich beinah ausschließlich Bücher, die in der Ich-Form geschrieben waren? Es fühlte sich dadurch eben noch mehr so an, als wäre ich Teil der Geschichte. Gleichzeitig musste ich keine Sorge haben, erneut vor einem Vogelmann zu stehen. Ich hatte die letzten Stunden neben dem Lesen damit verbracht zu ergründen, ob ich nicht doch einfach geträumt hatte. Doch jedes Mal gelangte ich an den Punkt, der mir suggerierte, dass ich bei klarem Verstand und dieser Freitagabend real gewesen war. Ich erwischte mich ab und zu dabei, wie ich fast schon panisch zum Fenster sprintete, weil ich ein ungewöhnliches Geräusch vernahm, nur um festzustellen, dass der Ast des Kirschbaumes neben unserem Haus lediglich wegen des Windes an meiner Scheibe schliff. Auch wenn Awan ein wirklich attraktiver Mann war, wollte ich ihn nie wiedersehen. Schon gar nicht in der Nähe meiner Eltern. Mit ihnen verbrachte ich einige Stunden und lenkte mich bei einem gemeinsamen Spieleabend ab. Etwas, das mittlerweile so ritualisiert war, dass es fehlte, wenn es einmal ausfiel. Gemeinsam hörten wir jeden Samstagabend Musik und neckten uns lachend, wann immer einer von uns mit schlechten Ablenkungsmanövern schummeln wollte. Was Spiele anging, waren wir alle drei gleich. Verlieren zählte nicht zu unseren Stärken.

Nach meinem Wochenend-Gammel-Marathon war ich nicht sehr erpicht darauf, am Montag abermals Frau Doktor Lennox unter die Augen zu treten, der mittlerweile aufgefallen sein durfte, dass ihre Aufzeichnungen fehlten. Und sagen wir mal so: Ich war nicht unbedingt die beste Lügnerin. Meine Mundwinkel flogen direkt nach oben, wenn ich nur daran dachte zu lügen. Ich konnte also bloß hoffen, dass sie mich nicht verdächtigte, oder aber, falls ja, sich nicht sonderlich darum scherte, weil sie ohnehin vermutete, ich wäre ein hoffnungsloser Fall, der nicht gelöst werden konnte.

Als ich schließlich in der Praxis ankam, wurde ich direkt von der Empfangsdame in eine Schockstarre versetzt. »Frau Doktor Lennox ist erst mal nicht im Haus. Herr Doktor Kian Michaels ist ihre Vertretung und wird Sie für die Zeit übernehmen.«

Den ganzen Weg über in der Bahn hatte ich mir den Kopf darüber zerbrochen, wie ich meiner Psychiaterin weismachen könnte, dass ich keinen blassen Schimmer hätte, wo ihre Notizen abgeblieben waren. Nur um nun die Hiobsbotschaft zu erhalten, dass ich ohne Vorwarnung und innerliche Vorbereitung einer anderen völlig fremden Person meine tiefsten Gedanken anvertrauen sollte. Schlimmer ging es immer. Wenn du dachtest, dich würde eine verbale Faust erwarten, flog dir eine innerliche Handgranate ins Gesicht.

»Das ist ein Witz«, kam es mir über die Lippen, während mein Gehirn mich in derselben Sekunde dafür tadelte. War das überhaupt erlaubt? Anzeige geht raus wegen unangekündigtem Krankheitsfall. Beim besten Willen konnte ich mir nicht vorstellen, dass einer Psychiaterin nicht bewusst sein könnte, dass es eine ziemlich miese Idee war, bei einem so sensiblen Beruf auf Springerkräfte zurückzugreifen. Glaubte Frau Doktor Lennox wirklich, ich würde meine Vertrauensprobleme vor fremden Menschen ausbreiten – und das ohne Vorwarnung oder Vorbereitung? Sie wusste doch selbst viel zu gut, wie schwer es mir gefallen war und wie lange es gedauert hatte, mich ihr zu öffnen. Irgendetwas irritierte mich an der gesamten Situation.

Verwirrt blickte mir die rothaarige Empfangsdame, die laut ihrem Schild auf der üppigen Brust »Frau Brown« hieß, in die Augen. Sie durfte etwa Mitte dreißig sein, hatte jedoch ihrem Gesichtsausdruck nach zu urteilen noch nie in ihrem Leben einen solch unhöflichen Kommentar vor den Latz geknallt bekommen.

»Selbstverständlich nicht.«

»Entschuldigung, so war das nicht gemeint«, erklärte ich hastig reuevoll. »Ich bin nur etwas verwirrt. Wie lange wird sie denn nicht im Haus sein?«

»Darüber darf ich keine Auskünfte erteilen.« Sie zwang sich offensichtlich zu einem halben Lächeln, das ihre Grübchen dezent betonte.

Sollte mir das Mut machen?

»Machen Sie sich keine Sorgen. Herr Doktor Michaels ist ein hervorragender Psychiater. Frau Doktor Lennox hat ihn bereits vielen Patientinnen und Patienten wärmstens empfohlen.«

Ich fuhr mir durch die Haare, um meinen zitternden Händen eine Aufgabe zu geben. Nervosität zu offenbaren zählte nicht unbedingt zu meinen Lieblingsbeschäftigungen. »Mir bleibt ja wohl kaum etwas anderes übrig, oder?« Nicht, wenn ich nicht wollte, dass Mama und Papa im Wechsel wieder stündlich in mein Zimmer geplatzt kämen, um meinen Gemütszustand zu prüfen, weil es sonst niemand tat.

Frau Brown erwiderte nichts und wies bloß zum Wartebereich. »Nehmen Sie bitte noch kurz Platz.« Großartig.

Widerwillig schlenderte ich zu einem freien Stuhl im mintgrünen Wartezimmer, nachdem ich den anwesenden zwei Patientinnen zur Begrüßung zugenickt hatte. Kurz dachte ich darüber nach, Bauchkrämpfe zu imitieren, um eine Ausrede zu erfinden, schnellstmöglich wieder zu verschwinden. Allerdings wäre es nach meiner Reaktion am Empfang wohl zu auffällig, die mehr als nur offensichtlich betont hatte, wie unwohl ich mich mit der Situation fühlte, von einem anderen Therapeuten behandelt zu werden. Andererseits hatte mein Reizdarmsyndrom bereits in vielen stressigen Momenten dafür gesorgt, dass ich zwangsweise ein Date mit dem Klo hatte. Die Vorstellung, jemandem zu erklären, dass da unten etwas penetrant anklopfte, war dann letztlich doch zu unangenehm. Also blieb ich einfach sitzen und wappnete mich für eine sehr schweigsame und oberflächliche Therapiestunde, die ich diesem Herrn Doktor Michaels servieren würde. Ich wippte nervös mit einem Bein hin und her und war mir sicher, dass ich damit die anderen Patientinnen verrückt machte. Doch ich konnte nicht aufhören. Wer behauptete, nur nach Substanzen und Gegenständen süchtig sein zu können, hatte noch nie die Macht des nervösen Zappelns erfahren.

Als schließlich die Tür von Frau Doktor Lennox aufging, hielt ich den Atem an. Heraus kam ein Mann mittleren Alters, der ziemlich schmächtig und klein wirkte. Doch seine blauen

Augen strahlten eine solche Intensität aus, dass seine körperliche Erscheinung mit nur einem Blick wuchs. Plötzlich stand in meinem Kopf ein zwei Meter großer Bodybuilder vor mir, dem ich gedanklich auswich.

»Frau Namin?« Er lächelte mir zu, wobei er eine Reihe gelber Zähne und eine kleine Zahnlücke preisgab.

Ich räusperte und erhob mich, während ich mir nervös die schwitzigen Hände an meinem schwarzen Skaterkleid abwischte. Anschließend schnappte ich mir mein Lieblingsbuch »Wenn ich gut genug wäre« aus meiner braunen Tasche, bevor ich mir diese über die Schulter schwang, und klemmte es mir unter meine linke Achsel. Es war zu einem Ritual geworden, es bei jeder Sitzung direkt bei mir zu tragen. Kurz richtete er seinen Blick auf das Buch, ehe er mich mit einer Handbewegung in das Büro bat und ich mit einem mulmigen Gefühl eintrat.

Immerhin hatte sich der Raum nicht verändert und galt für mich ohnehin als sicherer Hafen. Jeden Punkt dieses Zimmers hatte ich bereits studiert, weil es mir leichter fiel, über meine Gedanken zu sprechen, wenn ich keinen Blickkontakt hielt und stattdessen einen Punkt im Raum fixierte. Dabei war ich flexibel: Mal war es der dunkle Holzschreibtisch, mal waren es die Familienfotos neben den verschnörkelten Porzellanvasen und Fachbüchern in der hellen Vitrine dahinter. Manchmal konzentrierte ich mich auch bloß auf die Lehne des Sessels neben dem Ledersofa oder auf den runden Glastisch. Hauptsache, ich konnte den Pupillen von Frau Doktor Lennox ausweichen.

»Setzen Sie sich doch, Frau Namin.«

Seine Stimme klang wie die eines Kettenrauchers, während er meinen Nachnamen mit einer gewissen Sanftheit aussprach. Es klang widersprüchlich und gleichzeitig überraschend sympathisch. Ob es vielleicht doch seine Berechtigung hatte, dass Frau Doktor Lennox ihn empfohlen hatte?

Ich nickte und ließ mich auf dem Sofa nieder. Rein aus Gewohnheit, denn dort saß ich grundsätzlich bei jeder Therapiesitzung. Ich hätte jetzt behaupten können, dass es dort besonders gemütlich war oder die Aussicht auf die vollgestopften Schränke mir zusagte, aber das alles würde einer Lüge gleichen. Gewohnheit bedeutete Sicherheit. Das war der einzig wahre Grund.

»Es muss Ihnen sehr erschreckend und beängstigend erscheinen, dass ich Sie plötzlich übernehme«, mutmaßte er und nahm ohne Notizblock vor mir auf einem der Stühle Platz, womit er weitere Sympathiepunkte einsackte.

Schon lange erachtete ich Verständnis nicht mehr als Selbstverständlichkeit – auch nicht bei Menschen mit therapeutischer Ausbildung. Umso mehr schätzte ich, dass er meine Gefühle verbalisierte. Auch der Verzicht auf Notizen ließ mich etwas aufatmen, weil ich mich sogleich etwas weniger analysiert fühlte.

»Na ja, ich komme für gewöhnlich nicht so gut mit Veränderungen klar«, gab ich vorsichtig zu.

Er lächelte, als hätte er meine Offenbarung erwartet. »Seien Sie unbesorgt. Das geht den meisten Menschen so. Veränderungen passen nicht zu unserem Wesen, sind wir doch Gewohnheitstiere. Wir bekommen Angst, wenn Rituale plötzlich abbrechen und neu sortiert werden müssen. In manchen Fällen leben wir sogar lieber in altbekannten Mustern, die uns zerstören, nur um nichts verändern zu müssen.«

Ich schluckte, als ich realisierte, dass ich mich gedankenlos nach nur wenigen Sekunden bereits in der Therapie befand, und entschied mich deshalb, meine Antworten knapp und wortkarg zu halten. Wie surreal war es bitte, dass ich mit einem völlig Fremden über derartige Themen sprechen musste? »Ziemlich schräg.«

»Schräg ist untertrieben, wie ich finde. Wir sind eine wahrhaft selbstzerstörerische Spezies. Wir zerstören die Welt, unseren einzigen Lebensraum. Wir schlachten uns in Kriegen gegenseitig ab, nur um Macht zu erlangen, die uns am Ende unseres Lebens ohnehin nicht mehr zusteht. Wir suchen Liebe in Menschen, die uns noch mehr zerstören, nur damit wir uns am Ende selbst hassen.«

Irritiert über seine Worte blickte ich in seine hellen Augen, die mich aufmerksam musterten. »Ich bin mir nicht sicher, ob ich richtig liege, aber sollten Sie mir nicht die schönen Seiten des Lebens aufzeigen, anstatt noch mehr, die mich am Leben zweifeln lassen …?«

Er legte den Kopf schief und beobachtete mich sichtlich fasziniert. »Das ist die Hoffnung, mit der Sie hierhergekommen sind? Dass man Ihnen die rosarote Brille aufsetzt?«

»Zumindest hatte ich nicht die Erwartung, dass Sie mir das Leben schlechtreden«, erklärte ich schulterzuckend und war überrascht, dass Frau Doktor Lennox ihn laut Frau Brown *wärmstens* empfohlen hatte, obwohl ihre therapeutische Strategie quasi völlig gegensätzlich verlief.

»Das tue ich nicht, Frau Namin. Es ist nur nicht Sinn und Zweck, Ihnen einzutrichtern, dass die Welt bloß aus Sonnenschein und Regenbögen besteht.« Er lehnte sich ein wenig vor. »Meine Aufgabe ist es, Ihnen dabei zu helfen, mit dem Regen umzugehen. Nicht, ihn zu leugnen.«

Ich biss mir auf die Unterlippe und presste mir mein Buch, das ich zuvor neben mich auf das Sofa gelegt hatte, gegen die Brust.

Diese vermeintlich beiläufige Geste bereute ich sogleich, als ich Herrn Doktor Michaels' Blick registrierte, der meinen Bewegungen mit Adleraugen folgte.

»Gibt es einen Grund, warum Sie Ihr Buch an sich drücken?«

Ich sah auf meine Hände hinab und fuhr automatisch über den zerschlissenen Einband. Es machte mich nervös, dass er meine Handlungen direkt kommentierte. Umso mehr wackelte nun auch noch meine Stimme. »Das ist mein Lieblingsbuch. Ich habe es gern bei mir …«

»Um sich daran festzuhalten und so Sicherheit zu finden?«, beendete der Psychiater meinen Satz.

Ich sagte nichts, schaute ihm lediglich ausdruckslos in die Augen. Auch wenn er ins Schwarze getroffen hatte, so war es mir zuwider, dass er mich direkt darauf ansprach und mich auf diese Weise verunsicherte. Nun wünschte ich mir, dass er seine Nase ab und zu in Notizen steckte, damit ich mich wenigstens für wenige Sekunden unbeobachtet fühlte. Doch seine Aufmerksamkeit galt jede Millisekunde meinen Worten, meinem Verhalten, meiner Mimik und Gestik. Ich glaubte sogar, ihn nicht einmal blinzeln zu sehen. Hatte er das in seinem Studium gelernt, um ja nichts zu verpassen? Er mochte das vermutlich für unglaublich intelligent halten, ich empfand es hingegen als gruselig. Es machte mich regelrecht wütend.

Er lehnte sich wieder zurück und betrachtete mich regungslos mit diesen hellblauen Augen. »Sie sagten, Sie seien keine Freundin von Veränderungen, Frau Namin.«

Ich reckte mein Kinn und schwor mir, ihm keine ausschweifenden Antworten mehr zu geben. Er sollte nicht glauben, dass er mich verunsichern konnte. »Richtig.«

»Was ist, wenn ich Ihnen sage, dass es Veränderungen gibt, die Ihr Leben ins Positive wandeln könnten. Würden Sie sich darauf einlassen?« Er lächelte leicht. Es wirkte weniger ermutigend als unheimlich.

»Wie sieht denn die prozentuale Wahrscheinlichkeit aus, dass diese Positivität auch wirklich eintritt, wenn ich die Veränderung zulasse?«, hakte ich nach, um einer unangenehmen Stille zu entfliehen.

Er lächelte siegessicher. »Sie meinen, ob sich das Risiko lohnt.«

»Genau.«

»Gehen Sie ausschließlich auf Veränderungen ein, deren Erfolgsquote bei hundert Prozent liegt?«, führte er seine direkten Konfrontationen weiter.

Ich zuckte mit den Schultern, um weiterhin möglichst desinteressiert zu wirken. »So ziemlich.«

»Das können nur wenige Veränderungen sein, die Sie da wagen. Solche, die nicht abhängig vom Schicksal oder anderen Menschen sind«, schwafelte er weiter und ließ sich von meinen knappen Antworten nicht ansatzweise stoppen.

Entweder wusste er genau, wie sehr er ins Schwarze traf, oder er analysierte meine Reaktionen auf seine Vermutung genaustens, um ganz sicher zu sein, dass er meine Psyche bereits entschlüsselt hatte. Frau Doktor Lennox war nicht halb so direkt wie er. Sie vertraute darauf, dass ich ihr mit der Zeit erzählte, was in mir vorging, anstatt mich mit Mutmaßungen zu löchern. Ich allein konnte jederzeit entscheiden, welche Themen ich bei den Sitzungen ansprechen wollte. Nur sehr selten nahm sie das Zepter in die Hand, und selbst wenn sie es mal getan hatte, hatte ich sie immer stoppen können. Bei Kian Michaels hatte ich hingegen das Gefühl, in der Spirale seiner Analyse gefangen zu sein und mich nicht zu trauen, ihm mitzuteilen, dass ich für diese Art von Gespräch nicht bereit war. Stattdessen antwortete ich bloß: »Sieht so aus.«

Herr Doktor Michaels schlug die Beine übereinander und legte seine gefalteten Hände auf sein Knie. »Na schön. Was ist, wenn ich Ihnen eine hundertprozentige Sicherheit geben kann, dass *meine* Veränderung für Sie positiv ausfallen wird?«

»Überweisen Sie mir eine Million Euro auf mein Konto?«, witzelte ich trocken und fühlte mich gar nicht mehr so siegessicher, wie ich vorgab.

Sein Blick wurde düster. »Frau Namin, es gibt so viel, was glücklicher machen kann als Zahlen auf einem Stück Papier.«

Das bezweifelte ich überhaupt nicht. Aber jeder Mensch, der behauptete, dass Geld nicht dazu beitrug, dass man glücklich sein konnte, log. »Zum Beispiel?«

Einige Sekunden blickte er mir mit einer solchen Intensität entgegen, dass sich eine Gänsehaut auf meinen Armen ausbreitete, ehe er sagte: »Eine Möglichkeit, all Ihre negativen Gefühle und Gedanken loszuwerden.«

Ich prustete los. War dieser Kerl überhaupt geprüfter Therapeut? Wie konnte man solche Versprechen machen, wenn doch jeder Mensch, der sich mit psychischen Krankheiten auseinandergesetzt hatte, wusste, dass die meisten von ihnen unheilbar waren?

»Wie soll diese Veränderungsmöglichkeit aussehen? Mir die Kugel zu geben?«

Herr Doktor Michaels legte den Kopf schief. »Warum sehen Sie den Tod als Ausweg, wenn Sie stattdessen ein neues Leben anstreben können?«

»Sie sprechen in Rätseln«, erwiderte ich mit gerunzelter Stirn und verlor langsam die Geduld.

Er stand auf, schlenderte auf mich zu und setzte sich auf den braunen zerschlissenen Sessel rechts von mir. Selbstsicher schlug er erneut das rechte Bein über das andere und musterte mich mit schräg gelegtem Kopf. »Ich konnte mit Hypnose schon viel erreichen, Frau Namin. Wären Sie bereit, es auszuprobieren?«

Mit weit geöffneten Augen starrte ich ihn an. Meinte er das ernst? »Hypnose?« Ich lachte unsicher, doch sein Blick blieb ernst. »Ich glaube nicht, dass das etwas für mich ist.«

»Weil Sie Angst haben, mich in Ihren Geist zu lassen?«

»Guter Einwand, aber daran habe ich gar nicht gedacht«, gestand ich trocken. »Ich glaube nicht an so was und ich bin mir ziemlich sicher, dass das die Voraussetzung dafür ist, damit es funktioniert.«

Er schüttelte den Kopf, noch während ich meinen Satz aussprach. »Bei meiner Hypnose ist das nicht ganz so. Wenn man sich darauf einlässt, hat man die Hoffnung – egal, wie klein sie auch sein mag –, dass es funktioniert, oder zumindest, dass irgendetwas passiert. Das reicht aus.«

Meine Tante hatte vor einigen Jahren eine Wahrsagerin aufgesucht, weil sie daran geglaubt hatte, ihre Zukunft in den Karten zu finden. Doch als die alte Dame ihr eingetrichtert hatte, dass sie in zehn Jahren sterben würde, war meine Tante in ein großes Loch gefallen. Nach ihrem niederschmetternden Tief war plötzlich die Besessenheit gefolgt, alles in ihrem vermeintlich kurzen Leben getan haben zu wollen. Letztendlich war sie vier Jahre später gestorben, nachdem sie beim Klettern abgerutscht war. Sie hatte ihr Leben in den wenigen Jahren wahrlich mehr gelebt als viele andere in fünfzig. Und trotzdem hatte die Wahrsagerin ihre Existenz um einige Jahre verkürzt. Ich war mir bis heute nicht sicher, ob die Prophezeiung ein Fluch oder Segen für meine Tante gewesen war. »Ich weiß ja nicht …«

»Was haben Sie zu verlieren? Mehr als dass es nicht funktioniert, kann nicht passieren. Das versichere ich Ihnen!«, motivierte Kian Michaels mich weiter euphorisch.

Ich sah ihn zweifelnd an. Dieser Kerl hatte in nur wenigen Minuten treffendere Aussagen über meine Psyche formuliert, als ich je aus dem heuchlerischen Mund meiner Psychiaterin vernommen hatte. Auch wenn er mir dabei nicht sonderlich sympathisch war, weil mir seine Art deutlich zu forsch war. Zudem hatte er recht: Was hatte ich zu verlieren? Nachdem die Frage mehrmals durch meinen pulsierenden Kopf geechot hatte, knickte ich letztlich ein und seufzte ergeben. »Na gut.«

In seinen Augen blitzte etwas auf, doch bevor ich es einordnen konnte, war es auch schon wieder verschwunden.

»Legen Sie sich bitte auf den Rücken und entspannen Sie sich.«

Ich seufzte ein weiteres Mal lautstark, ehe ich tat, was er verlangte. Das mit der Entspannung gehörte nicht zu meiner einfachsten Übung, aber er schien nicht zu bemerken, wie sehr meine Hände vor Nervosität und Anspannung schwitzten. Mit einer Hand umschlang ich mein Buch.

»Schließen Sie die Augen und versuchen Sie, sich nur auf sich zu konzentrieren«, forderte er sanft, aber bestimmt, und so ließ ich meine Augenlider sinken.

Ungefragt nahm er meine schwitzige Hand in seine, sodass ich beinah ganz automatisch meinem ersten Impuls, ihm meine Haut zu entziehen, nachgegeben hätte. Aber er tat es mit einer solchen Selbstverständlichkeit, dass ich nur mutmaßen konnte, wie merkwürdig es wäre, hätte ich aus seiner Berührung eine gewisse Intimität geschlussfolgert. Das war offenbar Teil der Hypnose, damit sie gelingen konnte.

Er wartete einige Sekunden, ehe er mir die nächste Forderung entgegenschleuderte: »Und nun denken Sie an Ihre schmerzhafteste Erinnerung!«

Kurz dachte ich darüber nach, ehe ein Gesicht vor meinem geistigen Auge aufblitzte. »Mein …«

»Sagen Sie es nicht laut«, stoppte mich Herr Doktor Michaels, als hätte er bereits geahnt, dass ich meine Stimme erheben würde. »Lassen Sie die Erinnerung wie einen Kinofilm in Ihrem Kopf abspielen und geben Sie sich ihr hin.«

Ich atmete einmal tief durch und ließ die Erinnerung nach so langer Zeit wieder zu. Es war, als würde der Kloß in meiner Kehle meinen Hals zerbersten lassen und mein Blut in meinen Adern meinen Körper verbrennen. Mein Herz pochte mir in den Ohren, während sich der Schmerz durch meine Venen fraß und mein Hirn betäubte. Immer wieder spielte ich den

Ursprung meiner seelischen Verletzung in meinem Gedächtnis ab, bis ich der Überzeugung war, sie fast greifen zu können.

Am Ende der Realität hörte ich nur noch einen gehauchten Satz, den ich glaubte, falsch verstanden zu haben, weil er in meinen Ohren keinen Sinn ergab. Aber er kam definitiv von Herrn Doktor Michaels: »Liberpax aeterquam.«

In der nächsten Sekunde spürte ich unter meinen Fingern keine kühle Haut mehr und ließ irritiert meine Hände, die nun beide frei waren, auf und ab wandern. Doch statt einem Sofa erfühlte ich bloß einen flauschigen Untergrund.

Als ich meine Augen öffnete, setzte mein Herz aus. Vor mir erstreckte sich nicht mehr das altbekannte Büro von Frau Doktor Lennox, und auch Herr Doktor Michaels war nicht länger bei mir.

Ich war in einer anderen Welt.

Kapitel 5

Einsamkeit ist bloß ein Synonym dafür, sich ungeliebt zu fühlen.

Ich spreizte in Schock versunken meine Finger, hob meinen Kopf leicht an, drehte ihn nach links und fuhr noch immer stocksteif liegend über den türkisfarbenen Untergrund. Rein optisch erinnerte er zwar an Gras, aber mit seiner weichen Oberfläche ähnelte er viel mehr einem Fellteppich. Ich wandte meinen Blick abermals ab und konzentrierte mich stattdessen auf einen meiner anderen Sinne. Der frische, fruchtige Geruch, der mir nun in die Nase stieg, erinnerte mich an eine Mischung aus nasser Erde und üppigem Erdbeerfeld. Darüber hinaus nahm ich auch einen Hauch von morschem, modrigem Holz und abgestandenem Wasser wahr, was mich dazu veranlasste, meinen Blick nicht weiter in den fast unnatürlich schimmernden Himmel zu richten. Ich schreckte auf und konnte meinen Augen nicht trauen.

Das war nicht real. Ich war noch immer in Hypnose.

Unaufhörlich redete ich mir diese zwei Sätze ein wie ein Mantra, das mir dabei helfen sollte, meine Panik zu unterdrücken. Doch je öfter und stärker ich an dem dünnen Gras zog, desto mehr realisierte mein Inneres, dass ich mir das nicht einbilden konnte. Zögerlich richtete ich mich auf, stellte mich auf die wackligen Beine, während ich mein Buch vom Boden aufhob, das mir beim Hochschrecken vom Bauch gerutscht war. Ich blickte mich um und erkannte zahlreiche riesige schwarze Bäume mit massiven Ästen, die in alle Himmelsrichtungen ragten. Die Wurzeln wucherten über den gesamten Boden und sahen beinah aus wie pulsierende Adern. Auch die riesigen Blätter, die durch den leichten Wind raschelten, erinnerten mich zunehmend an Lebewesen, die regelmäßig tief durchatmeten. Ich entdeckte Blumen in Farben und Formen, die ich nie zuvor gesehen hatte. Einige hatten eine enorm symmetrische Dreiecksform. Es hätte mich nicht sonderlich verwundert, wenn man ein Lineal dagegengehalten hätte und alle Seiten exakt gleich lang gewesen wären. Andere hingegen erstrahlten in so kräftigen Rosa- und Violetttönen, dass ich keinen Gedanken an die Form verschwendete, sondern sie bloß wie geblendet anstarrte. Doch mehr als die Formen und Farben verblüffte mich die Größe der Blüten. Sie waren teilweise größer als mein verdammter Kopf! Ganz kurz überlegte ich sogar, ob ich tot sei und als Alice im Wunderland wiedergeboren worden war. Ihr köstlicher fruchtiger, süßlicher, ab und an auch säuerlicher Geruch vernebelte mir die Sinne und verleitete mich sekundenlang dazu abzuwägen, mir genüsslich eine Pflanze in den Mund zu stopfen.

Ich konnte kleine Bäche ausmachen, die in einem hellen, schimmernden Blau erstrahlten. Das Wasser plätscherte um Steine herum. Handgroße Insekten mit riesigen dunkelblauen fellartigen Flügeln schwirrten an mir vorbei und labten sich an den Blumen. Sie sahen nicht unbedingt aus wie wunderschöne

Schmetterlinge, ebenso wenig wie lästige Moskitos. Diese Tierchen wirkten wie eine Mischung aus Motte und Biene, denn sie hatten einen ovalen Körper und dazu mächtige Flügel. Insekten zählten nicht unbedingt zu meinen Lieblingstieren, vor allem dann nicht, wenn ich sie nicht identifizieren und somit nicht einschätzen konnte, wie gefährlich sie letztendlich für meinen anfälligen menschlichen Körper waren. Doch der Schock, der durch meine Adern floss, überschattete meine sonstige Vorsicht und ließ mich mit halb offenem Mund zurück. Meine Augen mussten mittlerweile die Größe von Schallplatten angenommen haben, während mein Puls mir in den Ohren rauschte. Kurz atmete ich tief durch. Reiß dich zusammen, Elainy. Du musst jetzt einen klaren Kopf bewahren! Ständig huschte mein Blick zu den Insekten, die mich ab und zu umzingelten, und den Blumen, die ich noch nie zuvor gesehen hatte. Zugegeben, ich war nicht gerade die wissensüberflutete Botanikerin, denn ich wusste nicht einmal, wie die Blätter einer Eiche ausschauten. Und doch war ich mir sicher, dass diese Pflanzen hier in dieser Größe und Form nicht normal waren. Kurz schloss ich meine Augen, um mich zu konzentrieren und zu überlegen, was eine kluge und weniger vollidiotische Person als ich tun würde. Ich fischte nach meinem Handy, das sich in der kleinen linken eingenähten Tasche meines Skaterkleides befand. Doch als ich es in den Händen hielt, konnte ich nur frustriert fluchen. Kein Netz.

Langsam dämmerte es mir, dass ich nicht einfach nur dumm und mit Tränen in den Augen herumstehen konnte, sondern mich in Bewegung setzen musste, um zu verstehen, wo ich hier gelandet war. Noch nie zuvor hatte ich mich hypnotisieren lassen, konnte mir jedoch mittlerweile einfach nicht mehr vorstellen, dass es sich derart real anfühlte. Oder konnte man unter Hypnose tatsächlich den Wind spüren? Die Natur riechen?

Kurzerhand entschied ich mich dafür, diesen wundersamen Ort zu analysieren, bevor ich hier und jetzt den Verstand verlor oder an Verzweiflung und grenzenloser Überforderung zugrunde ging.

Mit dieser Überzeugung stiefelte ich los in den atemberaubenden Wald hinein. Riesige und winzige Früchte in allen erdenklichen Farben und Formen streckten sich mir aus jedem Busch und von jedem Baum entgegen, doch ich ignorierte meinen knurrenden Magen. Wenn ich nicht einmal wusste, welche Pilze ich essen durfte, sollte ich diese Früchte wohl erst recht nicht anrühren. Ich ließ mich trotz meiner Abneigung und Angst von den Insekten immer weiter hineinführen, bis ich nicht mal mehr wusste, aus welcher Richtung ich ursprünglich gekommen war. Durch das dichte Blätterdach wurde es zunehmend kühler, aber es war nach wie vor angenehm warm. Der wurzelüberzogene Boden wurde stetig weicher und feuchter. Ich war viel zu weit gelaufen. Wie dumm bist du bitte, Elainy? Du hättest dort auf der Lichtung bleiben sollen, bis man dich findet! *Stattdessen wirst du hier sterben!*, schrie ich mich innerlich an, während ich meine herannahenden Kopfschmerzen zu unterdrücken versuchte. Als wäre das nicht genug, überkam mich das Gefühl, beobachtet zu werden.

Nach einer gefühlten Ewigkeit setzte ich mich schließlich auf einen großen, dunklen Stein, der mitten auf meinem selbst erkorenen Trampelpfad lag, weil meine Füße schmerzten. Ich hatte ohnehin keinen blassen Schimmer, wohin ich überhaupt lief. Nervös zog ich meine Beine an meinen Körper und starrte zu den Bäumen, die nun immer dunkler wurden, je näher die Nacht heranrückte. Dauernd schaute ich mich um, doch außer den kleinen, fliegenden Tierchen konnte ich nichts erkennen. Eine Stille breitete sich in mir aus, die mir prompt Tränen in die Augen trieb. Wo war ich hier nur? Wann würde mich dieser verdammte Kian Michaels aus der Hypnose entlassen? Dass nun auch noch ein Heulen die Stille durchbrach, das mich an das eines Wolfes erinnerte, machte es nicht wirklich besser. Niedergeschlagen und ausgelaugt ließ ich meinen Kopf auf meine Knie sinken.

Plötzlich stupste etwas mein Bein an und erschrocken richtete ich mich auf. Panisch blickte ich auf Dutzende Wesen hinab, die mich interessiert musterten. Ihre Körper, die mich stark an Waschbären erinnerten, waren mit hellgrünem Fell überzogen. Die kleinen Klauen konnten sicherlich alles mühelos greifen, während der lange flauschige Schwanz half, die Balance zu halten. Der Kopf der Tiere hatte jedoch nichts mit einem Waschbären gemein. Er wies eher Ähnlichkeiten mit dem eines Hundes auf. Die Schlappohren sprangen auf und ab, während sie aufgeregt umherliefen. Eine lange rosafarbene Zunge hing aus dem länglichen Maul und verlieh den Wesen einen zufriedenen Ausdruck. Aufmerksam blickten sie mir mit ihren kleinen Knopfaugen entgegen und wirkten nicht, als wären sie hier, um mich zu zerfleischen. Langsam streckte ich einem der Tierchen zittrig eine Hand entgegen und bereitete mich bereits darauf vor, sie zurückzuziehen, sollte das Wesen mir die Finger abbeißen wollen. Doch zu meiner Überraschung legte das Tier seinen Kopf gegen meine Hand und schloss die Augen, sodass ich anfing, es leicht zu kraulen. Wo um Himmels willen war ich hier gelandet? Meine Geste schienen die anderen Tierchen als Einladung aufzufassen, denn sie sprangen nun munter auf meinen Schoß oder drängten sich an meinen Körper, bis ich umzingelt von flauschigen, niedlichen Wesen war. Immer mal wieder quiekten sie mit heller, melodischer Stimme oder hechelten einfach nur euphorisch, während sie ihr weiches Fell an meine Haut schmiegten. Vielleicht gab es ja wirklich einen Himmel in der Hölle.

Als es schließlich düster war, saß ich noch immer mit den Tieren im Wald und streichelte ihre Köpfe. Mittlerweile hatte ich mich auf dem weichen Boden niedergelassen und Mühe, dabei meine Augen offen zu halten. Ich beobachtete erstaunt, wie um mich herum langsam die Pflanzen zu strahlen anfingen. Die Blätter der Bäume, Büsche und die Blüten selbst leuchteten in den verschiedensten Farben und erhellten die Umgebung wie sanfte, schummrige LED-Lichter. Selbst die fliegenden Tiere erstrahlten nun in einem dunkelblauen Schein und schwirrten um uns herum wie zu groß geratene Glühwürmchen. Wann immer sie sich auf einer der rosafarbenen Blüten niederließen, segelte goldener Staub durch die Luft und erfüllte die Umgebung mit einem himbeerartigen Geruch, der mich beinah beflügelte.

Plötzlich flog etwas Türkisfarbenes vor meine Augen; ich wich erschrocken zurück und stieß dabei beinah meine flauschige Gesellschaft um. Eine Art Katze mit Flügeln tauchte vor meinem Sichtfeld auf, die nur durch ihre leuchtenden türkisfarbenen Federn in der Dunkelheit auffiel, denn ansonsten hatte sie Fell, das genauso schwarz war wie die Nacht. Erschrocken schaute ich dabei zu, wie sie nach einem der fliegenden Tiere sprang und letztlich jammernd aufheulte. Schnell leckte sie ihre Pfote. Doch sie zuckte jedes Mal zusammen, sobald ihre kleine Zunge ihren Körper berührte, sodass sie ihren Versuch der Schmerzlinderung rasch wieder verwarf. Ob ihr Jagdinstinkt sie nie zuvor in eine solche Situation gebracht hatte?

Die Federn ihrer goldumrahmten Flügel ähnelten denen eines Pfaus und sahen genauso aus wie die von dem Vogelmann, der mich verfolgt hatte. Konnte das wahr sein? War ich in einem Traum gefangen, der meine unterbewussten Ängste verarbeiten wollte, indem er mir eine harmlose Katze als Milo-Ersatz präsentierte? Ich setzte einen meiner Waschbär-Hunde-Freunde, der noch auf meinem Schoß saß, auf dem Boden ab und näherte mich vorsichtig der Katze. Wachsam achtete ich darauf, dass mir keines der fliegenden Insekten zu nahe kam und mich ebenso verletzte wie sie. Als diese mich erblickte, fauchte sie mich sogleich wütend an und erinnerte mich damit ein bisschen an meine Mutter, wenn ich mal wieder nicht die Geschirrspülmaschine eingeräumt hatte. Schnell hielt ich inne. »Hab keine Angst«, raunte ich. »Ich will dir nur helfen.«

Die Katze legte den Kopf schief und wich einen Schritt zurück. Doch ich ließ mich davon nicht abbringen. Sie war trotz der Flügel das Vertrauteste, das mir bisher in dieser seltsamen Umgebung begegnet war. Und vielleicht gab es durch sie eine Verbindung zu meinem Erlebnis nur wenige Tage zuvor? Sicher war das kein Zufall. Ich steuerte langsam auf sie zu, während sie von mir wegtrat. Doch schließlich blieb sie dann doch stehen und ich konnte sacht ihre Pfote in meine Hand nehmen. Ich traute meinen Augen nicht. Es steckten tatsächlich kleine Zähne in ihrem Fleisch! Wie schon gesagt: Insekten, die ich nicht identifizieren konnte, waren nun wirklich nicht meine Lieblingstiere. Die Tatsache, dass sie mir nun demonstriert hatten, wie gefährlich sie sein konnten, spornte meine Furcht nur noch mehr an. Deshalb duckte ich mich, wann immer ich ihre Flügelschläge in der Nähe vernahm, und hoffte inständig, nicht das Opfer ihrer nächsten Attacke zu werden. Vorsichtig zerrte ich einen der Zähne – den größten und tiefsten von allen – heraus, sodass die Katze vor mir aufheulte und mir ihre Pfote entriss. Schnell flog sie auf einen Ast nur wenige Meter von mir entfernt und zog sich die Zähne mit ihren eigenen selbst heraus. Anschließend blickte sie mir mit schwarzen Augen anklagend entgegen.

Ich zuckte nur mit den Schultern. »Tut mir leid. Ich habe es versucht.« Dann setzte ich mich wieder zu den anderen Tieren, die das neu erschienene Wesen mit einer Spur von Unbehagen beobachteten, und streichelte sie beruhigend. Die Katze schielte währenddessen auf uns hinab und verfolgte jede meiner Bewegungen. Nach etlichen Minuten flog sie den Ast wieder hinunter und landete mit ihren Pfoten auf dem Boden vor mir. Ihre Wunde schien sie nicht weiter zu stören. Sie blickte mir tief in die Augen, ehe sie an mir, graziös, wie sie war, vorbeischlich und davonstiefelte. Fasziniert von ihrem Anblick schaute ich ihr hinterher und nahm wahr, wie sie stehen blieb und mich musterte. Sollte das eine Aufforderung sein, ihr zu folgen? Vermutlich war ich mittlerweile vollkommen paranoid geworden, doch ich stand tatsächlich mit meinem Buch als Sicherheit im Arm auf, um mich in ihre Richtung zu wenden. Die Neugier trieb mich an, ehe das Misstrauen überhandnahm, und so betrachtete ich sie interessiert und hoffte einfach nur inständig, das Richtige zu tun, während die flauschigen Kuscheltiere mir bei jedem Schritt folgten, als wäre es das Selbstverständlichste dieser Welt. Die Katze schaute abermals nach vorne und lief weiter, wobei sie immer wieder ihr Tempo anpasste, wenn ich über einen Ast oder eine massive Wurzel steigen oder einem Felsen ausweichen musste. Etwa auf dem halben Weg verschwanden plötzlich die Waschbär-Hunde-Freunde und die Katze und ich waren allein. Vermutlich hätte ich in diesem Moment aufhorchen und hinterfragen sollen, warum sich die Flauschis leise verabschiedet hatten, dennoch nahm ich diesen Umstand einfach nur stumm hin. Auf eine ziemlich naive Art und Weise vertraute ich dem Tier, das vor mir her tapste. Als würde mein Herz genau wissen, dass ich das Richtige tat. Vielleicht lag es aber einfach auch daran, dass ich ein Faible für flauschige Tiere hatte.

Nach einer halben Ewigkeit erblickte ich schließlich eine Lichtung, die uns aus dem Wald führte. Vor mir erstreckte sich eine große Wiese, die von kleinen leuchtenden Blumen umringt war, die die Umgebung erhellten. Sie waren nicht halb so groß wie die im Wald, strahlten jedoch auf die gleiche Weise in glühenden Farben. Mitten auf der Lichtung stand ein windschiefes hölzernes Häuschen, auf das die Katze zusteuerte. Ob das ihr Zuhause war? Natürlich war ich mir im Klaren, dass eine Katze – wenn auch eine mit Flügeln – sehr wahrscheinlich nicht in einer blumenverzierten Holzhütte mit Eingangstür und offenen Fenstern lebte. Wobei, wer wusste das schon. Schließlich hatte ich in der kurzen Zeit so einiges außerhalb meiner Vorstellungskraft gesehen. Umso mehr ängstigte mich die Frage, wer oder vor allem was hier lebte. Unbehagen breitete sich in meiner Magengegend aus und befeuerte meinen Verstand mit Bildern unterschiedlichster Furcht einflößender Geschöpfe. Aber hatte ich eine andere Wahl, als diesem kleinen Tier vor mir zu vertrauen? Was blieb mir anderes übrig? Zurück in den Wald zu laufen und mich dort meinen Wahnvorstellungen hinzugeben, die ich aus der Verzweiflung wohl oder übel entwickeln würde? Vielleicht war dieser Ort hier die einzige Möglichkeit, Antworten auf meine Millionen Fragen zu erhalten. Oder es handelte sich lediglich um den Weg in den sicheren Tod.

War es nicht merkwürdig, dass ich mir beinah täglich vorstellte, wie ich mein Leben beenden könnte, aber in Situationen wie diesen Panik verspürte?

Vor der massiven Holztür blieb die Vogelkatze stehen und setzte sich erwartungsvoll vor mich.

»Wer lebt hier? Ein Ungeheuer, das mich verspeisen will?«, fragte ich das Tier vor mir und wusste nicht, ob ich der Wahrheit tatsächlich auf der Spur war. Aber was hatte ich für andere Optionen? Verhungern? Unbekannte Früchte essen und mich daran vergiften? Warten, bis mich bösartige Geschöpfe fanden und zerfleischten? Ich wusste nichts über diesen Ort. Ich wusste ja nicht mal, ob ich mich wirklich in Hypnose befand. Diese Hütte war vielleicht meine einzige Chance zu verstehen, wie ich hier wieder verschwinden konnte, ohne zu sterben.

Ich atmete einmal tief durch, presste mein Buch an meine Brust und führte meine andere zittrige Hand, die ich zu einer kleinen Faust geballt hatte, an die Tür. Kurz schloss ich die Augen und ließ das Schicksal für mich entscheiden.

Nachdem ich geklopft hatte, stand die Katze auf und lief auf sanften Pfoten davon. Entgeistert und zugleich panisch sah ich mich nach ihr um. »Ist das dein Ernst? Du lässt mich allein?«

Als hätte sie mich verstanden, blieb sie auf der Stelle stehen und setzte sich einige Meter von mir entfernt auf die Wiese.

In der nächsten Sekunde öffnete sich die kleine Tür und ich wich erschrocken zurück. Vor mir stand ein großer, schlanker Mann, der nur einige Jahre älter sein konnte als ich.

Irritiert starrte er mich an und blickte dann hinter mich zu der Katze, ehe sich seine hellen Augen wieder in meine bohrten. »Wer bist du?«

Ich ignorierte die Tatsache, dass Menschen die mit Abstand gefährlichsten Tiere der Welt waren, und freute mich wie ein Kind, das vor dem Weihnachtsbaum stand, dass er meiner Sprache mächtig war und keine acht Arme und sechs Münder besaß, die mich in Einzelteile gerissen und gefressen hätten.

»Elainy. Hi«, antwortete ich ungalant. »Sorry. Ich meine, entschuldige, dass ich störe. Ich habe keine Ahnung, wie ich hierhergekommen bin und wo ich überhaupt bin.« Und ob ich gerade mit der Ausgeburt meiner Fantasie sprach.

Seine Augen wurden größer, während sich seine schmalen Lippen einen Spaltbreit voneinander lösten. »Hat dich die Libercat hergebracht?«

In seiner Stimme klangen dabei Neugier und Verblüffung mit, und trotzdem hörte ich auch eine Spur von Gereiztheit heraus, ohne es wirklich greifen zu können.

Verwirrt schaute ich mich zu der Katze um, ehe ich ihn ansah und nach hinten zeigte. »Die Katze? Ja, ich schätze schon.«

»Du bist ein Avis«, stellte er fasziniert fest. Diesen Ausdruck hatte ich schon mal gehört, was mir nicht gerade euphorische Gefühle verschaffte, mir allerdings einen weiteren perfiden Geschmack von Vertrautheit gab. Immerhin kam ich dem Rätsel nun ein Stück weit näher, wenngleich ich den Zusammenhang nicht entschlüsseln konnte.

Ein wenig verwirrt fuhr sich der helläugige Typ durch die schulterlangen, blonden Haare und hielt mir die Hand hin. »Tut mir leid, ich bin gerade aufgewacht und etwas durcheinander. Ich bin Alec.«

»Hallo, Alec«, entgegnete ich noch immer zurückhaltend, während ich seine raue, von wuchtigen Adern gezeichnete Hand kurz schüttelte. »Wo bin ich hier?«

Alec machte eine ausladende Geste. »Willkommen in Liberantas.«

Kapitel 6

Ein gebrochenes Versprechen beherbergt meist einen gebrochenen Menschen.

»Liberantas?«, wiederholte ich und kam mir dämlich vor, weil er den Begriff mit einer solchen Selbstverständlichkeit aussprach, dass ich das Gefühl hatte, ich müsste ihn eigentlich kennen. Fast so wie bei den Auflösungen, wenn wir in der Schule Stadt, Land, Fluss gespielt hatten und mich meine Mitschüler und Mitschülerinnen mit Flüssen bombardiert hatten, von denen ich noch nie in meinem Leben gehört hatte.

Alec lachte verschmitzt. »Glaub mir, genauso habe ich auch geguckt, als ich plötzlich hier aufgetaucht bin.«

»Du bist hier auch einfach aufgewacht?« Meine Augenbrauen schnellten in die Höhe, mein Mund wurde augenblicklich staubtrocken. Wenn er genauso hierhergekommen war wie ich und noch immer hier lebte …

Er grinste und kratzte sich nachdenklich am Hinterkopf. Diese kleine Geste ließ ihn deutlich jugendlicher wirken als zuvor, fast schon hilflos und nach Antworten suchend. »Na ja, was heißt einfach? Ich erinnere mich kaum noch daran. Keinen blassen Schimmer, wie ich hier gelandet bin. Ich schätze, ich war plötzlich da.«

»Einfach da«, echote ich nuschelnd und grub nach der Erinnerung, die mir zeigen sollte, wie ich hierhergekommen war. Mit Erschrecken wurde mir bewusst, dass sie lediglich verblasst in meinem Gedächtnis herumspukte. Was war bloß los mit mir? Krampfhaft versuchte ich, Augenblicke, Gedankenfetzen festzuhalten, mich an dem zurückgespulten Weg mit der Katze entlangzuhangeln und Zusammenhänge zu verknüpfen. Doch die Bilder zerbarsten nach einiger Zeit des Gedankenflutens abermals in ihre Einzelteile.

»Komm doch erst mal rein«, lud mich Alec ein, und ich nickte lahm, in meinem Gedankenfluss gestört, während ich noch einmal über meine Schulter blickte, doch die Katze war fort. Zu gern hätte ich mich noch bei ihr bedankt.

Ich trat ein und setzte mich auf einen der Esstischstühle in der Mitte des Raumes, den mir Alec stumm anbot. Mein ganzer Körper war der Meinung, sich und alles andere, was er und ich in der kurzen Zeit erlebt hatten, sacken lassen zu müssen. Kurz schaute ich mich um, nachdem ich Alec dabei beobachtet hatte, wie er die Tür hinter sich schloss, und machte dabei mehrere kleine an der Wand aneinandergereihte Schränke mit liebevoll chaotisch arrangiertem Tongeschirr aus. Sein Zuhause wurde durch viele verschiedene Blumen erhellt, die dermaßen stark leuchteten, dass sie Kerzen ohne Mühe ersetzten. Von der Decke hingen mehrere Traumfänger herab. Ansonsten war der Vorderraum des Häuschens sehr schlicht und nur mit etlichen Holzmöbeln bestückt, die ohne Dekoration im Raum verteilt für sich standen. Neugierig ließ ich meine Augen über die Küchenzeile links neben dem Esstisch, an dem ich mich gerade befand, schweifen und entdeckte dabei im sanften Licht der vielen Blumen, die im gesamten Raum auf den Möbeln verteilt waren, bunte, fast schon glänzende Früchte, die ich bereits im Wald bestaunt hatte. Doch viel Zeit ließ mir Alec bei meiner kurzweiligen und zugegeben halbherzigen Erkundung nicht, denn er forderte wenige Sekunden später erneut meine Aufmerksamkeit.

»Alle Tiere, die den Tieren der Aviswelt ähneln, nennen wir Liber. Daran wird die Bezeichnung der Aviswelt gehängt, um deutlich zu machen, dass sie eine Mischung aus beiden Welten sind.«

Mindestens zehn Sekunden benötigte ich, um zu verstehen, wovon er sprach, ehe mir einfiel, dass er die Katze vor dem Haus als Libercat bezeichnet hatte. Die restlichen fünf Sekunden durchforstete ich mein Gehirn nach einem weiteren Begriff, der mich stutzen ließ. »Aviswelt?«

»Die Welt, aus der du kommst. Dort, wo Menschen, also Avis, leben. Hunde, Katzen, Elefanten. Krieg, Betrug …«, zählte er auf und verzog dabei sein Gesicht, als würde er sich die beiden letzten Wörter nach langer Zeit erstmals wieder vor Augen führen.

Seine Worte klangen in meinen Ohren absolut irrsinnig und surreal, trotzdem versuchte ich, mir mit all meiner kreativen Kraft vorzustellen, dass das, was er schilderte, tatsächlich real war. Dass dies hier eine Welt war, abgenabelt von der Erde, die Kreaturen beherbergte, die ich noch nie zuvor gesehen hatte. Insgeheim hatte ich weiterhin die Vermutung, mich in Hypnose zu befinden. Dennoch verstand ich nicht, was der Sinn und Zweck wäre, mich in eine solche Scheinwelt zu verfrachten.

Alec drehte sich zur Küchenzeile und holte zwei Gläser aus einem der massiven Schränke, die mich mit ihrem Vintage-Flair und der abgeblätterten Farbe an die Möbel meiner Oma erinnerten. Wie beiläufig fuhr ich mit den Fingern über den Holztisch, der einen ähnlichen Charme versprühte, und fing mir dabei einen Splitter ein. Innerlich fluchend schaute ich mir meinen Zeigefinger an und zog ihn sogleich wieder heraus, ehe etwas Blut aus der kleinen Wunde floss. Automatisch steckte ich den betroffenen Finger zwischen meine Lippen. Als das Blut meine Zunge berührte, verzog ich angewidert von dem metallischen Geschmack das Gesicht. Hastig spähte ich wieder in Alecs Richtung, der von meinem merkwürdigen Verhalten zum Glück nichts bemerkt hatte.

Seufzend beschloss ich, diese Welt als wirklich zu betrachten und mich auf die Erzählungen und Erklärungen einzulassen. Was hatte ich denn für eine andere Wahl? Selbst wenn ich mich in Hypnose befand, so würde Kian Michaels ohnehin die Macht darüber haben, ob und wann ich daraus erwachte. Trotzdem begleitete mich das mulmige Gefühl, nicht Herrin meiner Sinne zu sein. Insofern zwang ich mich, mich auf die glühenden Blumen zu konzentrieren, die ich aus dem offenen Fenster beobachten konnte. Als sich dann eines der fliegenden blauen Insekten, die die Libercat zuvor verletzt hatten, an einer der Blumen direkt vor dem Haus labte, zeigte ich schnell darauf. »Und das da?«

Alec wandte den Kopf in die Richtung und schmunzelte über meine Frage, als hätte ich ihn gefragt, was eins plus eins sei. »Das ist ein Wegbegleiter. Eines der Geschöpfe, die es nur hier in Liberantas gibt. Sie heißen Confido und sind da, wenn man nicht weiß, wohin man laufen soll. Niemand weiß, ob sie böse oder gute Absichten hegen. Deshalb sollte man ihnen nicht blind vertrauen.«

»Moment! Du willst mir erzählen, sie hätten eine Funktion?«, fragte ich irritiert nach. Natürlich hatte jedes Lebewesen eine Funktion. Bienen, Spinnen, Löwen … all diese Tiere brachten die Welt in Einklang. Doch dass eine Kreatur eine emotionale Aufgabe haben könnte, hatte ich vielleicht lediglich von Delfinen und Haustieren gehört.

Er nickte weiterhin lächelnd, sodass seine geraden Zähne zum Vorschein kamen, und stellte mir ein gelbes Getränk vor die Nase, das ich am liebsten kommentiert hätte. Doch ich war zu gefangen von seinen Worten, von dem, was er mir hier weismachen wollte.

»Jedes Wesen in Liberantas hat eine Funktion. Wir nennen es aber nicht unbedingt Funktion, sondern Gabe. Sie halten das Gleichgewicht dieser Welt aufrecht.«

Ich fuhr mir durch die Haare und war nach wie vor intensiv damit beschäftigt abzuwägen, ob ich seine Aussagen als Wahrheit abstempeln konnte oder ob er mich gerade offensichtlich mit ironischen Bemerkungen foppen wollte. Abwegig war es nicht, erkannte ich ja Sarkasmus nicht einmal, wenn man ihn mir quasi entgegenbrüllte. Oft war ich deshalb die Lachnummer der Klasse gewesen. Einmal hatte ich meinen Politiklehrer gefragt, ob ich auf die Toilette gehen dürfe. Er hatte stumpf »Nein« geantwortet, sodass ich still sitzen geblieben war, bis er mich ungläubig angesehen hatte. Erst da hatte ich verstanden, dass ich eine hohle Nuss war, die keine Ironie verstand. Na ja, Ersteres war mir schon davor klar gewesen. »Okay, und welche Gabe haben diese kleinen Waschbär-Hunde, die stundenlang gestreichelt werden wollen?«

Alec lachte über meine Beschreibung. »Ihnen bist du also auch schon begegnet.« Dann wurde er ernst. »Das sind Sola. Sie werden von Einsamkeit angezogen und sollen dir ein Gefühl vermitteln, gebraucht zu werden.«

Ich räusperte mich. »Okay.« Sollte das wirklich stimmen, hatte ich ihm gerade mehr von mir preisgegeben, als ich wollte. Fast schon verzweifelt suchte ich nach einem Thema, um von meiner Gefühlswelt abzulenken, die ich ihm gerade auf dem Silbertablett serviert hatte. »Und diese Libercat? Was ist ihre Gabe?«

»Libercats sind die Brücke zur Aviswelt«, antwortete Alec schulterzuckend.

»Verstehe. Und diese Brücke brauchst du?«, forschte ich vorsichtig nach. Ich kapierte rein gar nichts und zeitgleich wollte ich unter keinen Umständen, dass er das bemerkte. Am liebsten hätte ich losgeheult, ihn gefragt, woher er das alles wusste, obwohl er ja offensichtlich selbst einmal hier gelandet war, und ihm unter Verzweiflung gestanden, dass mein Kopf gleich platzen würde, weil die tausend Fragen darin keinen ausreichenden Platz fanden. Aber hey, ich tat einfach so, als hätte ich im Kern hellseherische Fähigkeiten und als würde mich das hier alles nur peripher tangieren. Es war bescheuert! So, als würde ich zum ersten Mal in meinem Leben eine Führung durch einen Zoo machen und so tun, als ob ich bereits jeden Kothaufen dem passenden Tier zuordnen könnte. Er hielt mich doch ohnehin schon für dämlich, kein Grund, es mit jämmerlichen Versuchen zu verstecken.

Er verschränkte die Arme ineinander und lehnte sich zurück. »Ich nicht. Aber für manche Neuankömmlinge ist es einfacher, wenn sie ihre Familien vermissen.«

»Wie lange bist du denn schon hier?« Schockiert musterte ich ihn, während mir mein Herz in den Ohren pochte. Meine Nervosität ließ sich nicht mehr zurückhalten oder gar bändigen. Sie war wie ein gewaltiges Gewitter aufgetaucht und donnerte in mein Gehirn, als wäre ich ein Strommast.

»Genau weiß ich es nicht, da wir hier zwar dieselbe Zeitrechnung wie auch in der Aviswelt haben, aber so was wie Uhren oder Kalender gibt es bei uns nicht, weil wir es schlichtweg nicht brauchen. Ich schätze aber mal, fast ein Jahr«, beantwortete er meine Frage unbewegt und schnippte beiläufig einige Blumensamen vom Tisch.

Meine Augen würden mir in der nächsten Minute aus dem Gesicht fallen und wie Murmeln über den Tisch rollen, das stand fest. »Was? Und du kannst nicht mehr zurück?«

»Beruhig dich«, beschwichtigte Alec mich, als er offensichtlich meine Schnappatmung registrierte. Nachdenklich spähte er mehr oder weniger beunruhigt in die Dunkelheit. »Wir können alle zurück. Wir können uns jederzeit für eine Seite entscheiden.«

»Und du hast dich für Liberantas entschieden?«

Alec lächelte und zuckte mit den Schultern. »Nur ein Narr würde sich gegen Liberantas entscheiden.«

Ich sank auf meinen Stuhl zurück, bemühte mich, meine heranrollende Panik wegzuatmen, und linste zum Getränk vor mir. »Bitte verrat mir einfach nicht, dass das Liberpisse ist.«

»Liberpisse?«, wiederholte Alec lachend, sodass das tiefe Brummen in meinen Gliedern vibrierte. »Das ist Dulcis. Ein süßes Getränk, das aus einer Frucht gewonnen wird, die du sicher noch nie in deinem Leben gekostet hast. Sie löscht deinen Durst und stillt gleichzeitig deinen Hunger.« Wie in einem schlechten Werbespot roch er genüsslich mit seiner großen, markanten Nase, die perfekt in sein Gesicht passte und ihm eine gewisse Attraktivität verlieh, daran, ehe er es wieder vor mir abstellte.

Kurz ließ ich das schlichte Glas zwischen meinen Fingern kreisen, um die gelbe Flüssigkeit darin zu begutachten. Ich wollte gar nicht wissen, wie viele Kalorien dieses Getränk hatte. Es erinnerte mich an diese stinkenden Shakes, die meine Oma vor einigen Jahren hatte trinken müssen, um zuzunehmen. Es hatte mir jedes Mal das Herz gebrochen.

Besonders appetitlich sah die saftartige Konsistenz nicht aus, doch ich war durstig. Hastig nippte ich am Becher und goss mir das Getränk sogleich in einem Zug die Kehle hinunter. Es schmeckte nach Zitrone, zugleich nach Marshmallow und

Pancake und doch ganz anders. Es war, als würde ich zum ersten Mal in meinem Leben eine Kiwi kosten und beschreiben müssen, wie sie schmeckte. Mit der einzigen Ausnahme, dass Dulcis weitaus besser schmeckte als jede Frucht, die ich je hatte probieren dürfen. Nur wenige Sekunden später wurde mir wohlig warm in der Magengegend und ich fühlte mich angenehm gesättigt. Auch meine Kehle war nicht länger staubtrocken. Ich schloss für wenige Sekunden meine Augen, um meine Sinne bewusst auf den Geschmack zu fokussieren, der noch immer in meiner Mundhöhle für Glücksgefühle sorgte.

»Lecker?« Alec grinste zufrieden, als er mich dabei beobachtete, wie ich mir rasch den Mund abwischte.

Ich nickte dankbar. »Also, sollte ich tot umkippen, weil du mich gerade vergiftet hast, dann habe ich wenigstens noch eine würdige Henkersmahlzeit genossen.«

»Keine Sorge, ich habe nicht vor, dir wehzutun«, versicherte er mir, ehe er neben mir auf eine der Türen zeigte. »Wenn du magst, kannst du das Zimmer rechts beziehen. Es ist schon lange frei.«

»Hat dort dein letztes Opfer geschlafen?«, witzelte ich träge und erhob mich. Ich war mehr als nur müde, da mich der Schock, die Todesangst und die Reizüberflutung so ausgelaugt hatten, dass mein Körper sicherlich wochenlang Schlaf gebrauchen könnte. Alec machte auf mich einen vertrauenerweckenden Eindruck und im Grunde war ich vermutlich hier am sichersten. Zumindest hoffte ich das. Hatte ich eine andere Wahl?

Er zwinkerte und hielt mir die Zimmertür auf. »Tatsächlich nicht. Das hatte seinen Platz auf dem Dachboden.«

Verhalten grinste ich über seine Art, auf meinen Humor einzugehen. »Danke.« Ich trat ein und blickte mich noch einmal zu ihm um. »Du hast wirklich was gut bei mir.«

Alec sah mir tief in die Augen, ehe er sagte: »In Liberantas sind solche Versprechungen viel wert, Elainy.«

»Meine Versprechungen waren es bereits in der Aviswelt«, erwiderte ich und schloss schließlich sacht die Tür hinter mir. Kurz suchte ich nach dem Lichtschalter, konnte aber in dem dämmrigen Licht keinen finden. Also öffnete ich noch einmal die Tür einen Spaltbreit. »Sag mal, gibt es hier kein Licht?«

Alecs Kichern ertönte aus der Küche. »Wenn du Lampen meinst, nein. In Liberantas gibt es keinen Strom. Brauchst du Licht? Ich kann dir ein paar der leuchtenden Blumen geben.«

»Großartig«, murmelte ich gerade so laut, dass er mich verstehen konnte. »Nein, danke, ich schlafe ja ohnehin jetzt. Aber lieb von dir, du hast schon genug für mich getan! Gute Nacht.«

Nach einer knappen Erwiderung seinerseits schloss ich abermals leise die Tür.

Seufzend ließ ich das kleine Zimmer auf mich wirken, das in dem schwachen Schein des offenen Fensters gut genug zu erkennen war. Es war nicht gerade geräumig, doch das hölzerne, dunkle Bett mit der üppigen Matratze war genug, um mein Herz höherschlagen zu lassen. Ich ließ mich darauf nieder und betrachtete die weißen schlichten Wände, die außer ein paar Rissen keinerlei Dekoration vorzuweisen hatten. Mit geschürzten Lippen schaute ich liegend aus dem Fenster ohne Scheibe, das ein mulmiges Gefühl in mir auslöste. Auch die rosafarbene Baumwollgardine, die ich vor das Fenster ziehen konnte, würde wohl kaum etwas davon abhalten, mir einen Besuch abzustatten. Mir war hier zwar bisher nichts Bösartiges begegnet, dennoch konnte ich mir kaum vorstellen, dass es nur niedliche Waschbären-Hunde gab.

Letztendlich war ich zu müde, um mir weiter Gedanken darüber zu machen, legte mein Buch auf dem Nachttisch neben mir ab und bettete meinen Kopf auf das weiche Kissen. Es roch blumig süß und vielleicht auch ein klein wenig muffig, aber es verleitete mich dazu, erleichtert und erschöpft auszuatmen. Schnell zog ich mir die dünne Decke bis zum Kinn und starrte in die dunkle Nacht hinaus, die durch die verschiedenen Blumen und Bäume sanft beleuchtet wurde. Nicht einmal die Leuchtsterne, die ich als Kind in Massen an den Wänden kleben gehabt hatte, hatten mich so sehr beruhigt wie diese stille Natur an diesem sonderbaren Ort. Der Schock fiel mit einem Mal von mir ab, sodass ich schluchzend in den Himmel starrte, ehe ich schließlich doch die Gardine zuzog. Ständig dachte ich daran, dass ich keinen blassen Schimmer hatte, was hier vor sich ging, und dass ich genauso wenig etwas daran ändern konnte. Ich fühlte mich machtlos, allein, verwirrt. Es dauerte nicht lange und ich vernahm etliche Flügelschläge vor meinem Fenster. Als ich zur Gardine lugte, konnte ich Schatten ausmachen, die mich an Vögel erinnerten, was ich einerseits beruhigend fand, doch andererseits war ich froh, dass der Vorhang die Vögel daran hinderte einzudringen. Wer wusste schon, ob sie mir sonst ihre Schnäbel ins Gesicht gehämmert hätten.

Nach einigen Minuten zwischen Tränen und Schluchzern übermannte mich dann die Müdigkeit. Ich fiel in einen tiefen, traumlosen Schlaf.

Klopfen.

Och nee.

Klopfen.

Ob mich Mama einmal ausschlafen lassen würde?

Klopfen.

Genervt öffnete ich die Augen und blinzelte mehrmals. Mein Blick fiel auf eine Holzdecke, die mir so gar nicht bekannt vorkam. Sofort saß ich aufrecht im Bett und rieb mir nervös die Augen. Kurz brauchte ich, um mich zu orientieren, ehe mir bewusst wurde, dass ich das alles tatsächlich nicht geträumt hatte. So viel Kreativität hätte ich mir auch gar nicht zugetraut.

»Elainy? Bist du wach?«, erklang eine tiefe Stimme hinter der Tür, nachdem es ein weiteres Mal geklopft hatte.

»Jetzt schon«, murmelte ich und reckte mich einmal ausgiebig.

Alec kicherte, als wäre Schadenfreude sein zweiter Vorname. »Rena möchte dich kennenlernen.«

Und da stand ich auch schon neben dem Bett, als wäre ich bereit für den nächsten Marathon. Ich stellte mir sofort bildlich vor, wie meine Mutter mit einem Block im Zimmer aufkreuzte, um sich aufmerksam Notizen zu machen, wie man den Arsch ihrer Tochter aus dem Bett kriegte.

Wer war Rena? Seine Freundin? Seine Schwester? Seine Mutter? Oder noch schlimmer: seine Oma? Sie hatte ihm bestimmt bereits die Leviten gelesen, weil er eine fremde Frau bei sich beherbergt hatte. Schnell griff ich nach meinem Buch, das ich in der Nacht schlaftrunken neben mich auf das Bett gelegt hatte, und drückte es mir mit einer Hand an die Brust. Kurz strich ich mir die Kleidung glatt, ehe ich nervös vor die Tür trat. Vor mir stand Alec und neben ihm eine große, schlanke Frau, die ungefähr in meinem Alter sein musste. Mein Selbstbewusstsein wurde mit einem Blick dem Erdboden gleichgemacht. Wie konnte ein Mensch so wunderschön sein? Ihre blauen Augen richteten sich auf meine, während sich ihre roten Brauen leicht zusammenzogen. Sie war sicherlich nicht seine Mutter, und doch sah sie mich an, als wäre ich die Schwiegertochter, die sie am liebsten beim abendlichen BBQ auf den Grill verbannen wollte.

»Das ist Elainy«, stellte mich Alec nach einer kurzen peinlichen Stille vor. Dann zeigte er auf die junge Frau, die ihre Zähne nun fast hörbar zusammenpresste. »Und das ist Rena.«

»Freut mich«, brachte ich zurückhaltend hervor, war mir jedoch sicher, dass beide die Lüge von meinem nervösen

Gesichtsausdruck ablesen konnten und dass diese Bemerkung ohnehin nicht auf Gegenseitigkeit beruhte.

Wieder folgte ein unangenehmes Schweigen und so räusperte sich Alec, um uns abermals aus der Stille zu retten. »Rena hat angeboten, dir Kleidung zu leihen.«

»Oh, vielen Dank!«, kommentierte ich ehrlich berührt und faltete meine Hände ineinander, während ich nach unten guckte. Wann immer ich mich über etwas freute, feuerte mein Gehirn prompt Tränen in meine Augen. Das war keine Eigenschaft, die ich sonderlich mochte oder gar zeigen wollte.

Als ich wieder aufsah, verzog sie keine Miene und bedeutete mir nur mit ihren Blicken, ihr zu folgen, was ich wortlos tat.

Alec knackte derweil seine Finger und machte dabei trotzdem keinen sehr entspannten Eindruck.

Bruder, glaub mir, es geht mir genauso.

Schnell führte sie mich in das Zimmer neben meinem und nickte zum Holzbett, wo etliche Kleider, Hosen, T-Shirts und zu meiner Erleichterung auch Unterwäsche lagen. Wer wollte schon mit demselben Slip herumlaufen, den er gestern bereits getragen hatte? Ich jedenfalls nicht. Deshalb war ich froh, dass sie eine ähnliche Statur wie ich hatte, obwohl sie ein paar Zentimeter größer war und sicherlich einige Kilo weniger wog.

Ich ging euphorisch zu der Kleidung und begutachtete sie freudig. Dann drehte ich mich zu ihr um. »Ich danke dir, das ist nicht selbstverständlich!«

Sie hingegen studierte misstrauisch meine Gesichtszüge und erhob schließlich das erste Mal die Stimme vor mir. »Das stimmt, das ist wirklich nicht selbstverständlich.«

Ein wenig erschrocken blickte ich sie an und speicherte ihre dunkle und doch melodische Stimme in meinem Gedächtnis.

Alec, der uns gefolgt war, seufzte einmal gedehnt, ehe er mich aus der unangenehmen Atmosphäre befreite. »Lasst uns nach draußen gehen. Rena und ich haben Frühstück gemacht.«

Ich nuschelte eine Flut an Danksagungen, während wir uns in Bewegung setzten. Ob sie Alecs feste Freundin war, die seine Hilfsbereitschaft völlig falsch bewertete? Was auch immer ihre Beweggründe waren, mir die kalte Schulter zu zeigen, ich würde ihr beweisen, dass ich keinerlei Interesse daran hatte, ihr das Leben schwer zu machen. Im Gegenteil: Ich war auch ihr dankbar, dass sie mir einen Schlafplatz gewährt, mir Kleidung von sich geliehen und mir offenbar auch noch einen Platz an ihrem Tisch zugesagt hatte. Schnell machte ich einen Stopp in meinem provisorischen Zimmer, zog mir meine leicht miefende Kleidung vom Leib und in einer Mordsgeschwindigkeit Renas pastellblauen Kapuzenpullover und die schwarze Cargohose über. Ich war froh über meine Wahl, denn in eine ihrer Jeans hätte ich ganz sicher nicht gepasst. Anschließend marschierte ich aus dem Zimmer und ließ die Blicke der beiden, die auf mich gewartet hatten, über mich ergehen. Während Alec mir anerkennend zunickte, erweckte Rena den Anschein, als ob sie mir die Kleider direkt wieder vom Leib reißen wollte.

Gemeinsam stiefelten wir nach draußen und in der hellen Sonne des Morgens sah die Welt noch viel schöner aus. Die türkisfarbene Wiese und die kleinen bunten Blumen, die sich darüber erstreckten, wirkten nun noch strahlender und lebendiger als in der Abenddämmerung. Sofort erfüllte die erfrischende Luft meine Lungen und belebte meinen gesamten Körper. Die Sonnenstrahlen drangen in meine Poren. Es war beinah spürbar, wie das Serotonin ausgeschüttet wurde. Auf dem üppig gedeckten Tisch vor dem Häuschen machte ich viel Gebäck und Früchte aus, die ich noch nie zuvor gesehen, geschweige denn probiert hatte. Beinah zur gleichen Zeit ließen wir uns auf den Stühlen nieder. Ich befreite mich von meiner Nervosität und dem Buch und legte es neben meinen kleinen, schlichten Tonteller. Alec reichte mir wortlos eine Frucht, die die Form einer Kiwi hatte, jedoch von der Beschaffenheit eher einer Weintraube und farblich der einer Banane ähnelte. Kurz zögerte ich, doch als ich die Blicke der beiden auf mir spürte, biss ich schließlich hinein. Haarscharf musste ich ein Seufzen unterdrücken, während ich genüsslich die Augen schloss. Wenn ein Orgasmus nur halb so gut wäre, würde ich den ganzen Tag nichts anderes anstreben, denn die Frucht schmeckte unvergleichlich. Es war eine Mischung aus saftigem Schokoladenkuchen, Ananas und Pfirsich, dennoch wurde die Beschreibung dem Geschmack nicht gerecht. Er kitzelte meine Geschmacksknospen bis zum Äußersten, sodass ich nicht fassen konnte, dass ich einundzwanzig Jahre ohne diese Geschmacksexplosion hatte leben können.

»Wie war deine erste Nacht in Liberantas?«, fragte Alec schließlich, zufrieden über meine Reaktion, als ich meine Augen wieder öffnete und mir sogleich die nächste Frucht in den Rachen schob, die noch süßer war als die erste.

Schnell kaute ich zu Ende, ehe ich ihn anlächelte. »Entspannend. Danke, dass ihr mich gestern so nett aufgenommen habt.« Entspannend? *Elainy, wer soll dir das denn bitte glauben?*

Um meine kleine Lüge hinter meinem Pokerface zu verstecken, schnappte ich mir sogleich eines der kleinen Brötchen von einem der Teller, biss hinein und bemerkte, dass es weitaus saftiger und fluffiger schmeckte als jedes Gebäck, das ich je zuvor in meinem Leben kosten durfte. Man brauchte keinerlei Aufstrich oder Belag. Es war eine deftige Mahlzeit, die für sich allein stehen konnte. Mein Magen machte deshalb ganz zu Recht Freudensprünge.

Alec beobachtete mich derweil peinlichst genau und schenkte mir ein kurzes Lächeln. »Kein Problem.«

»Dieses Essen hier schmeckt förmlich nach Nährstoffen. Sind das Vitaminbomben oder ist das bloß mein Wunschdenken, weil es so lecker schmeckt?«

Alec schmunzelte. »In Liberantas gibt es zwar keine Vielzahl an Lebensmitteln oder Gerichten, dafür aber ziemlich viele unterschiedliche Früchte, die in ihrem Geschmack so variabel sind, dass sie dich rein gar nichts aus der Aviswelt vermissen lassen. Von deftig über scharf über salzig bis hin zu süß ist alles dabei. Und glaub mir, du wirst schnell merken, dass es deinem Körper weitaus besser geht, wenn du die unbehandelten Früchte aus Liberantas isst.«

»Faszinierend«, flüsterte ich ehrfürchtig, während Alec mich stolz dabei beäugte. Dann schaute er zur Seite, als wäre er gerufen worden, und ich folgte seinem Blick. Einige Meter von uns entfernt hockte die Libercat von gestern und musterte mich neugierig und mit schräg gelegtem Kopf.

Fast schon hatte ich Tränen in den Augen, weil ich mich so freute, sie zu sehen. »Da bist du ja wieder!«

Aus den Augenwinkeln spürte ich, wie Alec und Rena mich gleichzeitig anstarrten. Ich ignorierte sie aus meiner Euphorie heraus, nahm eine leere Schale vom Tisch und kippte etwas Wasser aus einem der weißen Krüge hinein. Damit ging ich auf die Libercat zu und stellte das Wasser vor ihren Pfoten ab. »Freut mich, dass wir uns wiedersehen.« Meine Stimme hatte ich zu einem Flüstern gesenkt, schließlich mussten Rena und Alec ja nicht wissen, dass ich wie eine bekloppte Katzentante mit Tieren sprach. Auch wenn ich mir nicht vorstellen konnte, dass überhaupt jemand nicht mit Tieren kommunizierte.

Die Libercat zögerte kurz, dann fing sie an zu trinken. Ihre kleine rosafarbene Zunge schnellte im Sekundentakt in die kleine Wasserschale, während sie Rena und Alec aufmerksam anvisierte.

»Du scheinst einen Schatten zu haben«, kommentierte Alec, als ich zurück zum Tisch kam, um mich abermals auf dem Stuhl niederzulassen.

Ich grinste und blinzelte zu meiner Tierfreundin. »Ohne sie würde ich vermutlich immer noch im Wald umherirren und Sola kuscheln.«

Die beiden erwiderten nichts und so betrachtete ich Alec neugierig und studierte seinen glücklichen Gesichtsausdruck, als würde er das Privileg, hier zu leben, in vollen Zügen genießen. Ich erwischte mich dabei, wie sich auch meine Mundwinkel nach oben bewegten und ich mich prompt fragte, ob Liberantas tatsächlich so zufrieden machen konnte, wie Alec es war. Als meine Augen schließlich zu Rena wanderten, hätte ich mich fast an meiner Frucht verschluckt.

Sie musterte mich auf eine sehr misstrauische Art, als wäre ich eine Kreatur, die sie ganz schnell wieder loswerden wollte.

»Wie bist du hierhergekommen?«

Sie wirkte dabei weder feindselig noch sonderlich freundlich. Ich glaubte sogar, noch nie jemandem begegnet zu sein, der so monoton sprechen konnte. »Angeblich durch Hypnose«, antwortete ich schlicht, als ich mich an den verblassten Schleier meiner Gedanken erinnerte.

Rena sah kurz zu Alec, dann stierte sie wortlos auf ihren Teller, während sie weiteraß. Damit war das Gespräch wohl beendet.

»Während wir einfach da waren«, kommentierte Alec und legte kurz die Hand auf Renas Schulter, die bei der Berührung leicht zusammenzuckte.

»Einfach da«, wiederholte ich genauso wie den Abend zuvor und war froh darüber, das Thema ein weiteres Mal ansprechen zu können. »Klingt sehr mystisch.«

Alec lachte und sah mich dabei zweifelnd an. »Du wachst hier in Liberantas auf, begegnest unbekannten Wesen und erlebst eine komplett andere Welt, als du sie kennst, und du findest es mystisch, dass wir nicht wissen, wie wir hergekommen sind?«

»Vielleicht ist das auch einfach meine Art, eine Panikattacke zu unterdrücken«, konterte ich. In Wahrheit empfand ich meine Beschreibung als überhaupt nicht verwunderlich oder gar falsch gewählt. Den Eingang dieser Welt zu finden erschien mir als die größte Frage, die ich mir momentan stellen sollte. Denn bekanntlich konnte jeder Eingang auch ein potenzieller Ausgang sein.

»Was ist das für ein Buch?«, wollte Alec nach einigen Sekunden des Schweigens wissen, während er auf den Gegenstand wies.

Ich schob es wie automatisch von mir weg, als würde es mir nicht allzu viel bedeuten, um nicht auch wie von Kian Michaels gelesen und durchschaut zu werden. »Es heißt ›Wenn ich gut genug wäre‹.«

»Klingt sehr negativ«, entgegnete Alec zweifelnd und warf meinem Buch einen kritischen Blick zu. »Hier in Liberantas sind nur Bücher ohne negative Gefühle geduldet.«

»Also gar keine Bücher?«, kommentierte ich ausdruckslos. Ein Buch, das keine negativen Gefühle auslöste, um die positiven mehr schätzen zu können und ein wahres Gefühlschaos beim Lesen auszulösen, war in meiner Welt kein wirklich lesenswertes. Die Frage zu stellen, warum sie verboten waren, versäumte ich kläglich, als ich gespannt auf seine Antwort wartete. Über Bücher zu philosophieren war so ungefähr meine Lieblingsbeschäftigung.

Alec zuckte mit den Schultern und trank einen Schluck seines Saftes. »Doch, schon. Du kannst Sachbücher lesen … oder manche Krimis …«

Ich konnte nur erahnen, wie wenig er tatsächlich in seinem Leben gelesen hatte. Vermutlich waren es lediglich die kleinen Reclams, die man in der Schule lesen musste, und davon hatte er sicherlich auch nur die Inhaltsangabe überflogen, um die Klausuren zu bestehen. Vielleicht hatte er auch bloß die

Mathebücher durchgepaukt, um zu glauben, dass Bücher, die negative Gefühle auslösten, eine Schande wären.

»Krimis beherbergen keine schlechten Gefühle?«, hakte ich mit gerunzelter Stirn nach.

Alec schaute sich kurz um, als hätte er Sorge, beobachtet zu werden, ehe er flüsterte: »Zumindest nicht immer zum Selbstmord verleitende Gefühle.«

Rena schien ihre kalte Fassade abzulegen und zappelte nun unbehaglich auf ihrem Stuhl hin und her, während sie ihr Getränk in einem Zug herunterkippte.

»Warum flüsterst du?« Ich sah mich irritiert um, um sicherzugehen, dass mein Erbsenhirn nicht etwas verpasst hatte.

Alec lehnte sich ein Stückchen weiter zu mir und forderte direkt meine Aufmerksamkeit ein. »Ich gebe dir einen Tipp, Elainy: Halte dich an Liberantas' Regeln. Diese Welt hier hat überall Augen und Ohren. Auch wenn Liberantas ein Ort ist, der dir ein neues Lebensgefühl geben kann, kann er auch schnell sämtliche Lebensenergie auslöschen.«

Mit geweiteten Augen schaute ich zwischen Alec und Rena hin und her. »Wie meinst du das?«

»Das wirst du noch früh genug erfahren«, beendete er das Thema unheilvoll und biss geräuschvoll in eine der Früchte.

Kapitel 7

Die wahre Stärke liegt nicht darin, sich anderen zu stellen, die kleiner sind als du, sondern darin, sich vor den Grösseren zu behaupten.

Ein Spaziergang nach dem Frühstück würde mir guttun, dachte ich, bevor meine Faulheit mir entgegenbrüllte, dass ich mich gefälligst wieder ins Bett schmeißen sollte. Doch Alec ließ mir nicht wirklich eine Wahl, nachdem wir das Geschirr in einem der Eimer gesäubert hatten, dessen Wasser wir zuvor aus einem Bach geschöpft hatten. Denn anschließend umfasste er sacht meinen Oberarm, versprach mir vage, mir die Schönheit von Liberantas zu zeigen, und forderte mich zum Gehen auf. Also wanderten Alec und ich in den Wald hinein, als wären wir die ältere Version von Hänsel und Gretel. Zumindest ich verkörperte ihre Orientierungslosigkeit in vollen Zügen. Ich begriff nicht, wie sich Menschen den Weg merken konnten, wenn doch jeder verdammte Baum dem anderen glich und jede blaue Blume wie die andere aussah. In meiner Vorstellung hatten Menschen mit dieser Fähigkeit einen Auftritt in einer Magiershow in Las Vegas verdient.

Alec bestand darauf, mir zu erklären, welche Früchte man essen konnte und welche Samen wichtig seien, um Gebäck herzustellen. Tatsächlich wollte er mir weismachen, dass man jegliche Getreideprodukte aus Samen bestimmter Büsche gewinnen konnte. Wenn er mich bis jetzt nicht von dieser Welt überzeugt hatte, dann spätestens dann, als er mir eröffnete, dass Brote quasi an Büschen wuchsen, sofern man es richtig anstellte. Man müsse lediglich die Samen zerkleinern, das klebrige Innere zu einer Masse kneten und es anschließend ohne weitere Zutaten für wenige Stunden ruhen lassen, bis es ganz ohne Backofen zu einem festen Klumpen mutierte, der mit seinem fluffigen Kern dem Gebäck ähnelte, das ich aus der Bäckerei kannte.

»Es ist wichtig, dass du weißt, wie du überlebst, wenn du hierbleibst«, predigte Alec, während er mir einige Samen in die seitliche Hosentasche stopfte.

»Wenn ich hierbleibe! Das klingt, als hätte ich eine Wahl. Wie kommt man denn hier wieder weg?«

Er zuckte mit den Schultern, nachdem er einer größeren violetten Blume ausgewichen war. »Keine Ahnung. Wir sind uns nur recht sicher, dass es bestimmt funktioniert. Vermutlich musst du es einfach von ganzem Herzen wollen, irgendwie so was.«

Das klang definitiv nicht danach, als hätte er sich jemals ernsthafte Gedanken darum gemacht. Ob er nie in Erwägung gezogen hatte, von hier zu verschwinden und zu seiner Familie zurückzukehren? Der Gedanke daran, dass diese Vermutung den Tatsachen entsprechen könnte, war mir dermaßen zuwider, dass ich ihn schnell wieder verwarf. Es erinnerte mich zu sehr an *ihn*.

»Du scheinst keine Angst davor zu haben, dass man hier gefangen bleibt?«, hakte ich vorsichtig nach. Natürlich war dieser Ort wunderschön und anscheinend so viel friedlicher als meine Welt. Doch wie sollte ich hier verweilen, wenn meine Eltern auf mich warteten?

»Liberantas ist ein Ort des Friedens, Elainy. Und Frieden kann nur herrschen, wenn alle hier ihre Freiheit besitzen. Die haben wir.« Alec schmunzelte, als er meinen misstrauischen Blick bemerkte. Im nächsten Moment schlug er sacht gegen einen Blütenkopf, und goldener Staub rieselte heraus. »Glaub mir, es ist die Wahrheit.«

Wie am Tag zuvor atmete ich einen himbeerartigen Geruch ein, der mich sogleich beflügelte und meine Gedanken in eine andere Richtung schweifen ließ.

»Ich verstehe nicht, warum ich hier bin«, gab ich zu.

»Das wirst du früh genug erfahren. Du musst nur Geduld haben!« Nach diesen Worten sprang er auf einen großen Baumstamm, um sich auf den nächstgelegenen Ast zu hangeln. Ich sah ihm dabei zu, wie er in Windeseile hinaufkletterte, um an große Früchte heranzukommen.

Ungläubig runzelte ich die Stirn, als er auffordernd zu mir herunterschaute. »Du glaubst jetzt aber nicht, dass ich sportlich genug bin und da hochklettern kann?«

Alec lachte. »Vielleicht solltest du sportlicher werden, um zu überleben.«

Ich zuckte mit den Schultern. »Es gibt genügend Früchte, die in Reichweite sind und bei denen ich nicht riskieren muss, mir das Genick zu brechen.«

»Die sind aber nicht halb so lecker«, konterte Alec und biss in eine der ovalen roten Früchte, die er gepflückt hatte, bevor er demonstrativ zufrieden seufzte.

»Seit wann muss etwas lecker schmecken, um mich vor dem Hungertod zu bewahren?«, entgegnete ich.

Alec ließ die Frucht sinken und legte den Kopf schief. »Du bist also die Art von Mensch, die sich mit dem Zweitbesten zufriedengibt, um das Risiko nicht eingehen zu müssen, beim Besten zu versagen? Ziemlich schwach.«

»Du solltest nicht über Menschen urteilen, die du gar nicht kennst«, stellte ich klar, und die aufgeheiterte Stimmung war verflogen.

Alec ließ sich auf dem Ast nieder und sah auf mich hinunter. »Würde es nicht der Wahrheit entsprechen, würdest du dich nicht angegriffen fühlen.«

Ich hatte es satt, dass Menschen glaubten, etwas über mich besser zu wissen. Leise Wut stieg in mir hoch und machte sich in mir breit. Ich versuchte, sie schnell wieder hinunterzuschlucken, um mir nicht schon jetzt mehr Feinde als Freunde zu machen. Es war albern! Ich sollte wirklich aufhören, mir jede Kleinigkeit zu Herzen zu nehmen. »Vielleicht macht es mich einfach bloß wütend, wenn andere unwissenden Blödsinn reden.« Danach streckte ich ihm die Zunge raus.

Alec schien derweil nicht begriffen zu haben, dass ich das Thema schnellstmöglich abhaken wollte, denn seine Gesichtszüge waren noch immer so ernst, als würde er an einer wichtigen politischen Diskussion teilnehmen. »Ich glaube kaum, dass ich Blödsinn rede.«

»Lass uns nicht darüber sprechen. Ich denke, ich kenne mich ein kleines Stückchen mehr, als du es tust.« Abermals schlich sich Wut in meine Adern und ließ sie pulsieren, als ich Alecs süffisantem Grinsen begegnete.

»Ich denke, ich spreche aus, was dein Unterbewusstsein zu verdrängen versucht, nicht wahr?«

Nicht aufregen, Elainy, redete ich mir wie ein Mantra ein, während ich mich zunehmend mehr aufregte.

Zornig blickte ich zu ihm auf. »Und ich denke, du solltest dein Gehirn vielmehr dazu nutzen, um zu erkennen, wann es an der Zeit ist, den Mund zu halten.«

Da geschah etwas, das mich dann doch sprachlos machte. Alec lachte tatsächlich! Konnte er mich so wenig lesen, dass er nicht bemerkte, dass ich es ernst meinte, oder war es ihm schlichtweg egal? So oder so war es ziellos, weitere Energie in diese Konversation zu verschwenden.

Ich entschied mich mit pochendem Herzen und kochendem Kopf dafür, nicht weiter auf seine Stichelei einzugehen, und riss mir eine Frucht von einem Busch ab.

Plötzlich richtete sich ein riesiger Kopf über dem Strauch auf und schwarze Augen blickten genau in meine. Das Tier hatte einen Tigerkopf und rote Streifen durchzogen das weiße kurze Fell, doch der Körperbau ähnelte eher einem muskulösen Werwolf. Die Signalfarbe seiner Streifen schrillte wie eine Alarmanlage in meinem Kopf. In seinem Maul hielt er eine tote Sola, die er nun achtlos fallen ließ, weil offenbar ich sein neues Ziel der Begierde war. Wild fixierte er mich und bleckte seine Zähne, sodass ich vor Schreck die Frucht losließ und die Luft anhielt.

»Scheiße!«, fluchte Alec über mir und gab mir damit nicht gerade das Gefühl, mich wieder beruhigen zu können.

Ich trat einen Schritt zurück, während der Wolfstiger bei jedem meiner Atemzüge lauter zu knurren schien, sodass ich entschied, mich gar nicht mehr zu bewegen. »Was soll ich tun?«, zischte ich Alec zu. »Stehen bleiben? Mich vor ihm niederknien? Totstellen?«

»Das ist ein Furorem!«

Vielen Dank für die detaillierte Anleitung, was ich tun soll! Keine Sorge, ich schlage direkt mal in meinem neuen Tierlexikon nach, wie ich mich am besten verhalte. Mr Tigerwolf wird bestimmt kurz warten können.

Ich streckte meine Arme aus, um dieser Kreatur zu vermitteln, dass sie nichts zu befürchten hätte. Als ob das Lebewesen das nicht schon längst wüsste! Das Tier müsste nur einmal zuschnappen und mein jämmerliches Leben wäre Geschichte. Wie zur Bestätigung meiner Einsicht bleckte der Furorem noch mal die Zähne und nahm mich ins Visier. Die Geschöpfe wurden doch alle von Emotionen angelockt, schallte es in meinen Gedanken. Schnell versuchte ich, jegliche Gefühle abzuschotten, befahl meinem Körper zu verstummen. Doch auch das funktionierte nicht. Der Furorem fauchte laut.

Alecs anschließender Schrei durchzuckte meinen ganzen Körper und echote in meinem Kopf. »Lauf! Lauf, Elainy!«

Das ließ ich mir nicht zweimal sagen. Ich machte kehrt und rannte um mein Leben, während mir das überdeutliche Aufwirbeln der Blätter signalisierte, dass ich verfolgt wurde. Bei jedem Sprung über die großen Wurzeln spürte ich die Präsenz dieses Riesentiers dichter an meinem Allerwertesten. Kurz wog ich ab, ob ich es schaffen würde, einen Baum zu erklimmen, bevor er mich zerfleischte, verwarf die Überlegung aber sofort, als ich das Knurren immer lauter in meinen Ohren dröhnen hörte. Hinter einer der großen schwarzen Wurzeln konnte ich im Augenwinkel zu allem Übermaß auch noch einen gewaltigen schuppigen tiefschwarzen Schlangenschwanz ausmachen, der sich gefährlich nah in meine Richtung schlängelte und meine Angst nur noch mehr entfachte. Doch das gewaltbereite Knurren hinter mir übernahm dann letztendlich die Hoheit über meine Aufmerksamkeit, und so versuchte ich, mich wieder auf den Weg vor mir zu konzentrieren. Immer wieder zwängte ich mich durch Wurzeln und zwischen Ästen hindurch, nahm Abzweigungen, die dem Tier ungelegen kamen und es zumindest für einige Sekunden ausbremsten, weil es nach einem Umweg suchen musste. Ich schlängelte mich durch Öffnungen von Steinmauern und robbte unter riesigen, dichten Blumen hindurch. Doch egal, wie viel Zeit ich dadurch für mich aufholen konnte, dieses mordlustige Wesen spürte ich auch nach etlichen Minuten noch hinter mir. Von meiner Verzweiflung getrieben sprang ich schließlich in einen der großen Bäche, ohne auch nur darüber nachzudenken, welche Kreaturen das holografische Wasser ihr Zuhause nannten. Schnell schwamm ich hindurch und hörte das Fauchen des Tigerwolfes auf der anderen Seite des Baches, als ich aus dem Wasser herauskletterte. Kurz wandte ich mich um und nahm wahr, wie der Furorem stehen geblieben war. Wasserscheu? Meine Rechnung ging auf.

In der nächsten Sekunde wandte er sich jedoch nach rechts und gab dem bekannten Spruch »Freu dich nicht zu früh« ein Gesicht. Er würde den Weg um den Bach wählen. Mit pochendem Herzen wandte ich mich wieder um und rannte erneut durch die Büsche und Blumen des Waldes.

Als ich schließlich atemlos eine Lichtung erreichte, hatte ich kaum mehr Hoffnung, aus dieser Situation lebend herauszukommen. Als wäre das nicht schon schlimm genug, entschied das Schicksal sich dafür, diesem erbärmlichen Fluchtversuch ein Ende zu setzen. Für eine einzige Sekunde passte ich nicht auf, wohin ich lief, und übersah einen Stein. Ich stolperte, strauchelte und fiel schließlich geräuschvoll auf den erdigen Boden. Panisch drehte ich mich um und sah, wie mich der Furorem vom Ende des Waldes erblickte und auf mich zu hechtete. Einige Meter, bevor er mich erreicht hatte, tauchte wie aus dem Nichts die schwarze Libercat vor mir auf und fauchte mein Gegenüber an. Der Furorem blieb stehen und brüllte zornig. Es war beinah absurd, dass eine Katze, die um einiges kleiner war als dieses Ungetüm, den Mumm besaß, ihm die Stirn zu bieten. Leider war dem Wolfstiger nur allzu sehr bewusst, dass er uns um Welten überlegen war. Immer weiter kam er auf uns zu, und als er schließlich fast auf unserer Höhe war, stand ich auf, schnappte mir reflexartig die Libercat und hielt sie an mich gepresst vor mich. Der Furorem duckte sich wie zum Angriff und so ließ ich die Libercat hastig wieder los. »Lauf!«, rief ich ihr zu und hoffte nur sehnlichst, dass sie sich in Sicherheit brächte.

Doch sie blieb an meiner Seite und gemeinsam mit ihr blickte ich dem Tod entgegen. Der Furorem rannte die letzten Meter los, seine Krallen zum Schlag bereit.

Doch noch bevor er bei uns war, tauchten plötzlich riesige goldumrahmte Flügel vor mir auf, deren Besitzer sich schützend vor mich stellte. Sofort erinnerten sie mich an Milo, den blonden Vogelmann, dem ich vor einigen Tagen begegnet war, doch die großen türkisfarbenen Federn waren bei diesem hier dichter, die irisierenden pfauenartigen Augen größer. Was um alles in der Welt passierte gerade? Als ich gehetzt auf den Hinterkopf meines Retters stierte, erkannte ich schwarzes Haar, und auch wenn ich ihn bloß einmal in meinem Leben gesehen hatte, wusste ich instinktiv, wer da gerade vor mir stand. Hinter ihm sah ich den Furorem zurück in Richtung Wald laufen. Wovor sich diese riesige Kreatur auch immer fürchtete, es war ein weiteres Signal, wachsam zu sein, was diesen Mann betraf. Obwohl er mich gerade offensichtlich beschützt hatte.

Schwer atmend blickte ich dem Geschöpf hinterher und fragte mich, wie oft ich eigentlich in letzter Zeit vor dem Tod gestanden hatte.

Awan drehte sich langsam zu mir um und schaute mir direkt in meine angsterfüllten Augen. Durch seine Flügel wirkte er noch mächtiger, größer und düsterer als zuvor, sein Gesicht war kalt und ausdruckslos.

Doch nach einigen Momenten veränderte sich etwas und seine Augenbrauen zogen sich fragend zusammen, während er an meiner nassen Kleidung herabsah. »Alles in Ordnung? Bist du verletzt?«

Ich schüttelte den Kopf und beantwortete damit beide Fragen. Er kam auf mich zu, drehte grob und doch behutsam mein Gesicht in alle Richtungen und begutachtete flüchtig meinen Körper. Als er offenbar keine Verletzungen feststellen konnte, ließ er mich sofort los und trat einige Schritte zurück.

Seine Miene war nun wieder eiskalt. Ich konnte nicht fassen, dass ich diesem Mann noch einmal über den Weg gelaufen war.

»Das war wirklich mutig!«, hörte ich eine vertraute Stimme hinter mir und machte Milo aus, der auf uns zu schlenderte und sich grinsend die Hände rieb.

»Mutig? Das war lebensmüde!«, widersprach Awan seinem Begleiter, ehe er sich abermals mir zuwandte. »Du bist gerade mal einen Tag hier und wirst schon fast getötet.«

Dass er wusste, wie lange ich hier war, jagte mir einen kalten Schauer über den Rücken. Ob er daran schuld war, dass ich hier gelandet war?

Milo schlug ihm spielerisch auf die Schulter. »Ach, komm schon, Awan. Wie oft wurdest du schon fast getötet?«

Dieser ging gar nicht auf seine Stichelei ein und fokussierte mich, dann sah er schließlich zu der Libercat zu meinen Beinen hinunter, die ihn aufmerksam beäugte. »Nach einem Tag fast getötet und gleichzeitig eine Verbündete gewonnen.«

Auch ich ließ meine Augen zu meiner Beschützerin gleiten. »Sie weicht mir nicht mehr von der Seite.«

»Libercats suchen sich jedenfalls nicht oft Gefährten aus. Das sind meist eher die Liberdogs«, kommentierte Milo stumpf.

Es klang nicht wie ein Kompliment, sondern vielmehr wie ein riesengroßer Vorwurf.

»Du lockst ziemlich viel an.«

Awan griff bestimmend nach meinem Arm. »Wie dem auch sei. Du musst zurück in die Aviswelt.«

Sofort riss ich mich los. »Ich muss gar nichts. Mir gefällt es hier.« Natürlich hatte ich mich nicht im Geringsten damit abgefunden hierzubleiben, aber das musste dieser aufgeblasene Vollidiot ja nicht wissen. Mein Trotz war in diesem Moment größer als ein Blauwalhirn. Außerdem würde ich mich wohl kaum aus dem Staub machen, wenn Alec womöglich in Gefahr schwebte. Mochte sein, dass er auf dem Baum noch immer in

Sicherheit war. Aber wer wusste schon, ob der Furorem womöglich auch bestens klettern konnte? Er hatte mich in meiner Not bei sich aufgenommen, da würde ich jetzt nicht einfach klammheimlich verschwinden, ohne sicherzustellen, dass es ihm gut ging.

Awan visierte mich stirnrunzelnd an. Er schien mich nicht für zurechnungsfähig zu halten. *Stell dich hinten an, Freundchen, das tun viele nicht.*

»Natürlich gefällt es dir hier, auch wenn du gerade fast gefressen wurdest.«

»Du kannst in meiner Welt an jeder Ecke sterben. Das ist nichts Neues«, konterte ich genervt und hatte große Mühe, sachlich zu bleiben. Er dachte wirklich, ich wäre der größte Trottel. Vielleicht war ich das auch, in Anbetracht dessen, dass ich ihm in jeder anderen Situation recht gegeben hätte.

Awan verschränkte die Arme ineinander. »Was ist mit deinen Eltern?«

»Rena und Alec haben gesagt, ich könne jederzeit zurück«, antwortete ich schulterzuckend, während sich zugleich das schlechte Gewissen durch meine Adern fraß. Mama und Papa länger als nötig im Ungewissen zu lassen, war mehr als nur falsch. Nicht bloß aus dem offensichtlichen Grund, dass sie sich extreme Sorgen machen würden. Ich wäre auch nicht besser als mein Bruder.

Awan seufzte genervt und drehte seinen Kopf in Richtung Wald. Er wusste sicherlich bereits, mit wem ich unterwegs war, schließlich war ihm sogar bewusst, wie lange ich bereits hier war. »Anima haben nicht die geringste Ahnung von Liberantas und ihren Gesetzen.«

»Was sind schon wieder Anima?« Ich warf frustriert die Arme in die Luft und fragte mich, ob ich mir einen neuen Duden zulegen müsste.

»Anima sind Avis, die in Liberantas leben. Du bist nun eine Anima«, erklärte Milo sachlich.

Awan warf ihm einen warnenden Blick zu. »Das ist sie nicht. Sie ist ein Avis und das bleibt sie auch! Liberantas ist kein Touristenstädtchen, das Schaulustige bei sich beherbergt. Diese Welt ist ein Ort des Friedens.«

Ich zog die Augenbrauen empor. »Und du denkst, ich würde keinen Frieden bringen?«

Awan schritt auf mich zu, bis er nur wenige Zentimeter vor mir stand. Zornig blickte er von oben auf mich herab, sodass mir eine Gänsehaut über den Körper lief. Inständig hoffte ich, dass er meine Furcht nicht bemerkte.

»Seit du mir begegnet bist, bringst du nur Ärger. Ich habe keine Ahnung, wer dich wie hierhergebracht hat, aber das ist sicher kein Zufall.« Er zog seine Augenbrauen zusammen. »Als ob mir jemand einen Dämon vorbeigeschickt hätte.«

»Einen Dämon! Ich? Du bist derjenige mit den verdammten Flügeln!« Wütend ballte ich die Hände neben meinem Körper zu Fäusten. »Glaubst du, es hätte mir gepasst, euch begegnet zu sein, vor dir zu fliehen und ohne Vorahnung hier zu landen? Spiel dich nicht so auf, du Großkotz!«

Milo hinter mir lachte in sich hinein. »Ich sag ja: mutig!«

Awan ging einen Schritt rückwärts, gab mir aber mit seinem Blick das Gefühl, mir gedanklich ein Messer an die Kehle zu halten. »Vergiss nicht, dass du Gast in Liberantas bist. Ein unerwünschter Gast. Du solltest dich wenigstens benehmen.«

Ich schnaubte und verursachte dadurch, dass dieser schwarzhaarige Vollidiot überrascht aus der Wäsche guckte. »Du kannst ja als Vorbild vorangehen, anstatt dich zu benehmen, als wärst du der König. In meiner Welt begegnen wir Gästen mit Gastfreundschaft. Wir kümmern uns um sie und sind freundlich. Gerade Letzteres solltest du vielleicht noch mal üben.«

Awans Gesichtszüge verdunkelten sich zunehmend und erinnerten mich an mein Spiegelbild, nachdem ich mich wieder in ein Kleid gequetscht hatte, das mir partout nicht mehr hatte passen wollen.

Milo hinter mir räusperte sich. »Vielleicht sollten wir …«

Da donnerte Awan auch schon los: »Freundlichkeit? Ich habe dir gerade das Leben gerettet!«

»Und danach hast du mich beleidigt«, konterte ich und bemühte mich, das Zittern in meiner Stimme zu unterdrücken.

Er starrte mir ungläubig mitten in die Seele, ehe er sein Kinn hob und mich anblickte, als wäre ich eine Brotdose, die nach den Ferien aus dem Schulranzen gefischt wurde. »Deshalb wollen wir hier keinen Avis. Ihr seid eine undankbare Spezies. Sieh zu, wie du allein zurechtkommst.«

Nur eine Sekunde später breitete er seine riesigen pfauenartigen – zugegebenermaßen wunderschönen – Flügel aus und verschwand ohne ein weiteres Wort gen Himmel.

Ich fluchte aufgebracht, während Milo hinter mir eine Hand auf meine Schulter legte. »Beruhige dich, bevor du noch mehr anlockst. Noch mal wird dich niemand retten.«

Ich atmete einmal tief durch. »Was für ein in Liebe getränkter Mann«, nuschelte ich ironisch und schaute in die Richtung, in der Awan verschwunden war.

»Inanis verspüren keine Liebe oder Zuneigung. Wir leben in einer Zweckgemeinschaft und arbeiten einzig und allein zusammen, um den Frieden hier zu wahren und uns zu vernetzen. Das könnte auf einen Avis befremdlich wirken. Nimm uns unsere kalte Seite also bitte nicht übel.«

Irritiert sah ich ihn an und ließ mir seine Betitelung durch den Kopf gehen, ehe ich wieder zum Kern seiner Aussage zurückgelangte. »Ihr verspürt keine Liebe?«

Er schüttelte den Kopf. »Wir haben Triebe, ja. Aber nichts davon hat mit Liebe zu tun. Wir sind dagegen immun.«

»Warum?« Das war ja wohl ein Scherz.

Milo wirkte nicht gerade, als würde er Witze machen. Seine Miene war todernst. »Das ist das oberste Gesetz von Liberantas.«

»Ein Gesetz besagt, dass ihr nicht lieben dürft?«, bohrte ich noch einmal nach, um mich zu vergewissern, dass ich das richtig verstanden hatte. Wie sollte das funktionieren?

»Genau. Niemand in Liberantas darf das. Liebe zerstört unseren Frieden. Sie macht Geschöpfe zu bösartigen Dämonen, die Rachegefühle und Hass versprühen. In der Aviswelt scheint Liebe ein Privileg zu sein, hier sehen wir es als Fluch an.«

Natürlich hatte ich auch oft verflucht, Liebe empfinden zu können. Doch so vehement und drastisch dagegen zu rebellieren, dass man sie erst gar nicht zuließ, war mir dann doch zu viel. Vor allem, wie sollte man das jemandem verbieten, als wäre zu lieben eine bewusste Entscheidung? »Das ist … unvorstellbar.«

Milo schien meine Aussage nicht ansatzweise zu interessieren und hatte offenbar auch wenig Lust, diese Unterhaltung mit mir fortzuführen. Er starrte gen Himmel, als würde er gerufen werden.

»Liberpax aeterquam«, murmelte er, ehe er wieder mich ansah. »Ich hoffe, du findest zurück. Viel Glück!« Dann breitete er seine pompösen Flügel aus und war in nur wenigen Sekunden aus meinem Sichtfeld verschwunden.

Kapitel 8

In der tiefsten Dunkelheit der eigenen Gedanken kannst du schnell von dem Licht geblendet werden.

Ich musste lebensmüde sein, so wie Awan es treffend formuliert hatte. Welcher intelligente Mensch würde sonst wieder in den Wald zurückmarschieren, in den gerade mein größter Albtraum abgehauen war und wo er jederzeit lauern könnte, um mich ein weiteres Mal anzugreifen? Aber ich konnte nicht seelenruhig zurück zum Haus marschieren, ohne nach Alec gesucht zu haben. Vielleicht schwebte er in Gefahr und brauchte meine Hilfe. Meine Angst unterdrückend machte ich mich also auf den Weg und suchte nach einem Mann, den ich erst wenige Stunden kannte. Ob das naiv war? Auf jeden Fall. Aber ich hatte keine Wahl, wenn ich mir nicht ewig Vorwürfe machen wollte, sollte ihm doch etwas passiert sein. Wenn ich nur leise, wachsam und unauffällig genug war, würden meine Überlebenschancen vermutlich um einen geringen Prozentsatz wachsen.

Die Libercat, die mir wie selbstverständlich folgte, schien mich für übergeschnappt und nicht zurechnungsfähig zu halten, denn ich spürte jederzeit ihre ausdrucksstarken Augen auf mir ruhen, während ich gehetzt nach Alec Ausschau hielt.

Doch auch nach fast einer ganzen Stunde Suche fand ich ihn nicht. Mein Orientierungssinn war noch schlechter, als ich angenommen hatte. Ob ich wirklich weiter aus dem Wald gerannt war, als es sich angefühlt hatte? Was machte ich mir vor? Als ob jemand wie Alec meine Hilfe bräuchte, der sich hier offensichtlich bestens auskannte und sich demnach nicht so wie ich wie ein Elefant im Porzellanladen verhielt. Höchstwahrscheinlich war er bereits zurück zur Hütte gegangen und hatte Rena berichtet, dass ich als Snack für einen Wolfstiger herhalten durfte. Rena würde sich sicherlich die Hände reiben und euphorisch jubeln, weil sie mich ohne großartige Aktion so schnell wieder losgeworden war. Vermutlich hätte sie es als natürliche Auslese tituliert. Kurz schämte ich mich dafür, wie ich über sie urteilte, schließlich kannte ich sie gar nicht und hasste es ebenso, wenn man über mich Schlüsse zog, die nicht der Wahrheit entsprachen.

Du bist so was von doppelmoralisch, Elainy!

Ich seufzte und kletterte auf einen der riesigen, mit violetten Blumen umrankten Baumstämme, die wie gigantische Wurzeln über den Boden ragten. Ich merkte schnell, dass die Diskussion mit Alec vollkommen überflüssig gewesen war, denn die Bäume hier in Liberantas konnten unmöglich mit denen in meiner Welt verglichen werden. Die nach einer Mischung aus süßlicher Ananas und nasser Erde riechenden schwarzen Ranken waren nah beieinander, sehr dick und massiv, sodass man sich beinah mühelos hinaufhangeln konnte. Außerdem waren die mächtigen Blätter des Baumes derart zahlreich um mich geschlossen, dass ich vermutlich gar nicht fallen konnte, selbst wenn ich es darauf anlegen würde. Die Rinde der Ranken war glatt und gleichzeitig so weich, dass ich glaubte, ich könnte darin mühelos die Finger vergraben, um besseren Halt zu finden. Selbstverständlich sah ich beim Klettern immer noch so aus, als wollte ein Walross auf Inlinern den Mount Everest erklimmen.

Als ich mich schließlich einige Meter über dem Boden befand, ließ ich mich auf einem der robusten, gigantischen Äste nieder, darauf bedacht, keine Pflanze zu zerquetschen. Ich zog meine Knie an meine Brust und legte mein Gesicht in meine Hände. Innerhalb weniger Stunden hatte sich mein bisheriges Leben in Luft aufgelöst, während ich zusätzlich diesen beiden aufgeblasenen Vogelmännern begegnet war und trotzdem nicht verstand, ob es Fluch oder Segen war, dass ich hier gelandet war. Ohne Zweifel, es war wunderschön hier. Die Friedlichkeit – abgesehen von dem gefräßigen Furorem – und die unangetastete Natur, alles wirkte wie aus einem magischen Traum. Doch die Gesetze, die Regeln, alles, was mir bisher um die Ohren geknallt worden war, war so fern von meinen Einstellungen, dass ich mich im Grunde miserabel fühlte, diese Welt hier als schön zu bezeichnen.

Plötzlich spürte ich etwas Weiches an meiner Hand und linste erschrocken zwischen meinen Fingern hindurch. Die Libercat starrte mich neugierig mit ihren großen türkisfarbenen Augen an. Ich ließ meine Hände fallen und fuhr ihr über den Kopf und vorbei an den großen, kräftigen Flügeln, die sich weicher anfühlten als jede Fleecedecke.

»Warum bist du nicht weggeflogen?«, flüsterte ich und strich ihr wiederholt über ihren kleinen Kopf. Sie drehte sich auf den Rücken, damit ich sie auch am Bauch streicheln konnte, und blickte mich aus ihren großen Augen auffordernd an. Dann wurde ich tatsächlich rot. »Du bist gar kein Weibchen.«

Ich streichelte über *seinen* Bauch, ehe er sich noch ein Stückchen mehr streckte und zufrieden gähnte. »Ich wünschte, ich würde deinen Namen kennen.«

Er schnurrte, legte sich schließlich dicht neben mich auf den Baumstamm und stupste mich leicht mit dem Kopf an. Lange betrachtete ich dieses wundersame, schöne Wesen, das mich beschützen wollte und mir nicht von der Seite wich. Noch nie hatte ich für irgendein Lebewesen – ausgenommen meine Eltern – so viel Dankbarkeit übriggehabt.

»Light«, sprach ich aus, was mir durch den Kopf schoss, und die Libercat blickte auf. »Darf ich dich ›Light‹ nennen? Wie das Licht in meiner Dunkelheit?«

Die Libercat schnurrte und legte ihren Kopf auf ihre Pfoten. Ich schmunzelte. »Das werte ich als ein Okay.«

Erneut sog ich den himbeerartigen Geruch in der Luft auf, der intensiver als sonst erschien und mich zunächst zunehmend beflügelte. Nur wenige Minuten später verwandelte sich die Euphorie jedoch in plötzliche Schläfrigkeit. Fast als wäre die Intensität zu stark, zu ausgeprägt, zu viel für meinen Geruchssinn. Ohne groß darüber nachzudenken, wie dämlich es eigentlich war, legte ich mich neben Light und schlief von meiner plötzlichen Trägheit übermannt nach wenigen Sekunden ein.

Als ich wieder erwachte, war es bereits dunkel. Light ruhte noch immer neben mir und duckte sich in beinah gleichbleibendem Rhythmus, sobald einer der Confido ihm zu nahe kam. Schnell richtete ich mich auf und fuhr mir über meinen pochenden Schädel. Wie lange hatte ich geschlafen? Wie spät war es und warum zur Hölle war ich gedankenlos mitten in einem Wald eingeschlafen? Hatte mich jemand gesucht und nicht gefunden? Warum war ich überhaupt in dieser verdammten Situation, dass ich gefunden werden musste? Warum war ich in dieser Welt gefangen, die mir so fremd war?

Mich überfiel sogleich das Gefühl tiefer Traurigkeit, ohne dass ich es beeinflussen konnte. Von einer Sekunde auf die andere machte sich die Erkenntnis breit, dass Alec sich bestimmt nicht darum scherte, wo ich abgeblieben war, und dass ich selbst nicht wusste, ob ich hier jemals wieder herausfinden würde. Es war nichts Neues, dass ich die Kontrolle über mein Gehirn verlor und meine Krankheit übernahm. Allerdings war es neu, dass ich sie fast schon begrüßte, weil ich glaubte, dass ich sie bräuchte, um mich nicht gänzlich allein zu fühlen – egal, wie widersprüchlich das auch klingen mochte. Das Gefühl, nie gut genug zu sein, damit sich Menschen um mich sorgten, überschattete jegliche Schönheit, die mir die Natur von Liberantas bot. Deshalb war es auch nicht verwunderlich, dass ich bald darüber philosophierte, wie es wäre, würde ich hier und jetzt sterben. Würde es je jemand erfahren? Würde jemand um mich trauern? Ich schlang die Arme um meinen Körper und schluchzte. Ich konnte nicht geliebt oder gar gemocht werden. Nicht, wenn ich mich nicht selbst liebte. So war es doch, oder? Ich würde hier sterben, früher oder später. Vielleicht wäre das das Beste. Vielleicht würde der Tod mir meine Schmerzen nehmen, würden endlich diese giftigen Gedanken enden und würde ich mich nie wieder quälen müssen, der Menschheit gerecht zu werden. Denn waren wir mal ehrlich: Ich glaubte nicht daran, dass für jeden Menschen ein Happy End vorherbestimmt war. Dazu war diese Welt viel zu verkorkst. Woran ich seit langer Zeit glaubte, war, dass manche Menschen nicht geboren werden sollten, weil sie niemals in die Gesellschaft passen würden und deshalb nur existierten, um auf den Tod zu warten. Tja, was sollte ich sagen? Ich war einer dieser Menschen.

Plötzlich landete ein vogelartiges Geschöpf auf einem Ast vor meinen Augen und erschreckte mich dabei beinah zu Tode. Es hatte riesige Flügel, kleine Klauen, aber einen Kopf, der so gar nicht zu dem Rest zu passen schien. Er erinnerte mich auf bizarre Art und Weise an ein Kaninchen. Es besaß eine Stupsnase, lange Schlappohren und winzige, spitze Zähne. Nur der graue Körper und die Federn, die den gesamten Körper bedeckten, ließen mich an einen Vogel denken. Doch als er seine Flügel vor mir ausbreitete, war dieser Eindruck ebenfalls verschwunden. Sie bestanden aus winzigen kachelartigen Kristallen, die bei jeder Bewegung klangen wie das Windspiel, das Alec und Rena vor ihrem Häuschen hängen hatten. Schnell versuchte ich, meine negativen Emotionen wegzuwischen, um meinem Gehirn Platz zu machen, damit es entscheiden konnte, ob ich lieber vor dieser Kreatur fliehen sollte.

Je mehr ich mich auf eine der Kacheln fokussierte, desto mehr hatte ich das Gefühl, in ihr zu versinken, und auf einmal spiegelte sich in ihr ein Gesicht, das ich noch nie zuvor gesehen hatte. Bevor ich überhaupt verstehen konnte, was gerade vor sich ging, wurde mein Gehirn in eine Richtung gezwängt, gegen die ich ankämpfte, bis mir schwindelig wurde. Es war, als würde jemand die Kontrolle über meine Gedanken gewinnen wollen; als würde jemand mit aller Macht gegen mich Tauziehen spielen. Wenige Sekunden konnte ich dem Drang widerstehen, dem nachzugeben, doch meine instabile Stimmung, die gerade durch meine Glieder fegte, tat ihr Übriges. Schließlich gab ich auf und ließ den Sog gewähren.

»Nein!«, hörte ich einen jungen Mann schreien, während ich ohne große Verwunderung zur Kenntnis nahm, dass es meine eigene Stimme war. Eine männliche.

Vor mir stand eine Frau mittleren Alters mit geballten Fäusten. Ihre braunen Augen waren wild, gar trüb. Ihr Blick machte mir Angst und plötzlich spürte ich Emotionen, die ich noch nie zuvor auf diese Weise und in dieser Kombination gefühlt hatte: Verzweiflung, Wut, Ekel, Angst, Leere, Resignation … Es war zum Greifen nah.

»Ich habe dir verdammt noch mal gesagt, dass du diesen Namen nie wieder aussprechen sollst!«, schrie sie. »Du hast keinen Vater mehr!«

Dann lief sie auf mich zu, die Faust erhoben. Im nächsten Moment landete sie in meinem Gesicht. Einmal. Zweimal. Dreimal. Viermal. Sie ließ mir nicht einmal Zeit, um Luft zu holen.

Plötzlich spürte ich eine Hand auf meiner Schulter, doch sie passte nicht zu der Szene, die sich mir gerade bot.

Noch ein Schlag. Dann schaute ich wieder in das wutverzerrte Gesicht der groß gewachsenen Frau. Ich konnte gerade noch die Augen schließen, als ich den nächsten Hieb kommen sah.

»Elainy?«, hörte ich auf einer anderen Seite, fast schon verzerrt, verschwommen. Ich wurde geschüttelt.

»Du bist genauso wie er!«, brüllte sie in Rage. »Genauso ein Nichtsnutz, genauso zu nichts zu gebrauchen!«

»Elainy! Hör auf hineinzusehen! Komm zu dir!«

Als würde ich in einem unbedachten Moment das Tau meines Rivalen an mich ziehen, wurden meine Gedanken auf einen Schlag wieder klar. Keuchend schreckte ich aus den grausamen Bildern auf, die mir unfreiwillig geboten worden waren.

Vor meinem Blickfeld tauchte nun Alec auf, der mich besorgt musterte. »Elainy? Bist du wieder bei dir?«

Ich schüttelte benebelt den Kopf, um mich zu vergewissern, dass ich ins Hier und Jetzt zurückgekehrt war, ehe ich tief durchatmete, um die Gefühle, die ich soeben durchlebt hatte, abzuschütteln. »Ja, ich schätze schon. Was zum Teufel war das bitte?« Die Euphorie darüber, dass er lebte und mich gefunden hatte, blieb mir im Halse stecken.

Alec zischte dem vogelartigen Geschöpf warnend zu und es flog sofort davon. »Das ist ein Dolor. Er wird von Trauer angelockt und zeigt schmerzhafte Erinnerungen aus der Aviswelt. Du solltest dich nicht darin verlieren.«

»Den Tipp hättest du gern ein paar Minuten früher auspacken können«, nuschelte ich. »Geht es dir gut?« Seufzend hielt ich mir den Kopf. Die Kopfschmerzen, die nun einsetzten, waren nicht ansatzweise mit einem Kater nach einer alkoholreichen Nacht zu vergleichen. Nicht, dass ich die oft zu verzeichnen gehabt hätte, aber den einen oder anderen Abend im Club hatte ich doch schon erlebt, um diese Erfahrung vergleichen zu können. Es fühlte sich allerdings eher so an, als hätte mir jemand mein Hirn geraubt, es ordentlich durchgeschüttelt und es wieder unwirsch eingesetzt.

»Nachdem dich der Furorem angegriffen hat, als wärst du seine erste Mahlzeit seit zwei Monaten Hungern, hatte ich jetzt nicht so die Hoffnung, dir überhaupt noch irgendwas sagen zu können«, kommentierte Alec, ohne auf meine Frage zu antworten, und half mir auf die Beine, ehe wir gemeinsam den Baum hinunterkletterten. Ganz offensichtlich ging es ihm besser als mir und meinem dröhnenden Schädel.

»Du meintest, alle Kreaturen hier hätten eine Funktion. Ist die des Furorem, nervige Avis zu verspeisen?«, bemerkte ich, als wir unten auf dem Waldboden ankamen.

Alec lachte kurz auf, ehe er wieder ernst wurde. »Furorem werden von Wut angelockt. Sie sollen dafür sorgen, dass keine negativen Gefühle Platz in Liberantas finden. Also ja, irgendwie ist er schon dafür da, jemanden zu verspeisen.« Dann blickte er an mir hinab zu Light, der sich ebenso erhoben hatte. »Die Libercat ist immer noch bei dir.«

»Light«, präzisierte ich stolz. »Ich habe ihn Light getauft.«

Alec hielt inne. Als er begriff, dass ich die Pointe nicht auflösen würde, sah er mich stirnrunzelnd an. »Kein Tier hier hat einen Namen, Elainy.«

»Dann ändere ich es hiermit«, teilte ich ihm standhaft mit. Warum sollte es so dermaßen verwerflich sein, hatte doch jeder tierische Begleiter in meiner Welt einen Namen.

Er schien das anders zu sehen, denn seine Mimik verdunkelte sich mit jedem Wort ein wenig mehr. »So einfach ist das nicht. Du kannst nicht hierherkommen und die Regeln verändern.«

»Es ist nur ein Name«, erwiderte ich verständnislos.

»Nur ein Name? Sobald du einem Tier einen Namen gibst, hast du eine ganz andere Bindung.« Er seufzte. »Gib einem Schwein einen Namen und du wirst merken, dass es dir noch viel schwerer fallen wird, es zu schlachten.«

Angewidert verzog ich das Gesicht. »Ich würde nicht mal schlachten, wenn das Schwein meinen Selbsthass verkörpern würde.«

»Was ich damit sagen möchte, ist, dass du hier in Liberantas keine Liebe empfinden darfst«, erklärte er und verdrehte die Augen, als wäre seine Begründung so eindeutig, als hätte er mir erklären müssen, dass man verbrennen würde, wenn man sich ins Feuer stellte.

Am liebsten hätte ich es ihm gleichgetan, doch ich versuchte mich daran, sachlich zu bleiben. »Den Schund habe ich heute schon mal gehört.«

»Schund?« Seine Miene versteinerte, als er noch einmal über meine Worte nachdachte, und er blickte mich interessiert an. »Hat dich also jemand vor dem Furorem gerettet, nicht du allein konntest ihm entkommen?«

Ich verdrehte die Augen, als mein Gehirn automatisch Awans Gesicht wie an eine Leinwand meiner Schädeldecke projizierte. Im Grunde hatte ich keinerlei Interesse daran, mit Alec über Milo und Awan zu sprechen. Die beiden Vogelmänner raubten mir ohnehin den letzten Nerv, da musste ich nicht auch noch über unsere Unterhaltungen hinaus über sie nachdenken.

Andererseits mochte es sein, dass Alec mehr über sie wusste und mir demnach eventuell sogar mehr Aufschluss darüber geben konnte, warum zum Geier ich hierher hypnotisiert worden war. Immerhin zweifelte ich nicht, dass es in diesem Punkt einen Zusammenhang geben könnte. »Wenn man es so nennen mag. Seine Anwesenheit war jedoch noch qualvoller als die des Furorem, der mich aufschlitzen wollte.«

»War es ein Inanis?«, flüsterte Alec entgeistert und blickte sich um, als hätte er den Namen, der nicht genannt werden durfte, gebrüllt.

Ich nickte und war froh darüber, dass ich das Wort nicht hatte aussprechen müssen. Bei mir wäre bei meinem lausigen Gedächtnis vermutlich etwas wie *Eknanes* herausgekommen. »Ich würde ihn aber einfach als Arschloch betiteln. Klingt für mich passender.«

»Du hast keine Ahnung, was es bedeutet, von einem Inanis gerettet zu werden«, betonte Alec streng und gab mir wieder das Gefühl, schwer von Begriff zu sein.

Wie zeigte man, dass ich dumm war, ohne mir zu sagen, dass ich dumm war?

Alec kannte die Antwort. »Inanis retten keine Anima. Sie wollen lediglich Frieden in diese Welt bringen und schreiten nur ein, um uns in den Arsch zu treten.«

»Ach so, und Frieden bedeutet, anderen in den Arsch zu treten und dabei zuzusehen, wie ein Mensch zerfleischt wird?« Die Philosophie dahinter mochte wirklich schön sein, an der Umsetzung haperte es jedoch gewaltig.

»Wenn du einem Furorem begegnest und dich falsch verhältst, mischen sich die Inanis nicht ein. Sie sehen es als Lauf der Natur an. Anders als in der Aviswelt sind hier alle Lebewesen gleichgestellt. Wir schreiben den Geschöpfen nicht weniger Rechte zu als uns, und wenn deine Zeit zu sterben nicht gekommen ist, wird Liberantas dir Hilfe schicken. Aber ganz sicher nicht in Form von Inanis, glaub mir.« Er schnaubte und lehnte sich mit verschränkten Armen gegen einen der Bäume. »Auch wenn sie es nicht zugeben werden, weil sie uns lieber mit Irrelevanz gegenübertreten wollen: Sie hassen uns Anima. Anders als Odium sehen sie uns als Parasiten an – als Avis. Sie glauben nicht daran, dass wir zu dieser Welt gehören.«

»Und du glaubst daran?«, hakte ich nach und stolperte erst in der nächsten Sekunde über den Namen Odium, der mir auch bereits begegnet war – wieder in Kombination mit diesen beiden schwarzäugigen Proleten.

»Schon, ja. Ich werde sehr bald Odium aufsuchen, damit ich endgültig Teil von Liberantas werden kann.«

Ich stutzte. »Wer oder was ist Odium?«

»Ach, niemand.« Alec lachte und machte eine wegwerfende Geste. »Nur der Herrscher und Schöpfer von Liberantas.«

Das soll ich woher wissen, Mr Oberschlau? Aus dem neuen Duden, den ich mir extra für diese Welt angefertigt habe? Die Seiten, die negative Gefühle wecken könnten, habe ich natürlich fein säuberlich zugeklebt, keine Sorge.

Ich entschied mich, vernünftig zu sein und mich nicht weiter auf seine provokanten Sprüche einzulassen. Nicht zuletzt, weil ich unter gar keinen Umständen einen Furorem anlocken wollte. Also schluckte ich meine sarkastische Erwiderung hinunter, die mir bereits auf der Zunge lag, und versuchte, so zu tun, als hätte ich seine Aussage überhört. »Was würde sich für dich verändern, wenn du ihn aufsuchst?«

»Man sagt, dass Liberantas und vor allem Odium Avis heilen können. Sie nehmen dir die vergangenen Schmerzen und lassen dich hier deinen Frieden finden.«

Seine Augen leuchteten vor Euphorie, sodass auch ich über seine Begeisterung lächeln musste.

»Dafür darf man jedoch nie wieder in die Aviswelt zurückkehren. Man muss sein altes Leben komplett loslassen.«

»Und dazu bist du bereit?« Ich fuhr wie beiläufig über eine der Blumen, deren Blüten sofort wieder in ihre Ausgangsposition zurücksprangen, sobald ich aufhörte, sie zu berühren.

»Ich denke, ja. Wir leben hier im Einklang. Keine schlimme Kindheit, keine Schmerzen. Wir haben uns«, antwortete er mit voller Überzeugung, als würde er den nächsten Posten des Bürgermeisters mit seiner Rede in der Tasche haben.

Sollte er Provision erhalten, weil er für Liberantas warb, wäre er sicherlich der Mitarbeiter des Monats geworden.

Plötzlich packte er meinen Arm und ich zuckte erschrocken über die barsche Berührung zusammen. Er legte seinen Zeigefinger auf die Lippen, duckte sich und zog mich mit nach unten. Gemeinsam schielten wir aus einer Art Fahnengebüsch hervor und sahen rote Streifen, die in der Dunkelheit dieser Welt wie helle Lichter erstrahlten. Es war ein Furorem. Auch neben mir leuchteten die Flügel von Light in einem hellen Türkis. Es war wunderschön und doch so furchterregend. Doch ich hatte längst gelernt, dass diese beiden Eigenschaften öfter zusammengehörten, als mir lieb war. Der schönste Frosch war der giftigste, die schönste Raubkatze die gefährlichste – und der schönste Mensch konnte den fiesesten Charakter haben.

»Wir sollten zurück zu Rena gehen. Gerade in der Nacht ist es hier nicht sicher. Komm!«, flüsterte Alec mir zu, als der Furorem außer Sichtweite war.

Das ließ ich mir ganz sicher nicht zweimal sagen!

Die Faust schnellte auf mich zu, während ich flehte, mich zu verschonen. Der Kamin neben mir knisterte und verbreitete wohlige Wärme, doch ich spürte bloß Kälte und ein Gefühl der puren Panik. Immer weiter war ich zurückgewichen, bis ich nun schließlich an die Wand stieß und mich dem Zorn meines Gegenübers hingeben musste. Ich schloss meine Augen und machte mich auf den Schmerz, den der Schlag auslösen würde, gefasst. Doch er kam nicht und so öffnete ich sie wieder. Überrascht blickte ich plötzlich in ein anderes Gesicht, das mir so viel vertrauter war. *Er* sah mich wütend an. »Sieh es ein: Du wirst von jedem verlassen werden.«

Dann schreckte ich auf und saß im Bett. Eine dunkle Gestalt vor mir wich mir aus, seine Hand glitt von meiner Schulter. Kurz musste ich mich sammeln und mich daran erinnern, dass ich nur geträumt hatte, ehe mir bewusst wurde, dass ich nicht allein war. Schnell rieb ich mir die Augen und starrte in das Gesicht von Awan, der mich mit seinen von schwarzen Iriden umrahmten Pupillen aufmerksam musterte.

»Was tust du hier?«, fragte ich aufgebracht. Er fuhr sich fast schon beschämt durch die Haare und man sah ihm sichtlich an, dass er sich zunehmend fehl am Platz fühlte. Doch er fasste sich schnell wieder und strahlte prompt erneut diese selbstgefällige Art aus, die mich so nervte.

»Du hast geschrien«, war alles, was er sagte.

»Und du wolltest sehen, ob du dem Angreifer oder der Angreiferin helfen kannst, mich auszuschalten?« Ich schob meine Beine aus dem Bett und kratzte mir den Haaransatz.

»Du hättest dem Dolor keinen Zugriff zu deinen Gedanken gewähren dürfen«, kritisierte Awan tadelnd, ohne auf meine rhetorische Frage einzugehen. *Hätte ich von den Geschöpfen und ihren Fähigkeiten gewusst, hätte ich das sicherlich auch nicht bereitwillig zugelassen, du Witzbold.*

Stirnrunzelnd schaute ich ihn an, ehe ich mit wütendem Unterton fragte: »Woher weißt du davon?« Hatte er mit Alec gesprochen? Sicher nicht! So wie Alec die Inanis beschrieben hatte, würde er nicht einmal mit ihrem Hinterteil kommunizieren wollen. War er mir gefolgt? Diese Möglichkeit erschien mir als wahrscheinlicher, kurbelte meine Wut jedoch so sehr an, dass ich sie schleunigst zu unterdrücken versuchte, um keinen

Wolfstiger anzulocken. Locker bleiben. Wahrscheinlich hatte es einen anderen plausiblen Grund.

Er zuckte mit den Schultern. »Ich wollte sehen, ob du noch weiteren Unfug treibst.«

»Du bist mir gefolgt?!«, dämmerte es mir dann doch erst richtig, weil ich es tief im Inneren nicht wahrhaben wollte. Die Tatsache, beobachtet zu werden, ohne es zu bemerken, brachte meine Ängste auf ein neues Niveau und stichelte den Zorn nur noch mehr an. »Was bist du denn für ein abartiger Stalker?«

»Du machst nur Ärger, Avis!«, fluchte Awan. »Meine Welt vor dir zu beschützen hat nichts mit Stalking zu tun. Bilde dir darauf bloß nichts ein!«

Entgeistert riss ich meine Augen auf. »Glaubst du ernsthaft, ich finde das romantisch, dass du mich beobachtest?« Nicht einmal ansatzweise. Es war gruselig!

»Wage es nicht, dieses Wort auch nur im Entferntesten mit mir in Verbindung zu bringen«, drohte er mir in plötzlich deutlich kühlerem Ton und ging einige Schritte auf mich zu.

Light schnellte auf mein Bett und fauchte ihn bedrohlich an, während Awan zunächst überrascht wirkte, dann jedoch die Augenbrauen zusammenzog.

»Ich scheine nicht die Einzige zu sein, die dich nicht leiden kann«, kommentierte ich mit Blick auf die Libercat und süffisanter Miene, ehe ich die Arme ineinander verschränkte.

»Warum ist sie immer noch bei dir?«, fragte Awan, ohne auf meine Stichelei einzugehen. »Schick sie fort!«

Ich tat das Gegenteil, schnappte ihn mir und strich behutsam über seine Federn. Was dachte sich dieser Mann? Dass er mir Befehle geben konnte? Dann hatte er sich mit der Falschen angelegt. »Light gehört jetzt zu mir.«

Damit schien Awans Freundlichkeit gänzlich zu erlöschen. »Light! Du gibst unseren Geschöpfen hier Namen?«

Jetzt ging das schon wieder los … »Sie sind Lebewesen wie du und ich. Warum sollten sie kein Anrecht darauf haben, einen Namen zu besitzen?«

Verständnislos starrte er mich mit diesen dunklen Augen an. Seine Kiefermuskeln arbeiteten. Mein masochistisches Ich wollte ihm beinah eine Aufbissschiene oder einen Beißring anbieten, doch ich konnte es gerade noch zurückhalten.

»In Liberantas ist Liebe verboten.«

»Was für ein schwachsinniges Gesetz!« Ich verdrehte die Augen. Liberantas war ein wirklich schöner Ort und ich würde gern noch etwas meine Batterie aufladen wollen, bevor ich mir ernsthafte Gedanken über einen Weg hier raus machen würde, doch dieses Gesetz war mir absolut zuwider. Nicht, dass ich hier jemanden lieben wollte, und doch machte es mich kirre, dass mir so etwas Selbstverständliches untersagt war, wie einem Tier einen Namen zu geben. Als wäre es eine Todsünde.

Awan schien schockiert über meinen Kommentar und schüttelte frustriert den Kopf, ehe er mich entschlossen anblickte. »Du musst zurück in die Aviswelt.«

»Das hast du nicht zu bestimmen.« Wenn er weiterhin versuchte, mir Befehle zu erteilen, würde ich ihm den Kopf abreißen. Ich hasste es aus tiefstem Herzen, wenn mir jemand meine eigenen Entscheidungen absprach. Trotzdem versuchte ich, mich abermals zu beruhigen, um keine unerwünschten Wesen anzulocken, auch wenn ich es gern darauf hätte ankommen lassen wollen, um ihn diesen dann zum Fraß vorzuwerfen. Tief atmete ich durch und hoffte inständig, dass dieser Vogelmann keine weiteren Ansprachen hielt, die mich zur Weißglut brachten.

Doch als Awan eine Augenbraue emporhob und die Arme ineinander verschränkte, wusste ich, dass meine Hoffnung wie so oft nicht erhört worden war.

»Odium wird nicht zulassen, dass du eines unserer Tiere Liebe lehrst.«

»Liebe lehren?«, wiederholte ich fassungslos. »Liebe kann man niemandem beibringen. Dafür gibt es keine Schulbücher, die man durchpauken muss. Liebe muss man spüren!« Ich setzte Light neben mich aufs Bett, stand auf, kam auf ihn zu und legte meine Hand auf seine harte Brust. »Hier drin!«

Mit weit geöffneten Augen sah er mich an, umfasste fast schon grob mein Handgelenk und drückte es sacht zu mir. »Fass mich nie wieder an, Avis.« Seine Stimme klang drohend, dennoch wirkte sein Ausdruck überrascht, fast schon schockiert.

Ob er noch nie von jemandem berührt worden war? Was war denn schon dabei? Ich wollte ihm doch lediglich klarmachen, dass man Liebe nicht nur mit dem Hirn steuern konnte, und er tat so, als hätte ich ihm eine Schrotflinte mitten ins Herz gebohrt.

Selbst verwirrt von seinem Gesichtsausdruck wetterte ich über die banalste Tatsache weiter, um der unangenehmen Situation zu entfliehen. »Du kannst endlich mal meinen Namen lernen. Elainy heiße ich.«

»Es ist mir egal, wie du heißt, denn du wirst nicht mehr lange Teil meines Lebens sein. Morgen werden wir einen Weg finden, dich zurückzubringen«, erwiderte er entschlossen und drehte mir den Rücken zu, um sich dem geöffneten Fenster zu widmen. »Dann bin ich dich endgültig los.«

Kapitel 9

Mutig sein bedeutet, zugeben zu können, nicht mutig zu sein.

Wärme breitete sich dermaßen mächtig auf meinem Gesicht aus, dass ich für einen kurzen Moment dachte, man hätte mich unter eine Sonnenbank verfrachtet, um in ein paar Stunden auszusehen wie der hässlichste Lederschuh, den die Modeindustrie je kreiert hatte. Doch als ich begriff, dass mir lediglich die Sonne einen vor den Latz knallte, realisierte ich schnell, dass ich meinen Vorhang nicht vor das Fenster gezogen hatte. Vermutlich war ich von Awans Auftritt so abgelenkt gewesen, dass ich es versäumt hatte. Mal ehrlich, wer konnte es mir verdenken: Seine Worte hatten ungefähr die gleiche Wirkung auf mich, als hätte man mir eröffnet, dass ich die Arbeitsstelle wechseln müsse, weil mich niemand leiden könne.

Die Tatsache, dass es Rena war, die mich unsanft geweckt hatte, um mir mitzuteilen, dass das Frühstück fertig sei, rundete die Vorstellung der unbeliebten Mitarbeiterin nur noch ab. Kurz erwischte ich mich dabei, wie ich mich fragte, welches

Gesicht mir, nachdem ich wach geworden war, lieber gewesen wäre: Awans feindselige Erscheinung oder die monotone, schwer einschätzbare von Rena. Als mein verschlafenes Hirn und ich keine klare Pro-und-Contra-Liste zustande bekamen, entschied ich mich dafür, den Beweggrund des Aufweckens in den Vordergrund zu rücken, und stellte prompt fest, dass Essen immer die beste Alternative war.

Also schälte ich mich schnell aus dem Bett, um mich fertig zu machen. Gemeinsam mit Alec aßen wir vor dem Häuschen an einem Holztisch Gebäck und Früchte, die ich noch nie zuvor gekostet hatte. Wenn ich geglaubt hatte, ich hätte in Liberantas bereits alles erlebt, wurde mir fast schon jede Minute aufs Neue das Gegenteil vermittelt. Nicht, dass ich bereits ewig hier wäre, aber die Reizüberflutung, die mich ohnehin beeindruckte, wuchs stetig. Eine der neuen Früchte war lila, hatte die Konsistenz einer Banane, die Form einer Birne, schmeckte jedoch wie nichts davon. Eine gewisse Ähnlichkeit konnte man wohl der Grapefruit zuordnen. Sie war jedoch wesentlich süßer. Würde ich hier leben, würde ich nie wieder Schokolade brauchen, um meinen Heißhunger zu stillen!

Ziemlich sicher war ich mir zumindest in einer Sache: Wenn ich aß, könnte neben mir eine Atombombe gezündet werden – ich würde es nicht mitkriegen. Deshalb war es auch nicht verwunderlich, dass ich so darauf fixiert war, mir die verschiedenen Geschmacksexplosionen einzuprägen, weswegen ich gar nicht bemerkte, dass Besuch im Anmarsch war.

»Was verschafft uns die Ehre, Inanis?«, erklang plötzlich Alecs Stimme und durchbrach damit das minutenlange genussvolle Schweigen.

Ich blickte auf. Als ich in die Richtung schaute, die er fokussierte, ließ ich die Frucht sinken und schluckte den Rest in meinem Mund geräuschvoll hinunter. Es wäre eine glatte Lüge gewesen, hätte ich behauptet, er sähe nicht absolut attraktiv aus, während er mit einem solchen Selbstbewusstsein vor uns aufkreuzte, als würde ihm das gesamte Universum gehören. Seine markanten Züge, die sehnigen Hände, die Adern an seinem Arm, die nun entblößt waren, weil er sein schwarzes Baumwollhemd nach oben gekrempelt hatte. Alles an ihm schmachtete ich an, als würde ich zum ersten Mal einen Mann sehen. Ich sollte wirklich darüber nachdenken, wie ich meine Hormone besser steuern konnte, bevor mir noch der Sabber aus den Mundwinkeln lief. Ein bisschen erinnerte ich mich selbst an einen Hund, der gerade auf sein Premium-Leckerli geierte.

»Liberpax aeterquam«, erwiderte Awan zur Begrüßung, und ich schrieb auf meine imaginäre Liste, dass ich unbedingt erfragen musste, was das bedeutete. Etwas in meinem Inneren glaubte, dass ich es nicht nur aus Milos und Awans Mund gehört hatte. Doch egal, wie sehr ich diesem Gefühl folgen wollte, etwas Mächtiges stemmte sich gegen meine Grübelei.

Mein Mitbewohner zeigte wenig Small-Talk-Bereitschaft und verdrehte die Augen. »Deine Inanisfloskeln beantworten meine Frage nicht.«

Fast schon schockiert wanderten meine Augen zu Awan, um seine Reaktion nicht zu verpassen. Man konnte von Alec halten, was man mochte: Er hatte Eier so groß wie Bojen. Was nicht bedeutete, dass ich sein Verhalten als lobenswert empfand. Ein bisschen Schadenfreude musste ich trotzdem einräumen, weil ich es genoss, dass man Awan zeigte, dass er nicht über allem und jedem stand.

»Alec, richtig?«, fragte Awan ungerührt und blickte desinteressiert zu Alecs Mitbewohnerin. »Und du musst dann wohl Rena sein.«

Diese reckte das Kinn und warf mir einen wütenden Blick zu. »Was hast du ihm erzählt?«

Ich schüttelte den Kopf. Ich hatte ihm die Namen in dem gestrigen Gespräch verraten, aber ich hatte nicht vermutet, dass er dem eine so große Bedeutung zumaß. Er wusste vermutlich über jeden Einzelnen hier Bescheid, was seine Aussage, ich solle mir nichts einbilden, nur noch unterstrich.

»Nachdem du uns erfolgreich ausspioniert hast«, sagte Alec schließlich kalt, während Awan eine Augenbraue emporhob, »wäre es nur höflich, uns auch deinen Namen zu verraten.«

»Awan«, antwortete er schlicht und ohne Umschweife und schmunzelte süffisant, als würde ihn Alec belustigen.

Wenn man Provokation studieren könnte, wäre er der beste Dozent, den man kriegen könnte.

»Wie können wir dir helfen?«

Alec schien Awans Anwesenheit von Anfang an nicht besonders zu gefallen, doch nun spürte ich deutlich in seiner Stimme, dass er ungeduldig wurde. Ich hielt ihn für mutig, wusste ich doch, dass Awan ihm sicherlich überlegen war. Nicht nur körperlich, vielmehr schien er mächtiger zu sein als wir alle zusammen.

Auch Awan bemerkte sichtlich, dass Alec ihm die Stirn bieten würde, kam näher und betrachtete ihn von oben herab. »Ich bin nicht wegen euch hier.« Bedeutungsvoll schaute er mir direkt in die Augen. »Sondern ihretwegen.«

»Interessant«, kommentierte Alec schmunzelnd, während Rena sich erhob und kommentarlos in das Häuschen marschierte. Wenn Awan der beste Dozent in Provokation war, dann war Rena die beste Dozentin in Sonderbarsein.

Awan legte den Kopf schief, während er sich widerwillig erneut Alec zuwandte. Man merkte ihm an, dass seine Geduld bald ein Ende finden würde.

»Was ist daran interessant, Anima?«

Würde ich nicht wissen, dass *Anima* Menschen beschrieb, die in Liberantas lebten, hätte ich geglaubt, er hätte ihn soeben in einer anderen Sprache als Arschloch bezeichnet.

Alec erhob seine Hände, grinste jedoch dabei. »Kein Grund, wütend zu werden.«

Vielleicht wäre er ein ebenso guter Dozent wie Awan …

Eben dieser ignorierte ihn und blinzelte zu mir. »Lass uns gehen.«

»Wohin?«, fragte ich irritiert.

Er hielt mir eine Hand entgegen, die ich erstaunt angaffte.

»Wir bringen dich nach Hause.«

»Und wo soll das Zuhause sein?«, mischte sich Alec ein und wirkte nun in Alarmbereitschaft.

Awan wandte seinen Kopf ein winziges Stück zu ihm, würdigte ihn keines Blickes. »Elainys Zuhause ist in der Aviswelt.«

»Ich glaube, Elainy kann selber über ihr Zuhause entscheiden«, entgegnete Alec kühl und spannte seinen Körper an.

Am liebsten hätte ich ihm für diesen Satz applaudiert, doch ich konnte mir ziemlich genau vorstellen, wie nahe er sich an Awans Toleranzgrenze entlanghangelte.

Nur eine Sekunde später bestätigte sich meine Vermutung, denn seine Augen glitten nun feindselig zu Alec. Er erweckte den Anschein, als würde er ihn am liebsten umbringen.

»Das ist das Problem mit euch Anima: Ihr glaubt, ihr könnt über alles entscheiden. Hier der Realitätscheck für dich: Es gibt Orte und Kreaturen, die größer sind als eure mickrige Visage.«

»Na, das klingt ja einladend, dir zu folgen, oder, Elainy? Mickrige Visage …«, wiederholte mein Mitbewohner ironisch an mich gewandt.

Ich konnte ihn bloß anstarren und überlegte ernsthaft, ob ihm sein Leben irgendetwas bedeutete. Danach richtete ich meine Augen wieder auf Awan, dessen Blick nun zorniger wurde als je zuvor.

»Elainy gehört nicht hierher. Ich bringe sie zurück, bevor sie getötet wird.«

Alec stierte auf seine noch immer ausgestreckte Hand. »Man könnte meinen, du als Inanis sorgst dich um eine Anima.«

Als hätte Awan sich verbrannt, zog er sie sogleich zurück und ballte sie neben seinem Körper zu einer Faust. Er visierte Alec mordlustig an, sodass dieser zusammenzuckte, und breitete drohend seine Flügel aus, woraufhin das Gold an den Federspitzen reflektiert wurde, was seine Präsenz noch mächtiger erschienen ließ. »Sie ist ein unbedeutender Avis, genauso wie es deine Meinung ist.«

Na, vielen Dank auch. Wenn ich nicht selber so wenig von mir halten würde, hätte ich ihm wohl nun eine Ansage gemacht. Da ich nicht erwarten konnte, dass mich jemand mochte, wenn ich mich doch selbst hasste, schwieg ich. Zumindest redete ich mir das ein, hatte ich doch schon vorher ihm gegenüber ein lautes Mundwerk bewiesen. In Wahrheit hatte ich in diesem Moment einen Heidenrespekt vor dem Mann mit den mächtigen Pfauenfedern.

»Genau genommen ist sie nun eine Anima«, korrigierte Alec zu allem Überfluss, und ich merkte, wie Awans Geduld ein Ende fand.

Also erhob ich mich. »Lass uns reden.«

Schwarze Augen glitten zu mir und fokussierten mich, ehe ihr Besitzer nickte und seine Flügel verschwanden. Mit großen Augen sah ich dabei zu, wie sie zu türkisfarbenem Staub zerfielen und vom Wind davongetragen wurden. Wie konnte jemand so Düsteres gleichzeitig so magisch sein?

Auch Alec stand nun auf und wandte sich schockiert an mich. »Elainy, du musst nicht …«

»Ich weiß«, unterbrach ich ihn schnell und gab ihm mit einem Blick zu verstehen, dass es in Ordnung sei.

Awans Augen blieben auf Alec gerichtet, als ich an ihm vorbeimarschierte, ehe ich ihn schließlich an meiner Seite spürte.

Mit schnellen Schritten bewegten wir uns über die blumenbewachsene Wiese hinein in den Wald.

»Und da soll mich noch mal jemand fragen, warum ich Anima meide«, nuschelte Awan nach wenigen Minuten in sich hinein.

Mir hätte klar sein müssen, dass seine Drohung der letzten Nacht keine leeren Worte gewesen waren. Er würde tatsächlich dafür sorgen, dass ich zurück in meine Welt gelangte. Doch anders als vor zwei Tagen sehnte ich mich nicht danach zu gehen. Es war nicht so, als würde ich mich den Gesetzen dieser Welt anpassen wollen, vielmehr genoss ich die Natur, das Essen, die grenzenlose Schönheit der Geschöpfe und das Neue. Es fühlte sich wie eine zweite Chance an. Als würde ich abermals geboren werden, um einen Neustart zu wagen; als hätte mir das Schicksal einen Weg ermöglicht, mich in einer neuen Umgebung neu zu erfinden. Es hatte sich nichts geändert: Zumindest zweien von vier Lebewesen, die meiner Sprache mächtig waren, war ich hier alles andere als willkommen. Wobei ich Rena da sicherlich auch hinzuzählen konnte. Das bedeutete jedoch nicht, dass ich ihnen nicht das Gegenteil beweisen konnte. Hier war ich nicht die selbstverletzende, aufmerksamkeitsgeile Kranke, die in großen Gruppen keinen vernünftigen Satz zustande brachte. Ich war nicht die junge Frau, die mit einundzwanzig noch den Eltern auf der Tasche lag und keine Kraft hatte, sich endlich um eine vernünftige Ausbildung zu kümmern. In dieser Welt war ich nicht die kleine, hochsensible Tochter, um die man sich Sorgen machen musste, und ich war auch nicht die Elainy, die sich abschottete, weil sie keine weiteren sozialen Interaktionen oder gar Bindungen verkraften würde.

Das einzige Problem war: Meine Eltern waren nicht hier. Blöd nur, dass dieses Problem auch all das Positive überschattete.

»Ach komm, sei nicht so fies«, entgegnete ich nun, als ich aus meinem Gedankenkarussell ausstieg, und er sah mich mit hochgezogenen Augenbrauen an. »Euch beiden hat nicht wirklich die Sonne aus dem Arsch geschienen.«

Kurz musterte er mich irritiert, ehe er den Kopf schüttelte. »Du bist echt merkwürdig.«

»Und du bist echt kalt«, konterte ich. »Du wirkst so unnahbar. Ist das nur Fassade oder bist du tatsächlich so ein todernster Mann?«

Awan blieb stehen und sah mich kritisch an. »Fassade? Vielleicht will ich nur einfach nichts mit dir zu tun haben. Schon mal daran gedacht?«

Ich verkniff mir die Bemerkung, dass er dann wohl doch der todernste – unsympathische – Mann war, für den ich ihn hielt. Es hätte ihn sowieso nicht sonderlich interessiert, wie ich ihn wohl finden mochte. Seine Arroganz grenzte sicherlich ohnehin an Wahnsinn. Was nicht bedeutete, dass ich nicht dazu bereit war, ihn zu provozieren. Offenbar war es ihm zuwider, dass ich annehmen könnte, er hätte eine nette Seite, was mich dazu trieb, ihn auf diese Weise anzugreifen. »Und trotzdem bist du mir gefolgt, hast mich sogar nachts von meinen Albträumen befreit und spazierst just mit mir durch Liberantas.«

Awan schnaubte verächtlich. Andere Menschen hätten sich darüber gefreut, wenn man ihre Freundlichkeit lobte, er hingegen wäre mir vermutlich dankbar gewesen, hätte ich ihn Satan höchstpersönlich getauft.

»Einzig und allein deshalb, weil ich dich loswerden will.«

»Deshalb hast du mich in der Nacht aufgesucht?«, gab ich nun doch interessierter zu bedenken.

Er wandte den Blick ab. »Ich habe dich bloß schreien hören und war mir nicht sicher, ob ich einem Furorem den Magen auspumpen muss, weil er dich verspeist hat und sich an dir den Magen verdirbt.«

Ich ging gar nicht auf seinen Spruch ein und biss mir auf die Unterlippe. »Warum hasst du mich so?« Es war hirnrissig, ihm eine Antwort darauf abzuverlangen. Er kannte mich kaum, fand mich vermutlich einfach genauso unsympathisch wie ich ihn und hatte einfach nur keine Lust, mich hierzuhaben, während ich die Gesetze missachtete. Mal davon abgesehen hatte ich doch selbst Tausende Gründe, mich zu hassen.

Die Frage schien ihn zu entsetzen, denn seine Augen weiteten sich, seine vollen Lippen öffneten sich leicht, während er mich ansah. Schließlich seufzte er ergeben. »Ich hasse dich nicht, kleiner Avis. Ich will nur nicht, dass du hier bist.«

Seine Stimme klang nun deutlich sanfter, versöhnlicher, als hätte er Sorge, mich verletzen zu können. War das Mitleid? Glaubte er daran, mich anzulügen, um mein Selbstwertgefühl nicht noch weiter in den Boden zu stampfen? Sah man es mir an, dass mein Gehirn nicht gerade vor Selbstliebe überquoll?

»Und warum nicht?«, hakte ich schließlich nach. Natürlich hatte er mir schon mehr als deutlich klargemacht, dass ich in seinen Augen Ärger auf zwei Beinen bedeutete, also war diese Diskussion vermutlich blödsinnig. Und trotzdem wollte ich wissen, warum ich so viel schlimmer war als all die anderen Anima hier. Als wäre das so abwegig, war ich doch in meiner Welt genauso unbeliebt.

»Hat man dir schon mal gesagt, dass du nervst?«, wich er der Frage aus und fuhr sich durch sein dunkles Haar.

Nicht nur einmal, mein Lieber. Ich runzelte die Stirn. »Hat man dir schon mal gesagt, dass du ein unfreundlicher Trottel bist?«

»Ich bin nicht unfreundlich«, beteuerte Awan und grinste in sich hinein.

Den Trottel hatte er immerhin nicht verneint. »Na schön, beweise es!«

»Wie?«

»Sei einfach nur fünf Minuten nett«, forderte ich ihn heraus.

Kurz hob er amüsiert die volle Augenbraue, ehe er mich herausfordernd anblickte. »Wenn du für fünf Minuten nicht nervig bist, haben wir einen Deal.«

Ich rollte die Augen, reichte ihm die Hand und er schlug ein. Kurz genoss ich die Berührung seiner weichen Haut auf meiner, doch nur eine Millisekunde später war der Moment auch schon wieder vorbei. Ob man merkte, dass ich nach Nähe ächzte, nachdem ich monatelang durch den schlimmsten Liebeskummer gewatschelt war, den ich mir ausmalen konnte?

Langsam schritten wir weiter, während ich mich konzentrieren musste, nicht über die Wurzeln am Boden zu stolpern. Awan hingegen schien nicht einmal auf den Untergrund achten zu müssen. »Wohin wollen wir überhaupt?«

»Wir sind gleich da. Ich möchte zu einer Lichtung«, antwortete er plump und hatte offenbar nicht vor, mir dazu weitere Informationen zu liefern.

Also fuhr ich mit meinem Fragenschwall fort. »Was bedeutet dieses ›Liberpas ärterkwam‹?«

Zu meiner Überraschung verzog sich Awans düsteres Gesicht zu einem Grinsen und Heiterkeit machte plötzlich der Stumpfheit ihren Platz streitig. Auf einmal lachte er doch tatsächlich los! Wenn ich nicht mit hochrotem Kopf auf die Erde schauen und mich dabei in Grund und Boden schämen würde, wäre ich sicherlich von dem Klang seines Lachens fasziniert gewesen.

»Liberpas ärterkwam«, wiederholte er und schenkte mir ein weiteres herzhaftes, melodisches Lachen.

Es ärgerte mich fast, dass ich mich beinahe darüber gefreut hätte, ihm diese Emotion entlockt zu haben, wenn er sich nicht gerade über mich lustig gemacht hätte. Um ehrlich zu sein, das Lachen war ohnehin nicht von langer Dauer, sodass ich mich nicht länger als nötig damit in widersprüchliche Gedanken verstricken musste. Denn genauso schnell wie die Fröhlichkeit aufgeblitzt war, war sie auch schon wieder aus seinem Gesicht verschwunden und er war wieder der griesgrämige, verbitterte Typ. Ob er in meiner Welt auch aus dem Fenster lugen und Nachbarn anschwärzen würde, die falsch parkten oder die Musik zu laut aufgedreht hatten? Ich würde es jedenfalls nicht für unwahrscheinlich halten.

Er räusperte sich einmal und hob sein Kinn wieder gen Himmel, als ob er sein kaum vorhandenes Doppelkinn verbergen wollte – was nicht nötig gewesen wäre, waren mir doch Doppelkinne ungefähr so egal wie der Fliegenschiss auf der Windschutzscheibe des Autos meines damaligen Schulleiters, der vehement dafür plädiert hatte, dass es kein Mobbing an seiner Schule gäbe.

Ja, sicher. Ich hatte die Schule kurz vor meinem Abitur abgebrochen und die jahrelange Therapie allein deshalb angetreten, weil es mir verdammt gut ging und die Schule mein Selbstwertgefühl so gestärkt hatte, dass ich mich mittlerweile fühlte wie Beyoncé höchstpersönlich.

Wenn Awan und Alec hervorragende Dozenten in Provokation wären und Rena die perfekte Dozentin in Sonderbarsein abgab, dann war mein ehemaliger Schulleiter der König der Dozenten in »ein verdammtes Arschloch sein«. Ich wäre ihm damals am liebsten auf seine viel zu teuren und dazu extrem hässlichen Lackschuhe getreten und hätte mich darauf verewigt. Doch selbst das hätte er nicht verdient gehabt. Vor allem deswegen nicht, weil er meinen Eltern die Schuld gegeben hatte, dass ich mitten im Gespräch angefangen hatte zu heulen. Er hatte doch tatsächlich geglaubt, meine Eltern dafür verantwortlich machen zu dürfen, obwohl der einzige Auslöser gewesen war, dass er mir nicht geglaubt hatte.

Awan räusperte sich und entführte mich so abermals aus meinen abschweifenden Gedanken. »›Liberpax aeterquam‹ ist ein Ausdruck der Bereitschaft, Frieden in diese Welt zu bringen.

Es ist ein Versprechen, das wir Liberantas geben, sobald wir in Situationen kommen, die unsere Aufgabe in den Schatten werfen. Wie zum Beispiel, wenn ein Inanis einer Anima begegnet und wir unsere Wut nicht im Zaum halten können.«

Er blickte mich vielsagend an, doch ich reagierte gar nicht darauf, klebte nur wie gebannt an seinen Lippen.

»Wir geben diesen Schwur ab, um uns daran zu erinnern, warum wir hier sind und wozu wir uns von Geburt an verpflichtet haben. Manchmal benutzen wir ihn aber auch nur als wertschätzende Geste zwischen uns Inanis, so wie zum Beispiel zur Begrüßung und Verabschiedung.«

Okay, erwiderte ich in Gedanken und drückte eine riesige Blume weg, die meinen Weg versperrte. »Also hat es keine direkte Übersetzung?«

»Es bedeutet im Grunde so viel wie: Der freie Frieden wird niemals und doch in alle Ewigkeit geschlossen werden.«

Ich runzelte die Stirn und versuchte, mir die Bedeutung zusammenzureimen. »Das ist ein Widerspruch. Niemals. In alle Ewigkeit?«

»Irgendwann wirst du es vielleicht verstehen, kleiner Avis«, entgegnete Awan stumpf und stieg über einen heruntergefallenen, morschen Ast. Wieder kehrte Stille ein.

Etwas, was ich absolut nicht mochte, weil ich mich dadurch zu sehr darauf konzentrierte, dass meine Atmung nicht zu laut war und mein Herz nicht zu schnell schlug.

O ja, Elainy. Wie kannst du nur atmen und Blut durch deinen Körper pumpen lassen? Schäm dich!

Ich durchforstete mein Gehirn nach etwas, was das Schweigen durchbrechen würde, und sprach die erstbeste Frage aus, die mir auf der Zunge lag: »Wenn du einen Wunsch frei hättest, was würdest du dir wünschen?«

Der genervte Seufzer, der von Awan folgte, war beinah lauter als sein Lachen zuvor und brachte mich deutlich mehr auf die Palme. Schnell erinnerte ich mich an die roten Streifen meines gestrigen Freundes und atmete tief durch. Erst hier wurde mir klar, wie oft mich Wut durchzuckte, als wäre es meine primäre Charaktereigenschaft.

»Du hast deinen Teil des Deals bereits gebrochen.«

Ich verdrehte die Augen, ließ mich jedoch nicht auf seine Stichelei ein. Wie konnte jemand so viel Negativität verbreiten? »Beantworte einfach meine Frage.«

»Nichts.«

»Nichts?«

»Nichts.«

»Das klingt nicht ehrlich«, gab ich zu bedenken und sprang über eine große Wurzel, die Awan zuvor mit Leichtigkeit überquert hatte.

Er zuckte mit den Schultern. »Ist es aber. Ich habe alles, was ich brauche.«

Damit ließ er das Thema ruhen und ich tat es ihm gleich. Ich würde den Teufel tun und ihm womöglich noch vermitteln, dass ich Interesse an seinem Leben hatte! Hätte er einen Wunsch gehabt, wäre er ohnehin so düster wie seine Augen selbst. Oder aber es war doch alles nur Fassade und er versuchte, mit seinem dunklen Image etwas zu kompensieren. Vielleicht wünschte der Typ sich auch insgeheim ein Glitzer furzendes Einhorn, das ihm jeden Tag Aramsamsam vorsang.

Wenige Meter später hatten wir offenbar den Ort seiner Begierde erreicht, denn er wurde deutlich langsamer. Schwungvoll setzte er sich auf einen der riesigen Baumstämme, während prompt mehrere Sola auf ihn zuliefen, um sich neben ihn zu legen. Ich beobachtete das Spektakel, sagte jedoch nichts. Ob er wusste, dass ich wusste, was Sola anlockte? Warum er sich wohl einsam fühlte? Weil er ein Unsympath war, der alle mit seinem Zorn abschreckte?

Der Ort, den er sich für unsere Zusammenkunft ausgesucht hatte, unterschied sich nicht wirklich von anderen Plätzen, an denen wir bereits vorbeimarschiert waren, und doch wirkte er ruhiger, fast schon leblos. Es waren kaum Tiergeräusche zu vernehmen, kein Rascheln der Blätter. Nur Dutzende gelbe dreieckige Blumen erstreckten sich vor meinem Sichtfeld und schlängelten sich graziös um die Baumstämme. An manchen Stellen lugten ein paar rosafarbene Blüten hervor, die ab und an goldenen Staub abgaben, der mir erneut den himbeerartigen Geruch in die Nase trieb.

Awan schien die Tierchen zu ignorieren und fokussierte mich. »Das hier ist Silentium. Ein Ort der Meditation und Selbstfindung. Setz dich doch.«

Ich nahm einige Meter neben ihm Platz, bedacht darauf, nicht die winzigen, fünfeckigen und nach Lavendel duftenden Blumen auf der Wiese zu zerquetschen, und musste sofort als Schlafplatz für eine Sola herhalten, was mir ziemlich unangenehm war, denn Awan wusste ganz sicher, was Sola anlockte. Da er aber offenbar genauso von Einsamkeit geplagt war, versuchte ich, diese Tatsache auszublenden. Sollte er doch glauben, was er wollte! Wen wollte ich verarschen? Selbst wenn eine fremde Frau mich im Bus von oben herab ansah, dachte ich darüber den restlichen Tag nach!

Neben mir plätscherte derweil beruhigend ein Bach vor sich hin, von dem ich schwören könnte, Awan hätte ihn bereits als potenzielle Mordwaffe mir gegenüber analysiert.

»Meditation? Selbstfindung?«, wiederholte ich die Schlagworte, doch Awan ignorierte meine Verwunderung und stellte sofort die Frage, die ihm vermutlich seit Stunden auf den Lippen lag: »Also … wie bist du hierhergekommen?«

Ich fuhr mir durch mein Haar und entwirrte die Spitzen, die mich wie so oft auch zum Doppelgänger von einer von Raben zerfledderten Vogelscheuche küren konnten.

Kurz dachte ich über seine Frage nach und bemerkte dann, dass die Antwort darauf nicht wie selbstverständlich auf meiner Zunge lag, sondern vielmehr in einer Kiste am Rande meines Gedächtnisses verschlossen worden war. Doch anders als beim ersten Gespräch mit Alec zerbarsten die Erinnerungen nicht mehr sofort, sondern lieferten mir die Antwort, die ich benötigte. »Durch Hypnose, schätze ich.«

Awan kniff leicht die Augen zusammen und begutachtete meine Mimik, die sicherlich Unsicherheit spiegelte. »Und wer hat dich hierhergebracht?«

Ich zuckte mit den Schultern. Bloß nicht zu viel verraten! Wer wusste schon, ob Awan nur Gutes für mich bereithalten würde, hatte er mich doch vor nicht allzu langer Zeit am liebsten umbringen wollen. Und noch viel schlimmer: Je mehr ich preisgab, desto näher kam er der Wahrheit, dass ich therapiert werden musste. Das wusste bislang niemand außer Seynem und meiner Familie – und das wollte ich auch dabei belassen. »Kian Michaels hieß er, glaube ich.« Und plötzlich durchzuckte mich die Erkenntnis, nach der ich am Frühstückstisch gesucht hatte, dass Kian Michaels derjenige war, aus dessen Mund ich den Spruch zuvor gehört hatte. Er hatte ihn während der Hypnose verwendet. Warum um alles in der Welt fiel mir das erst jetzt ein, schließlich war das doch erst zwei Tage her?

Awans Augen weiteten sich etwas, ehe er immer grimmiger dreinschaute. »Woher kennst du ihn?«

Eine gefährliche Frage jagte die nächste. »Ich kenne ihn nicht. Ich habe ihn da zum ersten Mal gesehen.«

Awan sah mich misstrauisch an. Er schien mir nicht im Geringsten zu glauben, und um ehrlich zu sein, verstand ich das. Wenn man den Hintergrund nicht kannte, klang das wirklich etwas makaber. Es sei denn, ich hätte einen Wahrsager aufgesucht, den Kian Michaels verkörpert hatte. Ich war zwar nicht sonderlich esoterisch veranlagt, aber das wusste Awan ja nicht.

»Du begegnest jemandem zum ersten Mal und lässt dich direkt von ihm hypnotisieren?«

»So war das nicht.« Ein kläglicher Versuch, das Geheimnis zu wahren, aber nicht ganz wie die Naivität in Person dazustehen.

Sein Blick war nun gelangweilt und desinteressiert. Er signalisierte mir damit deutlich, dass er glaubte, mich durchschaut zu haben. So, als wäre ich ein offenes Buch, dessen Ende er ohnehin bereits kannte.

»Lass mich raten: Du warst in einem Club, er hat dich abgefüllt, du bist zu ihm mit in die Wohnung gegangen und hast dich dann unter Alkoholeinfluss von ihm hypnotisieren lassen. War es so?«

Ich runzelte die Stirn über seine fantasiereiche Geschichte und sah ihn verständnislos an. »Nein.« Mit deiner Fantasie könntest du es ja mal mit Schriftstellerei versuchen, wenn es als Dozent nicht klappen sollte.

»Das hätte mich aber nicht gewundert. So fangen doch irgendwie alle Avisgeschichten an.« Er hob abwertend die Braue und schaute mich dabei so an, als hätte er den größten Trick der Magiegeschichte entlarvt.

Ich seufzte genervt und zupfte nervös vorsichtig an den Blütenstängeln herum. Was soll's? Bevor sich Herr Vorverurteiler noch weitere Geschichten zusammenspann, sollte ich ihm wohl einfach die traurige Wahrheit gestehen. Und mal ganz im Ernst: Was sollte mich die ungefragte Meinung von jemandem interessieren, der so selbstgefällig wie Awan war? Er glaubte, ihm gehörte alles und er könnte über alles entscheiden. Dabei war dem nicht so. Meinen Kopf, meine Gedanken, all das würde ich nur mit ihm teilen, wenn ich es wollte. Außerdem war es eine kleine Genugtuung, ihm dabei zuzusehen, wie seine fantasiereiche Verurteilung von mir und anderen Menschen im Sande verlief. »Doktor Kian Michaels ist die Vertretung meiner

Psychiaterin Frau Doktor Lennox. Er hat die Hypnose als Therapiemöglichkeit angewandt, um mir zu helfen.«

Awans Blick veränderte sich schlagartig zu einer schockierten Miene. Es war nicht unbedingt die Reaktion, die ich von ihm erwartet hätte. Ich hatte an ein abfälliges Von-oben-herab-Getue gedacht. An einen blöden Spruch, dass er sich auch nicht hätte vorstellen können, dass ich überhaupt unter Menschen ginge. So wie Seynem am Anfang unserer Freundschaft Witze über meine blasse Hautfarbe gemacht hatte, weil ich ja keine Freunde hätte und dementsprechend wohl kaum aus dem Haus käme. Er hatte zu dem Zeitpunkt gar nicht gewusst, wie recht er mit Letzterem gehabt hatte. Aber dass ich Awan fast schon sprachlos zurückgelassen hatte, verwirrte mich mehr, als dass es mir unangenehm sein sollte, ihm dieses Detail verraten zu haben.

»Du bist … Ich meine, dir geht's …«

»Genau diese peinliche Konversation wollte ich vermeiden«, murmelte ich.

Awan fuhr sich mit gerunzelter Stirn durch sein schwarzes Haar und man sah ihm an, dass zur Abwechslung sein Hirn ratterte. »Ich dachte, du seist nur hier, weil du Milos Flügel gesehen hast. Ich dachte, man hätte dich deswegen hierhergebracht. Aber du wurdest hergebracht, damit du geheilt wirst.«

Es war verrückt, hatte Alec doch schon Andeutungen gemacht, dass Liberantas gequälte Seelen rettete, trotzdem fiel es mir erst jetzt wie Schuppen von den Augen, dass das der tatsächliche Grund war, warum ich hierhergebracht worden war. Man wollte mich heilen. Es gab jemanden – oder etwas –, das mir helfen wollte, ohne dafür von meiner Krankenkasse Kohle zu kassieren. Vielleicht wurde es mir allein deshalb nun so klar, weil ich mir das gar nicht vorstellen konnte. Als wäre ich die Glückliche, die im Lotto gewonnen hatte und es erst nach dem ersten Schock realisieren konnte.

Doch als ich seine Wörter noch einmal durch mein Gehirn jagte, stand schließlich etwas anderes im Fokus, was seinen überraschten Gesichtsausdruck nur noch untermauerte.

»Ach, du hattest ein schlechtes Gewissen, dass ich euertwegen hier bin?«, hakte ich nach, als mir bewusst wurde, warum Awan mir so am Allerwertesten hing. Hatte er Sorge, dass ihr Odium bereits wusste, dass sie einem unwissenden Menschen ihre Flügel gezeigt hatten? Wollte er herausfinden, warum ich hierhergeschleppt und nicht direkt umgebracht worden war? Oder hatte er wirklich ein schlechtes Gewissen, weil er dachte, er wäre daran schuld, dass ich hier gelandet war?

Okay, Letzteres sollte ich streichen, sonst könnte ich genauso gut wie er über eine Karriere als Schriftstellerin nachdenken.

»Nicht hauptsächlich«, wich er aus. »Aber das verändert einiges.«

Behandelst du mich jetzt noch mieser, damit ich unter mein Leben möglichst schnell einen Schlussstrich ziehe? Oder noch schlimmer: Behandelst du mich nun besser, weil du Mitleid mit mir hast, obwohl du mich nicht ausstehen kannst?

»Das heißt, ich darf bleiben?«, mutmaßte ich. »Du hörst auf, mich zu bemuttern?«

Awan blickte nachdenklich auf Light, der uns leichtfüßig und unbemerkt gefolgt war, nun neben mir lag und die Sola beobachtete.

»Nein. Du gehörst nicht hierher.«

Meine Augenbrauen schoben sich zusammen. »Und das entscheidest du?« Langsam wurde ich abermals von meiner von mir selbst so benannten primären Charaktereigenschaft übermannt. Schon lange ließ ich mir nicht mehr sonderlich viel von meinen Eltern sagen. Was glaubte er also, was ich mir von ihm vorschreiben ließ? In dieser Hinsicht – nicht nur dieser – war ich noch ein Teenager. Wenn man mir etwas verbot, machte ich es erst recht. Das war zwar ein dick geschriebener, doppelt unterstrichener Punkt auf meiner Was-ich-alles-an-mir-hasse-Liste, aber ich hatte auch nicht die Muße, etwas daran zu ändern – was übrigens auch einen Punkt auf der besagten Liste darstellte.

»Das entscheiden unsere Gesetze, Elainy. Und du hast bereits gegen ein sehr wichtiges verstoßen.« Mit Nachdruck zeigte er auf Light.

Ach ja, ich hatte ja eine Sünde begangen, indem ich mich mit einem Tier angefreundet und dann auch noch die Dreistigkeit besessen hatte, ihm einen Namen zu geben. Ich fragte mich, wie viele Jahre ich wohl bekommen würde, sollte das der Herrscher dieser Welt erfahren. Dreimal lebenslänglich wäre vermutlich plausibel.

»Was geht dich das an? Soweit ich weiß, sollte mir eher Odium als Oberboss und Endgegner in den Arsch treten.«

Awan blickte kritisch auf mich herab und funkelte mich dabei beinah zornig an. »Vielleicht glaubst du, dass du mutig bist, aber dein Verhalten ist lebensmüde und unklug.« Er presste die Lippen aufeinander und richtete sich genervt auf. »Wie ich schon sagte: Wir Inanis sind für den Frieden verantwortlich, den Liberantas verkörpert. Wir sind dazu verpflichtet einzuschreiten, bevor es Odium tun muss.«

Ich sah ihm an, dass ihm diese Aufgabe immens wichtig war, vermutlich sogar mehr, als ich jemals begreifen würde, und seufzte. Was sollte das? Ich wusste, dass ich hier nicht hingehörte. Es war nicht meine Welt, es waren nicht meine Werte und ich würde meine Familie nicht wie *er* im Stich lassen. Von Anfang an war es bloß eine Frage der Zeit gewesen, wann mich die Realität einholte und ich bemerkte, dass meine Probleme nicht verschwanden, nur weil ich in einer anderen Welt aufgewacht war. Ich konnte bloß von Glück reden, dass diese Erkenntnis bereits nach so kurzer Zeit eingekehrt war. Es war nicht fair, Awans Welt durcheinanderzubringen, weil ich mich nicht integrieren oder anpassen konnte und wollte. Ich schaute auf meine Hände, ehe ich mich wieder ihm zuwandte. »Vielleicht hast du recht!«

Awan sah überrascht drein und so sprach ich schnell weiter. »In einer Welt zu leben, die Liebe nicht zulässt, ist tatsächlich kein Ort, den ich für mich wählen würde.«

Für wenige Augenblicke richteten sich seine schwarzen Iriden auf mich. Fast schon ehrfürchtig und nachdenklich sah er mich an, ehe er seufzte und nickte. »Dann lass uns versuchen, dich zurückzubringen.«

Kapitel 10

Gemeinsamkeiten ziehen uns deshalb an, weil wir uns dadurch weniger einsam fühlen.

»Bitte, lass mich eine Pause machen«, bettelte ich und hielt mir angestrengt den Kopf.

Awan sah frustriert aus, nickte jedoch ergeben.

Nachdem wir gefühlt Stunden zusammengesessen und versucht hatten, in meinen Kopf einzudringen, um mich in Hypnose zu versetzen, war mir, als hätte ich drei Wochen nicht geschlafen. Mit aller Macht hatte ich mich bemüht, mich auf Awans Versuche einzulassen, sodass mir mittlerweile der Schädel brummte. Aus irgendeinem Grund konnte ich mich nicht mehr an Details der Hypnose erinnern. Ich hatte keinen blassen Schimmer, was Kian Michaels mit mir angestellt hatte, damit ich hierherkommen konnte. Ob die Hypnose dafür gesorgt hatte, alles Weitere zu vergessen, um mich nur auf den Prozess zu fokussieren? Oder litt ich unter Gedächtnisschwund?

»Ich verstehe das nicht«, fluchte Awan und stand entnervt auf. »Warum funktioniert das nicht?«

Nervös knibbelte ich an der Nagelhaut meines Daumens herum, ehe ich meine Hände zwang auseinanderzugehen. Sache 7.777, an der ich in meinem Leben gescheitert war – Check. »Es tut mir leid, ich habe es wirklich probiert.«

»Ich bin nicht auf dich sauer«, erwiderte Awan und sah mich an, verwirrt über meine Worte, ehe er sich an einen der Bäume lehnte. »Ich bin sauer, dass wir offenbar stundenlang irgendetwas falsch machen.«

»Wie kommst du denn in die Menschenwelt?«, fiel mir plötzlich ein. Ich hätte mir eine Kopfnuss dafür verpassen können, ihn nicht schon vorher dazu befragt zu haben. Würde er mir gleich eröffnen, dass er eine perfekte Anleitung dafür liefern könne, würde ich ihn hier und jetzt erwürgen.

»Ich muss eine meiner Federn opfern. Das kannst du schlecht tun«, antwortete er, während er sich an den Baumstamm wenige Meter von mir entfernt lehnte. Er war augenscheinlich zeitgleich frustriert und froh darüber.

Mit gerunzelter Stirn blickte ich zu ihm und versuchte, mein blutiges Kopfkino zu verdrängen. »Tut das nicht weh, wenn man sich die ausreißt? Und wem opfert ihr sie denn? Eurem tollen Odium?«

»Sei vorsichtig, wie du über unseren Herrscher sprichst, Elainy«, ermahnte er mich drohend, und ich hatte das Gefühl, ich hätte gerade jemanden und seine Religion beleidigt.

Ob das in irgendeiner Weise zutraf? Wenn ja, sollte ich wirklich meine Wortwahl überdenken.

»Soll ich dir mal Haare rausreißen? Danach kannst du deine Frage nochmals stellen.«

Ich konnte mir nur allzu gut ausmalen, wie gern er mir den ganzen Kopf abreißen wollte. »Als ob ich wissen könnte, dass man Federn und Haare vergleichen kann.«

»Den Schmerz, wenn man sich Dinge herausreißt, die zu einem gehören, sollte man ja wohl vergleichen können«, konterte er kalt und verschränkte die Arme vor der Brust.

Ich zuckte mit den Schultern, um zu überspielen, dass ich ihm recht gab. Noch mehr Zuspruch tat seiner Arroganz wirklich nicht gut. »Und warum tut ihr euch das an, du und Milo?«

»Weil wir etwas in der Aviswelt verloren haben«, erklärte er geheimnisvoll, und im Schatten der Baumkronen sah er tatsächlich aus wie ein mystischer Geschichtenerzähler. »Und wir opfern unsere Federn Liberantas.«

Und was sollte Liberantas mit den Federn anfangen? Schmuckketten daraus basteln? »Na gut, aber ich nehme an, die Federn wachsen nicht nach, oder?«

»Nein«, bestätigte er ohne weitere Ausführungen.

Ich streckte den Finger aus und fühlte mich sogleich wie Klein-Elainy, die ihre damalige Schulfreundin während des Memoryspielens beim Schummeln erwischt hatte. »Ha! Siehst du! Man kann es eben nicht mit Haaren vergleichen!«

»Du bist eine Nervensäge«, murmelte Awan, als er sich von dem Baumstamm abstieß, grinste jedoch wenige Sekunden lang, und diesmal sah es weder selbstgefällig noch ironisch aus.

Es wirkte tatsächlich zum ersten Mal echt! Ob er sich dafür einen Orden verdient hatte? Immerhin war dies seine erste richtige sympathische Handlung.

»Wow. Du kannst also nicht nur ernst gucken?«, kommentierte ich seine Mimik, und er blickte irritiert zu mir herunter. Sofort verbarg er sein Lächeln und ich hätte mich dafür lynchen können, es angesprochen zu haben. Natürlich! Wie konnte ich vergessen, dass positive Eigenschaften eine Beleidigung für ihn waren?

»Ich amüsiere mich über deine merkwürdige Art. Keine Ahnung, ob man das unbedingt als Triumph werten kann.«

Ich legte meinen Kopf schief und stützte mich auf meine Arme ab, damit ich ihn aus meiner Position besser anschauen konnte. »Triumph? Ich feiere mich nicht dafür, dass ich dafür verantwortlich sein könnte, dass jemand lächelt, Awan. Ich freue mich einfach darüber, dass jemand die Fähigkeit hat zu lächeln, den ich immer ernst sehe. Denkst du, man bräuchte einen Eigennutzen, um sich mit anderen zu freuen?«

Fast erweckte Awan den Anschein, als hätte er sich verschluckt. Seine Augen weiteten sich, seine Lippen hatte er einen Spaltbreit geöffnet, während er mich bloß stumm musterte. Als wäre er ein Plattenspieler, der plötzlich den Geist aufgab, bewegte er sich keinen Millimeter, sodass ich schnell wegsah. Warum noch mal hatte ich es als unangenehm empfunden, wenn mein Herz zu schnell schlug oder ich zu laut atmete? Dieser Moment löste ihn jedenfalls mit Bravour ab. Ich erhob mich, ging zum Bach und kniete mich davor. Unbedacht schob ich meine Ärmel hoch und wusch mir meine Hände darin, um die unangenehme Stille zu umgehen.

Plötzlich spürte ich seine kalte Hand um mein Handgelenk und er zog es sachte zu sich. Awan kniete nun direkt neben mir. So nah, dass ich seinen Atem spüren konnte. Im ersten Moment dachte ich, er würde mich zurechtweisen wollen, weil ich meine dreckigen Pfoten in dieses klare, reine Wasser getunkt hatte. Doch als ich seinem Blick folgte, erkannte ich, dass ich gerade etwas offenbart hatte, was er unter keinen Umständen sehen sollte. Mein Kopf wurde derart heiß, dass ich als Teekessel hätte durchgehen können, während die Kälte vom Rest meines Körpers Besitz ergriff. Das Herz rutschte mir in die Kniekehlen, mein Mund wurde binnen weniger Sekunden staubtrocken. Immer bewusster wurde mir, was er da gerade allen Ernstes peinlichst genau und ohne Scham begutachtete. Immer wieder strichen seine Finger über die Stellen, die mir einst ein Gefühl von Frieden und tiefem Schmerz beschert hatten.

Als ich wieder halbwegs bei Sinnen war und die Situation richtig begriff, entzog ich ihm schnell meinen Arm und blickte ihm zornig entgegen. So offenkundig war ich noch nie inspiziert worden und er war sich wohl keiner Schuld bewusst. Zumindest wies er nicht den Hauch von Reue oder schlechtem Gewissen auf.

»Woher stammen die?«, fragte er unbeirrt und sah mir ruhig in die Augen.

Frag mich doch einfach direkt, wie die Konsistenz meines letzten Stuhlgangs war. Das sollte ungefähr ähnlich intim sein.

Zunächst war ich der festen Überzeugung, er wollte mich verarschen. Ich dachte, er machte sich über mich lustig. Mein zweiter Gedanke war, dass er sich dumm stellen wollte, um sein taktloses Verhalten zu relativieren und mir trotzdem eine Antwort zu entlocken. Doch je länger ich in sein interessiertes Gesicht sah, desto bewusster wurde mir, dass er seine Frage wirklich ernst zu meinen schien. Ob Inanis niemals seelische Schmerzen verspürten? Ob er deshalb noch nie damit konfrontiert worden war? Tat ich ihm gerade unrecht?

Ich räusperte mich und tat mir innerlich einen Gefallen, indem ich ihn behandelte wie ein Kind, dem ich gerade essenzielle Dinge beibrachte. »Ich habe mich verletzt.«

Eine seiner breiten Augenbrauen hob sich. »Ja, das sehe ich.«

Herrgott noch mal! »Ich habe mich absichtlich verletzt.«

»Was meinst du damit?«, stocherte er weiter ungläubig in meiner seelischen Wunde.

Ich konnte mir einfach beim besten Willen nicht vorstellen, dass dieser Mann nie zuvor davon gehört haben wollte. Wie alt war er? Vielleicht vierundzwanzig, fünfundzwanzig? Das war doch nicht möglich! Andererseits lebte er hier im vollkommenen Frieden, in einer wunderschönen Natur mit leckeren Früchten und offenbar wenig Alltagsstress. Vielleicht war meine

Gedankenwelt von Grund auf komplett anders als seine und ich sollte nicht alles als Selbstverständlichkeit auffassen, zumal ich ja auch hier so vieles vorher nicht gekannt hatte, was für ihn das Normalste der Welt war. Seiner Welt. Und trotzdem: Ich konnte mir nicht vorstellen, dass er noch nie davon etwas mitbekommen hatte, lebten hier doch anscheinend genügend gestrafte Seelen. Mit einer geschmeidigen Bewegung erhob ich mich und schaute auf ihn hinab. »Hier kommen offenbar Anima her, die geheilt werden wollen, und du willst mir weismachen, dass du noch nie solche Narben gesehen hast?«

»Ich war einer Anima noch nie so nah wie dir«, gab Awan ernst zu, erhob sich ebenso und bedachte mich mit einem halben Lächeln.

Das überraschte mich. Doch er durchbrach sogleich die Stimmung, schüttelte den Kopf und schaute sofort wieder ernst aus der Wäsche. »Dann sehen sich die Narben eben nur ähnlich.«

»Welche Narben sollen sich ähnlich sehen?«, erfragte ich und hatte das Gefühl, auf dem Weg dieses Gesprächs vergessen und nicht wieder abgeholt worden zu sein.

»Milos. Milo hat ähnliche Narben wie du.«

Mit geweiteten Augen starrte ich dem entschlossenen Awan entgegen und dachte gleichzeitig an Milo. Ob er eine gequälte Seele war, ohne dass es Awan vor mir bewusst war? Ich hatte mir angewöhnt, nicht mehr darüber nachzudenken oder gar zu urteilen, ob jemand danach aussah oder so wirkte, als würde es ihm schlecht gehen. Deshalb versuchte ich, mir auch nicht vorzustellen, ob Milo ein Mann sein könnte, dem Bestrafung und Schmerz halfen, seinen Gedanken und Gefühlen zu entfliehen. Viel zu intensiv war mir bewusst, dass Menschen in meiner Position die perfekten Schauspielkünste zustande brachten, wenn sie es darauf anlegten. Warum um alles in der Welt sollte man auch offenkundig zeigen, dass man mit dem Tode spielte? Um Sätze wie »Geh einfach mal an die frische Luft« oder »Das wird schon wieder!« oder »Ach komm schon, so schlimm hast du es jetzt auch nicht. Anderen geht es schlechter« vor den Latz geknallt zu bekommen? Oder um als aufmerksamkeitssuchend, negativ und sensibel abgestempelt zu werden? Hinter jedem noch so vermeintlich glücklichen Lächeln konnte eine Maske aus tiefem Schmerz stecken. Wie viele Leute nahmen sich das Leben, obwohl sie von der Gesellschaft als lustigste und fröhlichste Menschen wahrgenommen wurden? Viele wahrhaftig glückliche und gesunde Personen begriffen nicht, dass die Dunkelheit der eigenen Gedanken nicht erst äußerlich zutage treten musste, um wirklich zu sein. Meist lag das daran, dass ihre eigene Realität fernab von der dieser Menschen war. Sie waren gar nicht in der Lage, sich die Existenz eines solchen Schmerzes vorzustellen.

»Ist es so unmöglich, dass sie davon stammen?«, hakte ich also vorsichtig nach. »In einer Welt, die Schutz für unglückliche Menschen bietet?«

»Milo ist aber weder Avis noch Anima, Elainy. Wir sind wunschlos glücklich. Niemand würde sich hier absichtlich wehtun«, kommentierte Awan bestimmt und wirkte dabei fest entschlossen, die Wahrheit zu kennen.

»Vielleicht kennst du Milo nur einfach nicht gut genug.«

»Lästert ihr etwa über mich?«

Awans und mein Blick schossen sofort in die Richtung, aus der die dritte Stimme kam, und blickten in schwarze Augen, die uns abwechselnd musterten. Ich schaute zu Awan, dessen Aufgabe es war, eine passende Antwort für seinen Freund zu liefern. Na ja, zumindest machte ich es zu seiner Aufgabe. Ich würde einen Teufel tun und ihm erklären, worüber wir gerade gesprochen hatten.

»Die ertappten Gesichter sagen wohl alles«, meinte Milo lachend und klopfte seinem Freund auf die Schulter. »Also, raus mit der Sprache: Was ist los?«

»Wir haben gerade darüber diskutiert, ob du es zwanzig Minuten mit Elainy aushalten könntest, ohne die Augen zu verdrehen«, log Awan prompt, und ich starrte ihn verständnislos an.

Lügner. Ich konnte nur hoffen, dass er ihn in einer ruhigen Minute ohne mich darauf ansprechen würde, obwohl ich es für unrealistisch hielt. Andernfalls hätte er es sicherlich bereits davor getan. Dass er es vermutlich nie gemacht hatte, immerhin hätte er mir dann sicher sofort eine Erklärung der Narben an die Hand gegeben, erweckte den Eindruck, er habe vielleicht doch bereits eine leise Vorahnung über deren Ursprung.

Milo lachte. Seine dunkle Stimmfarbe sorgte dafür, dass es fast schon in meinen Knochen vibrierte. »Es wäre allein ein Rekord für mich, zwanzig Minuten mit einer Anima zu verbringen.«

»Einem Avis«, korrigierte Awan streng.

Werte mich doch einfach noch mehr ab. Ich fühlte mich, als hätte Milo mich als Mensch betitelt, ehe Awan ihn korrigiert und mich als Regenwurm diffamiert hätte.

Milo verdrehte die Augen und ich musste grinsen. »Na, bei dir hat er es nicht einmal eine Minute ohne Augenrollen ausgehalten. Ich würde mir Gedanken machen«, sagte ich an Awan gewandt.

Dieser bedachte mich bloß mit einem vernichtenden Blick. Humorlos bis zum Gehtnichtmehr. Ob Humor hier genauso verboten war wie Liebe? Selbst meine todernste Sportlehrerin in der Grundschule, die ständig mit ihrer Trillerpfeife hinter uns hergelaufen war, hatte mehr Humor als er. Und das durfte schon etwas heißen, hatte sie lediglich sadistisch gelächelt, wenn wir vor Erschöpfung über unsere eigenen Gummibeine geflogen und im hohen Bogen mit der Visage auf den Boden geklatscht waren.

Milo hingegen schaute kurz zwischen uns beiden hin und her. Man konnte an seinem Blick ablesen, dass ihm die Vertrautheit der Witze – wenn auch niemand lachte – nicht sonderlich gefiel.

»Was macht ihr hier?«, forschte er schließlich. Er hatte seine entspannte Haltung aufgegeben und wendete sich dabei an seinen Kumpel.

»Wir versuchen, sie zurück in die Aviswelt zu bringen, aber es ist schwieriger als angenommen.«

»Awan«, seufzte Milo, während dieser ihn wütend anstarrte, als würde er ganz genau wissen, was sein Freund ihm sagen wollte. »Wir sollten nicht einschreiten, wenn sie keinen Ärger macht.«

»Aber das tut sie!«, beharrte Awan und warf frustriert die Hände in die Luft.

Milo blinzelte desinteressiert zu mir. »Ja, so sieht sie auch aus. Wie ein pöbelnder Riese, der selbst einen Furorem in die Flucht schlägt.«

»Sie hat die Libercat ›Light‹ genannt«, entgegnete Awan schließlich, und Milos Mimik gefror sofort, ehe er mich ungläubig ansah.

»Wie bitte?«

Seine Stimme klang nun endgültig alles andere als entspannt und lässig. Ich konnte die bittere Drohung in seinem dunklen Ton hören, als hätte er mir gerade geschildert, wie er das Fleisch von meinen Knochen riss. Wenn nicht gleich zehn Furorem auftauchen würden, würde ich einen Besen fressen.

Nervös tippelte ich von einem Bein auf das andere, konnte mir aber trotzdem keinen Spruch verkneifen. »Meine Güte, euer Cortisolspiegel muss dermaßen hoch liegen, wenn ihr euch immer wegen Nichtigkeiten aufregt.«

»Nichtigkeiten?«, wiederholte Milo zornig und in einer Lautstärke, die mich instinktiv zusammenzucken ließ. Er kam auf mich zu und ich wich schnell einige Meter zurück. Bevor er direkt vor mir stehen konnte, stellte sich Awan zu meiner Überraschung vor ihn, sodass er mir die Sicht auf Milo versperrte.

»Ich kümmere mich darum, dass sie geht«, versuchte er, seinen Freund zu beschwichtigen, obwohl er ihn doch gerade erst so wütend gemacht hatte. Was war hier bloß los?

Milo blickte über seine Schulter hinweg, um freie Sicht auf mich zu kriegen. »Ich habe dich nicht verschont, damit du Liberantas in Gefahr bringst, klar?« Dann atmete er einmal tief durch, um sich zu beruhigen. »Liberpax aeterquam.«

Mit zusammengebissenen Zähnen sah er noch einmal warnend zu Awan, ehe er seine mächtigen Flügel ausbreitete und davonflog.

Verdammte Scheiße, waren die hier alle geladen, als hätten sie zwei Monate keine Schokolade inhaliert.

Mit hochgezogenen Brauen schaute ich Awan an, als dieser sich schließlich zu mir umdrehte. »War das nötig?«

Awans Augen funkelten vor Abscheu, doch noch bevor er etwas erwiderte, schien etwas anderes seine Aufmerksamkeit zu erregen. Er bewegte sich ruckartig nach links und so schaute auch ich in diese Richtung. Noch während mein Hirn richtig realisieren wollte, dass ein Furorem aus dem Dickicht vor uns auftauchte, stand auch schon wieder Awan vor mir. Türkisfarbener Staub sammelte sich um ihn und nur wenige Sekunden später starrte ich auf riesige goldumrahmte und in Türkis getränkte Flügel, die ihren Ursprung in Awans Rücken fanden. Der Furorem knurrte einmal bedrohlich, doch machte tatsächlich schnell wieder kehrt.

»Hat er Angst vor dir oder vor deinem übermäßigen Ego?«, nuschelte ich, doch Awan tat so, als wäre der Furorem nie hier gewesen, und fuhr einfach mit unserer Konversation fort.

»Milo ist mein Verbündeter. Er muss meine Beweggründe begreifen«, erklärte er, als wäre es ein sinnvoller Grund, mich dem Tiger zum Fraß vorzuwerfen, und drehte sich wieder zu mir um, ehe seine Flügel abermals zu Staub zerfielen.

Meine Nasenflügel weiteten sich, meine Lippen pressten sich für einen kurzen Augenblick zusammen und ich tat so, als wäre ich nicht fasziniert davon, wie seine Flügel funktionierten. »Mal angenommen, wir finden für mich keinen Weg zurück. Ist es dann dein Plan, ganz Liberantas auf mich zu hetzen, damit sie mich umbringen?«

»Wir finden einen Weg«, erklärte er bloß siegessicher.

»Und wenn nicht, wäre die andere Variante auch eine Option?«

Awan machte einen Schritt auf mich zu und blickte bedrohlich auf mich herab. »Merk dir eins: Für mich steht nichts über Liberantas, kleiner Avis. Ich werde alles tun, um diese Welt zu beschützen.«

»Und ein unbedeutender Avis wie ich, der einem Tier einen Namen gibt, stellt für diese Welt eine so große Bedrohung dar?«, konterte ich und musterte ihn mit gerunzelter Stirn. Das musste doch ein Witz sein!

Awans Mundwinkel hoben sich leicht, ehe er mich verächtlich ansah. »Nicht du. Deine unkontrollierten Gefühle.«

»Ob du es glaubst oder nicht: Ich bin auch keine Freundin von Liebe«, erwiderte ich, ohne wirklich darüber nachzudenken. Deven hatte all meine Hoffnung und Vernarrtheit in Liebe zunichtegemacht. Er hatte mich ausgelaugt, mich gelehrt, dass Liebe ein Spiel war, das man nur verlieren konnte.

Awan verschränkte die Arme ineinander. »Das fällt mir schwer zu glauben.«

»Nur weil ich der Libercat einen Namen gegeben habe, bedeutet das noch längst nicht, dass ich eine liebestolle Romantikerin bin.« Ich reckte das Kinn. »Für mich ist dieses Geschöpf jedoch menschlicher als die meisten anderen, die wie selbstverständlich einen Namen bekommen. Light hat es sich verdient, weil er besonders ist. Es ist ein Geschenk von mir, weil er mich verteidigen wollte. Mehr nicht.« Das war zwar nur die halbe Wahrheit, ich hatte den schwarzen Kater schon seit der ersten Minute gemocht, aber das würde ich Awan sicher nicht aufs Brot schmieren. Ich konnte mich damit beruhigen, dass ich immerhin nicht gelogen hatte.

Awan sah mich lange mit diesen tiefschwarzen Augen an, ehe er fragte: »Woher kommt der Sinneswandel? Ich dachte, das Gesetz sei schwachsinnig?«

»Es ist schwachsinnig, weil man Liebe gar nicht unterdrücken kann. Es ist, als ob man jemandem verbieten würde zu atmen. Außerdem braucht jeder Liebe, um glücklich sein zu können«, gab ich schließlich zu, während die Augen meiner Mutter innerlich vor mir aufleuchteten. Diese Art von Liebe war so essenziell wie nichts, um nicht an den Folgen der anderen Art zu sterben.

»Das ist Blödsinn. Ich habe noch nie Liebe empfunden«, widersprach Awan und war sich seiner Haltung ziemlich sicher.

Natürlich. Sehr glaubwürdig. »Du willst mir also erzählen, dass du Milo nicht wie einen Bruder liebst?«

Er schnellte abrupt in die Höhe, als hätte ich ihm gerade erzählt, dass eins plus eins dreißig sei. Als wäre ich so weit von der Antwort entfernt wie der Mond von der Erde.

»Natürlich liebe ich ihn nicht. Wir leben in einer Zweckgemeinschaft, damit wir nicht einsam sind.«

»Das bedeutet also, dass du nicht traurig wärst, wenn Milo sterben würde?«, bohrte ich nach. Ich konnte einfach nicht fassen, dass jemand keinerlei Liebe für irgendjemanden in sich trug.

Awan zuckte mit den Schultern. »Ich würde ihn bemitleiden. Das hat aber nichts mit Liebe zu tun, kleiner Avis, sondern mit Empathie, und die besitzen wir.«

»Schließt Empathie nicht Nächstenliebe ein?«, gab ich zu bedenken, während er sich auf einen der großen Baumstämme setzte.

Awan schien diese Diskussion wirklich zu genießen, so als würde er sie zum ersten Mal führen, jedoch schon länger über seine Argumente nachgedacht haben. Zumindest schien er endlich mal nicht genervt von meinen Fragen zu sein.

»Empathie entsteht, weil man nachempfinden kann, was jemand fühlt, weil man sich in ihn hineinversetzen kann.«

»In Ordnung, und du könntest dich in jemanden hineinversetzen, wie es ist, zu lieben, obwohl du noch nie geliebt hast?«, fragte ich weiter und hoffte, ihn irgendwann aus der Reserve zu locken. Wir waren beide von unseren Standpunkten dermaßen überzeugt, dass niemand so schnell lockerlassen würde. Ich glaubte, dass man nur dann richtig empathisch sein konnte, wenn man das Erlebte der anderen Person bereits ähnlich erfahren hatte. Man konnte es lediglich dann nachempfinden, wenn der Schmerz, die Freude, die Wut der anderen Person bereits in ähnlicher Form durchlebt wurden. Alles andere hielt ich nicht für Empathie, sondern für Mitgefühl – die Fähigkeit, anhand der Emotionen, die ein jeder in anderen Situationen empfunden hatte, zu erschließen, wie sich die betroffene Person annähernd fühlen könnte. Aber das war bloß meine eigene Definition, die ich vehement verteidigen würde.

Awan legte seinen Kopf schräg. »Na ja, wir nehmen zumindest die Gefühle wahr und können sie einschätzen durch Mimik und Worte.«

»Etwas wahrnehmen und etwas nachempfinden … das sind für mich zwei verschiedene Dinge«, schoss ich zurück und merkte nun selber, wie viel Freude es mir doch tatsächlich bereitete, mit ihm darüber zu diskutieren. Vielleicht auch, weil ich dachte, dass ich als Gewinnerin aus dieser Unterhaltung hervorgehen würde.

Awan schien dieses Gespräch jedoch abschließen zu wollen, denn er ließ sich gar nicht weiter auf mein Argument ein. Er sagte rau: »Ich habe noch nie geliebt.«

Dann wird es langsam Zeit, Bruder. Du bist super verbittert.

Ich schüttelte entschieden den Kopf. »Das glaube ich dir nicht.«

»Glaub, was du möchtest«, entgegnete Awan achselzuckend. »Und genau aus diesem Grund, weil du es einfach nicht verstehen kannst, gehörst du auch nicht hierher.«

Die Freude über die Diskussion versiegte innerhalb einer Sekunde und wurde durch eine neue Emotion ersetzt. Immer wieder gesagt zu bekommen, man gehöre nicht hierher, machte mich wütend und gleichzeitig auch zutiefst traurig. Was war, wenn ich niemals meinen Platz finden würde? Wenn mich jeder andauernd darauf aufmerksam machte, was ich alles nicht konnte und wo ich überall nicht erwünscht war? Lange starrte ich ihn an, ehe mir Tränen in die Augen stiegen. Meine Mutter hatte recht: Ich war hochsensibel.

»Weinst du etwa?«, bemerkte Awan plötzlich fast schon schockiert, richtete sich von dem Stamm auf und machte einen vorsichtigen Schritt auf mich zu.

Rasch schüttelte ich den Kopf, schaute auf den Boden und presste meine Lippen aufeinander, damit er das Zittern nicht sehen konnte.

»Habe ich dich verletzt?« Er klang nun versöhnlicher, beinah sanft und so blickte ich auf. Seine schwarzen Augen strahlten förmlich, während er mich mitleidig betrachtete. Ich hasste diesen Gesichtsausdruck!

Ich reckte mein Kinn, zog meine Ärmel bis zu meinen Handgelenken und tat so, als wäre es mir nicht unglaublich peinlich, dass ich zugegeben hatte, was ich für eine Memme war. »Mir müsste etwas an deiner Meinung liegen, damit du mich verletzen könntest.« Nach diesen Worten setzte ich mich wieder im Schneidersitz auf den weichen, mit Blumen übersäten Untergrund und schloss meine Augen.

Als er sich nicht rührte, öffnete ich ein Auge und sah zu einem irritierten Awan hinauf. »Wollen wir nun weitermachen oder noch stundenlang verbale Kämpfe ausfechten?«

Awan schmunzelte und ließ sich ebenso wie ich mit angewinkelten Beinen ein paar Zentimeter von mir entfernt vor mir nieder. »Hat da jemand Angst, er würde sie verlieren?«

»Nein, ich habe Angst, noch länger mit dir Zeit verbringen zu müssen.« Damit schloss ich erneut die Augen und hoffte sehnlichst, dass er schnell wieder zum Wesentlichen kam.

»Glaub mir, kleiner Avis, das beruht auf Gegenseitigkeit«, konterte er, und ich atmete einmal tief durch, um mich auf die Hypnose zu konzentrieren.

Viel zu lange hatte ich mich an Orten aufgehalten, an denen ich nicht gewollt war, ohne zu merken, wann es Zeit war, weiterzuziehen. Diesen Fehler wollte ich nicht ein weiteres Mal begehen.

»Entspann dich einfach«, flüsterte Awan nun deutlich freundlicher und verursachte mir damit eine Gänsehaut.

Einfach? Daran war nichts einfach, vor allem nicht, wenn er vor mir saß und so etwas von sich gab. Seine sanfte Stimmfarbe und diese ausdrückliche Aufforderung sorgten dafür, dass ich plötzlich mit dem Kopf ganz woanders war. Wenn ich ihn eben noch verflucht hatte, vernebelte mir der himbeerartige Geruch in meiner Nase nun andere Empfindungen. Warum musste er auch so attraktiv sein und zudem noch so eine tiefe, weiche Stimme besitzen? Und warum zum Geier musste ich wie ein hormongesteuerter Teenager darauf reagieren, als wäre er der erste Mann, dem ich je begegnet war? Es war nicht so, als hätte er die letzten Stunden, in denen wir versucht hatten, eine Hypnose zu erzeugen, nicht genauso sanft gesprochen wie gerade eben. Doch die hitzige Diskussion und das damit einhergehende Necken hatte etwas in mir ausgelöst, das sich von meinem Willen, hier zu verschwinden, abkapselte und schließlich die Oberhand gewann. Die hormongesteuerte Elainy verstand inzwischen deutlich besser, warum Versöhnungssex so reizvoll sein konnte. Ich fuhr zusammen. Was dachte ich da bitte?

Ich spürte, wie er näher an mich heranrückte, sodass sich mein Puls prompt beschleunigte.

Reiß dich zusammen, Elainy!

»Lass dich von mir leiten. Konzentriere dich nur auf meine Stimme.«

Heiliger Bimbam. Nicht einmal Deven hatte solche Empfindungen in mir auslösen können, selbst wenn ich mit ihm geschlafen hatte. Awan berührte mich ja noch nicht mal! Trotzdem strich sein Geruch aus Kiefernholz und Sommerregen zart über mich, seine Stimme drang durch meine Knochen hindurch, seine spürbare Präsenz fuhr sanft über meinen Körper. Ein Teil von mir wollte ihn berühren, während der andere mich am liebsten dafür verprügeln wollte.

»Warum verkrampfst du deine Hände so?«, fragte er plötzlich, und meine Augen flogen auf.

Schnell strich ich mir durch die Haare und sprang auf die Füße. »Das funktioniert einfach nicht!«

»Weil du dich nicht entspannst«, erklärte Awan, und ich verdrehte die Augen.

»Selbst wenn ich mich entspannen könnte, wüssten wir doch noch nicht mal, wie wir die Hypnose angehen sollen, oder hast du jemals jemanden hypnotisiert? Und selbst wenn du es könntest, wird diese Hypnose sicherlich keine übliche sein, die dich einfach so in andere Welten schicken kann. Wir haben ja nicht mal einen Plan, ob es überhaupt möglich ist.«

Awan seufzte. »Du hast recht.«

Damit hatte ich nicht gerechnet. Ich hätte nicht einmal gedacht, dass er überhaupt imstande war, mir so etwas einzuräumen. »Ich habe recht? Wir geben auf?«, hakte ich nach und unterdrückte meine aufkeimende Panik. Natürlich gefiel es mir hier. Da waren die Kreaturen, allen voran Light, die mich faszinierten. Die Früchte, die meinen Magen in neue Sphären katapultierten. Die Natur, die mir mehr Entspannung lieferte als jedes ASMR-Video, das ich mir je zum Schlafen angehört hatte. Alec, der mich so gastfreundschaftlich aufgenommen hatte, wie ich es noch nie erlebt hatte. Meine Gedanken, die mehr damit beschäftigt waren, diese Welt zu verstehen, als Suizid und Selbstverletzung zu thematisieren. Aber die Tatsache, dass er und nun auch Milo mich nicht hierhaben wollten, und die Möglichkeit, meine Eltern nie wiedersehen zu können, überschattete noch immer alles.

Er schüttelte langsam den Kopf und runzelte nachdenklich die Stirn, während er mich ansah. »Wir werden Odium aufsuchen.«

Fassungslos blickte ich ihm entgegen. »Bitte, was? Ich soll zu eurem Herrscher marschieren und mal eben um Hilfe bitten?« Na klar, er würde sicher nichts Besseres zu tun haben, als der kleinen, unbedeutenden Hohlbirne namens Elainy unter die Arme zu greifen, obwohl sie nach nur zwei Tagen gegen die Gesetze verstoßen hatte.

»Odium ist der Einzige, der dir diese Hilfe geben kann«, erwiderte er ruhig, meinen hysterischen Tonfall ignorierend.

»Und du glaubst, er hätte für einen unbedeutenden Avis Zeit?«

Awan zuckte mit den Schultern. »Das werden wir nur herausfinden, wenn wir es versuchen.« Dann seufzte er. »Odiums größtes Bestreben ist Frieden in Liberantas. Wenn du hier bist, obwohl du es nicht möchtest, wird er dir helfen, bevor du hier alles durcheinanderbringst.«

Kurz nabelte ich meine Sorge von meiner logischen Schlussfolgerung ab und presste die Lippen aufeinander. »Und die Anima dürfen ja auch zurück, wenn sie sich gegen Liberantas entscheiden«, pflichtete ich gedankenverloren bei.

Awan nickte bestätigend. »Sobald sie sich entschieden haben, suchen sie Odium auf.«

»Wie viele der Anima bleiben denn im Schnitt hier und wie viele gibt es von ihnen?«, erkundigte ich mich neugierig.

»Zu viele, wenn du mich fragst, und zu deiner ersten Frage: keine Ahnung. Liberantas ist so groß im Vergleich zu der Menge Anima, die hierherfinden. Man begegnet nur sehr selten welchen«, meinte er, als wäre es das Belangloseste, was er sich vorstellen könnte. »Wir Inanis halten uns für gewöhnlich von Anima fern. Sie interessieren uns nicht. Kontakt haben wir nur mit ihnen, wenn wir für den Frieden sorgen müssen, weil sie ihn missachten.«

Das klang ungefähr so beruhigend, als würde ich einen Bungeejumper fragen, wie sicher das Springen war, und er mir nur erzählte, dass ich die Erste sein würde, die sprang, um die Sicherheit zu prüfen.

»Woher weißt du dann, ob die Anima überhaupt die Wahl haben, in die Menschenwelt zurückzukehren?«, hakte ich misstrauisch nach.

Seine ernste Miene, die nun folgte, sprach Bände. »Ich hinterfrage meinen Herrscher nicht, Elainy. Und du solltest es auch nicht tun.«

Ich hielt beschwichtigend die ausgestreckten Hände vor meinen Körper. »Okay, okay, ich habe es verstanden: Der große Odium bringt lediglich Frieden nach Liberantas.« So viel zum Thema, ich sollte meine Wortwahl überdenken …

Awan ignorierte meinen Sarkasmus, richtete sich auf und drehte mir den Rücken zu. »Wir haben einen eintägigen Marsch vor uns, du solltest dich jetzt also ausruhen. Wir brechen morgen früh auf.«

Diese Entscheidung war schnell getroffen. Wenn ich für die Entscheidung, ob ich lieber Käse oder Kräuterbutter auf mein Brot schmieren sollte, mindestens eine halbe Stunde benötigte, hatte ich die über mein gesamtes Leben wohl innerhalb weniger Minuten gefällt. Na ja, vielleicht lag es auch daran, dass Awan vor mir sie viel eher für mich getroffen hatte.

Auch ich rappelte mich auf und klopfte mir die Erde von der Kleidung. »Wäre es nicht einfacher, dahin zu fliegen?«

Awan linste über seine Schulter zu mir. »Wir wären auf jeden Fall schneller dort. Aber das würde auch bedeuten, dass ich dich wieder berühren müsste, und sei mir nicht böse, kleiner Avis, aber ich würde lieber sterben.«

»Charmant«, kommentierte ich trocken, als ich an das Gefühl seiner kühlen Finger an meinem Arm dachte, und damit breitete er seine riesigen Flügel aus.

Seine Augen lagen auf Light neben mir, bevor er unterkühlt zu mir sah. »Ich schätze, du hast jemanden an deiner Seite, der dich sicher zu deinem Kumpel Alec bringt.«

Auch ich widmete Light einen Blick, der Awan bloß gelassen musterte. Er schien anders als der deutlich größere von Wut angelockte Furorem keinerlei Angst vor ihm zu haben, denn er beobachtete ihn bloß aufmerksam und kratzte sich derweil mit dem Hinterbein das Ohr.

Ich nickte und keine Sekunde später hob Awan ab und flog davon. Wenn ich einst geglaubt hätte, dass Engel wie er aussehen mussten, wusste ich jetzt, dass die äußere Erscheinung ein düsteres Herz verschleiern konnte. Dieser Kerl war kein Engel. Er war der kleine Satansbraten, der auf der anderen Seite meiner Schulter saß, um mir vorzuhalten, wie wertlos ich doch sei.

Kapitel 11

Entscheidungen können nur von denen getroffen werden, die bereit sind, auch mit den Konsequenzen zu leben.

Awan hatte tatsächlich das Unmögliche möglich gemacht und recht behalten: Light führte mich wie selbstverständlich durch den Wald und sicher zu meinem provisorischen Zuhause zurück. Wenn ich geglaubt hätte, mein damaliges Kaninchen sei zu wahrer Empathie fähig und die Intelligenzbestie schlechthin gewesen, dann war Light mehr Mensch, als ich es je sein würde.

Leider konnte er mich nicht davor bewahren, dass Alec uns mit verschränkten Armen empfing, als hätte er bereits auf mich gewartet, um ein Hühnchen mit mir zu rupfen. Doch als ich näher kam, war meine Sorge, mir eine Standpauke anhören zu dürfen, weil ich mit einem Inanis mitgegangen war, so gut wie verflogen, denn sein Gesichtsausdruck wollte so gar nicht zu seiner Abwehrhaltung passen. Ganz im Gegenteil: Mit seinen traurig schimmernden Augen, die mich von oben bis unten analysierten, sah er bekümmert aus. Keine Sorge, außer dass mich Awans Ego überrollt hatte und seine Anwesenheit einige meiner Gehirnzellen gekostet hatte, ging es mir gut.

»Ich dachte schon, du kommst nicht mehr zurück und bist gegangen, ohne dich zu verabschieden.«

Entschuldigend sah ich ihn an, als ich schließlich zum Stehen kam und sich Light neben mir niederließ. Mein Papa würde mich dafür rügen, dass ich mich so unhöflich verhalten hatte, schließlich wäre ich wirklich zurück in meine Welt verschwunden, hätten Awan und ich uns nicht angestellt wie die Parodie von Patrick Star und Homer Simpson. Aber da in meinem Kopf bei dem kläglichen Versuch, mein Gehirn zu manipulieren, bloß ein klatschender Affe gesessen hatte, würde ich hier wohl weiterhin mindestens bis morgen verweilen müssen. Auch wenn ich nicht zu hundert Prozent wusste, was Awan von mir wollte, als er uns beim Frühstück gestört hatte, so hatte er es letzte Nacht mehr als deutlich angekündigt. Ich hätte mich also fairerweise von Alec und Rena verabschieden müssen und mich noch einmal für ihre Hilfe bedanken sollen.

»Tut mir leid. Es war so gar nicht geplant.«

»Aber du wolltest gehen?«, fragte er verständnislos nach und verstärkte mein schlechtes Gewissen dadurch. Er musste echt denken, ich hätte keine Erziehung genossen, obwohl meine Eltern doch immer so sehr darauf bedacht gewesen waren, dass ich die Höflichkeitsregeln im Schlaf aufsagen konnte. Eigentlich hatte es sogar funktioniert, anders als bei meinem Mathelehrer, der uns immer wieder damit gedroht hatte, nachts vor unserem Bett zu stehen und uns Formeln abzufragen, die ich nie wieder in meinem Leben brauchen würde. Aber wie erklärte man Lehrkräften, dass man nur dann nachhaltig lernen konnte, wenn man intrinsisch motiviert war? Schließlich konnte ich die Lehrer und Lehrerinnen, denen ich persönlich begegnet war, bei Weitem nicht als Pädagogen titulieren.

Als ich bemerkte, dass ich mal wieder gedanklich abdriftete, fokussierte ich mich abermals auf Alecs enttäuschte Miene. Ich öffnete den Mund, um zu antworten, doch die Wörter blieben mir im Halse stecken, als ich Rena hinter ihm ausmachte. Mit leeren Augen sah sie mir in meine und ihre Mimik signalisierte nichts weiter als eisige Kälte. Abrupt drehte sie sich um und kehrte zurück in das Häuschen, als hätte sie mir etwas an den Kopf knallen wollen, sich dann jedoch umentschieden.

Kurz sah Alec in ihre Richtung, ehe er seufzend wieder mich anschaute. »Lass uns ein Stück gehen, ja?«

Das war zwar nicht Awans Intention und sicherlich auch nicht seine Definition von Ausruhen, aber ausschlagen konnte ich Alec seinen Wunsch nicht. Vor allem dann nicht, wenn ich wusste, dass wir uns heute das letzte Mal sehen würden. Diesmal würde ich den richtigen Abschied würdig gestalten. Er hatte mir geholfen, mir eine Bleibe geschenkt und mir Schutz in einer fremden Welt gegeben. Auch wenn wir uns noch nicht lange kannten, so hatte ich trotzdem das Gefühl, auf verquere Art und Weise mit ihm verbunden zu sein. Nicht zuletzt, weil wir offenbar aus ähnlichen Gründen hierhergebracht worden waren.

Gemeinsam schlenderten wir ein Stück in den Wald hinein, aus dem ich gerade gekommen war. Ein weiteres Mal bestaunte ich die Lichter und Farben der in die Dämmerung gehüllten Geschöpfe und Pflanzen. Es war absurd, dass ich diesen Ort freiwillig verlassen wollte. Die Libercat neben mir stolzierte derweil durch das türkisfarbene Gras, als wäre er stolz auf die Welt, die er sein Zuhause nennen konnte. Ich konnte in diesem Moment nichts anderes mehr nachvollziehen.

Alec ließ sich auf einer großen Baumwurzel nieder und klopfte neben sich. Ich nahm die Aufforderung an und platzierte mich neben ihn. Kurz überwältigte uns die friedliche Stille, ehe Alec in ruhigem Tonfall das Wort ergriff. »Warum willst du gehen? Wegen dem Inanis? Er kann dir nichts, du hast die freie Wahl.«

Ich schüttelte den Kopf und ließ den Blick schweifen, nahm die farbenfrohen Blumen, die massiven Bäume, das türkisfarbene Gras, den kleinen Bach in näherer Umgebung wahr. Dann schloss ich die Augen und ließ den warmen Wind durch meine Haare wehen, bevor ich die vielfältigen Gerüche einatmete, die von süßlich zu säuerlich zu erdig alles bereithielten. Ohne jegliche Vorwarnung schlich sich Awan in meinen Geist, sodass ich die Augen schlagartig wieder öffnete, um dieses Bild von seinen markanten Zügen und den hypnotisierenden Iriden schnellstmöglich zu verscheuchen. Plötzlich hatte ich das dringende Bedürfnis, diesen Blödmann zu beschützen, immerhin verhalf er mir zu einem Weg zurück zu meinen Eltern – auch wenn Eigennutz der Hauptgrund seiner Taten war und er mir im Grunde keine Wahl ließ. Es war bloß eine Win-win-Situation, weil ich es auch so wollte. »Es ist nicht hauptsächlich wegen Awan.«

»Sondern?«, hakte Alec zweifelnd nach.

Es war offensichtlich, dass er nicht nachvollziehen konnte, dass ich von hier verschwinden wollte, um wieder Teil der zerstörerischen Gesellschaft zu werden.

»Es ist wegen meiner Familie. Ich kann sie doch nicht allein lassen.«

Alec holte tief Luft, als hätte er sich auf diesen Moment bereits gedanklich vorbereitet, und strich wie beiläufig mit dem Zeigefinger über die kleinen Blätter, die sich um die massive Wurzel herumschlangen.

»Ich verrate dir etwas, aber du darfst mich nicht verurteilen, okay?«

»Werde ich nicht«, versprach ich, war mir aber in der nächsten Sekunde nicht mehr sicher, ob ich dieses Versprechen überhaupt geben konnte. Wenn er mir jetzt erzählen würde, dass er seine Familie kaltblütig abgeschlachtet hatte, würde ich ihn sicher nicht mehr als Vorzeigeschwiegersohn labeln.

»Ich habe bereits vergessen, wie meine Familie aussieht. Mir fällt nicht mal mehr ein, wie ihre Stimmen klingen oder wie sich ihre Umarmungen angefühlt haben«, gab Alec beinah beschämt zu und winkelte seine Beine zu einem Schneidersitz an, ehe er unruhig hin und her wackelte. »Das sollte mich stören, nicht wahr? Aber das tut es nicht! Es macht es mir leichter, hier glücklich zu sein und mich nicht schlecht zu fühlen, hierbleiben zu wollen.«

Ich musste schlucken und hatte – auch wenn er kein kaltblütiger Mörder war – alle Mühe, ihn nicht mit anderen Augen zu sehen. »So etwas kann man vergessen?« Kurz dachte ich darüber nach, dass nicht jeder Mensch eine Bilderbuchfamilie vorzuweisen hatte und ich auch gar nicht Alecs Hintergründe kannte. Vielleicht hatten sie kein tiefes Verhältnis zueinander oder sein Gehirn verdrängte schmerzhafte Erinnerungen, die mit seiner Familie in Verbindung standen. Es war schließlich nicht selten der Fall, dass das Hirn eigene Schutzmechanismen kreierte, um Traumata ertragen zu können. Im Grunde waren das alles lediglich Spekulationen, dennoch erinnerte es mich daran, dass Menschen unzählige Beweggründe für ihr Verhalten hatten, die eine außenstehende Person gar nicht erkannte. Eventuell musste man sich das tatsächlich wie bei Freuds Kommunikationsmodell als einen Eisberg vorstellen, dessen Spitze aus dem Wasser ragte, während der große, mächtige Rest unter der Oberfläche blieb.

»Offenbar. Vielleicht ist das Teil des Heilungsprozesses, den wir hier in Liberantas durchlaufen müssen. Diese Welt macht uns alles einfacher«, meinte Alec und blickte gedankenverloren in die Luft, als würde dort die Wahrheit auf ihn warten.

»Ängstigt dich das gar nicht, dass du dich nicht erinnern kannst?«, hakte ich vorsichtig nach.

Alec hielt kurz inne, dann schüttelte er den Kopf. »Nein. Das ist der Lauf der Dinge.«

Der Lauf der Dinge? Menschen zu vergessen? Das hielt ich insgeheim für eine sehr kalte Einstellung anderen gegenüber. Aber möglicherweise war diese Empfindung auch bloß meiner Angst geschuldet, nach meinem Tod in Vergessenheit zu geraten, sodass ich letztendlich wahrhaftig tot wäre.

»Ich finde das schrecklich«, gab ich schließlich ehrlich zu und beobachtete seine Reaktion, aus Sorge, ihn dadurch verletzt oder verärgert zu haben.

Doch Alec sah mich bloß mit schräg gelegtem Kopf an, ohne einen neuen Ansturm von Emotionen zu zeigen. »Sag mir, Elainy, was wirst du alles vermissen, wenn du nicht zurückkehrst?«

Darauf gab es nur eine Antwort, die wie aus der Pistole geschossen kam: »Meine Familie.«

»Das wäre alles?«, triumphierte er, als hätte er das Spiel, das ich nie führen wollte, bereits gewonnen. »Und was würdest du von hier vermissen? Die unglaublichen Kreaturen, die dich und deine Gefühle spüren? Die Natur, die völlig unbefleckt von Avis ist, die mit ihren Betonhäusern und Autoabgasen alles zerstören? Die Harmonie, die diese Welt ausstrahlt? Oder ist es das Verbot von Liebe, das dich Stück für Stück von deinen Schmerzen befreit, die nahestehende Menschen verursacht haben? Sag es mir, Elainy, sind das nicht Gründe, die dich zum Bleiben verleiten?«

»Mit ›Das wäre alles‹ würde ich meine Familie nicht abspeisen«, entgegnete ich schnippisch und verschränkte die Hände vor der Brust. »Meine Familie bedeutet mir mehr als alles andere.«

»Und ich bin mir sicher, dass du ihnen genauso viel bedeutest, nicht wahr?«, fragte Alec ruhig weiter, ohne sich von meinem Stimmungswechsel kleinkriegen zu lassen.

Ich zuckte mit den Schultern. Meine Eltern taten alles für mich, damit es mir gut ging, und nur weil wir öfter in Konflikte verstrickt waren, liebten wir uns nicht weniger. Mir war klar, dass ich für sie eine Enttäuschung war, auch wenn sie es nie aussprechen würden, aber sie liebten mich trotzdem. Ich war schließlich ihr Kind und sie liebevolle Eltern! »Ja.«

»Dann wollen sie doch, dass du glücklich bist, oder?«

»Ja …«, antwortete ich ausweichend, als ich merkte, worauf er hinauswollte.

Alec straffte die Schultern. »Hör mal, Elainy, nur weil man räumlich distanziert ist, bedeutet das nicht, dass man das auch gefühlsmäßig ist.«

Das war nicht unbedingt falsch, aber immerhin musste man bedenken, dass ich nicht etwa mit vorheriger Absprache ins Ausland ausgewandert war, um Orcas und ihre Paarungsrufe zu analysieren. Ich war willenlos abgetaucht, ohne mich zu verabschieden und ohne dass sie überhaupt einen blassen Schimmer hatten, wo ich steckte! »Ich dachte, man dürfe nicht lieben«, gab ich zu bedenken, als mir klar wurde, dass Alec diese Art von Gefühlen ins Spiel gebracht hatte.

Er grinste. »Du hast recht. Hier darf man es nicht. Aber deine Eltern gehören zur Aviswelt und du im Grunde auch noch, bevor du dich nicht anders entschieden hast.«

Aber würde ich hierbleiben, würde ich doch zwangsweise keine Liebe mehr empfinden dürfen.

Doch noch bevor ich diesen Gedanken laut äußern konnte, fuhr er auch schon fort: »Ich bin mir ziemlich sicher, dass du keine glückliche Vergangenheit hast und bestimmt auch nicht das rosigste Leben führst. Sonst wärst du nicht hier. Deshalb glaub mir eins: Deine Eltern würden wollen, dass du hierbliebest.«

In mir stiegen Tränen auf, als ich spürte, wie meine Entschlossenheit bröckelte. »Aber ich würde sie nie wiedersehen.« *Sie* würden mich nie wiedersehen und nie erfahren, was mit mir geschehen war. Das würde sie zerstören. Wie konnte ich imstande sein, ihnen diesen Schmerz noch mal zuzumuten, obwohl ich sie mindestens genauso sehr liebte, wie sie mich liebten?

»Nie ist ein hartes Wort«, raunte Alec und strich mir zu meiner Überrumpelung eine Träne von der Wange. »In Liberantas ist alles möglich, um glücklich zu werden. Es muss nicht für immer sein, aber lass dir die Option offen. Du bist gerade erst hier angekommen, gönn dir doch wenigstens etwas Zeit in Liberantas. Wenn es dir dann doch nicht mehr gefällt, finden wir einen Weg, dass du gehen kannst.«

Ob er einfach zu optimistisch war oder tatsächlich bereits mögliche Lösungen im Kopf hatte, die Awan und ich nicht kannten? Er meinte also gar nicht explizit, dass ich ewig hierbleiben sollte, und auch ich hatte darüber nicht ausreichend nachgedacht.

»Glaub mir, Elainy, Liberantas macht glücklich. Man darf sich bloß nicht gegen seine Magie wehren. Du hinterfragst zu viel, lass dich einfach darauf ein und versuche, die Wesen und die Schönheit dieser Welt zu verstehen.«

Wie gerufen sprang Light neben mich auf die Baumwurzel und betrachtete mich aus dunklen Augen. Seine Federn erstrahlten in Türkis und ließen sein Fell noch glänzender aussehen, sodass mir ein weiteres Mal bewusst wurde, wie wunderschön diese Welt sein konnte.

»Wir würden dich sehr vermissen«, sagte Alec mit Blick zu Light.

Langsam und sacht strich ich über das Gefieder der Libercat und spürte den schweren Stein in meinem Herzen, der mit jeder Berührung wuchs. »Ihr kennt mich doch noch gar nicht lange.«

Alec schmunzelte, während er zu der Libercat neben mir blickte. »Was das Ganze noch krasser macht. Wir würden dich vermissen, obwohl wir dich noch gar nicht lange kennen.«

Als ich nichts erwiderte, setzte sich Alec in Bewegung, riss vier rosafarbene Blumen, die diesen unwiderstehlichen himbeerartigen Geruch auslösten, von einer der Baumwurzeln ab und reichte sie mir. »Überleg es dir noch mal. Das ist alles, was ich will.«

Ich biss mir auf die Unterlippe und nahm sie dankbar entgegen. Mit einem Lächeln auf den Lippen stupste ich die Blüten an, sodass der goldfarbene Staub in die Luft abgegeben wurde, und sog zugleich den süßlichen Geruch ein. Dann blickte ich nickend zu Alec. »Das werde ich, versprochen.«

Alec lächelte zufrieden und verschränkte die Arme ineinander. »In Liberantas ist ein Versprechen viel wert.«

»Was ein weiterer Punkt auf meiner Was-ich-vermissen-würde-Liste wäre.«

Als wir wieder bei der Hütte ankamen, war Rena nicht mehr zu sehen und auch ich verabschiedete mich sofort ins Bett. Ich war zwar unglaublich ausgelaugt von dem Tag, trotzdem war der triftigere Grund, allein sein zu wollen, dass ich meinem Versprechen nachgehen wollte: Ich musste darüber nachdenken, ob ich vorerst bleiben oder mit Awans Hilfe morgen schon zurückkehren sollte. Nachdem ich noch einmal den himbeerartigen Geruch eingesogen hatte, legte ich die Blumen, die mir Alec im Wald geschenkt hatte, vorsichtig auf den Tisch neben mein Bett. Dann setzte ich mich leichtfüßig im Schneidersitz neben Light auf meine weiche Matratze, blickte aus dem Fenster in die von den strahlenden Blumen erleuchtete Nacht und den fast schon glitzernden Himmel. Anfangs hatte es mich irritiert, dass kein Mond und keine Sterne weit und breit zu sehen waren. Mittlerweile kam ich damit klar, dass die glitzernden Goldpartikel, die in der Luft herumschwirrten, alles Altbekannte ersetzten. Es war ein weiteres Indiz dafür, dass ich mit dieser Art Veränderung bestens umgehen konnte. Um mich nicht weiterhin beeinflussen zu lassen, schloss ich die Augen, blendete Light neben mir und den kühlen, nach Regensommer duftenden Geruch aus und atmete einmal tief durch. Vor nicht allzu langer Zeit hatte ich Frau Doktor Lennox gegenüber bekannt, dass ich mit aller Macht versuchte, meine Gedanken zu unterdrücken. Ich verletzte mich selbst, bevor ich überhaupt wieder diese schlimmen, abartigen Gedanken heraufbeschwören konnte, nur um vorzubeugen. Fast schon aus Gewohnheit. Es war zur Gewohnheit geworden, mich lieber physisch zu verletzen, als zuzulassen, dass mein Kopf abermals die Oberhand gewann. Sie hatte mir damals geraten, diese Gedanken zuzulassen, weil sie zu verdrängen so viel schlimmer wäre. Sie würden mich immer wieder einholen. Und doch stellte ich mir die Frage, wie es besser sein konnte, sich selbst ständig damit zu konfrontieren, wenn sie am Ende doch sowieso nicht einfach davonfliegen würden. Wenn es so viele Menschen gab, die in meiner Welt mit suizidalen Gedanken zu kämpfen hatten und hier in Liberantas das Leben zu schätzen wussten, musste man wohl oder übel überlegen, welche Methode die effektivere war: Gefühle zuzulassen wie in meiner Welt oder Gefühle unterdrücken zu lernen wie hier in Liberantas. Letztendlich kam ich zu dem einzigen Weg, dieses Rätsel für mich zu lösen: Ich musste mich meinem Schmerz stellen, um zu erahnen, ob ich bereit war, ihn in meiner Welt ausschalten zu können. Mit aller Macht schlug er gegen meine innerlichen Mauern, bis ich schließlich ein letztes Mal tief durchatmete und sie zusammenbrechen ließ. Doch es war nicht meine Stimme, die ich in meinem Selbsthass sprechen hörte. Es war eine fast schon vertrautere, die mir in mein Gedächtnis geprügelt worden war.

»Du bist krank, Elainy! Wie kannst du glauben, dass wir zusammenpassen könnten?«, sagte Deven ungläubig und ließ mich stehen.

Ich würde es nicht ertragen, noch einmal verlassen zu werden.

»Hast du ernsthaft gegen meine Erlaubnis diesen beschissenen Rock angezogen?!«, schrie er mich an, während ich das Kleidungsstück hastig etwas nach unten schob.

Ich blickte an mir runter und unterdrückte meine Tränen.

»Antworte mir! Antworte mir, du Schlampe!«

Vielleicht hatte ich ihn wirklich verdient. Alles an ihm. Seine guten wie auch seine schlechten Seiten. Vielleicht sollte ich froh darüber sein, dass er mir so viel Aufmerksamkeit geschenkt hatte. Ich hatte ihn verärgert, immer wieder. Deshalb war er gegangen. Ich war nicht gut genug für ihn gewesen. Das war ich nie und würde ich auch nie sein.

»Bitte! Nein, bitte geh jetzt nicht«, flehte ich Deven an, doch er schüttelte meine Hand bloß desinteressiert ab.

Niemand interessierte sich für meine Gefühle.

Ich hörte, wie meine Mutter an die Toilettentür klopfte. »Elainy? Alles in Ordnung?« Schnell hob ich meinen Kopf aus der Kloschüssel und betete, dass mein Liebeskummer nicht länger meinen Körper zerstörte.

Ich konnte meine Eltern nicht weiter mit so vielen Sorgen quälen.

Dieses Leben war nie für mich vorherbestimmt worden. So war es nun mal: Niemand von uns hatte sich ausgesucht zu leben. Und wer behauptete eigentlich, das Leben sei schöner als der Tod? Wer konnte mir sagen, was nach dem Leben passierte? Wer konnte mir erzählen, was vor dem Leben passierte? Wie konnten also alle davon überzeugt sein, dass für jeden das Leben wertvoll oder erstrebenswert sein musste? Wie viel schlimmer konnte der Tod sein, wenn das Leben nichts als Schmerz für mich bereithielt? Was hatte ich denn schon außer meiner Familie? Sey würde mich ohnehin bald hängen lassen, weil ich eine langweilige, nervige Stubenhockerin war. Ich hatte niemanden. Nicht einmal ansatzweise hatte ich die Chance, glücklich aus der Sache hier herauszukommen. Ich hatte keinen Job, nicht einmal eine abgeschlossene Ausbildung, weil ich selbst dafür zu unfähig war. Wie sollte das weitergehen? Wie sollte ich so leben? Und was für eine Last war ich für meine Eltern? Ich war eine Enttäuschung. Ich war nicht gut genug, und selbst wenn ich es jemandem anvertrauen würde, wenn ich bekennen würde, wie sehr ich mich hasste, würde jeder mich nur als hochsensibel abstempeln. Niemand würde mich ernst nehmen. Und was noch viel schlimmer war: Niemand würde mir jemals helfen können. Es gab keine magische Pille, die meine Probleme wegwischte. Es gab keinen Trick, wie ich mich plötzlich lieben könnte. Ich würde niemals glücklich werden.

»Ist er wegen mir gegangen?«, fragte ich meine Mutter, die mich bloß traurig musterte.

Ich bin an allem schuld.

»Wann beginnt die Party? Mona hat mir davon erzählt«, fragte ich Anna, die verschmitzt zu ihren Freundinnen schaute.

»Du, hör mal, du bist gar nicht eingeladen.«

Beschämt wurde ich rot. »Aber es sind doch alle aus dem Jahrgang eingeladen.«

»Wir haben nicht so viel Platz im Haus, dass du auch kommen könntest. Sorry«, beschied sie mich und ging mit ihren kichernden Freundinnen davon.

Ich gehörte nirgends dazu.

Als es bereits zu spät war, sah ich das Bein von Seth vorschnellen. Ich stolperte und fiel. Der schmerzhafte Aufprall auf dem Boden war nicht halb so schlimm wie die Tatsache, dass alle um mich herum anfingen zu lachen.

Alle hassten mich.

Der Polizist sah meine Eltern und mich bedauernd an. »Es tut mir leid. Es gibt keinen Anhaltspunkt, dass ein Gewaltverbrechen vorliegt. Er hat einen Brief hinterlassen und ist alt genug, um eigene Wege gehen zu dürfen. Ich weiß, es ist schwer zu akzeptieren …«

Alle um mich herum, die ich liebte, verließen mich.

»Du hast mich betrogen«, sagte ich an Deven gewandt.

Dieser verdrehte die Augen und schlug wütend gegen die Wand. »Habe ich nicht, verdammt! Ich hasse deine blöde eifersüchtige Art! Ich schwöre dir, sie bringt mich irgendwann dazu, es wirklich zu tun.«

Niemand verstand mich und meine Ängste.

Deven zog meinen Ärmel nach oben und zeigte auf meine frischen Wunden. Sein Blick spiegelte die pure Abneigung. »Denkst du ernsthaft, dass das schön ist? Du siehst aus wie ein zerhacktes Stück Fleisch! Das ist doch krank, Alter!«

Ich war nicht gut genug.

»Diese Hose«, hörte ich Anna von der anderen Seite des Klassenraumes tuscheln, während die Mädchen um sie herum anfingen zu lachen. »Bist du in den 80ern stecken geblieben, Elainy?«

Ich war nicht gut genug.

»Findest du nicht, du solltest etwas abnehmen?«, fragte mich Leah, die ich einige Wochen zuvor zu meiner einzigen Freundin gekürt hatte. »Du hast ein hübsches Gesicht, aber das Oberteil würde halt viel besser aussehen, wenn deine Hüften nicht so breit wären.«

Ich war nicht gut genug. Ich war nicht gut genug. Ich war nicht gut genug.

Panisch schreckte ich aus meiner Gedankenwelt hoch, als ich etwas Kühles, Feuchtes an meiner Hand spürte. Hektisch riss ich meinen Arm nach oben und blinzelte zu Light, der mich aufmerksam musterte und seine kleine rosafarbene Zunge zurück in seine Schnauze wandern ließ. Es war, als würde er mir die Antwort auf einem Silbertablett präsentieren. Die Probleme würden hier nie verschwinden, dennoch gab mir dieser Ort Platz und Zeit, um meine Batterie aufzuladen. Vielleicht brauchte ich eine Auszeit, um mich dem allen zu stellen. Ich musste mich nicht zwangsweise für eine Seite entscheiden, sondern konnte eine Mischung aus beidem zu meinem Vorteil nutzen. Wahrscheinlich benötigte ich bloß eine Welt, die mir zeigte, dass ich stark sein konnte, um in der anderen zu überleben. Vielleicht würde ich mich hier finden, um über meine Vergangenheit hinwegsehen zu können. Einen Versuch war es zumindest allemal wert.

Behutsam nahm ich Light auf meinen Schoß und drückte ihn sacht an mich, während er wiederum schnurrend seinen kleinen Kopf an mich drückte.

Vielleicht war das Privileg, hier aufgetaucht zu sein, ein großzügiges Geschenk vom Leben. Entweder ich nahm diese letzte Chance an oder ich würde endgültig in das Loch fallen, das ich mir jahrelang selbst gegraben hatte.

Kapitel 12

Die wahre Freiheit empfindest du erst, wenn du deine Gedanken nicht länger einsperrst.

Irgendetwas war anders, redete mir mein Gefühl ein, als ich am nächsten Morgen die Augen aufschlug. Es war beinah greifbar, ganz nah an meinem Bewusstsein und doch so tief vergraben, dass ich es nicht finden konnte. Plötzlich war die Entscheidung, die ich getroffen hatte, so logisch und so glasklar, dass ich gar nicht verstand, warum ich sie erst treffen musste. Warum sollte ich zurückgehen wollen, wenn mir ein Neuanfang bevorstand? Wieso sollte ich in mein altes Leben zurückkehren wollen, wenn ich hier ganz neue Möglichkeiten hatte, eine schönere Welt? Was sollte befreiender und erfüllender sein als Liberantas mit all seiner Schönheit? Was hatte mich dazu bewogen, in Erwägung zu ziehen, in meine kalte, zerstörerische Welt zurückzugehen? Das wäre einzig und allein selbstzerstörerisch!

Diese Tatsache änderte jedoch nichts daran, dass ich das auch Awan erklären musste … Ich hatte mich entschieden.

Daran änderte auch kein selbstgefälliger Inanis etwas, redete ich mir ein und wappnete mich gegen seine mit Sicherheit nicht sonderlich begeisterte Reaktion. Sollte ich mich doch umentscheiden und Awan würde mir dann nicht mehr helfen wollen, so konnte ich sicherlich auf Alec zählen. Er würde wissen, was zu tun war, und konnte mich bestimmt genauso gut zu Odium bringen.

Mit dieser Erkenntnis trat ich also vor Awan, der bereits früh am Morgen im wahrsten Sinne des Wortes auf der Matte stand und mich erwartungsvoll anblickte. Vor dem kleinen Häuschen sah er mit seiner mächtigen Präsenz so aus, als könnte er es mit dem kleinen Finger zum Einstürzen bringen. »Lass uns keine Zeit verlieren.«

»Ich habe mich umentschieden«, preschte ich forsch vor. Ich hatte mir in der Nacht eine verdammte Rede und eine Menge Argumente für dieses Gespräch überlegt, nur um jetzt die Kacke zum Dampfen zu bringen. Vermutlich war dieser Satz kein besonders guter Start für diese Art von Konversation mit ihm.

Awan bestätigte meine Vermutung, indem er mich mit zusammengezogenen Augenbrauen anstierte, als hätte ich das letzte Pizzastück genommen, obwohl es ihm zugestanden hätte. »Was meinst du damit?«

Wie konnte jemand nur durch seine Blicke so viel Macht und Autorität ausstrahlen, dass es mir kalt den Rücken hinunterlief? Doch noch viel wichtiger war die Frage, warum ich es zeitgleich so abartig attraktiv fand. Ich reckte mein Kinn und versuchte, mich von seiner düsteren Präsenz nicht einschüchtern zu lassen. Oder es mir zumindest nicht anmerken zu lassen. »Ich werde vorerst hierbleiben.«

»Was redest du da? Wir waren uns doch einig, dass du nicht hierhergehörst.« Awans Stimme wurde mit jedem Wort zorniger, seine Mimik grimmiger.

»Das wird sich zeigen. Ich sollte keine voreiligen Schlüsse ziehen«, erwiderte ich eisern und befahl meiner Stimme, das Zittern zu kontrollieren. Funktionierte ungefähr genauso gut, als würde ich Light befehlen, mir ein Fünf-Gänge-Menü zu zaubern. »Und du im Übrigen auch nicht. Du kennst mich gar nicht.«

So hatte ich mir dieses Gespräch ganz sicher nicht ausgemalt.

Awan kam auf mich zu und blieb einige Zentimeter vor mir stehen, sodass ich hochgucken musste, um in seine schwarzen Augen zu blicken, obwohl ich am liebsten überall sonst hingeschaut hätte.

»Ich kenne dich gut genug, um zu wissen, dass du gerade einen großen Fehler begehst.«

Keine Ahnung, welche Tatsache ich ulkiger fand: dass er wirklich glaubte, mich zu kennen, oder dass er der Meinung war, über meine Zukunft entscheiden oder gar urteilen zu können. Die kalte Holzfassade des Hauses hinter mir spürte ich plötzlich noch viel deutlicher im Rücken, als wollte sie mir signalisieren, dass Flucht ausweglos sei. Es war nicht die Angst, die mich zwang, vor ihm zu fliehen, sondern vielmehr das Bedürfnis, seinem verbalen Schwachsinn aus dem Weg gehen zu wollen.

»Soll das eine Drohung sein?«, knurrte ich mutig und runzelte die Stirn.

Awan schmunzelte süffisant. »Nein, kleiner Avis. Das ist eine Warnung.«

Dieser Kerl brachte mich wirklich zur Weißglut! Wenn er so weitermachte, konnte er für mich als Boxsack herhalten, das stand fest. »Klingt für mich wie das Gleiche.«

»Das ist es nicht«, widersprach Awan kalt. »Denn nicht ich werde dir wehtun. Das wird Liberantas übernehmen.«

»Der Ort des Friedens, meinst du?«, konterte ich sarkastisch und verschränkte die Arme vor der Brust. Er machte nicht gerade sehr gute Werbung für sein Heiligtum. Wenn Odium mich je fragen würde, ob Awan ein guter Repräsentant wäre, würde ich ihn auslachen.

»Der Ort des Friedens für Geschöpfe von Liberantas, nicht für Avis«, spezifizierte er mit einem frechen Grinsen und verschränkten Armen, sodass ich meine Wut zu unterdrücken versuchte.

Bloß keinen Furorem anlocken, Elainy!

Statt meinen Zorn in mich hineinzufressen, spuckte ich ihn ihm also direkt in Form von heißer Provokation entgegen. »Dann wird es wohl höchste Zeit, dass ich dazuzähle.«

Awan biss die Zähne aufeinander und sein Schmunzeln war wie weggefegt. Mein Spruch hatte so saftig gesessen, als hätte Dwayne Johnson mit Anlauf in seinen Magen getreten.

»Du denkst, ich würde wollen, dass du leidest. Dem ist nicht so. Irgendwann wirst du erkennen, dass ich genau das Gegenteil für dich will. Du gehörst hier nicht hierher.«

Kurz konnte ich ihn nur überrascht mit geweiteten Augen anstarren, ehe ich mich wieder fassen konnte. So wie meine Naivität es verstanden hatte, entsprach es sicherlich nicht der Wahrheit. Das würde sonst ja bedeuten, ich wäre ihm nicht egal. Als würde ihm etwas an mir liegen. Das wäre in Anbetracht dessen, dass er mir schon einige Male angedroht hatte, mich umzubringen, ziemlich absurd. Zumal seine rasiermesserscharfe Tonlage überhaupt nicht zu dem Gesagten passte. Aber was wusste ich schon über Soziopathen?

»Nehmen wir mal an, es stimmt, was du behauptest, und du willst mich schützen: Warum solltest du das wollen?«

Awan blickte mich verwirrt an, dann fuhr er sich fast schon verlegen durch die dunklen Haare. »Weil ich das Gefühl habe, ich müsste es.«

Völlig überrumpelt von seiner Antwort starrte ich ihn für einige Sekunden an, ehe ich ihn automatisch anblaffte: »Ich kann auf mich selbst aufpassen.«

Ich hatte damit gerechnet, dass er mir eine ganze Präsentation inklusive Videomaterial vorlegen würde, die dokumentierte, wie wenig diese Aussage der Wahrheit entsprach. Doch sein Blick verfinsterte sich lediglich, ehe er einen Schritt rückwärts ging.

»Das wirst du ab jetzt auch müssen.« Damit machte er auf dem Absatz kehrt und flog mit kräftigen Schwüngen Richtung Waldrand.

Kurz blickte ich ihm hinterher, wie er die Baumkronen erreichte und darin schließlich verschwand, ehe ich mich abwandte und tief durchatmete. Wie von selbst ging ich mehrere Meter in ebendiese Richtung, als würde ich ihm folgen wollen, obwohl ich doch insgeheim froh war, dass er sich vom Acker gemacht hatte.

Ein dicker Kloß bildete sich in meiner Kehle, den ich am liebsten sofort wieder herausgeprügelt hätte. Doch tatsächlich grübelte ich in dem Moment darüber nach, ob ich ihn wiedersehen würde. Wie absurd! Warum machte ich mir deshalb Gedanken? Er war nie sonderlich nett zu mir gewesen. Genau genommen hatte er mir mehr als deutlich gemacht, wie unbedeutend ich doch für ihn war. Vielleicht war genau diese Tatsache auch das, was ihn so anziehend machte: Er war ein Arsch. Warum neigten viele Frauen dazu, sich Typen zu angeln, die sie wie Luft oder Scheiße behandelten? Warum glaubten wir daran, diese Kerle ändern zu können? Warum hatten wir dermaßen wenig Selbstwertgefühl und meinten, wir würden das verdienen? Warum brauchten wir das, um unsere eigene Selbstliebe zu steigern? Ich würde damit aufhören. Ganz offiziell. Dieser Kerl war niemand, den ich heilen konnte. Er würde mit seinem düsteren Herzen sterben. Früher oder später.

»Elainy?«, hörte ich plötzlich eine tiefe Stimme hinter mir sagen, die mich aus meinen Gedanken riss. Ich drehte mich um und sah direkt in Alecs aufmerksame Augen. »Du bist noch da.«

Ich griff nach meiner goldfarbenen Kette mit dem kleinen Herzanhänger, wanderte dann mit den Fingerspitzen zu meinen Haaren und spielte letztendlich nervös mit den Spitzen herum. Ob er das Gespräch mitangehört hatte? »Ja. Ich werde vorerst auch bleiben.«

Im nächsten Moment wurde ich von Alec in die Höhe gehoben, als würde ich nur so viel wie ein Kartoffelsack wiegen, während er sich euphorisch um die eigene Achse drehte. Ich war komplett überfordert und überrascht, sodass ich vergaß, Luft zu holen. In voller Lautstärke brüllte ich mich gedanklich an, dass ich dieses Treiben sofort unterbinden sollte, damit er nicht merkte, wie schwer ich eigentlich war. Mein Herz hingegen schrie mich an, endlich aufzuhören, mir Gedanken um mein Gewicht zu machen, hatte ich doch geglaubt, diese düsteren Gedanken endgültig hinter mir gelassen zu haben.

Völlig perplex reagierte ich erst, als ich wieder festen Boden unter meinen Füßen spürte. »Ich glaube, es hat sich noch nie jemand derart über meine Anwesenheit gefreut.« Dem war tatsächlich so.

»Dann wird es wohl Zeit!« Er lächelte fröhlich. »Weißt du, ich genieße deine Anwesenheit«, fuhr er fort. »Ich mag Rena. Ich mag sie wirklich. Aber sie ist immer so ernst und still. Es ist nicht einfach, wenn man zu zweit lebt, verstehst du, was ich meine? Man sehnt sich einfach manchmal nach anderen Unterhaltungen.«

Fast hätte ich ihm gesagt, dass ich solche Äußerungen fies fand. Es war nicht in Ordnung, in ihrer Abwesenheit so über sie zu sprechen, als wäre sie nicht gut genug, um mit ihr Gespräche führen zu können. Das glaubte ich nicht. Rena schien mich nicht sonderlich zu mögen und war auch sicherlich nicht die positivste und freundlichste Person, die auf diesem Planeten herumlief. Aber sie war kein schlechter Mensch. Sie hatte bestimmt viel Gutes und Schönes zu sagen, wenn man ihr nur zuhörte.

Trotzdem konnte ich auch Alecs Haltung nachvollziehen: Wenn man mit einer Person zusammenlebte, die man bloß als Mitbewohnerin ansah, würde einem früher oder später der Redestoff ausgehen. Wenn man dann auch noch so unterschiedliche Charakterzüge hatte wie die beiden, konnte das tatsächlich eine Herausforderung werden. Das bedeutete aber nicht, dass etwa Rena schuld daran war, auch Alec war nicht der Übeltäter. Es hieß einfach nur, dass die beiden zu verschieden waren, um langfristig glücklich miteinander zu sein. Manche Gegensätze zogen sich eben an, andere stießen sich ab. Ich war froh, dass Alec immerhin einräumte, dass er sie trotz allem mochte. Das sprach tatsächlich für ihn.

Ich spähte zum Haus hinüber und beobachtete Rena dabei, wie sie grob zwei Sola verscheuchte, die sich über ihre frisch gepflückten Früchte hermachen wollten.

Alec, der meinem Blick gefolgt war, seufzte. »Sie hat die Vorteile von Liberantas noch nicht gelernt wertzuschätzen.«

»Warum ist sie dann noch hier?«, fragte ich neugierig, ohne auf seine Stichelei einzugehen. Sie wirkte nicht unbedingt so, als wäre sie gerne hier. Hatte sie sich noch nicht getraut, Odium aufzusuchen? Den Gedanken strich ich sogleich wieder aus meinem Hirn. Rena schien keine Person zu sein, die vor irgendetwas oder jemandem Angst hatte. Aber ich konnte mich auch täuschen, war ich doch selbst eine wahre Königin darin, Gefühle zu vertuschen. Zumindest in meiner Welt. Hier bissen mir ja sofort Furorem in den Allerwertesten oder Dolor bombardierten mich mit fiesen Erinnerungen, wenn ich auch nur Ansätze von Traurigkeit verspürte.

Alec zuckte mit den Achseln. »Aus dem gleichen Grund wie wir alle: Wir haben die Hoffnung, dass das Leben hier besser wird. Vermutlich ist Liberantas das weniger schlimmere Übel für sie – obwohl sie auch hier nicht glücklich zu sein scheint.« Dann winkte er mich zu sich, während er auf das Haus zusteuerte. »Früher oder später wird man das Licht von Liberantas erkennen – so wie ich.«

»Oder in der Dunkelheit untergehen«, ergänzte ich, doch Alec ignorierte meinen Zusatz. Ich hatte den Verdacht, dass er negative Aussagen nur schwer zulassen wollte. Ich verstand das. Er war hier, um geheilt zu werden, und nicht, um darüber zu philosophieren, welche Schattenseiten es wohl noch immer geben mochte. Vermutlich sollte ich mir Alec zum Vorbild nehmen und anfangen, das zu schätzen, was ich hatte, anstatt sofort wieder Zweifel zu säen.

Ich hatte Glück und war einer dieser Menschen, der sich Musik auf das Handy herunterlud, um nicht auf das Internet angewiesen zu sein. Diese vergangene Entscheidung war wohl die klügste, die ich hatte treffen können, sodass ich mir stellvertretend für die Vergangenheits-Elainy auf die Schulter klopfte. Viel zu lang hatte ich es ohne Musik ausgehalten, hörte ich doch unter normalen Umständen beinah den halben Tag die Stimmen meiner Lieblingsbands. Dass ich mein Handy dabeihatte, war mir erst vor wenigen Minuten abermals in den Sinn gekommen, nachdem ich mein Lieblingsbuch beiseitegelegt hatte. Seitdem hüpfte ich fast schon über die Wiese und schaute mich mehrmals um, um sicherzustellen, dass mich niemand beobachtete. Es war gar nicht lange her, da hatte ich in meinem Bad eine verdammte Bühnenshow abgehalten, die nur für mich bestimmt gewesen war. Diese Erinnerung war zwar fast schon verschleiert, doch dachte ich mir dabei nichts. Hier hatte ich so viele Reize, die ich mir einprägen und merken musste, da durfte ich meinem Gehirn nicht böse sein, wenn es etwas vergaß. Trotzdem kam es mir dadurch so vor, als wäre es ewig her. Umso mehr freute ich mich, nun endlich wieder die Musik zu hören, die mir vor wenigen Tagen die einzige Möglichkeit gegeben hatte, mich für wenige Minuten lebendig zu fühlen. Alec hatte mich zwar wissen lassen, dass es in Liberantas keinen Strom gab, aber ich wollte es mir nicht nehmen lassen, Akku zu verbrauchen, um mich der Musik hinzugeben. Wofür sollte ich mein Handy hier auch sonst nutzen? Ohne Netz kam ich mir ohnehin vor wie aus der Steinzeit entsprungen, und wofür den Akku aufsparen? Ein Ladekabel, was eh nichts nutzen würde, hatte ich sowieso nicht dabei.

Schnell wischte ich über den Bildschirm und war froh darüber, dass ich keine PIN für mein Handy hatte, denn waren wir mal ehrlich: Ich konnte mir sowieso keine Zahlen merken. So öffnete ich also die Musik-App und scrollte durch die Lieder. Kurz fragte ich mich, ob ich die Playlist erstellt hatte, um mir Lieder zu speichern, die ich noch nicht kannte und unbedingt hören wollte, denn aus irgendeinem Grund konnte ich mich an keinen der Songs erinnern. Ich schüttelte irritiert den Kopf und spielte schließlich das erste Lied der Playlist ab. Ein instrumentaler, langsamer und gefühlvoller Song, der sich durch das Zusammenspiel von Streichinstrumenten und Klavier auszeichnete. Vorsichtig legte ich das Handy ins Gras und richtete mich dann so schnell wieder auf, dass mir beinah schwindelig wurde. Die Musik erfüllte sogleich meinen gesamten Körper und brachte meine Füße wie von selbst in Bewegung, während ich lächelnd meine Augen schloss, um meinen Hörsinn noch zu intensivieren. Der himbeerartige Geruch, der ständig in der Luft lag, erledigte das Übrige und ließ mich tief ein- und ausatmen. Er beflügelte mich, machte mich frei.

Immer wieder drehte ich mich um meine eigene Achse und tanzte mit einer Leichtigkeit, die mich selbst faszinierte. In diesem Moment war ich nicht die kranke, wertlose Elainy. In diesem Moment fühlte ich mich wie in meine Kindheit zurückversetzt. All jene, die für mein damaliges Glück verantwortlich waren, waren nicht bei mir, manche von ihnen existierten nicht mal mehr, und doch spürte ich ein solches Glücksgefühl, als wäre ich wieder vier Jahre alt.

Als ich bei der nächsten Drehung gegen etwas stieß, hielt ich erschrocken inne und schaute zu Boden. Mehrere Kreaturen hatten sich um mich gesammelt. Als Erstes erblickte ich hellgrüne Sola, die sich um mich scharten und mich interessiert beobachteten, dann traten Wesen in mein Sichtfeld, die ich noch nie zuvor gesehen hatte. Sie steckten zwar im Körper eines gelben Häschens, hatten jedoch reptilienartige Schuppen und einen kleinen Schnabel, der das Erscheinungsbild einer niedlichen Fellnase wettmachte. Doch obgleich ich keinen blassen Schimmer hatte, ob sie mir gefährlich werden konnten, nahm ich wie selbstverständlich an, dass sie nichts Böses im Schilde führten. Sie wirkten auf mich friedlich, wie sie neben den Sola hockten und mich bei meinem Tänzchen verfolgten. Dann schließlich flogen einzelne Dolor über meinen Kopf hinweg, die sich auf das türkisfarbene Gras hockten und mich musterten. Nun wurde ich stutzig und beendete meine Tanzeinlage. So viele Geschöpfe auf einem Haufen konnten nichts Gutes bedeuten, oder? Was war, wenn die Musik auch einen Furorem anlockte? Schnell wandte ich mich zu dem Schatten, der sich nun in meinen Blickwinkel schlich. Doch es war bloß Light, der ganz in meiner Nähe saß und mich ansah, ehe er schließlich einen anderen Punkt hinter mir anvisierte.

Als ich seinen Augen folgte, erkannte ich zu meinem Erschrecken Awan, der mich stumm beäugte und nun direkt vor mich trat. Ein Schauer fuhr mir über den Körper. Doch etwas hatte sich verändert, was mich faszinierte und zu gleichen

Teilen verwirrte: Seine Iriden wirkten plötzlich etwas heller, beinah dunkelbraun.

Schnell sprintete ich zu meinem Handy und hob es auf. »Du bist hier«, nuschelte ich und schaltete die Musik aus. Auf einer Peinlichkeitsskala von eins bis zehn war diese Situation eine solide zwanzig.

»Nicht nur ich, wie es aussieht«, erwiderte er nachdenklich und wies auf die Tiere, die ihn mit einer Art Respekt musterten. »Ziemlich ungewöhnlich, so viele unterschiedliche Geschöpfe auf einen Blick zu sehen.«

»Was sind das für Tiere?«, fragte ich aus Neugier und zugleich als Anker, mich aus dieser peinlichen Misere zu retten, und deutete auf die kleinen Häschen mit ihren rot-blauen Schnäbeln und den gelben Schuppen.

Awan lächelte, ging in die Knie und streichelte sanft über den Rücken eines Tierchens. »Sie heißen Fortuna und werden von Glück angezogen.« Dann stand er wieder auf. »Wenn du ihnen in die Augen siehst, dann zeigen sie dir glückliche Erinnerungen anderer Inanis.«

Die Intensität unserer Blicke machte mich ganz schwummrig. Es wirkte, als wäre unser Streit von vor wenigen Stunden bereits vergessen. Als würden wir Katz und Maus spielen und dann doch immer wieder an diesen Punkt gelangen, der uns erneut zusammenbrachte. Obwohl ich Awan auf mehreren Ebenen nicht sehr gern mochte, löste er etwas in mir aus, dem ich mich nicht zu stellen wagte, und so räusperte ich mich erst einmal, um nicht doch ein falsches Wort zu sagen, dass sich wie ein Flirt anhören könnte.

»Deine Augen sehen gerade anders aus als sonst. Kann es sein, dass sie heller geworden sind?« Ich realisierte nur eine Sekunde später, dass ich meinen Vorsatz ungewollt direkt wieder über Bord geworfen hatte. Jemanden auf seine Augen anzusprechen zählte eigentlich schon automatisch zu einem Flirt.

Awan zog überrascht eine Augenbraue hoch. »In Liberantas ist sehr viel möglich, kleiner Avis, aber die Augenfarbe zu ändern, gehört nicht dazu.«

Fliegende Katzen, Vogelmänner, zahlreiche Wesen, die von Gefühlen angezogen wurden … Das war alles möglich. Aber dass sich die Augenfarbe ein wenig änderte, gehörte dann schon zur schwarzen Magie.

»Dann ist es wohl das grelle Licht hier auf der Wiese«, erwiderte ich schulterzuckend und schaute schnell weg. »Ich hätte nicht damit gerechnet, dich wiederzusehen.«

»Du ziehst viel Aufmerksamkeit auf dich, Elainy.«

»Weil ich tanze?«, fragte ich ungläubig. Jetzt ging das Erbsenzählen wieder los.

Awan nickte. »Ja. Deine Avismusik gibt es hier nicht.«

»Ihr hört hier keine Musik?« Das war unvorstellbar. »Dann kann ich hier gar nicht glücklich werden.«

Awan grinste über meinen erschrockenen Gesichtsausdruck. »Wir brauchen keine Musik, kleiner Avis. Wir spüren die Klänge durch die Natur.«

»Das klingt super abgedreht«, kommentierte ich ehrlich. Man konnte sich auch wirklich alles schönreden.

Er legte den Kopf schief. »Vielleicht musst du nur deine Sinne dafür öffnen. Manche Dinge liegen im Verborgenen und sind nur für diejenigen erreichbar, die es sich auch verdienen.«

»Und doch hat dich meine Musik angelockt«, neckte ich ihn zwinkernd.

Ihm schien diese Tatsache nicht sonderlich zu gefallen. Zumindest verdüsterten sich seine Züge zunehmend und seine sehnigen Hände ballten sich zu Fäusten. Here we go again.

»Wir Inanis werden von Dingen angelockt, die den Frieden von Liberantas gefährden. Das sollte dir vielleicht zu denken geben.«

»Was macht ihr dann mit diesen *Dingen*?«, hakte ich zynisch nach und betonte das letzte Wort besonders, um ihm zu signalisieren, was er gerade von sich gegeben hatte.

Awan grinste bloß gefährlich. »Wir eliminieren sie.«

»War das gerade eine Morddrohung?« Der hatte sie doch nicht mehr alle!

Er ging einen Schritt rückwärts und seufzte gedehnt. »Auch wenn du mir auf den Geist gehst, kleiner Avis, ich habe nicht vor, dir ein Haar zu krümmen.«

»Das klang in meiner Welt ganz anders«, erinnerte ich ihn. Auch hier hatte ich nicht wirklich den Eindruck, dass es ihm leidtäte, würde ich getötet werden. Ich konnte nicht glauben, dass er das tatsächlich so meinte, wie er es äußerte.

»Das waren ganz andere Umstände. Du wusstest noch nichts von Liberantas, und zu dem Zeitpunkt musste das auch so bleiben. Es konnte ja keiner ahnen, dass man dich hierherbringt. Du warst eine Gefahr für mich und meine Welt. Außerdem«, begann er, »hast du ein gutes Leben verdient.«

»Warum?« Abermals versank ich verwirrt in seinen dunkelbraunen Augen und versuchte, den Sarkasmus zu greifen, doch alles, was ich fand, war die pure Ehrlichkeit. Was sollte das?

Awan musterte mich ernst, ehe er die Bombe zum Explodieren brachte: »Weil bereits der Tod in deinen Augen steht.«

Nach dieser Ansage wandte er sich um und war nach wenigen Sekunden Teil des Himmels, was bald zum Ritual wurde. Während jeder hitzigen Konfrontation sah ich früher und später seinen feigen Arsch in die Luft abheben, weil er das letzte Wort haben wollte.

Völlig perplex schaute ich ihm hinterher und strich mir durch die dunklen Haare. Aus dem Kerl sollte mal einer schlau werden.

Ich seufzte genervt und drehte mich wieder zu den Tierchen, um ein weiteres Mal die Musik zu starten. Sein letzter Satz traf mich mehr, als er sollte, und so nahm ich mir vor, ihn mithilfe von Musik zu verschleiern. Sollte der bloß nicht glauben, er könnte mich zum Nachdenken bringen, obwohl ich gerade glücklich war.

Doch als ich von dem Gefühl geleitet, beobachtet zu werden, aufblickte, erschrak ich fast zu Tode. Renas Augen musterten mich mit unergründlichem Ausdruck durch das Fenster des Hauses, als würde sie das Unheil sehen, das ich in Begriff war zu fabrizieren.

»Möchtest du … möchtest du mittanzen?«, rief ich ihr zu, als sie sich nicht ansatzweise bewegte, doch sie starrte mich nur weiter an, ehe sie ihren Blick abwandte und vom Fenster verschwand. Keine Ahnung, was ihr Problem mit mir war, aber ihr Hass auf mich war so tief spürbar wie mein Selbsthass. Eine normale erwachsene Frau würde jetzt vermutlich das Gespräch suchen, um die Diskrepanzen zu lösen. Ich hingegen fürchtete mich so sehr vor ihren Reaktionen, dass ich ihren Hass in Kauf nahm. Traurig, aber wahr.

»Wow, du bist eine sehr gute Tänzerin.«

Als ich mich umdrehte, erkannte ich Alec, der zu mir schlenderte.

Hatte ich hier gerade eine Tanzshow für ganz Liberantas abgehalten, oder was war hier los?

Ich spürte, wie sich Hitze in meinen Wangen sammelte, denn es war mir noch viel unangenehmer, als von Awan beobachtet worden zu sein, sodass ich am liebsten im Erdboden versunken wäre. »Äh … danke?«, erwiderte ich beschämt. »Ich schwitze zur Abwechslung immerhin nicht. Es gibt nichts Schlimmeres, als zu schwitzen, ich sag es dir.« Was für eine unangenehme Art, das Thema schnellstmöglich zu wechseln.

An dieser Stelle müsste sogar den unaufmerksamsten Menschen aufgefallen sein, dass ich nicht oft Small Talk hielt.

Alec grinste über meinen lahmen Versuch. »Du wirst hier auch nicht schwitzen können.«

Das ließ mich aufhorchen. »Was soll das bedeuten?«

»In Liberantas ist quasi immer Frühling.«

»Immer?«, wiederholte ich verdutzt.

Alec schien sich regelrecht darüber zu freuen, dass er mir diesen Fakt über Liberantas mitteilen konnte. Voller Stolz strahlte er bis über beide Ohren, während seine Haltung mich an Krieger erinnerte, die mit geschwollener Brust auf ihren Ritterschlag warteten. »Ich nenne es zumindest Frühling, weil ich es vergleichbar finde. Die Temperaturen passen sich deinem Körper an, damit du ständig eine für dich angenehme Wärme verspürst. Liberantas hat sozusagen ein eigenes Sonnensystem. Wobei ich das nicht einmal so nennen würde. Die Wärme, das Licht, die Dunkelheit und alles, was dazugehört, sind lediglich Kopien der Aviswelt, verstehst du? Odium hat als Schöpfer Aspekte der Aviswelt nach Liberantas gebracht und sie derart angepasst, dass sie für uns alle einen effektiven Nutzen haben, damit wir uns wohler fühlen.«

Ich schaute ihn nachdenklich an. Das klang vollkommen abgedreht und unvorstellbar. Aber was hier in Liberantas war auch schon Teil meines Kosmos gewesen? Im Grunde dürfte mich nichts mehr großartig schocken, vor allem dann nicht, wenn die Beweggründe und Erklärungen ständig damit zusammenhingen, sich besser zu fühlen als in meiner Welt. Trotzdem wurde ich stutzig. »Aber du hast doch ein anderes Wärmeempfinden als ich?« Während ihm warm war, durchlebte ich bestimmt den tiefsten Winter. Zugegeben, ich hatte, seitdem ich hier war, weder geschwitzt noch gefroren, aber das konnte ja auch bloß Zufall sein.

»Die Temperaturen passen sich individuell jedem Körper an«, erklärte Alec mit stolzen Augen. »Es gibt nur ein einziges Gebiet hier, in dem es angeblich andauernd regnet und Kälte empfunden werden kann.«

Doch ehe ich nachfragen konnte, wo dieser Ort zu finden sei, sprach er auch schon weiter: »Meine Vermutung ist, dass Liberantas dafür sorgt, dass wir das nötige Serotonin bekommen, ohne dabei schlapp zu werden, weil es zu heiß ist.«

Ich runzelte die Stirn. Das klang alles utopisch. »Und du glaubst, eine Welt kann sich dieser Logik anpassen?«

»Haie leben im Wasser und haben Flossen bekommen, um sich fortzubewegen, Kiemen, um unter Wasser zu atmen. Löwen haben Krallen gekriegt, um ihre Beute zu schnappen, die sie zum Überleben brauchen. Es gibt Männchen und Weibchen, die perfekt ausgestattet sind, um sich fortzupflanzen. Ein Baby kann in einem anderen Menschen wachsen und überleben. Selbst die Aviswelt ist anpassungsfähig. Warum dann nicht Liberantas?«

Heiliges Kanonenrohr, so hatte ich das noch gar nicht betrachtet. Trotzdem war seine Enthüllung über die Temperaturen noch schwerer zu glauben als die Tatsache, dass Lehrkräfte tatsächlich ein ganz normales Leben nach dem Schulunterricht hatten. Außerdem passten sich doch nach seinen Beispielen die Lebewesen an das Klima an und nicht andersherum. Andererseits: Was wusste ich schon über diesen Ort, außer dass er so ganz anders war als meine Welt? Warum also verglich ich beides immer so vehement? Ich kaufte mir doch auch kein Käsebrötchen und verglich den Geschmack mit einer Tafel Schokolade.

»Wenn es nur diesen einen Ort gibt, an dem es regnet, wie können dann all die Pflanzen hier mit Wasser versorgt werden?«

Alec zeigte auf den Boden. »Es gibt unzählige unterirdische Wasseradern, die sich aus den Bächen bedienen und einen endlosen Kreislauf erzeugen, um die Bäume und Pflanzen zu versorgen. Der Großteil des Wassers wird aber vermutlich tatsächlich von diesem besagten Ort durch die Wasseradern über ganz Liberantas transportiert.«

»Und wo ist dann dieser mysteriöse Ort, an dem es regnet?« Anders als die meisten anderen liebte ich den Regen. Es gefiel mir, wenn er über mein Gesicht lief, während ich den frischen Geruch in der Nase hatte.

Alec sah mich schmunzelnd an. »Ich denke, das wirst du erfahren, wenn es so weit ist.«

»Du sprichst in Rätseln«, neckte ich ihn, war jedoch auch etwas genervt von seiner Geheimniskrämerei. Es war nicht das erste Mal, dass ich diese Worte von ihm zu hören bekommen hatte. Er tat so, als wäre er der Produzent einer spannenden Serie, der die Antworten auf die Cliffhanger unter allen Umständen für sich behalten wollte. Meine Neugier war jedenfalls kein Freund davon.

»Und du bist mir ein Rätsel«, konterte er mit einem Lächeln, ehe er wieder ernst wurde. »Was will der Inanis immer von dir?«

Natürlich hatte er uns beide beobachtet. Vermutlich dachte er bereits, Awan und ich könnten so etwas wie Freunde sein.

Sollte das der Fall sein, mein Lieber, dann befindest du dich so dermaßen auf dem Holzweg, dass dir nicht einmal eine Landkarte heraushelfen könnte.

»Er ist für den Frieden hier zuständig. Ich schätze, er möchte sichergehen, dass ich keinen Menschenkram abziehe.«

»Versuch, dich von den Inanis fernzuhalten, Elainy«, warnte er mich, noch während ich mein letztes Wort ausgesprochen hatte.

In meinen Ohren klang es allerdings nicht wie ein nett gemeinter Rat, sondern wie ein Befehl.

»Glaub mir eins: Sie verspüren keinerlei Mitgefühl. Wenn es um Liberantas geht, machen sie vor keiner Anima halt.«

Ich nickte und unterdrückte den Drang, ihm zu sagen, dass er nicht zu entscheiden hatte, was ich zu tun oder zu lassen hatte. Er meinte es schließlich nur gut mit mir! »Danke für die Warnung.«

Ich kam am Ende dann doch nicht umhin, verbittert zu klingen, denn ich wollte nicht wahrhaben, dass Awan mir etwas antun würde. Vielleicht wollte ich es auch nicht glauben, weil ich ihn auf ganz verquere Art doch irgendwie mochte. Ich mochte seine Nähe, seine Blicke, seinen Geruch, seine Stimme. Alles Äußerliche von ihm wirkte anziehend auf mich, als wäre er mein Gegenpol, den ich ewig gesucht hatte.

Doch ich hatte bereits so vieles nicht wahrhaben wollen, was mich früher oder später meine Seele gekostet hatte.

Kapitel 13

Sobald du jemanden vergisst, vergisst du auch einen Teil von dir.

Am Abend verschwand ich schnell in meinem provisorischen Zimmer und versuchte, Schlaf zu finden. Ich fühlte mich wie ein Eingewöhnungskind in der Krippe, das durch all die Reizüberflutung, die auf es niederprasselte, völlig müde und erschöpft war. Doch an Erholung war nicht zu denken, denn nur wenige Minuten, nachdem ich mich auf die Matratze gelegt und seufzend die Augen geschlossen hatte, ging meine Tür auf und Rena stand vor meinem Bett. Erschrocken richtete ich mich auf und sprang auf meine Füße.

»Alles in Ordnung?«, fragte ich unsicher.

Rena sah mich ausdruckslos an. »Du solltest gehen.«

Irritiert kratzte ich mich am Ohrläppchen und starrte in ihre blauen leeren Augen. »Was?«

»Der Inanis hat recht. Du gehörst nicht hierher. Verschwinde von hier.«

Sie nahm grob mein Handgelenk in ihre schmalen Hände und legte mir mein Handy in meine. Dann sah sie mich mit Nachdruck an, ließ mein Handgelenk los und machte auf dem Absatz kehrt. Ich hatte es auf dem Tisch liegen lassen, war mein erster Gedanke. Mein zweiter war: Warum um alles in der Welt hasste sie mich so sehr?

Doch noch bevor ich hinter ihr herlaufen konnte, um sie zu einem Gespräch zu zwingen, blickte ich flüchtig auf den entsperrten Bildschirm. Ich hielt inne und versuchte, den aufkeimenden Schock herunterzuschlucken. Doch nicht die offensichtliche Tatsache, dass sie mein Handy durchsucht hatte, entsetzte mich zutiefst, sondern das Bild, das mir nun entgegenblitzte. Es zeigte meine Mama, meinen Papa, meinen Bruder und mich vor dem Weihnachtsbaum. Wir alle lächelten Arm in Arm in die Kamera. Als hätte man mir eine Schlinge um die Eingeweide gelegt, zog sich meine Lunge schmerzhaft zusammen. Ich atmete schwer und hatte Mühe, mein Herz unter Kontrolle zu bringen, während mein Gaumen anfing zu brennen, um die Tränen zurückzuhalten. Irgendetwas stimmte hier ganz und gar nicht! Denn ich hatte meine Familie nicht erkannt, weil sie – wie es eigentlich sein sollte – ohnehin immer in meinem Gedächtnis war. Es war lediglich reine Intuition, dass sie es waren. Ich hatte mich plötzlich an sie erinnert.

Mit klopfendem Herzen und rasendem Puls stürmte ich aus dem Haus an dem verdutzten Alec vorbei und lief Richtung Wald. Ich wusste nicht, warum, ich wollte nur noch weg. Allein sein, einsam sein. Plötzlich war das Haus kein Zufluchtsort mehr, der mir Schutz bot, sondern der Ursprung meines aufkeimenden Zwanges zu fliehen. Immer weiter rannte ich in den erleuchteten Wald hinein, stolperte über Wurzeln, über Steine, über Blumen. Ich kannte das Ziel nicht, ich wusste nur eines: Es war unerlässlich, dass ich so weit wie nur möglich wegmusste.

Als meine Beine endlich rebellierten, blieb ich stehen, kletterte auf einen der hochgewachsenen Bäume und platzierte mich auf einem dicken Ast. Mit zitternden Fingern fischte ich nach meinem Handy und erhaschte abermals einen schmerzvollen Blick auf das Foto. Mein Akku zeigte nur noch ein Prozent an. Ich scrollte durch meine Bilder und erkannte mit Knoten im Herzen, dass ich mich zuvor gar nicht mehr daran erinnert hatte, wie meine Mutter aussah, und noch mehr: Ich hatte ihre Stimme vergessen!

Für mich hatte es immer einen der größten Schmerzen bedeutet, zu realisieren, dass ich die Stimmen meiner Großeltern hatte verblassen lassen, Jahre nachdem sie in den Tod gefunden hatten. Ich dachte, es gäbe nichts Schlimmeres. So als würden sie durch mich noch einmal sterben. Doch die Gesichter meiner Eltern zu vergessen war vermutlich das Schmerzhafteste, das ich je erfahren hatte.

Mit Tränen in den Augen sah ich ihr entgegen. »Dass du mich verstehst!«

»Willst du, dass wir dir nicht mehr unsere Meinung sagen und darauf achten, dir bloß nicht zu nahe zu kommen?«

»Du kapierst gar nichts!«

»Ich liebe dich, Elainy. Ich will verstehen, aber es ist nicht immer einfach.«

»Es ist nicht immer einfach mit mir«, erwiderte ich mit Tränen in den Augen und brüchiger Stimme. »Das ist es doch, was du sagen willst, oder?«

Weiches Fell an meinem Arm schreckte mich aus meinen letzten Erinnerungen mit meiner Mutter auf, sodass ich vor Schreck beinah das Handy fallen ließ. Ich schaute zur Seite und erblickte Light neben mir. Er legte den Kopf schräg und drückte sich noch einmal an mich, als würde er mir Trost spenden wollen. Das brach endgültig den Bann.

»Ich habe meine Familie vergessen«, wisperte ich schmerzverzerrt und ließ meinen Tränen freien Lauf. »Ich habe einfach das Wichtigste in meinem Leben vergessen! Und damit auch mich selbst.«

Und als wäre das nicht schon genug, wurde der Bildschirm plötzlich schwarz. Der Akku war endgültig leer.

»Nein!«, schrie ich verzweifelt. »Nein, nein, nein!« Immer wieder tippte ich vergebens auf den Bildschirm und schlug schließlich meine Stirn dagegen. Der Schmerz, der daraus resultierte, milderte nicht ansatzweise den in meinem Inneren, und so schrie ich erneut auf. Ich schmiss in meinem Frust das Handy in den Abgrund und schlang meine Arme um meinen Oberkörper. Sofort biss ich mir auf die Unterlippe, bis ich Blut schmeckte, genoss den Moment des Brennens, als ich mit der Zunge darüberfuhr. Es war erschreckend, wie sehr ich mich nun nach Erlösung sehnte, wie sehr ich mir eine Klinge wünschte, die mich befreite. Wie hatte ich bloß vergessen können, weshalb ich unbedingt nach Hause musste?

Light krabbelte mit dem halben Körper auf meinen Schoß und strich als leise Aufforderung mit seinem Kopf über meine Arme. Ich biss mir ein weiteres Mal kraftvoll auf die Unterlippe, versuchte, das Schluchzen zu unterdrücken, legte meine Arme sacht um seinen Oberkörper unterhalb seiner Vorderbeine und drückte ihn in einer Umarmung an mich. »Du magst nicht meine Sprache sprechen, Light«, flüsterte ich zwischen meinen Schluchzern. »Aber du verstehst mich trotzdem besser als jeder Mensch, der meiner Sprache mächtig ist.«

Ich vergrub meinen Kopf kurz in sein Fell und ließ ihn schließlich sanft los. »Was ist nur los mit mir?«

Noch bevor ich mir ernsthaft Gedanken über meinen Gedächtnisverlust machen konnte, vernahm ich vor mir

Geräusche, die mich aus meiner Verzweiflung zerrten. Als ich aufschaute, entdeckte ich mehrere Dolor, die vor mir auf einem schmalen Ast saßen. Sola kletterten den Baum hinauf und bahnten sich einen Weg zu mir. Ich atmete tief durch. Trauer. Einsamkeit.

Ich sollte mich beruhigen, damit ich die Wut nicht heraufbeschwor und womöglich einen Furorem anlockte. Mit aller Macht versuchte ich, die Traurigkeit zu unterdrücken, doch sie übermannte mich mit jedem weiteren Atemzug. Noch einmal blickte ich zu einem Dolor, der seine Flügel ausgebreitet hatte. Als wären sie die Klinge Liberantas', starrte ich instinktiv auf die kachelartigen Federn und unterschrieb damit mein Urteil.

»Sie ist verstorben«, verkündete ein Mann mittleren Alters.

»Was?«, hörte ich eine weibliche Stimme keuchen. Sie stammte aus dem Körper, in dem ich mich gerade befand.

»Es tut mir leid«, erwiderte der Mann bloß und kam auf mich zu.

Ich hingegen ging entschieden einen Schritt rückwärts.

»Nein.«

»Wir müssen uns darüber unterhalten, wie es weitergeht, Melody. Jetzt, wo dein letzter Vormund von uns gegangen ist, müssen wir überlegen, ob ein Heim die richtige Option wäre. Ich habe bereits mit …«

»Wie bitte? Vor nicht mal einer Minute hast du mir verkündet, dass meine Oma tot ist, und jetzt redest du schon von einem Heim?«, schrie ich aufgebracht. »Du als mein Onkel solltest besser verstehen, wie weh das gerade tut.«

Der Mann sah mich zerknirscht an, doch das Mitgefühl erreichte seine Augen nicht.

»Du weißt, dass das besprochen werden muss – du bist minderjährig.«

»Kann ich nicht einfach bei euch wohnen?«, flüsterte ich, doch ich spürte, dass der Körper – Melody – bereits die Antwort kannte.

Er schüttelte den Kopf. »Das funktioniert nicht. Du hast in der Vergangenheit so viel Mist gebaut, Melody. Mina und ich möchten nicht, dass du in deinem pubertierenden Alter Thorben und Paula beeinflusst. Du weißt, wie oft wir diese Diskussionen hatten.«

»Hast du vergessen, was Mama alles für dich getan hat?«, schrie ich schmerzverzerrt. »Sie war immer für dich da und jetzt, wo du dich um ihre Tochter kümmern kannst, haust du ab.«

Der Mann visierte mich ernst an. Kein Funken Mitleid. Kein Schimmer aus schlechtem Gewissen. Die pure Abwehr.

»Ich glaube eher, du hast mit den Jahren vergessen, wie dich deine Mutter erzogen hat.«

Aufgewühlt schreckte ich aus Melodys Erinnerungen hoch und zitterte augenblicklich am ganzen Körper. Die Gefühle, die dieses Mädchen in sich getragen hatte, schwebten wie ein Damoklesschwert über mir. Verzweifelt versuchte ich, sie aus meinem Körper zu verbannen, um für Platz für meine eigenen zu sorgen. Wie sollte ich so viele verschiedene Gefühlsausbrüche verkraften, wenn meine eigenen doch noch in vollem Gange waren, mich zu überfluten? Doch noch bevor ich mich darauf konzentrieren konnte, wieder vollständig im Hier und Jetzt anzukommen, vernahm ich von unten ein lautes Knurren. Ich blickte den Baum hinab und erkannte ein großes Wesen, das zähnefletschend zu mir nach oben schaute. Der Kopf sah einem Wolf ähnlich, doch der Körper hatte eher die Statur einer mächtigen Wildkatze. Fast so, als wäre es der Gegenpol zum Furorem. Die dunkelviolett gefleckte Fellfarbe verlieh dieser Kreatur ein noch düstereres Aussehen, sodass mir der Schock die Glieder gefroren ließ. Angsterfüllt krallte ich mich an dem Ast fest; ein

Kribbeln wanderte durch mich hindurch, das mich warnen sollte, dass der Abgrund nah war. Light neben mir bleckte die kleinen Fangzähne und fauchte unseren Besucher an, als wäre er ihm überlegen. Dieser bewegte sich keinen Millimeter vom Fleck und schabte mit seinen Krallen über die Baumrinde, als würde er sie schärfen wollen, um uns möglichst mit nur einem Hieb zu entzweien. Ob er klettern konnte und uns nur minutenlang mit Angst foltern wollte? In dem Bach nur wenige Meter weit weg von meiner Fluchtstelle bewegte sich das Wasser, sodass ich innehielt. Verdammt noch mal, ich lockte hier gerade viel zu viel an! Welche Emotion die Wolfskatze auch immer hergetrieben hatte, ich sollte sie schleunigst loswerden. Also schloss ich kurzerhand die Augen und versuchte, mich an das letzte Bild zu erinnern, das ich auf meinem Handy betrachtet hatte. Es war das meiner Mutter, die mit mir einen Gipsabdruck unserer Hände gemacht hatte. Sie sah auf dem Schnappschuss so glücklich aus, dass es mein Herz trotz des Schmerzes sogleich beflügelte. Die Idee war meine gewesen und ich hatte ihr damit zeigen wollen, dass wir immer vereint sein würden.

Auch wenn sich unsere Hände mal nicht berühren sollten, unsere Herzen würden es immer tun. Es sollte symbolisieren, wie sehr ich sie brauchte. Sie hatte sich so doll über diese Geste gefreut, obgleich ich ihr die Bedeutung dahinter nicht detailliert erklärt hatte. Aber das hatte ich auch gar nicht gemusst: Meine Mama verstand mich ohne Worte. Zum ersten Mal seit Langem hatte ich das Gefühl gehabt, ich würde sie nicht enttäuschen. Ich hatte in diesen Minuten geglaubt, ich hätte sie endlich wieder glücklich gemacht, anstatt sie ständig zu Wut und Sorge zu veranlassen. Dieser Moment hatte meiner Mama und mir gehört. Ich war glücklich darüber gewesen, dass sie ihn mir gewährt hatte, nach all dem, was ich ihr an den Kopf geknallt und wie viel Kummer ich ihr bereitet hatte.

Als ich die Augen wieder öffnete, waren zu meiner Erleichterung die Sola, Dolor und besonders die Wolfskatze verschwunden. Stattdessen entdeckte ich auf einem großen Stein einige Meter von dem Baum entfernt mehrere Fortuna, die mich beobachteten. Sie sahen mich an, als würden sie mich bereits sehnlichst erwarten und mich mit offenen Armen empfangen wollen. Nachdem ich mich mehrmals zu allen Seiten umgedreht hatte und mir sicher war, dass die Gefahr vorüber war, stieg ich langsam gemeinsam mit Light von Ast zu Ast, peinlichst genau darauf fokussiert, keinen morschen zu erwischen, den Baum hinunter und näherte mich den kleinen Geschöpfen, die von Glück angezogen wurden. Mit jedem weiteren Schritt auf sie zu erfüllte mich ihre positive Ausstrahlung mehr. Awan hatte mir eröffnet, dass sie schöne Erinnerungen zeigen konnten, wenn man ihnen in die Augen sah. Mein Instinkt, der noch von den negativen Emotionen vernebelt war, sagte mir, dass ich genau das tun sollte. Welche bessere Medizin konnte man mir verabreichen, wenn nicht das pure Glück? Kein Antidepressivum würde jemals mehr Realität bewirken können als diese Kreaturen. Bedächtig kniete ich mich zu ihnen und blickte entschlossen in die Knopfaugen eines der kleinen Wesen. Wie auch bei dem Dolor zuvor spürte ich einen Sog, der durch mein Gehirn wanderte, als wolle er von ihm Besitz ergreifen. Doch anders als bei den geflügelten Geschöpfen zerrte es nicht an mir, es zerriss mich nicht innerlich. Kurz dachte ich darüber nach, ob es nur dem Grund geschuldet war, dass ich mich bei den Fortuna nicht dagegen wehrte, doch dann nahm schließlich das kleine Wesen meinen Kopf gänzlich ein.

Ein Mädchen rannte auf mich zu und gab mir mit einem Grinsen einen Besen in die Hand. »Hier. Das können wir als Pferdekopf benutzen!« Sie klang euphorisch.

Ich wandte mich einem großen Hocker zu, während das Mädchen den Besen mit einem Seil an einer Seite der Sitzgelegenheit festband.

Als das geschehen war, setzte ich mich mit meinen kurzen Beinen auf den Hocker und hielt mich am Besenstil fest. Beinah machte ich einen Spagat. Das andere Mädchen setzte sich währenddessen auf einen deutlich schmaleren Hocker.

»Hey! Du bist doch viel größer als ich!«, rief ich lachend zu ihr, doch sie lachte bloß zurück. »Du hast das größere Pferd!«

Gemeinsam taten wir so, als würden wir über die Wiese reiten, während sie mich immer wieder lächelnd musterte. Ich konnte spüren, wie nah ich ihr stand und wie gern ich sie hatte. Als würde sie ein Puzzleteil ausmachen, das ich unter keinen Umständen missen durfte.

Schließlich rannten wir zurück zu einem großen Haus neben dem Garten und kamen in ein Wohnzimmer, das mit Höhlen aus Sofas, Sesseln, Decken und Kissen bombardiert worden war. Das größere Mädchen krabbelte in eine der Höhlen, die augenscheinlich viel besser gelungen war, während ich mich unter eine kleine Decke quetschte, die ich zwischen Sessel und einen kleinen Schrank geklemmt hatte. Und obwohl meine Höhle so viel unbequemer war als ihre, spürte ich, wie Glück durch meinen ganzen Körper strömte.

Plötzlich kam ein älterer Mann in das Wohnzimmer und hielt ein rotes Buch in die Höhe. »Soll ich vorlesen?«, fragte er mit einem Lächeln.

Ich stand sofort auf und sprang auf die Lehne des Sessels. Der ältere Mann brauchte etwas länger. Man sah ihm an, dass er Probleme mit der Hüfte hatte, aber er ließ es sich kaum anmerken. Als er schließlich saß, schlug er das Buch auf, das ich nun als Märchenbuch identifizierte.

»Wieder dasselbe Märchen?«

»Hänsel und Gretel!«, rief ich aus, und der ältere Mann lachte.

Gemeinsam blätterten wir uns durch die Seiten, während er mir die Geschichte der beiden Geschwister vorlas. Irgendwann ungefähr in der Mitte lugte das ältere Mädchen aus ihrer Höhle, war aber genauso schnell wieder verschwunden.

Kurz darauf betrat eine ältere Frau das Wohnzimmer und schaute mich mit einem strahlenden Lächeln an. »Das Essen ist fertig. Sag deiner Schwester Bescheid, es gibt Kartoffelbrei mit Dinofiguren.«

Sofort riss das ältere Mädchen den Höhleneingang auf und machte sich auf den Weg zu der Frau, während der Mann das rote Märchenbuch zuschlug und wir gemeinsam aufstanden. Das Glück, das mich durchfloss, ließ eine wohlige Wärme über meine Haut fahren.

Als ich meine Augen öffnete, waren unzählige Fortuna dazugekommen und sahen mich mit ihren großen Augen aufmerksam an. Ich atmete einmal zufrieden durch und wurde wie abhängig von den Augen einer weiteren Fortuna angezogen.

Ich stand in einem Meer, nur ein paar Meter vom Ufer entfernt. Neben mir befand sich ein Mann in den Vierzigern, der mich lächelnd musterte. Wir schauten wieder nach vorn und eine Welle schwappte auf uns zu. Auf drei hüpften wir beide und ließen uns von der Welle sekundenlang treiben. Gemeinsam lachten wir.

Als ich wieder gen Meer schaute, hielt ich den Atem an. Plötzlich kam eine hohe Welle auf uns zu, die mich spürbar ängstigte. Ich versuchte, so hoch zu hüpfen, wie ich nur konnte, doch ich war zu klein. Die Welle erfasste mich und drückte mich unter Wasser. Angst durchflutete meinen Körper. Ich wusste nicht, wo oben und wo unten war, bekam Panik, fürchtete mich vor dem Ertrinken. Dann plötzlich spürte ich eine starke Hand um mein Handgelenk und wurde mit einem kräftigen Zug zurück an die Wasseroberfläche geholt.

»Papa!«, rief ich, und er zog mich in eine feste Umarmung.

»Alles ist gut«, flüsterte er mir beruhigend zu, sodass ein Gefühl des Vertrauens durch mich hindurchfloss.

Meine Augen öffneten sich und ich schlang meine Arme um meine Brust. Urplötzlich flackerte ein Gesicht in meinem Kopf auf, das unter der Oberfläche zu schlummern schien. Als hätten diese Bilder dazu geführt, dass mein Papa sich von Ketten losreißen und wieder auftauchen konnte. Denn das, was ich gerade gesehen hatte, erinnerte mich an ihn, war er doch genauso fürsorglich. Plötzlich wurde mir klar, wie wenig ich es davor bewusst wahrgenommen hatte. Wir schätzten die kleinen, positiven Dinge im Leben viel zu selten, viel zu wenig. Vielmehr fokussierten wir uns auf das Negative, das unser Leben prägte. Doch was wäre, wenn Liberantas mich dazu verleitete, das Positive genauso wie das Negative zu vergessen? Was wäre, wenn ich irgendwann vergaß, wie meine Mama roch, wie mein Papa lachte, wie mein Bruder fluchte?

Vor mir tauchte ein dunkelblauer Confido auf, der wild um mich herumtanzte. Seine großen Flügel bliesen mir Wind ins Gesicht, sodass mir meine Curtain Bangs aus dem Gesicht flogen. Fasziniert beobachtete ich die langsamen, aber starken Bewegungen dieses außergewöhnlichen Wesens, ehe ich erkannte, dass es immer wieder zu mir flog, nachdem es sich etwas entfernt hatte. Endlich verstand ich die Aufforderung, ihm zu folgen, und so richtete ich mich auf und lief dem kleinen Wesen hinterher, nachdem ich den Fortuna noch ein Lächeln geschenkt und zur Verabschiedung gewunken hatte. Confido sollten einem doch den Weg zeigen, hatte das nicht Alec einmal so oder so ähnlich geäußert? Ich war mir nicht mehr ganz sicher, aber ein Teil in mir bestätigte mir, dass ich die richtige Entscheidung getroffen hatte. Zu erschöpft war ich von dem Auf und Ab der Gefühlsschwankungen, die mir die letzten Minuten ein Schleudertrauma beschert hatten.

Light war mir dicht auf den Fersen; ab und zu schwebte er vor mir her und ahmte den Confido nach. Weil die Libercat jedoch deutlich größer war und weniger graziös aussah, entwichen mir dabei einige Lacher. Light bemerkte offenbar meine amüsierte Mimik und so kreiste er etliche Male um meinen Kopf herum, um mir am Ende mit seiner rauen Zunge über die Wange zu fahren. Womit hatte ich ihn nur verdient?

Der Confido führte Light und mich schnurstracks aus dem Wald heraus und zu einem Berg. Ein Berg, der jedoch nicht spitz zulief, sondern eher aussah, als hätte man den Gipfel mit einem sauberen Schnitt entfernt, um darauf ein winziges Dorf zu errichten. Vermutlich ein perfekter Ort für introvertierte Menschen, die ungern Besuch empfingen.

Als wir vor ihm zum Stehen kamen, flog das blaue Wesen auf und ab, als würde er mir zu verstehen geben wollen, dass wir noch nicht am Ziel waren. Kritisch blickte ich den steilen Berg hinauf, erkannte mehrere Lichter, doch der Weg dorthin gefiel mir ganz und gar nicht. Die Wände des Berges waren zwar alles andere als glatt, und für einen Sportler wäre es vermutlich auch absolut kein Problem gewesen, rasch hinaufzugelangen. Aber waren wir mal ehrlich: Selbst ein altes Faultier war sportlicher als ich.

»Das soll doch ein Witz sein!«

Light neben mir musterte mich mit schräg gelegtem Kopf, ehe er nach oben sah und mir damit signalisierte, dass ich da hochmusste. Das war ungefähr so, als würde man mich zu einem Referat zwingen, obwohl ich mich mit dem Thema nicht eine Millisekunde beschäftigt hatte. Vermutlich war beides ähnlich zum Scheitern verurteilt. Schwer seufzend zog ich mir den

Pullover über den Ellenbogen und straffte meine Schultern. Wenn du nicht langsam an dich glaubst, wirst du nie wachsen können, du Feigling, schrie ich mich in Gedanken garstig an, als ich kurz doch darüber nachdachte, einen Rückzieher zu machen und einfach umzukehren.

Einmal kurz durchatmend griff ich nach oben zum ersten kleinen Stein, der mich an eine Kletterwand in meinem damaligen Kindergarten erinnerte. Mit der einzigen Ausnahme, dass meine Erzieherinnen mich dort immer hochgehievt hatten, während ich wie ein gestrandeter Fisch umhergetrudelt war.

Er ragte etwas aus der Steinwand heraus, sodass ich ihn mit meinen langen Fingern umfassen konnte. Bevor ich den ersten Schritt nach oben wagte, plante ich kurz meinen Weg durch, indem ich Ausschau nach nah aneinander gelegenen Steinen hielt, die mir Halt bieten konnten. Als ich mir schließlich recht sicher war, dass ich es schaffen konnte, zog ich mich mit meinen Nudelarmen nach oben und war froh darüber, barfuß zu sein. Ich verfügte nicht gerade über die beste Balance, die man sich wünschen konnte, weshalb es mir ungemein half, dass meine Füße die Steine unter mir etwas umklammern konnten. Zumindest redete ich mir ein, dass es mir half, was immerhin psychologisch einen Mehrwert bot. Light blieb dicht an meiner Seite, während er hinter mir flog, als würde er mich auffangen wollen, sobald ich fiel. Als könnte er das! Mir war klar, dass ich sterben würde, wäre ich eine Sekunde unkonzentriert oder schwach. Doch der Confido vor meinen Augen löste etwas in meinem Inneren aus, sodass mir die Irrelevanz dieser Tatsache fast Angst einjagte. Ich war schon oft in Situationen gewesen, in denen ich am liebsten mein Leben beendet hätte, mir Leid zugefügt, mich aufgegeben hätte. Und doch fühlte sich dieser Umstand jetzt noch etwas anders an. Ein Impuls signalisierte mir, dass ich diesem kleinen Wesen vertrauen *musste*, ganz egal, ob ich dabei draufgehen würde. Zugleich wurde ich mit jedem

Schritt nach oben mutiger, aber auch unvorsichtiger. Kurz bevor ich ganz oben war, rutschte mein linker Fuß ab und ich verlor den Halt. Ich schrie auf und spannte meine Muskeln in den Armen an, als ich nur noch an ihnen hing. Mein Puls donnerte durch meine Ohren, mein Keuchen erfüllte die Luft. *Ich werde sterben!*, dachte ich nur noch, ehe meine Gedanken von dem Schock gefroren. Sofort war Light zur Stelle und schob meinen Oberschenkel kraftvoll mit seinem kleinen Kopf näher zur Felswand, sodass ich mit einem Fuß wieder sicher auf einem der Steine stand. Auch mein anderer Fuß fand den Stein und so atmete ich tief aus und lehnte kurz meine Stirn an die Felswand. Das war verdammt knapp gewesen! Kurz blickte ich über meine Schulter zu Light und schenkte ihm nonverbal eine ganze Ladung Dankbarkeitsbekundungen, ehe ich die letzten Meter nach oben kletterte.

Als ich oben ankam, traute ich meinen Augen kaum: Vor mir erstreckte sich eine Aussicht, die ich unter keinen Umständen erwartet hätte. Der Confido vor mir schwebte noch einmal dicht vor meine Augen, ehe er es sich wie selbstverständlich auf meiner Schulter gemütlich machte, sodass die Sicht vor mir wieder frei war.

Kapitel 14

Hab keine Angst vor der Wut. Fürchte dich vor der Irrelevanz.

Ein großes Lagerfeuer erhellte das weitläufige Bergplateau, während überall vor meinem Blickfeld Menschen mit schwarzen Augen und mächtigen türkis schimmernden Flügeln umherliefen und -flogen. Ich blinzelte mehrfach, um mich zu vergewissern, dass dies keine Illusion war, die meiner Fantasie entsprang. Langsam richtete ich mich auf. Auch Light neben mir schien die Atmosphäre auffangen zu wollen, denn er reckte seinen Kopf und schnupperte interessiert in alle Richtungen. Doch ich konnte meine Augen nicht länger auf meine Weggefährten richten, eroberte doch das ungewöhnliche Bild vor mir meine Aufmerksamkeit. So viele Inanis auf einem Haufen zu sehen war einfach ein Bild für die Götter. Je näher ich sie mir anschaute, desto mehr ging mein Herz auf, denn mir wurde eines klar: Inanis waren nicht nur männlich, groß und etwa in meinem Alter – so wie Milo und Awan. Sie waren bunt. Egal, wo ich hinschaute, ich erkannte Inanis jedes Alters, jeder Hautfarbe, jedes Geschlechts, jeder Größe und jedes Gewichts. Das Einzige, das sie alle hatten und weshalb ich jede und jeden als Inanis identifizieren konnte, waren neben den Flügeln ihre schwarzen Augen. Auf ganz verquere Art und Weise machte mich dieser Zustand überglücklich. In meiner Welt war es zu einer Notwendigkeit geworden, sich ständig miteinander zu vergleichen. Schönheits-OPs wurden fast schon verharmlost. Egal, wie gefährlich sie ausfielen, sie waren es wert, solange man danach dem Schönheitsideal entsprach. Ganz gleich, ob man am Ende ausschaute wie jeder und jede andere. Plötzlich sah ich ganz klar, wie ich die Vielfalt vermisste. Wie unfassbar wertvoll es war, dass wir eben nicht alle gleich aussahen. Instinktiv dachte ich daran, wie ich mich jedes Mal vor dem Spiegel betrachtete. Mit welcher Missgunst, welchem Selbsthass ich meine Brüste und meine spitzen Ohren begutachtete, als wären sie schuld daran, dass die Gesellschaft derart fokussiert auf Äußerlichkeiten war. Sofort erinnerte ich mich an eine Stelle meines Lieblingsbuches, die mir wie ins Hirn gepflanzt war: »Stell dir vor, es gäbe eine Person auf dieser Welt, der du jeden Tag mit dem gleichen Hass begegnest, den du dir gegenüber hegst. Könntest du so fies zu ihr sein? Wenn die Antwort Nein lautet, dann ist es Zeit, etwas zu verändern. Dann ist es Zeit, dich bei dir zu entschuldigen und dir zu verzeihen.«

Ich schluckte und schüttelte den Gedanken schnell wieder ab, als ich mich auf eine Frau fokussierte, die voller Hingabe in eine der großen Früchte biss, die zuhauf auf einem der großen, massiven Steintische lagen. Mit einem Lächeln ließ ich meinen Blick schweifen, entdeckte Inanis, die auf kleinen moosartigen Betten saßen, sich auf einem der Bäume ausruhten oder aus riesigen bunten Blumen Körbe flochten. Eine Frau höheren Alters war gerade dabei, sich mithilfe eines Dolches und einem Ast eine Waffe zu schnitzen. Ein Mann, der ungefähr das gleiche Alter wie sie hatte, motzte in genau demselben Moment einen Jungen an, der versehentlich auf eine seiner riesigen braunen Früchte getreten war. Dann schließlich erblickte ich Awan und ein kleines blondes Mädchen, das er huckepack trug. Das Mädchen, das dabei die zierlichen Flügel ausbreitete, als würde sie damit die nötige Balance halten wollen, lachte lauthals. Auch bei ihm konnte ich ein kleines Schmunzeln ausmachen, als er sich um die eigene Achse mit ihr drehte. Warum fand ich es attraktiv, dass er offenbar mit Kindern gut umgehen konnte? Ob sie seine kleine Schwester war? Sie sahen sich nicht sonderlich ähnlich, hatte sie doch lockiges, helles Haar und zahlreiche Sommersprossen auf ihrer länglichen Nase. Aber was sagte das schon aus?

Nachdem mein Herz aufging, weil mir der Anblick so gefiel, blieb es plötzlich still und ich wollte mich am liebsten unsichtbar machen. Denn just blickte ich in Augen mehrerer Inanis, die mich musterten, als wäre ich eine Schwerverbrecherin, die aus dem Knast entflohen war. Light, der neben mir wieder aus seiner lockeren Sitzposition aufstand und fast schon alarmiert wirkte, wurde ebenso schockiert beäugt. Der Confido, der nun wieder vor mir auftauchte, schwirrte noch einmal um mich herum, um sich schließlich vom Acker zu machen. *Du hast mich in eine Falle geführt!*, schrie ich ihm gedanklich noch hinterher und ballte meine Fäuste. Nun endlich erinnerte ich mich daran, dass Alec mir erzählt hatte, dass die Confido nicht immer den positiven Weg bereithielten. Ich hatte diesem Wesen blind vertraut! Wenn man mich das nächste Mal fragen würde, wie naiv ich war, würde ich diese Szene als Antwort nennen. Vorausgesetzt, man konnte mich nach dieser Begegnung mit zahlreichen Inanis überhaupt noch irgendetwas fragen.

»Was um alles in der Welt sucht die Anima hier?«, brüllte plötzlich eine gewaltige Stimme über das Plateau.

Das Dröhnen ballerte in meinen Gliedern, als wäre ich gerade mitten auf einem Technofestival, sodass mir das Herz in die Hose rutschte. Doch als ich den Körper der Stimme ausmachte, hatte ich eher das Gefühl, mir jeden Augenblick in die Hose zu machen. Ein groß gebauter Inanis schritt auf mich zu, in seiner Hand ein Messer. Sein schwarzes Haar kräuselte sich auf seinen Schultern, seine buschigen Augenbrauen hatten sich über seinen kleinen Augen zusammengezogen. Er musste etwa Mitte vierzig sein, vielleicht etwas jünger, doch seine Haltung machte ihn so mächtig wie einen einhundert Jahre alten König, der erfolgreich mehrere Reiche regierte. Seine Furche zwischen den schwarzen Augen ließ ihn dabei noch zorniger wirken, sodass ich im Geiste einen weiteren Schritt zurücksetzte. Instinktiv linste ich an ihm vorbei und fokussierte den einzigen Punkt, der mir gerade Sicherheit bieten konnte. Awan, der nun zuerst zu ihm schaute, fand schließlich meine Augen und erstarrte. Hastig ließ er das kleine Mädchen von seinem Rücken rutschen.

Als ich wieder nach vorne sah, stand der Furcht einflößende Inanis direkt vor mir und zielte mit dem Messer auf mein Herz, sodass ich erschrocken nach Luft schnappte, während sich mein Körper in Schockstarre versetzte und meine Gedanken lähmte. Light neben mir fauchte wütend, doch der Inanis ignorierte ihn.

»Was machst du hier?« Seine Stimme triefte vor purer Autorität, während die Tiefe in ihr durch meine Knochen vibrierte.

Angsterfüllt wich ich nun doch einen Schritt zurück, doch er folgte mir sogleich. Also erhob ich kapitulierend meine Hände auf Brusthöhe und schüttelte den Kopf. »Ich will keinen Ärger ma…«

»Ich habe gefragt, was du hier machst«, brüllte er mich an, sein Gesicht zu einer wilden Fratze verzogen.

In einer weniger dramatischen Situation hätte ich ihn wohl zum prädestinierten Horrorschauspieler gekürt.

Plötzlich stand Awan neben ihm und legte ihm beschwichtigend eine Hand auf die Schulter. »Ich kümmere mich um sie, Dan.«

Seine Stimme klang desinteressiert, jedoch konnte ich in ihr eine Art Unruhe ausmachen, die sich in seiner Haltung aber in keiner Weise wiederfand. Er wirkte geradezu selbstsicher und gefasst, als hätte er alles unter Kontrolle.

»Wer ist das?«, knurrte der finstere Typ an ihn gerichtet. Awans Hand schüttelte er mit einer einzigen Bewegung von seinem Körper.

Er sah nicht unbedingt freudig darüber aus, dass Awan mich zu kennen schien, und ich bemerkte in seinem Gesicht einen Ausdruck, der nicht mehr nur als Bedrohung gegen mich, sondern auch gegen ihn verstanden werden konnte. Ich straffte die Schultern. Awan sollte unter keinen Umständen für mich geradestehen müssen oder gar in Gefahr geraten. »Elainy. Ich heiße Elainy.«

Awans Augen huschten zu mir und straften mich sogleich mit einem Blick, der mir wohl einen stillen Stirnklatscher zuwerfen sollte.

Auch Dan schaute abermals mit vor Zorn funkelnden Augen zu mir. »Und was, Elainy, treibst du hier?«, presste er zwischen zusammengebissenen Zähnen hervor.

Ich ignorierte die Tatsache, dass mein Name aus seinem Mund wie eine Beleidigung klang, und sah ihm eisern entgegen. »Ich habe hier nirgends ein Schild mit der Aufschrift ›Anima verboten‹ gesehen.« Ich unterdrückte meine tiefe Furcht und hoffte inständig darauf, dass ich meine Intelligenz bald wieder zurückgewinnen würde. Ob ich mutiger wurde, weil ich wusste, dass Awan bei mir war? Jedenfalls war meine spätpubertäre Trotzphase nicht unbedingt sehr hilfreich, denn sein Messer bohrte sich augenblicklich mit leichtem Druck in meine Kleidung, sodass ich nach Luft schnappte.

Awans Hand umschlang sogleich fest sein Handgelenk. »Sie ist neu hier.«

»Das interessiert mich herzlich wenig«, erwiderte Dan und riss kraftvoll sein Handgelenk los, um mir das Messer an die Kehle zu halten. »Wer sich hier nicht benehmen kann, muss gehen.«

»Sie wird Odium bitten, zurück in die Aviswelt zu gehen«, sagte Awan kalt, und ich sah ihn stirnrunzelnd an. »Sie bleibt nicht lange. Odium hat sie hierhergebracht, damit sie ihre Batterien auflädt. Ich glaube nicht, dass es in seinem Interesse wäre, wenn du sie tötest, weil sie mit den Grenzen nicht vertraut ist.«

Er beschützte mich vor seinesgleichen?

Dan musterte mich kurz stumm, ehe er wieder losdonnerte: »Warum bist du hier?«

»Der Confido hat mich hergebracht. Ich hatte keine Ahnung, dass ich nicht hier sein darf«, erklärte ich beschwichtigend, weil ich ahnte, dass mein Stolz nun nicht mehr nur mir Ärger einhandeln konnte. »Tut mir leid.«

Mit Nachdruck blickte Awan ihm nun direkt ins Gesicht. »Liberpax aeterquam.«

Dans Miene verfinsterte sich, doch er wiederholte schließlich seine Worte: »Liberpax aeterquam.«

Dann ließ er sichtlich widerwillig von mir ab und trat einige Schritte rückwärts. Garstig sah er zu Awan. »Bring sie hier weg.«

Mit diesen Worten wandte er sich von uns ab, während auch die anderen Inanis um uns herum wegschauten, als würde das von ihnen erwartet werden. Wie eine Schulklasse, die dabei zugesehen hatte, wie jemand gemobbt wurde und ihre Weste damit reinwusch, danach so zu tun, als wäre sie gar nicht Teil des Problems gewesen.

»Du bist wirklich lebensmüde«, flüsterte mir Awan tadelnd zu und hielt mein Kinn, um sich meinen Hals anzuschauen, ehe er es genauso schnell wieder losließ. »Alles in Ordnung?«

Instinktiv trat ich verwirrt über seine Berührung einen Schritt zurück. Noch bevor ich imstande war zu antworten, kam das kleine blonde Mädchen auf uns zu und blinzelte mir grinsend zusammen mit einer Spur Faszination zu. »Ich glaube, ich habe noch nie eine Anima aus einer solchen Nähe gesehen.«

Erst war ich überrascht über ihre Aussage, dann lächelte ich schmal. »Es muss ja für alles ein erstes Mal geben. Ich bin Elainy.«

Das Mädchen, das der Haltung und dem kindlichen Auftreten nach zu urteilen etwa zwölf sein musste, nickte mir höflich zu. »Ich heiße Madaline.«

»Okay, jetzt, wo wir uns vorgestellt haben, sollte ich dich zurück zu deinem Alec bringen«, mischte sich Awan ungeduldig ein und spähte über die Schulter zu den anderen Inanis. Er wirkte nicht gerade begeistert, dass ich mich seelenruhig mit ihr unterhielt, was ich ihm nicht verübeln konnte, hatte er mir doch soeben das Leben damit gerettet, dass er seinem Boss verklickert hatte, mich wegzuschaffen.

Irritiert runzelte ich die Stirn. »Meinem Alec?«

»Deine Gefühlsausbrüche scheinen ihn die Gesetze von Liberantas vergessen zu lassen«, kommentierte er bloß kalt. »Lass uns gehen.«

Obwohl mich seine Worte über Alec zunehmend verwirrten, konnte ich seinem letzten Satz nur zustimmen. Ich sollte nicht länger hier verweilen als nötig, wenn ich nicht noch mehr Stress verursachen wollte. Kritisch schaute ich den hohen Berg hinab, den ich doch kurz zuvor erst überwunden hatte. Die Euphorie und das Vertrauen in meine Kletterfähigkeiten hatten mich endgültig verlassen. »Kannst du mich wenigstens nach unten fliegen?«

Awan guckte mich stirnrunzelnd an. Es erweckte nicht gerade den Anschein, als würde er diese Idee gutheißen. Das überraschte mich wenig, nicht zuletzt, weil er mir bereits deutlich zu verstehen gegeben hatte, dass er mich nicht berühren wollte, von dem kurzen Heben meines Kinns mal abgesehen, weil er wohl wirklich Angst gehabt hatte, das Messer hätte mich bereits verletzt.

»Sei kein Arsch«, ertönte die tadelnde Stimme von Madaline hinter uns.

Awan drehte sich halb zu ihr um, dann seufzte er ergeben, was ich als sehr gutes Zeichen wertete.

»Es war schön, dich kennenzulernen«, sagte ich an sie gerichtet, dann wurde ich plötzlich von den Beinen gerissen und schwebte in der Luft, sodass ich erschrocken den Atem anhielt. Awan hatte ohne Vorwarnung einen Arm um meinen oberen Rücken geschlungen, den anderen Arm unter meine Kniekehlen gelegt und mich hochgehoben, als würde ich statt siebenundsechzig bloß zwanzig Kilo wiegen. Die plötzliche Nähe brachte mich aus dem Konzept. Seine harte Brust war an meinen Körper gepresst, während sein Gesicht so nah bei meinem war, dass ich seinen Atem auf meinem Haaransatz spürte. Sein Geruch aus Kiefernholz und Sommerregen benebelte meine Sinne vollständig. Dieser Mann war mein persönliches Kryptonit.

»Nur für das Protokoll: Das ist das erste und letzte Mal, dass ich einen Avis trage«, murmelte er harsch und spannte seine Flügel. Light neben uns visierte mich mit schräg gelegtem Kopf an und versuchte womöglich zu ergründen, ob es mir gut ging.

»Lass mich nicht los«, bat ich ängstlich, als wir am Rande des Berges standen, und krallte mich leicht in seinem Shirt fest. Er könnte meinem Leben in nur wenigen Sekunden ein

Ende bereiten, ohne dass ich etwas dagegen tun konnte. So viel Vertrauen hatte ich bisher nur meinen Eltern entgegengebracht. Awan sog wegen meines Festkrallens scharf die Luft ein und schaute kurz auf mich hinab.

»Ich lasse dich nicht fallen«, hauchte er dicht an meinem Haaransatz, dann wurde er lauter. »Ich habe keine Lust, die Sauerei da unten wegzumachen.«

Danach hob er ab und flog schließlich den Berg hinab. Nie hatte ich etwas Vergleichbares gefühlt und ich glaubte, selbst wenn ich tausendmal Bungee springen würde, könnte ich dieses Gefühl niemals nachempfinden. Es war die Mischung aus Freiheit und Sicherheit, die Awans Arme mir vermittelten, als würden wir uns ewig kennen. Er hatte mich in der letzten Zeit öfter beschützt, als dass er mir Ärger gemacht hatte, und plötzlich stellte ich mir die Frage, ob ich ihn charakterlich völlig falsch einschätzte. Vielleicht wollte ich ihn aber auch nur anders sehen, weil sich ein leichtes Flattern in meiner Bauchgegend breitmachte, sobald ich mich in seiner Nähe befand.

Unten angekommen, ließ er mich schnell runter, als hätte er sich verbrannt. Ich war trotz des schönen Gefühls in seinen Armen heilfroh, wieder Boden unter den Füßen zu spüren. Light landete wenige Sekunden später neben uns und musterte Awan auf hypnotisierende Art und Weise. Ohne ein Wort machte sich dieser auf den Weg und winkte, um mich stumm aufzufordern, ihm zu folgen.

»Ich habe mich noch gar nicht bedankt«, sagte ich ruhig, als ich schließlich neben ihm und Light herging.

Er runzelte die Stirn, blickte jedoch noch immer starr geradeaus. Er wirkte nun deutlich distanzierter als zuvor. »Wofür?«

Wofür? »Ich schätze, du hast mir das Leben gerettet. Wärst du nicht gewesen, hätte der Inanis vermutlich gerade stolz mein Herz in die Höhe gehalten.«

Awan zuckte mit den Schultern, als wäre seine Tat belanglos und nicht der Rede wert. »Keine Ursache. Du solltest aber wirklich darauf achten, wie du mit einem Inanis sprichst.«

»Außer mit dir. Mit dir kann ich offenbar sprechen, wie ich mit jedem reden würde«, präzisierte ich. Mir war klar, dass Awan weiß Gott kein Unschuldslamm oder gar ein Schoßhündchen war, vor dem man keine Angst zu haben brauchte. Ganz sicher war er imstande, jemandem wehzutun, ohne mit der Wimper zu zucken. Trotzdem empfand ich in seiner Nähe keine Angst, sondern tiefen Respekt, der auf verquere Art mit einer Sicherheit verbunden war.

Awan schenkte mir ein schiefes Lächeln, während er in die Nacht spähte. »Nur begrenzt, kleiner Avis. Stell mich nicht auf die Probe.«

Ich grinste, weil ich es langsam genoss, dass er einen Spitznamen für mich hatte. »Würde ich nie tun.«

Awan schüttelte grinsend den Kopf, ehe er ernst wurde. »Die Libercat ist immer noch bei dir.«

»Das hast du richtig festgestellt«, entgegnete ich stumpf und hoffte inständig, dass er mich nicht wieder mit derselben versuchten Maßregelung strafte. Langsam musste er doch wissen, dass sie bei mir nicht fruchtete.

Awan sah mich aus seinen Augenwinkeln an. »Bei der Libercat ist das eine Sache, Elainy, aber bring nicht Alec dazu, gegen die Gesetze zu verstoßen. Seine Reise kann dadurch schnell enden und ich werde ganz sicher nicht da sein, um ihn aus der Scheiße zu ziehen.«

Ich war fast schon dankbar, dass er das Gespräch fortführte, das er auf dem Berg begonnen hatte. Sollte er ernsthaft glauben, dass zwischen ihm und mir irgendetwas lief, hatte er wirklich kein Feingefühl. »Er wird sich nicht in mich verlieben, falls du das meinst«, stellte ich klar.

Awans Züge verdunkelten sich, seine Miene war nun steinhart. »So wie er dich anschaut, wenn du tanzt, kann ich das kaum glauben.«

Wie wichtig konnte einem so ein dusseliges Gesetz bitte sein, dass man deswegen jedes Mal direkt an die Decke ging? Ich seufzte. »Alec ist sehr überzeugt von Liberantas und möchte hierbleiben. Er wird das nicht riskieren.«

»Und du?«, hakte er nach und schaute mich endlich an. In seinen Iriden funkelten braune Flecken, die erstaunlich menschlich wirkten, während sich seine Augenbrauen über ihnen zusammenzogen.

»Ich will nicht ewig bleiben.«

»Also könntest du dich in Alec verlieben?«, bohrte er tonlos weiter.

Ich schaute stirnrunzelnd zu ihm, doch er blickte wieder starr nach vorn. »Das habe ich nicht gesagt.«

»Du hast es auch nicht verneint«, konterte er mit eisiger Kälte in seiner sonst so warmen Stimme.

Ich seufzte schwer über die wechselnde Stimmung, die so oft zwischen uns herrschte. Kaum nahm ich an, wir könnten so etwas wie Freunde werden, tat er so, als wäre ich sein größter Feind. »Nein, ich glaube nicht, dass ich mich in Alec verlieben könnte oder gar wollte. Ich bin kein Freund von Liebe, verstehst du? Mir geht's besser, wenn ich allein bleibe. Außerdem respektiere ich euer Gesetz, auch wenn ich davon nicht allzu viel halte.« Kurz stoppte ich meinen Redefluss und hinterfragte meine Aussage. Aber es stimmte tatsächlich: Ich respektierte Awans Welt mit all ihrer Schönheit, was nicht bedeuten musste, dass ich mit den Gesetzen konform ging.

Darauf ließ es Awan beruhen und wir schwiegen, bis wir vor dem Häuschen ankamen. Mir war klar, dass das stimmte, was er zu Dan gesagt hatte. Er würde sich um mich kümmern, was auch bedeutete, dass er mich umlegen würde, sollte ich gegen die Gesetze von Liberantas verstoßen. Es war also völlig klar, dass er mich deswegen zu Alec ausfragte. Ich hoffte bloß, dass es ein für alle Mal geklärt war und ich letztendlich nicht auch noch Alec in Gefahr brachte.

»Danke, dass du uns hergebracht hast«, flüsterte ich sanft und lugte flüchtig zu Light neben mir.

Awan, der nun auch stehen blieb, visierte mich lange mit unergründlichem Blick an, ehe er seufzte. »Keine Ursache. Folge den Confido am besten nur noch, wenn du wirklich keinen anderen Ausweg hast.«

Ich nickte schuldbewusst und er machte kehrt, während ich ihm mit zusammengepressten Lippen hinterher sah.

»Ich habe meine Familie vergessen«, sagte ich plötzlich und erschrak selber darüber, dass ich die Wörter aussprach. Bis vor wenigen Sekunden hatte ich es sogar völlig verdrängt, bis mein Körper für mich entschieden hatte, es laut auszusprechen. Es war, als wollte es schon die ganze Zeit von meiner Seele befreit werden. Als hätte ich deshalb den Berg aufgesucht. Als hätte ich in Awan das Ventil gefunden, das mich von meinem Schmerz befreien konnte. Was völlig absurd war, schließlich konnte er selbst gar nicht nachempfinden, geliebte Personen zu vergessen.

Awan blieb abrupt stehen und schaute sich mit einem nachdenklichen Stirnrunzeln zu mir um. »Wie meinst du das?«

»Ich habe sie vergessen. Also, ich meine, ich habe nicht mehr an sie gedacht. Dann habe ich plötzlich die Fotos auf meinem Handy gesehen und mich erinnert. Als hätte ich nach zehn Jahren wieder daran gedacht, dass es mal eine Freundin in meinem Leben gab, mit der ich früher ab und zu Eis essen war. Es war ganz merkwürdig, Awan!«, erklärte ich ihm fast schon verzweifelt, als meine Gedanken daran allmählich in Gänze zurückkamen.

»Liberantas möchte es dir einfacher machen, dein Leben in der Aviswelt loszulassen«, erwiderte Awan trocken, doch in seinem Blick entdeckte ich etwas anderes. Mitleid? Verzweiflung? Vielleicht beides?

Tränen sammelten sich in meinen Augenwinkeln. »Ich kann hier nicht bleiben.«

»Das musst du nicht«, beruhigte mich Awan heiser und kam auf mich zu. »Ich kann dich jederzeit zu Odium bringen.«

Daraufhin sah ich zu Light, der mich aufmerksam musterte. Sein Blick war so voller Vertrauen und Hingabe, dass es mir das Herz brach. »Andererseits fühlt es sich so an, als wäre es noch nicht an der Zeit zu gehen.«

»Weil du noch nicht geheilt bist?«, mutmaßte er, während er Light betrachtete.

Ich nickte nur, weshalb mein schlechtes Gewissen meiner Familie gegenüber noch mehr wuchs.

Awan sah mich nachdenklich an, ehe er seine Augenbrauen zusammenzog und mir entschlossen in die Augen blickte. »Ich bringe dich zurück, sobald du so weit bist, versprochen.«

Wer bist du und wo hast du deinen düsteren Zwillingsbruder vergraben?

Nach diesem Versprechen drehte er sich abermals um und war nach wenigen Sekunden in der Dunkelheit verschwunden.

Kapitel 15

Es zählt nicht, wer du bist, wenn die Sonne scheint, sondern wer du bist, wenn das Gewitter hereinbricht.

Wo ich den gestrigen Tag verbracht hatte, schien für meinen Mitbewohner und meine Mitbewohnerin nicht von Belang zu sein. Zumindest hatten sie mich mit keinen Fragen gestraft, als ich in der letzten Nacht mit Light im Gepäck in die Hütte gestiefelt kam. Um ehrlich zu sein, war ich froh darüber. Ich glaubte kaum, dass sie sonderlich begeistert über die Antwort gewesen wären.

Am nächsten Morgen machte ich mich auf den Weg, um Früchte für das Frühstück zu sammeln. Alecs und Renas Gastfreundschaft wirkte so selbstverständlich, dass ich zumindest einen Teil zum Zusammenleben leisten wollte, um wenigstens im Entferntesten zu zeigen, wie dankbar ich war. Also hatte ich mir den großen Korb geschnappt und war mit Light zusammen in den Wald marschiert, die ganze Zeit darauf bedacht, meine negativen Gefühle in Zaum zu halten, um nicht über gefräßige Kreaturen zu stolpern. Immer wieder berührte ich wie beiläufig die Blumen und Pflanzen und erfreute mich an ihrer Leuchtkraft, wobei ich kurz innehielt und die aalglatte, fast schon seidige Haptik bestaunte. Als würde ich über ein Seidenkleid streichen, das sinnlich und im Gleichklang mit dem Wind an einer Kleiderpuppe schwang. Die Natur war ein so faszinierendes Zentrum der Welt, das durch nichts zu ersetzen war. Ab und an umfasste ich eine der großen Früchte, schnappte mir davon aber nur zwei derjenigen, die ich für besonders süß hielt und bereits von Alecs und Renas üppiger Ernte kannte. Ich wollte den beiden eine Freude machen und ihnen ein besonders leckeres Frühstück bescheren.

Light stoppte irgendwann wie selbstverständlich und starrte einen der Bäume empor. Ich sah ihm nach und seufzte, als ich die riesigen violetten ovalen Früchte an einigen Ästen hängen sah. »Du willst mich wohl umbringen.«

Nachdem ich nach längerem Überlegen auf den Baum geklettert war und mir dabei vorkam, als hätte ich gerade fünfmal den Mount Everest bestiegen, war mein Korb bereits randvoll, Light im gelangweilten Halbschlaf und ich stolz. Meine Ausbeute sah mehr als nur saftig und süß aus. Ich hoffte inständig, dass ich heimkommen würde, bevor die beiden erwachten, damit ich den Tisch rechtzeitig vorbereiten konnte. Ich ging in die Hocke und griff nach den Schlaufen des Korbes, doch als ich ihn anhob, bewegte er sich keinen Millimeter. Meine Nudelarme fühlten sich an, als würden sie in jedem Augenblick reißen oder sich auseinanderziehen wie eine Ziehharmonika.

Verdammt noch mal, warum war dieser Korb dermaßen schwer?

Plötzlich umschlossen große, sehnige Hände die geflochtenen Schlaufen und der Korb wurde mühelos in die Höhe gehoben. Ich schaute erschrocken auf und begegnete dunklen Augen. Wir standen so nah voreinander, dass ich seinen Geruch nach Sommerregen und Kiefernholz bis in jede Pore aufnehmen konnte. Unsere Lippen waren nur Zentimeter voneinander entfernt, sodass sein Atem meiner wurde, während mein Herz in meinen Ohren Alarm schlug. Tief blickte ich in Awans Augen und bemerkte eine nie gekannte Spannung, die sich zwischen uns aufbaute. Doch noch mehr fiel mir etwas in seinen Augen auf: ein leichter karamellfarbener Schimmer. Ob das Licht für den Hauch von Wärme in seinen sonst so kalten Augen sorgte? Meine Finger kribbelten, mein Kopf wurde ganz leicht. Eine gefühlte Ewigkeit verging, obwohl es vermutlich nur wenige Sekunden waren, und Awan nahm mehrere Schritte Abstand von mir.

Kurz räusperte er sich. »Vielleicht solltest du nur so viel pflücken, wie du auch tragen kannst.«

Verdammt noch mal, warum schaute es bei ihm so aus, als würde er bloß ein kleines Taschenbuch tragen, während ich ausgesehen haben musste, als hätte ich vorgehabt, einen Kleintransporter hochzuhieven?

»Unglaublich weise Worte«, nuschelte ich sarkastisch. Ich war nach wie vor verwirrt von der Situation wenige Momente zuvor. »Ich werde es mir für das nächste Mal merken.«

Light trat neben mich und musterte Awan mit gespitzten Ohren, während dieser ihm bloß einen kurzen Blick widmete, ehe er in Richtung Lichtung nickte. »Ich bringe dir den Korb zu deinem Alec.«

»Er ist nicht mein Alec«, stellte ich abermals klar und ärgerte mich darüber, dass er meine Worte aus der gestrigen Unterhaltung dreist ignorierte.

»Wie auch immer«, tat er das Thema ab und marschierte voran.

Ich eilte ihm hinterher und hatte Mühe, Schritt zu halten, obwohl Awan derjenige war, der den schweren Korb trug. Ich war wirklich die unsportlichste Person in diesem Universum. »Ich danke dir, dass du mir hilfst.«

»Keine Ursache«, erwiderte er bloß monoton. Die typischste Awan-Betonung, die die Menschheit zu bieten hatte.

»Woher wusstest du, dass ich hier bin?«, wollte ich wissen, als ich ihn endlich eingeholt hatte.

Er schmunzelte. »Intuition.«

»Und jetzt die Wahrheit?«, ließ ich nicht locker. Mochte sein, dass der Kerl mir in einigen Dinge überlegen war, aber das Lügen musste er definitiv noch üben. Nicht, dass ich gern eine geborene Lügnerin war, aber immerhin hatte ich mir über die Jahre antrainiert, wie man am besten vorspielte, glücklich zu sein, während man dauernd darüber nachdachte, wie man seinem Leid ein Ende bereitete. Ich würde also meinen, dass ich in dieser Kategorie eine würdige und fast unbezwingbare Gegnerin war.

Er seufzte hörbar. »Ich war eben bei eurer Hütte, um nach dir zu sehen. Du weißt schon, ich wollte dich fragen, ob du es dir anders überlegt hast. Und dann hat Alec nach dir geschaut, aber du warst nicht da. Es gibt nicht viele Orte, die du hier in Liberantas kennst, und nachdem der letzte Ort gestern nicht sehr angenehm für dich war, gab es im Grunde nur noch einen einzigen.«

»Mist, Alec ist wach? Ich wollte ihn überraschen!«, fluchte ich. Doch das Erste, was mir tatsächlich durch den Kopf schwirrte, war: Er hatte nach mir gesucht?

Awan sah mich flüchtig an, ehe er seinen Blick wieder nach vorn richtete. Er musste nichts sagen, ich wusste genau, was er dachte. Wenn ich nicht wollte, dass Awan weiterhin annahm, dass zwischen Alec und mir etwas lief, sollte ich wohl auf meine Wortwahl achten … Awans Mimik nach zu urteilen, hatte ich ihm nämlich gerade offenbart, ich hätte für meinen Mitbewohner eine Stripshow vorbereitet.

»Ich wollte Alec und Rena überraschen«, klärte ich die Angelegenheit schnell auf, damit er keine falschen Schlüsse zog. »Ich wollte mich für ihre Gastfreundschaft bedanken.«

Awan schenkte mir ein schiefes Lächeln, das mir einen warmen Schauer bescherte. »Selbstverständlich.«

»Du glaubst mir nicht«, bemerkte ich schnaubend und runzelte die Stirn.

Awan blieb wenige Meter vor der Hütte stehen und ließ den Korb zu Boden gleiten. Dann drehte er sich zu mir und sah mich direkt an. »Du bist mir keine Rechenschaft schuldig, Elainy. Solange du den Frieden in Liberantas nicht gefährdest, kannst du überraschen, wen du willst und warum du willst. Du wirst ohnehin nicht mehr lange hierbleiben.«

Ich tat einen Schritt auf ihn zu und blickte ihm in seine Augen, die mich durch den karamellartigen Schimmer noch mehr in ihren Bann zogen als sonst. »Ich bin dir keine Rechenschaft schuldig, das stimmt. Aber ich mag es nicht, wenn man mir Dinge unterstellt, die nicht der Wahrheit entsprechen. Alec und ich …«

»Elainy!«, unterbrach mich eine vertraute Stimme, und ich kniff die Augen zusammen. Kein gutes Timing. »Da bist du ja! Ich habe mir schon Sorgen gemacht.«

Ich fühlte mich ungefähr so, als hätte ich meiner Lehrkraft gerade versucht zu erklären, mein Hund hätte meine Hausaufgaben gefressen, bevor eine Sekunde später meine nichts raffende Freundin »Hä, du hast doch gar keinen Hund!« schrie.

Als ich die Augen wieder öffnete und Alec uns beinah erreicht hatte, linste ich wieder zu Awan, der mich grinsend musterte und dabei die Augenbraue emporhob. Wieso war er bloß so attraktiv?!

»Pass auf dich auf, kleiner Avis, und denke an das Gesetz Liberantas'«, murmelte er schließlich ernst, dann wandte er sich

Alec zu und seine Miene verfinsterte sich schlagartig. Alec war inzwischen bei uns angekommen und schaute zwischen uns beiden hin und her.

»Dafür, dass du dir Sorgen gemacht hast, konntest du erstaunlich gut in deiner geschützten Hütte warten, bis ich sie gefunden und sicher wieder in deine Arme gebracht habe«, kommentierte Awan kalt, während er Alec auf eine Art und Weise musterte, die mir einen Schauer über den Rücken laufen ließ.

Dieser strafte auch ihn mit einem nicht weniger wütenden Blick. »Was ist dein Problem?«

»Das steht direkt vor mir«, antwortete Awan in der nächsten Sekunde. »Ich gebe dir einen Rat, Anima: Begehe keinen Fehler. Du weißt, was dir ansonsten blüht, und ich bin der Letzte, der dich verschonen wird.«

Finster sah er ein letztes Mal zu mir hinüber, um dann kehrtzumachen und im Himmel zu verschwinden. Dabei wirbelte er einige Blütenblätter auf, die mir wie ein sanfter Blumenschleier entgegenflogen, ehe auch mich der Windstoß erreichte, sodass meine Haare mir über die Schultern fielen. Kurz schloss ich die Augen und genoss den sanften Windzug, der mir durch die Glieder fuhr, ehe ich sie wieder öffnete und nur noch einen winzigen Punkt am Himmel ausmachen konnte.

»Inanis«, zischte Alec genervt, und mir wurde noch bewusster als zuvor, dass die beiden sich weniger ausstehen konnten, als es mir lieb war. Dann schnappte er sich den Korb, den er mit ähnlicher Leichtigkeit wie Awan zur Hütte trug. War ich hier eigentlich die Einzige, die von einer Schnecke besiegt werden konnte? Denn auch Rena, die gerade aus der Hütte auftauchte, trug einen großen Korb voller Geschirr zum Tisch, als würde sie Federn auf ihrem kleinen Finger balancieren. Ob ich mit Krafttraining anfangen sollte, damit mich nicht irgendwann ein Regenwurm k. o. schlug?

Alec riss mich aus meiner Beobachtung und kam erwartungsvoll zu mir hinüber. »Los, Elainy, wir lassen uns den Start in den Tag nicht von so einem Idioten verderben.«

Ich schaute gen Himmel und fragte mich, warum es mich störte, dass Alec ihn beleidigte, hatte ich ihn doch höchstpersönlich in Gedanken zuhauf mit Beleidigungen bombardiert. Seufzend schüttelte ich den Kopf und lief Alec zur Hütte hinterher. Ich sollte diesen Inanis schnellstmöglich aus meinem Gehirn prügeln.

Am Nachmittag streifte ich mit Light im Gepäck wieder durch die Wälder, die mir mittlerweile ein wenig mehr vertraut waren. Der leicht fruchtige und doch hölzerne Geruch umschlang mich in einer sanften Umarmung, zugleich streiften mich die watteartigen Blätter der Büsche, die unseren Weg kreuzten. Erneut vergewisserte ich mich, dass meine Gefühle positiv waren, um kein Geschöpf anzulocken, das mich zerfetzen wollte. Fast schon fühlte ich mich zurückversetzt in Zeiten, in denen ich mich leer gefühlt hatte. Es ängstigte mich und daher wollte ich genau diese Emotion mit aller Kraft unterdrücken. Nichts daran war richtig und nichts davon wollte mein Kopf akzeptieren. Dennoch war es wichtig, um mich vor Angriffen oder sogar dem Tod zu schützen. Warum ich den Wald trotzdem aufsuchte, wusste ich nicht. Es war, als würde er mich zu sich locken, als würde der himbeerartige Geruch meine Belohnung sein, nach der ich mich sehnte. Ich hatte keinen blassen Schimmer, welches Ziel mein Spaziergang hatte, er brachte mich bloß stetig weiter in den Wald hinein.

Als Light völlig aus dem Nichts losrannte, dachte ich nicht lange darüber nach und folgte ihm. Wenn ich in Liberantas jemandem blind vertraute, dann war es wohl diesem Kater. Er war flink und schnell, aber ich schaffte es, ihn einzuholen und mich von ihm leiten zu lassen. »Wohin willst du?«, fragte ich atemlos, doch die Libercat konnte mir natürlich nicht antworten. Stattdessen blieb er nach wenigen Minuten des Sprintens schließlich an einem großen Felsen stehen. Völlig außer Atem stützte ich meine Hände auf den Knien ab und schnaufte, als würde ich jede Sekunde vor Atemnot umkippen. »Verdammt, du willst mich wirklich umbringen. Du kannst mit einer Sportskanone wie mir doch keinen Marathon laufen!«

»Du bist total lahm!«

Erschrocken hielt ich inne und schielte zu Light. Natürlich hatte nicht er gerade gesprochen. Mal abgesehen davon, dass offensichtlich nicht mir geantwortet worden war. Mit aller Kraft unterdrückte ich meine lauten Atemzüge und versuchte zuzuordnen, woher die Stimme kam. Als ich eine zweite identifizieren konnte, sprang die imaginäre Glühbirne über meinem Kopf an. Light hatte keinen Sprint zurückgelegt, um mit mir Sport zu treiben. Er hatte mich zu jemandem geführt.

Langsam folgte ich dem Ursprung der Stimmen und lugte hinter einem Busch hervor. Awan und Madaline pflückten gerade Früchte aus den Baumkronen und schienen dabei mit ihren mächtigen Flügeln weit weniger Probleme zu haben als ich mit meinen Luftschlangenarmen.

»Ich wette mit dir, dass ich am Ende mehr Früchte gesammelt haben werde«, rief das blonde Mädchen Awan zu und flog Richtung Boden, um ihre Ausbeute in einem der großen Körbe zu verstauen.

»Fordere mich lieber nicht heraus«, entgegnete dieser mit einem Schmunzeln in der Stimme. Er schnappte sich eine große Frucht von einem der Äste und jonglierte mit der, die er bereits in der anderen Hand hielt. Warum sah bei ihm alles so leicht und beiläufig aus?

»Bei dem Tempo kannst du auch direkt aufgeben!«, ärgerte Madaline ihn, die das Spiel deutlich ernster nahm, und warf die nächste Ladung Früchte in ihren Korb. Awan verdrehte die

Augen und beförderte seine Ausbeute in seinen Korb, ehe er wieder in die Höhe schoss.

»Was ist los, Awan? Bist du abgelenkt?«, witzelte Madaline, während sie die nächsten Früchte von den Baumkronen riss. Mit sichtlicher Mühe versuchte sie, möglichst viele davon unter ihren Achseln zu verstauen, um mehr auf einmal tragen zu können. Es sah ulkig aus, wie sie ihren Körper dazu einsetzte, um ihre kleinen Hände zu kompensieren.

Awan hielt inne und ließ die Frucht sinken, die er soeben gepflückt hatte. »Abgelenkt? Wovon?«

»Von der Frau zum Beispiel, die gestern auf dem Domo-Berg war«, antwortete das Mädchen mit einem Grinsen in der Stimme, und mein Körper erstarrte.

Awans Präsenz veränderte sich ebenso schlagartig. Er ließ die Früchte, die er zuvor gesammelt hatte, zu Boden fallen, sodass sie mit einem Krachen auseinanderbrachen. Madaline erschrak und starrte ihn entsetzt an, während Awan zu Boden flog und dort seinen Korb aufhob, um sich zornig aus dem Staub zu machen. Doch als Madaline auf dem Boden aufkam, drehte er sich noch einmal zu dem Mädchen um. Mit erhobenem Finger starrte er sie wütend an. »Ich möchte nicht, dass du sie je wieder erwähnst, Madaline. Hör auf, so etwas von dir zu geben.«

Ich sah zu, wie Madaline nach wie vor erstarrt stehen blieb, während Awan gen Himmel verschwand, ohne sie eines weiteren Blickes zu würdigen. So mit einem Kind zu sprechen war absolut nicht in Ordnung! Was war bloß manchmal los mit diesem Kerl und warum hatte er sich in manchen Situationen nicht unter Kontrolle?

Madaline ließ sich zu Boden sinken und kämpfte sichtlich mit den Tränen, sodass mich ihre Gefühle um ein Haar mitgerissen hätten. Doch ich hielt mich zurück. Sie lockte damit Kreaturen an, denen ich nicht gewachsen war, während sie einfach davonfliegen konnte. Würde ich hier noch weiter herumstehen, würde ich direkt in die Falle der Wesen tappen, vor denen ich mich langsam, aber sicher immer mehr fürchtete. Kurz atmete ich tief durch, um meinem schlechten Gewissen mit amateurhafter Meditation zu entkommen, wandte mich um, um ebenso der Situation zu entfliehen, und stolperte fast über Light. Kurz hielt ich inne, während ich in die großen schwarzen Augen blickte, die mich musterten. Irgendetwas in seinem Blick gab mir einen Impuls, auf gar keinen Fall zu gehen. Es war wie eine Blockade in meinem Herzen, die mich dazu verleitete, innezuhalten und darüber nachzudenken, was ich im Begriff war, zu tun: Ich ließ ein Mädchen wissentlich allein zurück, die gerade jemanden brauchte. Meine Angst sollte nicht über der Trauer eines anderen Wesens stehen. Das wollte ich für mich nicht und das würde ich auch für niemand anderen wollen. Wie oft hatte ich mich über jene Menschen aufgeregt, die bei Mobbing wegsahen, als würde es sie nicht betreffen? Wie oft hatte ich Personen dafür gehasst, dass sie sich einen Dreck um Menschen scherten, die in der Öffentlichkeit bloßgestellt wurden? Wie oft hatte ich mir gewünscht, man hätte meinen Schmerz gesehen und nicht weggeschaut, als wäre er egal?

Ich schloss meine Augen und atmete einmal tief durch, ehe ich mich umdrehte und aus meinem Versteck hervortrat. Erschrocken blickte Madaline in meine Richtung und entspannte sich dann wieder sichtlich, als sie mich ausmachte. Schnell trat ich auf sie zu und kauerte mich zu ihr auf den Boden. Kurz sah sie mich an, ehe der Damm brach und Tränen über ihre Wangen liefen. Ich zögerte nicht lange und zog sie in meine Arme, ohne wirklich darüber nachzudenken. Sofort spannte sich jede Faser ihres Körpers an, als würde sie gegen den Drang nach Nähe ankämpfen, ehe sie schließlich losließ und sich in meine Umarmung fallen lassen konnte. Still strich ich ihr über den unteren Rücken, immer darauf bedacht, ihren weichen goldumrahmten türkisfarbenen Flügeln nicht zu nah zu kommen – wer wusste schon, wie sich die Berührung für einen Inanis anfühlte? –, und schaute über ihre Schulter zu Light hinüber, der mich durchgehend im Visier hatte.

»Mich hat noch niemand so umarmt«, flüsterte Madaline plötzlich, und ich ließ etwas von ihr ab, um ihr ins Gesicht zu sehen.

»Was?«, konnte ich bloß entgegnen und wischte ihr wie von selbst ihre Tränen von den Wangen.

»Solche Umarmungen sind verboten in Liberantas.«

Ungläubig starrte ich sie an. »Das ist ein Scherz.« Würde mir bald jemand eröffnen, dass auch Atmen verboten war? Es würde mich immerhin nach allem nicht mehr ganz so sehr schocken. Natürlich passte dieses Verbot bestens zu dem obersten Gesetz, man dürfe nicht lieben, trotzdem verpasste es mir einen weiteren Schlag in die Magengrube. Wie konnte man auf diese Weise leben? Vermutlich sollte ich mich nun schlecht fühlen, gegen das Verbot verstoßen zu haben, aber es kümmerte mich nicht im Entferntesten. Es war schlichtweg gegen meine Prinzipien, die ich nicht über Bord werfen würde – auch nicht für einen Odium, der sich irgendwo hinter seinen Gesetzen versteckte.

Sie schüttelte den Kopf. »Ich wollte Awan nicht verärgern.«

»Er kriegt sich wieder ein«, tröstete ich sie und strich ihr eine verirrte, kurze Locke hinter ihr Ohr. »Ist er dein Bruder oder so was?«

»Nein, aber er und Milo kümmern sich um mich, wenn ich Hilfe brauche.«

»Verstehe«, entgegnete ich und verdrängte die aufkommende Frage aus meinem Kopf, was wohl mit ihren Eltern passiert sein mochte. Meine Neugier verbannte ich rasch wieder, als mich mein Verstand daran erinnerte, dass ich ein junges Mädchen ganz sicher nicht danach fragen würde, obwohl ich das gesamte Konzept des Inanis-Sein nicht verstand.

»Danke«, hauchte Madaline, während sie sich fast schon ängstlich aus meiner Umarmung befreite. »Awan hat noch nie so mit mir geredet, geschweige denn mich allein zurückgelassen. Das war … ich weiß nicht, mich hat das …«

Ich rückte ein Stück von ihr weg und bemerkte erst jetzt, dass ein Dutzend Dolor ringsherum von uns auf Ästen saßen und uns anstarrten. Ich richtete meinen Blick sofort wieder auf Madaline, um nicht in Versuchung zu kommen, mir eine ihrer schlimmen Erinnerungen reinzuziehen. Das wäre ungefähr so, als würde ich mir zum zwanzigsten Mal das Ende von Titanic anschauen und dann überrascht sein, dass es mir danach schlecht ging.

Madaline schien die Wesen nun auch zu bemerken und stand sofort auf ihren Beinen. »Wir sollten gehen, bevor ein Desperatis …«

Sie konnte ihren Satz nicht vollenden, denn plötzlich sprang eine große Kreatur auf sie zu. Bevor ich nur einen Atemzug machen konnte, hatte das lila gefleckte gewaltige Tier mit dem wölfischen Kopf bereits seine Fänge in einen ihrer Flügel vergraben. Schmerzverzerrt schrie sie auf, sodass ich aus meiner Schockstarre erwachte. Sofort war ich auf den Beinen und schnappte mir den vollen Korb, der auf dem Boden stand, und schlug ihn mit Wucht gegen den wölfischen Schädel, sodass er mir dabei aus der Hand rutschte und unter einen der Büsche rollte. Das Geschöpf ließ von ihr ab und schüttelte sich einmal, ehe es mich fixierte. Seine weißen gebleckten Zähne waren von Speichel befeuchtet, seine von Wut geprägten Augen trafen direkt auf meine, sodass mein Herz aussetzte. Panisch taumelte ich einen Schritt zurück, während sich Light fliegend zwischen der Wolfskatze und mir aufbaute und fauchte. Das schien das Geschöpf für wenige Sekunden abzulenken. Schnell suchte ich die Gegend nach einer möglichen Waffe ab, lief zu einem der Bäume, unter dem ein großer Ast lag, und ergriff ihn sogleich.

Damit rannte ich auf das Tier zu und schlug ihn ihm so kraftvoll wie nur möglich über den Schädel. Es fiel zu Boden und schien für den Moment ausgeknockt. Schnell ging ich zu der verletzten Madaline und half ihr auf die Beine. »Los! Wir müssen rennen!«, rief ich panisch und nahm ihre Hand, während wir über den Waldboden davonliefen. Light war uns dicht auf den Fersen, und als er kurz miaute, erkannte ich es instinktiv als Warnung. Rasch führte ich Madaline hinter einen Busch und flüsterte ihr zu, dass sie ganz leise sein musste. Kurz lugte ich hinter dem Versteck hervor und bemerkte die wölfische Kreatur, die schnuppernd den Kopf reckte, nach uns witterte. Immer wieder glitt sein massiver Kopf gen Boden und ich konnte nur erahnen, dass er dabei war zu entschlüsseln, wo wir abgeblieben waren. Das Rascheln aus einem der anderen Büsche schien dieses Vorhaben zu durchkreuzen, denn ein langer schwarzer schlangenartiger Schwanz kroch über den dunklen Waldboden. Die Wolfskatze schien das als Zeichen zum Rückzug zu werten. Sie machte abrupt kehrt und verschwand in den Wald. Erleichtert stieß ich die Luft aus meiner gespannten Lunge.

»Verdammt noch mal«, keuchte ich, während das Adrenalin seinen Job erfüllte. Ich sah zu Madaline, die ganz bleich war, und ließ meinen Blick über ihre blutige Verletzung schweifen. Die rote, dickflüssige Masse floss über ihre Federn und ich konnte an ihrem Gesicht erkennen, dass sie litt. Schnell half ich ihr abermals auf die Beine.

»Desperatis«, fluchte sie atemlos. »Das war ein Desperatis. Er … er wird von Verzweiflung angelockt.«

»Kannst du deinen Flügel zu Staub werden lassen, damit die Verletzung verschwindet?«, fragte ich gehetzt und blickte abwechselnd in ihre müden Augen und dann zu ihrem Flügel. Das Blut, das inzwischen den Boden benetzte, bestätigte, dass die Wolfskatze sie ziemlich übel erwischt hatte.

Sie schüttelte träge den Kopf. »Nicht, wenn er verletzt ist. Das geht nicht.«

Besorgt schaute ich in ihr blasses Gesicht und nahm ihre Hand, um sie zum Gehen aufzufordern. »Wir müssen sofort zu Awan! Weißt du, wo er ist?«

»Domo-Berg. Wo du gestern …«, antwortete sie geschwächt und brach ab. Erschrocken legte ich ihren Arm um meine Schulter, um sie zu stützen.

Light tauchte vor meinem Blickfeld auf und flog vor. So schnell wir konnten, folgten wir ihm, und ich hoffte inständig, dass die Libercat den Weg kannte und uns wirklich zu ihm führte. Tief im Inneren wusste ich jedoch bereits, dass er mich nicht enttäuschen würde. Auf halbem Weg wurden wir immer langsamer, Madaline war inzwischen dermaßen geschwächt, dass sie bei jedem Schritt kräftige Atemzüge machen musste. Fluchend versuchte ich, ihren Körper noch ein Stück weit mehr gegen mich zu lehnen, um sie zu entlasten. Ich unterdrückte stumm die Angst und die Verzweiflung, die wie ein Damoklesschwert über uns schwebte, als ich hinter mich auf die hellrote Blutspur stierte. In einer weniger dramatischen Situation hätte ich diesen Anblick wohl mit einem Schmunzeln mit meiner Periodenblutung verglichen, immer wenn ich aus der Dusche sprang und schnell meinen Tampon aus dem Schrank fischte. Ich war echt nicht mehr zu retten.

Als wir schließlich tatsächlich am Berg ankamen, atmete ich einmal tief durch und schaute zu Madaline, die inzwischen viel zu viel Blut verloren haben musste. Ihre Haut war nun bleicher als meine, ihre Augen halb geschlossen, ihre rissigen, schmalen Lippen leicht geöffnet, während ihre schwarzen Augen nur noch matt und glanzlos wirkten. Schnell drehte ich mich um und sprach sie über meine Schulter hinweg auffordernd an. »Komm auf meinen Rücken und halt dich gut fest!«

Madaline sah mich kraftlos an. »Wir werden es nicht schaffen.«

Kurz blickte ich zu Light und überlegte, ob ich ihn hochschicken sollte, um Awan zu holen, doch meine Angst, sie würden aus ihm Hackfleisch machen, wenn er einfach so auftauchte, war zu groß. Außerdem hatte ich keinen blassen Schimmer, ob Awan überhaupt dort war. Wir durften keine Zeit verschwenden!

Entschlossen nahm ich ihr Gesicht in meine Hände. »Wir schaffen das, okay? Du darfst nur nicht loslassen!«

Light neben uns kreiste bereits neben meinem Kopf und sah Madaline abwartend an. Diese nickte schließlich, sodass ich mich umdrehte, damit sie ihre kleinen Arme um meinen Hals schlingen konnte. Als sie auf meinem Rücken war, fing ich sofort an zu klettern.

Ich glaubte für gewöhnlich nicht daran, dass ich über meine Grenzen gehen könnte, ohne daran zu scheitern. Doch in diesem Moment wollte ich daran glauben, dass ich alles schaffen konnte, wenn ich nicht bereits im Vorfeld all meine Motivation abgab. Vielleicht war das ja insgeheim eines meiner größten Probleme: Ich vertraute zu wenig auf meine Fähigkeiten, sodass ich viel zu viele Schritte zurückging, anstatt mutig genug zu sein, nach vorn zu treten. Durch das Zurückschreiten würde ich immer wieder in der Vergangenheit landen, die mir ohnehin unentwegt einredete, ich solle niemals in die Zukunft blicken. Die Angst vor den Enttäuschungen, wenn ein Schritt etwas holpriger ablief als die anderen, machte die Erwartungshaltung nicht unbedingt besser. Ich zweifelte zu sehr an mir selbst, als dass ich kleine Fehler gut aushalten konnte, ohne an meinem kompletten Ich und meinen Entscheidungen zu zweifeln.

Dieser Moment mit Madaline auf dem Rücken wurde von einem ganz anderen Anreiz überschattet: Ich wollte sie retten. Nicht eine Sekunde dachte ich darüber nach, es nicht zu schaffen, weil es keine Option war. Und das, obwohl es schon einen immensen Kraftaufwand bedeutete, alleine den Berg zu erklimmen, doch mit Madaline auf dem Rücken verdrängte ich das Gefühl, jeden Augenblick abzustürzen, einen Vorsprung nicht richtig zu greifen zu bekommen. Doch ich stoppte nicht eine Sekunde. Ich würde sie nicht im Stich lassen und ihrem Schicksal überlassen, egal, wie sehr meine Beine auch rebellierten. Es war faszinierend, wie viel Kraft man aufbringen konnte, wenn man es wirklich musste. Ich war nicht halb so schwach, wie ich immer angenommen hatte.

Das letzte Stück keuchte ich so sehr, dass mir beinah die Luft wegblieb, und als ich schließlich oben angekommen war und Madaline von meinem Rücken rutschte, fiel auch ich zu Boden. Mit feuchten Augen und zitterndem Körper blickte ich zu den Inanis, die sich uns zugewandt hatten, und merkte nun, als das Adrenalin sich verabschiedete, wie ausgelaugt ich war. Ein paar Meter entfernt machte ich Awan aus, der mich schockiert musterte. Erleichtert lächelte ich und versuchte, mich aufzurichten. »Madaline. Sie wurde von einem Desperatis angegriffen«, keuchte ich.

Im nächsten Augenblick waren mehrere Inanis um Madaline versammelt, während Awan sie mühelos hochhob und sie begutachtete. »Ihr Flügel ist verletzt! Ruft Nino! Er muss sich das ansehen!«, befahl er kalt und flog mit ihr auf dem Arm zu einer kleinen aus Stoff und Ästen errichteten Höhle. Kurze Zeit später sah ich einen kleinen Inanis, der mit mehreren großen Blättern ebenso zur Höhle hechtete, bevor mir die Sicht versperrt wurde und Dan vor mir auftauchte. Die anderen Inanis starrten auf mich herab, während der offenbar selbst ernannte Anführer auf mich zuschritt und mich am Arm packte, um mich auf die Beine zu ziehen.

Großartig.

Kapitel 16

Wer würde das leere Glas einem vollen vorziehen?

»Du!«, schrie er mir mitten ins Gesicht. Ich hatte Mühe, mich auf den Beinen zu halten, die sich vom Klettern wie Wackelpudding anfühlten.

Erschöpft wankte ich hin und her. »Ich habe bloß Madaline …«

»Gestern habe ich eine Ausnahme gemacht, aber heute wirst du mir nicht davonkommen.« Nach dieser Ansage umschlang er heftig meine Oberarme mit beiden Händen und hielt mich so gefangen. »Bringt mir mein Messer!«, rief er den Inanis zu, die dem Spektakel beiwohnten. Mehrere von ihnen hatten in ihrer Tätigkeit zu flechten, zu bauen oder zu essen innegehalten, wurden still und beobachteten mit undurchdringlicher Miene das Szenario. Ein Mann mittleren Alters warf seine Fackel in den moosartigen türkisfarbenen Haufen und widmete sich dann ganz uns. Eine ältere Frau, die gerade kurz davor war, Wasser aus einem Baumrinde-Schiffchen zu trinken, stockte in ihrer

Bewegung. Sie wirkten alle wie versteinert, als hätten sie Angst, sie würden bei einem zu lauten Atemzug etwas verpassen. Light neben mir fauchte, doch der Inanis schenkte auch diesmal dem Tier keine Aufmerksamkeit. Wo war ich nur schon wieder hineingeraten? Wenn ich gerade noch schwach vor Erschöpfung gewesen war, wurde ich nun hellwach und versuchte krampfhaft, seine Hände von meinem Körper zu schütteln. Doch sie lagen wie Schraubzwingen auf meinen Armen und bewegten sich kaum einen Millimeter. Fast brutal umschlang er nun mit einer Hand meine Kehle, sodass ich erschrocken keuchte. Ich konnte in seinen Augen den Willen funkeln sehen, noch deutlich fester zuzudrücken, um meinem Leben endlich die Lichter auszuschalten.

Wenige Sekunden später reichte ihm einer der Inanis das Messer, doch noch bevor er es ergreifen konnte, riss es jemand anders an sich. Awan stand nun neben uns mit dem Messer in der Hand und stierte Dan an, als würde er ihm gleich so sehr in den Allerwertesten treten, dass er im hohen Bogen vom Domo-Berg fliegen würde.

»Gib mir mein Messer!«, befahl Dan.

Es war nicht zu übersehen, dass die beiden noch einige Rivalitäten auszudiskutieren hatten. Die Tatsache, dass Dan seinen Griff um meinen Hals verstärkte, unterstrich diese Vermutung umso mehr.

»Sie hat Madaline gerettet«, entgegnete Awan bloß tonlos, bevor sich seine Miene verfinsterte.

Dan ergriff furchtlos und sichtlich ungeduldig mit einer Hand Awans Handgelenk. »Das ist mir herzlich egal.«

Dieser sah nun zornig auf Dans Hand, die sich um seinen Arm geschlungen hatte, und entriss ihn ihm kraftvoll. Dann legte Awan das Messer blitzschnell, ohne mit der Wimper zu zucken, an Dans Kehle, sodass alle um uns herum spürbar den

Atem anhielten. »Wenn du mich noch einmal berührst, bringe ich dich um.«

»Du gefährdest den Frieden«, keuchte Dan mit dem Messer an der Kehle.

Awan legte den Kopf schräg. »Das tust eher du.« Bedeutungsvoll nickte er in meine Richtung. »Lass sie los!«

Dan schaute ihn unheilvoll an. »Du machst einen großen Fehler.«

»Lass sie los!«, wiederholte Awan unbewegt und schenkte ihm den bösesten Todesblick, den ich je in meinem Leben gesehen hatte.

Als Dan mich nach einem kurzen Blickduell schließlich aus seinem Griff entließ, strauchelte ich kurz, bevor ich mich einige Schritte rückwärts wieder gefangen hatte. Awan sah Dan noch kurz warnend in die Augen, ehe er seinen Arm mit dem Messer sinken ließ.

Dan starrte Awan so wütend an, dass man meinen konnte, er wollte ihn mit seinen Augen zur Strecke bringen. »Das, was du hier tust, wird Konsequenzen haben, hör auf meine Worte. Liberpax aeterquam.«

Awan erwiderte seinen Blick bloß, sagte jedoch nichts, sodass Dan mit knirschenden Zähnen kehrtmachte. Auch die anderen Inanis entfernten sich von uns und Awan warf das Messer schwungvoll nach unten, sodass die Klinge in dem erdigen Boden versank.

Er kam auf mich zu, hob mich in der nächsten Sekunde wortlos hoch, während seine Flügel erschienen, und flog mit mir den Berg hinab. Unten angekommen ließ er mich schnell wieder runter und brachte wieder Abstand zwischen uns.

»Wird Madaline … wird sie wieder gesund?«, fragte ich sofort, während er sichtlich mit seinen eigenen Gedanken haderte.

Irritiert musterte er mich. »Das bereitet dir gerade Sorgen, nachdem man dich fast getötet hätte?« Einige Sekunden starrte er mich an, bis er offenbar in meinem ausdruckslosen Gesicht die Antwort las. Dann seufzte er. »Sie wird es schaffen. Nino ist einer unserer besten Heiler. Er wird das wieder hinbekommen.«

»Gut«, erwiderte ich lediglich, während sich die Erleichterung in mir breitmachte.

Awan hingegen schaute mich mit gerunzelter Stirn an, ehe er sich in den Nasenrücken zwickte und fast gequält die Augen schloss. »Was denkst du dir nur immer bei solchen Aktionen?«

Schockiert zog ich meine Brauen zusammen. »Wie bitte? Ich habe euch Madaline gebracht, nachdem du dafür gesorgt hast, dass ihre Gefühle einen Desperatis anlockten!«

Wütend drehte ich mich um, um zu gehen, doch Awan schnappte sanft meinen Arm, um mich abermals zu ihm zu drehen.

»Ich?«

»Du solltest wirklich langsam mal hinterfragen, wie du mit anderen umgehst.«

Ich entzog ihm grantig meinen Arm, den er sofort losließ, und stapfte mit Light im Gepäck die Wiese entlang.

Wenige Sekunden später lief Awan neben mir. »Und du solltest aufhören, Dan zu reizen.«

Ich verdrehte die Augen und verschränkte trotzig die Arme vor der Brust. Auch wenn er mich gerettet hatte, so hatte er mich trotzdem erst in diese Situation gebracht, um mir dann auch noch die Schuld dafür zu geben. Idiot! »Das wird schwierig werden, wenn ich ihn schon reize, nur weil ich existiere.«

»Halt dich einfach vom Domo-Berg fern und er lässt dich in Ruhe«, entgegnete Awan sachlich, und ich blieb abrupt stehen. Awan reagierte nur wenige Sekunden später und schaute sich irritiert zu mir um.

»Ich habe gerade einen von euch gerettet und statt einem Danke fällt euch nur ein, dass ich mich fernhalten soll, wenn ich nicht sterben will?«, fragte ich mit gefährlich leiser Stimme. Awan setzte zu einer Antwort an, doch ich schnitt ihm sofort das Wort ab. »Versteh mich nicht falsch. Ich möchte gar keinen Dank dafür, Madaline geholfen zu haben. Aber dann lasst mich einfach wieder gehen, anstatt mir anzudrohen, mich umzubringen! Das ist doch krank.«

Awan sah mich lange an, ehe er zu meiner Überraschung seufzte und nickte. »Du hast recht und ich bin dir unglaublich dankbar, dass du sie zu uns gebracht hast.«

Ich blickte ihm misstrauisch in die Augen, die an manchen Stellen karamellfarben schimmerten, und erkannte, dass er es ernst meinte. Und so nickte ich auch. »Das ist selbstverständlich. Bis dann.« Ich wandte mich von ihm ab und schritt weiter Richtung Wald. Meine Beine hatten sich mittlerweile erholt, wenn ich auch spürte, dass mir ein mächtiger Muskelkater bevorstand.

»Jetzt warte doch«, hörte ich Awan hinter mir sagen, bevor er wieder mal neben mir auftauchte. »Lass mich dich wenigstens sicher zu Alec bringen.«

Ich verdrehte genervt die Augen. »Wann verstehst du endlich, dass er nicht …«

»Ich meine das so, wie ich es sage«, unterbrach er mich versöhnlich. »Ich will dich nur sicher wieder zur Hütte bringen. Diesmal will ich dich nicht ärgern.«

Mit großen Augen blickte ich in sein markantes Gesicht. »Madaline braucht dich.«

»Milo ist bei ihr und Nino versorgt sie. Ich kann im Moment nichts tun.«

»Du kannst bei ihr sein, sie nicht allein lassen. Das ist nicht nichts«, widersprach ich, und er sah mich fasziniert an.

Dann lief er entschieden vor, als wäre die Diskussion für ihn beendet. »Du vergisst, dass wir keine Avis sind. Wir stehen uns nicht auf diese Weise bei. Jetzt komm, es wird bald dunkel.«

Kurz überlegte ich, ob das wirklich bei allen zutraf. Hätte Madaline geweint, weil er sich mit ihr gestritten hatte, wenn er ihr nichts bedeuten würde? Hätte sich Awan sichtlich um sie gesorgt, wenn er sich nicht um sie scherte? Ich verstand dieses gesamte Konstrukt nicht und würde es vermutlich auch nie, aber etwas sagte mir, dass sie sich alle dort selbst in die Tasche logen, nur um es nicht öffentlich zuzugeben, dass die Gesetze Liberantas' schwachsinnig waren.

Ich verdrehte die Augen, holte ihn jedoch ein und ließ mich von ihm in den Wald führen. Mit jedem Schritt durch die leuchtenden Bäume hindurch war ich glücklicher, dass Awan darauf bestanden hatte, mich zu bringen. Jetzt, wo ich wusste, dass ich nicht nur auf dem Speiseplan von Furorem stand, sondern mit meiner Verzweiflung auch von Desperatis, glaubte ich nicht, dass ich guten Gewissens allein durch die Büsche wandern wollte. Aus genau diesem Gefühl heraus hatte ich plötzlich das Bedürfnis, ihm meine Dankbarkeit auszusprechen. »Danke, dass du mich wieder gegen Dan verteidigt hast. Es muss schwer sein, sich gegen seinesgleichen zu stellen.«

Awan schaute kurz auf mich herab, ehe er wieder nach vorn sah. »Ich stelle mich gegen niemanden, kleiner Avis. Ich sorge lediglich für den Frieden, was meine Bestimmung ist.«

»Ich bin mir nicht sicher, ob Dan das genauso sieht«, gab ich zu bedenken. Obwohl Awan immer so tat, als würde so etwas wie soziale Interaktionen auf Bindungsebene in seiner Welt nicht existieren, hatte ich ein schlechtes Gewissen, dass er nun einen sichtbaren Konflikt austragen musste.

»Dan ist nicht dafür bekannt, rational zu handeln und seine Abneigung Avis und Anima gegenüber unter Kontrolle zu haben. Er glaubt daran, dass sie Liberantas zerstören.«

Ich krauste die Nase. »Dann habt ihr ja etwas gemeinsam.«

»Es ist nur logisch, so zu denken. Wenn Avis ihre eigene Welt mutwillig zerstören, warum sollten sie es nicht mit einer Welt tun, die nicht einmal ihre Heimat ist?«, gab Awan zu bedenken und sah mich geduldig an.

Es wirkte nicht, als wolle er mich diesmal provozieren oder gar beleidigen. Sein offener Blick suggerierte mir, dass ihn meine Meinung dazu brennend interessierte.

»Du glaubst also, jeder Avis ist gleich?«, stellte ich die Gegenfrage. Pauschalisieren und Verallgemeinern waren noch nie Begriffe, denen ich mit viel Toleranz gegenüberstand. Natürlich würde die Menschheit die Welt früher oder später endgültig zerstören, das stand außer Frage. Das bedeutete aber nicht, dass man die zahlreichen Menschen, die gegensteuerten, außer Acht lassen sollte.

Awan betrachtete mich nachdenklich, ehe er den Kopf schüttelte. »Du nicht. Du bist anders.« Am liebsten hätte ich ihm entgegnet, wie falsch er da lag und wie viel mehr ich dafür tun sollte, damit die Welt für meine Nachfahren bewohnbar blieb, doch irgendetwas sagte mir, dass er diesen Aspekt gar nicht meinte.

»War das ein Kompliment oder ein Vorwurf?«, hakte ich nach, und er schmunzelte.

»Ich schätze, beides.«

Natürlich. Warum sollte Awan auch irgendetwas Positives von sich geben, ohne es im gleichen Atemzug negativ zu meinen? Ich verdrehte die Augen und konzentrierte mich wieder auf die Wurzeln auf dem Boden, die allmählich trotz der leuchtenden Pflanzen in der Dämmerung schwerer zu erkennen waren. »Du könntest ruhig versuchen, netter zu sein.«

Er schnaubte und fuhr sich fast gequält durch sein Gesicht. »Beim besten Willen, kleiner Avis, aber das ist nicht mein Stil.«

»Es ist nicht dein Stil, ein zivilisierter Mann zu sein, der weiß, wie man sich benimmt?«, folgerte ich trocken.

Ohne Vorwarnung blieb er stehen, sodass ich beinah gegen ihn gelaufen wäre. Hastig ging ich einige Schritte rückwärts, um wieder Distanz zwischen uns zu wahren.

Mit einer Spur Belustigung und Herausforderung schaute er mich an. »Es ist nicht mein Stil, barmherzig zu Avis zu sein, die den Frieden meiner Heimat bedrohen.«

Dann kam er auf mich zu und baute sich direkt vor mir auf. Ungerührt ignorierte ich die Spannung, die zwischen uns herrschte. Sein markanter Geruch machte es mir fast unmöglich, nicht die Augen zu schließen und mich in meiner Schwärmerei zu verfangen. Dieser Mann war absolut attraktiv und es stand außer Frage, dass unsere ständigen Neckereien etwas in mir und meinem hormongesteuerten Körper auslösten. Seine Augenbraue schob sich empor, seine Mundwinkel verzogen sich zu einem frechen Grinsen, obwohl seine Augen auf mir lagen, als visierte mich gerade ein Furorem an, den ich soeben durch Wut angelockt hatte.

»Ich habe keine Angst vor dir«, klärte ich ihn mit belegter Stimme auf, und er runzelte sogleich überrascht die Stirn. In der nächsten Sekunde schlängelte ich mich an dem verdutzten Awan vorbei. Ich durfte mir unter keinen Umständen anmerken lassen, dass er mich verunsicherte! Am Ende dachte er noch, dass ich mich von ihm einlullen ließe, obwohl der wahre Grund meiner Wortfindungsschwierigkeiten eigentlich nur daher rührte, dass ich ihn zunehmend anziehender fand. Wobei das »nur« in diesem Fall mit dem Wörterduo »reinste Katastrophe« gleichzusetzen war.

»Wovor hast du dann Angst?«, fragte Awan aus dem Nichts und brachte meinen Kopf dazu, Obstsalat zu spielen.

Ich runzelte die Stirn und räusperte mich. »Warum interessiert dich das?« Um mich mit dieser Information bestmöglich quälen zu können?

»Mich fasziniert das«, korrigierte er mich ernst.

Zweifelnd musterte ich sein Gesicht, doch ich konnte keinerlei Spur von Hohn oder Belustigung erkennen, sodass ich seine Worte wohl oder übel ernst nehmen musste. »Okay. Und warum fasziniert dich das?«

»Ich bewundere dich«, lautete seine schlichte Antwort.

Mein Mund öffnete sich wie von selbst. »Warum?«

»Weil du ein Leben hast, Elainy.«

»Ein Leben? Du etwa nicht?«, hakte ich irritiert nach und legte den Kopf schräg, während wir abermals stehen blieben. Mit dieser Erwiderung hätte ich niemals gerechnet.

Awan blickte gen Himmel, runzelte angestrengt die Stirn, als würde er nach den richtigen Worten suchen, und fuhr sich durch sein Haar.

Zum ersten Mal glaubte ich, bei ihm etwas wie Unsicherheit auszumachen, die er durch sein Nachdenken für kurze Sekunden aufblitzen ließ.

»Bei mir … ich fühle nur Leere, verstehst du das? Es ist nicht so wie bei dir. Du hast zahlreiche Erinnerungen. Du kannst tiefen Schmerz empfinden.«

»Und du nicht?« Ich strich mir beiläufig eine Strähne hinter das Ohr.

Er schüttelte leicht den Kopf, während er meiner Bewegung folgte. »Deshalb gibt es die Gesetze in Liberantas. Nur wer lieben kann, kann auch tiefen Schmerz empfinden.« Am liebsten hätte ich ihm gesagt, dass Madaline heute genau das empfunden hatte, doch ich ließ es, zu sehr fürchtete ich, sie damit in Gefahr zu bringen.

Stattdessen hinterfragte ich seine Ansichten. »Angenommen, du wirst fertiggemacht von Menschen, die dir fremd sind. Dann führt doch nicht Liebe zum Schmerz?«

Er blickte starr geradeaus an mir vorbei, als würde er mir unter keinen Umständen in die Augen schauen wollen. »Selbstliebe. Meine Selbstliebe kann nicht zerstört werden, wenn ich sie nicht besitze.«

»Du hasst dich selbst?«, rief ich entsetzt. Das konnte ich mir beim besten Willen nicht vorstellen. Aber was machte ich mir vor? Es gab sicherlich Tausende, die ihre Minderwertigkeitskomplexe hinter purer Arroganz versteckten.

»Nein, ich liebe mich nur einfach nicht.«

»Das ist bei deiner Manie schwer zu glauben.«

Awan lachte einmal melodisch auf, sodass ich eine Gänsehaut bekam.

»So ist das nicht. Ich akzeptiere mich, aber ich liebe mich nicht, verstehst du? Da ist einfach … so eine Art Leere.«

Ich ließ seine Erklärung unkommentiert und fokussierte mich auf die Lichter des Waldes. Es ängstigte mich, dass ich das, was er da gerade beschrieben hatte, unzählige Male durchlebt hatte.

»Also, wovor hast du am meisten Angst?«, fragte Awan mich nach wenigen Sekunden der Stille.

Ich atmete tief durch. Er hatte mir bereits so viel von sich und seiner Welt preisgegeben, dass es nur fair war, ihm auch etwas von mir zu offenbaren. Und waren wir mal ehrlich: Ich würde ihm ohnehin nicht mehr lange in die Augen blicken müssen. Früher oder später würde ich von hier verschwinden und ihn nie wiedersehen. »Bevor ich hierhergekommen bin, war es wohl das Verlassenwerden. Allein zu sein. Aber seitdem ich hier bin, ist etwas anderes in den Vordergrund gerückt: zu vergessen.«

Awan sah mich verständnisvoll an und seufzte bedauernd. »Das kann ich bis zu einem gewissen Punkt irgendwie nachvollziehen.«

Ich nickte, obwohl ich wusste, dass er es nicht nachfühlen konnte. Gedankenversunken betrachtete ich seine Flügel. Sie leuchteten in der dämmernden Nacht und warfen ein angenehm hellblaues Licht auf sein Gesicht. Dann schließlich blieb ich an einer Feder hängen, die meine Aufmerksamkeit innerhalb von einer Sekunde eroberte. »Warum ist die eine Feder hier so groß?« Sacht und völlig unbedacht war ich im Begriff, sie zu berühren, doch so weit kam ich gar nicht, denn Awan zuckte sofort zur Seite, sodass meine Hand ins Leere griff.

Er presste seine Lippen aufeinander und ließ seine Flügel sogleich verschwinden. »Es ist meine beste und stärkste Feder. Sie bringt mich am höchsten. Warum sie größer ist als die anderen, weiß ich nicht, aber ich bin auf jede einzelne stolz.«

»Manche von euch haben weitaus weniger Federn als du«, stellte ich fest. Am liebsten hätte ich mich dafür entschuldigt, dass ich sie, ohne vorher darum zu bitten, hatte anfassen wollen. Doch etwas sagte mir, dass ich die Situation dadurch nur noch unangenehmer gestaltete und ihn herausforderte, mir eine Rechtfertigung zu liefern, warum er unter keinen Umständen an dieser Stelle berührt werden wollte, obwohl es dafür gar keiner Begründung bedurfte. Vielleicht überwog jedoch auch mein feiges Schuldgefühl, derart übergriffig gewesen zu sein, sodass ich meinen Tomatenkopf am liebsten in den Boden stampfen wollte.

Awan nickte fast schon ungeduldig. »Ja, genauso wie manche Avis weitaus weniger Haare auf dem Kopf haben als du. Manche Dinge sind eben genetisch.«

»Leben deine Eltern auch auf dem Domo-Berg?«, preschte ich weiter vor und stellte mir seine Eltern automatisch vor meinem inneren Auge vor. Keine Frage: Sie mussten eine Augenweide sein.

»Wir Inanis haben keine Eltern.«

Das löschte das Bild aus meinen Gedanken sogleich und ich starrte ihn voller Verwirrung von der Seite an, während ich versuchte, mit ihm Schritt zu halten. »Ihr habt keine Eltern?«

»Richtig.«

Nachdenklich fuhr ich mir durch die Haare, doch das brachte mir herzlich wenig, um diese Information verarbeiten zu können. »Aber … wie … wie könnt ihr dann existieren?«

»Inanis können keine Kinder bekommen. Wir sind zeugungsunfähig, weil Kinder gewissermaßen Familie bedeuten und Familie hier aus offensichtlichen Gründen untersagt ist. Odium schenkt uns das Leben.«

Er eröffnete mir diese unglaubliche Tatsache, als würde er gerade über das Wetter sprechen, und trieb mich damit fast in den Wahnsinn. Schockiert glotzte ich ihn an. »Odium ist euer Vater?«

»Odium ist weder unser Vater noch unsere Mutter, kleiner Avis«, erklärte Awan schmunzelnd.

Es schien ihn zu belustigen, dass mich die Verwirrung zerfraß. Sadist!

»Er schenkt uns das Leben und damit sind wir ihm auf ewig zu Dank verpflichtet, indem wir auf Liberantas achtgeben.«

Ich versuchte, meine Gedanken zu sammeln, doch sie waren so durcheinander, dass ich kaum mehr ein Wort herausbekam. Ein Leben ohne Eltern? Ohne Erzeuger? Ohne Identität? Für mich war diese Vorstellung befremdend und schmerzhaft, zugleich glaubte ich daran, dass man vielleicht gar nichts vermissen würde, wenn man es nicht anders kannte. Es erklärte auf jeden Fall die Tatsache, dass Liebe für sie nicht erstrebenswert erschien, wenn sie sie doch nie durch eine Familie erfahren durften.

»Wie … wie schenkt er euch denn das Leben?«

Er lächelte kurz und wurde dann schnell wieder ernst. »Manche Dinge sind unerklärbar, kleiner Avis, andere müssen nicht hinterfragt werden.«

»Du fragst dich nicht, wie du genau entstanden bist?«, hakte ich verständnislos nach. Das konnte ich mir beim besten Willen nicht vorstellen. Hatte nicht jeder Mensch das Bestreben, alles über seine Identität herauszubekommen? Lag sein minderes Interesse daran, dass er eben kein Mensch war? Oder war es wohl doch dem Umstand geschuldet, dass es keine Rolle spielte, weil keine Bindungsgefühle, keine Liebe im Spiel waren? Nichts, was es wert wäre, um es wissen zu wollen? Das alles war mir mehr als suspekt.

Awan zuckte mit den Schultern. »Jetzt bist du wieder dran«, verkündete er feierlich, und ich erkannte, dass wir mitten in einer abwechselnden Frage-Antwort-Runde gelandet waren.

»Großartig«, nuschelte ich sarkastisch, ließ mich jedoch darauf ein. Vielleicht würde ich ihn am Ende besser verstehen und seine ganze Haltung begreifen können.

Awan schien meinen Tonfall zu ignorieren, denn er platzte sofort mit seiner nächsten Frage heraus: »Du sagtest, du seist keine Freundin von Liebe. Warum ist das so?«

»Hast *du* einen Grund?«, stellte ich die Gegenfrage und war überrascht, dass er tatsächlich bereit war, sie zu beantworten.

»Ich bin so geboren. Mit Liberantas. Ich habe es nie hinterfragt, aber ich weiß, dass Liebe in der Aviswelt etwas wie ein Heiligtum ist.«

»Nur solange, bis man von jemandem verletzt wird, den man liebt«, ergänzte ich verbittert und starrte auf die satten, leuchtenden Farben des Waldes.

Aus den Augenwinkeln sah ich Awan nicken. »Odium nannte Liebe einst einen Fluch.«

»Wenn man Liebe nur beeinflussen könnte«, bedauerte ich und sah ihn schulterzuckend an.

Er legte den Kopf schräg. »Was muss das für eine Qual sein, es nicht zu können.«

»Manche würden dich eher fragen, was es für eine Qual sein muss, sie nicht empfinden zu können«, konterte ich mit einem müden Lächeln.

Awan sah mich nachdenklich an, bevor er mir einen Ast aus dem Weg hielt, gegen den ich bei meiner Unachtsamkeit sicherlich gelaufen wäre.

»Wer hat dich verletzt?«

Sofort empfand ich einen undefinierbaren Druck auf meinen Schläfen, als ich über seine Frage nachdachte. Die gleiche Empfindung, die ich gehabt hatte, als ich mich wieder an meine Eltern erinnert hatte – oder an anderes. Als hätte diese eine Erinnerung die Blockade in meinem Gehirn zum Bröckeln gebracht und ich dadurch einen Zugang zu meinen vergangenen Erlebnissen und Gefühlen erhalten. So, als müsste mein Hirn die letzten Mauerreste einschlagen und gleichzeitig dagegen rebellieren. Doch ich hielt dagegen, woraufhin schließlich ein Gesicht vor meinem inneren Auge auftauchte, das ich sogleich wieder wegwischen wollte.

»Eine Person, der ich vertraut habe«, antwortete ich schließlich ausweichend.

»Eine Partnerin? Ein Partner?«, hakte er nach, und ich spürte, dass er unbedingt mehr Informationen wollte. Mehr als ich ihm geben wollte.

»Mein Ex-Freund.«

»Was hat er getan?«, forschte er unverblümt weiter.

Entweder es war ihm schlichtweg egal, ob er Grenzen überschritt, oder aber er hatte so wenig Taktgefühl, dass er gar nicht merkte, dass mich dieses Thema belastete. Letztendlich konnte er sich sicherlich denken, dass mein Ex mich nicht sonderlich gut behandelt hatte. Er hatte ihm selbst in dieser Gasse gegenübergestanden und seine Grenzüberschreitungen hautnah miterlebt.

Ich zuckte mit den Schultern. Niemals wollte ich mit ihm über die Details sprechen. »Vieles. Aber das, was mich am meisten verletzt hat, war wohl, dass er mich verlassen hat.«

Awan zog die Augenbrauen zusammen und stieg leichtfüßig über einen gigantischen Ast, der sich bei genauerem Hinsehen als Wurzel eines Baumes entpuppte. »Ihr Avis seid wirklich merkwürdig.«

Ich runzelte die Stirn, als ich peinlichst genau darauf achtete, nicht selber darüber zu stolpern. »Warum? Weil wir verletzt werden können?«

»Nein, das meine ich nicht.« Er blinzelte mehrfach, ehe er mir wieder direkt in die Augen schaute. »Ich habe gedacht, du wärst die Herzensbrecherin, und plötzlich offenbarst du mir, dass du diejenige bist, deren Herz gebrochen wurde.«

»Ich? Herzensbrecherin?«, prustete ich los. »Wie kommst du darauf?«

Er legte den Kopf schräg. »Du bist schlagfertig, tierlieb … schön.« Nach diesen Worten blickte er verwirrt weg. »Sind das nicht Eigenschaften, die euch Avis wichtig sind?«

Ich versuchte, seine Worte schleunigst herunterzuschlucken, während ich bereits spürte, wie sich das Flattern in meinem Bauch verstärkte. Warum musste er so etwas sagen, obwohl ihn nichts davon berührte?

»Ich glaube, dass dazu noch etwas mehr gehört, um jemanden zu lieben«, erwiderte ich. Im nächsten Moment blickte ich ihm tief in die Augen und schenkte ihm ein schmales Lächeln. »Danke für deine Komplimente. Mir bedeutet das viel.«

Awan nickte bloß knapp. »Keine Ursache.« Dann schaute er ausdruckslos nach vorn. »Wir sind da.«

Ich sah zur Hütte, die tatsächlich nicht mehr weit von uns entfernt lag, und anschließend wieder zu Awan, den ich immer mehr zu mögen schien. »Danke, dass du mich sicher hergebracht hast.« Auch wenn dieser Mann in Kälte gebadet hatte, so gab es Momente wie diese, die seinen Charakter mit einer gewissen Wärme umhüllten.

Awans Lippen formten sich zu einer Antwort, doch noch bevor er etwas erwidern konnte, flog die Tür der Hütte auf und Alec stand mehrere Meter vor uns. »Da bist du ja!« Er sah mit seinen Fäusten in den Hüften wie meine Mama aus, die mich lynchen wollte, weil ich wieder zu spät nach Hause gekommen war.

Ich winkte ihm kurz zu, dann wandte ich mich an Awan, der plötzlich näher bei mir stand als erwartet. Unsere Gesichter waren nur wenige Zentimeter voneinander entfernt, sodass ich seinen Atem auf meiner Haut spüren konnte. Ich schluckte geräuschvoll und presste mühselig ein gekeuchtes »Gute Nacht« heraus. Verdammt noch mal, dieser Kerl brachte mich mit seinem Geruch noch um den Verstand!

»Gute Nacht«, raunte Awan mit seiner tiefen, weichen Stimme, sodass eine Gänsehaut über meinen Körper wanderte.

Daraufhin drehte ich mich wieder gen Hütte, machte einen Schritt vorwärts, ehe ich eine starke Hand um meinen Unterarm spürte, die mich sacht festhielt. Ich schaute mich abermals um. Sein Gesicht trug nun einen anderen Ausdruck: Eine tiefe Furche hatte sich zwischen seinen Augenbrauen gebildet, seine Lippen presste er aufeinander.

»Pass auf dich auf, ja? Ich traue Alec nicht.«

Mit großen Augen starrte ich ihn an, ehe er mich losließ, seine Flügel spannte und davonflog.

Kapitel 17

Würde ich mich zwischen zwei Personen entscheiden müssen, so würde ich immer die wählen, die mich nicht vor die Wahl stellt.

»Wo warst du?«

Die Frage begleitete uns, seitdem ich mit Awan vor dem Häuschen aufgetaucht war. Nun stellte Alec sie endlich, damit die unangenehme Stille zwischen uns beseitigt wurde. Rena, er und ich saßen gemeinsam am Tisch in der kleinen Küche und aßen zu Abend. Er klang fast schon wütend, so als würde er tatsächlich meine Mama imitieren, die mich tadeln wollte.

Ich biss gerade von einem der Brote ab, die Alec zu kleinen Kugeln geformt hatte, und hatte so Zeit zum Nachdenken, während ich kaute. Mir war bewusst, dass Awan und er niemals Freunde werden würden, aber seinen Hass, den er ihm gegenüber hegte, konnte ich trotzdem schwer nachvollziehen. Schließlich hatten die beiden kaum Berührungspunkte. Nach meinem genießerischen Kaumarathon, der mit der fast klebrigen Konsistenz einherging, versuchte ich, die Antwort schließlich auf das Minimum zu begrenzen. »Im Wald.«

»Mit dem Inanis?«, hakte Alec tonlos nach.

Seine Ungeduld stand ihm ins Gesicht geschrieben, als hätte ich ihm soeben unnötig schwerfällig und langsam einen halben Roman vorgelesen, der ihn gar nicht interessierte.

Rena vor mir schaute von ihrem Essen auf und musterte mich eindringlich. Mit ihren Blicken wollte sie jegliche Information aus mir heraussaugen, um sie Alec auf einem Silbertablett zu servieren. Ich war ihr vermutlich so wichtig wie der Confidoschiss auf der Fensterbank meines Zimmers, doch mittlerweile war ich mir ziemlich sicher, dass Alec ihr mehr bedeutete, als sie zugeben wollte. Sie würde meine Worte sogar aus mir herausprügeln, wenn sie ihn dafür glücklich machen könnte. Zumindest sprachen ihre Gesichtsausdrücke Bände.

Die starren Blicke aus ihren wachsamen Augen nahezu schmerzhaft spürend, die sich vor Neugier in mein Inneres fraßen, räusperte ich mich. »Nein, wir haben uns zufällig getroffen.«

»Zufällig«, kommentierte Rena leise und grinste dermaßen abfällig, dass mir der Gedanke gehörig verging, sie für ihre verflixt vollen rosafarbenen Lippen zu bewundern. Sie hasste mich wirklich zutiefst, das ließ keinen Zweifel zu.

»Ja, zufällig«, entgegnete ich eisern und schaute Rena genervt an, die sich gerade ihre roten Haare über die Schultern schob, damit sie sie nicht länger beim Essen störten. Wie merkwürdig war das Leben, dass Äußeres und Innerliches so konträr zueinander auftreten konnten?

Alec grummelte unzufrieden vor sich hin. »Ziemlich viele Zufälle in letzter Zeit, wenn du mich fragst.«

Am liebsten hätte ich ihm an den Kopf geschmissen, dass aber niemand gefragt hatte, verkniff mir den Kommentar jedoch. Ich konnte seine Neugier verstehen, zumal offenbar kein Inanis jemals so viel Zeit mit einer Anima verbracht hatte und ich selber nicht verstand, warum wir uns ständig über den Weg liefen.

Ich zuckte mit den Schultern, doch Alec ließ nicht locker. »Was habt ihr gemacht?«

Kurz sah ich meinem Mitbewohner in die Augen, ehe ich nach unten auf meinen Teller blickte. Die beiden anzulügen wäre unfair und ungerechtfertigt. Eigentlich hatte ich nichts zu verbergen. Ich hatte nichts Unrechtmäßiges verbrochen, ganz im Gegenteil. Warum also fühlte ich mich derart ertappt?

»Eine der Inanis wurde von einem Desperatis angegriffen und ich habe sie daraufhin zu dem Zuhause der Inanis gebracht. Dort war Awan auch.«

Alec sah mich mit schreckgeweiteten Augen an. »Du warst beim Domo-Berg?«

Ich nickte.

»Das ist uns Anima untersagt, Elainy!«, ermahnte mich Alec entsetzt.

Ich presste die Lippen aufeinander und nickte wissend. »Das habe ich auch herausgefunden.« Danke fürs vorzeitige Aufklären an dieser Stelle.

Er legte eine Hand auf meine, sodass ich instinktiv zusammenzuckte. Es war nicht unbedingt eine Geste, die mich sonst aus der Bahn warf, auch wenn ich nicht oft berührt wurde, trotzdem fühlte sich diese Nähe unangebracht an. Aus den Augenwinkeln nahm ich wahr, wie Rena auf unsere Hände starrte, als würde sie sie abhacken wollen. Oder zumindest meine. Alec schien das nicht zu bemerken, und so streichelte er nun auch noch sacht über meinen Handrücken.

»Haben sie dich verletzt?«

Ich schüttelte den Kopf und klemmte mir eine Strähne hinter mein Ohr. »Nein, Awan hat mir geholfen.«

Als hätte sich Alec verbrannt, zog er seine Hand wieder zu sich und lehnte sich auf dem Stuhl zurück, während sich Rena eifrig ihrem Essen widmete.

»Dieser Inanis benimmt sich merkwürdig.«

Seine Augen fixierten mich, als würden sie auf eine tiefgreifende Antwort warten. Andere sich sorgende Menschen wären jetzt vermutlich dankbar für Awans Einsatz, Alec hingegen hätte es offensichtlich besser gefunden, hätten mir die Inanis das Herz herausgerissen.

»Er sorgt lediglich für den Frieden in Liberantas«, versuchte ich, sachlich zu erklären, und biss in eine der roten Früchte. Sie schmeckte nach einer Mischung aus Birne und Drachenfrucht und ließ wieder einmal meine Geschmacksknospen explodieren.

Eine Augenbraue von Alec wanderte nach oben. »Für gewöhnlich glauben Inanis, dass wir den Frieden gefährden. Deshalb finde ich sein Verhalten ziemlich ungewöhnlich dir gegenüber.«

Ich zuckte mit den Schultern. »Vermutlich versucht er, mich im Auge zu behalten, weil ich Light an meiner Seite habe und ohnehin nach Hause möchte. Wie sagt man so schön? Sei deinen Freunden nah, deinen Feinden aber näher.«

Rena sah misstrauisch auf. Sie schien etwas in meiner Stimme vernommen zu haben, das ich versucht hatte zu vertuschen. Ich hatte gelogen. Mittlerweile glaubte ich nicht mehr daran, dass er mich lediglich im Auge behalten wollte. Awan und mich verband etwas, ich wusste nur noch nicht, was und warum.

Alec starrte mich kurz irritiert an, ehe er sich wieder seinem Essen widmete. »Du solltest dich von Awan fernhalten. Du kannst ihm nicht vertrauen.«

»Keine Sorge, ich vertraue niemandem.« Es passte mir nicht, dass er mir Vorschriften machen wollte. Schon gar nicht, wenn es um Awan ging. Er kannte ihn doch gar nicht und mich scheinbar ebenso wenig. Abgesehen davon schien das Misstrauen zwischen den beiden auf Gegenseitigkeit zu beruhen.

Rena visierte mich nachdenklich an. »Das ist das Gesündeste, das ich bislang aus deinem Mund gehört habe.«

»Uns kannst du vertrauen«, widersprach Alec sofort, nachdem er Rena einen genervten Blick zugeworfen hatte. Meist waren es die Menschen, die behaupteten, dass man ihnen vertrauen könne, die dein Vertrauen missbrauchten. Doch diesen Gedanken fegte ich sogleich aus meinen Gedanken, immerhin hatte er mir hier in Liberantas ein Zuhause geboten. Ohne ihn wäre ich vermutlich bereits tot.

Ich lächelte bloß, was Alec wohl nicht ganz gefiel, denn er schüttelte den Kopf. »Vergiss nicht, auf welcher Seite du stehst, Elainy. Du bist eine Anima, kein Inanis.«

Seufzend runzelte ich die Stirn und legte die Frucht zurück auf meinen Teller, bevor ich mich auf meinem Stuhl zurücklehnte. »Ich dachte, in Liberantas gäbe es keine Seiten? Es klang immer so, als würde Liberantas ein Ort des Friedens sein.«

»Das ist er und trotzdem gibt es verschiedene Spezies hier, die man meiden sollte. Du würdest ja auch einen Desperatis nicht wie deinen Bruder behandeln, oder?«, stellte Alec den lächerlichen Vergleich auf und verschränkte entschieden die Arme vor der Brust.

»Ich glaube, Inanis sind ein wenig menschenähnlicher als ein wölfischer Tiger«, gab ich zu bedenken, und Rena legte den Kopf schief. Diese Diskussion führte in die völlig falsche Richtung.

»Lass dich nicht täuschen«, widersprach Alec. »Sie sehen nur menschenähnlicher aus. Raubtiere sind sie dennoch.«

Ergeben nickte ich, um mich nicht noch mehr in die Schusslinie zu manövrieren. Ich benahm mich ja fast so, als würde ich Awan vor ihnen verteidigen wollen. »Na schön. Danke für die Warnung.«

Alec presste die Lippen aufeinander. Wahrscheinlich hatte er sich eine andere Antwort erhofft, doch beließ es dabei. Nach nur wenigen Sekunden schnitt er also ein anderes Thema an. »Was habt ihr morgen vor?«

»Nichts«, antwortete Rena wie aus der Pistole geschossen, stand auf und brachte ihren Teller zu der Wasserstelle in der Küche.

»Das habe ich mir gedacht«, nuschelte Alec kühl und sah dann zu mir. »Hast du Lust, mit mir zum See zu gehen? Wir könnten baden.«

Aus den Augenwinkeln bemerkte ich, wie Rena sich fast unmerklich zu mir umdrehte, damit ihr meine Reaktion auf seine Einladung nicht entging. Kurz schaute ich zu ihr hinüber und konnte dabei einen verletzten Ausdruck über ihr Gesicht huschen sehen. Ob sie ihn liebte? Oder war er für sie eher wie ein Bruder? Hoffentlich liebte sie ihn nicht wirklich, denn dann bekäme sie einen Haufen Schwierigkeiten hier in Liberantas.

Kurz dachte ich über seinen Vorschlag nach. Mich vor ihm bis auf die Unterwäsche ausziehen? Auf keinen Fall! »Äh, klar. Wir können gern hingehen, aber ich glaube, ich ruhe mich dann lieber am Ufer aus, während du schwimmst.«

Alec legte den Kopf schief. Er war offensichtlich enttäuscht. »Wir können ja erst mal hingehen. Vielleicht änderst du deine Meinung dann.«

Ich lächelte bloß. Diese Meinung würde ich nicht einmal ändern, wenn das Wasser aus Glitzer und Apfelsaft bestände.

Mein Blick schwenkte schließlich wie aus Eigeninitiative meiner Pupillen erneut zu Rena. Sie wirkte mittlerweile wieder unnahbarer, ihre Verletzlichkeit war verschwunden, als hätte sie ihre unsichtbare Mauer hochziehen können. Trotzdem hatte ich ihre erste Reaktion sehr wohl bemerkt und kam nicht umhin, mir selbst ein schlechtes Gewissen einzureden – ganz egal, wie sie mich zuvor behandelt hatte. Kurz sah ich auf die Cargohose hinab, die sie mir geborgt hatte.

Verdammt noch mal ... »Magst du nicht auch mitkommen?«

Verdutzt schauten beide in meine Richtung, doch meine Augen waren lediglich auf Rena gerichtet.

In den ihren blitzte etwas auf, doch das war so schnell wieder verschwunden, dass ich es unmöglich hätte deuten können.

Sofort straffte sie die Schultern und runzelte die Stirn. »Warum um alles in der Welt sollte ich interessiert daran sein, mehr Zeit mit dir zu verbringen als nötig?«

Ich atmete tief durch. Ich sollte mich beruhigen! Sie meinte das sicherlich nicht so. Natürlich meinte sie das so! Aber ich musste mich ja nicht auf das Niveau begeben. Ich hatte die Wut hinter mir gelassen. In meiner Welt. Weit weg von Furorem, die mich zerfleischen wollten.

»Okay«, kommentierte ich also und vermied den Blickkontakt mit den beiden, und sie erwiderten nichts mehr darauf. Vielleicht war das auch besser so.

Nachdem wir schließlich alles weggeräumt hatten und Alec zu Bett gegangen war, blieben Rena und ich allein zurück. Stumm saßen wir beieinander, während sie die Haut um ihren Daumen abknibbelte. Es war unangenehm, bei ihr zu sitzen, da wir offensichtlich nicht unbedingt die besten Gesprächsthemen fanden. Trotzdem hatte ich mich nicht direkt verabschiedet, als Alec uns eine gute Nacht gewünscht hatte. Ich wollte die Gelegenheit nutzen, mit ihr allein zu sprechen.

»Möchtest du wirklich nicht mitkommen?«, hakte ich nach, um die Stille doch noch zu durchbrechen. Light, der mich am offenen Fenster der Küche beobachtete, blickte nun zu Rena, als hätte er verstanden, dass ich ihr eine Frage gestellt hatte. Mochte sein, dass Light selber bloß verwirrt war, dass ich sie angesprochen hatte und nicht direkt in mein Zimmer geflohen war. Vielleicht glaubte ein Teil von mir, Rena habe eine versteckte Seite an sich, die ich mögen könnte. Vielleicht wollte ich sie aber auch auf keinen Fall ausschließen. Zu sehr kannte ich die Art von Einsamkeit, wenn man von Unternehmungen ausgeschlossen wurde, ohne überhaupt gefragt zu werden. Wenn man jemandem andeuten wollte, dass er unerwünscht war, dann konnte man auch einfach diese Karte spielen.

Rena blickte auf und stierte mich ausdruckslos an. »Nein.«

Möglicherweise hatte sich dieser Teil in mir saftig getäuscht.

»Warum nicht?« Wollte ich wirklich wieder hören, dass sie keine Lust hatte, mit mir Zeit zu verbringen? Ich war richtig masochistisch mit meinem Hintergründe-verstehen-Mist.

»Seit wann muss ich mich vor dir rechtfertigen?«, stellte sie die Gegenfrage und verpasste mir damit eine verbale Ohrfeige.

Bemüht, mich zusammenzureißen, biss ich mir auf die Zunge. »Das musst du nicht. Ich würde es trotzdem gern verstehen können.«

»Es ist nicht dein Business, mich zu verstehen«, bügelte sie mich kalt ab.

Ich räusperte mich und hatte wirklich Mühe, freundlich zu bleiben. »Ich frage mich bloß, ob es nicht einsam ist, immer nur hier zu sein und sich zu isolieren.« Als ob ich nicht genauso wäre. Ich hatte mich doch in meiner Welt auch ständig in meinem Zimmer vergraben, als würde es nur mich und meine Gedanken geben – ich Doppelmoralsiegerin.

Rena stand auf und stampfte zornig auf den Boden. »Ich gebe dir einen Rat, Avis: Kümmere dich um deine eigenen Baustellen, klar? Andernfalls kann es für dich hier ziemlich unschön werden.«

Damit ließ sie mich zurück und schlug ihre Tür mit einem mächtigen Ruck zu. Alles klar, hätten wir das auch geklärt. Warum musste ich mich auch immer auf Gespräche einlassen, deren Ende ich bereits vorhergesehen hatte, bevor ich sie überhaupt gestartet hatte? Ich durfte eigentlich gar keinen Funken

Vertrauen in Menschen mehr haben. Trotz dessen versuchte ich immer und immer wieder, Intentionen hinter Verhaltensweisen zu verstehen. Ich war absolut selbstzerstörerisch.

Ich putzte meine Zähne ausgiebig mit einer Art Zahnbürste aus einem kurz geschnitzten Ast und daran festgebundenem Confidofell – laut Alec musste keiner dafür sterben, aber ich war mir nicht sicher, ob ich ihm wirklich Glauben schenken sollte oder er nur dafür sorgen wollte, dass ich nicht mit Mundgulli herumlief. Der Zahnpastaersatz war ein Gelee aus dem glibberigen schwarzen Harz – zumindest nannte ich es so, Alec betitelte es als Pure – der großen Bäume. Es schmeckte zwar durchaus frisch, aber doch so süß, als würde ich mir gerade Zuckerpaste zwischen die Zähne schmieren. Leider erforderte es also bei mir die Gewohnheit, um meinem Gehirn zu signalisieren, dass ich sie sauber machte, anstatt sie zu beschädigen.

Schwerfällig machte auch ich mich schließlich auf den Weg in mein vorübergehendes Zimmer und schmiss mich in das weiche Bett. Als ich aus dem Fenster sah, erkannte ich Light, der auf leichten Pfoten in das Zimmer hopste. Schnell breitete er sich auf meiner Decke aus und streckte sich ausgiebig. Mit einem Schmunzeln strich ich ihm sacht über das dunkle Fell.

Meine Augen schließend, versuchte ich, an etwas Positives zu denken. Alec hatte mir erklärt, dass die Türen nie geschlossen seien, weil keine Gefahr in Liberantas bestünde. Und doch solle man vor dem Schlafen darauf achten, mit positiven Gedanken ins Reich der Träume zu verschwinden, denn auch im Schlaf würden Kreaturen von den eigenen Gefühlen angelockt werden. Was ziemlich gruselig war, schließlich könnte man mich im Schlaf abmurksen, ohne dass ich es mitbekäme. Also versuchte ich mit aller Macht, nicht an meine zurückgelassenen Eltern zu denken, und durchforstete stattdessen mein Hirn nach anderen Erinnerungen. Sehr schnell blieben meine Gedanken bei den dunklen Augen hängen, denen ich in der letzten Zeit viel zu oft entgegengeblickt hatte. Ich ließ seinen Geruch nach Kiefernholz und Sommerregen in meiner Erinnerung aufkeimen und dachte an sein Lächeln, das auf mich beruhigend und beschützend wirkte. Immer weiter entfernte sich mein Bewusstsein, während ich mich von Awan in den Schlaf führen ließ.

Er legte seine Hand auf meine Wange und zog mich mit der anderen zu sich heran. Langsam strich er über meine Schulter hinab zu meinen Narben und blickte mich dann ehrfürchtig an. Ich strich ebenso über seinen starken Unterarm, fuhr über die Adern, die leicht erhaben waren, und sog den unverkennbaren Geruch von Sommerregen und Kiefernholz ein. Langsam kam er näher und legte seine Stirn an meine, während wir unsere Augen schlossen. Mein Herz pochte mir bis zum Hals. Er hob sacht mein Kinn an, seine vollen Lippen kamen meinen näher und näher, bis …

Ich schreckte hoch, weil mich etwas an der Nase kitzelte. Desorientiert richtete ich mich auf und erkannte ein Dutzend Fortuna neben und auf mir, während Light die Tierchen geduldig beäugte. Verschlafen fuhr ich mir durch die Haare. Ich sollte Awan ab sofort aus meinem Kopf verbannen.

Kapitel 18

Angst zu empfinden, ist keine Schande. Sie ist erst dann eine, wenn du sie nicht weiterziehen lässt.

Du musst dein Wort halten, Elainy.

Das war der erste Satz, den ich mir eintrichterte, nachdem ich mich am nächsten Morgen aus dem Bett gequält, meine Zähne geputzt und mir flott eines der ausgeliehenen Outfits von Rena übergeworfen hatte, das sie mir zuvor wortlos auf das Bett gepfeffert hatte. Ich war mir sicher, dass das kein Resultat eines Friedenangebots oder ihrer Fürsorge mir gegenüber war. Vielmehr vermutete ich Alecs hartnäckige Aufforderungen dahinter, gastfreundlich zu sein.

Es bestand aus einem langärmligen schwarzen Shirt und einer kakifarbenen Cargohose, die die richtigen Stellen meines Körpers betonte, und stellte damit das bisher einzige korrekt sitzende Outfit dar.

Nur wenige Minuten nach einem schlaftrunkenen Auftritt vor Alec und Rena machten er und ich uns sofort auf den

Weg und aßen unterwegs eine Frucht, die mich für die nächsten Stunden satt machen würde. Mir war das nur recht – ich verspürte nach dieser traumreichen Nacht nur wenig Hunger. Es war nicht so, als hätte ich nicht längst gemerkt, wie sehr mein Körper auf Awans Anwesenheit reagierte, jedoch beunruhigte mich die Tatsache, dass nicht nur die untere Region auf ihn ansprang, sondern dass sich auch in meiner Magengegend etwas bewegte. Erschreckend war allerdings, dass es keinem Übelkeitsgefühl zugeschrieben werden konnte.

Immer wieder verwickelte Alec mich in belanglose Unterhaltungen über die Schönheit Liberantas', während er mich ab und zu beinah anflehte hierzubleiben. Es wäre gelogen gewesen zu behaupten, dass es mir nicht schmeichelte. Gleichzeitig bereitete es mir Sorgen, weil Awans Worte nach wie vor in meinem Nacken saßen. »Bei der Libercat ist das eine Sache, Elainy, aber bring nicht Alec dazu, gegen die Gesetze zu verstoßen. Seine Reise kann dadurch schnell enden und ich werde ganz sicher nicht da sein, um ihn aus der Scheiße zu ziehen.«

Es war nicht zu übersehen, dass Alec von mir gemocht werden wollte. Aber ob es wirklich über freundschaftliche Gefühle hinausging?

Langsam, aber sicher grub sich die Frage seines Interesses mir gegenüber in mein Bewusstsein und überschattete mein Geschmeicheltsein mit einer großen Portion Misstrauen.

Doch als wir schließlich nach gefühlten drei Stunden und nach endlosem, mühseligem Überqueren mehrerer mächtiger Wurzeln und viereckiger Felsen an einem kleinen See ankamen, waren alle negativen Gedanken verflogen, als hätte die glitzernde Wasseroberfläche meine komplette Negativität weggeschwemmt. Dieser Ort war wunderschön! Die großen, rosafarbenen Blumen reichten beinah ins Wasser, die Confido schwirrten herum wie Schmetterlinge. Der See war von zahlreichen runden schwarzen Steinen umgeben, die durch ihre unterschiedlichen Größen abwechselnd Sitzgelegenheiten und Einstiegsmöglichkeiten erschufen. Hohes türkisfarbenes Teppichgras um uns herum rundete dieses faszinierende Bild ab. Es war so ebenmäßig und satt, dass ich mich am liebsten sofort hineingelegt hätte, geschützt durch die großen dunkelgrünen Blätter der mächtigen Bäume, die sich um den See erstreckten. Nie zuvor hatte ich einen vergleichbaren Platz bestaunen dürfen. Die Atmosphäre strahlte das Paradies auf Erden aus, als wäre hier all die Schönheit, die Liberantas zu bieten hatte, vereint.

»Willkommen am Tace-See«, verkündete Alec stolz, nachdem er meine Reaktion peinlichst genau beobachtet hatte. »Dieser See ist bekannt für seine Ruhe. Manche Anima kommen hierher, um Heilung in sich selbst zu finden.«

Ich lächelte zufrieden. »Das kann ich mir gut vorstellen.«

Alec freute sich sichtlich über meine Euphorie und trat mit stolzgeschwellter Brust einen Schritt an den See heran. Noch bevor ich die Luft anhalten konnte, hatte er sich bereits das Oberteil über den Kopf gezogen und seine Hose abgestreift, sodass er in Boxershorts vor mir stand. Kurz ließ ich die weit geöffneten Augen über seinen flachen Bauch streifen, ehe ich verlegen wegschaute. Es war nichts, was ich nicht bereits zahlreich in Schwimmbädern gesehen hatte, trotzdem machte es die Tatsache so verdammt intim, dass wir hier allein waren. Seinem verschmitzten Blick nach zu urteilen, als ich ihm wieder ins Gesicht blickte, war ihm das nur allzu gut bewusst. Aus dem Stand sprang er ohne jegliches weitere Wort ins Wasser und spritzte mich dabei etwas nass. Die angenehme Temperatur des Wassers passte sich sicherlich auch individuell an, denn anders als erwartet war es weder zu heiß noch zu kalt und bescherte mir damit ein wohliges Gefühl auf der Haut.

»Komm rein!«, rief Alec mir auffordernd und mit einem dicken Grinsen zu, bevor er an mir herabsah und ziemlich lang an den nassen Stellen hängen blieb.

Ich schüttelte entschieden den Kopf. »Nein, alles gut. Ich bleibe lieber hier.« Meine Meinung würde sich nicht einmal ändern, wenn mir ein schlecht gelaunter Furorem in den Allerwertesten beißen würde, wenn ich nicht ins Wasser flüchtete.

Alec verdrehte ungeduldig die Augen, als hätte man ihn zum zwanzigsten Mal in Folge beim Callcenter in die Warteschleife manövriert. »Komm schon, Elainy. Sei keine Spielverderberin!«

Hätte ich gewusst, dass der Ausflug auf eine Diskussion hinauslief, wäre ich definitiv nicht mitgekommen. Abermals schüttelte ich den Kopf und ließ sein Gestichel unkommentiert. Wenn ich eines partout nicht leiden konnte, dann war es, wenn man Entscheidungen anderer Menschen nicht akzeptieren wollte. Was ich noch weniger abkonnte, waren dann auch noch Grundschulkommentare à la »Ich wette, du traust dich nicht …« und »Wenn du das nicht machst, bist du echt uncool«. Wer glaubte, man könnte in dem Alter noch kein narzisstischer Manipulator sein, kannte die Umgangsformen vermutlich nicht, die meinen Schulalltag zur Mutprobe gemacht hatten.

Plötzlich stieg Alec aus dem See und kam auf mich zu, als hätte eine Schlange gerade das größte und saftigste Häschen anvisiert. Mit geweiteten Augen blickte ich ihm entgegen und vermied, etwas anderes als sein Gesicht anzusehen. Was hatte er vor? Diese Frage wurde für meinen Geschmack viel zu rasch beantwortet, denn blitzschnell hob er mich hoch und rannte mit mir im Gepäck zum See. Mit einem lauten Platsch fielen wir ins Wasser. Kurz umhüllte mich die warme Nässe und schaltete mein Gehirn für Sekunden auf Stand-by, fast so wie damals im Physikunterricht, als es in den Schutzmodus umgeleitet wurde, um mir bloß kein unnützes Wissen für die Zukunft zuzumuten. Als mein Kopf endlich wieder die Wasseroberfläche durchbrach, wurde mir erst bewusst, was gerade geschehen war. Erschrocken strich ich mir die Strähnen aus dem Gesicht und sah den lachenden Alec, der ein weiteres Mal auf mich zuhielt. Noch vom Schock gefangen, der seiner Aktion zuvor geschuldet war, wusste ich nicht, wie mir geschah, als er mich begierig musterte. Langsam strich er mir über die Wange, ehe er seinen Kopf neigte und mit seiner Nase meinen Hals entlangstrich, sodass ein unangenehmer Schauer über meinen Körper huschte und eine Spur von Ekel hinterließ.

»Du riechst wirklich unbeschreiblich gut.« Sekunden später hauchte er dann noch einen kurzen, feuchten Kuss auf meinen Hals, der mich endlich vollends aus meiner Schockstarre erwachen ließ. Ängstlich und verdutzt zugleich hechtete ich nach hinten. Das gestaltete sich etwas mühselig im Wasser, dennoch fand ich schnell den Weg über die Steine und aus dem See hinaus. Zu allem Übel dachte Alec gar nicht daran, mich aus dieser überfordernden und vor allem grenzüberschreitenden Situation zu entlassen, denn er blieb mir dicht auf den Fersen und hielt mich dann auch noch allen Ernstes am Arm fest, um mich zu sich zu drehen.

»Wohin willst du?«

Noch immer irritiert über sein Verhalten stammelte ich: »Ich … ich gehe wieder zurück. Ich muss mir etwas anderes anziehen, bevor ich krank werde.« Ich wünschte, ich würde verstehen, warum es mir so schwerfiel, ihm seine Handlung zum Vorwurf zu machen. Warum um alles in der Welt erfand ich eine Ausrede, warum ich unbedingt fliehen wollte, als müsste ich ihn schützen? Warum schämte ich mich dafür, dass er mich gerade gegen meinen Willen berührt hatte? Als Antwort auf meine Fragen lieferte mir mein Gehirn das Gesicht von Deven, das nun vor meinem geistigen Auge auftauchte.

Alec schmunzelte, als würde er gar nicht bemerken, dass er mich mit seinem Verhalten triggerte. »Das geschieht nicht! Liberantas passt die Temperatur an, weißt du noch? Du wirst nicht frieren.« Dann zog er mich beinah grob an sich und legte mir wiederum eine Hand auf meine Wange. »Oder fliehst du vor mir?«

Genoss er etwa meine herannahende Panik oder war er bloß so derart schwer von Begriff, dass er nicht checkte, was er hier eigentlich tat?

»Bitte, lass mich los«, flehte ich leise, und Alec strich mir mit gerunzelter Stirn eine Strähne hinter das Ohr.

»Wehr dich nicht gegen unsere Anziehung, Elainy. In Liberantas ist rein Körperliches erlaubt«, flüsterte er rau und entfachte damit meine Panik erneut bis zum Maximum.

Meine Kehle schnürte sich zu, mein Kopf gefangen in der Starre, die mir nur allzu bekannt war, während sich meine Augen weiteten und meine Lunge nach Sauerstoff schnappte. Alles in mir wollte fliehen und mich so schnell wie möglich von Alec lösen, doch ich konnte ihn lediglich anstarren und mich an das Gesicht meines Ex-Freundes erinnern, das mich hatte ähnlich fühlen lassen.

Plötzlich tauchte ein Kopf nur wenige Meter neben uns aus dem See auf, der so groß war wie ein verdammtes Stoppschild – genau das wollte ich dem Monstrum auch in dem Augenblick entgegenwerfen –, und damit unsere vollste Aufmerksamkeit bekam. Nicht nur, weil er gigantisch war, sondern weil er nicht ansatzweise menschenähnlich wirkte, geschweige denn besonders vertrauenerweckend. Es war der eines Krokodils, doch sein Körper glich weitaus mehr einer riesigen Anakonda, die ihre Schuppen in tiefschwarzer Farbe gebadet hatte.

Alec erschrak fast genauso sehr wie ich und wich der Krokodilschlange geschickt aus, ohne mich loszulassen.

Ungläubig riss ich meinen Arm von ihm los, drehte mich um und rannte um mein Leben. Keine Ahnung, vor wem ich mehr floh: vor der riesigen Krokodilschlange, die mein Leben in nur wenigen Sekunden beenden konnte, oder vor dem Mann, dem ich gewissermaßen vertraut hatte und der mein Dasein mit seinen grenzüberschreitenden Berührungen in nur wenigen Sekunden für viele Jahre zu einem Höllenritt gestalten konnte?

Ich lief und lief und lief, bis ich selbst nicht mehr wusste, wo ich überhaupt war. Sein Verhalten erinnerte mich zu sehr an jemanden. An jemanden, der schließlich ein Gesicht bekam. Deven. Es erinnerte mich an seine Taten, die sich mir nicht erschlossen. Ich spürte, wie die Erinnerung durch meinen ganzen Körper jagte und trotzdem nicht bis zu meinem Hirn gelangte. Immer wieder versuchte ich, den Ursprung meiner tiefen Angst zu hinterfragen, doch ich konnte ihn einfach nicht greifen.

Schließlich kam ich bei einem sehr hohen Baum an, der ideal zum Klettern war. Ohne groß darüber nachzudenken, erklomm ich ihn, ignorierend, dass meine Beine vom Laufen sehr schwer geworden waren. Die Anstrengung wurde überdeckt von einer weitaus stärkeren Macht: Mit jedem Meter weiter fühlte ich mich befreiter. Als würde ich fliehen können und nicht gefunden werden. Nicht von diesem Krokodilwesen. Und auch nicht von Alec.

Als ich schließlich etliche Meter weit oben war, platzierte ich mich auf einem Ast und ließ meinen Gefühlen freien Lauf. Mein Körper wurde von Trauer und Zorn geplagt, die sich stetig weiter ausbreiteten. Natürlich dauerte es nicht lange, bis sich Dolor und Furorem am Baum versammelten. Ich fasste mir schluchzend in die Haare und zog ungestüm an ihnen. Der brennende Schmerz verdrängte ein wenig das Bedürfnis, meinen Gedanken endgültig das Licht auszupusten. Unaufhörlich fragte ich mich, was dieses Leben überhaupt noch bereithielt?

Ich konnte niemandem vertrauen, niemand würde mich je genug schätzen, um meine Grenzen zu wahren. Ständig würde ich Enttäuschungen erfahren, ohne dass sich jemand am Ende darum scherte, was aus mir geworden war. Sie würden meine Emotionen ohnehin immer wieder als hochsensibel und übertrieben abwerten. Niemals würde ich das Leben führen können, das ich mir gewünscht hatte. Kein Herzensjob wie der einer Buchhandelskauffrau, den ich mir durch meine vielen Fehltage und die damit verbundenen schlechten Noten verbockt hatte. Keine gesunde Ehe, die durch meine toxischen Bindungsängste praktisch unmöglich geworden war. Keine Kinder, denen ich diese Welt zumuten wollte. Alles, was ich mir von klein auf gewünscht hatte, war zum Scheitern verurteilt, als würde ich bloß dahinvegetieren und warten, bis ich der Erde Lebwohl sagen musste. Als würde ich jeden Tag die Augen öffnen und dabei wissen, dass alles, wofür ich lebte, eine Hoffnung war, die wie eine Schneeflocke auf dem Boden irgendwann zerfloss. Es war, als würde ich lediglich von der Angst getrieben bleiben, nicht zu wissen, was mich nach meinem Ableben erwartete, obwohl das Leben, das ich führte, ohnehin bereits das Fegefeuer darstellte. Mein Dasein auf dieser Welt war begrenzt und ich glaubte, dass ich nie dafür gemacht worden war. Als wäre es lediglich ein Fehler des Universums gewesen, jemanden wie mich atmen zu lassen.

Light, der mittlerweile auch bei mir war, als hätte er meinen Schmerz über die weite Entfernung gespürt, und sich neben mir niedergelassen hatte, streifte leicht tröstend mein Bein, ehe er seine Flügel ausbreitete und abermals davonflog. Ich konnte es ihm nicht verdenken. Wer wollte schon dauernd von jemandem umgeben sein, der mit seinen Gefühlen nicht zurechtkam? Ich selber würde am liebsten vor mir fliehen und mir nie wieder begegnen wollen. Allein deshalb, weil meine suizidalen Gedanken wie ein Dämon über mich wachten, als würden sie nur den richtigen Zeitpunkt meiner Schwäche abwarten, um meiner Existenz das Licht auszuschalten.

Einige Minuten später knisterte etwas in den Ästen und so horchte ich erschrocken auf. Das war definitiv kein Dolor, sondern etwas weitaus Größeres! Hatte ich gerade noch über meinen Tod philosophiert, schlug mein Herz nun weitaus schneller als zuvor. Wer wusste, welche Wesen ich noch mit meinen Emotionen angelockt hatte. Wesen, die ich noch nicht kannte und die mir meinen Schädel mit nur einem Ruck abreißen konnten? Instinktiv schloss ich die Augen und versuchte, mich verzweifelt an den See zu erinnern, der mir anfangs so positive Empfindungen beschert hatte. Doch egal, wie oft ich die Szene abspielte, am Ende kam ich bei der Situation an, die mich erst in diese Lage gebracht hatte.

»Ist alles in Ordnung?«, hörte ich plötzlich eine vertraute Stimme rufen.

Meine Augen flatterten und ich atmete erleichtert auf, um schließlich rot anzulaufen. Warum musste er mich ausgerechnet in einem solch schwachen Moment sehen? Ich spähte in die Richtung, aus der der Klang kam, und bemerkte Awan auf einem Ast mehrere Meter von mir entfernt.

»Offensichtlich nicht, wenn du von denen da Gesellschaft hast«, beantwortete er sich die Frage selbst und wies auf den Stamm des Baumes, wo zwei Furorem lauerten, ehe er zu den Dolor sah.

»Geh bitte weg«, rief ich zurück. Das Letzte, was ich wollte, war, ihm zu zeigen, wie schwach und krank ich wirklich war.

»Okay, okay«, erwiderte Awan mit erhobenen Händen und flog noch ein paar weitere Bäume von mir weg, ehe er sich darauf wieder niederließ. »So in Ordnung?«

Beinah hätte ich geschmunzelt. »Besser.«

»Was ist passiert?«, rief er beunruhigt.

Ich fuhr mir durch das feuchte Haar, ließ es aber sogleich über mein rot angelaufenes Gesicht zurückfallen. »Es gab eine Auseinandersetzung.«

»Wen muss ich verprügeln?«, hakte er nach einer kurzen Pause nach und klang dabei unheilvoller, als ihm sicherlich bewusst war.

»Mich«, antwortete ich schnell. Ich würde einen Teufel tun und verraten, dass Alec den Frieden missachtete. Auch wenn ich ihn in diesem Augenblick verachtete, so würde ich niemals wollen, dass ihm meinetwegen etwas passierte. Das würde ich für niemanden wollen. Zumal ich sehr genau wusste, wie ausgedehnt die Strafe ausfallen würde.

Awan schwieg wenige Sekunden. »Ich passe. Was hast du getan, dass du sauer auf dich bist?«

»Ich habe mich an meine Vergangenheit erinnert. Aber auch irgendwie nicht. Meine Gefühle haben sich erinnert«, wich ich vage aus. Einerseits wollte ich ihn gar nicht über meine Stimmung aufklären, andererseits war ich selbst zu verwirrt darüber, als dass ich es für mich behalten konnte. Die traurige Wahrheit war: Awan war nun neben Light der Einzige, dem ich ansatzweise vertrauen konnte. Wenn ich also hier rauswollte, musste ich versuchen, ihm meine Welt zu verbildlichen, damit er mich verstehen konnte.

»Hast du nicht gesagt, du hättest Angst zu vergessen?«, rief er mir zu. »Dann ist das doch etwas Gutes, oder nicht?«

Ich schüttelte den Kopf. »Nicht, wenn man mit dem Vergangenen abschließen wollte. Nicht, wenn es offenbar etwas Schlimmes ist, das ich nicht verarbeiten kann, weil es unterdrückt ist.«

Awan legte den Kopf schief und schabte mit einem Dolch sacht über den Ast, auf dem er hockte. »Weißt du, vielleicht solltest du dich auch an die Gegenwart erinnern, wenn du dich schon an die Gefühle der Vergangenheit erinnerst.«

»Was meinst du?«

Er fuhr sich durch das Haar und steckte seine Waffe sogleich wieder in die Scheide an seiner Hüfte. »Warum kannst du die Vergangenheit nicht mit deinem Gegenwarts-Ich betrachten? So aus der Ferne, meine ich? Denn die Person, die du damals warst, bist du heute nicht mehr.«

»Der Schmerz ist gleich«, widersprach ich trocken und blieb dabei noch an seinen Worten hängen. Hatte er heimlich mein Lieblingsbuch nach Weisheiten durchkämmt?

»Aber du nicht, Elainy. Das ist, was zählt. Du wächst, du wirst stärker mit deiner Vergangenheit. Ohne sie wärst du nicht der Mensch, der du heute bist.«

Seit wann war er *so* philosophisch? Ich lachte verbittert auf. »Ein verkorkster Mensch, meinst du?«

»Ein empathischer, liebevoller. Eine Person, die das Licht zu schätzen weiß, weil sie selber viel zu lange im Schatten stand«, erklärte Awan, und ich hielt inne. »Und was hat dich daran erinnert?«, erkundigte er sich weiter, als ich nicht die richtigen Worte fand, um ihm zu antworten.

Ich schluckte. »Darüber möchte ich nicht sprechen.« Beschämt schaute ich nach unten. Meine Wut war verflogen und damit waren auch die Furorem gegangen, die nicht länger an der Baumrinde kratzten, als würden sie ihre Krallen für meine Eingeweide schärfen wollen. Lediglich vereinzelte Dolor waren in Sichtweite. Das sollte auch bloß so bleiben!

»Aber nicht du selber, richtig?«, hakte er nach.

Als würde Awan lockerlassen! Er war hartnäckiger als ein Kleinkind im Supermarkt, das den großen Schokoriegel bei der Kasse haben wollte. Ich hatte wenig Lust, die Mutter zu spielen, die ihr schreiendes, sich in der Autonomiephase befindendes Kind auf dem Boden liegen ließ und über die strafenden Blicke der schaulustigen Rentner hinwegsah.

»Nein. Nicht direkt«, antwortete ich ausweichend und wusste ganz genau, dass er die Wahrheit ohnehin längst kannte.

Awan richtete sich wie eine Raubkatze auf. »Dann kann ich ja doch jemanden verprügeln.« Schlagartig wurde er ernst. »War es Alec?«

Ich antwortete nicht. Alec hatte verdient, dass man ihm die Leviten las, dennoch wollte ich nicht riskieren, dass Awan seine Drohung wahr machte. Trotz allem hatte Alec mir geholfen und war doch irgendwie mein Freund. Oder?

Mein Schweigen deutete er offensichtlich als Bejahung und schloss die Augen, während er sich in den Nasenrücken zwickte, als würde er sich auf diese Weise beruhigen wollen.

»Liberpax aeterquam.« Seine Stimme wurde plötzlich bedrohlich, sodass selbst ich Gänsehaut bekam. »Was hat er getan?«

»Nichts«, rief ich zu ihm hinüber und richtete mich nervös auf, um dem Impuls meines Körpers zu folgen, der Situation zu entfliehen. Dabei schwankte ich, versuchte noch, mich verzweifelt am Baumstamm festzuhalten, rutschte jedoch ab und verlor das Gleichgewicht.

Ich fiel.

Kapitel 19

Manchmal braucht es nur eine bestimmte Person, damit sich fallen wie fliegen anfühlt.

Die Luft entwich aus meinen Lungen, mein Mund öffnete sich zu einem stummen Schrei, während ich nur eine Millisekunde später nichts mehr unter meinen Füßen spürte. Angsterfüllt sah ich auf und nahm Awan wahr, der mit seinen mächtigen türkisfarbenen Flügeln auf mich zuschnellte. Seine Augen waren riesengroß, seine Arme nach mir ausgestreckt. Kurz bevor ich auf den Boden aufprallte, erreichte er mich, presste mich fest in seine Arme und drehte sich, sodass er unter mir lag. So schlugen wir mit voller Wucht auf.

Staub wirbelte neben uns in die Luft, sodass ich mehrmals blinzeln musste, um Awan unter mir ins Gesicht zu schauen. Seine Arme waren fest um mich geschlungen. Kein Blatt fände zwischen uns Platz. Unsere Gesichter waren sich so nah, es hätte nur wenige Zentimeter zu überbrücken gebraucht, bis sich unsere Nasenspitzen berührt hätten. Mein Herz schlug wahnsinnig kraftvoll, mein Puls raste in meinen Adern. Ich glaubte, fast im nächsten Moment zu hyperventilieren. Instinktiv starrte ich auf seine geschwungenen halb offenen Lippen, um ihm erneut in die dunklen Augen zu sehen. Ich hatte mich tatsächlich getäuscht, als ich hatte glauben wollen, die Lichtverhältnisse hätten für den leichten Karamellton gesorgt: Sie waren nicht schwarz. Sie waren auch nicht dunkelbraun. Sie hatten lediglich einen schmalen schwarzen Kranz, während in der Mitte ein warmes Braun erstrahlte.

»Geht es … Bist du verletzt?«, keuchte Awan atemlos, nahm meinen Kopf in seine Hände und drehte ihn behutsam in beide Richtungen.

Mit weit geöffneten Augen blickte ich in seine und erkannte darin echte Sorge. »Nein«, flüsterte ich mit belegter Stimme. Sein Gesichtsausdruck zeugte von Verwirrung und Verängstigung, sodass seine braunen Augen geradezu schimmerten. Er regte sich nicht einen Millimeter, machte keine Anstalten, mein Gesicht wieder loszulassen. Da es mehr als nur untypisch für ihn war, fragte ich vorsichtig: »Bist du okay?«

Sofort veränderte sich sein Blick und gab mir unmissverständlich zu verstehen, dass ich mich von ihm entfernen sollte. Mit geöffneten Lippen starrte ich ihn an, ehe ich mich von ihm löste und mit wackeligen Beinen aufstand. Die Nähe hatte mir zwar nicht missfallen, aber der alte Awan gefiel mir trotzdem besser, denn es signalisierte mir, dass er beim Sturz nicht auf den Hinterkopf gefallen war.

»Mir geht's gut«, erwiderte er mit wenigen Sekunden Verspätung deutlich kühler und stand dann ebenso – wenn auch deutlich leichtfüßiger – auf.

Erst da bemerkte ich den Ast einer der Büsche neben uns, der seinen linken Flügel aufgespießt hatte. Nur noch am seidenen Faden hing er an dem massiven Busch und zeigte mir, wie kraftvoll der Aufprall auf den Boden tatsächlich gewesen sein musste. Erschrocken schlug ich mir die Hand vor den Mund. »Du bist verletzt!«, rief ich erschüttert und trat auf ihn zu.

Awan schien den Schmerz nun auch zu spüren und zuckte zusammen, als ich seinen Flügel berührte. Wie automatisch legte er seine Hand an den Ast und zog ihn, ohne groß darüber nachzudenken, erst vollständig vom Busch und dann kraftvoll aus seinem Flügel heraus. Sein Gesicht verzerrte sich dabei schmerzerfüllt, und als er den blutdurchtränkten Ast sinken ließ, ging er mit ihm zu Boden. Keuchend kniete er sich nieder und das dickflüssige Blut tränkte seinen Flügel. Es war nicht die Tatsache, dass mir der Anblick von Blut etwas ausmachte, warum meine Beine sich plötzlich wie Wackelpudding anfühlten. Es war einzig und allein dem Fakt geschuldet, dass ich mich um Awan sorgte. Ich ließ mich ebenso auf die Knie fallen und diesmal war ich es, die sein Gesicht in die Hände nahm, damit er mich ansah.

»Awan, was kann ich tun?«, rief ich panisch, erschrocken auf das ganze Blut starrend. Als ich ihm wieder in die Augen schaute, waren seine voller Faszination auf mich gerichtet, sodass ich instinktiv wieder wegsah und sein Gesicht losließ.

»Warum tut es mir leid, wenn ich wahrnehme, dass du dir Sorgen machst?«, murmelte er irritiert.

Meine Augen richteten sich sofort wieder auf seine. Ernst und mit sichtlicher Verwirrung betrachtete er mich. Ich musste aufhören, mir etwas auf seine Worte einzubilden. Er konnte nicht auf diese Art fühlen. Ich wandte meinen Blick ab. »Weil du vielleicht zusätzlich mit dem Kopf aufgeschlagen bist.«

»Siehst du die Blüte da vorn? Die orangefarbene?« Awan zeigte an mir vorbei.

Noch immer etwas benommen von seinem Kommentar folgte ich seinem Finger und entdeckte eine Blumenranke, die an einem der Bäume emporwuchs.

»Pflück eine davon und leg sie mir auf den Flügel. Bitte.«

Das Zauberwort klang so gezwungen, als müsste sich ein Junge bei seinen Mobbern entschuldigen, weil er sich endlich gewehrt hatte. Diese Stimmungsschwankungen waren schwindelerregender als jeder Breakdance auf dem Oktoberfest.

Es war jedoch keine Zeit, um darüber nachzugrübeln, wenn sein Flügel bereits so sehr blutete, dass er langsam viel zu bleich wurde. Also tat ich, was er verlangte, wenn ich auch nicht unbedingt glaubte, eine einfache Blüte könnte seine Blutung stoppen. Kurz zuckte er zusammen, als ich die Blüte auf seinen Flügel legte, dann sahen wir uns bloß stumm in die Augen. Die Nähe, die sich nun zwangsweise zwischen uns aufgebaut hatte, ließ mein Herz schneller schlagen. Es lief einen Marathon, den es nicht gewinnen konnte. Die starken Hände lagen viel zu nah bei mir, sodass ich mir instinktiv vorstellte, wie es sich wohl anfühlen mochte, von ihm damit überall berührt zu werden. Kurz schielte ich zu ihnen, erkannte die langen Finger und den mit Adern überzogenen Handrücken. Hastig blickte ich wieder zu seinem Flügel. Seinen markanten Geruch einzuatmen gab meinen Hormonen den Rest und insofern atmete ich, masochistisch, wie ich war, ein weiteres Mal tief ein. Dieser Mann brachte mich um den Verstand!

»Gibt es hier kein Verbandszeug zu kaufen?«, durchbrach ich nervös die Stille, weil ich noch immer nicht glauben konnte, dass ein Stück Blume etwas gegen das Ausmaß dieser Verletzung ausrichten konnte.

Awan lachte leise, woraufhin eine warme Gänsehaut über meinen Körper huschte. »Hier gibt es nichts zu kaufen.«

»Nichts? Wie soll ich das verstehen?« Ich hatte mir zuvor keinerlei Gedanken darüber gemacht.

Awan schaute mich amüsiert an. Na, zumindest schien er keine so großen Schmerzen mehr zu haben.

»Es gibt hier kein Geldsystem.«

»Ihr besitzt nichts?« Ich konnte es nicht fassen. Ohne Moneten wäre meine Welt aufgeschmissen. Wir wären gar nicht überlebensfähig, war doch Geld dafür verantwortlich, wie gut oder schlecht wir leben konnten.

»Wir besitzen nichts und doch alles, Elainy. Hier gibt es keine Macht, keinen Streit um das Vermögen. Hier existiert keine Kluft zwischen Arm und Reich. In Liberantas sind alle gleich aufgestellt.«

Wie schön das klang! »Dann kennt ihr auch keinen Diebstahl?«

Awan schaute nachdenklich zu Boden, ehe er wieder hochsah. »Das schon. Essen zum Beispiel ist für uns ein hohes Gut. Manche Anima kommen an die süßesten Früchte ganz oben in den Bäumen nicht heran. Wenn es zu Streitereien kommt, sind aber die Inanis zur Stelle.«

Die für den Frieden sorgten, indem sie töteten. Er sagte es nicht, aber wir wussten es beide.

»Wie versorgt ihr dann eure Wunden?«, fragte ich stattdessen, um auf das Thema zurückzukommen, und nickte zu der Stelle, die noch immer blutrot umrandet war.

»Es gibt Pflanzen hier, die eine besonders heilende Wirkung haben.« Dann umfasste er sacht meinen Arm und zog ihn von seinem Flügel weg. Das Blütenblatt wanderte zu Boden, sodass ich freie Sicht auf seine Verletzung hatte. Die Wunde war beinahe geschlossen und es bildete sich bereits Kruste darum.

»Wie ist das möglich?«, wollte ich erstaunt wissen und traute meinem Sehvermögen nicht. Wahrscheinlich hatte die Blüte auch den Blutverlust bereits ausgeglichen. »Und vor allem: Warum hat mir Madaline nichts davon erzählt, als sie verletzt war?« Nicht, dass ich bereute, sie zu Awan gebracht zu haben, aber mal ganz im Ernst, ich hätte es schon vorgezogen, ihr für wenige Sekunden eine Blüte auf die Wunde zu drücken, als wie ein Bergsteiger für Arme meine Kondition an den Teufel zu verkaufen.

»Weil die Heilung nur funktioniert, wenn du sie dir verdient hast.«

Ich runzelte die Stirn, als ich seinen Vorwurf, der in seinen Worten mitschwang, vernahm. »Und Madaline hatte es nicht verdient?«

»Verdient haben Heilung nur diejenigen, die verletzt wurden, als sie für Frieden sorgten. Nicht aber diejenigen, die es leichtsinnig darauf angelegt haben, zum Beispiel andere Geschöpfe anzulocken. Madaline weiß, dass sie die Unruhe verursacht hat.«

»Du gibst ihr die Schuld daran, dass sie ihre Gefühle nicht steuern konnte?«, schlussfolgerte ich entsetzt und glaubte kaum, dass er es war, mit dem ich noch vor wenigen Minuten einen tiefgründigen Plausch abgehalten hatte.

In meiner Wunschvorstellung brauchte man es sich nicht zu verdienen, gerettet zu werden. Es war kein Privileg oder gar Glück, sondern eine Selbstverständlichkeit. Natürlich gab es Menschen, die anderen dermaßen viel Leid angetan hatten, dass es nur verständlich war, ihnen die Rettung nicht zu gönnen. Aber im Kern hatte es doch jede Person verdient, gerettet zu werden, ohne dafür etwas tun zu müssen, das sie dazu berechtigte. Auch Alec. Ob er sich vor dem Monstrum im See hatte retten können? Ich war zu sehr damit beschäftigt, die Erinnerungsflut und meine damit einhergehenden Gefühle zu handeln, als dass ich darüber nachdenken konnte. Vielleicht weil ich ohnehin annahm, dass er ähnlich wie bei dem Furorem wusste, wie er sich verhalten musste, um zu überleben. Ich hoffte es zumindest, ganz gleich, wie grenzüberschreitend er sich auch mir gegenüber benommen hatte.

Er zuckte desinteressiert mit den Schultern. Ganz der Alte …

»Ich gebe niemandem die Schuld, Elainy. Es sind die Gesetze von Liberantas, die unser Schicksal leiten.«

Ich seufzte, fuhr mir dann durch das dichte Haar. Es war sinnlos, abermals darauf einzugehen, dass die Moralvorstellungen einer Person niemals wegen Gesetzen außer Kraft gesetzt werden sollten. Zu genau war mir bewusst, dass Awan seinem Odium zu keiner Zeit widersprechen würde – egal, wie verwerflich seine Regeln auch sein mochten.

»Um noch mal auf ›In Liberantas sind alle gleich aufgestellt‹ zurückzukommen. Das gilt bloß für Ressourcen, nicht aber für Macht, oder?«

Er wusste bestimmt ganz genau, worauf ich hinauswollte.

»Hierarchien muss es trotzdem geben, um den Frieden zu gewährleisten.«

»Oder gibt es keinen Frieden, weil es Hierarchien gibt?«

»Interessante Ansicht«, räumte er ein. »Aber so einfach ist das nicht. Es existieren keine Diskrepanzen zwischen den Spezies. Wir gehen uns aus dem Weg.« Nach dieser Erklärung sah er mich flüchtig an. »Zumindest für gewöhnlich. Wir Inanis gebrauchen lediglich unsere Macht, wenn Anima den Frieden durch ihre Gefühle gefährden. Mehr ist es nicht.«

»Mehr ist es nicht«, wiederholte ich gedankenverloren, als Awan sich aufrichtete und mir eine Hand hinhielt, um mir beim Aufstehen zu helfen.

»Ich dachte, du würdest lieber sterben, als mich zu berühren«, erinnerte ich ihn mit einem Schmunzeln und nahm seine kalte, sehnige Hand entgegen, während er mich mit einem Ruck auf die Beine zog.

»So oft, wie du dich in Schwierigkeiten bringst, habe ich ja ohnehin keine Wahl mehr«, kommentierte er, ließ mich jedoch schnell wieder los und erzeugte so eine Leere, die zuvor seine Berührung unwissentlich gefüllt hatte. Ich war doch verrückt!

Mit schräg gelegtem Kopf widersprach ich ihm: »Doch, hast du.«

»Habe ich?«, wiederholte er verdutzt, und ich fragte mich, ob er sich daran erinnerte, dass er mich ursprünglich in meiner Welt hatte umbringen wollen oder es zumindest in Betracht gezogen hatte.

Was alles seitdem geschehen war, erschien mir unfassbar und dadurch umso verwirrender. Er hatte mich mehr als nur einmal beschützt, mir seine Heimat erklärt, sich um meine Gedanken und Vergangenheit geschert. In einem Moment war ich mir beinah sicher, dass sich zwischen uns etwas anbahnte, damit er mir in der nächsten Sekunde mehr als nur klarmachte, dass er mich eher lästig fand. Er war mir durch und durch ein Rätsel.

»Du könntest mich auch sterben lassen«, erklärte ich ernst, und seine Miene verdüsterte sich schlagartig.

»Komm, wir bringen dich zurück.«

Seine Stimme war nun eiskalt. Warum machte es ihn so wütend, wenn ich das Offensichtliche aussprach? Wenn Alec und er behaupteten, Inanis würden sich von Anima fernhalten und sie sogar töten, war mein Gedanke doch nicht mal ansatzweise weit von der Wahrheit entfernt gewesen.

Ich versuchte, mit ihm Schritt zu halten, bis ich realisierte, dass ich Alec erneut würde gegenüberstehen müssen, und das nach dem, was am Tace-See geschehen war. Wenn er überhaupt in der Hütte war. Wenn nicht, musste ich Rena beibringen, dass wir angegriffen worden waren und ich ihn zurückgelassen hatte und er womöglich noch immer auf irgendeinem Baum im Wald saß, um sich in Sicherheit zu bringen. Ich wusste nicht, mit welchem Umstand ich weniger zurechtkam: einem übergriffigen Alec oder einer zornigen Rena. »Ich möchte nicht zurück zur Hütte.«

Awan blieb stehen und schaute mich über seine breite Schulter alarmiert an. »Warum nicht?«

Ich biss mir auf die Unterlippe und überflog schnell meine Möglichkeiten, die sich mehr als nur rarmachten: Lügen brachte nämlich vermutlich nichts, er wusste es doch ohnehin schon, dass mein Gefühlsausbruch etwas mit meinem Mitbewohner zu tun hatte. Ich musste ihm ja nicht die Details verraten!

»Ich habe mich mit Alec gestritten.«

»Dann vertragt ihr euch eben wieder«, schlug Awan tonlos vor.

Ich spürte, dass etwas in ihm brodelte, was an die Oberfläche gelangen würde, sobald ich die richtigen Worte fand. »Weißt du, das ist manchmal nicht so einfach«, versuchte ich es weiter vage.

Daraufhin schaute Awan mir tief in die Augen. In seinem Blick stand die pure Kälte, als würde er unter Anstrengung jegliche Hitze in seinem Inneren zurückhalten. »Möchtest du es mir erzählen?«

Ich schüttelte schnell den Kopf. »Lieber … nicht.« Lieber nicht, wenn ich nicht mochte, dass Alec fortan seinen Allerwertesten küssen könnte. Zumindest signalisierte Awans Haltung mir genau das: Er würde ihn mit seinen bloßen Händen zu einem Pappkarton ummontieren.

Wütend zogen sich Awans Augenbrauen zusammen, woraufhin ich schnell ergänzte: »Es war nicht so schlimm! Der Streit ist einfach nur nicht so leicht zu beenden, verstehst du? Ich glaube, er erkennt seinen Fehler gar nicht.«

»Ich hasse diesen Kerl«, nuschelte Awan zähneknirschend, während er seinen Weg fortsetzte. »Aber wir müssen dich zurückbringen. Dort bist du sicher.«

Was hatte ich denn schon wieder nicht mitbekommen? Nicht, dass ich dieses Gefühl nicht kannte. Wie oft hatte ich die größten Dramen in meinem Umfeld erst dann gecheckt, als schon wieder das nächste im Gange war. »Sicher wovor?«

Awan seufzte gedehnt, als würde er tatsächlich glauben, dass ich das Offensichtliche nicht erkannte.

»Vor Dan. Ich traue ihm nicht und ich denke, dass Alec dich beschützen wird, wenn es drauf ankommt.«

Da wäre ich mir nicht ganz so sicher. »Aber Alec traust du doch auch nicht?«

»Das stimmt. Aber manchmal muss man abwägen, was das kleinere Übel wäre«, erwiderte Awan schulterzuckend, und so lief ich ihm hastig nach.

Ich ließ seine Worte diesmal unkommentiert und nahm hin, dass er mich den Rest des Weges durch den von Blumen verwilderten Wald bis hin zur Hütte auf der Lichtung führte. Kurz vorher hielt er inne und berührte mich sacht am Arm, damit auch ich stehen blieb. Irritiert blickte ich ihm ins Gesicht, das von der strahlenden Blumenwiese leicht beleuchtet wurde, und legte fragend den Kopf schräg. Er biss sich kurz auf die Lippe und sah hin- und hergerissen aus. Dann seufzte er und fasste in seine Hosentasche. Ich sah ihm mehr als deutlich an, dass er mit sich haderte, sodass ich bei jeder Bewegung nervöser wurde. Als er seine Hand endlich aus der Hosentasche zog, kam ein zusammengefaltetes Foto zum Vorschein, das er mir mit gerunzelter Stirn reichte.

Mit zusammengezogenen Augenbrauen starrte ich das feste Papier an und strich einmal darüber. Irgendetwas sagte mir, dass es etwas verändern würde, sollte ich es mir ansehen. Also atmete ich schließlich tief durch, öffnete es langsam und schlug meine Hand vor den Mund. Auf dem Bild waren eine Frau und ein Mann mittleren Alters, die sich liebevoll umarmten. Es war ein Foto meiner Eltern.

»Wie? Warum?«, stammelte ich.

»Ich war heute in der Aviswelt.«

Awan zuckte mit den Schultern, als hätte er mir gerade lediglich ein Taschentuch gereicht.

»Deine Familie ist offenbar die einzige Chance für dich, deine Erinnerungen zu behalten. Vergiss nicht, wer du bist, kleiner Avis. Deine Vergangenheit ist zu kostbar.«

Mit Tränen in den Augen blickte ich in seine und presste das Foto gegen meine Brust. Die Vorstellung, dass er in das Haus meiner Eltern marschiert, ihnen vielleicht wahnsinnig nah gewesen war und ein Foto gestohlen hatte, war mir zuwider. Gleichzeitig verspürte ich eine so tiefe Dankbarkeit für seine Intention, dass es das erste ungute Gefühl wettmachte. »Ich weiß gar nicht, was ich sagen soll!«

»Sie vermissen dich und suchen nach dir, Elainy. Du wirst sehr geliebt in der Aviswelt«, entgegnete er bloß, sodass der Kloß in meinem Hals das Abbild des Mount Everest sein musste. Das schlechte Gewissen, das mich nun zerfraß, erschütterte mich zutiefst, aber ich wusste, dass ich diese Worte hören musste.

»Geht es… geht es ihnen sehr schlecht?«, hakte ich nach und bereitete mich innerlich bereits auf die zermarternde Antwort vor.

Awan biss sich kurz auf die Unterlippe, fixierte einen Punkt hinter mir, ehe er seine Augen wieder auf mich richtete. Ihm war anzumerken, dass er darüber nachdachte, wie er die Wahrheit formulierte. »Ich habe ihnen einen kurzen Brief in den Briefkasten geschmissen, damit sie aufhören, nach dir zu suchen.«

»Du hast was?«

»Ich habe geschrieben, dass du bei einem Freund in einer anderen Stadt untergekommen seist, um zu dir selbst zu finden, es dir aber gut ginge und du bald wieder zurück sein wirst«, erklärte er und beobachtete dabei genaustens meine Reaktion.

Völlig perplex starrte ich ihn an. »Sie werden merken, dass das nicht meine Schrift ist.«

»Ich habe es in einem Internetcafé am Computer verfasst«, erwiderte er sogleich, als müsse er das nicht weiter erklären. »Ich denke, das wird uns Zeit verschaffen, einen Weg zurück zu finden, ohne dass sie sich zu große Sorgen machen.«

Einige Sekunden stand ich bloß da, sah den Mann an, der dafür gesorgt hatte, dass es meinen Eltern zumindest minimal besser gehen würde. Eine Geste, die mein Herz anschwellen ließ und mich mit so viel Erleichterung zurückließ, dass mein Kopf schwirrte.

Von meinen Gefühlen überwältigt, tat ich das Einzige, das mir in diesem Moment in den Sinn kam: Ich umarmte Awan.

Völlig überrumpelt von dem plötzlichen Körperkontakt hob er die Arme etwas, um mich nicht zu berühren. Deshalb ließ ich ihn auch sofort wieder los und wischte mir die Tränen von der Wange. Dem verdutzten Awan stand die Überforderung ins Gesicht geschrieben, weshalb ich lachen musste. »Danke.«

Awan nickte bloß steif und blinzelte dann mit zusammengekniffenen Augen zur Hütte. Als ich mich umdrehte, erkannte ich das Objekt seiner neuen Aufmerksamkeit: Alec, der gerade dabei war, die Körbe zu stapeln und uns in diesem Moment bemerkte. Ich realisierte sofort, wie froh ich tatsächlich war, dass er augenscheinlich okay zu sein schien, auch wenn ich das ohnehin angenommen hatte. Schließlich wusste ich, wie gut er sich in und mit dieser Welt hier auskannte und deshalb eine weitaus höhere Überlebenschance hatte. Und doch: Sicher hatte ich mir nicht sein können.

Achtlos ließ er die restlichen Körbe zu Boden segeln und stürmte fast schon auf uns zu.

Na, das konnte ja was werden …

»Elainy! Ich habe mir richtig krasse Sorgen gemacht!«, begrüßte er mich vorwurfsvoll, doch bevor ich auch nur etwas erwidern konnte, stellte sich Awan zwischen uns.

»Wenn du Elainy noch ein einziges Mal allein im Wald zurücklässt, ohne nach ihr zu suchen, breche ich dir sämtliche Knochen«, versprach Awan eiskalt an Alec gewandt, sodass sich prompt eine Gänsehaut auf meinem Körper ausbreitete. »Sie hätte tot sein können.«

Als ich an Awan vorbeischielte, machte ich einen wütenden Gesichtsausdruck aus. Alec war puterrot. Nicht gut. Gar nicht gut!

»Keine Sorge, Inanis, Elainy ist bei mir in den besten Händen.«

»Das wage ich zu bezweifeln, wenn du sie ihrem Schicksal überlässt, während du hier friedlich deine Hausarbeit verrichtest«, konterte Awan kalt.

Alec verschränkte lässig die Arme vor der Brust, während er sein Gegenüber hämisch anvisierte. »Ich dachte, wir würden Arbeitsteilung machen? Du bringst sie sicher zu mir, während ich mich hier in Ruhe um sie kümmere.«

Ich spürte förmlich die Spannung, die von Awans Körper ausging. Ich hörte, wie er Luft durch seine Nase einsog, ehe er sich halb zu mir wandte.

»Elainy, tust du mir bitte den Gefallen und gehst schon mal rein? Ich muss mich mit Alec allein unterhalten.«

»Bitte …«, setzte ich an, doch Awan unterbrach mich mit sanfter Stimme.

»Es ist alles gut.«

»Geh ruhig rein«, stimmte Alec nun viel zu mutig zu. »Ich komme gleich nach.«

Ich war nicht sonderlich erpicht darauf, die beiden allein zu lassen. Vor allem darum nicht, weil man das Testosteron in jeder Pore spüren konnte und beide eine Haltung an den Tag legten, die mich zutiefst beunruhigte. Ich konnte allein darauf vertrauen, dass die beiden wussten, was sie taten. Um aller willen. Letztendlich besann ich mich darauf, dass ich es wohl nicht sonderlich besser machte, wenn ich hier herumstand, war doch ich der Grund des Streits.

Kurz blickte ich noch einmal zwischen den beiden hin und her, ehe ich widerwillig in die Hütte marschierte. Sofort lief ich zum Fenster und spähte vorsichtig hinaus. Ich schwor mir still, hinauszuspringen und mich dazwischenzuwerfen, sollte es eskalieren. Es war absolut nicht in meinem Interesse, dass jemand wegen mir verletzt würde.

»Deine Besessenheit Elainy gegenüber geht mir langsam auf die Nerven«, sagte Awan gereizt und mit eiskalter Stimme.

Alec runzelte ungläubig die Stirn. »Meine Besessenheit?«

»Sie ist nicht dein Eigentum, Anima«, präzisierte Awan tonlos, und seine Augen sagten mehr als tausend Worte. Es wirkte nicht so, als wäre er abgeneigt, meinem Mitbewohner in den Hintern zu treten.

Doch auch Alecs Präsenz verdunkelte sich sichtlich. »Das kann ich nur zurückgeben. Deine Besessenheit ihr gegenüber geht mir schon lange auf den Sack.«

»Liberpax aeterquam«, sagte Awan zornig, dann trat er auf ihn zu und blickte ihm genau in die Augen.

Spätestens jetzt hätte ich mir an Alecs Stelle saftig in die Hose gemacht. Nicht einmal der Furorem, der die beiden aus sicherer Entfernung knurrend beäugte, machte Awans furchteinflößender Haltung Konkurrenz.

»Hör mir jetzt mal gut zu, Anima: Elainy ist keine Trophäe, die du gewinnen kannst, klar? Wenn du dich um sie kümmern und sie hier mit all unseren Gefahren und Regeln vertraut machen würdest, wäre ich auch nicht gezwungen, sie dauernd zu beschützen.«

»Seit wann beschützt ihr Anima?«, wandte Alec giftig ein.

»Elainy ist ein Avis und es ist meine Aufgabe als Inanis, sie wieder gesund zurückzubringen.«

Davon wusste ich nichts. Den einzigen Grund, den er mir genannt hatte, war, dass er aufpasste, dass ich nicht den Frieden gefährdete.

Alec verdrehte nun sichtlich mit den Nerven am Ende die Augen. »Elainy ist eine Anima, ob du es willst oder nicht!«

Prompt packte Awan Alec am Kragen und zog ihn ein winziges Stück in die Höhe, sodass er auf Zehenspitzen stehen musste.

»Wenn du auch nur versuchst, sie hier zu halten, bringe ich dich um.«

Ob er tatsächlich deshalb so zornig war, weil mein Mitbewohner den Frieden gefährdete?

»Was ist los mit dir? Ich verstoße gegen keine Gesetze«, brüllte Alec ihm mitten ins Gesicht.

Awan ließ das offenbar unbeeindruckt. »Bist du dir da sicher?«

»Ich habe lediglich ein sexuelles Interesse an Elainy. Das ist nicht verboten.«

Auf meiner Haut breitete sich ein unangenehmer Schauder aus. Ekel stieg in meiner Kehle auf, sodass ich zweimal tief durchatmete, um ihm entgegenzuwirken.

Awans Miene verfinsterte sich schlagartig, eine Kälte huschte über sein Gesicht, ehe er Alec mit den dunklen Augen fixierte, als wäre er ein Lamm, während er selbst der Löwe war. »Das stimmt, aber das hat sie nicht verdient«, erwiderte er ruhig und sichtlich bemüht, die Fassung zu wahren.

»Nicht verdient?«, wiederholte Alec durch zusammengepresste Zähne.

Awan zog die Augenbrauen noch ein Stück mehr zusammen, als würde er kurz davor sein, sich in Hulk zu verwandeln. »Sie hat nicht verdient, von dir berührt zu werden.« In der nächsten Sekunde ließ er ihn kraftvoll los, sodass Alec kurz ins Straucheln geriet. »Oder eher: Du hast nicht verdient, sie berühren zu dürfen!«

»Ich glaube, das hast du nicht zu entscheiden«, kommentierte Alec kalt, während er sich seinen Kragen wie beiläufig richtete.

Konnte er nicht endlich aufhören, Awan zu provozieren! Ich war mir sicher, würde er so weitermachen, müsste ich hier ein Krankenlager aufbauen.

»Richtig. Das hat sie zu entscheiden«, präzisierte Awan und zeigte auf die Hütte. »Und wenn du sie je gegen ihren Willen anfasst, werde ich da sein, um dich zu töten.«

Dann drehte er sich voller Zorn um und flog davon.

Kurz schielte ich zu dem Furorem, der ihm hinterher sah und dann im Wald verschwand, als wäre Alecs Wut im Vergleich zu seiner nicht ansatzweise von Belang.

Kapitel 20

Hilfe zu suchen zeugt nicht von Schwäche, sondern es nicht zu tun.

Bedeutete ich Awan etwas?

Der Gedanke verfolgte mich wie ein böses Omen mit jedem weiteren Herzschlag, der in meiner Brust polterte. Doch als der blauäugige Mitbewohner vor meinem Sichtfeld auftauchte, wurden all meine winzigen Schmetterlinge von einer einzigen Schrotflinte abgeknallt.

»Geht es dir gut?«, fragte Alec, als er in die Hütte trat, und schaute auf meine dreckigen Kleider herab. Ich musste von meinem Mental Breakdown völlig verheult aussehen und auch sonst musste seine Frage mehr als nur rhetorisch gemeint sein. Er hatte mich berührt, obwohl ich es offensichtlich nicht gewollt hatte. Zumindest beim zweiten Mal, nachdem ich ihm bereits ausgewichen war, hätte er es nicht mehr tun dürfen. Es war schon fast dreist, dass er mir diese Frage überhaupt stellte. Die Antwort darauf sollte auf der Hand liegen.

Trotzdem nickte ich. Offenbar waren manche Anima blind für ihr eigenes Verhalten – was nur noch einmal unterstrich, dass sie eben Menschen waren, völlig egal, wo sie lebten. »Ja, alles gut, danke.«

»Du hast einen Timeo angelockt. Hattest du Angst?«, hakte er weiter nach. Am liebsten hätte ich mir einen Facepalm verpasst oder noch lieber ihm eine Kopfnuss. *Ach, Quatsch, Alec, es ist ganz normal, belästigt zu werden. Wer sollte da schon Angst bekommen?*

Ich war mir ziemlich sicher, dass er mit »Timeo« die Krokodilschlange meinte, und ich hatte bisher nicht einmal darüber nachgedacht, welches Gefühl dieses Wesen angelockt haben konnte. Das war paradox, war der Timeo doch die Kreatur, die mich, wenn sie die Möglichkeit dazu hätte, körperlich töten würde. Doch ich realisierte schnell, dass ich mehr Angst vor Alec hatte, der mich seelisch töten konnte. Alec, dem ich sogar fast vertraut hatte. Der mir beinahe den Glauben an eine Freundschaft vermittelt hatte. Doch dieser Tag hatte mir nochmals versichert, dass ich kaum jemandem vertrauen konnte.

Plötzlich tauchte ein Gesicht vor meinem geistigen Auge auf und es dauerte nicht lange, da bekam es einen Namen: Seynem. Kurz stockte mein Atem, als ich bemerkte, dass mein Gedächtnis auch im Begriff war, ihn zu löschen. Ich fasste mir an meinen Kopf, als würde es mir helfen, meine Erinnerungen dort zu manifestieren, dann drehte ich mich zu Alec um. »Ich bin müde. Lass uns morgen sprechen, okay?« Oder besser niemals.

Alec nickte bloß nüchtern und desinteressiert, als würde er die Ausrede nicht entlarvt haben, und ich spürte seinen Blick auf mir, während ich in mein Zimmer ging. Ob er sich wirklich keiner Schuld bewusst war oder lediglich so tat? Ganz gleich wie die Antwort ausfallen würde: Er verhielt sich vollkommen falsch.

Es war nicht sonderlich spät, das konnte ich an der noch relativ hoch stehenden Sonne erkennen, und doch fühlte sich mein Körper an, als würde er Dornröschen zutiefst beneiden. Manche Menschen konnten wohl ewig schlafen und blieben trotzdem immer erschöpft. Das lag nicht zwangsläufig daran, dass der Körper den Schlaf brauchte, sondern vielmehr die Seele, um dem Leben zu entfliehen. Manche Menschen waren nicht müde, weil sie viele schöne Abenteuer erlebt hatten und davon erschöpft waren. Manche Menschen waren müde vom Leben, vom Schmerzen aushalten, vom Glücklichsein vorspielen, vom Existieren. Langsam glaubte ich nicht mehr daran, dass Liberantas etwas daran ändern könnte.

Grob schubste er mich auf das Bett, sodass mir die Luft wegblieb. Verzweifelt schüttelte ich den Kopf, doch er achtete gar nicht auf meine Panik. Es war ihm egal. Er stieg auf mich drauf und hielt meine beiden Handgelenke fest umschlungen neben meinem Kopf. Deven starrte mich mit wütender Fratze an. »Wenn du auch nur einer Person davon erzählst …«

Er drückte fester zu, sodass ich aufschrie. Immer wieder wurde ich geschüttelt …

… sodass ich erst gar nicht verstand, dass man mich auch außerhalb des Traumes gepackt hatte und mich schüttelte. Erschrocken und mit pochendem Herzen flogen meine Augen auf. Als mein Sichtfeld endlich klar wurde, erkannte ich Alec, der mich eisern an den Schultern festhielt. Atemlos richtete ich mich auf und krabbelte einige Zentimeter von ihm weg. Alles ging so schnell. Ich konnte noch gar nicht richtig realisieren, dass ich gerade geträumt und dabei eine Erinnerung abermals hatte aufleben lassen. Denn nur wenige Sekunden später stand

Awan auch in der Zimmertür und sah zwischen Alec und mir hin und her. Noch ehe jemand zu Wort kommen konnte, packte Awan ihn am Kragen und schubste ihn grob gegen die Wand. Da endlich kam mein Gehirn vollends im Hier und Jetzt an und reagierte. Schnell sprang ich auf die Füße und hielt Awans Arm fest. »Er hat mich nur geweckt! Ich habe schlecht geträumt!«

Awan sah mich kritisch an, doch als er in meinen Augen die Wahrheit las, ließ er widerwillig von Alec ab, der sich zornig die Kleidung zurechtzog.

»Ich würde ja sagen, dass es mir leidtut, aber das wäre gelogen«, nuschelte Awan, und ich verdrehte die Augen.

In Anbetracht dessen, dass mein Mitbewohner mich soeben von einer Erinnerung erlöst hatte, stand ich definitiv auf seiner Seite. Nicht, dass es mich nicht beeindruckte, dass Awan zur Stelle gewesen war, um mich zu beschützen, aber eine Entschuldigung wäre trotzdem nicht zu viel verlangt gewesen.

»Was tust du hier in meinem Haus?«, fragte Alec zornig, während ich Rena im Türrahmen ausmachte.

Sie sah mich missbilligend und mit einer großen Spur Enttäuschung an. Aber das tat sie immer, weshalb ich ihre Blicke sofort wieder ignorierte und mich auf die beiden Streithähne konzentrierte.

»Was tust du in Liberantas, wäre die bessere Frage«, konterte Awan.

Vielleicht hoffte er auch nur darauf, dass ihn ein Furorem in Stücke riss.

»Ich traue dir nicht, deshalb bin ich nicht so weit weggegangen.«

»Du traust mir nicht?«, hakte Alec nach.

Awan zog bloß eine Augenbraue hoch und verschränkte lässig die Arme vor der Brust. Seine Oberarme wirkten dadurch in dem schwarzen T-Shirt noch muskulöser, weswegen ich meinen Blick schnell abwandte. Hormone? Kein guter Zeitpunkt!

Rena seufzte gedehnt. »Sie macht nur Ärger. Lass dich darauf nicht ein, Alec.«

Dieser sah zu seiner Freundin hinüber. »Nicht sie macht Ärger, sondern der Inanis. Er verhält sich nicht so, wie man es von ihm erwartet. Es würde mich interessieren, was seinesgleichen dazu sagen würden.«

Damit war Awans Gelassenheit Geschichte. Er ließ seine Arme wieder sinken, schritt mit der Präsenz eines Tigers kurz vorm Angriff zornig auf ihn zu und fixierte ihn mit seinen ausdrucksstarken Augen. »Willst du mir drohen?«

Alec trat einen Schritt zurück, wohl wissend, dass er Awan nun besser nicht mehr provozieren sollte, während Rena ihm eine Hand auf die Schulter legte. »Komm.«

Alec seufzte gedehnt und funkelte Awan feindselig an. Dann schaute er noch einmal betrübt und ebenso ergeben zu mir, ehe die beiden mit einem spürbaren Groll aus dem Zimmer verschwanden und Awan geräuschvoll die Tür hinter sich schloss.

Kurz war es ganz still um uns, als lägen Tausende unausgesprochener Worte zwischen uns, die wir einander stumm entgegenschleuderten. Sie erfüllten die Luft, brachten sie zum Knistern, ehe sich die Spannung wieder entlud und Awan aus der Starre erwachte, um sich durch das Haar zu fahren.

»Hat dein Traum etwas damit zu tun, was im Wald passiert ist?«, flüsterte Awan, der nach wie vor neben der Tür innehielt und mich musterte.

Erneut spielten sich Bilder vor meinem inneren Auge ab, die mir eine Gänsehaut bescherten. Tränen traten mir in die Augen und so bewahrte ich mein Stillschweigen. Awans Gesichtszüge wurden weicher, seine Augen musterten mich aus den Tiefen seiner Seele, als würde er den Schmerz mit mir teilen wollen. Dann plötzlich schien er etwas anderes ins Visier zu nehmen, denn sein Blick verfinsterte sich mit jeder Sekunde mehr. Als ich in die Richtung sah, erkannte ich die Blumen, die mir Alec geschenkt hatte. Irritiert beobachtete ich, wie Awan sie grob an sich nahm und mit einer zornigen Miene aus dem Fenster warf, ehe er seufzte und etwas vor sich hin grummelte, das wie eine ganze Tirade an Beleidigungen klang, in die sich etwas wie »Ausgerechnet so nah am Bett« mischte. Wenige Sekunden später schaute er fuchsteufelswild in Richtung Tür, sodass ich mir fast schon sicher war, dass er genau wusste, dass die Blumen von Alec stammten. Warum machte ihn das so wütend?

»Bleibst du hier?«, bettelte ich leise, als er tatsächlich im Begriff war, das Zimmer zu verlassen.

Keinen blassen Schimmer, woher diese Bitte kam und warum ich sie aussprach, aber es war, als würde sie tief aus meinem Herzen entsprungen sein. Ich hatte kein Recht, ihn darum zu bitten, und doch war er der Einzige, den ich in meiner Nähe wissen wollte. So oft hatte ich meinen seelischen Schmerz mit mir allein ausgemacht, doch gerade hatte ich das Gefühl, es nicht zu wollen. Ich wollte nicht mehr einsam sein. Nicht, wenn Awan bei mir war. Nicht, wenn er mich ansah, als würde er jeglichen Schmerz von mir fernhalten.

Seine Augen wurden so groß wie Schallplatten, sein Mund öffnete sich leicht, während er einen unsicheren Schritt auf mich zu machte. Er setzte sich vorsichtig an den Rand meines Bettes, auf dem ich es mir mittlerweile wieder bequem gemacht hatte, ständig meinen Gesichtsausdruck beobachtend, ob sein Durchbrechen der Distanz in Ordnung für mich war. Seine nun wieder braunen Augen studierten besorgt mein Gesicht, seine Augenbrauen hatten sich nachdenklich zusammengezogen, ehe er rau hauchte: »Brauchst du mich jetzt?«

Ich nickte stumm und wischte mir die Träne aus dem Augenwinkel, die im Begriff war, sich über meine Wange zu verabschieden.

Kurz hielt er inne, schaute abwechselnd zu mir und aus dem Fenster, bevor er sich entschieden im Schneidersitz vor mich setzte. »Dann bleibe ich.«

Auch wenn ich mit meiner Bitte schon viel zu viel preisgegeben hatte, bereute ich sie keine Sekunde. Ich hatte mit einer Zurückweisung gerechnet, mit Verwirrung und Verneinung, doch nichts dergleichen war eingetreten. Er überraschte mich. Nie hätte ich geglaubt, dass er so rücksichtsvoll war. Nie hätte ich wahrhaben wollen, dass er menschlicher war als die meisten Menschen, die ich hatte kennenlernen müssen. Und schon gar nicht hätte ich gedacht, er könnte so viel Mitgefühl schenken, obwohl er sich gegen die Liebe aussprach. Hatte er recht und Nächstenliebe sowie Empathie waren auch völlig getrennt voneinander existent?

Meine Überforderung über diese Gedankengänge schien mir ins Gesicht geschrieben zu sein, denn er legte den Kopf schräg und musterte mich mit einer Spur von Irritation, als wollte er mein Hirn scannen, um das Rätsel meines Ausdrucks zu lüften.

Ich räusperte mich kurz und überlegte, mit welchem Thema ich uns aus der tiefen Stille retten könnte, oder vielmehr, um ihn davon abzuhalten, mich weiterhin zu analysieren. »Verfolgst du mich eigentlich, oder wie kann es sein, dass du immer zur Stelle bist, wenn ich Hilfe brauche?«

Awan schaute schmunzelnd zu Light, der sich gerade schnurrend an meinem Bettende zusammenrollte. »Ich würde sagen, du hast einen wirklich aufmerksamen Begleiter an deiner Seite.«

»Light hat dich geholt?«, staunte ich und blickte in die schwarzen Augen der Libercat, die sich offenbar durch den Namen angesprochen fühlte. Dieser Kater war unglaublich!

Awan nickte und strich zu meiner Überraschung kurz und bedächtig über Lights Federkleid. Seit wann war er so sanft?

»Und das war nicht das erste Mal, glaub mir.«

Prompt erinnerte ich mich daran, dass er mich im Wald auf dem Baum gefunden hatte, kurz nachdem Light verschwunden war, und fragte mich, ob das eine der Situationen war, auf die Awan anspielte. Dieser Kater war nicht halb so wundervoll, wie ich anfangs ohnehin gedacht hatte. Er war mehr als das. Er war ein Freund, dessen Loyalität für die Ewigkeit hielt, und auch wenn ich betont hatte, dass ich ihm nur einen Namen gegeben hatte, weil er es verdient hatte, so wusste ich nun ganz sicher, dass ich die größte Lügnerin war. Light hatte sich bereits in mein Herz geschlichen, als ich ihn das erste Mal gesehen hatte. Dieses kleine Wesen war zu meinem Seelenverwandten geworden. Wie konnte ich ihn hier zurücklassen, ohne daran zu zerbrechen? Eine Frage, der ich mich früher oder später stellen musste.

Kapitel 21

Jemanden zu mögen, bedeutet nicht, gemeinsam in der Dunkelheit zu verweilen, sondern dafür zu sorgen, dass er auch ohne dich das Licht erreicht.

»Warum willst du nicht, dass ich hierbleibe?« Noch immer beobachtete ich Light und stellte mir niedergeschlagen vor, wie es wäre, ihn zu verlassen. Gleichzeitig grübelte ich darüber, warum Awan unter keinen Umständen akzeptieren konnte, dass ich Teil von Liberantas sein könnte. Es passte nicht zusammen, dass er mittlerweile fast schon freundlich zu mir war und mich trotzdem so schnell wie möglich loswerden wollte. Was verbarg sich hinter seinem widersprüchlichen Verhalten?

Ich spürte, wie mich Awan lange ansah, ehe er seufzte, als wollte er mit dem Versteckspiel aufhören.

»Weil ich weiß, wie es ist, wenn man von der Aviswelt angezogen wird.«

Er starrte auf das Laken vor sich. Es erweckte den Anschein, als würde er sich für sein Geständnis zutiefst schämen. »Du wirst von der Menschenwelt angezogen?«, hakte ich noch einmal nach, weil ich seine Aussage nicht ganz begreifen konnte. Sich angezogen fühlen? Als Inanis von der Aviswelt? Warum? Wie war das gemeint?

Er nickte nachdenklich, bevor er weitersprach. »Milo ebenfalls. Deshalb sind wir uns auch begegnet. Wir sind öfter dort, weil wir das Gefühl haben, nach etwas zu suchen. Wir haben keine Ahnung, was es ist, aber da ist etwas, was uns immer wieder dahinzieht.«

»Und du glaubst, es würde mir auch so ergehen, wenn ich erst mal hierbleibe?«, fragte ich weiter, nicht ganz verstehend, wo der Zusammenhang war. Mal abgesehen davon, dass ich daran hängen geblieben war, was ihn und Milo wohl an meine Welt band.

Awan rieb sich nervös die Hände und runzelte die Stirn. »Bei dir wird die Sehnsucht vermutlich schlimmer werden, weil es deine Heimat ist, Elainy. Du wirst dich vielleicht nicht mehr an deine Familie erinnern. Trotzdem wirst du spüren, dass du ein Mensch bist und hier eigentlich nicht hergehörst.«

»Wie kannst du dir da so sicher sein? Passiert das öfter?« Alec schien überhaupt keine Sehnsucht zu verspüren. Im Gegenteil. Er genoss es hier und wollte es für nichts in der Welt eintauschen. Zumindest hatte er das beharrlich exakt so geäußert. Ob es Anima gab, die anders fühlten, obwohl sie ähnlich lange wie Alec hier waren?

Er schüttelte den Kopf. »Nicht, dass ich wüsste, aber du bist anders. Du fühlst zu sehr. Elainy, du wirst niemals eine Anima sein.«

»Ich werte das mal als Kompliment«, nuschelte ich, ehe ich ihm direkt in die Augen sah. »Bedeutet das, du sorgst dich um mich?«

Es war verrückt, wirklich zu glauben, er würde sich so sehr um mich scheren. Aber warum sonst sollte er sich Gedanken darum machen, wie ich mich fühlte, wenn ich hierbliebe? Was bedeutete es, wenn ich recht behielt und er sich wirklich sorgte? Hatte das noch etwas mit Empathie zu tun? Hatte das etwas mit dem Bündnis zu tun, das er mit Milo hatte? Und wenn es nur eine Zweckgemeinschaft zwischen ihm und mir war, warum war sie entstanden, war er doch ein mächtiger Inanis und ich bloß ein mickriger Avis? Keine Ahnung, wann sich etwas zwischen ihm und mir verändert hatte, doch ich spürte ganz deutlich, dass etwas nicht so lief, wie es ursprünglich laufen sollte. Und es fing mit dem Flattern in meinem Bauch an, wann immer ich ihn anschaute.

»Ich sorge mich um Liberantas«, korrigierte er nach wenigen Sekunden des Schweigens mit rauer Stimme. »Ich möchte nicht, dass du den Frieden mit deiner Sehnsucht zerstörst. Früher oder später seid ihr Avis dazu fähig, genau durch solche Gefühle förmlich auszuticken oder Anima manipulieren zu wollen.«

»Und zeitgleich sagst du selbst, dass du dich auch zur Menschenwelt hingezogen fühlst«, knallte ich ihm an den Kopf.

Er zeigte sein verschmitztes, schiefes Lächeln, das mein Herz sogleich in neue Sphären katapultierte.

»Vielleicht spielen beide Komponenten eine Rolle.«

»Du hast ziemlich viel Mitgefühl für jemanden, der keine Liebe empfinden kann«, stellte ich vorsichtig fest. Mir war bewusst, dass ich mich gerade auf gefährlichem Territorium befand, und doch hoffte ich, dass Awan und ich mittlerweile eine Ebene erreicht hatten, auf der wir uns nicht angiften mussten, was das Thema anging. Trotzdem spannte ich leicht meinen Körper an, als würde er sich auf Awans Worte vorbereiten und sich schützen wollen.

Doch anders als vermutet reagierte er nicht beleidigt, sondern schaute bloß wieder nachdenklich auf die Bettdecke.

»Vermutlich nicht ansatzweise wie du.«

Ich lächelte müde. »Vielleicht. Manchmal ist es mir zu viel.« Schlagartig wurde ich ernst und blickte aus dem Fenster in die Sternennacht, als ich mich an etwas erinnerte, das zuvor nicht mehr Teil meiner Gedanken gewesen war. »Meine Cousine hat vor einiger Zeit ihren Verlobten an den Tod verloren. Sie hat dermaßen gelitten, dass es mich mitgezogen hat.«

Kurz linste ich zu Awan, der mich geduldig anblickte, ehe ich wieder in die Nacht schaute. Meist war das der Moment, in dem mich die andere Person unterbrach, um von der eigenen Leidensgeschichte zu berichten. Es fühlte sich dann in solch einer Situation ein wenig beschämend an, eher so, als hätte man mich davor bewahrt, dem falschen Menschen mehr anzuvertrauen und von mir preiszugeben. Doch er blieb still, als wäre er tatsächlich an meiner Gefühlswelt interessiert.

»Ich wollte ihr helfen, verstehst du?«, fuhr ich fort. Ich wollte das plötzlich unbedingt loswerden, obwohl ich wusste, dass die Thematik gar nicht zu unserem Gesprächsthema passte. Aber vielleicht musste nicht alles perfekt ablaufen, um gut zu sein. Vielleicht mussten manche Augenblicke einfach nur echt sein. Dieser war es und genau das machte ihn auf ganz eigene Art perfekt. »Ich wollte sie von ihrem Schmerz befreien, ihr all das Leid nehmen. Aber wie sollte ich das können? Ich konnte ihn ihr nicht zurückholen.« Tränen stiegen auf, hörbar atmete ich ein und aus, um den dicken Kloß in meinem Hals loszuwerden. »Ich habe mich hilflos gefühlt und bin mir dabei schlecht vorgekommen, weil nicht ich in der Position war, verzweifelt zu sein. Es ging um sie, nicht um mich. Ich wusste nicht, was sie brauchte. Sollte ich bei ihr bleiben? Sollte ich sie für sich trauern lassen? Jeder Mensch benötigt in so einer Situation etwas anderes. Letztendlich hatte ich das Gefühl, das Falsche zu tun. Auch sie zu fragen, was sie brauchte, war irgendwie schwierig für mich. Sie hatte keine Kraft, Entscheidungen für sich oder gar für andere zu treffen. Wie konnte ich das also von ihr verlangen? Am liebsten hätte ich sie in den Arm genommen, aber ich durfte nicht egoistisch sein. Es ging darum, was sie brauchte, nicht ich.«

»Ich halte dich für alles andere als egoistisch, kleiner Avis«, flüsterte Awan sanft und legte zu meiner Überraschung eine seiner sehnigen Hände auf meine ineinandergeschlungenen.

Ich ignorierte die vielen Schmetterlinge, die durch diese einfache Berührung machten, dass ich mich lebendig fühlte. Zu sehr erinnerte mich diese Geste an etwas anderes: mitleidige Blicke, mitleidige Gesten, mitleidiges Tätscheln.

Ich presste meine Lippen aufeinander. »Du hältst mich für einen schwachen Menschen.« So wie alle, hätte ich am liebsten hinzugefügt.

Awan umschlang sanft mein Kinn und drehte mein Gesicht zu sich, damit ich ihn ansah. Seine braunen Augen fixierten meine und es schimmerte etwas in ihnen, das mein Hirn nicht benennen wollte. Ich hatte das Gefühl, in ihnen zu versinken, während mich seine Worte an die Wasseroberfläche trugen, um wieder aufatmen zu können. »Ich halte dich für einen starken Menschen, der die Macht hat, Gefühle zu empfinden und nicht daran zu zerbrechen, sondern sie als Stärke zu nutzen, Elainy.«

Kurz wanderten meine Augen wie automatisch zu seinen Lippen, was auch Awan mitzubekommen schien, und so ließ er schnell von mir ab und rückte wenige Zentimeter von mir zurück. Es war nicht unbedingt verwunderlich, dass ein Dolor vor meinem Fenster auftauchte, nachdem ich ihm mein Herz ausgeschüttet hatte. Was jedoch überraschend war, war, dass Awan ihn fast schon aggressiv wegpfiff, als wäre er gerade überfordert mit der gesamten Situation.

Irritiert von seiner Aussage biss ich mir auf die Unterlippe. »Und trotzdem siehst du Liebe als Schwäche an.«

»Das ist es nicht ganz. Liebe bedeutet Schmerz, so wie bei deiner Cousine, die um ihren Verlobten getrauert hat. So wie bei dir, als du mit ihr mitgefühlt hast. Liebe ist es nicht, was dich schwach macht. Es ist die Mauer, die du aufgibst, wenn du liebst. Ich bewundere euch Menschen dafür, dass ihr das Risiko eingeht, das früher oder später mit Leid verbunden ist.«

»Man geht nur Risiken ein, wenn man der Meinung ist, dass es den Schmerz wert ist«, murmelte ich.

Awan runzelte die Stirn, senkte jedoch den Blick. Ich hatte das Gefühl, dass dieses Thema etwas mit ihm anstellte. Es war nicht so wie zu Beginn unserer Reise, dass er Liebe fast schon mit selbstverständlichem Hass gegenübertrat. Etwas hatte sich in seiner Meinung verändert und ich sollte vermeiden, weiter der Spur nachzugehen, was diese Veränderung ausgelöst haben könnte. Doch mein neugieriger, masochistischer Teil tat genau das, indem ich fragte: »Wünschst du dir nicht auch manchmal, Liebe empfinden zu können?«

Sein Blick war plötzlich schockgetränkt, als hätte ich ihm soeben eröffnet, dass Eselsohren in Büchern ästhetisch waren.

»Selbstverständlich nicht! Liberantas bleibt für immer, während Liebe kommt und geht.«

»Manchmal bleibt Liebe auch für immer«, stellte ich klar. »Die Liebe zu meinen Eltern zum Beispiel. Sie wird immer beständig bleiben.«

»Umso mehr wird es wehtun, wenn sie einmal nicht mehr sind.«

Ich zuckte zusammen, als ich mir vorstellte, sie zu verlieren.

Awan nickte, als hätte er genau diese Reaktion erwartet. »Siehst du. Allein beim Gedanken leidest du.«

»Das stimmt«, gab ich eisern zu. »Aber die Liebe, die sie mir mein Leben lang schenken, ist so wertvoll, so belebend, so rein. Ohne sie wäre ich ein Nichts. Ohne sie wäre ich nach ihrem Tod gar nicht fähig, lieben zu können. Gefühllos, vielleicht auch hasserfüllt. Ich weiß, dass das für dich erstrebenswert ist, für mich aber nicht. Ich will fühlen.«

Lange sah mich Awan nachdenklich an, ehe er sich dafür entschied, dem nichts mehr hinzuzufügen und sich abermals durch die Haare zu fahren. »Du solltest jetzt schlafen.«

Das beförderte mich in ganz neue Stimmungen, die als Nächstes wohl einen Timeo anlocken würden. Ich dachte daran, dass ich todmüde war, und doch fürchtete ich mich, meine Augen zu schließen, jetzt, da ich weder Rena noch Alec über den Weg traute und mir auch nicht bewusst war, welche Geschöpfe ich durch unser Gespräch noch angelockt haben könnte.

Awan wertete meinen ängstlichen Blick richtig, denn er fügte noch vorsichtig hinzu: »Ich bin da.«

Ein Satz, der jeden Menschen zu Tränen rühren würde, der sich ewig in seiner selbst errichteten Einsamkeit gesuhlt hatte. Auch ich hatte mich darin verfangen, obwohl meine Eltern stets für mich da gewesen waren und mich vor dem Alleinsein bewahrt hatten. Doch zu oft hatte ich ihnen Erlebnisse verschwiegen, mich für sie geschämt, obwohl ich insgeheim wusste, dass sie mich nicht dafür verurteilen würden. Hätte ich ihnen jedes Detail von Devens Verhalten geschildert, hätten sie mich dabei unterstützt, diese emotionale Abhängigkeit zu brechen. Aber ich wollte nicht vor meinen Eltern schwach wirken. Ich wollte überhaupt vor niemandem mehr schwach wirken, während ich es letztlich durch das Schweigen war.

Einsam zu sein war eine der schwersten Herausforderungen, aber es nicht zu sein, war mit Offenbarungen und Risiken noch viel unsicherer. Deshalb blieb ich fern von meiner Familie und Seynem auf Abstand. Das führte jedoch auch zu meiner ausartenden Verlustangst. Denn im Gegensatz zu meinem Hirn konnte mein Herz nicht mehr einsam sein, es brachte mich um. Es schälte mir gemächlich jede Schicht meines Selbsterhaltungstriebs von der Seele und machte mich so zerbrechlich wie den Flügel eines zarten Schmetterlings.

Oft hatte ich mir Menschen in sozialen Medien angeschaut, die überhaupt kein Problem damit hatten, allein zu sein, es gar befürworteten und sich genau deshalb gestärkt fühlten. Menschen, die genügend Selbstliebe empfanden, um sich selbst glücklich zu machen, anstatt davon abhängig zu sein, dass es andere für sie übernahmen. Eine Eigenschaft, die ich nicht auf meine Charakterliste schreiben konnte.

Diese drei Wörter klangen aus seinem Mund nicht nach einem temporären Versprechen, sondern nach etwas, was er auch langfristig so meinte – und das nicht nur physisch. Vermutlich so lange, bis er mich zurück in meine Welt brachte.

Bitte zerstöre dich nicht wieder mit irgendwelchen stillen Annahmen selbst, Elainy.

Langsam legte ich mich auf mein Bett, während Awan mir die Decke über den Körper zog, die eigentlich nur als Wohlfühlfaktor fungierte, da ich sie der Kälte wegen in Liberantas nicht brauchte. Trotzdem hatte ich das Gefühl, unter ihr Sicherheit zu finden. So wie in meiner Welt, in der es quasi einem Selbstmordversuch glich, einen Fuß unter der Bettdecke hervorzustrecken, weil das ein mögliches Monster unter dem Bett anlockte.

Meine Reaktion ergründend, setzte er sich direkt neben mich und verschränkte die Arme vor der Brust, um aus dem Fenster zu schauen. Kurz ließ auch ich die leuchtende Natur Liberantas' auf mich wirken, ehe ich merkte, wie mein Herzschlag stetig lauter und schneller wurde, je mehr mir bewusst wurde, dass Awan gerade allen Ernstes neben mir auf meinem Bett saß. Die Spannung ging durch meinen ganzen Körper und hinterließ eine ausgebrannte Hülle, die mein Herz in Flammen stehen ließ. Aber nicht auf unangenehme Art und Weise, es war eher so, als würde die Hitze mein lautes Schlagen umhüllen und mich vor der Kälte meines inneren Dämons beschützen.

Aus Angst, dass auch er es spüren oder gar hören konnte, suchte ich in den Tiefen meines Kopfes nach einem Thema, das die Stille und die völlig steife Situation durchbrechen konnte. »Woher wusstest du, dass ich in Liberantas bin?«

»Hm?«

Awan schien zuvor tief in Gedanken versunken zu sein, denn sein Blick war nach wie vor verschleiert, als würde es ihm schwerfallen, aus seinem Tagtraum auszubrechen. Was ich nicht alles dafür geben würde zu erfahren, woran er gerade gedacht hatte.

»Du wusstest, dass ich erst einen Tag hier war, als du mich vor dem Furorem beschützt hast. Bist du doch ein gruseliger Stalker?«, präzisierte ich also meine Frage.

Überraschenderweise lachte er in sich hinein, was mich abermals dazu verleitete, die Gänsehaut auf meinem Körper zu bemerken.

»Wir Inanis wissen, wenn Zuwachs erschienen ist. Es ist wie ein Ruf in uns. Gerade Neuankömmlinge müssen wir beobachten und sicherstellen, dass sie hier keinen Schaden anrichten. Sie kennen schließlich die Gesetze gar nicht. Wenn Anima ihnen nicht helfen und sie aufklären, müssen wir einschreiten.«

»Ich habe mich bei dir auf jeden Fall direkt willkommen gefühlt«, erwiderte ich gähnend und vor Ironie triefend.

Awan seufzte. »Ich war nicht besonders froh darüber, gerade dich zu sehen. Ich dachte, man hätte unser Aufeinandertreffen in der Aviswelt mitbekommen und dich zu uns geschickt, ohne dass du überhaupt hierhergehören könntest. Ich wusste nicht, dass du …«

»Dass ich verkorkst bin«, beendete ich den Satz mit schläfrigen Augen und kuschelte mich noch einmal richtig in die Decke.

»Dass du auch nicht gut behandelt wurdest«, korrigierte Awan mich flüsternd.

Ich schenkte ihm ein leichtes Lächeln, das er vermutlich nicht einmal wahrnahm. »Trotzdem ziemlicher Zufall, oder?«

Awan schnaubte und war einige Sekunden ruhig, ehe er fest entschlossen sagte: »Ich glaube nicht an Zufälle, kleiner Avis.«

Mit diesen Worten versank ich schließlich nur wenige Minuten des Schweigens später in das Reich der Träume, während seine Worte noch immer in meinem Kopf nachhallten.

»Halt deine verfluchte Schnauze!«, schrie er mir mitten ins Gesicht und schubste mich unsanft gegen die Wand.

»Du hast gesagt, du würdest das nie wieder tun«, flüsterte ich tränenüberströmt.

Deven lachte süffisant. »Mädchen, du lässt mir doch gar keine andere Wahl, so wie du dich verhältst. Wenn ich dir sage, du hast dich nicht so anzuziehen, dann ziehst du dich auch nicht so an! Glaubst du, ich will, dass andere Kerle denken, ich hätte meine Frau nicht im Griff?«

»Ich bin keine Puppe, die du anziehen kannst, wie du willst«, erwiderte ich schluchzend und fassungslos über seine Worte. Doch als sein Blick die pure Todeslust ausstrahlte, wusste ich, dass ich damit einen Fehler begangen hatte. Vielleicht war es auch kein Fehler. Vielleicht bestand der wahre Fehler darin, ihm geglaubt zu haben, dass er mich nie wieder so herabwürdigend behandeln würde. Wimmernd schloss ich meine Augen, weil ich genau wusste, was nun folgen würde.

Keuchend schrak ich hoch. Mein Herz schlug mir bis zum Hals, während meine Stirn pochte, als hätte ich gerade die komplizierteste Reaktionsgleichung ermittelt. Kurz musste ich mich orientieren, ehe ich Awan dicht neben mir spürte, den ich offenbar ebenso aus dem Schlaf gerissen hatte.

»Hey«, raunte er beruhigend und strich mir verschlafen eine meiner Strähnen aus dem Gesicht. »Es ist alles in Ordnung. Es war nur ein Traum.«

Seine warme, tiefe Stimme bewirkte, dass meine Seele ausatmete und so auch mein Körper. Ich drehte mich zu ihm und legte wie von selbst meinen Kopf auf seine Brust. Sein Herzschlag beschleunigte sich, er versteifte sich zunehmend. Tief unter meiner Schlaftrunkenheit war mir bewusst, dass ich gerade eine Grenze überschritt, die ich nicht rückgängig machen konnte; gleichzeitig glaubte ich nicht daran, dass es eine wahrhaftige Mauer war, die ich durchbrochen hatte. Vielmehr war ich in meinem Overthinker-Hirn an der Stelle angelangt, die mir zeigte, dass die Mauer bloß eine Illusion gewesen war, erschaffen durch die Gesetze Liberantas'. Ich hatte lediglich aufgehört, an der Illusion festzuhalten, um nicht verletzt zu werden.

Nach einigen Sekunden entspannte Awan sich etwas, umschlang mit seinen Armen meinen Körper und bettete sein Kinn auf meine Stirn. »Ich werde nicht zulassen, dass dir jemand wehtut.«

Kapitel 22

Manchmal befinden wir uns so tief in einer Grube, dass wir den Ausgang nur dann erkennen, wenn wir genau hinsehen.

Als ich abermals erwachte, war es hell im Zimmer und Awan fort. Diese Erkenntnis verursachte eine gewisse Leere in mir, die ich nicht weiter zu hinterfragen wagte. Es dauerte nur wenige Sekunden, da erinnerte ich mich schlagartig an die Nacht und spürte die Hitze, die in meine Wangen stieg. Hatte ich mich allen Ernstes auf Awans Brust gelegt? War das wirklich geschehen oder hatte ich das alles bloß geträumt? Ein Teil von mir hoffte inständig, dass wir uns nicht so nah gekommen waren, doch der andere, weitaus größere Teil wünschte sich sehnlichst, es zu wiederholen. Ich konnte mir weiß Gott wie viele Vorwürfe machen, dass ich diese unsichtbare Grenze überschritten hatte, und doch gelangte ich immer wieder zu dem Punkt, an dem Bereuen keine Option darstellte. Waren wir mal ehrlich: Ich konnte mir nichts mehr vormachen. Awan war attraktiv, schlagfertig, humorvoll und dazu noch wider Erwarten tiefgründig und liebevoll. Wie konnte mein Herz nicht schneller schlagen, wenn er bei mir war? Früher oder später endete alles in einer Katastrophe, das war für mein Leben vorherbestimmt. Und wie jedes letzte Mal rannte ich natürlich auch jetzt wie ein singendes Honigkuchenpferd in die Kreissäge hinein. Awan würde mich niemals so sehen, wie ich ihn sah, und nichts auf dieser Welt könnte je etwas daran ändern. Schon allein deshalb, weil er gar nicht so fühlen konnte wie ich.

Verschlafen fuhr ich mir durch die verknoteten Haare, die mehr einem Vogelnest glichen, und machte mich schließlich auf den Weg in die Küche, um mir die nächste Standpauke meines grenzüberschreitenden Mitbewohners und meiner biestigen Mitbewohnerin anzuhören. Wenn ich geglaubt hatte, ich würde mich vor dem Anschiss meiner Mutter fürchten, wann immer sie mir mit dem großen Müllsack drohte, weil ich mein Zimmer nicht aufgeräumt hatte, dann wurde ich hiermit eines Besseren belehrt: Sie würden mir nicht mit dem Sack drohen, sondern mit einem direkten Rauswurf, und das würde bedeuten, dass ich mir demnächst den Wald mit ein paar Furorem und Desperatis teilen durfte.

Langsam durchschritt ich den Türrahmen und atmete noch einmal tief ein und aus, als würde ich mich auf die wichtigste mündliche Prüfung vorbereiten, die mir das Leben zu bieten hatte. Wie zu erwarten waren Rena und Alec bereits auf den Beinen und schienen das Frühstück vorzubereiten. Als mich die beiden entdeckten, sprachen ihre Gesichter Bände und bestätigten damit meine Sorge.

»Guten Morgen«, nuschelte ich, während Rena mir einen abfälligen Blick zuwarf.

Nichts Neues, also locker bleiben und sich nicht aufregen. Das war quasi ihr Gesicht, ihr alltäglicher Gesichtsausdruck.

»Hast du wirklich als Nutte für einen Inanis hergehalten?«, polterte sie unverblümt los, während sie mich von unten bis oben abfällig beäugte.

Okay, jetzt durfte ich mich aufregen. »Wie bitte?« Hatte sie mich allen Ernstes gerade als *Nutte* beleidigt?

Alec hingegen stieß seine Freundin wütend an. »Du glaubst doch nicht wirklich, dass Elainy mit einem Inanis Sex hat!« Dann schaute er zu mir, diesmal deutlich unsicherer. »Oder?«

Ich verschränkte die Arme vor der Brust. Glaubten sie wirklich, dass ich ihnen Rechenschaft schuldig war? »Nicht, dass es euch etwas anginge, aber nein, ich habe nicht mit ihm geschlafen!« Energisch trat ich auf Rena zu und blickte ihr hoch erhobenen Hauptes direkt ins Gesicht. »Als Frau eine andere Frau als Nutte zu betiteln ist mehr als nur schwach. Aber gib den toxischen Männern nur dadurch das Okay, uns als solche zu beschimpfen.«

Damit drehte ich mich um, nahm den kurzen Weg zur Tür und verließ die Hütte, meine Wut unterdrückend. Light war sofort zur Stelle und lief mir eifrig hinterher, als hätte er nur auf diese Reaktion gewartet. Vermutlich dachte er schon lange, dass ich völlig bescheuert wäre, weil ich mich auf Diskussionen mit den beiden einließ, die ohnehin zu nichts führten. Ich hatte keine Lust mehr auf die zwei. Endgültig war ich genervt von ihnen und wünschte mir sehnlichst Sey herbei, der mich zwar genauso wenig verstand, aber mir immerhin niemals vorschreiben würde, mit wem ich etwas zu tun haben durfte und wen ich tunlichst meiden sollte. Ich hatte es satt, mich schlecht behandeln zu lassen, einzig und allein aus dem Grund, dass ich der Meinung war, ich müsste Dankbarkeit zeigen. Warum glaubte ich, dass Menschen mit mir machen konnten, was sie wollten, nur weil sie mir in der Vergangenheit einen Gefallen getan hatten? Als würde man diese beiden Komponenten in Relation setzen und miteinander vergleichen können. Man erhielt keinen Gutschein für seine guten Taten, um die schlechten damit auszugleichen. Ich durfte dankbar für Renas und Alecs Gastfreundschaft sein, aber ich durfte auch verdammt noch mal wütend darüber sein, dass sie mich mittlerweile wie einen personifizierten Boxsack behandelten.

Außerdem nahm ich ja bisher sogar unbewusst an, dass es in Ordnung wäre, wenn sie so mit mir umgingen. Als hätte ich es nicht anders verdient, als wäre es normal, mich zu bedrängen oder mir ständig mit Argwohn zu begegnen. Leider war dies kein Einzelfall. Viel zu oft hatte ich das mit mir machen lassen, weil ich glaubte, es verdient zu haben. Als wäre Respekt außerhalb meines Empfangsradars und als würden meine selbstzerstörerischen Antennen bloß Schmähungen aufnehmen können. Ich sollte langsam zu anderen Kanälen wechseln!

Ich atmete einmal tief durch und besann mich darauf, nicht weiter meine Gedanken an Negativität zu verschwenden. Größtenteils, weil ich nicht unbedingt erpicht darauf war, von einem Furorem Gesellschaft zu bekommen, teilweise aber auch allein deshalb, weil ich mir im Klaren war, wohin mich meine inneren Dämonen führen konnten, wenn ich aufhörte, sie im Zaum zu halten. Sie würden meinen Selbsthass an die Oberfläche bringen, mir einreden, ich hätte nichts außer Geringschätzung verdient, und mich in die Sucht nach Selbstverletzung zerren. Es war jedes Mal der gleiche Ablauf: selbstmordverleitende Gedanken über mein mickriges und aussichtsloses Ich, gefolgt von selbstverletzendem Verhalten, um die Schuld von mir wie eine unerwünschte Schicht abzutragen und dem Drang nach dem Beenden meines Lebens etwas nachzugeben und ihn so zu umgehen. Das wiederum mündete in ein schlechtes Gewissen, weil ich nicht stark genug gewesen war, der Sucht nach der Klinge zu widerstehen. Im Grunde war es wie ein Kreislauf, weil es damit anfing und endete, dass ich mich für meine Schwäche und meine Krankheit verachtete.

Nachdenklich schaute ich zu Light hinab, der gerade dabei war, einen kleinen Confido zu jagen. Immer wieder flatterte der dunkelblaue Motten-Bienen-Mix um die Libercat herum, als würde er ihn provozieren wollen. Doch je länger ich die beiden bei ihrem Tänzchen beobachtete, desto mehr dämmerte es mir, dass sie lediglich miteinander spielten. Lights Krallen waren weder ausgefahren noch schnappte er mit dem Maul nach den fellartigen Flügeln des Confido. Nichts an seiner Haltung erweckte den Anschein, als würde er ihn wirklich verletzen wollen.

Ich gehörte nicht hierher und doch gehörte ich genau hierher. Es war nicht der Ort, der mich hielt, denn dazu konnte ich mit den Gesetzen zu wenig konform gehen. Es waren die Seelen, die mich hier hielten. Es war Light. Es war Awan. Und keinen der beiden konnte ich in meine Welt mitnehmen. Zumindest in diesem Punkt stimmte es, was Awan über die Liebe gesagt hatte: Sie war am Ende stets mit Schmerz verbunden. Allein deshalb wurde es Zeit zu gehen.

Ohne wirklich darüber nachzudenken, lief ich also zum Domo-Berg. Ich hatte kein Interesse daran, ihn abermals zu erklimmen, andererseits befürchtete ich, dass Awan genau dort sein würde. Was hatte ich daher für eine Wahl? Wenn ich davon überzeugt war, von hier verschwinden zu wollen, dann konnte nur er mir dabei helfen. Auch wenn es bedeutete, dass ich nicht einfach so abhauen konnte und mir ein schmerzhaftes Lebwohl nicht erspart bleiben würde.

Kurz bevor wir den Berg erreichten, duckte ich mich innerlich, weil ich wusste, dass mir im nächsten Moment mit jedem weiteren Schritt in ihr Gebiet Dutzende von Inanis entgegenkommen könnten. Außer Madaline, Milo und Awan hatte ich sehr selten andere Inanis fernab des Berges gesehen. Der

Domo-Berg schien ihr Zuhause zu sein, den sie nur dann verließen, wenn sie Anima die Hölle heißmachen mussten. Ob es für eben diese auch so einen Ort gab oder ob nur sehr wenige von ihnen hier waren? Außer Alec und Rena hatte ich nur viermal andere Anima oder Avis herumirren sehen, von denen ich mir nicht wirklich sicher gewesen war, ob sie nicht vielleicht doch Inanis gewesen waren. Immerhin hatte ich aus der Entfernung beim besten Willen nicht ausmachen können, ob die Augenfarbe der Herumirrenden mit Obsidian vergleichbar gewesen war. Wie groß war eigentlich Liberantas, wenn hier immer wieder Avis eintrudelten, die erst einmal als Anima blieben? Es musste riesig sein, sonst hätte ich doch jede Menge Begegnungen mit ihnen haben müssen. Anfangs war der Kontrast zu meiner menschenüberladenen Welt zu stark gewesen. Die Stille hatte mich einsam gestimmt. Doch je mehr ich mich daran gewöhnt hatte und mit Light und Awan in Kontakt stand, desto befriedigender fand ich diese vor Natur nur so strotzende Gegend. Ob es nun wirklich nur an der Gewohnheit oder doch viel mehr an der Gesellschaft lag?

Zu meiner Erleichterung entdeckte ich schließlich Milo, der auf einem Felsvorsprung saß und eine Waffe schärfte. Einerseits war ich mehr als nur froh darüber, ihn zu sehen, weil ich dadurch Hoffnung hatte, er könnte für mich Awan herholen, ohne dass ich erneut mit Dan in einen Konflikt geriete. Allerdings war mir andererseits durchaus bewusst, wie sehr er mich nach der Sache mit Light verabscheute, weshalb ich mir nicht unbedingt sicher war, ob er mir nicht selber in den Arsch treten würde. Schon gar nicht, wenn Light noch immer an mir klebte, als wäre er mit mir verschmolzen. Doch etwas in mir glaubte, dass Awan auf ihn abfärbte und er nicht wirklich der Sadist war, als der er sich zuletzt gezeigt hatte. In ihm steckte mehr als das, und insgeheim hatte ich das bereits in meiner Welt gewusst, als er mich verschont und flüchten gelassen hatte.

Also atmete ich einmal tief durch und trat dann mutig auf ihn zu. Als er meine Bewegung ausmachte, schrak er zusammen und schaute mir irritiert in die Augen. »Was machst du denn hier?« Immerhin klang es nicht direkt nach einer Morddrohung.

»Ich suche Awan.«

»Ich glaube, es ist an der Zeit, dass du dich von ihm fernhältst«, befand Milo stirnrunzelnd.

Ich reckte mein Kinn. »Und ich glaube, dass du das nicht zu entscheiden hast.« Warum glaubte heute jeder, dass ihn das Leben anderer etwas anginge? Dass mein Leben sie etwas anginge? War es, weil ich ein Avis war und somit für sie am Ende der Nahrungskette stand? Weil sich Anima und Inanis für etwas Besseres hielten und ich ohnehin niemals in ihre Welt gehören würde, sofern ich mich nicht ihren Vorstellungen anpasste?

Milo biss sich auf die Unterlippe und legte sein Messer neben sich. »Hör mal, Elainy. Ich habe kein Interesse daran, dir das Leben schwer zu machen.«

Daran bestand kein Zweifel. Meine Erinnerung war zwar verblasst, doch war ich mir im Klaren, dass er mir bei unserer ersten Begegnung das Leben gerettet hatte. »Dann tu es nicht und sag mir, wo Awan ist.«

»Magst du ihn?« Milo stand mit geschwollener Brust und geradem Rücken auf. Jetzt, wo er mich deutlich überragte, hatte sich mein Selbstbewusstsein dann doch kleinlaut hinter mich geschoben, und ich wurde nervös. Das war allerdings nicht allein seiner Körpergröße geschuldet, sondern viel eher seiner Frage, wie ich mir eingestehen musste. *Mögen* war vermutlich nicht mal mehr in der Nähe der Wahrheit.

Ich senkte den Kopf, als würde ich ihm damit weniger etwas vormachen. Vielleicht aber auch bloß, weil ich genau wusste, dass er mir die leiseste Lüge mit nur einem Blick in mein Gesicht entlocken würde. »Er hat mir schon oft geholfen«, wich ich aus. Ja, meine Güte, natürlich mochte ich ihn,

Herrgott noch mal. Sollte ich darum einen riesigen Wirbel veranstalten? Scheiße, nein!

Milo nickte wissend und fuhr sich mit seiner großen Hand über sein Gesicht, bis er am Kinn kurz seinen hellen Bart lang zog. »Seitdem du aufgetaucht bist, verändert sich Awan. Wenn du ihn wirklich magst, solltest du gehen.«

»Was meinst du damit? Inwiefern verändert er sich?« In welchen goldenen Kothaufen war ich nun schon wieder getreten, um dieses Gespräch zu verdienen?

Nachdenklich spähte er in die Ferne und kniff dabei die schwarzen Augen leicht zusammen. »Awan und ich sind schon lange Verbündete. Wir helfen einander, unterstützen uns. Unsere Priorität war es immer, für den Frieden hier zu sorgen, so wie es unsere Pflicht ist. Anima mit ihren Gefühlen in die Schranken zu weisen, Konflikte zu unterbinden. Seit du da bist, hat sich diese Priorität verändert.« Daraufhin schaute er anklagend zu mir. »Ich dürfte ihm das niemals sagen, aber … du …« Er rang mit den Worten. Es wirkte beinah so, als würde er sich sträuben, die Wahrheit auszusprechen.

»Ich?«

Er sah mir direkt in die Augen. Vorwurfsvoll. Eiskalt. »Du machst ihn menschlich.«

In meiner Welt war diese Eigenschaft wohl eine der schönsten, die man zwischen all den sadistischen und egoistischen Möchtegernproleten haben konnte. Doch hier glich diese Bezeichnung einer Beleidigung. Als hätte ich aus Awan einen Serienmörder gemacht. Als hätte ich ihn dazu angestachelt, den halben Planeten auszumerzen. Natürlich verstand ich Milos Bedenken. Awan hatte mir schließlich mehr als nur einmal eingetrichtert, welche Werte sie hier vertraten, und auch wenn ich nicht derselben Meinung war, fühlte ich mich plötzlich schuldig. Ob es stimmte? Veränderte sich Awan wirklich meinetwegen? Nicht, dass es mir nicht längst aufgefallen wäre, dass er sich in eine Richtung entwickelt hatte, die mit seinen anfänglichen Vorstellungen nicht länger vereinbar war.

Light sah mich forschend an, als würde er meinen Gesichtsausdruck entschlüsseln wollen.

»Elainy!«, hörte ich nach wenigen Sekunden des Schweigens eine vertraute Stimme rufen.

Wenn man vom Teufel sprach! Als ich aufschaute, konnte ich ihn jedoch bloß als Engel betiteln. Mit seinen riesigen, wunderschönen Flügeln schwebte er zu uns. Auch als er auf dem Boden aufkam, wirkte er so graziös, als würde er gerade alles bei einer Modenschau geben. Wäre ich an seiner Stelle gewesen, hätte mein Landeanflug bei meiner Tollpatschigkeit sicherlich darin geendet, dass ich mit dem Gesicht saftig über den Boden geschlittert wäre und dabei noch zehn Felsen mitgenommen hätte.

Verstohlen linste ich zu Milo, der betroffen zu seinem Verbündeten starrte, als hätten sich seine Worte soeben bestätigt. Irgendwo tief in meinem Inneren wusste ich, dass Milo recht hatte. Ich sollte gehen, wenn mir etwas an ihm lag.

Ich seufzte, doch als Awan uns schließlich erreichte, setzte ich mein Pokerface auf, das ich in der Vergangenheit mehr als nur einmal hatte verwenden müssen, damit mich niemand verurteilte oder auf meine Niedergeschlagenheit ansprach. Auf die Szene, die folgen würde, wenn er herausfände, worüber wir gesprochen hatten, war ich beim besten Willen nicht vorbereitet und würde es auch nie sein.

Awan hingegen schaute zwischen Milo und mir hin und her, als wollte er uns die Informationen aus den Hirnen heraussaugen. »Störe ich?«

Milo schüttelte eisern den Kopf und ich tat es ihm gleich, als Awan auch mich fragend anblickte, was sicherlich dazu führte, dass er noch misstrauischer wurde. Ich zuckte mit den

Schultern und brachte ein halbes Lächeln zustande, ohne mich dabei räudig zu fühlen. »Ich wollte zu dir.«

Milos Augen richteten sich sofort wieder auf mich, während ich ihn nur flüchtig ansah und schließlich betreten meine Füße anstierte. Vermutlich glaubte er gerade, dass es mir am Allerwertesten vorbeiging, was er mir vor wenigen Augenblicken an den Kopf geknallt hatte. Mein Herz konnte definitiv diesbezüglich Entwarnung geben: Dem war nicht so.

»Okay«, lautete Awans Antwort, und so entfernten wir uns wie automatisch von Milo, während wir Richtung Wald marschierten.

Den durchbohrenden Blick spürte ich trotzdem noch lange im Nacken.

»Alles okay? Hat Milo irgendwas Unfreundliches gesagt?«, hakte Awan nach Minuten der Stille nach und blickte mich bekümmert an.

Und als ich in seine Augen blickte, erkannte ich, was Milo tatsächlich meinte. Sie wirkten menschlicher. Nicht nur heller, wie schon so oft, sondern auch wärmer und vor allem: weniger tot. Einerseits freute mich diese Tatsache, andererseits ängstigte sie mich auch, in Anbetracht dessen, was ich über die Inanis und ihre Gesetze wusste. Schließlich hatte ich bisher nur Inanis mit schwarzen Iriden gesehen, aber Awans schienen von Mal zu Mal heller zu werden. Was hatte das nun bloß für mich zu bedeuten?

Ich schüttelte den Kopf und versuchte, dabei nicht zu auffällig in seine Augen zu schauen. »Nein, er war sehr freundlich zu mir.«

»Er ist ein netter Kerl, wenn man sich mit ihm gut stellt«, erwiderte Awan lächelnd, während er mir beim Eintreten in den Wald einen kleinen schwarzen Ast aus dem Gesicht hielt. »Ihr hattet einen schwierigen Start, woran ich nicht ganz unschuldig bin. Aber ich habe mit ihm gesprochen. Er wird dich respektieren.«

Der Zusatz »Dafür werde ich sorgen« schwang mit jedem Wort mit.

»Er und du … seid ihr Freunde?«, fragte ich erneut, obwohl er mir dazu bereits Monologe gehalten hatte. Doch was war, wenn Milo recht behielt und er sich tatsächlich derart verändert hatte?

Awan sah mich stirnrunzelnd an, ehe er leichtfüßig über zwei massive Wurzeln auf dem Boden sprang. »Du weißt doch, wir Inanis haben lediglich Verbündete.«

Fast schon wollte ich aufatmen, weil sich seine Meinung nicht geändert hatte, obwohl ich seine Ansichten deshalb noch immer nicht begreifen konnte. »Sich umeinander kümmern, sich beschützen, füreinander da sein. Für mich definiert das eine Freundschaft.« Wie beiläufig strich ich über eine der violetten Blüten, die in einem symmetrischen Dreieck in meine Richtung wuchsen. Sie waren weich und glatt, gleichzeitig zerbrechlich, wie ich mich immer wieder fühlte. Fast so, als verkörperten sie die Erscheinung vieler Menschen: äußerlich stark und nahezu perfekt, doch im Kern, im Inneren, derart verwundbar, dass nur eine einzige fremdeinwirkende Handlung ihre Zerstörung bedeutete.

Awans nachdenklicher Gesichtsausdruck lockte mich von der Blüte weg, dann schüttelte er entschieden den Kopf und kickte mit dem schuhlosen Fuß einen viereckigen Stein in einen der kleinen durchschimmernden Bäche, die im Tageslicht fast schon holografisch schimmerten. Konnte ich wirklich fortgehen?

»Es ist eine Zweckgemeinschaft, mehr nicht«, führte Awan mich schnell aus meinem drohenden inneren Konflikt.

Ich presste die Lippen aufeinander. »Verstehe.«

»Du scheinst viel Wert auf Freundschaften zu legen, aber du deutest öfter an, dass du nicht viele davon hast. Warum ist das so?«, wollte Awan sogleich wissen, schnappte sich eine marineblaue Frucht, die allein von der Form einer Birne ähnelte, und biss ohne Umschweife hinein.

Lange schaute ich zu Light neben mir, ehe ich den Kopf hob und in die Ferne sah. »Ich bin ein introvertierter Typ Mensch, weißt du. Es fällt mir schwer, Kontakte zu knüpfen. Und außerdem …« Ich hielt inne.

Awans Blick lag auf meinem Gesicht. Er ließ die Frucht sinken. »Außerdem?«, stocherte er nach, als ich nicht weitersprach.

Ich atmete tief durch. »Es ist einfacher, allein zu sein, weißt du?«

»Einfacher?«, wiederholte Awan verwirrt.

Ich präzisierte meine Aussage: »Schmerzfreier.«

»Schmerzfreier.« Awan blickte nachdenklich ins Nichts, während ich ihn ansah. Seine vollen Lippen schürzte er, seine schwarzen Augenbrauen waren zusammengezogen, während er mehrmals blinzelte. Dann endlich blickte er wieder zu mir und ich fühlte mich prompt ertappt dabei, ihn angeschmachtet zu haben. Peinlich berührt fuhr ich mir durch die Haare. »Ich werde schnell emotional abhängig.«

»Und warum ist das so?« Mit einer geschmeidigen Bewegung warf er die Frucht mehreren Sola hin, die gerade dabei waren, mit ihren kleinen Pfoten an eine gelbe Frucht an einem der Büsche heranzukommen. Wie auf Knopfdruck stürzten sie sich allesamt auf Awans angebissene Frucht. Wäre unser Gespräch nicht derart unangenehm für mich, hätte ich ganz bestimmt über diese niedliche Szenerie geschmunzelt.

Stattdessen zuckte ich mit den Achseln. »Vermutlich, weil ich glaube, dass ich ohne diese Person ewig allein sein würde. Weil ich mich nicht genug schätze, um einzusehen, dass ich mich glücklich machen kann.«

»Dann verstehst du die Gesetze von Liberantas doch?«, schlussfolgerte er fast schon triumphierend.

Doch sein Gesichtsausdruck wies im nächsten Moment Trauer auf, die mich ziemlich stark an Mitleid erinnerte. Bedauerte er, dass ich doch seiner Meinung sein könnte?

Ich schüttelte den Kopf. »Ich bin nicht allein, weil ich denke, ich wäre allein glücklich, Awan.«

»Warum bist du es dann?«

Er sah mich geduldig an, fast so, als würde er unbedingt begreifen wollen, was in mir vor sich ging. Als wäre ich ein unbeendetes Buch, dessen Ende er um jeden Preis erfahren wollte. »Weil der Schmerz, einsam zu sein, weitaus weniger grausam ist als der, jemanden zu verlieren.«

Awan visierte mich mit schräg gelegtem Kopf an. »Gestern Nacht klang das noch anders.«

»Familie ist ein Sonderfall, Awan. Das ist mit einer Freundschaft oder einer Beziehung nicht zu vergleichen. Für eine Familie entscheidet man sich nicht. Man hat sie oder man hat sie nicht. Und wenn man sie hat, dann kann sie der größte Hort der Liebe sein, sofern alle Seiten es zulassen«, stellte ich klar. »Und ich habe trotzdem einen Freund.«

Awan blieb abrupt stehen und so konzentrierte ich mich nach meiner minutenlangen gedanklichen Abstinenz auf meine Umgebung. Wir waren nicht länger im Wald, sondern erklommen bereits einen ziemlich großen Hügel, der in einem Felsen endete. Uns umgaben mehrere kleine gelbe Blumen, die wie im Zickzack gen Himmel ragten. Der Weg vor uns war von rechteckigen schwarzen Steinen umgeben, die sich verformten, wenn wir auf sie traten. Faszinierend!

»Du hast einen Freund?«, betonte Awan mit hochgezogenen Brauen, als hätte ich ihm gerade gestanden, der Papst höchstpersönlich zu sein.

Ich lief rot an und machte mit den Händen eine abwehrende Geste. »Nein, nein, nicht so einen Freund. Einen Kumpel, Seynem heißt er.«

Awan biss sich auf die Unterlippe und nickte verstehend. »Ist er gut zu dir?«

»Äh … ja«, antwortete ich verwirrt über seine unübliche Frage.

»Dann freut es mich, dass du ihn hast«, erwiderte er und ging mit nachdenklichem Blick weiter.

Als wir schließlich auf der obersten Spitze des Felsens ankamen, wurde mir erst bewusst, dass mich Awan die gesamte Zeit geführt hatte. Mit geweiteten Augen blickte ich auf das hinab, was sich mir darbot: ein schwarzer Sandstrand an einem weißen Meer. Fast milchig aussehend berührte das Wasser den Strand und überlappte das reine Tiefschwarz, das mich spontan an Awans Haare erinnerte. Die schmalen Wellen waren beinah nicht existent, sodass es eine friedliche Wirkung auf mich hatte. Weder Fußspuren noch Muscheln oder Steine konnte ich auf dem Sand ausmachen, als wäre er vollkommen unberührt. Wie konnte etwas so derart perfekt aussehen, ohne dass irgendjemand daran herumgewerkelt hatte? Wie war es möglich, dass ich würdig war, diesen Anblick genießen zu dürfen?

»Ein weißer Ozean?«, bemerkte ich ehrfürchtig und traute meinen Augen kaum.

Awan neben mir strotzte nur so vor Stolz über seine Welt. »Im Grunde genommen ist er silbern. Doch an Tagen wie diesen machen die vorherigen Seelen Platz für neue.«

»Das verstehe ich nicht«, gab ich zu und versuchte, die Antwort in den sanften Wellen abzulesen.

Doch das war gar nicht nötig, denn Awan hatte bereits wie aus der Pistole geschossen eine Erklärung parat, als hätte er geahnt, dass er mir Hohlwurst alles zehnmal erläutern musste:

»An jedem siebten Tag eines jeden Monats dürfen Inanis in den Ozean gehen, um das Leben zu verlassen.«

»Sie gehen in den Ozean, um zu sterben?«, flüsterte ich erschrocken. Wie konnte ein solch friedlicher Ort so viel Dunkelheit beherbergen?

»Sie gehen in den Ozean, um in einer anderen Welt … in einer Zwischenwelt zu leben.« Awan lächelte. »Ich wünsche mir, dass ich dieses Privileg auch haben werde. Liberantas entscheidet für dich, wann es für dich Zeit ist zu gehen. Und falls du nicht schon früher verstorben bist, darfst du dir den Platz für deine Seele im silbernen Ozean suchen.«

Ich ließ mir das durch den Kopf gehen. Vielleicht war dieser Tod tatsächlich ein erstrebenswerter, auch wenn ich nicht ganz begreifen konnte, wie dieses Sterben auf Knopfdruck funktionieren sollte. »Was passiert mit den Seelen, die für neue Platz machen?«

Awan zuckte mit den Schultern. »Es heißt, dass unter dem Sichtbaren das viel Wichtigere schlummert: das Verborgene. Der Anfang und das Ende. Eine Art Fluss der Ewigkeit unterhalb des Ozeans. Ob das wirklich stimmt, ist natürlich nicht bewiesen. Aber … wir leben mit dem Glauben.«

»Wohin führt der Fluss der Ewigkeit?«

Awan blickte zum Meer und atmete die Luft tief ein, als wäre es das Kostbarste, das er kannte. »In das Unendliche. In den endgültigen Tod.«

Vielleicht war die Frage genauso schwierig zu beantworten, als würde er mich fragen, was ich glaubte, wohin ich gehen würde, sobald ich stürbe. Ich als Agnostikerin hatte absolut keinen Plan und vielleicht war das auch gar nicht weiter wichtig. Eine Antwort darauf würde ich vor meinem Tod ohnehin nicht erhalten.

»Und wohin ist das genau? Wohin gehen die Seelen?«

Awan schmunzelte über mein Interesse. »Ich nehme ein Bild zu Hilfe, damit du es verstehst: zum Herzen derjenigen Person, die dich am meisten geliebt hat. So wie alle Seelen.«

»Ich dachte, man darf in Liberantas nicht lieben?«

»Deshalb sagt man, dass die Seelen der Inanis auch hier in Liberantas bleiben. Im Fluss der Ewigkeit«, erklärte Awan achselzuckend und zwinkerte mir zu. »Anders als Anima, die in der Aviswelt mit Liebe konfrontiert waren, wurden wir nie geliebt. Offensichtlich.«

Ich sah ihn irritiert an, während der Wind durch meine Haare flog und sie von meiner Schulter wehte. »Und das ist erstrebenswert für dich? Für immer an diesem Ort zu bleiben?«

»Liberantas ist vermutlich das, was *du* Familie nennen würdest. Also ja, es ist erstrebenswert.«

Plötzlich wurde mir bewusst, dass ich die ganze Zeit auf meiner Kultur, auf meinen Wertvorstellungen beharrt hatte, obwohl ich diejenige war, die diese Welt betreten hatte. Vielleicht war es sogar ziemlich dreist, hierherzukommen und allen meine Ansichten aufzuzwingen, obwohl sie hier ihre eigene Ideologie verfolgten. Natürlich war das kein Grund für mich, die Klappe zu halten, aber trotzdem hätte ich offener für ihre Einstellungen sein sollen. Zumindest klopfte das schlechte Gewissen bei mir an, als hätte ich einen Welpen misshandelt.

Nach einer Minute des Schweigens seufzte Awan, und so blickte ich ihn fragend an. »Warum hast du nach mir gesucht, kleiner Avis?«

Fast schon hätte ich es selbst vergessen. Oder vergessen wollen? Ich war mir nicht sicher, und noch unsicherer machte mich plötzlich der Gedanke, mein Vorhaben in die Tat umzusetzen. Aber ich hatte mich in einer anderen Situation ohne Awan entschieden und diesem Impuls sollte ich auch jetzt folgen. Also ließ ich die Bombe platzen: »Ich denke, ich sollte zurück in die Aviswelt gehen.«

Awan sah zunächst geschockt aus, ehe er wieder ein desinteressiertes Pokerface aufsetzte. »Bist du denn schon geheilt?«

»Nein. Aber ich bin mir auch ziemlich sicher, dass das hier nicht passieren wird. Es bringt nichts, vor Problemen wegzulaufen. Nur weil ich hier Vergangenes vergesse, heißt das nicht, dass ich es nicht in mir trage. Verdrängung ist gefährlich. Nur Konfrontation kann die Lösung sein, Awan. Auch die Gefühle zu unterdrücken ist für mich keine Option. Ich habe mich lange genug leer gefühlt. Und wohin hat es mich gebracht? Hierher. Wo wir als Anima unsere Familien vergessen. Das Einzige, was mich noch am Leben hält.« Mit Tränen in den Augen registrierte ich seine niedergeschlagene Miene. »Ich kann nicht bleiben.«

Lange sah er mir dabei zu, wie ich mir die Tränen von den Wangen wischte und meine Haare hinter die Ohren klemmte, damit der Wind sie nicht in mein Gesicht blies. Dann bückte er sich plötzlich und pflückte eine Art Pusteblume. Er streckte sie mir stumm entgegen und ich nahm sie zögernd zwischen meine Finger, um sie genauer anzusehen. Die Pusteblume erinnerte an winzig kleine türkisfarbene Federn, die wie Stacheln nach außen gerichtet waren. Sie sahen aus wie kleine Fanartikel der Inanis, und so musste ich schmunzeln, während ich zugleich schluchzte. Das Geräusch, das mir dabei entfuhr, war so absurd wie meine Gefühle selbst. Doch ich ignorierte den Dolor neben mir und fokussierte mich einzig und allein auf die Gedanken, die mich plagten. »Das Problem ist, dass ich jetzt schon nicht weiß, wie ich weiterleben kann. Dabei steht mir der schlimmste Schmerz noch bevor. Etwas, wovor Liberantas mich vielleicht kopfmäßig bewahrt hätte, aber niemals auch im Herzen.«

Awan runzelte die Stirn. »Du weißt, dass du etwas erleben wirst, das dich noch schwerer treffen wird? Woher?«

»Weil es unumgänglich ist, wenn ich lange leben möchte.«

»Wie kannst du dir da sicher sein?«, fragte er vorsichtig nach und trat näher zu mir.

Mit zusammengekniffenen Lippen konzentrierte ich mich krampfhaft, während ich mit aller Macht versuchte, die Worte auszusprechen, die den Damm ein weiteres Mal zum Brechen bringen konnten. »Weil es der Tod meiner Eltern sein wird.«

Awans Blick veränderte sich schlagartig. Wenn er zuvor irritiert ausgesehen hatte, so spiegelte sich nun das Mitgefühl in seinen Augen wider. Es dauerte nicht eine Sekunde, da befand ich mich in seinen Armen. Fest umschlang er mich und sagte mehrere Minuten kein Wort. Er hielt mich einfach nur. Und das war eine der tröstlichsten Gesten, die ich seit Langem erfahren durfte.

»Gefühle sind eine schmerzhafte Angelegenheit«, kommentierte Awan, als er schließlich von mir abließ und wieder räumliche Distanz zwischen uns brachte.

Ich nickte und war auf eine verquere Art froh, diesen Schmerz spüren zu können. »Man sollte nicht denjenigen Mitleid entgegenbringen, die zu viel fühlen, sondern denjenigen, die gar nichts fühlen.«

Awan entgegnete nichts und so widmete ich mich abermals der Pusteblume in meiner Hand.

»Das sind Wünsche und Träume verstorbener Inanis«, erklärte Awan sanft. »Der Somnium verankert sie für die Toten.«

Mit geweiteten Augen begutachtete ich die Pusteblume. »Und … die sind darin gespeichert?«

Er grinste über mein Staunen. »Sozusagen. Man sagt, dass man den Wunsch des Inanis erfüllen wird, wenn man sie pustet. Es ist unsere Art, ein Stück weit weiterzuleben mithilfe eines anderen, weil man dann getrieben von diesem Wunsch in die Rolle des anderen schlüpft.«

Ich schaute auf die Pusteblume hinab. Diese Geste berührte mich zunehmend, weswegen ich fast neidisch wurde, weil mir dieses Wunder niemals zuteilwerden würde. »Und woher weiß ich, welcher Wunsch es war?«

Awan zuckte mit den Schultern. »Ich habe noch nie eine gepustet.«

»Warum nicht?« Ich hätte mindestens zwanzig gepustet, um möglichst vielen Inanis ihre unerfüllten Träume zu ermöglichen.

Awan sah mir ernst entgegen. »Weil ich kein Leben eines anderen fortführen möchte. Es gibt einen Grund, warum Wünsche nie in Erfüllung gehen.«

Ich verstand ihn, und trotzdem wollte ich es nicht auf diese Art betrachten. Diese Pusteblume war ein Zeichen dafür, dass der Tote noch weiterlebte und nur dann Ruhe finden würde, diese Welt nur dann verlassen konnte, wenn sein Wunsch erfüllt werden würde. So als würde er oder sie umherwandeln und niemals Frieden finden. Ich wandte meinen Blick von Awan ab und schaute zurück zum Ozean. Im nächsten Moment sog ich sacht die Luft ein und blies sie sogleich gegen die Pusteblume. Die winzigen Federn flogen durch die Luft, als würden sie endlich nach einer langen Reise aufatmen, und wurden dann langsam zum Meer getragen.

Ich lächelte zufrieden, und als ich Awan anschaute, bemerkte ich erst, dass er mich ehrfürchtig beobachtete. Beschämt räusperte ich mich und blickte lieber zum Ozean. »Es ist so wunderschön hier! Du musst wirklich wunschlos glücklich sein.«

»Glaubt ihr Avis das wirklich? Dass man glücklich sein muss, wenn man alles hat?«, wollte Awan fast schon bestürzt wissen.

Ich erinnerte mich daran, dass das seine eigenen Worte gewesen waren. Er selbst hatte behauptet, wunschlos glücklich zu sein. Ob er das gar nicht mehr wusste? Neugierig blickte ich erneut zu ihm. »Was wünschst du dir denn?«

Er schwieg. Sekundenlang blickte er mich stumm an und mein Bauch füllte sich plötzlich mit Wärme, die ich nicht unterdrücken konnte. Es brauchte keine Worte von ihm. Es war, als würde er mich mit tausend Sätzen in einem Bruchteil einer Sekunde streicheln und umhüllen.

»Aber du hast doch selbst gesagt, dass du alles hast«, flüsterte ich.

Scheinbar verwirrt schaute er wieder in die Ferne. »Das dachte ich auch.«

Kapitel 23

Es gibt nur deshalb Frieden, weil wir den Krieg besiegt haben.

Ich schwieg. Keine Ahnung, was ich dazu sagen sollte, schlug mein Herz doch nun so viel schneller als zuvor. Es ängstigte mich, das auszusprechen, was ich fühlte, wusste ich ja, was das für ihn bedeuten könnte. Mal davon abgesehen hatte er sicherlich lediglich körperliches Interesse. Er konnte schließlich nicht fühlen.

Als ich seine nachdenklichen Züge musterte und immer wieder zwischen Lippen und Wangenknochen hin- und hersah, spürte ich, wie mein Herz mir etwas anderes weismachen wollte. Je länger ich ihn beobachtete, wie er in die Ferne sah, desto mehr wünschte ich mir, sein zu sein. Doch egal, wie sehr ich mir das auch wünschen mochte, dieser Traum würde sich auch dann nicht erfüllen, wenn ich selber eine Pusteblume hätte, die irgendwann gepustet werden würde. Ich wusste das und er genauso.

Schließlich räusperte ich mich. »Wünschst du dir denn wenigstens etwas zum Geburtstag?« Was für ein lahmer Versuch, aus unserer Stille auszubrechen!

Awan wandte sich zu mir und runzelte die Stirn. »Wir feiern hier keinen Geburtstag.«

»Warum nicht?« Kaum auszumalen, keinen Geburtstag zu zelebrieren, war es doch neben Weihnachten der schönste Tag im Jahr – und das auch noch mit einundzwanzig!

»Weil für viele das Älterwerden nicht erstrebenswert ist«, erklärte er schulterzuckend und lehnte sich gegen einen der Felsen. »Es ist nicht wie in der Aviswelt, in der die Hälfte der Bevölkerung lebt, um den Tod herbeizusehnen.«

»Ich glaube, du hast eine zu negative Sicht auf meine Welt. So düster und traurig ist das Leben dort nun auch wieder nicht. Zumindest nicht für so viele, wie du es darstellst«, erwiderte ich und schmunzelte.

»Für dich schon.«

»Nicht immer. Und trotzdem feiere ich gern meinen Geburtstag – und das, obwohl ich manchmal hasse, dass dieser Tag vor einundzwanzig Jahren überhaupt stattgefunden hat«, gab ich zu und setzte mich schräg gegenüber von ihm auf einen flachen Felsen, dessen Untergrund sich so glatt anfühlte wie ein Metallstuhl.

Awan lächelte müde. »Dass du lebst, ist sicher für die richtigen Menschen ein Privileg. Denen, die das sehen – die dich sehen, mit Ausnahme von deinen Eltern –, bist du aber offenbar noch nicht begegnet.«

Ich knetete mit hochrotem Kopf meine Fingerknöchel und fragte mich, wann wir damit begonnen hatten, derart nette Dinge zueinander zu sagen. Wie war es dazu gekommen?

Kurz hielt ich inne, als mir plötzlich ein anderer Gedanke durch den Kopf schoss. »Dann weißt du nicht, wie du alt du bist?« Ohne Geburtstag zu feiern, würde man diese Zahl wohl schnell aus den Augen verlieren. Ich zumindest, denn mein Hirn reagierte auf Zahlen mit einem Abwehrmechanismus, der meine Lehrkräfte in den Wahnsinn getrieben hatte.

Awan schmunzelte. »Doch, ich müsste wohl fünfundzwanzig sein.« Dann sah er mich neugierig an. »Was würdest du dir zum Geburtstag wünschen?«

»Materielles?«

»Ja.«

Sofort tauchte vor meinem geistigen Auge mein Lieblingsbuch auf, das ich erst, seit ich hier war, nicht mehr ständig bei mir trug. »Es klingt total bescheuert, aber eine Signatur in meinem Buch. Die Autorin gibt keine Signierstunden, weshalb es quasi unmöglich ist. Es würde mir aber unendlich viel bedeuten.«

»Das klingt überhaupt nicht bescheuert«, widersprach er, und in seinen braunen Augen blitzte die Neugier. »Worum geht es in dem Buch?«

»Darum, dass jeder Mensch gut genug ist und dass man erst lieben kann, wenn man sich selbst liebt«, erklärte ich knapp. »Ich habe immer daran geglaubt, dass Letzteres nicht ganz stimmen kann, bis ich gemerkt habe, dass ich in meiner letzten Beziehung nicht geliebt habe, sondern lediglich emotional abhängig war. Ich brauchte jemanden.«

Awan presste nachdenklich die Lippen aufeinander. »Woran merkt man, dass man jemanden liebt?«

»Das definiert jeder anders, denke ich«, wich ich aus und fuhr mir nervös durch das Haar.

»Wie definierst du es?« Awans Augen waren ernst auf mich gerichtet und beobachteten jede Regung in meinem Gesicht, sodass meine Handflächen schlagartig zu schwitzen begannen.

Ganz dünnes Eis!

»Man spürt ein Kribbeln im Bauch, eine wohlige Wärme irgendwie, sobald man die Person sieht. Man möchte ständig bei ihr sein, ihr nah sein, sie glücklich machen. Man interessiert sich für ihre Gefühle und Gedanken, möchte in ihnen eintauchen. Es ist, als hätte man ein Puzzleteil gefunden, das man nie gesucht hat. Als wäre da plötzlich jemand, der dich vervollständigt. Du hast nie gemerkt, dass dir etwas fehlt, bis diese Person vor dir steht und du von ihr und ihrem Wesen eingenommen wirst«, erklärte ich und schielte unbeholfen zu ihm hinüber. Als ich meinen Erklärungen freien Lauf ließ, merkte ich, dass niemand zuvor diese Gefühle in mir ausgelöst hatte – außer ihm. Awans Blick ruhte auf meinem Gesicht, während sich seine Augenbrauen nachdenklich zusammengezogen hatten. Was hätte ich dafür gegeben, nun Mäuschen in seinem Gehirn zu spielen!

»Komm. Ich möchte dir noch mehr von Liberantas zeigen«, flüsterte Awan schließlich nach wenigen Sekunden und drehte sich um, um den Felsen wieder hinunterzuwandern. Light neben mir richtete seine Aufmerksamkeit auf mich, ehe auch er umdrehte und Awan hinterherschwänzelte. Einen Moment blickte ich noch ein letztes Mal auf den unendlichen Ozean, sog seine Macht auf, ehe auch ich ihnen folgte.

Als Awan mir weitere schöne Orte in Liberantas zeigte, war es still um uns. Ich wusste, dass unausgesprochene Dinge zwischen uns standen. Ich war mir im Klaren, dass sie um unserer beider Gesundheit willen auch in unseren Köpfen verweilen sollten. Die Spannung zwischen uns war fast schon greifbar, als würde ein unsichtbares Band zwischen uns liegen, das unbedingt durchtrennt werden musste. Doch niemand von uns griff nach einem Messer, um es zu kappen.

Auch die kleinen, fast schon tropischen Orte, die Awan mir zeigte, die dermaßen reichlich mit farbenfrohen üppigen Früchten und Pflanzen ausgestattet waren, dass ich allein deshalb schon überfordert war, weil ich gar nicht wusste, wohin ich zuerst schauen sollte, konnten mich nur halbwegs davon ablenken. Die säuerlichen, frischen und markanten Gerüche vernebelten zwar für ein paar Minuten meine Sinne, wurden jedoch immer wieder von meinem Overthinker-Gehirn dem Boden gleichgemacht. Spätestens beim Geschmack einer blutroten weintraubenförmigen Frucht, die so himmlisch schmeckte, dass ich mich kurzzeitig fragen musste, ob ich nicht doch bereits im Paradies schwelgte, hätte ich meine Gedanken für den Moment abkapseln können. Doch wie meine Lehrkräfte mir mehr als einmal eingetrichtert hatten, wenn auch indirekt: Bei mir war Hopfen und Malz verloren. Der süßlich-säuerliche Geschmack, der mich an eine Mischung aus Honigmelone und Granatapfel erinnerte, konnte mich auch nicht davon abhalten, mich in meinem eigenen toxischen Gedankenstrudel zu verfangen. Immer wieder erwischte ich mich dabei, wie ich Awan verzweifelt herunterstufte und mir einredete, dass er überhaupt nicht zu mir und meinen Wertvorstellungen passte. Ehe ich ihn dann in der nächsten Sekunde wieder anschmachtete, als wäre er die Mousse au Chocolat meines Lebens.

Nach dem selbst hervorgerufenen Schleudertrauma dauerte es nicht mehr lange, bis wir einen Bach entdeckten, der von einem kleinen Wasserfall gespeist wurde. Auch wenn ich diese grenzenlos schöne Natur bereits hatte bestaunen dürfen, konnte ich mich nicht daran sattsehen, denn auch hier glitzerte das Wasser und erstrahlte in einem holografischen Schein. Die dunkelroten Blüten verschiedener Pflanzen ragten wie Zylinder in das flache Wasser und wurden mit winzigen Tropfen benetzt, die durch die kleinen Confido aufgewirbelt wurden. Die blauen Wesen durchbrachen im Sekundentakt die Oberfläche des Baches und schossen dann mit ihren fellartigen Flügeln in die Lüfte, sodass sie alles um sich herum wie ein nasser Regenschirm, den man schnell drehte, von einer leichten Nässe durchtränkt zurückließen. Wie viele schöne Orte wollte diese Welt noch zu bieten haben?

»Das ist der Pax-Bach«, erklärte Awan sanft in die Stille. »Er steht für den Frieden aller Kreaturen Liberantas'. Hier muss niemand Angst haben, angegriffen zu werden.«

»Gilt das für Inanis und Anima?«, hakte ich nach und musste mir prompt Dan vorstellen, der dumm aus der Wäsche gucken würde, würde ich hierhin flüchten, während er mich mit seinen Aggressionsproblemen verfolgte.

»Für alle Geschöpfe. Auch für Furorem, Desperatis und Timeo.«

Fasziniert blickte ich zu ihm. »Und das ist diesen Kreaturen bewusst?« Dann setzte ich noch ironisch hinterher: »Steht hier irgendwo ein Schild mit der Übersetzung für alle?«

Awan brachte ein schiefes Lächeln zustande, das meine Seele sogleich beflügelte.

»Wir leben hier im Einklang, kleiner Avis. Hier braucht es keine Worte oder Gesten. Liberantas führt uns ganz automatisch.«

Abermals blickte ich zum Bach und Tränen sammelten sich in meinen Augenwinkeln. Sofort hinterfragte ich ein weiteres Mal meine Entscheidung, gehen zu wollen. War es ein Fehler, dieser Möglichkeit, die sich mir hier bot, zu entsagen? War es mein Schicksal, hierhergebracht worden zu sein, und ich erkannte es noch nicht? Würde ich es bereuen, gegangen zu sein, sobald ich wieder im Alltag angekommen war?

Ich schloss meine Augen, meine Tränen ignorierend, die sich einen Weg über meine Wange bahnten, und ließ die Stille auf mich wirken.

»Warum bist du traurig? Willst du gehen?«, fragte Awan entsetzt, und ich blickte ihn sogleich lächelnd an. Diesmal war es kein Pokerface, sondern ein echtes Lächeln.

»Ich bin nicht traurig. Ich bin glücklich. Und ich weiß nicht mehr, ob ich wirklich gehen kann«, korrigierte ich ihn, und zur

Bestätigung sammelten sich einzelne Fortuna neben mir. »Es ist so wunderschön! Wie kann etwas noch vollkommener sein?«

Ich schaute zum Bach und spürte seinen Blick auf meinem Gesicht.

»Das frage ich mich auch schon lange«, murmelte er, und noch bevor ich mich erneut zu ihm wandte, drehte er sich um und griff sich in seine Haare. »Ich werde uns ein paar Früchte besorgen. Bleib bitte hier. Du bist hier sicher.« Dann breitete er seine Flügel aus und war verschwunden.

Es hatte sich etwas zwischen uns mehr als nur verändert. Dieses Etwas hatte sich in eine völlig gegenteilige Richtung entwickelt, die wir sicher beide anfangs nicht für möglich gehalten hatten. Seine Komplimente, die er offenbar selber gar nicht einordnen konnte, irritierten und schmeichelten mir zu gleichen Teilen. Es ängstigte und zugleich beflügelte es mich auch, dass er ein derart positives Bild von mir zu haben schien. Was war das, was er plötzlich in mir sah, obwohl er doch gar nichts fühlen konnte?

Nachdenklich ging ich unter den Wasserfall und ließ das glitzernde Wasser über meinen Kopf fließen. Es war so wunderschön, wie das angenehm warme Wasser sich über meinen Körper schlängelte und meine Seele dabei sicher umschloss. Ich nutzte diesen Frieden, um die letzten Tage Revue passieren zu lassen. Es fühlte sich an, als wäre ich bereits ewig hier, obwohl das nicht mal ansatzweise der Fall war. Gleichzeitig spürte ich, wie mein Geist sich danach sehnte, hier meine Freiheit zu bekommen, die mir in der Menschenwelt nicht vergönnt war. Doch zu welchem Preis? Das, was mir am allermeisten bedeutete, war noch dort und würde auch dortbleiben. Meine Eltern. Blöd nur, dass es auch hier zwei Geschöpfe gab, die mein Herz gestohlen hatten. Konnte ich ohne meine Eltern leben? Niemals. Aber konnte ich ohne Light und Awan leben? Mein Herz schlug mir bis in die Ohren, als ich realisierte, dass ich auch die beiden zum Glücklichsein brauchte.

»Du bist in Gedanken.«

Erschrocken schlug ich meine Augen auf und lief prompt hochrot an. Als ich zur Seite sah, entdeckte ich Awan, der mich nun stumm beobachtete. Sein Blick sagte so viel, dass mir schwindelig wurde. Er schaute, als würde er mich verehren. So, als wäre ich etwas Besonderes. Sein Deckhaar lag vom Fliegen leicht nach hinten, sodass sein markantes Gesicht noch mehr im Vordergrund stand als sonst. Seine Lippen waren leicht geöffnet, seine Augenbrauen etwas zusammengezogen, während seine braunen Augen so intensiv schimmerten, als würde sich in ihnen ein Diamant spiegeln. Lange sahen wir uns still an, ehe er auf mich zutrat, bis er ebenso unter dem Wasserfall stand. Ich musste mein Kinn heben, um ihm ins Gesicht zu sehen, und hörte seinen massiven Herzschlag, der mit meinem im Einklang pulsierte. Er zögerte, dann erhob er seine Hand langsam und legte sie mir auf die Wange. Die Berührung verursachte einen warmen Schauder, der über meinen Rücken wanderte, und brachte mich in mein ganz persönliches Paradies. Plötzlich merkte ich, wie sehr ich mich danach gesehnt hatte, ohne es überhaupt gewusst zu haben. Langsam fuhr er meinen Kieferknochen entlang und kam schließlich bei meinem Hals an. Das war der Moment, in dem ich ein Kribbeln in ganz anderen Körperregionen verspürte, sodass ich instinktiv die Lücke zwischen meinen Beinen schloss. Ehrfürchtig fuhr seine Hand zu meinem Nacken, während die andere Hand auf meine andere Wange wanderte. Er kam einen weiteren Schritt auf mich zu, sodass wir nun dicht voreinander standen. So dicht, dass ich seinen Oberkörper an meinem spürte und nervös schluckte. Ich blickte ihm tief in die Augen und konnte mein Blut in meinen Ohren pulsieren hören. Was passierte hier?

Er zog mich sanft an sich, schlang seine Arme um meinen nassen Körper und strich langsam meine Wirbelsäule auf und ab. Diese Sanftheit berührte und erregte mich zunehmend, und so ließ ich mich auf die Nähe vollends ein. Tief sog ich seinen markanten Duft ein und küsste sanft sein Schlüsselbein, woraufhin er keuchte und zischend die Luft ausblies. Das Geräusch gab mir Bestätigung, die ich so noch nie zuvor bekommen hatte – egal, wie intim ich auch geworden war. Ich fuhr mit meinen Fingern über seine Unterarme und spürte die Gänsehaut, die sich auf seinem Körper ausbreitete. Er fühlte es auch. Die Spannung zwischen uns lud sich mit jeder Berührung immer mehr auf und war zum Greifen nah. Zwischen uns hatte sich so viel Leidenschaft angestaut, die jetzt langsam erwachte, dass es mir Angst bereitete. Ich küsste ihn an seinem Hals, prägte mir das Gefühl ein, das meine Lippen auf seiner Haut verursachten, und er keuchte ein weiteres Mal. Es war mir nicht genug und ich glaubte schließlich, dass es mir nie genug mit ihm sein konnte. Mit zittrigen Händen wanderte ich seinen Oberkörper hinauf, über seinen Bauch, seine Brust, bis hin zu seinem Schlüsselbein. Doch während ich seine Knöpfe öffnete, versteifte er sich plötzlich. Er nahm prompt meine Hände in seine und löste die Finger sacht, aber bestimmt von seinem Hemd. In seinem Gesicht stand nun die blanke Verwirrung, als würde er gar keinen klaren Gedanken mehr fassen können. Ich erschrak über diesen Gesichtsausdruck und fragte mich instinktiv, ob ich eine Grenze überschritten hatte. Offensichtlich, denn er sah nicht gerade danach aus, als würde er die Situation genießen. Abrupt ließ er mich los, sodass ich beinah vornüberkippte, und verschwand mit großen Schritten von dem Felsvorsprung. Ich lief ihm aus dem Wasserfall hinterher und sah gerade noch, wie er mit mächtigen Schwingen davonflog. Light, der zuvor auf einem der Steine gelegen hatte, richtete sich plötzlich auf und folgte Awan zu meiner Verwirrung wie von der Tarantel gestochen, als wäre der

Inanis ein Dieb, den Light schnappen musste. Denn das war er: Er hatte soeben mein Herz mit sich genommen.

Irritiert blickte ich den beiden hinterher und fragte mich, wie eine so intensive und schöne Begegnung sich so schnell ins Gegenteil verkehren konnte. Wenn mein Körper vor wenigen Sekunden noch geglüht hatte, war mir nun eiskalt. Mir war klar, dass das nicht Liberantas' Temperaturen geschuldet war. Es war die Enttäuschung, die Zurückweisung, die sich in meinem Inneren ausbreitete. War ich doch nicht gut genug? Hatte ich seine Signale falsch gedeutet? Wollte er mir bloß beistehen, ohne dabei jegliche Hintergedanken zu hegen?

Plötzlich schwirrte eine Erinnerung in meinem Kopf, die zuvor ganz tief im Unterbewusstsein vergraben gewesen war.

Mit Tränen in den Augen blickte ich Deven an. »Bitte, verlass mich nicht!« Wie automatisch fiel ich auf die Knie und sah ihn flehend an.

Deven musterte mich bloß ausdruckslos. »So ist das Leben.«

Tief atmete ich durch.

Das alles hier würde in einer riesengroßen Katastrophe enden.

Kapitel 24

Wer sein Glück nicht teilen möchte, wird auch seine Lasten allein tragen müssen.

Vertraue niemandem, Elainy, hatte ich mir in einem nie endenden Mantra eingeredet, während ich zwei großen Confido durch den Wald folgte. Es kam selten vor, dass ich es nicht bereute, wenn ich mein Vertrauen bereitwillig hergegeben hatte. Dieses Mal durfte ich einen weiteren Erfolgsmoment zu meiner mickrigen Liste hinzufügen.

Als ich schließlich zur Hütte zurückkehrte, winkte ich den kleinen Geschöpfen dankbar zu, bevor sie sich wieder auf den Weg zurück in den gewaltigen Wald machten. Dass Awan mich am Pax-Bach zurückgelassen hatte, sah ihm gar nicht ähnlich. War er so überrumpelt von meinem Annäherungsversuch gewesen, dass er gar nicht darüber nachgedacht hatte, oder war es ihm schlichtweg egal gewesen? Meine Gedanken kreisten ständig um ihn und seine Reaktion, sodass es mich fast in den Wahnsinn trieb! Wie hatte ich es nur so weit kommen lassen können?

Alec empfing mich mit einem freudigen Lächeln und doch sichtlichem Misstrauen in den blauen Augen. »Elainy. Da bist du ja!«, begrüßte er mich fast schon erleichtert. »Ohne den Inanis?«

Genervt verdrehte ich die Augen und nickte. Machte er sich auch noch um andere Dinge Gedanken? Zum Beispiel über unseren Streit heute Morgen? Darüber, dass er mich wie ein Objekt der Begierde behandelt hatte? Es war dämlich, dass ich ausgerechnet hierher zurückkam. Doch welche Optionen standen mir schon offen? Der Domo-Berg, wo es von ungehobelten Inanis nur so wimmelte? Die Möglichkeit, mich mit anderen Anima anzufreunden, stand ebenso wenig zur Debatte. Ich müsste mir schon eine Jagdkanzel aufstellen und tagelang warten, bis ich überhaupt irgendwelche anderen Anima ausmachen würde. Awan war gerade ebenso wenig zugänglich. Mich allein in Liberantas durchschlagen? Ich hätte genauso gut mein Testament aufsetzen und mich mit einem Strauß Blumen vor der Brust auf den Erdboden legen können, während ich darauf wartete, dass mich der nächste Furorem zerfleischte, weil ich meine – höchstwahrscheinlich und zu neunundneunzig Prozent auf mich projizierte – Wut nicht dauerhaft unterdrücken konnte. Es war mir noch immer ein Rätsel, wie das überhaupt auf Dauer funktionieren sollte.

»Und ohne die Libercat«, fügte er überrascht hinzu.

Abermals nickte ich. Tatsächlich wunderte mich dieser Fakt selber. Light war fast durchgängig mein Begleiter gewesen und nun war er Awan gefolgt, ohne mich auch nur eines Blickes zu würdigen, als hätte er ihn gerufen.

Ich ließ mich still von Alec in die Hütte führen und fühlte mich wie eine Gefangene, die wieder in ihre Zelle gebracht wurde. Rena, die ich mit einem Getränk am Fenster entdeckte, schaute hinaus auf die hell erleuchtete Wiese. Kurz widmete sie mir einen Blick, ehe sie ihre Augen wieder von mir löste.

Ignoranz war eine Strafe, die ich momentan gern entgegennahm. Das Letzte, worauf ich nun Lust hatte, war, mich erneut mit ihr zu fetzen. Ich setzte mich stumm an den Tisch neben Alec, während er mir ein Glas Dulcis reichte. Ich nippte an dem Getränk, genoss kurz die Geschmacksexplosion in meinem Mund, ehe ich mich ihm wieder widmete.

»Warum bist du hier, Alec? Wonach strebst du?«

Keine Ahnung, warum mir gerade diese Fragen im Kopf herumschwirrten. Vielleicht, um endlich eine Antwort auf meine Entscheidung zu erhalten, ob ich bleiben oder gehen sollte.

Sofort heftete sich Renas Blick auf mich, doch ich ignorierte sie, fokussierte mich lediglich auf Alecs Gesichtsausdruck. Kurz wischte er sich einen imaginären Krümel vom Ärmel, ehe er sich am Kopf kratzte und sich seine Haare aus der Stirn strich.

»Nach Frieden«, antwortete Alec und musterte mich neugierig.

Vermutlich fragte er sich gerade, warum ich ihm aus dem Nichts solche Fragen stellte. »Nach innerem Frieden?«, hakte ich monoton nach.

Er nickte. »Genau.«

»Und den kannst du bekommen, wenn du nicht liebst?«

Alec sah mich stirnrunzelnd an. »Richtig.«

Ich blickte auf den Tisch vor mir und biss mir auf die Unterlippe, während ich meine Fingerknöchel knetete. »Deshalb kann ich nicht bleiben.«

»Wie meinst du das?«, wollte Alec wissen, während Rena sich zu mir drehte.

Ich konnte nur erahnen, welche falschen Schlüsse die beiden aus meinen Fragen in Kombination mit dieser Aussage zogen. Doch es interessierte mich nicht mehr. Bevor ich mich wieder in ein Gefühlschaos verstrickte, aus dem ich mich nicht lösen konnte, musste ich gehen. Um Awans willen. Vor allem aber um meiner willen.

»Unsere Meinungen gehen nicht konform«, antwortete ich Alec ausdruckslos. Anschließend stand ich auf, trank das Dulcis in einem Zug aus und sah zu Boden, ehe ich ihm wieder direkt in die Augen blickte. »Keine Liebe zu empfinden bedeutet für mich innere Zerstörung.«

Am nächsten Morgen wurde ich von einem Stimmenwirrwarr geweckt. In nur wenigen Sekunden erkannte ich die Stimmen von Alec und Milo. Sofort saß ich im Bett. Schnell huschte ich hinaus und trat mit schläfrigen Augen vor die Hütte. Milo hatte Light im Arm, der sich in seinem Griff wandte und lautstark miaute, doch er ließ zu meiner Empörung nicht lockerer.

»Wir sind keine Tierpension«, sagte Alec aufgebracht und verschränkte die Arme.

Milos Miene verfinsterte sich, seine schwarzen Augen sahen nun wie die puren Todbringer aus. »Elainy ist daran schuld, dass die Libercat so zutraulich ist. Deshalb ist es auch …«

»Lass ihn runter!«, unterbrach ich ihn und wies auf den Kater, der mir nach der kurzen Zeit so enorm viel bedeutete. »Siehst du nicht, dass es ihm nicht gefällt?«

Milo starrte erst mich, dann Light irritiert an, ließ ihn jedoch tatsächlich direkt los. Light landete leichtfüßig auf seinen Pfoten und rannte auf mich zu, sodass ich in die Hocke ging, um ihn zu empfangen. Schnurrend drückte er sich gegen meine Beine und meine Hände, als hätten wir uns ewig nicht mehr gesehen.

»Ich soll ihn zu dir bringen. Er weicht Awan nicht von der Seite und das nervt ihn offensichtlich«, erklärte Milo sachlich.

»Und das kann er nicht selbst übernehmen? Seit wann bist du sein Postbote?«

Milos Miene wurde nun noch zorniger als zuvor. Verdammt, wenn er sich weiterhin so aufregte, sollte er ein Furorem zu seinem Schoßhündchen küren.

»Ich tue ihm einen Gefallen. Er scheint kein Interesse daran zu haben, sich mit dir zu befassen.«

Meine Alarmglocken schrillten los. »Wie bitte?«

»Elainy, lass sie! Inanis sind einfach provozierende Monster, die keinen Anstand kennen«, mischte sich nun Alec ein und legte mir eine Hand auf die Schulter.

Milo trat einen Schritt vor und richtete sich bedrohlich vor ihm auf. »Pass auf, wie du über mein Volk sprichst, Anima.«

Dann wandte er sich schnaubend um und ging mit schnellen Schritten davon. Ohne groß darüber nachzudenken, schüttelte ich Alecs Hand von der Schulter und lief dem Inanis hinterher. »Milo, warte!«

»Elainy, es hat doch keinen Sinn!«, rief mir Alec noch zu, doch ich ignorierte ihn. Als hätte er eine Ahnung! Light neben mir folgte mir mit einer solchen Selbstverständlichkeit, dass es mein Herz berührte. Einen so unfassbar großen Kontrast hatte ich selten im selben Moment erlebt: Ein Mensch, der mich von meinen Entscheidungen abhalten wollte, und ein Kater, der mir folgte, egal, welchen Weg ich einschlagen mochte. Einmal mehr fragte ich mich, ob die wahre Menschlichkeit eher dem Verhalten eines Tieres ähnelte.

Als ich Milo schließlich eingeholt hatte, musste ich nach Luft schnappen. Mir war bewusst, dass er es darauf angelegt hatte, dass ich ihn zur Rede stellte. Er wäre andernfalls weggeflogen. Trotzdem war er ein kleiner Sadist, der meinen Stolz in den Boden stampfen und meine Kondition verspotten wollte. »Könntest du kurz warten, bitte?«

Milo kannte endlich Gnade, blieb abrupt stehen und blickte mir ungeduldig und deutlich widerwillig in die Augen. »Was willst du?«

»Was hat dir Awan erzählt?«, fragte ich atemlos und legte mir eine Hand auf Herzhöhe.

»Was soll er mir denn erzählt haben?«, stellte Milo die Gegenfrage.

O nein, mein Lieber, dieses Geheimnis wirst du nie aus meinem Mund hören.

»Keine Ahnung. Irgendeine Erklärung vielleicht, warum er mich plötzlich meidet?«

Milo atmete einmal tief durch, als würde er sich damit beruhigen wollen. So als wäre er ungewollt Babysitter und müsste auf fünfzehn verschiedene Kinder aufpassen, mit ihnen in einen Freizeitpark fahren, während sie alle fünf Minuten fragten, ob man schon da wäre.

»Vielleicht ist er endlich zu Verstand gekommen.«

Ich hatte es so satt! So satt, dass alle hier glaubten, auf meinen Gefühlen herumtrampeln zu können, wie sie es gern wollten. »Warum kannst du mich nicht ausstehen?«

Milo starrte mich irritiert an, als wäre die Antwort darauf so klar wie das Amen in der Kirche. »Weil du eine Anima bist. Ihr bedeutet mit euren verdammten unkontrollierten Gefühlen nur Ärger.«

»Ich glaube, das ist Auslegungssache. Ihr seid eigentlich diejenigen, die immer auftauchen und Stunk machen«, widersprach ich ihm, als er sich wieder in Bewegung setzte, als wäre diese Unterhaltung beendet. »Wut ist übrigens auch ein Gefühl, und das scheint fast schon zu einer Charaktereigenschaft geworden zu sein.«

Das Augenrollen in seiner Stimme konnte ich hören, als er entgegnete: »Man muss nur den richtigen Ursprung des Konflikts herauskristallisieren. Wenn ihr nicht ständig gegen Regeln verstoßen würdet, müssten wir keinen – wie du es betitelst – Stunk machen.«

»Und wenn der Ursprung des Konflikts einfach darin liegt, dass ihr euch zu viel Macht zusprecht?«, philosophierte ich. »Oder nein. Was ist, wenn der eigentliche Ursprung noch weiter in der Vergangenheit liegt? Nämlich darin, dass diese Regeln überhaupt aufgestellt wurden.«

Milo blickte über seine Schulter und schnaubte. »Hat dir schon mal jemand gesagt, dass du nervst?«

»Unter anderem Awan, ja.«

Kurz sah ich ein kleines Lächeln über sein Gesicht huschen, ehe er wieder nach vorne blickte. »Du solltest zurück zu dem noch nervigeren Anima laufen. Verstehst du? Euch gegenseitig nerven und so weiter.«

Ich ging gar nicht auf seine Sticheleien ein, sondern fokussierte mich auf seinen Rücken, der sich abermals von mir entfernte. Aus einem Impuls heraus polterte ich gedankenlos: »Darf ich dich etwas fragen?«

Milo blieb stehen. »Klar.«

Es war bescheuert, dass ich im Begriff war, ihm so aus dem Nichts eine so schlüpfrige Frage zu stellen. Doch etwas in mir sagte mir, dass ich eine Antwort darauf brauchte, um meine Gedanken um Awan neu zu ordnen. Das bedeutete aber auch, dass ich nur einen Inanis um diese Antwort bitten konnte, und dass ich Milo dafür auserwählt hatte, war nur dem Fakt geschuldet, dass er der Einzige war, der überhaupt mit mir sprach, ohne mich umbringen zu wollen. »Habt ihr … habt ihr Sex?« Es war nicht unbedingt die Frage, die ich eigentlich stellen wollte, kannte ich die Antwort darauf ja bereits. Aber zu fragen, ob *Awan* Sex hatte, stand nicht zur Debatte.

Damit hatte Milo offenbar genauso wenig gerechnet wie ich, dass ich die Frage tatsächlich aussprechen würde. Mein Kopf war vermutlich gerade ein perfektes Abbild einer Tomate. Entgeistert und völlig überrumpelt starrte er mich an und spiegelte damit meine eigene Fassungslosigkeit über diesen Themensprung wider. Zusammenhanglose Themen ansprechen und damit andere aus der Fassung bringen? Eine meiner Stärken.

»Was?«

»Ich habe mich gefragt, ob ihr miteinander schlaft, obwohl ihr doch … obwohl ihr doch nicht liebt«, erklärte ich nervös und bereute auf der Stelle, was ich hier gerade verzapft hatte.

»Äh … ja. Bedürfnis und Liebe gehen bei uns nicht Hand in Hand«, antwortete er noch immer verwirrt und schien sichtlich zu versuchen, die Puzzleteile zu verbinden.

Kurz dachte ich darüber nach. Das war bei vielen Menschen meiner Welt nicht anders. Nicht immer musste Sex in Zusammenhang mit Liebe stehen.

»Auch mit Anima?« Ich richtete meinen Blick gen Boden, um meine Haare wie einen Vorhang über mein Tomatengesicht zu werfen.

»Flirtest du gerade mit mir? Wenn ja, ist das nicht sehr geschickt.«

Erschrocken über seine Unterstellung riss ich den Kopf nach oben und starrte ihn schockiert an. »Nein, um Gottes willen! Ich bin nur neugierig. Du weißt schon, weil ihr Anima ja eigentlich nicht ausstehen könnt.«

»Nein, tun wir nicht.« Milo wandte sich wieder zum Gehen um. »Und das wird auch niemals passieren.«

Ich nickte beschämt. »Danke.« Daraufhin drehte ich mich um und ließ mich von Light zurückführen. Das war mit Abstand nach dem Aufklärungsgespräch mit meiner Mama die unangenehmste Unterhaltung, die ich je geführt hatte. Aber immerhin wusste ich nun eines ganz sicher: Awans Verwirrung musste mit mir zu tun haben. Damit, dass er sich von einer Anima, einem Avis, hatte berühren lassen.

Wenn man glaubte, der Morgen konnte nicht beschissener beginnen, hatte man die Rechnung ohne Alec gemacht. Das wurde mir schnell bewusst, als ich Alec und einen anderen Anima – o Wunder, man traf sie doch – wenige Meter vor der Hütte streiten sah. Es war rekordverdächtig, wie oft dieser Kerl mit anderen Stress hatte.

Alec schubste den rothaarigen schlaksigen Typen so stark, dass er beinah ins Straucheln geriet, bevor er mit erhobener Faust auf ihn zutrat. Ich lief die letzten Meter und erkannte auch Rena, die stumm danebenstand und mit weit geöffneten Augen beobachtete, wie die beiden anfingen, sich zu prügeln.

»Du Dieb!«, schrie Alec und ging ihm mit einer unheimlichen Brutalität an den Hals. Ich war mir fast sicher, dass er ihn nicht lebend gehen lassen wollte.

Da erst erkannte ich den leeren Korb und die Früchte, die auf dem Boden verstreut lagen, und es machte klick. Die stritten sich doch wirklich wegen Nahrung, die hier überall auf den Bäumen und Büschen hing, als würde es um den letzten Kaugummi in einer Schulklasse gehen.

»Wir haben doch genug Früchte!«, rief ich aufgebracht, rannte alarmiert auf sie zu und versuchte, die beiden zu trennen. Doch Alec blockte mich unbeeindruckt ab. Mehrmals schlug er den wehrlosen Anima, der inzwischen auf dem Boden lag, mitten ins Gesicht, als wäre er sein personifizierter Boxsack.

»Hör auf, Alec!«, brüllte ich verzweifelt, als mir klar wurde, dass es sich hier nicht wirklich um die Früchte drehte. Er hatte den Rothaarigen dazu auserkoren, den Boxsack abzugeben, um seinen angestauten Frust abzubauen. »Du bringst ihn noch um!«

Doch Alec war in einem Rausch. Unaufhörlich schlug er mit der Faust auf ihn ein, bis seine Hand von dem Blut des anderen Anima benetzt war. Grob packte ich Alec nun am Arm, als er ein weiteres Mal ausholte, doch er entriss ihn mir sogleich und schubste mich von sich, sodass ich unsanft den Boden küsste.

Plötzlich vibrierte der Boden leicht, und als ich aufsah, erblickte ich Dan mit mehreren Inanis in seinem Rücken. Zum ersten Mal war ich tatsächlich auf eine Art froh, ihn zu sehen. Hinter ihm entdeckte ich Awan, dessen zorniger Blick ausschließlich auf die beiden Streithähne gerichtet war. So, als wäre ich gar nicht existent.

Alec wich von dem anderen Anima erschrocken zurück und ging hastig einige Schritte rückwärts.

»Liberpax aeterquam. Wenn ihr nicht imstande seid, Frieden nach Liberantas zu bringen, müsst ihr gehen«, donnerte Dan unheilvoll und zückte eine Klinge. »Ihr wisst, dass Auseinandersetzungen dieser Art verboten sind.«

Sofort verschwand meine Freude, ihn zu sehen, und Angst trat an deren Stelle. Verdammte Scheiße, er würde die beiden umbringen! Mit erhobener Waffe schritt er auf die beiden verängstigten Anima zu und auch Rena duckte sich bibbernd, um sich unsichtbar zu machen. Ich konnte das nicht zulassen!

Fest entschlossen stellte ich mich vor die beiden Männer, während meine Beine zitterten und meine Hände so schwitzig waren, dass man darauf locker Schlitten fahren konnte. »Das ist kein Frieden. Das ist Krieg.«

Dan sah wütend auf mich herab, während er mit der Zunge schnalzte. »Krieg bedeutet, dass es zwei Parteien gibt, die sich bekriegen können.« Finster wanderte sein arroganter Blick über mich, dann über Alec, den anderen Anima und schließlich zu Rena, die angsterfüllt erstarrt war. »Dieses Privileg scheint in diesem Fall sehr einseitig zu sein.«

»Dann nenn es eben Mord. Das macht es nicht besser«, erwiderte ich zynisch und blickte ihm feindselig und unerschrocken entgegen. Natürlich wusste ich, dass ich gerade den Tod riskierte. Doch was wäre ich für ein Mensch, wenn ich zusähe, wie andere kaltblütig ermordet wurden?

Der Inanis hielt mit einer solch mächtigen Präsenz auf mich zu, dass es mir den Atem verschlug. Nur ein Herzschlag später lag die Klinge an meinem Hals. Light neben mir fing an zu fauchen und kratzte den Inanis mehrfach am Hosenbein. Doch dieser schien sich davon nicht beirren zu lassen und trat ihn einfach unsanft zur Seite. *Dafür kommst du in die Hölle, Arschloch!*, schrie ich ihn in Gedanken an, während sich das kalte Metall in meine Haut bohrte.

»Ich frage mich, ob du immer noch eine große Klappe hast, wenn du dem Tod tatsächlich ins Auge blickst. Ich finde, wir sollten es ausprobieren«, flüsterte Dan kalt in mein Ohr, ehe er mir wieder ins Gesicht sah und die Klinge noch ein Stück härter an meinen Hals legte.

In der nächsten Sekunde war der stumpfe Schmerz verschwunden. Awan hatte ihn grob zurückgerissen und visierte ihn nun feindselig an. »Sie hat nichts mit der Auseinandersetzung zu tun.«

»Jetzt schon«, widersprach Dan voller Zorn. Wieder ging der Inanis auf mich zu und packte mich am Arm, um mich an sich zu ziehen. Im gleichen Moment legte er wieder die Klinge an meinen Hals. Ich keuchte auf, als das Metall genau dieselbe Stelle wie zuvor berührte. Würde er mich nun töten? Würde ich meine Eltern nie wiedersehen? Würden sie nie erfahren, was mit mir geschehen war?

»Awan«, hörte ich die warnende Stimme von Milo, der nun offenbar auch dazugekommen war. Doch dieser schien nicht auf seinen Verbündeten zu hören. Er zog Dan abermals von mir weg, diesmal deutlich brutaler. Dan strauchelte leicht und fokussierte dann fassungslos Awan, der mir gerade das Leben gerettet hatte. Aus den Augenwinkeln erkannte ich mehrere von der Wut angelockte Furorem, die die Szene mit einem Knurren beobachteten. Das sah gar nicht gut aus! Neben Rena schlängelte sich ein Timeo entlang, sodass sie laut aufschrie und sich ein Holzstück aus einem der Körbe neben dem Haus schnappte. Ob er durch meine Angst, ihre oder die der Streithähne angelockt worden war, blieb eine nichtige Frage, die ich mir trotzdem prompt stellte.

Dan zielte mit der Waffe auf Awan, woraufhin ich aufschrie. Blitzschnell umschlang dieser mit einem Arm Dans Unterarm, zog dessen Oberkörper nach unten und trat mit dem Knie in seine Magengrube, sodass Dan die Waffe fallen ließ. Dann schubste Awan ihn von sich weg. Die anderen Inanis schauten entsetzt dabei zu, wie Dan aufstand und auf Awan zustürmte. Doch dieser wehrte seine ausgestreckte Hand gekonnt ab und trat ihn noch mal in die Bauchgegend. Dan schien inzwischen vor Wut zu brodeln, richtete sich keuchend auf und rannte erneut auf ihn zu. Diesmal konnte Awan ihn nicht abwehren und so stürzten die beiden Männer zu Boden. Dan versuchte, seine Kehle zu fassen bekommen, doch Awan wich blitzschnell aus, griff nach seinem Arm und zog ihn damit kraftvoll von sich herunter. Dieser rollte sich ab, sodass sie gleichzeitig wieder auf den Beinen standen. Ich sah, wie Dans Blick zur Waffe am Boden glitt, und so rief ich wie automatisch: »Hört auf!«

Awans Augen richteten sich für einen Moment auf meine, was ein Fehler war, denn diesen Augenblick nutzte Dan, der auf ihn zustürmte. Er packte Awan grob am Hals und fixierte seinen Blick. »Auf welcher Seite stehst du?«

Awan antwortete unerschrocken mit zusammengebissenen Zähnen: »Auf der Seite von Liberantas. Auf der Seite des Friedens.«

Dan ließ ihn los. »Sieht das für dich nach Frieden aus? Wenn das eigene Volk sich wegen einer Anima bekämpft?«

Awan schaute ihn finster an, seine Hände waren zu Fäusten geballt, seine pfauenartigen Flügel bedrohlich gespannt. »Wir sind da, um Frieden zu wahren, und nicht, um Unschuldige zu töten.«

»Sie ist nicht unschuldig! Wie oft hat sie gegen Regeln verstoßen?«, brüllte Dan und zeigte auf mich. »Angefangen bei der Libercat, die ständig bei ihr hockt!«

Awan würdigte mich nicht eines Blickes, sondern sah ihn bloß mordlustig an. Nie zuvor hatte ich ihn derart wütend erlebt, und ich war froh, dass ich nicht diejenige war, der dieser Zorn galt.

»Sie hat Madaline gerettet. Eine unseres Volkes, Dan. Dafür sollten wir ihr ewig dankbar sein.«

Dan funkelte ihn unbeeindruckt an. »Vielleicht sollte Odium sich um sie kümmern. Sie scheint dich vergessen zu lassen, dass du kein Mensch bist.«

Damit platzte Awan der Kragen. Im Bruchteil eines Herzschlages ging er ihm an die Kehle und hielt ihn fest umschlungen, sodass alle um ihn herum schockiert den Atem anhielten.

»Das wird dir auch nichts bringen«, kommentierte Dan lachend wie ein waschechter Psychopath.

»Es reicht«, mischte sich nun Milo ein und trennte die beiden mit Nachdruck.

Nie zuvor war ich ihm zu so viel Dankbarkeit verpflichtet gewesen wie in diesem Augenblick. »Lasst das Mädchen in Ruhe und kriegt euch wieder ein. Das hier ist nicht für die Augen von Anima bestimmt.«

Kurz hielten beide inne. Zornig blickte Dan zu mir, als würde er mir ein stummes Versprechen geben wollen. Anschließend drehte er sich kommentarlos um und flog mit kräftigen Schwingen davon. Auch die anderen Inanis folgten ihm wortlos, sodass nur noch Awan und Milo zurückblieben. Der andere Anima hatte bereits unbemerkt die Flucht ergriffen, sodass Rena, Alec und ich die beiden Inanis stumm und mit pochendem Herzen musterten.

Awan stieß wütend die Luft aus, ehe er auf die Furorem und den Timeo zuging und die Federn bedrohlich ausbreitete. Sofort traten die Kreaturen fluchtartig den Rückzug an, als hätten sie sich verbrannt. Schockiert über die gesamte Situation machte ich einen Schritt auf Awan zu, wollte ihm Dankbarkeit entgegenbringen, ihm sagen, wie dumm er doch gewesen war, mich in seine Arme schmeißen, doch er wich mir sogleich aus. Etwas in seiner Haltung suggerierte mir, dass ich ihm seinen Freiraum gewähren musste. Auch Milo schaute Awan erwartungsvoll an, doch dieser wandte sich wortlos um und flog davon.

Kapitel 25

Verzweiflung ist nicht nur dein Feind, sondern ebenso dein Retter.

Am Abend spähte ich aus dem Fenster und machte Awan in einer der Baumkronen wenige Meter neben der Hütte entfernt aus. Er hockte auf einem der Äste und aß eine Frucht, während er in den Himmel schaute und mehrere leuchtende Confido um ihn herumflogen wie kleine Glühwürmchen. Ich fragte mich, was er hier trieb. Sicherlich hielt er sich nicht hier auf, weil die Aussicht besonders schön war. Die Frage kreiselte in meinen Gedanken wie ein kleines Kettenkarussell und ich überlegte, ob ich nicht einfach meinen verfluchten Schweinehund überwinden und ihn ansprechen sollte. Doch die Sorge, dass er gar nichts mehr mit mir zu tun haben wollte, so wie Milo es angedeutet hatte, spukte wie ein Dämon in meinem Inneren. Andererseits hatte ich keine Lust darauf, mich zurückzuziehen und so zu tun, als wäre nichts passiert. Wenn ich zu weit gegangen war, wollte ich mich entschuldigen. Sofern er gemerkt hatte, dass von meiner Seite aus Gefühle im Spiel waren, dann wollte ich auch das von ihm hören. Es war ganz sicher nicht in meinem Sinne, ein weiteres Mal wegzulaufen, obwohl die klärende Lösung direkt vor meinen Augen lag. Zwischen Scham und Zweifel, die ich überwinden musste. Und das würde ich!

Fest entschlossen drehte ich mich zur Tür und wollte gerade aufstehen, da klopfte es an ebendieser. Wenig später trat Alec in mein Zimmer, dessen Gesicht im schwachen Schein der Lichter vor der Hütte nur mit Anstrengung zu lesen war. Großartiges Timing.

»Hey«, grüßte er und schloss die Tür hinter sich.

Eintreten, bevor man überhaupt um Erlaubnis gefragt hatte? Nicht unbedingt eine Missachtung der Privatsphäre, die ich nicht mittlerweile von ihm erwartet hätte. Was ich nicht hatte vorhersehen können, war allerdings die Tatsache, dass er überhaupt in mein Zimmer platzte. Es war nicht unbedingt seine Art, mich so spätabends zu stören. Zuvor hatte er mich stets in Ruhe gelassen und war ebenso wie Rena früh schlafen gegangen. Dass er nun hier aufkreuzte, obwohl er jede Zeit der Welt gehabt hatte, mich den ganzen Tag auszuquetschen, ließ meine Alarmglocken schrillen.

Irritiert starrte ich ihn also an. »Hey. Alles okay?«

»Ich wollte mich bei dir bedanken«, kam er direkt zum Punkt.

»Wofür?«, fragte ich. Dafür, dass ich ihm den Arsch gerettet hatte, bevor er dabei zugesehen hätte, wie Dan meine Kehle aufschlitzte?

Alec blinzelte mich schmunzelnd an. »Es war ziemlich sexy, wie du mich verteidigen wolltest.«

Mit geweiteten Augen glotzte ich ihn an. Nur er konnte eine so gefährliche Situation sexualisieren und denken, ich hätte das getan, weil ich mir etwas aus ihm machte. Und vor allem, was sollte das bedeuten? *Wie du mich verteidigen wolltest? Ich habe dir dein Leben gerettet, während du dir fast ins Höschen gemacht hast.* »Es hätte gar nicht so eskalieren müssen, Alec. Du hättest dem Anima einfach die Früchte überlassen können.«

»Lass uns nicht mehr darüber sprechen«, beendete Alec das Thema, und ich hatte das Gefühl, er wollte eigentlich nie darüber reden. Es war einzig und allein ein Einstieg in seine wahren Beweggründe. »Sondern über uns.«

»Uns?«, wiederholte ich mit gerunzelter Stirn und glaubte kaum, dass er das Wort benutzte, um unsere Freundschaft zu definieren.

Langsam schritt er auf mich zu und setzte sich mir gegenüber auf das Bett. Ich kam nicht umhin, mich daran zu erinnern, wie Awan an genau derselben Stelle gesessen hatte. Es missfiel mir zunehmend und diese Anspannung lähmte mich ein Stück weit, ganz anders, als es bei Awan der Fall gewesen war. Mein Körper sendete mir von jeher Signale, die ich unter keinen Umständen ignorieren sollte. Dies hier war eines davon.

»Das am See hat leider so plötzlich geendet durch den Timeo. Ich hätte es gern fortgesetzt«, säuselte er und brachte ein schiefes Lächeln zustande, das viel zu schmierig auf seinem Gesicht wirkte.

»Was meinst du?«, hakte ich mit zittriger Stimme nach. Natürlich wusste ich ganz genau, worauf er hinauswollte, hoffte bloß inständig, dass er mich damit in Ruhe ließ, wenn ich auf dumm machte.

Alec schürzte die Lippen und fuhr plötzlich mit der Hand über meinen Oberschenkel. »Soll ich deinem Gedächtnis auf die Sprünge helfen?«

»Nein«, erwiderte ich schnell und nahm seine Hand sacht von meinem Körper. Dann fuhr ich mir durch die Haare. Auch die letzte Gehirnzelle hatte nun verstanden, dass ich mit ihm deutlicher sprechen musste. »Weißt du, Alec, es tut mir leid, aber wir scheinen nicht das gleiche Interesse zu hegen. Für mich ist das hier zwischen uns rein platonisch.«

Der Anima sah mich zweifelnd an und legte doch, dreist wie er war, seine Hand abermals auf meinen Oberschenkel. »In der Aviswelt nennt man so was Freundschaft mit gewissen Vorzügen.«

»In der Aviswelt nennt man das Grenzüberschreitung und sexuelle Belästigung«, widersprach ich und schob Alecs Hand diesmal gröber und somit durchaus bestimmter von meinem Körper.

Alec schien das gar nicht zu stören, denn er rückte noch ein Stück näher zu mir, als hätte ich ihm soeben eine Einladung dafür erteilt.

»Wir wissen beide, dass wir uns zueinander hingezogen fühlen, Elainy.«

Mein Körper geriet in eine Art Schockstarre, zu sehr hatte ich plötzlich Deven vor Augen. Alecs Berührungen waren derart abstoßend, dass mein Körper gegen den Würgereiz ankämpfen musste. Mein Hirn versuchte, es zu ertragen, indem es mir verbot, mich großartig zu bewegen. Auch wenn es völlig widersprüchlich klang: Es war, als würden meine Augen mitverfolgen, was gerade geschah, doch mein Körper war derweil eingefroren. Als wäre ich auf einem Stuhl fixiert und könnte nichts anderes tun, als es über mich ergehen zu lassen. Alles wirkte so surreal, so gefangen, so verfälscht. Doch das war es nicht. Das, was er hier tat, war real. Ich war real. Und meine Panik war es auch.

Alec küsste meinen Hals, zog mir einen Träger von der Schulter und hauchte mir ins Ohr: »Hör auf, mit mir zu spielen.«

Immer wieder sah ich nicht etwa Alec vor mir, sondern Deven, der aus meinen Erinnerungen zum Leben erwachte und mir diese Situation noch mehr zur Hölle machte. Mein Kopf schrie mir zu, dass ich rennen sollte, doch mein Körper wollte sich einfach nicht davon überzeugen lassen.

Ich hatte es verdient. Ich hatte ihm falsche Hoffnungen gemacht. Wollte ich ihn wirklich jetzt abweisen?

Ja, verdammt, das wollte ich!

Tränen liefen mir über die Wangen, rüttelten meine Seele wach, als würde man über sie einen Eimer kaltes Wasser ausschütten, und dann endlich befreite ich mich aus der Schockstarre, schubste ihn von mir weg und lief mit pochendem Herzen aus dem Zimmer. Mit voller Wucht knallte ich wie ein Rammbock beim Durchqueren der Küche gegen den Holztisch und stöhnte deshalb schmerzhaft auf. Das würde einen Bluterguss geben. Doch dieser Schmerz hielt mich nicht von meiner Flucht ab. Würde ich länger in der Hütte bleiben, müsste einer von uns beiden mindestens einen weiteren blauen Fleck davontragen. Wie vom wilden Affen gebissen stürzte ich also durch die Holztür und fand mich auf der dunklen Wiese wieder.

Alec kam mir nachgelaufen, holte mich draußen schnell ein und drehte mich grob zu sich um, als hätte er Grund, sauer zu sein. »Was ist …«

Doch er stoppte plötzlich, als er auf einen Punkt hinter mir starrte, bevor sich seine wütenden Gesichtszüge in leise Furcht verwandelten. Ich musste mich gar nicht umdrehen, um zu wissen, wer dort stand.

Ich tat es trotzdem und riss mich damit von ihm los.

Ein tosender Ozean.

Ein mächtiger Tornado.

Ein gewaltiges Erdbeben.

Nichts davon war vergleichbar mit dem Ausdruck, der auf seinem Gesicht lag. Awan baute sich wie ein Racheengel vor uns auf. Sein Blick war so voller Zorn, dass ich die Mordlust darin erkennen konnte, während er auf den Träger stierte, den Alec mir von der Schulter gezogen hatte. Wortlos marschierte er mit schnellen Schritten an mir vorbei, während Alec mit einer gehörigen Spur Furcht einige Schritte rückwärts trat.

Awan stellte sich erhobenen Hauptes vor ihn und starrte ihn von oben herab frostig an. In seinem Blick glitzerte unbändiger Hass. »Knie nieder, Avis!«

Hastig stellte ich mich schräg von den beiden auf, sodass ich ihnen gleichermaßen ins Gesicht schauen konnte, um rechtzeitig eingreifen zu können. Das, was sich hier abspielte, würde für Alec nicht gut ausgehen, sollte er noch immer so großschnäuzig reden, wie er es sonst tat.

Offensichtlich hatte sein Hirn endlich angefangen zu arbeiten, denn er sah Awan tatsächlich zum ersten Mal eingeschüchtert an. »Soll das ein Witz sein?«

Awan breitete seine goldumrahmten Flügel aus und repräsentierte mehr denn je, wie viel Macht er über uns besaß. Und es war definitiv mehr als eindrucksvoll. »Sieht das für dich so aus, als würde ich Witze reißen?«

»Ich bin ein Anima und damit genauso Teil der Welt wie du«, versuchte Alec erfolglos, ihn zu beschwichtigen, und verschränkte gleichzeitig nun auch noch allen Ernstes die Arme.

Entweder sein Ego war größer als ein verdammter Komet oder er war schlicht und ergreifend lebensmüde. Keine der beiden Optionen machten ihn in irgendeiner Weise sympathischer.

Awans Augen glühten förmlich vor Rachsucht. »Du wirst niemals Teil von Liberantas sein! Und jetzt knie nieder.«

Alec sah ihn lediglich zähneknirschend an, womit er genauso gut sein Urteil hätte unterschreiben können. Denn nur eine Sekunde später flogen goldene Tropfen aus Awans Federn direkt auf Alec zu. Als sie ihn erreichten, schrie er schmerzerfüllt auf, sodass ich augenblicklich erschrocken zusammenzuckte. Die Tropfen schlängelten sich um ihn, und obwohl nichts davon seinen Körper sichtbar beschädigte, schien er ernst zu nehmende Schmerzen zu empfinden. Mit geweiteten Augen blickte ich zwischen den beiden Männern hin und her, immer noch dabei herauszufinden, was hier eigentlich geschah.

»Ich sagte: Knie nieder!«, befahl Awan wutverzerrt ein weiteres Mal.

Alec tat sofort, was er verlangte, und die goldenen Tropfen traten nur wenig später wie Magnete zurück in seine Federn. Dann schritt Awan mit großen Schritten zu ihm, sodass ich beinah meine Muskeln anspannte, um zwischen die beiden zu springen, wenn nötig.

»Ich habe dir gesagt, dass ich dich töten werde«, verkündete Awan unheilvoll. »Du hast eine Grenze überschritten, die du nicht mal hättest erreichen dürfen.«

Ich konnte Alec mittlerweile aus naheliegenden Gründen überhaupt nicht mehr leiden, so viel stand fest, und er hatte eine saftige Lektion verdient. Doch nicht von Awan und schon gar nicht, wenn die Sanktion den Tod bedeutete.

»Awan«, sagte ich bloß und sah ihn mit einem vielsagenden Blick an, der unmissverständlich ausdrücken sollte, dass er ihn verschonen sollte.

Dieser schnaubte und schaute kurz gen Himmel, ehe er aufgebracht auf Alec zeigte. »Er hat gegen Gesetze verstoßen und den Frieden zum wiederholten Male gestört. Abgesehen davon fasst er dich offenbar gegen deine Zustimmung an. Er hat den Tod mehr als jeder andere Anima verdient.«

Alec linste mit zusammengekniffenen Augen zu ihm empor. »Ich dachte, sie sei bloß ein unbedeutender Avis.«

Geräuschvoll blies Awan die Luft aus, ehe er zu mir blickte. »Sie ist ein Avis, der mehr wert ist als alle Anima zusammen.« Drohend sah er wieder zu Alec. »Glaub mir eins: Würde sie mich nicht darum bitten, dich zu verschonen, hättest du spätestens jetzt einen qualvollen Tod gefunden. Und nun entschuldige dich!«

»Entschuldigen?«, wiederholte mein Mitbewohner ungläubig.

Awans hasserfüllter Gesichtsausdruck war inzwischen zu einer Fratze verzogen. Jesus, Maria, Gott im Himmel!

»Sehr unklug. Ich gebe dir eine Überlebenschance und du ergreifst sie nicht.«

Alec sah Awan offenbar genauso gut wie ich an, dass seine Worte keine leere Drohung darstellten, denn er stand tatsächlich auf, kam auf mich zu und musterte mich abwertend von oben bis unten.

»Entschuldigung«, presste er hervor. Dann kam er für eine Sekunde noch näher und zischte so leise, dass ich seine Lippen lesen musste: »Verräterin.«

Ich würde es nicht gutheißen, sich entschuldigen zu müssen. Eine Entschuldigung war nur dann sinnvoll, wenn sie ernst gemeint war. Aber bei manchen Taten konnte man schon erwarten, dass der Täter einsah, einen Fehler begangen zu haben, der einer Entschuldigung würdig war. Alec schien über diese Fähigkeit nicht zu verfügen.

Anschließend schaute er erneut vielsagend zu Awan, drehte sich kommentarlos um und stampfte wutentbrannt zur Hütte zurück.

»Ach, und Alec?«, rief Awan ihm nach, und dieser sah sich noch einmal über seine Schulter hinweg zu Awan um. »Warne bitte auch Rena vor ihrem Schicksal. Ich weiß, dass sie sich negativen Gedanken zu sehr hingibt und andere damit beeinflusst. Wie du weißt, sehen wir das in Liberantas alles andere als gern.«

Mein Blick glitt zu Awan, der eine solche kalte Macht ausstrahlte, dass mir klar wurde, dass er in diesem Moment voll und ganz Inanis war und alles dafür tat, seine Autorität zu verkörpern. Ob er Rena wirklich mit dem Tod drohen wollte, war mir in diesem Augenblick jedenfalls nicht klar.

»Ihr könnt euch nicht auf ewig hinter Elainy verstecken.«

Alec presste lediglich die Lippen aufeinander, ehe er die Tür zur Hütte aufriss und hinter ihr verschwand.

Kurz schaute ich ihm nach, ehe ich mich wieder Awan zuwandte. Ausdruckslos begutachtete er mich und strich sich dabei tief durchatmend mit der Hand über sein Gesicht, als würde er sich damit beruhigen wollen.

»Alles okay?«

Ich nickte. Derweil spiegelte sich etwas in seiner Mimik, das mich mit Furcht zurückließ. Ich sorgte mich dabei nicht um mich, vielmehr glaubte ich daran, dass die Diskrepanz zwischen den beiden Männern längst nicht aufgelöst war. Awan war noch nicht mit ihm fertig. Deshalb fragte ich vorsichtig: »Und bei dir?«

Er biss die Zähne aufeinander. »Liberpax aeterquam«, zischte er, trat von einem Bein auf das andere und drehte sich fluchend um. »Ich muss hier weg, bevor ich etwas Unüberlegtes tue.«

Mit diesen in Zorn getränkten Worten flog er davon. Nur eine Millisekunde später schoss Light knapp an meinem Kopf vorbei, folgte ihm wie selbstverständlich und blies mir damit meine Haare aus dem Gesicht.

Für einen Augenblick schaute ich Awan nach und fragte mich, worin ich mich verfangen hatte. Etwas in mir schrie, dass der Hass nicht nur der Tat an sich geschuldet war. Er war so außer sich gewesen, weil mir Unrecht angetan worden war. Trotzdem ließ er mich ausgerechnet hier zurück, als würde es ihn nicht kümmern, was nun passieren würde. Es war dermaßen verwirrend, dass mir der Kopf schwirrte und meine Gedanken mit einem riesengroßen Error Feierabend machten.

Wie automatisch blickte ich mich zu dem Haus um, das sich erst wie ein neues Zuhause angefühlt hatte, doch nun der einzige Ort Liberantas' war, den ich nicht betreten wollte. Bei meiner Ankunft hatte ich Light sorgenvoll gefragt, ob dort ein

Monster hausen würde, war überglücklich gewesen, dann Alec zu begegnen, ohne zu realisieren, dass Monster in menschlicher Gestalt die schlimmsten waren.

Ich schloss meine Augen und ging tief in mich. Es war bescheuert, abermals zurückzukehren, und doch rief eine Stimme in mir, dass ich nicht wie ein Feigling weglaufen durfte. Ich war nicht diejenige, die etwas Falsches getan hatte, sondern diejenige, die das Recht hatte, erhört zu werden. Ich würde nicht mehr kommentarlos dabei zuschauen, wie Menschen anderen Menschen Leid antaten. Tief atmete ich durch und setzte mich in Bewegung.

Ich war nicht mehr das Opfer. Ich war überhaupt kein Opfer!

Mit jedem weiteren Ruf, den mein Hirn durch meinen gesamten Körper sendete, wurden meine Schritte schneller und kraftvoller, bis ich mir sicher war, dass auch mein Herz davon überzeugt war.

Als ich schließlich die Tür der Hütte öffnete, flogen mir auch schon beinah die Tonteller um die Ohren. Ich duckte mich erschrocken und machte schnell meinen Mitbewohner in der hintersten Ecke der Küche aus, der gerade dabei war, die Schränke auf wenig kostengünstige Art auszumisten. Sein Gesichtsausdruck strahlte tiefe Missgunst aus, aber ich erkannte darin noch viel mehr: verletzten Stolz? Abwehr? Schließlich sah ich zu Rena, die versuchte, den tobenden Alec zu beschwichtigen. Als ihre Augen meine fanden, wurde ihr Blick von Zorn gepackt.

Alles klar, jetzt hatten wir den Salat.

»Was hast du getan?«

Ich schüttelte den Kopf, doch Alec erhob bereits mit voller Intensität seine Stimme. »Sie ist eine verdammte Verräterin und auf der Seite der Inanis!«

»Ich bin auf gar keiner Seite!«, widersprach ich wütend und konnte nicht fassen, dass er hier gerade die Opfer- und Täterkarten zu seinem Vorteil vertauschte. »Und du solltest lieber Alec fragen, was er getan hat.«

Dieser schnaubte verächtlich. »Ich habe den Fehler gemacht und geglaubt, dass du eine erwachsene Frau bist, die weiß, was sie will. Stattdessen bist du bloß die prüde Schlampe eines Inanis. Ein Nichts!«

Mit großen Augen starrte ich ihn an, noch immer die tiefe Wut unterdrückend, die sich in mir angestaut hatte, um möglichst keinen Furorem anzulocken. »Ich weiß ganz genau, was ich will. Ich dachte nur, du seist ein Mann, der die Grenzen einer anderen Person respektiert. Stattdessen bist du ein narzisstischer Junge, der sterben wird, wenn er sich weiterhin so grenzüberschreitend verhält«, fauchte ich gereizt.

Alec machte keinerlei Anstalten, ein schlechtes Gewissen zu heucheln. Er kam bedrohlich auf mich zu, sodass Rena die Hand vor den Mund schlug und schockiert zu den zerschellten Tellern auf den Boden glotzte. »Willst du mir mit deinem Inanis drohen?«

Ich reckte mutig das Kinn und erwiderte seinen Blick mit Nachdruck. »Glaub mir, Alec, wenn du mich noch einmal anfasst, wirst du erkennen, dass Awan dein kleineres Übel gewesen wäre.« Mein schärfer werdender Tonfall traf offenbar genau ins Schwarze, denn Alec wich leicht zurück.

Rena legte ihm vorsichtig eine Hand auf die Schulter. »Lass es gut sein.«

Alec hingegen schien sich gar nicht beruhigen zu wollen, sondern suhlte sich in seinem Selbstmitleid, das er sich fein säuberlich zurechtgelegt hatte. Denn er schüttelte Renas Hand einfach ab, als wäre sie ein lästiger Moskito, und rannte wutentbrannt an mir vorbei in die Nacht hinaus. Feigling!

Ich konnte gar nicht aufatmen, denn sofort hatte ich die nächste Packung Grenzüberschreitung an der Backe, deren Besitzerin wohl über eine Antiaggressionstherapie nachdenken sollte. Rena lief auf mich zu und packte mich am Hals, woraufhin ich erschrocken keuchte, ehe mir die Luft brutal abgeschnürt wurde. Dann kam sie mir ganz nah, sodass sich unsere Nasenspitzen beinah berührten. »Wenn du mir Alec wegnimmst; wenn er wegen dir stirbt, dann werde ich dich umbringen. Er ist alles, was ich habe, hörst du?«

Ich hielt ihre Handgelenke umschlossen, um möglichst die Kontrolle über ihren Druck zu erlangen, doch zu meinem Leidwesen war sie weitaus stärker als ich, sodass mir nur noch meine Stimme helfen konnte, die sich mit jeder weiteren Sekunde verabschiedete. »Alec hat … mich … gegen … meinen Wi…«

»Halt die Klappe! Das würde er niemals tun«, schrie sie mir mitten ins Gesicht, sodass ich die Nässe ihres Speichels auf der Haut spüren konnte.

Dann ließ sie mich abrupt los und schubste mich grob gegen die Wand, sodass ich mir sicher war, dass ich am nächsten Morgen einen Bluterguss bestaunen durfte, der größer wäre als eine verdammte Kinoleinwand.

»Hör auf, so was über ihn zu erzählen. Du nimmst ihn mir nicht weg!«

Ich schüttelte fassungslos den Kopf. »Ich habe nicht vor, ihn dir wegzunehmen, Rena.« Glaubte sie wirklich, ich würde ihn haben wollen, nach dem, was ich ihr gerade eröffnet hatte? Oder war ihre Sorge gar nicht darauf gemünzt, dass er mich mögen könnte, sondern vielmehr, dass ich dafür verantwortlich wäre, wenn er sterben würde?

»Das will ich dir raten. Der Zorn deines Inanis wird nichts gegen meinen sein.«

Mit diesen Worten ließ sie mich wie einen begossenen Pudel allein zurück.

Nur am Rande bekam ich mit, wie sie die Tür zu ihrem Zimmer zuschlug, denn etwas anderes forderte nun meine Aufmerksamkeit: mein totes Handy, das auf dem Tisch lag. Wie automatisch griff ich nach dem Foto meiner Familie, das ich mir in den BH gestopft hatte, und nahm das Handy in die andere Hand. Ein weiteres Mal bemerkte ich, wie viele Erinnerungen allmählich wieder aufkeimten, sodass ich erschrocken zusammenzuckte, als sie meine inneren Dämonen aufweckten.

Kapitel 26

Nur wer bereit ist, den Weg durch die Vergangenheit zu gehen, wird die Zukunft erreichen.

»Warum tust du mir das an?«, fragte ich ihn tränenüberströmt.

Deven sah mich bloß unvermittelt an. »Du hast es provoziert.«

Immer wieder wischte ich mir die Tränen von den Wangen und zog mir meinen Pullover vor die Brust.

»Ganz ehrlich, Elainy. Stell dich nicht immer so an. Du übertreibst maßlos!«, sagte er entnervt und verließ das Zimmer.

Ich fuhr mir durch die Haare, versuchte, die Erinnerungen auszusperren, doch bemerkte schnell, dass das Gedankenkarussell durch dieses vergangene Erlebnis gerade erst begonnen hatte.

Und wenn ich es wirklich verdiente, weil ich es provoziert hatte? Vielleicht hatte ich Alec tatsächlich unbewusst Hoffnungen gemacht. Übertrieb ich? Er hatte mich doch nur an Bein und Schulter berührt. Mehr war es nicht gewesen. Dass ich mich so dreckig fühlte, hatte vielleicht mit Deven zu tun, weil ich mich daran erinnert hatte, was er Schlimmeres getan hatte.

Mit zusammengebissenen Zähnen griff ich nun grob in meinen Haaransatz und zog gewaltvoll daran, sodass ich mich durch den Schmerz wieder spürte. Der Drang, mich zu verletzen, war auf einmal dermaßen groß, dass es mir den Atem raubte. Wie von selbst schrie ich und warf dann schwungvoll eine der Tassen gegen die Wand, wo sie geräuschvoll zerbarst. Als ich auf den Boden stierte und die Scherben betrachtete, die nun mit denen der Teller vereint waren, die dank Alec zuvor zerschellt waren, wurde mir bewusst, wie doppelmoralisch ich doch war. Ich war wie er und konnte mich nicht kontrollieren. Ich war schwach, ich hatte mich nicht im Griff, hatte eine zu niedrige Frustrationstoleranz. Mit Tränen in den Augen verließ ich abermals die Hütte und rannte schnurstracks in den Wald. Ich dachte überhaupt nicht darüber nach, wohin ich zu dieser späten Stunde lief, ich wollte einfach nur weg. Weg von meinen Erinnerungen. Weg von diesem Ort. Weg von mir. Während ich lief, atmete ich mehrmals tief ein und aus. Ich wusste, dass ich meine Emotionen unter Kontrolle bringen musste, um keine Kreaturen anzulocken, und doch war mir klar, dass diese Hürde in diesem Augenblick nicht zu überwinden war. Alec hatte mir nach dem Angriff des Furorem erklärt, dass weder Desperatis noch Furorem klettern könnten und ich deshalb immer Schutz auf den Bäumen suchen sollte, würde mich diese Art von Emotionen übermannen. Deshalb tat ich nun genau das, zog mich zügig auf einen der Bäume hoch und kauerte mich auf einen der Äste. Minutenlang verharrte ich dort, ignorierte die Dolor, die mich umzingelten, und die Desperatis, die unten am Baumstamm im Chor mit den zwei Furorem wild knurrten.

Irgendwann verstummten sie mit dem Verblassen meiner Gefühle, bis ich schließlich in der Stille saß und meine Knie an die Brust zog. Mir war nicht kalt – wie denn auch in Liberantas? –, trotzdem breitete sich eine innere Kälte in mir aus, die nichts mit meiner Körpertemperatur zu tun hatte. Ich würde immer wieder in dieser Einsamkeit leben müssen, die durch die ohrenbetäubend laute Stille erfüllt war. Was machte ich mir vor? Glaubte ich wirklich, ich könnte vor mir fliehen, vor dem weglaufen, was ich war? Dachte ich echt, dass ich meine Vergangenheit wegwischen könnte, weil ich aus meinem Umfeld ausgebrochen war? Wie konnte ich annehmen, dass ich hier ein anderer Mensch wäre, frei von meinen zerstörenden Seelenparasiten? Fakt war, dass ich aus meinem Loch nie wieder heraustreten konnte. Immer wieder würde ich einige Meter nach oben klettern und mich bei jedem größeren Stein, der mir in den Weg ragte, wieder fallen lassen. Es war nicht so, als wäre mir nicht bewusst, dass ich anderen die Schuld daran geben konnte, überhaupt in diese Situation geraten zu sein. Ich hasste mich und hatte Angst vor zwischenmenschlichen Beziehungen. Ganz sicher waren es Menschen wie Deven, die mir dieses Loch gegraben hatten. Aber am Ende war ich diejenige, die entschieden hatte, weiterhin in eben diesem zu leben. Ich war dafür verantwortlich, was ich aus meiner Vergangenheit machte. Ich hatte mich dazu entschieden, den einfachen, weniger schmerzfreien Weg zu gehen, in meiner Dunkelheit zu verweilen, und das, ohne wirklich zu begreifen, dass er langfristig der selbstmordverleitende war. Irgendwann würde ich in meinem Loch ersticken; ich würde vor Einsamkeit verenden, nachdem ich jede helfende Hand, die nach mir an der Oberfläche griff, weggeschlagen hatte.

So viele Sitzungen mit Frau Doktor Lennox hatten mir Sichtweisen ermöglicht, die meine Schattenwelt plötzlich in sanftes Licht gehüllt und mir damit Hoffnung auf eine bessere

Zukunft gemacht hatten. Das waren genau die Tage gewesen, an denen ich unendlich dankbar dafür gewesen war, dass meine Mutter mich damals dazu gedrängt und mich dabei zunehmend unterstützt hatte, mir professionelle Hilfe zu suchen. Ohne meine Psychiaterin wäre ich vielleicht trotz der grenzenlosen Liebe meiner Eltern von meinen Suizidgedanken überwältigt worden.

Was hätte ich gerade dafür gegeben, mit ihr zu sprechen? Ihr zu erzählen, wie ich an mir zweifelte, ihr zu sagen, dass ich erneut an dem Punkt angekommen war, an dem ich glaubte, schuld daran zu sein und es verdient zu haben, wie ich behandelt wurde. Ich konnte mir ausmalen, wie sie mich dabei anschauen würde, hatte sie mir doch schon oft ans Herz gelegt, das Wort »verdienen« in dem Zusammenhang gänzlich aus meinem Wortschatz zu streichen. Sie hätte ihre Stirn gekraust, als würde sie sagen wollen: »Elainy, Sie wissen, warum Ihre Gedanken Ihnen wieder diesen Streich spielen.«

Trotzdem würde ich sehr viel dafür geben, diesen Gesichtsausdruck wahrhaftig sehen zu dürfen. Nicht zuletzt, weil ich ihn brauchte, um mich daran zu erinnern, wie weit ich gekommen war, und wie fatal es wäre, es einfach zu vergessen.

»Elainy?«, hörte ich plötzlich eine vertraute Stimme rufen, und mein Kopf schnellte in die Höhe. Sie klang besorgt, fast schon panisch, sodass ich in nur einer Millisekunde wieder im Hier und Jetzt ankam.

»Elainy, hörst du mich? Wo bist du?«

Im Schimmer der Dunkelheit konnte ich seine türkisfarbenen Flügel ausmachen, die strahlten und den Waldboden etwas heller erscheinen ließen. Durch das sanfte Licht der Blumen, Bäume und Flügel konnte ich einen kleinen Blick auf seinen Gesichtsausdruck erhaschen: Seine Züge verrieten, was seine Tonlage angekündigt hatte.

»Hier«, rief ich Awan zu, wischte schnell meine Tränen fort und winkte im blassen Schimmer der leuchtenden Blätter des Baumes.

Awan blickte nach oben, und als mich seine besorgten Augen fanden, sah er sichtlich erleichtert aus. Binnen weniger Sekunden hockte er vor mir auf dem Baum. »Das scheint zur Gewohnheit zu werden.«

»Was?«, fragte ich irritiert und versteckte mein verheultes Gesicht hinter meiner Hand, unter dem Vorwand, mir eine Strähne aus dem Gesicht zu streichen.

Awan legte den Kopf schräg. »Dass du dich auf Bäumen verschanzt.«

Als er mich genauer musterte, wurde er ernster. Meine verquollenen Augen schienen Bände zu sprechen.

»Was ist los?«

Ich zuckte lediglich mit den Schultern, um eine dank dieser Frage herannahende weitere Heulattacke zu vermeiden. Wenn man jemanden kurz vor einem Zusammenbruch zur Klippe führen wollte, dann musste man nur diese Frage stellen und man wurde mit Anlauf und Stahlkappenschuhen dreißig Meter über die Klippe getreten.

»Wie geht es dir?«, bohrte er weiter und fügte rasch hinzu: »Ich möchte wirklich wissen, wie es dir geht.«

Meine Antwort fiel schlicht und wie automatisch aus. »Es ist alles gut.«

Awan sah mich tadelnd an, als hätte ich mit schmutzigen Fingern Teig geknetet und ihm danach zum Probieren angeboten.

»Du sagst, es geht dir gut, aber das stimmt nicht. Und das Schlimme daran ist, dass du nicht mal darüber nachdenkst, dass du lügst.«

»Ich lüge nicht«, log ich. Mein halbherziger Versuch, ein Lächeln zustande zu bringen, war an Erbärmlichkeit nicht zu übertreffen.

Er runzelte die Stirn und sah dabei todunglücklich aus. »Warum sehe ich dann nur Schmerz in deinen Augen, Elainy?«

Entsetzt über seine Bemerkung starrte ich ihn mit großen Augen an. Mein Mund hatte sich leicht geöffnet, weil ich nicht glauben konnte, dass er nicht lockerließ, obwohl doch so viele Menschen zuvor nicht weiter nachgehakt hatten – egal, wie unglücklich ich ausgesehen haben musste –, geschweige denn sich gar erst nach meinem Befinden erkundigt hatten. Er war eine der wenigen Personen, die diese Frage tatsächlich nicht zum Small Talk nutzten und nicht bloß Interesse heuchelten. Ich seufzte. Es hatte ohnehin keinen Sinn, ihm etwas vorzumachen. Das war, als würde ich ihm direkt ins Gesicht schreien, er sei dumm. Diese Eigenschaft traf ganz und gar nicht auf ihn zu. Trotzdem beschränkte ich den Konflikt und das daraus resultierende gedankliche Dilemma auf das Minimum, ohne ihm viel mehr über mich und meine verkorkste Ex-Beziehung zu verraten. »Alec hat gesagt, ich sei ein Nichts.«

Den Hass, der nun in ihm brodelte, vertuschte er mit dem Malmen seines Kiefers, schloss kurz die Augen und zwickte sich in den Nasenrücken, ehe er lautstark seufzte. Danach atmete er einmal tief durch und blickte mich erneut an.

»Und warum trifft das dich«, fragte er weiter, »obwohl er derjenige ist, der zu bemitleiden ist? Er ist doch die Person mit dem miesen Charakter und dem Glauben, es wäre in Ordnung, dich abzuwerten. Mal davon abgesehen, dass er ein jämmerlicher Idiot ist, der blind für deinen Wert ist. Du solltest dich wegen seiner Absurdität nicht schlecht fühlen, während er gar nicht realisiert, was er da fabriziert. Warum weinst du, weil er so einen Bullshit von sich gibt?«

Abermals zuckte ich mit den Achseln. Mir war klar, dass Alec kein Recht dazu hatte, mich nach seiner Aktion auch noch zu beleidigen. Aber etwas in meinem Inneren veranlasste mich dazu, dann doch nicht mehr zu wissen, ob er die Wahrheit gesprochen hatte.

Awan sah mich lange abschätzend an, ehe er sagte: »Weil du seinen Worten Glauben schenkst. Du denkst, wenn die Leute behaupten, du seist nicht gut genug, dann muss es stimmen. Du meinst, dass es wichtig ist, was sie über dich denken. Du willst nicht auffallen, um nicht in die Schusslinie zu geraten. Gleichzeitig willst du beachtet werden, weil jeder beachtet werden will. Du fühlst dich wertlos, wenn sie dich ignorieren, und du fühlst dich wertlos, wenn sie zu viel Aufmerksamkeit auf dich lenken.«

Mit geweiteten Augen starrte ich ihn an. »Warum sagst du so was?«

»Du redest dir ein, dass du nicht gut genug bist, weil sie es dir eintrichtern. Denn wenn sie das denken, wird es stimmen, oder?«

General? Ziel getroffen!

Er hatte keine Ahnung, wie sehr er damit ins Schwarze traf, und diese Tatsache verängstigte und erleichterte mich zu gleichen Teilen. Einerseits machte es mir eine verfluchte Heidenangst, dass er so tief in meine Seele blicken konnte, da ich ihn viel zu weit hatte eintreten lassen. Andererseits konnte ich aufatmen, weil er der Erste war, dem ich nicht mein Inneres erklären musste. Bei ihm bedurfte es keiner Begründung. Er hatte mich gelesen, als wäre ich ein offenes Buch. Als hätte ich ihm den Schlüssel dafür gegeben und er müsste es lediglich aufschließen, um den Inhalt sein Eigen nennen zu können.

So richtig hatte ich wohl nicht darüber nachgedacht, warum ich die Worte anderer direkt als Wahrheit deklarierte. Doch je mehr ich darüber nachsann, befand ich diesen Fakt als gar nicht mal so abwegig. Warum sollten diese Menschen denn alle lügen? Mag sein, dass ihre Wahrheit eine andere als Awans war. Dennoch bedeutete es ja nicht, dass sie mich anlogen, wenn sie mich als wertlos hinstellten.

Trotz der Erkenntnis, dass Awan mich durchschaut hatte, versuchte ich mit aller Macht, mir nichts anmerken zu lassen, weil die erste Emotion letztlich überwog. Ich zuckte bloß mit den Schultern. »Vermutlich.«

»Nein.«

»Nein?«

»Was glaubst du, wer kennt dich am besten? Wer kennt alle deine Gedanken? Deine Gefühle? Deine Intentionen? Wer war bei all den Situationen deines Lebens dabei? Wer hat sie alle mit dir durchgestanden? Wer kennt all die Dinge, die du tust, wenn niemand sonst da ist?«, ließ er einen Fragenschwall auf mich herabregnen und sah mich dann mit einer solchen Sanftheit an, dass mir schwindelig wurde. »Wer, Elainy, wer kennt dich am besten?«

Seufzend antwortete ich: »Ich.«

»Du. Warum also sollte die Meinung anderer wichtiger sein als deine eigene?«, bohrte er weiter und überraschte mich immer mehr mit dieser menschlichen Seite, die er zum Vorschein brachte.

»Und wenn ich dasselbe denke?«, stellte ich die Gegenfrage.

»Dann sag mir, woher der Gedanke kommt. Hast du dich von Kind an wertlos gefühlt? Hast du als Kind darüber nachgedacht, nicht gut genug sein zu können? Oder waren es doch Einflüsse der Gesellschaft, die dich so etwas denken ließen?«

»Awan …«, versuchte ich, das Thema zu beenden, doch er schnitt mir sogleich das Wort ab.

»Nein, Elainy. Erklär mir die Aviswelt. Ich will es verstehen. Wenn du ganz allein auf dieser Welt wärst, glaubst du, du würdest denken, du seist wertlos?«

»Ich wäre nicht in der Lage zu leben«, erwiderte ich ausweichend.

Awan verdrehte die Augen, schenkte mir dabei jedoch sein schiefes Lächeln. Das machte plötzlich alles besser.

»Okay, dann anders: Nehmen wir an, jeder Avis würde ausschließlich gute Absichten hegen, jedem Menschen nur mit Komplimenten begegnen. Glaubst du, du würdest dich wertlos fühlen?«

Diese Überlegung war auf jeden Fall bedenkenswert, aber es ängstigte mich, was sich hinter der Antwort verbergen mochte. »Was-wäre-wenn-Fragen waren noch nie sinnvoll.«

Er schmunzelte, weil er vermutlich genau wusste, dass er mich an den Eierstöcken hatte.

»Manchmal ist es sinnvoll, die Realität durch einen Schleier zu betrachten. Vielleicht sogar von oben herab, als wäre es ein Film oder ein Buch.«

»Weißt du, ständig sprecht ihr hier alle von Heilung. Bisher wurde ich aber lediglich mit Missachtung der Inanis, blutrünstigen Wesen und grenzüberschreitenden Anima konfrontiert«, wechselte ich das Thema und machte eine ausladende Geste.

»Was ist mit den leckeren Früchten, der unberührten Natur, dem silbern schimmernden Ozean der Seelen, den Sola oder Light?«

Ich seufzte. »Aber die Schönheit dieser Welt hilft mir doch nicht mit meinen Problemen.«

»Liberantas verspricht Heilung, indem du vergisst, kleiner Avis«, erklärte er. »Das scheint bei dir nur temporär funktioniert zu haben.«

»Man soll hier also vor seinen Problemen weglaufen?«, schlussfolgerte ich.

»Nur so funktioniert die Heilung, Elainy. Ohne Erinnerungen keine Schmerzen. Und wenn du dich an die Gesetze halten und dich von den Inanis und Anima wie Alec und Rena fernhalten würdest, wäre das Konzept von Liberantas aufgegangen.«

»Und trotzdem hast du auch dazu beigetragen, dass ich nicht vergesse«, entgegnete ich und dachte daran, wie er mir das Foto meiner Eltern überreicht hatte.

Awan nickte. »Es fühlt sich nicht richtig an, dass du vergisst. Und manchmal, da frage ich mich …« Er brach ab.

»Was fragst du dich?«

Awan schwieg und schaute nachdenklich auf den Boden. Ich biss mir auf die Unterlippe und blickte zu meinem Daumen, den ich nervös bearbeitete, indem ich die Haut um den Nagel abknibbelte. »Was möchtest du von mir, Awan?«

»Ich möchte, dass du glücklich bist.«

Noch bevor mein Gehirn sein Gesagtes verarbeiten konnte, reichte er mir seine Hand. »Komm, ich muss dir etwas zeigen.«

Zweifelnd starrte ich seine große, sehnige Hand an. Zögernd ergriff ich sie und versuchte, das Gefühl zu ignorieren, das mich nun überkam, jetzt, da ich ihn berührte. Er zog mich mühelos auf die Beine und umschlang ohne Vorwarnung meinen Oberkörper, sodass wir eng voreinander standen. Ich blies geräuschvoll die Luft aus, bevor er mich leicht hochhob und mit mir den Baum hinunterflog. Als wir den Boden erreichten, ließ er mich schnell wieder los und seine Wärme jagte einen kalten Schauer über meinen Rücken. Dieser Kerl brachte mich mit den harmlosesten Handlungen um den Verstand! Er ging auf den Baumstamm zu und winkte mir, eine leise Aufforderung, zu ihm zu kommen. Fast schon nervös tat ich, was er verlangte, und so blieb ich nichts ahnend und mit verschränkten Armen neben ihm stehen.

Awan schaute mich ernst an und legte den Kopf schräg, bevor er abermals die Stimme erhob. »Du hast gesagt, du willst bleiben, bis du geheilt bist. Aber ich fange an zu glauben, dass es nur eine Person gibt, die dich retten kann. Kein Odium, kein Liberantas.«

Er zog die Schlinge der Pflanze beiseite, die sich um den Baum wand, und konfrontierte mich damit mit meinem Gesicht. Meine Augen starrten mir direkt entgegen und wirkten dabei so lebendig und aufmerksam, dass sie mich in ihren Bann zogen. Der Gedanke daran, dass ich in Liberantas an mir gewachsen sein könnte, schlich sich ganz gemächlich in mein Bewusstsein. Meine Lippen formten sich dabei zu einem kleinen Lächeln, sodass ich mich nur mit Mühe von dem Anblick losreißen konnte, um zu verstehen, warum ich mich überhaupt begutachten konnte. Hinter der Pflanze lag eine Schicht aus einer dickflüssigen Spiegelschicht, die sich bei näherem Hinsehen als Nahrungsquelle des Baumes herausstellte. Es war ein Fluss aus einer Art Wasser, das sich bis in die Baumkrone schlängelte und damit bis in die einzelnen Blätter gelangte.

Doch noch bevor ich meine Faszination zum Ausdruck bringen konnte, sprach Awan die Worte aus, die mich alles um mich herum vergessen ließen: »Du bist die Einzige, die dich heilen kann, kleiner Avis.«

Kapitel 27

Es gibt Tage, da übernimmt die Wut, obwohl die Trauer schreit.

Mit Tränen in den Augen betrachtete ich mein Spiegelbild, während Awan hinter mir stand und mir die Zeit gab, die ich brauchte. »Aber wie?«

»Du musst anfangen zu erkennen, dass es beim Heilen nicht um Schuld oder Unschuld geht. Sondern darum, ob du deine Vergangenheit akzeptieren kannst, Elainy. Darum, ob dein Vergangenheits-Ich oder das Gegenwarts-Ich die Oberhand gewinnt.«

Nach diesen Worten streckte Awan mir seine Hand hin. Wieder blickte ich auf diese sehnigen Finger, die auf meine Berührung warteten, und schaute ihm anschließend fragend in die Augen.

»Vertraust du mir?«, flüsterte er in die Dunkelheit.

»Nein. Ich vertraue kaum jemandem.« Es war nicht gerade die feine englische Art, ihm nach allem mit diesem Satz zu kommen, und doch ging meine Intention ganz sicher nicht dahin, ihn anzulügen. Besonders wenn es um Vertrauen ging, sollte man stets mit offenen Karten spielen, sonst würde man am Ende noch mehr enttäuscht werden. Mit dem Zusatz, dass man nicht nur sich selbst, sondern auch die andere Person verletzte.

Er schmunzelte zu meiner Überraschung. »Dann wirst du es lernen müssen.«

»Und wenn ich das nicht möchte?«, gab ich zu bedenken, und er zog sogleich seine Hand zurück.

»Dann muss ich das akzeptieren. Ich würde dich nur gern in Sicherheit bringen wollen und nicht in dem Gedanken leben, dass du nachts hier allein herumirrst«, erklärte er ausdruckslos, und ich blickte ihm stirnrunzelnd in seine Augen, die im Gegensatz zum Anfang unserer Reise nicht nur heller, sondern vor allem weitaus menschlicher auf mich wirkten und durch seine liebevollen Worte noch mehr von seiner Seele preisgaben.

Ich seufzte und streckte diesmal ihm die Hand entgegen. »Vielleicht sollte ich anfangen, wenigstens mir und meinem Gefühl zu vertrauen.«

Awan schenkte mir sein schiefes Lächeln, ehe er meine Hand ergriff und mich sanft an sich zog. Anschließend umschlang er meine Kniekehlen und den mittleren Rücken und hob mich hoch, sodass ich mich instinktiv an seinem Nacken festhielt. Nur einen Herzschlag später flogen wir gen Himmel. Instinktiv krallte ich mich an ihn, und erst als er kurz beruhigend über meine Handfläche fuhr, entspannte ich mich zunehmend. Seine Nähe wurde mir bewusst, die Schwerelosigkeit riss meine Gedanken auf, sodass sie wie ein Fluss aus meinem Kopf strömten. In diesem Augenblick war ich frei. Frei von Leid, frei von Schmerz, frei von Leere.

Er brachte mich zum angrenzenden Strand des Meeres, der von einem Moosbett und zahlreichen leuchtenden Blumen umringt war und damit so was wie einen Kranz um den schwarzen Sand formte. Das Moos sah zwar eher aus wie grüne Wolken, aber Moos beschrieb das Gewächs trotzdem am besten. Alles hier wirkte sehr einladend – die Atmosphäre, das sanfte gelbe Leuchten der Pflanzen, die wie Lichterketten die Umgebung erhellten. Wunderschön, als wäre dieser Ort inszeniert worden und nicht einfach so durch natürliche Hand entstanden. Wie viel Odium damit wohl am Hut hatte? Auch die kleinen Wasseradern, die mir nun zahlreich auffielen, schlängelten sich in einem sanften Hellblau hoch zu den Baumkronen und ließen ein leises Plätschern entstehen, das mich etwas an Nieselregen erinnerte. Alles hier schrie förmlich nach Entspannung und Romantik. Zumindest für mein kitschiges Empfinden.

Als Awan mich behutsam auf den dunklen, von Blumen umgebenen Boden absetzte, krauste ich abschätzig die Stirn. »Ist das dein ›Ich sage zwar, ich schleppe hier niemanden mit her, aber ich schleppe hier jede her‹-Ort?«

»Mein was?«, wunderte sich Awan lachend und schaute aufs silberne Meer hinaus. Der lauwarme Wind wehte mir leicht durch die Haare und befreite mich prompt von den Strähnen, die sich beim Fliegen in mein Gesicht verwirrt hatten. Der hölzerne, erdige Geruch, der dadurch in meine Nase wirbelte, fühlte sich so an, als würde er meine Lungen weiten und mit neuer Lebenskraft bestücken. Der nächste Atemzug war befreiend, als wäre es mein erster jemals.

Auch ich musste schmunzeln, obwohl mir meine leise Neugier eine andere Mimik abverlangen wollte. »Bringst du hier alle her?«

»Alle was?«, hakte er verständnislos nach.

So schwer von Begriff konnte er nun wirklich nicht sein … Ob er darüber einfach nicht mit mir sprechen wollte?

Ich seufzte ergeben. »Alle deine Liebschaften.«

Awan musterte mich von der Seite, während auch ich – mit hochrotem Kopf – auf das Meer starrte.

»Nein, das ist mein Schlafplatz, wenn ich mal keine Lust auf die anderen Inanis habe und allein sein möchte.«

Ohne es kontrollieren zu können, musste ich kichern.

»Was?«, wollte Awan verwirrt wissen.

Ich presste meine Lippen aufeinander, ehe ich ihn grinsend ansah. »Das ist genau die Antwort, die ich erwartet habe und die man in jedem zweiten kitschigen Buch lesen kann.«

»Vielleicht bin ich ja der fiktive Buchcharakter, den alle anschmachten«, erwiderte er schelmisch.

»Oder der, von dem alle genervt sind«, ergänzte ich, dann wurde ich wieder ernst. »Am Anfang unserer Kennenlernreise sagtest du, du würdest mich finden.«

Awan schaute mich mit schräg gelegtem Kopf an, ehe er seinen Blick abermals auf das Meer richtete und sich lässig gegen einen der von Wasseradern umgebenen Bäume lehnte. »Wenn du von uns erzählst.«

Damals war es eine Drohung gewesen, die er ausgesprochen hatte, und alles an ihm hatte dieses leise Versprechen bestätigt. Jetzt, wenige Tage später, waren wir an diesem Punkt angelangt, dass er mich an seinen geheimen Ort brachte, um mich in Sicherheit zu wissen. Schleudertrauma zum Mitnehmen gefällig?

»Tja, im Endeffekt habe ich aber dich gefunden«, betonte ich schließlich flüsternd ihm gegenüberstehend. Die Art und Weise, wie seine Augen nun auf meinem Gesicht lagen, war anders als zuvor. Man sah ihm an, dass er etwas sagen wollte, doch er schwieg. Irgendetwas hinderte ihn daran, das zu äußern, was ihm auf der Zunge lag, und ich glaubte, dass es ein guter Grund sein musste. Ich entschied mich also dafür, das Thema schnellstmöglich in eine andere Richtung zu lenken. »Also … wo schleppst du denn deine Liebschaften hin, wenn nicht hierher, um sie von dir zu überzeugen?«

Awans Gesichtsausdruck war anders als erwartet noch immer ernst und nachdenklich und ohne jegliches Grinsen.

»So läuft das hier nicht, kleiner Avis. Wir kommen nur auf diese Art zusammen, um unsere Triebe zu befriedigen. Niemand hier wird dafür, wie es in der Aviswelt heißt, romantisch sein, um es zu bekommen.« In meiner Welt hätte ich ihn für letzteren Satz in Grund und Boden diskutiert, doch hier war es anders. Hier waren Gefühle nichts wert.

»Du fühlst also nichts dabei?« Ein dicker Kloß wanderte mir gemächlich die Kehle hinauf.

»Oh, ich fühle eine Menge, glaub mir. Aber eben nichts, was mit dem Begriff Romantik zu tun hat.«

Ich runzelte die Stirn, während ich mir tunlichst verbot, mir ihn mit einer anderen Inanis vorzustellen. »Wie … wie ein One-Night-Stand?«

»Es ist quasi einer. Es kommt sehr selten vor, dass man mit ein und derselben Person zweimal Sex hat.«

Er berichtete es so plump, als würde er über das Wetter sprechen, nicht aber über eine so wichtige und für mich intimste Sache, die sich zwischen zwei Menschen abspielen konnte. Ich nickte und ignorierte das zerstörerische Gefühl, das sich in meiner Magengegend breitmachte. Ich kannte es zu genau. Es war die pure Eifersucht.

»Warum willst du diese Dinge wissen?«, wisperte Awan schließlich, und ich schaute ihm wie automatisch in die Augen.

Wieder wurde ich puterrot, vermied jedoch, mich zurückzuziehen. Es war nur feige, ihn nicht auf das anzusprechen, was zwischen uns war. Wie albern war es, so zu tun, als würde ich dieses Knistern zwischen uns nicht wahrnehmen? Gesetze hin oder her, ich konnte meine Gefühle nicht länger vertuschen. Dann schluckte ich und schaute auf das Meer hinaus. »Ich … ich spüre da etwas zwischen uns, was ich nicht richtig benennen kann.«

»Eine Spannung?«, erkundigte er sich vorsichtig und fuhr sich durch das Haar.

Er spürte es auch? Ich blickte ihn an, dann drehte ich meinen Körper zu ihm und kam auf ihn zu. Meine Hand legte sich wie von selbst auf seine Brust, während ich ihm tief in die braunen Iriden sah.

Er hingegen atmete einmal tief durch, schloss die Augen und nahm sacht meine Hand von seinem Körper. »Ich kann das nicht.«

Er hatte nicht gesagt, dass er nicht wollte … Ich war wirklich eine verzweifelte, hohle Nuss, die sich selber mit Anlauf das Schwert ins Herz bohrte. »Warum nicht? Du hast selber gesagt, dass du deine Triebe nutzt.«

Lange ließ er seine Augen geschlossen, ehe er mich fast schon gequält musterte, als würde ich bei ihm tiefe Wunden hinterlassen haben. »Weil es sich bei dir anders anfühlt.«

Entsetzt zog ich die Augenbrauen empor, meine Glieder befanden sich in einer Art Starre, bevor mein Gehirn versuchte, den Kern seiner Wörter zu greifen. »Es fühlt sich anders an?«

Er kam auf mich zu und nahm sacht, aber bestimmt mein Gesicht in seine Hände. »Seitdem du da bist, passiert etwas mit mir. Ich habe Angst, dass dir etwas geschieht. Ich werde wütend, wenn dir jemand zu nahe kommt oder wenn ich dich mit Alec sehe. Ich will bei dir sein, ständig. Ich kann es nicht ganz fassen, aber ich weiß, dass es nicht in Ordnung ist. Ein Teil von mir will sich mit aller Macht von dir fernhalten, aber der größere Teil kann es einfach nicht.«

Wie erstarrt blickte ich ihn an, ehe sogleich etwas anderes meine Aufmerksamkeit beanspruchte. Geräuschvoll landete Light neben uns und schaute zwischen Awan und mir hin und her, als wollte er begreifen, was er soeben verpasst hatte.

Awan ließ mich hastig los, als hätte er sich verbrannt, und ging einige Schritte rückwärts. »Bleib die Nacht bitte hier und ruh dich aus. Ich werde in der Nähe sein und auf dich aufpassen.«

»Bleib doch hier! Bei … mir«, flehte ich ruhig und befand mich sogleich in einem emotionalen Dilemma. Ich wollte ihn bei mir haben, aber ich wusste, dass er mir gerade Gefühle offenbart hatte, die er nicht empfinden durfte. Was war ich also für ein Mensch, der ihn trotzdem anbettelte zu bleiben?

Er schüttelte langsam den Kopf. »Ich kann nicht.«

Daraufhin marschierte er mit großen Schritten davon und ließ mich allein zurück. Es war verrückt, ihn halten zu wollen, das wusste ich. Denn egal, wie sehr ich mich auch bemühen und dafür kämpfen würde, es wäre doch zum Scheitern verurteilt. Er durfte nicht fühlen. Wie also sollte ich ihn beschützen, wenn ich der Grund war, weshalb er in Gefahr sein konnte? Liberantas war sein Leben, seine komplette Existenz, das, wofür er alles hinschmeißen würde. Ich würde ihm das hier nicht nehmen, auch wenn mein Herz daran früher oder später zerbräche.

Seufzend ließ ich mich auf dem Wolken-Moosbett nieder, während sich Light auf meinem Schoß einkuschelte. Seine Präsenz legte eine Decke aus Sicherheit und Geborgenheit auf meine Seele und so fielen mir träge die Augen zu. Ich ließ mich von dem sanften Wellenrauschen und dem Plätschern der kleinen Wasseradern immer tiefer in die vollkommene Beruhigung leiten. Es dauerte nicht lange und ich war eingeschlafen.

Am nächsten Morgen wurde ich von Awan geweckt, der mich leicht an der Schulter berührte und mir eine Frucht hinhielt. Gierig nahm ich sie entgegen und aß sie hastig auf, als hätte ich eine Woche nichts zwischen die Kiemen bekommen. Sie schmeckte nach Brot mit Schokoladencreme und trug mich gedanklich in meine Kindheit zurück. War es nicht faszinierend, dass das Hirn nur Reize brauchte wie einen Geruch oder einen

Geschmack, um das Verborgene aus dem Unterbewusstsein wieder an die Oberfläche zu befördern?

Zusammen verbrachten Awan und ich den ganzen Tag. Er zeigte mir mit Light im Gepäck weitere Orte voller Frieden und Schönheit, die mich gleichermaßen mit einem Schwall an Faszination zurückließen. Auch diese Nacht verbrachte ich wieder allein in dem Wolken-Moosbett, nachdem Awan sich von mir verabschiedet hatte. Doch diese Nacht war anders. Ich wurde von Albträumen heimgesucht, mein Kopf fühlte sich plötzlich schmerzhaft leer an, als würde etwas an mir zerren. Etwas drückte brutal auf meine Schläfe und zog sich dann gen Scheitel, sodass ich ständig aus meinem Dösen aufschreckte, ehe mich die Müdigkeit erneut übermannte.

»Ich wünschte, ich hätte dich nie kennengelernt!«, schrie ich Deven an. »Ich wünschte, ich könnte dich vergessen.«

Er sah mich bloß finster an. »Ich werde immer Teil deiner Gedanken bleiben, Süße.«

Plötzlich spürte ich einen Druck auf meiner Schulter, sodass ich verzweifelt den Weg aus meiner Erinnerung suchte. Ich schreckte aus dem Schlaf hoch und keuchte, während Awan vor mir kauerte und mir besorgt eine Strähne aus der Stirn strich. Schnell richtete ich mich auf und hielt mir schmerzverzerrt die Stirn, als der Druck abermals Besitz von mir ergriff. Wieder wurde mein Gehirn von einer unsichtbaren Fessel umschlungen, bevor es damit kraftvoll zugeschnürt wurde. Anschließend dachte ich, dass mir etwas – eine Erinnerung? – mit aller Macht aus dem Kopf gezogen wurde und sich mein ganzer Körper dagegen wehrte und sträubte. Es folgte ein Gefühl, als ob in meinem Hirn jemand Candy Crush spielte, Teile entfernte und alles neu sortierte. Was um alles in der Welt war los mit mir? Hatte ich mir etwas eingefangen?

Awan legte seinen Kopf schräg, um mich zu begutachten. »Hast du auch diese Kopfschmerzen?«

»Wenn man es so nennen mag. Du etwa auch?«

Er nickte gedankenverloren und starrte in die Nacht hinauf. »Manchmal haben wir das alle hier. Vermutlich eine verdorbene Frucht.«

Ich drückte mir die Stirn, als würde ich den Schmerz aus meinem Kopf hinausquetschen wollen. »Es tut echt weh.«

Awan sah mich mitfühlend an, stieg über mich und schmiegte sich mit seiner Brust gegen meinen Rücken. Dann legte er seine Hand auf meine Schläfe und ließ dort vorsichtig seinen Zeigefinger kreisen. »Ist das in Ordnung?«

Ich nickte vehement. Mehr als das, hätte ich am liebsten gesagt. Doch ich durfte es nicht. Nichts davon war wirklich für mich bestimmt; ich durfte nicht einmal darüber nachdenken, seine Nähe zu genießen, wenn ich nicht am Ende wieder als Verliererin dastehen wollte. Aber ich konnte mir nichts vormachen: Jedes Mal, wenn mein Herz verräterisch gegen meine Brust schlug, zählte ich auf meiner Liste einen Stich hinzu, der mir bevorstand. Ich würde zerstört sein wie nie zuvor, und mich fragen, wie ich diesen Verlust überleben sollte, wenn ich ein weiteres Mal einsam über meine Narben streichen und mich mit aller Macht daran hindern würde, eine weitere hinzuzufügen. Mir würde die Luft wegbleiben, ich würde in die Luft starren und das Gefühl haben, meine Augen und mein Kopf hielten den Druck im Inneren nicht länger aus und zersprängen. Ich würde meinen ganzen Hass auf Awan münzen, ihn verachten und zugleich vergöttern, bis ich schließlich zu dem Punkt käme, an dem ich mir die Schuld an allem gäbe und mich mehr hasste als je zuvor.

Um meine Befürchtungen zu bestätigen, legte er nun seine Hand auf meine Stirn, sodass ich wie automatisch die Augen schloss. Der leichte Druck, der von seiner Handfläche kam, linderte den temporären Schmerz ein wenig. Doch mehr noch fühlte ich mich dermaßen beflügelt von seiner Nähe und seinen Berührungen, seinem Duft nach Sommerregen und Kiefernholz und seinem leisen Atem, dass die Schmerzen bald verebbten und ich wieder in einen tiefen Schlaf fiel.

Als ich wieder erwachte, machte ich Awan am Ufer aus. Kurzerhand setzte ich mich kommentarlos neben ihn und schaute mit ihm gemeinsam in die Ferne. Die Sonne küsste sanft mein Gesicht, ich spürte, wie sich meine Poren öffneten und mein Körper nach der angenehmen Wärme ächzte – besonders nach den unangenehmen Kopfschmerzen der letzten Nacht. Doch mehr noch überschattete alles die Erinnerung daran, wie nah Awan mir doch in dieser Nacht gekommen war. Jeden Anflug von Glückseligkeit begrüßte ich mit offenen Armen und ließ mich von ihm ein Stück weit forttragen. Die Stunden mit Awan hatten mich fröhlicher gemacht, als ich sein sollte, und das wusste ich. Ich war mir bewusst, dass nichts von dem, was ich für ihn empfand, richtig war. Aber diese Zweisamkeit, hier in Liberantas, mit all ihrer Schönheit, fast schon fernab ihrer lächerlichen Gesetze, war etwas, das ich noch nie in dieser Form hatte spüren dürfen. Kurz erwischte ich mich dabei, wie ich mich fragte, ob man gemeinsam heilen könnte und ob dies der Prozess war, den wir gerade beide durchliefen. Wir veränderten uns, wenn auch auf unterschiedliche Art und Weise, und doch führte uns die Tatsache zusammen, dass wir im Kern die Auslöser für die Veränderung des anderen waren. Liberantas allein war es jedenfalls absolut nicht.

»Ich bringe dich zurück zu Rena«, eröffnete Awan stumpf die Konversation und lockte mich somit aus meiner tiefen Entspannung.

Er wirkte abgeschlagen, nachdenklich, vor allem aber entschlossen, und nichts daran irritierte mich. Lediglich irritierte mich, dass es mich nicht irritierte. Ich nickte, noch immer etwas träge von der Nacht. Es war merkwürdig, denn ich erinnerte mich gar nicht mehr daran, warum ich überhaupt gegangen war. Hatten Rena und ich uns gestritten? Hatte ich ihr Bescheid gegeben, dass ich gegangen war? Ich hatte keinen blassen Schimmer. Ob die Kopfschmerzen so gute Arbeit geleistet hatten, dass ich mich noch immer nicht sortieren konnte? Oder lag es daran, dass die Schmerzen in meinem Kopf etwas neu geordnet hatten? Die sollten wirklich mal die Früchte hier nach Giften überprüfen! Ohnehin war ich pingelig, was Nahrung anging, hatte ich doch mal im Urlaub mit Salmonellen zu kämpfen gehabt, was auf jeden Fall zu meinen schlimmsten Erfahrungen zählte. Doch dass Lebensmittel bei mir derart seltsame Schmerzen verursachen konnten, hatte ich trotzdem noch nie erlebt.

Der Aufbruch und der Weg zur Hütte war von zahlreichen Gedanken begleitet, die meinem Overthinker-Hirn geschuldet waren. Man konnte meinen, die vergangene Nacht hätte meinen gesamten Kopf ausgeknockt, doch da hatte man die Rechnung ohne meine »Ich zerdenke alles in maximaler Geschwindigkeit und ohne Rücksicht auf Schäden durch Selbsthass«-Eigenschaft gemacht. Unaufhörlich wechselten die Bilder von meinen Eltern zu Awan, dann zu Light und schließlich wieder zu meiner Familie, die ich hier um ein Haar vergessen hätte. Ich wusste, was mein Unterbewusstsein versuchte, seitdem Awan und ich uns nähergekommen waren: Wenn ich nicht darüber nachdachte, würden sich meine Schuldgefühle wie von selbst verabschieden und ich würde die Entscheidung nicht treffen müssen. Aber das war Bullshit! Nur weil ich der Konfrontation aus dem Weg ging, bedeutete es nicht, dass es nicht real war und passierte. Meine Verlustangst traf mich jedes Mal, sobald ich darüber nachdachte, mitten ins Herz, denn es war unvermeidlich: Egal, wie ich mich entschied, ich würde verlieren.

Als wir schließlich an der Hütte ankamen, wurde mein Hirn endlich von den Plagen entlastet, weil Rena dort einen halben Ausraster erlitten hatte und uns damit eine Show bot, auf die ich gern verzichtet hätte: Mehrere Sola waren um sie versammelt, während sie sie immer wieder anschrie, als wären sie schuld an all ihren Lebensumständen. Fast so wie ich vor wenigen Monaten, wenn ich wegen einer Kleinigkeit angefangen hatte, meine Mutter wild zu verfluchen und anzublöken. Es hatte plötzlich lediglich ein winziger Tropfen ausgereicht, um das Fass zum Überlaufen zu bringen. Scheinbar bemerkte sie uns überhaupt nicht – zu sehr war sie damit beschäftigt, die kleinen Wesen zu triezen.

Immer wieder warf sie mit Steinen nach den kleinen Sola und schrie fuchsteufelswild »Verschwindet!«, woraufhin ich instinktiv zusammenzuckte und meine Wut darüber zu zügeln versuchte.

Ihre roten Haare glänzten nicht länger, sondern hingen ihr glatt über die Schultern. Sie kräuselten sich an den Spitzen in alle Himmelsrichtungen und wirkten nun so stumpf und tot wie ihre blauen Augen.

Awan schien ihr Verhalten noch weniger zu gefallen als mir, denn er baute sich augenblicklich bedrohlich vor ihr auf und war plötzlich der kühle Inanis, den ich zu Anfang unserer Reise ausnahmslos zu Gesicht bekommen hatte. »Was tust du da?«

Rena sah zu ihm auf und schaute ihm kalt und gleichgültig entgegen, als wäre es ihr egal, was Awan mit ihr anstellen würde. »Ich halte mir die Viecher vom Leib.«

»Würde am besten funktionieren, wenn du zurück in die Aviswelt gehst«, konterte Awan zornig.

Beschwichtigend legte ich eine Hand auf seine Schulter. Renas Blick glitt auf die Berührung und sofort zog ich sie wieder zurück. Light neben uns beobachtete mich und schaute dann schließlich neugierig zu Rena, ehe er zu den kleinen Sola flitzte und sie mit seiner Schnauze sanft Richtung Wald schob, als würde er sie retten und vor ihrem Schicksal bewahren wollen. Was für ein besonderer Kater!

Noch bevor Rena etwas erwidern oder eine Bemerkung über meine Geste machen konnte, tauchten plötzlich riesige Flügel auf und ein Inanis trat erhobenen Hauptes zu uns, sodass ich erschrocken zusammenzuckte und Awan mich wie von selbst hinter sich schob. Irritiert über das Auftauchen dieses Mannes, lugte ich verstohlen hinter Awan hervor und musterte ihn schnell. Erst dachte ich, Dan würde uns abermals einen Besuch abstatten und hätte unsere gemeinsame Zeit die letzten Tage beobachtet. Doch der Inanis, der sich nun in mein Sichtfeld schlich, hatte mit Dan wenig gemein. Der schwarzäugige Typ strich sich lässig durch die welligen, blonden Haare und begutachtete uns währenddessen mit hämischem Blick. Ich hatte ihn bei Dans Gefolgsleuten noch nie gesehen, obwohl seine Präsenz die pure Macht ausstrahlte, als hielte er sich für Gott höchstpersönlich. »Wer wird denn hier gleich böse werden?«

Awan wandte sich vollständig dem Inanis zu und scannte ihn von oben bis unten. Als ich zu ihm hochsah, erkannte ich, wie sich seine Brauen zusammenzogen und eine Hand misstrauisch zu der Klinge an seinem Hosenbund glitt.

»Wer bist du?«

Verwirrt blickte ich erneut zu dem Blondschopf, denn wenn auch Awan ihn nicht kannte, wertete ich das als Umstand, der sicherlich nicht allzu oft eintrat. Kurz betrachtete ich ihn von oben bis unten und mich beschlich dabei ein Gefühl wie ein Déjà-vu, das ich nicht zuordnen konnte. Er hatte definitiv kein Allerweltsgesicht, das mich an irgendjemanden erinnern konnte. Und doch spürte ich ganz tief in mir etwas anklopfen, je länger ich ihn betrachtete. Etwas, das gern an die Oberfläche wollte, jedoch zurückgedrängt wurde. Ein Umstand, den ich ignorieren wollte, um mich auf die erhitzte Situation zu konzentrieren.

»Ich habe neu in das Territorium hierhergefunden«, erklärte der schlanke Inanis erhobenen Hauptes, während er Awan taxierte. »Wir kennen uns noch gar nicht, trotzdem läuten meine Alarmglocken, weil der Frieden in Gefahr ist.«

Warum um alles in der Welt ging er ihn so an? Sie waren schließlich ein Volk! Eines stand fest: Wer auch immer er war, er hatte mordsmäßige Eier, wenn er sich mit jemandem wie Awan anlegte, was ebenso mit einem sehr minderen Überlebenstrieb gleichzusetzen war. Awan könnte ihn sicherlich innerhalb von Sekunden dem Boden gleichmachen, und das, ohne mit der Wimper zu zucken. Dass der Typ so feindselig ihm gegenüber war, obwohl Awan Rena zuvor zurechtgewiesen hatte, um die Wesen Liberantas' zu schützen, war für mich jedoch noch viel fragwürdiger. Ob Dan ihn über ihre Diskrepanzen aufgeklärt hatte und nun versuchte, Stunk zwischen Awan und seinem Volk zu verbreiten, indem er gegen ihn hetzte? Ich wollte es nicht hoffen, sonst hatten wir ein verdammtes Problem und ich wäre bei diesem Konflikt ganz sicher keine Zuschauerin auf der Tribüne! Wenn Awan meinetwegen schlecht behandelt wurde, würde ich alles in meiner Macht Stehende tun, um dies zu beenden, auch wenn das bedeutete, mich ohne jedes Wort aus dem Staub zu machen.

Kurz schielte ich zu dem Furorem, der aus dem Dickicht neben der Hütte stierte, ehe er die beiden Inanis ausmachte und prompt kehrtmachte. *Bruder, nimm mich mit!*

»Der Frieden ist nicht in Gefahr, es sei denn, du lässt es darauf ankommen«, erwiderte Awan gereizt und wirkte nicht ansatzweise so, als würde er dem Blondschopf sonderlich viel Respekt zollen. »Wer bist du?«

Der Inanis grinste mit erhobener Braue, erwies ihm mit diesem abwertenden Gesichtsausdruck ebenso wenig Achtung und streckte den Arm aus, um Awan in einem Anflug von Provokation die Hand zu reichen. »Ich bin Alec.«

Kapitel 28

Freude ist keine Emotion, sie ist ein Lebewesen. Entweder du kümmerst dich um sie oder sie stirbt.

Als er seinen Namen nannte, zuckte es kurz in meinem Kopf wie am Anfang der Schmerzen letzte Nacht, eine Erinnerung wollte sich formen, doch sie löste sich sofort wieder auf.

»Woher kommst du?«

Awans Stimme war noch immer angespannt. Alec hingegen schien ziemlich entspannt zu sein, sodass ich mich sofort fragte, ob er wohl unter den Inanis einen höheren Rang genoss. Irgendetwas in seinem Gesicht verriet mir, dass er sich seiner Ausstrahlung mehr als nur bewusst war. Seine Flügel waren zwar nicht halb so reich mit Federn bestückt wie die von Awan, dennoch wirkten sie wuchtiger auf mich, fast schon massiger. Ob sein Stolz dem Umstand geschuldet war, dass seine Flügel größer erschienen? Spielte das in der Welt der Inanis überhaupt eine Rolle? Vermutlich war er einfach sehr selbstbewusst und ich war nur zu naiv und starrsinnig, um zu glauben, dass man automatisch mehr Respekt vor Awan haben sollte als vor jedem anderen Inanis. Dan eingeschlossen.

»Ich bin umhergeirrt und habe dann den Domo-Berg gefunden. Dan hat mich bereits mit offenen Armen empfangen«, erklärte Alec schließlich mit einem provokanten Grinsen, das Awan ihm sicherlich zu gern aus dem Gesicht geschlagen hätte. War meine Befürchtung, Dan hätte ihn auf Awan gehetzt, doch keine bloße Übertreibung?

»Das überrascht mich nicht«, kommentierte Awan desinteressiert. »Ich habe hier jedenfalls alles im Griff. Du kannst gehen.«

Doch Alec schien gar nicht daran zu denken, seiner leisen Aufforderung zu folgen und zu verschwinden. Stattdessen ließ er seine dunklen Augen über Awans gesamte Gestalt schweifen, als würde er ihn mit nur einem Blick abwerten wollen.

»Du musst Awan sein. Dan hat mir erzählt, dass du öfter mal in der Nähe eines Avis und einer Libercat zu finden seist«, entgegnete er und begutachtete mich dann mit geschürzten Lippen von oben bis unten. »Dass sie hübsch ist, hat er mir verschwiegen.«

Wieder beschlich mich das Gefühl, mein Hirn wolle mir etwas preisgeben, das mir nicht erreichbar erschien. Als würde dieser Inanis etwas in meinen Erinnerungen wecken, das in einer verschlossenen Truhe verstaut worden war. Warum war er mir auf so verquere Art vertraut?

Awan machte im Bruchteil eines Atemzuges einen Schritt auf ihn zu und funkelte ihn bedrohlich an. »Verschwinde.«

Nicht gut, gar nicht gut! Während meine hormongesteuerte Elainy herumhüpfte, war die vernünftige gerade dabei, mit einer Schrotflinte auf sie zu zielen.

»Du solltest nicht versuchen, mir irgendwelche Vorschriften zu machen«, erwiderte Alec ungerührt und verschränkte die

Arme ineinander. »Man könnte vermuten, dass du die Kleine beschützen möchtest.«

Awan fixierte ihn zähneknirschend und ich konnte spüren, dass es in ihm brodelte.

»Ich beschütze den Frieden von Liberantas. Das ist alles.«

»Das will ich hoffen. Liberpax aeterquam«, sagte Alec unbekümmert, blinzelte noch einmal kurz zu mir und flog schließlich ohne ein weiteres Wort davon, als würde nur er das Ende eines Gespräches bestimmen dürfen.

»Wer zum Teufel ist das?«, murmelte ich entgeistert, als ich ihm hinterherblickte, bis seine großen Flügel schließlich mit dem Himmel verschwammen. Wenn ich geglaubt hatte, Dan sei der unsympathischste Inanis, hatte ich die Rechnung noch nicht mit diesem Alec gemacht. Auch wenn Dan ein brutaler und hasserfüllter Mann war, so strahlte der Blondschopf etwas noch Düstereres und Unberechenbareres aus. Nichts ängstigte mich mehr als das Verborgene und Undurchschaubare, so wie eine Bombe, deren Zündschnur vor meinen Augen verborgen war und jederzeit gezündet werden konnte, ohne dass ich es vermutete. Bei Alec wusste man vermutlich nie, wann die Kacke am Dampfen und wann sie kurz vor dem Explodieren war. Dans Zündschnur hingegen war für jedermann zugänglich und offen, sodass man sich sicher war, worauf man sich einließ, wenn man mit ihm diskutierte.

Awan runzelte nachdenklich die Stirn und schaute ihm noch lange nach, als würde er zwanghaft versuchen, seine Gedanken zu sortieren und sie mit ihm zu verbinden. »Keine Ahnung. Aber ich kann ihn nicht ausstehen.«

»Hast du ihn wirklich noch nie getroffen?«, hakte ich nach, um nicht zu riskieren, etwas falsch verstanden zu haben. Schließlich hatte ich den Eindruck, dass auch er ihn zum ersten Mal gesehen hatte.

»Nein«, gab Awan zu. »Aber ich spüre, dass ich ihn verachte.« Was für eine reife Einstellung. Er spürte in letzter Zeit mehr, als ihm sicherlich lieb war. Dass er nun auch noch Abneigung seinem eigenen Volk gegenüber empfand, war gar kein gutes Zeichen.

Er sah mich stirnrunzelnd an und spähte dann abermals zu dem Punkt im Himmel, der Alec zuvor verschluckt hatte. »Ich muss zurück zum Domo-Berg und erfahren, was es mit ihm auf sich hat. Es kommen ab und zu neue Inanis zu uns, die sich neue Territorien aussuchen, aber der ist mir nicht ganz geheuer.«

Ich nickte bloß verstehend, unterdrückte meine Sorge darüber und den Drang, ihm zu sagen, er solle auf sich aufpassen, und so breitete er seine Flügel aus und war mit wenigen Schwüngen ebenfalls im Himmel verschwunden.

Tief durchatmend drehte ich mich zu Rena um, um mich ihrem Zorn zu stellen, doch sie war nicht mehr in Sicht, also ging ich unsicher in die Hütte. Ich wollte sie und ihre Wut verstehen, wollte begreifen, warum sie diese kleinen Geschöpfe so sehr hasste, obwohl sie ihr bloß Trost spenden wollten.

Sie saß am Fenster und blickte hinaus, die Beine an ihre Brust gezogen, die Arme um die Knie geschlungen. Mein Stolz wehrte sich mit jedem weiteren Schritt, den ich auf sie zutrat. Doch ich wusste, dass ich nicht von anderen verlangen konnte, über ihre Gedanken zu sprechen, wenn ich nicht bereit war, ihnen zuzuhören. *Hab keine unnötigen Vorurteile, Elainy. Versuch, normal mit ihr zu sprechen*, sagte ich mir selbst. Ich presste die Lippen aufeinander und setzte mich widerwillig neben sie.

»Ist alles in Ordnung?«, erkundigte ich mich vorsichtig, und sie blickte sofort gedankenverloren zu mir. Fast hatte es den Anschein, als wäre ein großer Teil ihres Ichs in Gedanken verborgen, während nur der Rest im Hier und Jetzt zu weilen schien. Offensichtlich war überhaupt gar nichts in Ordnung.

Verloren strich sie sich über die roten zerzausten Haarspitzen und seufzte resigniert, als kapitulierte sie bei ihrem eigenen Kampf. »Soll Liberantas nicht dazu da sein, heilen zu können?«

Ich nickte abwartend.

»Ich habe zwar alles vergessen, was ich in der Aviswelt gelassen habe, aber …« Sie stockte.

Ihren dicken Kloß im Hals konnte ich förmlich hören, genauso wie die Tatsache, dass sie mit aller Macht gegen die Tränen ankämpfte, die sich in ihren Augenwinkeln sammelten.

»Aber?«, fragte ich sanft nach und wusste, dass ich ihren Damm damit brechen würde. Ich tat es nicht, um sie zu ärgern oder um sie aus der Reserve zu locken, ganz im Gegenteil: Wir hatten bisher keine sonderlich gute Beziehung gehabt, auch wenn mir vieles davon gar nicht mehr einfiel, weil mir Liberantas allem Anschein nach die Erinnerungen aus dem Kopf gesaugt hatte, aber offenbar hatte sie mir trotz unserer Konflikte ein Zuhause geschenkt. Abgesehen davon hatte jedes Lebewesen verdient, Gehör zu finden und seinen Unmut zu äußern. Vielleicht war ich als Zuhörerin nicht unbedingt ihre erste und beste Wahl, aber ich würde versuchen, ihr diesen Moment so angenehm wie nur möglich zu machen.

Sie pfiff einen Laut, der sich anhörte, als würde er den Kloß in ihrem Hals wegfegen wollen. Als wollte sie nach Luft schnappen, während ihre Lunge vom Schmerz erdrückt wurde. Ich kannte das Gefühl nur zu gut, um zu ignorieren, wie sie innerlich zerbrach.

»Es hinterlässt eine Leere in mir, die auch Liberantas nicht füllen kann. Ich meine, ich fühle mich … wie … wie das Nichts. Als gäbe es nichts, was mich ausmacht, nichts, wofür ich kämpfen oder etwas investieren müsste.«

Kurz hielt ich inne. Hatte sie mich nicht zuvor schon mal in irgendeinem mir nicht mehr zugänglichen Kontext als Nichts betitelt oder mich zumindest wie eins behandelt? Ob sie ihre Unsicherheit auf mich projiziert hatte, um besser damit umzugehen?

Ich nickte. So hatte ich mich gefühlt, als ich kurzzeitig meine Eltern vergessen hatte. »Es fühlt sich so an, als hättest du nicht nur deine Vergangenheit vergessen, sondern auch dich. Weil die Vergangenheit zu großen Teilen dein Ich war«, versuchte ich, es in Worte zu fassen.

Mit großen Augen starrte sie mich an, als hätte sie nicht damit gerechnet, dass ich so reagierte. »Richtig. Und heute ist es besonders schlimm. Ich habe das Gefühl, etwas verloren zu haben, und kann nicht greifen, was es ist.«

»Du wirst es finden, Rena«, flüsterte ich und hoffte inständig, dass meine Heuchelei nicht aufflog. Ich war die letzte Person, die Hoffnung auf etwas säte, das nicht wachsen konnte. Aber vielleicht war dieser psychologische Trick auch für viele Menschen der einzige Grund, um weiterzuleben: positiv in die Zukunft zu blicken und sich einzureden, dass alles gut werden würde.

Sie lächelte halbherzig, als würde sie dasselbe denken und genauso wenig daran glauben, dass alles Schlechte irgendwann ein Ende fand.

Dann fuhr sie sich mit der flachen Hand durch das Gesicht und atmete einmal tief durch die Nase ein. »Du sollst meine Schwäche gar nicht sehen!«

Glaubte sie wirklich, dass ich sie in diesem Moment dafür verurteilte, weil sie so fühlte? Ich beobachtete, wie eine Träne ihren Augenwinkel verließ. »Gefühle sind schmerzhaft, aber sie machen uns auch lebendig.«

»Schwach meinst du. Sie machen uns schwach«, verbesserte sie verbittert und schlug nach dem Dolor, der sich zu ihr auf die

Fensterbank gesetzt hatte. Schnell hielt ich ihr Handgelenk fest, sodass sie ihn gar nicht erst erreichte. Dann ließ ich sie schnell wieder los und ignorierte ihre schockierte Miene, mit der sie auf die Berührung reagiert hatte.

»Ich habe dich nie stärker gesehen«, widersprach ich wahrheitsgemäß, bevor sich ihre blauen Augen wieder auf mich richteten. In ihnen las ich Verwirrung und Hilflosigkeit, und mein hoffnungsvolles Ich glaubte tatsächlich, sogar einen Anflug von schlechtem Gewissen mir gegenüber zu erkennen. Doch als sie wieder redete, spiegelte sich nur die Leere wider, die aus ihrer Seele sprach.

»Ich weiß nicht, was ich in der Aviswelt gelassen habe. Aber manchmal frage ich mich, ob es so schlimm war, dass ich dafür mein ganzes Leben aufgegeben habe. Denn das habe ich.« Sie stand auf und blickte sich noch einmal zu mir um, ehe sie sich auf den Weg machte, mit entschiedenen Schritten die Hütte zu verlassen. »Ich habe mich quasi umgebracht.«

Lange konnte ich es nicht allein in der Hütte aushalten. Ich wusste, dass Rena ihre Zeit brauchte, und war mir im Klaren darüber, dass ich niemals die Person sein würde, die ihr ihre Schmerzen nehmen konnte. Mein Papa hatte mir einst gesagt, man könne nicht jeden retten. Es stimmte. So lange hatte ich geglaubt, ich wäre für das Glück anderer verantwortlich, als müsste ich für *sie* funktionieren. Als wäre es meine Aufgabe, Menschen zu retten, um etwas in meinem Leben zu finden, wofür ich genüge. Als hätte es das Glas meines eigenen Selbstwertgefühls aufgefüllt, indem ich andere Lebensgläser gefüllt hatte. Doch ich hatte dabei viel zu spät bemerkt, dass dabei mein eigenes Lebensglas geleert worden war. Je mehr ich in Problemen anderer gesteckt hatte, desto mehr hatte ich vor meinen eigenen weglaufen können; umso mehr hatte ich vergessen können, dass auch ich Hilfe brauchte, die nie erhört worden war. Es tat weh, daran zu denken, nicht jeden Menschen retten zu können, und es wäre fatal, die Chance nicht zu nutzen, es zu versuchen. Und doch wusste ich nur allzu gut, dass die einzigen Gedanken, die einen leiteten, die eigenen waren. Dies war Renas Moment. Dies war ihr Moment, um zu realisieren, was sie wirklich wollte und konnte. Für wen würde ich mich halten, würde ich ihr dieses schmerzhafte und dennoch wertvolle und wichtige Gedankenkarussell mit meinem eigenen zerstören?

Trotzdem: Ich hielt es nicht aus, hier herumzusitzen und mich dafür schlecht zu fühlen. Also lief ich kurzerhand mit Light im Gepäck Richtung Domo-Berg und setzte mich schließlich auf einen kleinen Felsen einige Meter vom Fuß des Berges entfernt, um auf Awan zu warten. Inständig hoffte ich, dass er mich nach dem Gespräch mit seinem Volk noch einmal aufsuchen würde. Mich brächten keine zehn Furorem wieder auf den Berg zu Dan hinauf. Light kletterte sofort auf meinen Schoß und ließ sich schnurrend von mir streicheln. Mit einem halben Lächeln blickte ich auf ihn hinab und genoss die Ruhe, die er ausstrahlte. Jedes Mal, wenn er bei mir war, umgab mich ein solcher Frieden, der mich aufatmen ließ, als wäre ein Stück Lebensenergie zu mir zurückgekehrt und nistete sich bei mir ein, solange Light an meiner Seite war. Es war, als würde er den brüchigen Teil meines Herzens immer wieder mit Leichtigkeit zusammenflicken.

»Ohne dich wäre es hier nicht halb so schön«, flüsterte ich der Libercat zu und strich kurz mit der Nasenspitze über seine kleinen flauschigen Flügel.

»Das würde ich so an dich zurückgeben«, riss mich plötzlich eine tiefe Stimme aus meiner harmonischen Idylle, sodass ich augenblicklich aus dem sanften Gefühl der Leichtigkeit schrak und zurück in die Realität geschleudert wurde. Schwarze Augen taxierten mich, woraufhin ich geräuschvoll schluckte. Ich hatte kein Interesse daran, eine Diskussion mit einem Inanis zu beginnen, der offenbar nicht einmal Awan geheuer war und dem die Gefahr quasi ins Gesicht geschrieben stand. Irgendetwas in seinem Gesicht sagte mir, dass ich ihm auf gar keinen Fall trauen durfte, und das war nicht nur dem Aspekt geschuldet, dass er sich mit Awan angelegt hatte. Dieses undefinierbare Gefühl einer nebulösen Erinnerung arbeitete noch immer in mir, wenn ich ihn sah. Das besänftigte mein Unbehagen ganz und gar nicht. Er wirkte so vertraut auf mich, als müsste ich ihn irgendwoher kennen, weswegen ich glaubte, mehr und mehr den Verstand zu verlieren.

Alec kam auf mich zu, als wäre er die Schlange und ich das wehrlose Kaninchen. Er grinste mich so arrogant an, als würde meine Reaktion genau seinen Vorstellungen entsprechen. »Für eine Anima bist du ziemlich ansehnlich.«

Ich schob Light sacht von meinem Schoß, der den Inanis sogleich wütend anfauchte. Wenn sogar er Alec nicht leiden konnte, war die Kacke am Dampfen. Oder doch kurz vor dem Explodieren? Light hatte feine Antennen für Arschlöcher.

Dann stand ich mit zittrigen Beinen auf, um mit ihm wenigstens halbwegs auf Augenhöhe zu sein. Er sollte bloß nicht glauben, dass das Kaninchen keine Hinterläufe hatte, mit denen es sich wehren konnte. »Ansehnlich?«, wiederholte ich zweifelnd und konnte nicht unterdrücken, dass sich aufgrund seiner Komplimente ein kleiner Würgereiz bemerkbar machte.

Alec kam noch weitere Schritte auf mich zu, bis er direkt vor mir stand und mir mein Herz bis zum Hals schlug. Ohne jegliche Vorwarnung strich er mir eine Strähne hinter das Ohr und verweilte dabei viel zu lange auf meiner Haut. Mein Inneres schrie mich an, ich sollte seine Hand gefälligst so doll wegschlagen, dass er eine Drehung um die eigene Achse hinlegen würde. Doch mein Äußeres konnte nur erstarrt vor ihm verharren. Ich zitterte am ganzen Körper und kämpfte gegen die Übelkeit an, die mich durch diese Berührung übermannte.

Alec drehte die Strähne zwischen seinen Fingern und schnalzte tadelnd mit der Zunge. Fast sah es so aus, als würde er mich bedauern. »So eine schöne Fassade … versteckt hinter einem Inanis, der seine eigenen Gesetze nicht kennt.«

Das lockte mich schließlich aus meiner Starre, als hätte man meiner Angst eine saftige Ohrfeige verpasst, die eigentlich ihm gewidmet sein sollte.

»Awan kennt die Gesetze«, verteidigte ich den Mann, der Liberantas mit seinem ganzen Leben beschützte, und schlug Alec die Hand grob aus meinem Gesicht.

Dieser runzelte höhnisch die Stirn und sah sichtlich verärgert über meine Zurückweisung aus. »Ach ja? Wie steht es mit dem wichtigsten?«

Meine Körpertemperatur sank spürbar, während mir meine Gesichtszüge entglitten. »Er liebt nicht.«

»Süße. Inanis beschützen niemanden«, erwiderte er amüsiert und strich abermals eine Strähne hinter mein anderes Ohr.

Einen Wimpernschlag später blies mir kräftiger Wind durch die Haare. Staub wurde neben uns aufgewirbelt, sodass ich erschrocken hinter Alec blickte. Awan stand dort wie ein in Hölle getränkter Engel, während Light wenige Millisekunden später ebenso auf dem Boden landete. Hatte dieser Kater doch tatsächlich schon wieder Awan zur Hilfe geholt! Awan sah nicht danach aus, als wäre mit ihm gut Kirschen essen, und seine frostige Tonlage bestätigte es. »Lass sie sofort los!«

Auch wenn ich froh darüber war, ihn zu sehen, hatte eine andere Seite in mir ein sehr ungutes Gefühl dabei, ihn hier zu wissen. Wir befanden uns bei Alec auf sehr dünnem Eis und eine einzige falsche Bewegung würde es zum Einbrechen bringen, dessen war ich mir sicher!

Alec schmunzelte triumphierend in die Leere, als hätte er auf sein Auftauchen gehofft, und drehte sich schließlich zu ihm um. »Hast du einen Anspruch auf sie?«

Nun stand ich hinter seinem Rücken, sodass ich ausatmen konnte, weil ich nicht länger den Fokus seiner Aufmerksamkeit darstellte, und spähte um ihn herum, um Awan im Blick zu haben. Er war der einzige Anker, dem ich folgen sollte.

»Niemand hat einen Anspruch auf sie.« Awan kam bedrohlich auf ihn zu. »Sie ganz allein entscheidet, was sie möchte und was nicht.«

Ich musste Alecs Gesicht nicht sehen, um das süffisante Grinsen herauszuhören. »Interessant.«

»Was ist interessant?«

So langsam verlor Awan sichtlich die Geduld. Seine Augen wurden schmal, seine Lippen hatte er zusammengepresst und seine Fäuste waren geballt, als würde er gleich zu einem Boxkampf antreten.

»Dass sich ein Inanis verlieben kann«, antwortete Alec kalt, und damit war Awans Geduld zu Ende.

Er schnellte auf ihn zu und hielt ihn grob am Kragen seines weißen Poloshirts gepackt. »Hör auf, so einen Scheiß zu erzählen!«

»Liberpax aeterquam«, warnte Alec ruhig und desinteressiert. Dann fragte er so provokant wie möglich: »Wenn es eine Lüge ist, warum regst du dich dann so auf?«

Awan schubste ihn fluchend von sich. »Weil es in den falschen Ohren wie die Wahrheit klingen könnte.«

Ich war zu weit gegangen. Als würde ich gegen eine Wand laufen, wurde mir nun vollends bewusst, was ich Awan angetan hatte. Wie sehr ich seine Nähe eingefordert hatte, obwohl er sich tunlichst dagegen gewehrt hatte, und wie sehr ich auf ihn eingeredet hatte, dass seine Denkweise über Gefühle nicht die richtige war. Ich hatte ihn gebrochen, ich hatte einen wahren Clinch zwischen ihm und seinem Volk verursacht, den er nun ausbaden musste. Was war ich für ein Mensch, der Awan so etwas antat, und das, obwohl ich ihn liebte? Kurz durchzuckte mich ein kleiner Schock darüber, dass meine Gedanken die Empfindungen, die ich ihm gegenüber hegte, in Worte gefasst hatten, ehe ich mich wieder auf das Wesentliche konzentrierte.

Ich rieb mir nervös die Oberschenkel. »Glaub mir, Alec. Awan empfindet rein gar nichts für mich«, verteidigte ich ihn, und ein Teil in mir glaubte mir meine Worte sogar. »Er will dafür sorgen, dass ich endlich aus Liberantas verschwinde, weil ich hier zu viel Ärger mache. Er ist ständig bei mir, damit er mich und meine Handlungen kontrollieren kann, um Liberantas zu schützen.« Dann seufzte ich ergeben. »Und ich werde gehen.« Ganz gleich, welche Hürden ich dafür auf mich nehmen oder wie sehr ich Odium anflehen müsste, mich zurückzubringen. Irgendwie würde es funktionieren, davon war ich überzeugt.

Awans Kopf glitt ruckartig zu mir, sein Gesichtsausdruck veränderte sich schlagartig von zornig zu zutiefst verletzt, bevor er mich schließlich erschrocken anstarrte, als hätte ich ihm gerade erzählt, dass ich ein Wrestlingturnier gegen einen Desperatis gewonnen hätte.

»Du willst wirklich gehen?«

Ich nickte niedergeschlagen und fest entschlossen. »Ich habe schon zu viel Schaden angerichtet. So viel, dass dein Volk dir nicht mehr glaubt.«

Alec triumphierte, als hätte er gerade das achte Weltwunder entdeckt und jegliche Hungersnöte aus der Welt geschafft. »Ich schätze, damit ist das Problem gelöst, das Dan bereits zigmal angesprochen hat. Hervorragend!«

Ganz schön viel Meinung für jemanden mit so wenig Gehirnmasse. Ich ignorierte ihn. Mein Blick war einzig und allein auf den Mann gerichtet, dem ich mein kaputtes Herz geschenkt hatte, ohne dass er es je gewollt hatte. »Tut mir leid«, flüsterte ich Awan zu, der mich noch immer wie erstarrt musterte. Dann machte ich wortlos kehrt und lief schnellen

Schrittes mit Light, der mir wie selbstverständlich folgte, zurück zur Hütte.

Es verwunderte mich nicht, dass Awan bereits vor der Tür stand, als ich ankam. Was mich wirklich irritierte, war der hilflose Ausdruck in seinen Augen, der seine braunen Iriden noch viel menschlicher wirken ließ. Noch nie hatte ich ihn derart wehrlos gesehen wie in diesem Moment.

»Du willst gehen?«, wiederholte er. Es gefiel mir nicht, dass es mir gefiel, welches mächtige Flehen in seiner Frage mitschwang.

Ich fuhr mir traurig über den Oberarm. »Ich wollte nie, dass du Schwierigkeiten bekommst.«

Dann ging ich an ihm vorbei in die Hütte. Ich hatte das Gefühl, aus dieser Situation ausbrechen zu müssen, um mein verkorkstes Herz ein weiteres Mal zu schützen.

Doch Awan schien diesen Plan durchkreuzen zu wollen, denn er folgte mir fast schon panisch. »Du kannst jetzt nicht einfach gehen, Elainy!«

Wut durchtränkte seine Worte mit einem solchen Nachdruck, dass ich innehielt. Ich wusste, dass sich etwas zwischen uns verändert hatte. Mir war diese Tatsache längst bewusst gewesen, schon bevor er mir gestanden hatte, wie er in meiner Nähe empfand, und doch prallte ich nun mit voller Wucht auf den Boden der Tatsachen. Ich realisierte, wie weit ich meinen Egoismus getrieben hatte, resultierend aus den Gefühlen, die ich für ihn entwickelt hatte. Es schockierte mich derart, dass ich instinktiv eine Hand auf meinen Mund legte. »Du wolltest doch von Anfang an, dass ich verschwinde«, versuchte ich, ihn vehement zu erinnern, und kämpfte währenddessen mit meinem unheilbar schlechten Gewissen.

Awan presste die Lippen aufeinander und schlug gegen den Türrahmen zu meinem Zimmer, der durch die Wucht leicht splitterte. Dann sah er abermals in mein erschrockenes Gesicht. »Warum tust du das?«

»Warum tust du das?«, fragte ich Deven mit Tränen in den Augen.

Er blickte mich mit solchem Hohn und einer noch tiefer gehenden Kälte an, dass es sich so anfühlte, als würde er einen Stein in meinem Herzen hinterlassen.

»Ich habe dich nie darum gebeten, mich zu lieben, Elainy.«

»Wir wussten beide, dass ich früher oder später gehen werde«, flüsterte ich schmerzverzerrt, während mir klar wurde, dass der Abschied noch viel schwerer werden würde, als ich es mir ausgemalt hatte. »Ich gehöre hier nicht her.«

Awan fuhr sich mit der Hand durch das Gesicht und kam schnellen Schrittes auf mich zu. Er packte mich sanft an den Armen und schaute mir dabei voller Verzweiflung tief in die Augen. »Du gehörst zu mir.«

Dann küsste er mich.

Kapitel 29

Nicht dein Körper ist das Problem, sondern die Gesellschaft.

Der erste Sonnenstrahl im Frühling, der hauchzart über meine Haut wanderte. Ein gewaltiger Sommerregen, der mein Gesicht von der Hitze aufatmen ließ. Das beruhigende Knistern der Blätter, die von den Bäumen fielen und mich in jeder Pore meines Körpers erdeten. Ein heißer Kakao an Wintertagen, der die Kälte aus meinem Inneren verbannte.

Nichts war vergleichbar mit dem Sturm an Glücksgefühlen, der mich nun überwältigte.

Seine weichen Lippen bewegten sich im Gleichklang mit meinen, seine Hände wanderten in meinen Nacken, um mich noch näher an sich zu ziehen. Diese Berührungen, der Geschmack seiner Lippen, alles an dieser Situation griff meine Niedergeschlagenheit an und verwandelte es mit einem Mal in das pure Glück. Als er den Kuss dann auch noch intensivierte, indem er meinen Mund sacht dazu drängte, sich zu öffnen, schwirrte mir dermaßen der Kopf, dass ich mich an seinem Shirt festhalten musste, um nicht das Gleichgewicht zu verlieren. Mir wurde bereits schwindelig von der Masse an Schmetterlingen in meinem Bauch, weswegen ich gar nicht damit klarkam, dass nun auch noch mein Unterleib anfing zu pochen. Ihm schien es nicht anders zu gehen, zumindest was Letzteres betraf, denn ich konnte ganz deutlich seine Härte an meinem Körper spüren. Im selben Moment merkte er es offenbar auch, denn er beendete den Kuss fast schon abrupt. Keuchend lösten wir uns voneinander, während er seine Stirn an meine legte.

»Bitte, geh nicht«, flehte er mit rauer Stimme.

Heilige Scheiße, wie sollte ich ohne ihn gehen?

»Jetzt muss ich erst recht gehen«, erwiderte ich noch völlig benommen und hielt mir meinen flatternden Kopf. Was bedeutete das hier für uns? Was bedeutete es mir? Was bedeutete es Awan? Was bedeutete es für Liberantas?

Schlagartig löste ich mich gänzlich von ihm und schaute mich gehetzt nach Rena um. Ich vertraute ihr nicht genug, um zu glauben, dass sie uns nicht verraten würde. Doch sie war nirgends in der kleinen Hütte zu sehen, obwohl alle Türen sperrangelweit offen standen, während es draußen bereits dunkel wurde. Wo zum Henker war sie? Ob sie von mir die Faxen dicke hatte? Redewendungen auspacken, die noch altbackener waren als mein Geschichtslehrer, der mit seinem unpädagogischen Verhalten offenbar selber in der Steinzeit gelebt hatte? Check.

»Was ist los?« Awan war meinen Blicken gefolgt.

»Rena«, erklärte ich wie nebenbei, als ich aus dem Fenster stierte und noch immer die Wiese nach ihr abscannte. »Sie ist nicht da. Sie verlässt nie länger als nötig die Hütte.«

Awan runzelte die Stirn, doch blieb still.

»Wo könnte sie sein?«

Er zuckte mit den Schultern, als würde er sich nicht sonderlich um ihren Verbleib scheren. »Vielleicht ist sie zurück in die Aviswelt.«

»Das glaube ich nicht.« Nervös fuhr ich mir durch die Haare. Sie hatte davon gesprochen, etwas in der Aviswelt verloren zu haben, und doch konnte ich mir nicht vorstellen, dass sie zurückgegangen war. Vor allem: Wie denn? »Glaubst du, sie ist zu Odium gegangen?«

»Sie hatte immerhin genug Zeit, um herauszufinden, wo er steckt«, entgegnete Awan fast schon desinteressiert. Er glaubte noch immer, dass Odium das Beste war, was dieser Welt passieren konnte.

»Ich bin das Nichts, Elainy«, erklärte er monoton, in seinem Blick lag die Leere. Nie hätte er seinen Vorhang aufgezogen, wenn es ihm nicht so schlecht ginge.

Mit großen Augen starrte ich ihn an. Es war das erste Mal, dass er mir eine andere Seite als die fröhliche offenbarte. »Was meinst du damit?«

»Ich fühle nichts mehr.«

Mit einer Gänsehaut auf dem ganzen Körper schrak ich aus meiner kurzen Erinnerung und abermals schaute ich Awan ins Gesicht, der mich nun noch aufmerksamer musterte. »Das letzte Gespräch zwischen Rena und mir … erinnert mich an … an meinen Bruder.«

»Was ist mit deinem Bruder?«, erkundigte sich Awan besorgt und kam auf mich zu.

Ich atmete einmal tief durch. Nie zuvor hatte ich mit jemandem darüber explizit gesprochen – nicht einmal mit Sey. Klar, er wusste, dass mein Bruder Marty plötzlich nicht mehr da gewesen war, und doch hatte ich jegliche Versuche, mit mir darüber zu reden, an jeder Stelle abgewehrt. Es war zu schmerzhaft, immer und immer wieder mit anderen darüber zu philosophieren, wo er wohl geblieben sein könnte. »Er ist einfach verschwunden.«

»Verschwunden?«

»Ich glaube …«, fing ich an, doch traute mich nicht, meine wahre Vermutung über seinen Verbleib zu äußern. Zu oft hatte ich die Phasen der Trauer durchlaufen, um mich nun wieder davon leiten zu lassen. »Ich ahnte, dass es ihm nicht gut ging, weißt du? Ich war aber zu sehr mit mir beschäftigt, um ihm zu helfen. Dabei hat er so hart gekämpft, mit sich selbst, mit dem Leben. Immer hat er gemeint, er müsste uns etwas vorspielen, dabei war mir längst klar, dass ihn die Depressionen zerfraßen. Ich war so egoistisch, so verdammt egoistisch, dass ich geglaubt habe, es wäre okay, es ein Stück weit zu ignorieren, so zu tun, als würde ich es nicht merken, nur damit es mir besser ging. Einfach, damit ich nicht in der Realität leben muss, in der mein großer Bruder das Leben hasst. Während ich so getan habe, als würde ich nichts davon mitbekommen, wie er sich tagelang eingesperrt hat und seine Augen ständig müder und leerer aussahen, hat er so getan, als wäre er bloß erschöpft von der Arbeit. Wir haben uns gegenseitig stumm angelogen, obwohl wir beide die Wahrheit kannten. Aber wofür? Wofür das alles, wenn doch das Ende das gleiche war?«

Awan schaute mich mitfühlend an und nahm sacht meine Hand in seine, bevor er seinen Daumen sanft über meinen Handrücken kreisen ließ. »Das tut mir sehr leid, Elainy. Aber bitte gib dir keine Schuld daran, zumal es dir doch selbst nicht gut ge…«

»Ich bin seine Schwester«, unterbrach ich ihn kopfschüttelnd. »In einer Familie ist man füreinander da, egal, wie es einem geht, oder gerade, wenn es einem selbst schlecht geht und man weiß, wie der andere fühlt! Man teilt seinen Schmerz und versucht, gemeinsam Lösungen zu finden. Man spricht miteinander, das ist das Mindeste! Seinen Zustand zu ignorieren war unfassbar feige. Wir haben diesen Pakt, füreinander da zu sein, gebrochen und uns damit beide zerstört.«

Awan biss sich auf die Unterlippe und nickte. »Entschuldige. Ich kenne diese Art von Zusammenhalt nicht. Diese Art von …«

»Liebe?«, beendete ich seinen Satz, und sofort sah er mir wieder in die Augen. Kurz suchte er etwas in meinem Blick, ehe er laut ausatmete und das Gespräch in eine andere Richtung lenkte: »Und du glaubst, Rena geht es immer noch nicht besser, obwohl sie schon so lange hier ist?«

»Ich weiß, dass es ihr nicht gut geht«, berichtigte ich ihn. »Das weiß ich vor allem, weil … weil ich ihren Schmerz spüren kann. Ich spüre ihn, weil ich weiß, wie es sich anfühlt.« Dann zog ich meinen Ärmel hoch und entblößte damit meine Narben.

Sein Gesichtsausdruck verwandelte sich schlagartig in eine Maske aus Betroffenheit. Ein Ausdruck, der, verglichen mit dem letzten Mal, als er meine Narben gesehen hatte, völlig konträr war. Sanft umschloss er mein Handgelenk mit seiner Hand und zog es etwas in die Höhe. Stumm bat er um Erlaubnis, die er ebenso still von mir bekam, und so strich er mit der anderen Hand ganz sanft über die Narben, als hätte er Sorge, mir dabei wehzutun. »Ich wünschte, du hättest dir das nicht angetan.«

»Weil es hässlich ist?«, fragte ich nach und riss meinen Arm beschämt weg. Sofort bereute ich es, als ich merkte, dass meine Unsicherheit dem geschuldet war, was Deven ständig darüber geäußert hatte. Awan war aber nicht er. Es war unfair, auf diese Weise zu reagieren und ihm zu unterstellen, derart oberflächlich und schäbig zu sein, obwohl ich insgeheim wusste, dass er es nicht war.

Verständnislos und fast schon erschrocken schüttelte er den Kopf. »Weil du dir wehgetan hast. Du hast es nicht in einer Million Jahre verdient, verletzt zu werden.«

Er legte seine Hand unter mein Kinn und hob es an. »Du bist wunderschön – egal, ob mit Narben oder ohne.« Dann funkelte Entschlossenheit in seinen braunen Augen. »Aber ich werde nicht zulassen, dass noch eine dazukommt.«

Mit Tränen in den Augen sah ich ihn gerührt an. »Warum sind wir uns nicht in meiner Welt begegnet?«

»Das sind wir doch!«

Ich presste meine Lippen aufeinander, als mir noch bewusster wurde, wie verzwickt die Lage tatsächlich war. Wir hatten uns geküsst, verdammt noch mal! »Wir hätten beide dortbleiben sollen.«

»In einer Welt, in der du ewig an deine Vergangenheit erinnert wirst und dein Herz gebrochen wird?«, gab Awan zu bedenken.

Aber ich wurde doch auch hier mit dem Vergangenen konfrontiert! Auch wenn Liberantas' Plan wohl offenbar darauf hinauslief, dass ich mich nicht mehr erinnern konnte. Und die Befürchtung, dass mein Herz in Gefahr war, hatte ich tatsächlich ebenso hier. Jetzt in diesem Moment.

»In einer Welt, die viel Schmerz, Einsamkeit, Trauer, Verlust und Wut bereithält und eine Vergangenheit, die mich noch lange beschäftigen wird. Aber auch so viel Liebe, die dir hilft, dich zu befreien, ohne dich zu verlieren«, sagte ich ernst, als ich an meine Eltern dachte. »Liberantas ist ein Ort des Friedens, weil es keinen Grund gibt, für etwas zu kämpfen.«

Awan sah mich mit einem traurigen Lächeln an, dann seufzte er. »Du bist bereit zurückzugehen.«

Ich nickte und wir standen einige Sekunden stumm da. Meine Psyche hatte nun endlich vollends erkannt, dass ich hier nicht hingehörte, doch mein Herz hatte sich dermaßen an etwas in dieser Welt geklammert, dass es mich fast umbrachte. Aber wie oft hatte ich geglaubt, an Schmerz zu krepieren, und trotzdem stand ich noch körperlich lebendig auf beiden Beinen?

Langsam setzte ich mich mit schwirrendem Kopf an den Küchentisch. Ein weiteres Mal glitten meine Gedanken zu Rena. Bevor ich ging, musste ich sie in Sicherheit wissen! Zumindest redete ich mir das ein, um meinen Seelenfrieden zu erhalten. Andererseits wusste ich, dass ich die Antwort über ihren Verbleib womöglich nicht bekäme, es aber nicht bedeuten musste, dass es ihr schlecht erging. Die Unwissenheit war nur wirklich kein sehr umgänglicher Begleiter. »Ich hoffe, Rena hat sich auch wiedergefunden.«

Awan, der mir langsam gefolgt war, lehnte sich an den Türrahmen wenige Meter neben mir. »Da bin ich mir sicher. Sie war zwar nicht sonderlich höflich, aber eine starke Persönlichkeit.«

»Du warst auch nicht immer sonderlich höflich«, neckte ich ihn, und er schenkte mir sein schiefes Lächeln. Sofort schlug mein Herz höher und mein Puls beschleunigte sich. Es gab nichts Schöneres, als den Menschen glücklich zu sehen, den man … liebte.

»Ich mag dein Lächeln«, sagte ich frei heraus und erschrak selber über meine Offenheit und den prompten Themenwechsel.

Awans Grinsen wurde noch breiter, während er den Kopf schräg legte. »Du denkst immer nur an andere. Aber was magst du an dir?«

»Es wäre auch ziemlich merkwürdig, wenn ich mir einfach aus dem Nichts ein Kompliment machen würde.«

Awan zuckte mit den Achseln. »Vielleicht solltest du damit anfangen. Also, was magst du an dir?«

Ich blieb still.

Selbstwertgefühl wird gesucht … einen Moment noch … haben Sie noch einen Augenblick Geduld … ERROR … System abgestürzt.

Er seufzte. »Okay. Dann fangen wir damit an: Was magst du nicht an dir?«

»Meine Hände«, gab ich zu, als ich auf sie starrte, als wären sie Parasiten, die mir an den Körper getackert worden waren.

Stirnrunzelnd setzte er sich zu mir an den Tisch. »Was ist mit deinen Händen?«

»Sie sind zu groß.« Vielleicht war es keine gute Idee, ihn auf meine Makel aufmerksam zu machen!

Er hielt mir seine Hand entgegen und ich legte meine zögernd auf seine. Ich überwand den Impuls, sie wegzuziehen, damit er nicht merkte, dass ich tatsächlich recht hatte. Doch als sich unsere Hände berührten, sahen meine plötzlich deutlich kleiner aus.

»Deine Hände sind perfekt.«

»Meine Beine«, sprach ich wie automatisch weiter.

»Was ist falsch mit deinen Beinen?«, hakte Awan nach, während ich nervös herumzappelte, weil ich ihm gerade eine Einladung gegeben hatte, sie sich genauer anzusehen.

Kurz wog ich ab, ob ich ihm meine Schwachstelle offenbaren sollte, doch jetzt hatte ich damit bereits begonnen. »Ich habe Cellulite.«

Awan sah mich verständnislos an und wartete augenscheinlich darauf, dass ich weitersprach.

»Das findest du nicht unattraktiv?«

Awan sah mich irritiert an. Der meinte das ernst!

»Warum sollte das unattraktiv sein?«

Ich stutzte. Immer hatte ich angenommen, dass die meisten Männer bloß die aalglatten Körper attraktiv fanden und beinah nur Frauen Cellulite als normal und nicht weniger schön bewerteten. Ob ich einfach zu stigmatisierend und verurteilend war? Offensichtlich. »Meine Hüften. Sie sind zu ausladend.«

Awan schmunzelte. »Ich finde deine Hüften sehr einladend, wenn ich das so sagen darf.«

»Meine Brüste.«

Entrüstet schaute er mich an und gab sich dabei jede Mühe, sie nicht anzustarren. »Ach, komm schon, Elainy. Was soll daran denn jetzt verkehrt sein?«

»Zu klein«, antwortete ich stumpf und wurde knallrot. Wie oft hatte ich darüber nachgedacht, sie mir operieren zu lassen, wie so viele Influencer, die als Schönheitsideal galten? Immer wieder hatte ich mich von dem Gedanken abgebracht, weil ich mich daran erinnert hatte, dass die Größe der Brüste nicht die Weiblichkeit definierte und jeder Mensch auf seine Art schön war – und das ganz ohne Chirurgie. Das entsprach auch meiner Meinung! Aber die Medienwelt und ihre zum Teil unverantwortlichen Vorbilder hatten diese Gesellschaft in eine Richtung gelenkt, die nicht mehr gesund war. War man nicht selbstbewusst genug, würde man irgendwann diesem gesellschaftlichen Druck zum Opfer fallen und nachgeben. Nicht, dass ich Menschen dafür verurteilen wollte, sich operieren zu lassen, weil sie unzufrieden mit sich waren. Zu deutlich wusste ich selbst, wie grausam es war, sich zu hassen. Ich kritisierte lediglich den öffentlichen Umgang damit, als wäre es das Normalste der Welt und mit keinen Risiken verbunden. Außerdem war ich felsenfest davon überzeugt, dass manche Menschen sich nur operieren ließen, weil sie glaubten, ihre mentale Gesundheit werde damit geheilt, ohne zu merken, dass sie an der falschen Stelle Zeit und Schmerzen investierten. Aber das war nur meine Meinung, und ganz tief im Inneren war ich der Vorstellung auch noch immer nicht abgeneigt, den inneren Konflikt über meinen Körper auf einfacherem Weg zu beenden.

Er sah mich fast schon wütend an. »Nach welcher Definition?«

Ich reckte das Kinn. »Das ist Fakt.«

»Das ist Bullshit.«

Ich schüttelte vehement den Kopf. »Sie sind unterdurchschnittlich, das kann man nicht leugnen.«

Awan zog die Augenbrauen zusammen. Alle Leichtigkeit war aus seinem Gesicht gewischt.

»Das bedeutet aber nicht, dass sie zu klein sind.« Dann seufzte er. »Sich selbst nicht schön oder gar hässlich zu finden, ist absurd.«

»Weil jeder einen anderen Geschmack hat?«, mutmaßte ich. Etwas, das ich mir ewig selbst eingeredet hatte.

Er schüttelte vehement den Kopf. »Es geht nicht um andere, Elainy.«

»Um was dann?«, wollte ich wissen.

»Du siehst dich nicht, wenn du von deinem Lieblingsbuch erzählst und ein leuchtendes Strahlen in deinen Augen hast. Du siehst dich nicht tanzen, während du deine Augen geschlossen hältst und ein leichtes Lächeln auf den Lippen hast. Du siehst nicht, wie du Light anschaust, mit so viel Liebe und Fürsorglichkeit. Es taucht kein Spiegel vor dir auf, wenn du deine Lieblingsfrucht isst und dabei zufrieden seufzt.«

Ich starrte ihn sprachlos an, während er mir eine Hand auf die Wange legte.

»Du siehst dich nicht, wenn du du bist.«

Noch nie hatte ich mich so schön gefühlt wie in diesem Moment. Er hatte die passenden Worte für mich parat, damit ich ihm Glauben schenken und selber annehmen konnte, dass ich auf meine Art schön war. Zumindest in diesem einen Augenblick, den er erschaffen hatte.

Kurz war es still um uns, während ich mich auf unsere Atmung konzentrierte. Sie harmonierte und bewegte sich im Gleichklang, während das Holz der Hütte fast schon entspannend knackte. Die Atmosphäre und das damit verbundene Hochgefühl, das er ausgelöst hatte, hinterließ eine so starke Gänsehaut, dass sich wenige Sekunden später ein Kribbeln in meinem Unterleib ausbreitete und ein damit verbundener Drang entstand, es auf Awan und mich auszuweiten. Es war nicht so, als würde ich Sex brauchen, um glücklich zu sein. Viel mehr sehnte sich mein Körper nach seinen Berührungen;

mein Geist verzehrte sich nach seiner Nähe, als wäre ich eine Verdurstende und er meine Wasserquelle. Alles in mir wollte die restliche Distanz durchbrechen und mit ihm eins sein, auch wenn die leise Stimme in mir schrie, dass ich eine verdammte Egoistin sei. War ich nicht vor wenigen Minuten noch von einem schlechten Gewissen geplagt gewesen, das kaum auszuhalten war? Hatte ich nicht eingesehen, was ich ihm bereits mit meinem Verhalten angetan hatte? Doch noch bevor ich überhaupt über die Konsequenzen nachdenken konnte, wollten die Wörter auch schon meinen Mund verlassen. Es war doch eh zu spät, um zurückzurudern. Wir waren in diesem Netz gefangen, ohne die Chance zu haben, uns zu retten, versuchte ich, mein Hirn ein letztes Mal zu beschwichtigen, bevor mein Herz übernahm.

»Du hast heute zu Alec gesagt, dass ich entscheide, was ich will und was nicht. Erinnerst du dich?«

»Ja«, hauchte er, und ich konnte in der Luft das Knistern spüren.

Dann wanderten meine Augen zu seinen und die Hitze zwischen uns flammte auf. »Ich will dich.«

Kapitel 30

Die Kunst liegt nicht darin, deinen Körper zu berühren, sondern deine Seele.

Kurz lag Erstaunen auf seinem Gesicht, ehe eine gewaltige Leidenschaft von ihm Besitz ergriff. Blitzschnell stand er auf und hob mich von dem Stuhl, bevor er mich auf der Tischkante vor sich platzierte und voller Begierde küsste. Fordernd spielte seine Zunge mit meiner. Immer wieder griff er abwechselnd in meinen Nacken und zog mich noch dichter an seinen Körper, als würde er nicht genug von mir kriegen. Mir ging es nicht anders. Ich verlor mich in seinen Berührungen, in seiner sanften Brutalität, die mein Herz zum Beben brachten. Kurz keuchte ich auf, als er mich von dem Tisch hochhob und mich mit schnellen Schritten in mein Zimmer brachte. Langsam legte er mich auf dem Bett ab, ohne dabei unsere Küsse zu unterbrechen. Erst nachdem er vor mir gekniet hatte, richtete er sich auf und schaute auf mich herab. Seine Haare waren von meinen Händen zerzaust, seine Lippen leicht geschwollen. Alles an ihm, besonders sein Blick, strahlte *Sex* aus, sodass mein Unterleib unaufhaltsam pochte.

Rasch stützte ich mich auf meinen Ellenbogen ab, um ihn noch genauer betrachten zu können. Als ich an ihm hinabsah und an der Wölbung seiner Hose innehielt, seufzte ich erregt.

Offenbar reizte ihn der Laut, denn sofort war er wieder auf mir, fuhr mit seinen Fingern unter mein Shirt und hielt dann abwartend inne. Die Haut unter seiner Berührung prickelte, mein Unterleib bettelte förmlich darum, dass er weitermachte, und ohne, dass ich ihm großartig etwas verbalisieren musste, schien er meine Reaktion richtig zu deuten. Langsam wanderte seine Hand weiter nach oben, bis er meine nackten Brüste umfasste.

»Du fühlst dich so gut an«, entfuhr es ihm.

Das gab mir den Rest und ich zog mir mit einem Ruck den lästigen Stoff über den Kopf. Auch die Jeans und der Slip gesellten sich schnell zu der Kleidung auf dem Boden, sodass ich schließlich nackt vor ihm lag. Noch nie in meinem Leben hatte ich mich so wenig für meinen Körper geschämt wie in diesem Moment. Auch wenn ich mit Deven mehrfach geschlafen hatte, hatte ich mich nie annähernd so frei gefühlt wie mit Awan – nicht ansatzweise. Im Gegenteil. Jedes Mal, wenn ich mit ihm hatte schlafen müssen, war ich mir in meinem eigenen Körper eingesperrt vorgekommen.

Ehrfürchtig kniete Awan vor mir und ließ seine Augen über mich schweifen. »Du bist so schön.«

Ich brauchte nicht noch mehr Zuspruch, um mich aufzurichten und mich ebenfalls vor ihn zu knien, bevor ich ihm sein Shirt über seinen Kopf streifte. Staunend fuhr ich über seinen nackten Oberkörper, der an der Brust mit leichten Härchen die Glätte durchbrach. Langsam strich ich die schmale Haarlinie hinunter, die an seinem Hosenbund endete, und schaute ihm dabei ins Gesicht. Immer wieder rollte er die Augen, als würde er meine Berührung genauso genießen wie ich seine.

Als ich schließlich an der Härte in seiner Hose anlangte, hob er mich abermals leicht hoch und legte mich fast schon ungeduldig auf das Bett, als könnte er sich nicht länger zurückhalten. Im gleichen Atemzug hatte sein Mund meine Brustwarze umschlossen und sog genüsslich daran, sodass ich aufstöhnte. Ich glaubte, dass mich nichts mehr erregen würde als seine Lippen auf meinen Brüsten, ehe sein Finger plötzlich langsam über meinem Kitzler kreiste. Immer wieder leckte er meine steifen Nippel, während er mit seinen Fingern geschickt über meine feuchte Mitte strich, ehe er dann vorsichtig in mich eindrang. Immer lauter stöhnte ich auf und griff mit einer Hand in seine Haare, um in meiner Ektase Halt zu bekommen. Als ich kurz davor war, Sterne zu sehen, zog er sich neckend zurück und richtete sich sogleich wieder auf. Dann endlich streifte er sich seine Hose von den Beinen und rollte ein Kondom über sein steifes Glied. Ob er das aus meiner Welt mitgehen lassen hatte oder ob es hier auch Verhütungsmittel wie diese gab? In diesem Moment war es mir völlig gleich.

Seine Augen leuchteten vor Verlangen, als er sich wieder auf mich herabsenkte, sodass ich augenblicklich vor Ungeduld seufzte. Mit vollkommener Hingabe spürte ich die Spitze seiner Härte an meiner Nässe. Kurz hielt er inne und wartete, bis ich ihm in seine wunderschönen braunen Augen schaute.

»Du gehörst zu mir«, raunte er, während er in mich eindrang und mich vollkommen ausfüllte. Wir stöhnten gleichzeitig auf, bevor er sein Gewicht leicht verlagerte und dann stetig schneller in mich hineinstieß. Doch er war mir noch nicht nah genug, und so schlang ich meine Arme um seinen Hals und brachte ihn damit dazu, seinen Körper auf meinen zu legen. Anschließend wanderten seine Hände wie von selbst an meinem Körper herab. Ein Arm umschlang meinen unteren Rücken und presste mich an seinen weichen Bauch, mit seinem Unterarm stützte er sich auf dem Bett ab. Seine andere Hand umfasste meinen

Hintern. Mein Atem ging nun stoßweise, während seine Stöße stetig kraftvoller und schneller wurden. Benommen von seiner Art, mich in Besitz zu nehmen, schloss ich die Augen; stöhnte und keuchte mit ihm im Gleichklang. Immer wieder strich ich über seinen muskulösen Rücken und spürte, wie ich vor Lust zu explodieren drohte. Ohne groß darüber nachzudenken, drehte ich mich. Sofort gab er meinem Drängen nach und folgte meiner Bewegung, bis ich schließlich über ihm war. Ich genoss sein lustvolles Stöhnen, während ich langsam meine Hüften rollte, und fühlte mich plötzlich so sexy wie noch nie. Er verdrehte erneut die Augen, als ich mich mit Hingabe und provozierender Langsamkeit auf ihn senkte, und umfasste meinen Hintern mit beiden Händen, um ihn auf seinem Glied auf und ab gleiten zu lassen.

»Was machst du nur mit mir?«, flüsterte Awan ehrfürchtig.

Wenig später legte er seine Arme um meinen Rücken und drückte mich kraftvoll an sich, bevor er mit schnellen, harten Stößen noch tiefer in mich eindrang. Noch nie hatte ich etwas so sehr genossen wie unseren ständigen Wechsel der Dominanz. Es war, als würden wir uns in jeder Hinsicht ergänzen, als wären wir wie füreinander gemacht. Ich spürte, dass er kurz davor war zu kommen, und so küsste ich leidenschaftlich seinen Hals, sog seinen markanten Duft ein und gab mich meiner Lust gänzlich und so laut hin, dass ich mir sicher war, jeder in Liberantas müsse mich hören. Nur wenige Sekunden später keuchte Awan in ähnlicher Lautstärke auf und presste mich noch einmal von seinem Orgasmus zitternd ganz fest an sich, ehe sein Griff lockerer wurde.

Mit einem Lächeln auf den Lippen küsste ich seine Schläfe, doch er ließ mir gar keine Zeit zum Durchatmen, sondern drehte mich wieder auf den Rücken. Ehe ich realisieren konnte, was passierte, lag sein Kopf zwischen meinen Beinen, während er seine Zunge über meine empfindlichste Stelle gleiten ließ.

Es war das erste Mal, dass jemand das bei mir machte, und ich glaubte, nie etwas Vergleichbares gespürt zu haben. Es dauerte nicht lange und ich befand mich in der Spirale hinauf zu meinem Höhepunkt, und als ich ihn erreicht hatte, musste ich in das Laken neben mir greifen, um ihn ertragen zu können.

Noch immer mit geschlossenen Augen und vom Orgasmus zuckend spürte ich einen sanften Kuss auf meinen Mundwinkel, ehe ich mich in den Armen von Awan wiederfand, der uns das Bettlaken, das mittlerweile am Bettende verschwunden war, über die Körper warf und zugleich meinen Kopf auf seine Brust bettete. Noch nie in meinem Leben hatte ich mich so vollkommen gefühlt wie in diesem Moment mit ihm. Schmerzhaft wurde mir bewusst, dass der Abschied wohl schlimmer werden würde, als ich es mir ohnehin ausgemalt hatte. Kurz wollte meine Verlustangst den Sex bereuen, doch meine Glücksgefühle ließen das gar nicht zu. In diesem Moment waren wir eins und das konnte uns niemand nehmen. Auch nicht Liberantas.

»Das war mit Abstand das Schönste, das ich je erleben durfte«, murmelte Awan zufrieden, und ich grinste an seinem Körper.

»Das kann ich nur bestätigen«, erwiderte ich wahrheitsgemäß. Zeitgleich machte sich endlich das schlechte Gewissen breit, in welche Situation ich ihn gebracht hatte. *Ich hatte ja noch versucht, dich zu warnen*, schimpfte mein Hirn eingeschnappt. »Dabei habe ich das gar nicht verdient.«

»Ich glaube daran, dass man nicht erst etwas tun muss, um sich etwas zu verdienen, kleiner Avis. Es ist unser Recht, glücklich sein zu dürfen.«

Ich liebte ihn. Ich liebte ihn wahrhaftig, was alles nur noch schwieriger machen würde, und auch ihm musste das nur allzu gut bewusst sein. Mit einem Kloß im Hals schaute ich hinauf in sein Gesicht. »Willst du nicht gehen?«

Sanft erwiderte er meinen Blick. »Willst du, dass ich gehe?«

Ich sagte nichts, doch ich war mir sicher, dass mein Gesichtsausdruck Bände sprach. Natürlich wollte ich nicht, dass er ging, wie Deven, der mich nach dem Geschlechtsverkehr liegen gelassen hatte, als wäre ich ein x-beliebiges Sex-Toy.

»Dann werde ich bleiben. Ich lasse dich nicht allein, versprochen.«

»Bleibst du für mich oder für dich?«, konnte ich mir nicht verkneifen zu fragen – weiterhin geplagt von den Schatten meiner Vergangenheit, die sich nach wie vor schemenhaft ihren Weg zu mir durchbrannten, obwohl ich schon so viel vergessen hatte.

Sacht fuhr er mir über den Kopf und strich mir eine Haarsträhne aus dem Gesicht. »Für uns, Elainy. Ich bleibe für uns.«

Dann zog er mich dichter an sich und hauchte mir einen Kuss auf die Stirn. Einen kurzen Augenblick vergaß ich die Welt um uns herum, ehe sie mich dank meines Overthinker-Gehirns abermals einholte, als wäre es eine Abrissbirne. Ich musste von hier nun noch dringender weg als zuvor. Meinem Herzen zuliebe. Seinem Leben zuliebe. »Glaubst du, Odium wird mir helfen können?«

»Das weiß ich nicht«, gab er nach einigen Sekunden der Stille zu. Er klang geknickt, als hätte die Enttäuschung angeklopft und die Vernunft die Tür geöffnet.

»Und wenn er mich einfach tötet?« Es war nicht sehr abwegig, wenn man bedachte, wie sehr ich seinen Lebensinhalt durcheinandergebracht hatte.

Sanft drehte Awan mich zu sich und blickte mir tief in die Augen. »Niemand, wirklich niemand, wird dir wehtun, solange ich lebe.«

Hatte ich richtig gehört? Seitdem ich hier war, waren immer nur Odium und Liberantas seine Prioritäten gewesen. Wie konnte es sein, dass ich seinen festen Glauben an diese

Welt vom Thron gestoßen hatte? Fast schon störte es mich, dass er mich ihnen vorzog, weil ich ganz genau wusste, mit wie viel Hingabe er seine Welt beschützt hatte. »Er ist dein Herrscher!«

Langsam strich er mir über die Schläfe. »Und du meine Rettung.«

Ich blickte erstaunt in seine karamellbraunen Augen. Sie bargen das Schicksal, das uns nun verfolgen würde.

Kapitel 31

Was würdest du tun, wenn deine ganze Existenz auf einer Lüge basieren würde?

Hatte mein Kopf mir bloß einen Streich gespielt oder war das wirklich alles passiert, war das Erste, was mein Gehirn am nächsten Morgen zustande brachte. Denn als ich mich verschlafen streckte, war von Awan keine Spur zu sehen. Gähnend rieb ich mir die Augen und richtete mich auf. Meine Haare waren zerzauster denn je, und so griff ich nach der Haarbürste auf meiner Kommode, um anschließend das Bad aufzusuchen. Während ich das lauwarme Wasser aus der Schüssel über meinen nackten Körper laufen ließ, schloss ich die Augen und dachte an die Berührungen, die ich mir unmöglich eingebildet haben konnte. Diese Nacht mit Awan war passiert. Wir hatten miteinander geschlafen und er hatte mir mehr als nur einmal gesagt, dass ich zu ihm gehöre. Bei dem Gedanken machte mein Herz einen kräftigen Satz, trotzdem wurde mir innerlich eiskalt. Was hatte ich bloß getan? Nicht nur, dass ich mein Herz damit in Gefahr gebracht hatte, viel schlimmer war, dass ich Awans

Leben gefährdete. Ich hatte den ersten Schritt gemacht und ihn aufgefordert, mit mir Sex zu haben. Mein Kopf brüllte mich an, dass ich die Schuldige sei, doch mein Herz wollte mir versichern, dass diese Nacht das Band zwischen uns bloß besiegelt hatte, es aber längst existent gewesen war.

Mit schwirrendem Kopf warf ich mir Renas Jeans und das weiße Langarmshirt über, das mir bis knapp unter den Hosenknopf reichte. Renas Gesicht, das dadurch sogleich in meinem Kopf auftauchte, veranlasste mich dazu, nachsehen zu gehen, ob sie zurückgekehrt war. Doch ich musste schnell feststellen, dass sie weiterhin wie vom Erdboden verschluckt schien. Hoffentlich war sie okay. Seufzend ging ich zu meinem Zimmer zurück und verstaute mein Buch sowie mein totes Handy in einer kleinen braunen Stofftasche, die um den Stuhl in der Küche gehangen hatte. Dann schritt ich nach draußen und staunte über die großen Blüten auf der Wiese, die langsam aufhörten zu leuchten, weil der Tag gemächlich hereinspazierte. Ich entdeckte eine Sola, die mich aus ihren großen Knopfaugen aufmerksam musterte. Sie saß neben Light, der sie zu beobachten schien, als würde er fasziniert von dem kleinen Wesen sein. Mich hingegen irritierte die Tatsache, dass ich keine weiteren Sola ausmachen konnte, obwohl diese von Einsamkeit geleiteten Tiere nie allein anzutreffen waren. Zumindest hatte ich zuvor immer daran geglaubt, dass das der surreale Widerspruch war, der im Kern eigentlich keiner war. Ich legte den Kopf schräg und hockte mich neben die beiden wunderschönen Geschöpfe.

»Hast du deine Familie verloren?«, fragte ich die Sola, die mich mit ihren durchscheinenden Augen zu durchbohren schien. Instinktiv erinnerte sie mich an Rena, und ich fragte mich, ob sie es durch ihre gestrige Steinparade zu verantworten hatte, dass dieses kleine Wesen allein und ohne seine Gruppe unterwegs war. Noch bevor ich meine Frage beenden konnte, richtete sich die Sola rasch auf und verschwand mit einem Affenzahn in den Wald, als wäre sie tatsächlich gerufen worden.

»Ich hoffe, du findest sie wieder«, flüsterte ich noch mehr zu mir selbst, dann widmete ich mich wieder Light. Seine großen Augen begegneten meinen, ehe er mich musterte, als würde er ergründen wollen, warum ich ihn wehleidig ansah. Was würde ich dafür geben, ihm verständlich erklären zu können, dass und warum ich gehen würde. Alles, was ich nun tun konnte, bestand darin, von hier zu verschwinden, ohne dass er wirklich realisierte, dass ich mich verabschiedete. Mit einem Stein im Herzen schloss ich ihn fest in die Arme. Seine pfauenartigen Federn streiften dabei leicht meine Nasenspitze, sein weiches schwarzes Fell streichelte über meine empfindliche Haut. Nicht nur, dass ich Awan verlassen würde. Ich würde auch meinen besten Freund zurücklassen. Light, der mich so viele Male gerettet hatte – nicht nur dadurch, dass er mir zu Anfang den Weg zu Rena gezeigt hatte oder dass er Awan geholt hatte, wann immer Gefahr gelauert hatte, oder dass er mich vor dem Furorem oder den Inanis eisern hatte beschützen wollen. Er hatte mich gleichzeitig auf eine ganz andere Art gerettet: Er hatte mir gezeigt, wie es war, wahre Freundschaft zu erleben.

Tief durchatmend verscheuchte ich meine Trauer, um keinen Dolor anzulocken, der mich dazu noch mit düstereren Bildern quälen wollte. Das würde ich jedenfalls nicht vermissen: das Unterdrücken der Gefühle, das Verdrängen, um nicht mit den Kreaturen konfrontiert zu werden. Ich ließ Light los und richtete mich auf, ehe ich meine Augen schloss und mich den Klängen der Natur hingab, um mich abzulenken. In dem Moment, als ich das leise Schwirren der Confido, das sanfte Plätschern der Wasseradern und das ruhige Rauschen des Windes hörte, das durch die Blüten jagte, glaubte ich doch, dass Awan recht hatte und Liberantas keine Musik benötigte. Die Natur verankerte sich in meinen Gliedern, betäubte meine

Sinne, sodass ich mich nur auf diese Welt fokussieren konnte. Sie zog mich in ihren Bann und ließ mich Klänge spüren, die mich in ihrer Einzigartigkeit dermaßen berührten, dass ich mir wünschte, ich könnte sie ewig einfangen und nie wieder loslassen. Als würde ich den Geruch einer geliebten Person in einem Glas aufbewahren wollen, um die Erinnerungen, die damit einhergingen, erneut zu erfahren, wann immer ich den Deckel öffnete. Es war magisch.

Nur wenige Minuten später spürte ich plötzlich eine große, adrige Hand, die sich sanft um meine legte. Mit einem sanften Ruck wurde ich herumgewirbelt. Erschrocken riss ich die Augen auf und sah in Awans schmunzelndes Gesicht, bevor er mich an sich in eine Umarmung zog. Unsere Münder waren bloß Zentimeter voneinander entfernt, während er mir mit einer solchen Intensität in die Augen schaute, dass mein Herz einen weiteren riesigen Sprung machte. Überrascht blickte ich ihn an. »Was ist, wenn uns hier jemand sieht?«

Awan strich mir eine Strähne aus dem Gesicht. »In ihrem Inneren kennen sie alle ohnehin die Wahrheit.«

»Wirst du keine Schwierigkeiten bekommen?«, sorgte ich mich, obwohl ich die Antwort längst kannte. Sie bereitete mir mehr Angst, als mir bewusst war. Insofern versuchte ich, mich schleunigst wieder auf seine Gesichtszüge zu konzentrieren, um keinen Timeo anzulocken.

Er zuckte mit den Schultern. »Sobald du zurück in der Aviswelt bist, gibt es für sie keinen Grund mehr, mich zu beschuldigen.«

Und trotzdem war es ein Gesetzesverstoß, der nicht ungestraft bleiben konnte. Er wollte mich bloß besänftigen.

Plötzlich keimte das Gefühl in mir auf, dass er mich nach unserer gemeinsamen Nacht nicht mehr bei sich haben wollte. Es war bescheuert, wusste ich doch genau, dass es meinem minderen Selbstwertgefühl geschuldet war. »Gestern noch hast du mich angefleht zu bleiben. Was hat sich verändert?«

In seinem Gesicht lag Schmerz, als er ein weiteres Mal sanft über meine Wange strich. »Weil ich von nun an nicht mehr verstecken kann, was ich für dich fühle.« Dann hob er meinen Kopf noch etwas mehr an, um mich leise aufzufordern, ihm in die Augen zu blicken. »Was für dich bedeutet, dass ich dich damit in Gefahr bringe. Das kann ich nicht zulassen, kleiner Avis.«

»Du kannst es allein deshalb nicht verstecken, weil deine Augen nicht länger schwarz sind«, sprach ich mit zittriger Stimme das Offensichtliche an. »Wusstest du das?«

Awan biss sich auf die Unterlippe und nickte langsam. »Ja. Zuerst dachte ich, die Lichtverhältnisse trüben meine Augen. Bis ich schließlich nicht mehr leugnen konnte, dass sie braun geworden sind.«

»Wie ist das möglich?«, entgegnete ich ängstlich.

»Ich weiß es nicht«, gab er schulterzuckend zu. »Aber ich bin mir ziemlich sicher, dass es mit dir zu tun hat. Vielleicht werden sie wieder schwarz, sobald du nicht mehr in meiner Nähe bist.«

Zweifelnd fuhr ich mir durch das Haar. »Glaubst du, jemand hat es bereits gesehen und mit mir in Verbindung gebracht?«

»Milo hat es bemerkt und mich angesprochen. Vermutlich ist es Alec und Dan auch schon aufgefallen, aber sie können es noch nicht richtig einordnen. Keine Ahnung«, erwiderte er, als würde er über das Wetter reden.

»Was hat Milo gesagt?«

Awan presste die Lippen aufeinander und seufzte schließlich gedehnt. »Er sagte, er würde so tun, als hätte er das nicht gesehen, unter der Bedingung, dass ich dich zurückbringe.«

Milo war der einzige Vernünftige hier in Liberantas, so viel stand fest!

»Und das tue ich, also mach dir darum keine Gedanken«, ergänzte er und strich sanft über meine Wange.

Traurig betrachtete ich unsere ineinander verschlungenen Hände. »Dann wird alles wieder so sein wie vorher.« Mein Herz pochte dermaßen laut und kraftvoll, dass ich das Pulsieren und Pochen in meinen Ohren poltern hörte.

Awan hob sacht mein Kinn, damit ich ihn ansah, und schüttelte eisern den Kopf. »Nichts wird etwas daran ändern, dass du zu mir gehörst, Elainy. Egal, wie viele Welten uns auch trennen sollten.«

Sanft küsste er erst meine Nasenspitze und schließlich meine Lippen, ehe er sich von mir löste und sich bückte, um meine Lieblingsfrucht aufzuheben, die er offenbar zuvor dort abgelegt hatte. Lächelnd reichte er sie mir.

Ich biss sofort genussvoll und voller Hingabe hinein, während ich die Augen schloss. Dieser süßlich-säuerliche Geschmack, der mit nichts aus meiner Welt Bekanntem verglichen werden konnte, würde mich ewig in meinen Träumen verfolgen. In den schönen. Denen, die nicht damit beschäftigt waren, an Light oder Awan zu denken.

Als ich sie wieder öffnete, erblickte ich Awan, der mich wehmütig musterte. Er musste nichts sagen, denn ich wusste, dass wir Ähnliches fühlten. Doch Liberantas war trotz seiner Schönheit im Kern von Hässlichkeit geprägt, die ich nicht länger ignorieren konnte. Nicht, wenn ich mich in einen Inanis verliebt hatte, den ich dadurch in große Schwierigkeiten brachte. Ich hatte versucht, diesen Ort zu lieben, obwohl er mir immer mehr Gründe geliefert hatte, ihn zu hassen. Ich hatte versucht, die Welt zu glorifizieren, während ich mich in ihre Geschöpfe verliebt hatte, die nicht für mich bestimmt waren. Ich sollte uns den Abschied nicht zu schwer machen, indem ich ihn ausdehnte. »Lass uns Odium aufsuchen.«

Awan nickte gedankenverloren und streckte seine Arme aus, als leise Einladung, mich von ihm fliegen zu lassen. Vor nicht allzu langer Zeit hatte er mich mit Sprüchen bestraft, dass er lieber sterben würde, als mich zu berühren. Doch irgendwo zwischen Vergangenheit und Gegenwart hatte sich etwas geändert, das nicht rückgängig gemacht werden konnte.

Noch bevor ich zu ihm trat, erblickte ich Light abermals neben uns. Tränen sammelten sich in meinen Augen und ich fiel kraftlos auf die Knie. »Du musst hierbleiben, verstehst du? Es reicht, wenn wir uns in Gefahr begeben.« Ich nahm ihn ein letztes Mal in meine Arme und drückte ihn fest an mich, während sich prompt mehrere Dolor um uns sammelten. Doch anders als wenige Minuten zuvor begrüßte ich sie, als wären sie alte Freunde, die das ausdrücken konnten, was ich niemals in Worte hätte fassen können. »Ich werde dich niemals vergessen!«

Langsam ließ ich die kleine Fellnase los und schaute ein letztes Mal tief in seine reinen schwarzen Augen, ehe ich aufstand und mich schweren Herzens von ihm abwandte. Ich glaubte, dass mir ein Lebewohl noch nie so schwergefallen war, und spürte, wie sich etwas unwiderruflich in mein Herz bohrte, das meine Lebensenergie innerhalb weniger Sekunden heraussaugte. Alles, was er mir in den letzten Tagen geschenkt hatte, wurde innerhalb eines Wimpernschlages in etwas umgewandelt, das mich beinah bereuen ließ, ihn so nah an mich herangelassen zu haben. Doch damit hatte ich abgeschlossen! Jede Begegnung – egal, ob positiv oder negativ – war eine Bereicherung für mein weiteres Leben, weil sie Erfahrungen barg, die mich weiterbrachten. So würde ich es sehen, und trotzdem zerriss es mir in diesem Augenblick alles, was mich ausmachte.

Kommentarlos umfasste mich Awan mit seinen starken Armen und hob meinen schluchzenden Körper hoch.

»Es tut mir leid«, hauchte er mir bloß zu.

Dann hoben wir auch schon ab und ich war mir sicher, dass er mir den Abschied damit leichter machen wollte. Ich schaute nicht mehr zurück, doch ich spürte, dass Light uns hinterherblickte, und ich glaubte, dass dieser Umstand mein Herz in tausend Teile zerspringen ließ. Es war, als würde ich ihn zurücklassen und ihn damit auch in seiner Einsamkeit allein lassen. Wenn mich das Verschwinden meines Bruders nicht gänzlich umgebracht hatte, gab mir dieser Abschied nun endgültig den Rest.

Wir flogen gefühlte Stunden über Seen und Wälder, ich genoss ein letztes Mal die äußere Schönheit, die Farben, die Ruhe dieser Welt, bis es immer düsterer zu werden schien. Mit jedem Flügelschlag veränderte sich die Atmosphäre von Liberantas, inzwischen wirkte es alles andere als ruhig, idyllisch und fröhlich. Instinktiv kuschelte ich mich etwas näher an Awans Körper, bevor er auch mich noch fester umschlang. Wir beide wussten, dass unser Abschied nicht mehr lange hinauszuzögern war.

»Verdammt«, zischte Awan und machte plötzlich ohne Vorwarnung einen Sturzflug Richtung Wald, weswegen ich mich erschrocken an seinem Nacken festkrallte. Innerhalb kürzester Zeit kam er auf dem Boden auf, ließ mich auf die Erde sinken und forderte mich stumm auf, mich mit ihm hinter einen der Felsen zu knien. »Dan und Alec sind uns offenbar gefolgt«, flüsterte er und zeigte nach oben.

Irritiert folgte ich seiner Geste und erkannte tatsächlich zwei Inanis, die weit über den Baumkronen flogen, schließlich ebenso wie wir zuvor Richtung Boden glitten und sich dabei in alle Richtungen umblickten. »Was wollen die von uns?«

Awan antwortete nicht, sondern schob mich noch ein Stück weiter hinter den Felsen, als die beiden Inanis nur einige Meter vor uns geräuschvoll auf dem Boden landeten. Kurz schauten sie sich um und fokussierten sich dabei auf die Äste der Bäume über ihnen, als hätten sie Sorge, Awan würde sie von oben angreifen. Wäre zumindest kein ganz abwegiger Gedanke.

»Kann doch nicht sein, dass die beiden vom Erdboden verschluckt sind«, fluchte Dan an Alec gewandt und fuhr sich genervt durch das Gesicht.

Alec hingegen stieß ihn bloß gegen die Schulter und sah aus der Entfernung dabei deutlich weniger gestresst aus. »Die werden sicherlich bald wieder auftauchen und dann werden wir herausfinden, was sie vorhaben.«

»Eins steht fest: Ich übernehme Awan.« Die Abneigung ihm gegenüber tränkte Dans Stimme mit jedem weiteren Wort.

Alec lachte sadistisch. »Kein Problem, ich kümmere mich um die Kleine.«

Awans Arme, die er um mich gelegt hatte, spannten sich schlagartig an und ich konnte ihn hinter mir mit den Zähnen knirschen hören.

Im nächsten Moment stießen sich beide Inanis vom Boden ab und wurden innerhalb weniger Sekunden wieder Teil des Himmels.

»Scheint, als würden Alec und Dan nach einer Abreibung schreien«, murmelte Awan, ehe er sich aufrichtete.

Ich tat es ihm gleich und strich beunruhigt über meinen Unterarm. »Ich kann doch unmöglich gehen und dich damit allein lassen, wenn die beiden offenbar ein Problem mit uns haben.«

Awans Blick traf meinen, ehe er meine Oberarme mit seinen Händen umfasste. »Glaub mir, das Problem kann leichter gelöst werden, wenn du nicht weiter involviert bist.« Da mochte er vermutlich recht haben, war doch meine Gegenwart in Liberantas erst der Auslöser dieses Problems. Und doch konnte ich unmöglich in dem Wissen abhauen, dass Awan unsertwegen in Schwierigkeiten steckte.

»Aber …«, setzte ich an, doch Awan unterbrach mich sogleich.

»Sobald Odium dich zurückgebracht hat, wird es keinen Grund mehr für sie geben, mich zu attackieren. Sie werden Odiums Entscheidung nicht hinterfragen und zur normalen Ordnung zurückfinden, um den Frieden nicht unnötig ins Ungleichgewicht zu bringen.« Entschlossen nahm er meine Hand. »Ich denke, wir sollten erst mal laufen, bis der Himmel wieder sicher für uns ist. Hier unten sind wir geschützter.«

Ich schluckte meinen Unmut über die Diskrepanzen zwischen Alec, Dan und Awan hinunter und versicherte mir selbst, dass Awan weitaus rationaler dachte, als ich dazu in der Lage war. Ich in meiner Position war keine wirkliche Hilfe, um den Streit zu schlichten. Obwohl diese Erkenntnis von einem dicken Kloß im Hals begleitet wurde, war ich mir im Klaren, dass Awan wusste, was er tat.

Also nickte ich bloß und ließ mich von ihm durch den Wald führen, der zwar noch immer mit bunten Pflanzen bestückt war, jedoch weitaus matter und dunkler wirkte als die Wälder, die ich in Liberantas gewohnt war.

Gerade wollte ich Awan darauf ansprechen, da kam uns wie aus dem Nichts ein ganzer Schwarm Confido entgegen, der mich innerhalb eines Sekundenbruchteils zu Boden riss. Erschrocken schrie ich auf, ehe mich ein stechender Schmerz am Hals innehalten ließ. Awan schlug die letzten Confido aus unserem Sichtfeld, bis sie mit flatternden Flügeln verschwanden. Sofort war er bei mir und half mir auf die Beine. »Alles okay?«

Ich nickte benommen. »Ich schätze, sie sind nicht unbedingt dafür, dass wir weiter in die Richtung gehen, oder?« Genervt strich ich mir über den Hals und zuckte dabei im nächsten Moment zusammen. »Ich glaube, einer hat mich gebissen.«

Behutsam strich er mir die Haare über die Schulter und schob meine Hand sacht von meinem Hals.

»Du hast recht«, erwiderte er. »Ich muss die Zähne entfernen, damit es verheilen kann.«

»Auf die Heilungszauber von Liberantas werde ich wohl nicht zählen können.«

Awans Augen lagen kurz auf meinen, ehe er sich wieder meinem Hals widmete und vorsichtig zwei Zähne herauszog. Es schmerzte nicht sonderlich, es war eher unangenehm. Wie ein großer Splitter, der sich in der Haut verfangen hatte.

»Ich denke, das wird nicht nötig sein«, kommentierte Awan schließlich, als er von mir abließ. »Es ist nicht tief. Alles okay?«

»Ja. Es tut auch gar nicht mehr weh.« Kurz strich ich mir über die leicht geschwollene Stelle. »Ich muss mir aber keine Gedanken um übertragene Krankheiten machen, oder?«

Awan schüttelte den Kopf. »Keine Sorge. Ich habe noch nie gehört, dass ein Confidobiss so etwas verursacht hätte.«

»Und ich mutiere auch nicht über Nacht zu einem Confido?«, scherzte ich, als wir weiterliefen.

Awans verwirrter Blick amüsierte mich dabei so sehr, dass ich es am liebsten auf einem Foto festgehalten hätte. »Ihr habt in der Aviswelt deutlich zu viel Fantasie.«

»Natürlich«, entgegnete ich sarkastisch. »Das wäre ja auch absolut abwegig in einer Welt, in der es fliegende Männer und Frauen und emotionsgesteuerte Geschöpfe gibt.«

»Ganz genau.«

Schmunzelnd nahm er meine Hand und führte mich so über mehrere Wurzeln und Steine, ehe er entschied, dass es wieder sicher war zu fliegen. Dann hoben wir ab und bestritten mit schnellen Flügelschwingen den restlichen Weg. Er führte uns über Felsen und Baumkronen, über Wasserfälle und Wiesen, ehe Awan schließlich deutlich langsamer wurde und langsam sank.

Als wir an einem riesigen See ankamen und Awan mich dort vorsichtig auf meine wackligen Beine absetzte, musste ich mich erst einmal strecken, um meine eingerosteten Glieder einzurenken. Es regnete tatsächlich mittlerweile, etwas, das ich hier noch nicht auf meiner Haut gespürt hatte. Ich hieß die damit verbundene Kälte, die nicht länger etwas mit der hier bekannten gleichbleibenden Temperatur gemein hatte, willkommen und ließ mir die Nässe über das Gesicht laufen. Ich hatte es vermisst: Diese kalte Brise, die über meinen Körper blies, bis er erschauderte. Es war, als würde er wieder leben, etwas spüren, als würde ich ihn wieder spüren. Als wäre die Kälte mein Sauerstoff, nach dem ich so lange gelechzt hatte. Wie oft hatte ich mich zuvor in meiner Welt darüber beschwert, wenn es in unpassenden Momenten geregnet hatte? Nun begrüßte ich jeden einzelnen Tropfen, als wäre er mein Lebenselixier.

»Awan, Elainy!«

Ich reagierte so erschrocken auf unsere Namen, dass es sich anfühlte, als hätte meine Seele für wenige Augenblicke meinen Körper verlassen. Innerhalb weniger Atemzüge stellte ich mir vor, wie Odium mir den Kopf abriss, da er, wenn er schon unsere Namen kannte, sicherlich auch genaustens über uns Bescheid wusste. Doch hier war ich: Ich hatte mich dazu entschieden, mich dem Ganzen zu stellen, um Gnade zu bitten, wieder zu meinen Eltern zurückzukehren und Awan zu beschützen. Auch wenn die feige Elainy am liebsten umgedreht wäre und die Flucht ergriffen hätte, so hielt mich die gefasste Elainy an der Schulter fest und zwang mich zu bleiben. Die Entscheidung war gefallen, nun oblag es allein Odium, wie es endete.

Als ich nach vorn durch den Regen blickte, machte ich eine Gestalt aus, die schnellen Schrittes näher kam, und als ich blinzelte, um die Regentropfen aus meinen Augen zu verscheuchen, klappte mir der Mund auf.

Das durfte nicht wahr sein! Ich musste mich in einem Fiebertraum befinden! Jetzt fehlten nur noch die Regenbogen pupsenden Einhörner und das Wunschkonzert wäre perfekt.

»Euch so kurz nach Alec zu begegnen habe ich nicht vorhergesehen«, begrüßte uns der vermeintliche Herr Doktor Ersatzpsychiater, der mein Leben vor einiger Zeit um hundertachtzig Grad gedreht hatte, mit einem schmalen Lächeln, das seine Zahnlücke zum Vorschein brachte.

Awan richtete sich auf und trat einen halben Schritt vor mich. »Alec war hier?«

Das war seine erste Frage? Am liebsten hätte ich ihm eine Tirade an Beleidigungen entgegengeschleudert, wie er es hatte wagen können, mich unvorbereitet in eine andere Welt zu manövrieren, ganz egal, wie glücklich ich darüber war, Light und Awan kennengelernt zu haben!

»O ja, er hat Odium aufgesucht«, erklärte Kian Michaels und zog eine Augenbraue empor. »Allerdings mit weitaus positiverem Ausblick als ihr.« Er schlenderte entspannt auf uns zu, seine dunkle Kleidung durchnässt, seine Haare an seinem Kopf klebend.

Awan schien sich von seiner unheilvollen Warnung nicht verunsichern zu lassen. »Warum war er bei Odium?«

»Weil er endgültig Teil von Liberantas sein wollte.«

Stand ich gerade auf dem Schlauch wie in jeder Prüfung meines bisherigen Lebens oder sprach der Kerl wirklich in Rätseln?

Nun ergriff ich in meiner Ungeduld das Wort. »Aber das ist er doch als Inanis längst.«

Mehr Liberantas als die Inanis war doch mit Sicherheit nur Odium selbst, wie also sollte Alec noch mehr dazugehören als ohnehin schon? Hatte das etwas damit zu tun, dass er in ein neues Territorium eingedrungen war? Gab es dafür ein Aufnahmeritual? Musste er sich bei einer Sekretärin anmelden, einen Bogen ausfüllen und ein Abo abschließen, um Mitglied sein zu können?

»Jetzt ist er es, richtig«, widersprach er mir und grinste süffisant, als würde er meine Unwissenheit genießen.

Du erinnerst mich zunehmend an meine damaligen Lehrkräfte, mein Lieber. Ich hoffe für dich, du bist nicht genauso traumatisierend wie sie, sonst haben wir ein saftiges Problem.

Mit Awans Geduld würde es bald ein Ende finden. Seine Hände ballte er zu Fäusten, sein Körper spannte sich an, als wäre er kurz davor und allzeit bereit, Kian die Informationen aus dem Schädel zu prügeln. »Wie soll ich das verstehen?«

Und nach dieser Frage ließ Kian die Bombe endgültig platzen. »Er hat Odium aufgesucht, um ein Inanis zu werden.«

Ich machte wie automatisch einen Schritt auf ihn zu und runzelte die Stirn. Was erzählte er da? »Moment mal. Er hat ihn aufgesucht, um einer zu werden?«

Awan neben mir versteifte sich und ich konnte in jeder Pore meiner Haut spüren, wie sehr ihn diese Aussage schockierte.

Einige Sekunden visierte Kian mich bloß abwägend an, ehe er gemächlich die blauen Augen schloss. Nur einen Augenblick später hatte ich das Gefühl, jemand würde sanft an meinem Kopf anklopfen, sodass ich wie von selbst Zutritt gewährte. Wie eine Würgeschlange durchschlich etwas mein Gehirn, bis es sich langsam um den richtigen Teil meines Gedächtnisses gelegt hatte und so kräftig zudrückte, dass ich glaubte, die Kontrolle zu verlieren. Zu sehr war ich damit beschäftigt, den Eindringling loszuwerden, um zu realisieren, dass ich dafür meine Schutzmauer aufgegeben hatte. Noch bevor ich erahnen konnte, was mit mir passierte, regierte plötzlich etwas anderes über meinen Kopf. Bilder wurden mit einer wahnsinnigen Geschwindigkeit an die Oberfläche meines Bewusstseins gedrängt, woraufhin ich erschrocken keuchte.

»Tut mir leid, ich bin gerade aufgewacht und etwas durcheinander. Ich bin Alec.«

»Hallo, Alec«, entgegne ich noch immer zurückhaltend, während ich seine Hand kurz schüttle. »Wo bin ich hier?«

Alec lächelt glücklich und macht eine ausladende Geste. »Willkommen in Liberantas.«

Dann verschwamm die Szene wie in einem klaren See voller kleiner Wellen und eine andere ersetzte sie sogleich.

»Lecker?« Alec grinst zufrieden, als er mich dabei beobachtet, wie ich mir rasch den Mund abwische.

Ich nicke. »Also, sollte ich tot umkippen, weil du mich gerade vergiftet hast, dann habe ich wenigstens noch eine würdige Henkersmahlzeit genossen.«

»Keine Sorge, ich habe nicht vor, dir wehzutun«, versichert er mir, ehe er neben mir auf eine der Türen zeigt. »Wenn du magst, kannst du das Zimmer rechts beziehen. Es ist schon lange frei.«

Wieder wurde mein Gedächtnis wie in einer Achterbahnfahrt in eine andere Richtung gedrängt, sodass ich fest überzeugt war, nun keine Kontrolle mehr über meinen Körper zu haben.

»Was verschafft uns die Ehre, Inanis?«, erklingt Alecs Stimme, und ich blicke auf.

»Liberpax aeterquam«, erwidert Awan zur Begrüßung.

Mein Mitbewohner hingegen verdreht die Augen. »Deine Inanisfloskeln beantworten meine Frage nicht.«

»Alec, richtig?«, fragt Awan teilnahmslos und blickt dann desinteressiert zu meiner neuen Mitbewohnerin. »Und du musst dann wohl Rena sein.«

Nun endlich realisierte ich, dass er mir nicht etwa zusammengeschusterte Schnipsel seiner Kreativität zeigte, sondern die reale Vergangenheit, die ich vergessen hatte. Am liebsten wäre ich hier und jetzt ausgestiegen, weil mein Hirn Schwierigkeiten signalisierte, mit all den Informationen umzugehen. Doch wenn ich glaubte, endlich wieder aus dem Strudel fliehen zu können, wurde ich abermals in die nächste Erinnerung gezerrt.

»Überleg es dir noch mal. Das ist alles, was ich will.«

»Das werde ich, versprochen«, erwidere ich.

Alec lächelt. »In Liberantas ist ein Versprechen viel wert.«

Er hatte mich überredet zu bleiben? War er ein Freund gewesen? Wie konnte ich diese Unterhaltung vergessen haben! Verdammt! Deshalb kam er mir so vertraut vor! Er hatte mich nicht an irgendjemanden erinnert, er war Teil meiner Welt, bevor man mir die Erinnerung an ihn genommen hatte!

»Bitte, lass mich los«, flehe ich leise, und Alec streicht mir eine Strähne hinter das Ohr.

»Wehr dich nicht gegen unsere Anziehung, Elainy. In Liberantas ist rein Körperliches erlaubt«, flüstert er rau.

Angst. Panik. Flucht.

»Wenn du Elainy noch ein einziges Mal allein im Wald zurücklässt, ohne nach ihr zu suchen, breche ich dir sämtliche Knochen«, sagt Awan tonlos an Alec gewandt.

Ganz tief in meinem Inneren spürte ich nun den schreienden Drang, hier auszubrechen und an dieser Stelle zu stoppen. Es war, als würde mein Schutzmechanismus nicht wollen, dass ich weiterging und mehr sah, doch noch immer ließ mich das

Unsichtbare in meinem Gehirn nicht los und somit wurde ich ohne jegliche Chance in die nächste Erinnerung geschmissen.

»Nein«, erwidere ich schnell und nehme seine Hand sacht von meiner Haut. »Weißt du, Alec, es tut mir leid, aber wir scheinen nicht das gleiche Interesse zu hegen. Für mich ist das hier zwischen uns rein platonisch.«

Alec sieht mich zweifelnd an und legt doch dreist, wie er ist, seine Hand abermals auf meinen Oberschenkel. »In der Aviswelt nennt man so was Freundschaft mit gewissen Vorzügen.«

Wieder durchzuckte mich die bekannte Panik, doch ich war gefangen in der kontrollierten Macht, die sich über mich gelegt hatte. Flehend bat ich im Geiste, mich zu verschonen, doch die Macht hatte keinerlei Gnade mit mir.

Er kommt bedrohlich auf mich zu. »Willst du mir mit deinem Inanis drohen?«

Ich recke mutig das Kinn und erwidere seinen Blick mit Nachdruck. »Glaub mir, Alec, wenn du mich noch einmal anfasst, wirst du erkennen, dass Awan dein kleineres Übel gewesen wäre.«

Dann endlich zog sich der Schleier in meinem Geist zurück, die Schlange lockerte ihren Druck und ich konnte wieder klar sehen. Heilige Scheiße.

»Verschwinde aus meinem Kopf!«, schrie Awan zornig und machte zwei bedrohliche Schritte auf Kian zu, der nun endlich wieder die Augen öffnete und ihn unbewegt musterte. Ich konnte ihn bloß fassungslos anschauen, ehe meine Erinnerungen an Alec wie von selbst vollends zurückkehrten, als wäre die bröckelige Mauer nun endlich gesprengt worden. Wie konnte es sein, dass ich eine Person vergessen hatte, mit der ich die letzten Tage unheimlich viel Zeit verbracht hatte? Eine Person, die mich so behandelt und mein Trauma erneut an die Oberfläche gebracht hatte? Schlagartig dachte ich an die Nacht, in der Awan und ich von starken Kopfschmerzen geplagt worden waren. Ob das der Moment gewesen war, an dem Alec zum Inanis geworden war, während unsere Erinnerungen an ihn aus unseren Köpfen gezogen wurden?

Awan, dessen Strähnen mittlerweile nass in seiner Stirn hingen, zog mich nun gänzlich hinter sich, um mich vor Kian abzuschirmen. Doch ich spähte hinter ihm vor und musterte den mittelgroßen Mann mit der sympathisch wirkenden Zahnlücke, als wäre er die pure Enttäuschung.

»Was tust du hier?«, flüsterte ich nun doch völlig benebelt und verstand nicht, warum das hier alles geschah, obwohl ich doch bloß Odium darum bitten wollte, wieder nach Hause gehen zu dürfen. Wenn ich Drama wollte, schaute ich mir nachmittags Trash-TV-Serien an, aber projizierte es doch nicht schon wieder in mein Leben! Warum konnte nicht eine einzige Sache wie bei einem ganz normalen Menschen ablaufen – ohne Dramen, ohne Konflikte, ohne Schmerz?

»Ich bin die rechte Hand Odiums«, antwortete er direkt und voller Stolz. »Das Auge und Ohr, der Schlüssel zwischen Aviswelt und Liberantas. Ich wusste, dass ihr euch auf den Weg hierher gemacht habt.«

Ich fuhr mir durch mein nasses Haar und sprach endlich das Thema an, womit ich ihn schon konfrontieren wollte, als ich seine Visage in dem starken Regen erkannt hatte. »Du hast mich nach Liberantas gebracht.«

Kian nickte mit einem schmalen Lächeln, als hätte er sich zu einer Samaritertat bekannt. »Richtig. Ich bringe alle würdigen Avis hierher.«

»Warum ich?«, fragte ich fast schon zornig. Er hatte mein Leben bereichert und mir gleichzeitig mehr Last aufgebürdet, als ich bereits zuvor mit mir herumschleppen musste.

Kian musterte mich mit schräg gelegtem Kopf. Offensichtlich fand er die Frage vollkommen unpassend, weil die Antwort auf der Hand lag. Fast tadelnd schüttelte er kaum merklich den Kopf, als wäre ich ein ungezogenes Gör, das nicht zur Dankbarkeit erzogen worden war.

»Um dich zu heilen. Um dich vergessen zu lassen. Leider hat es bei dir nicht ganz so gut funktioniert.« Er seufzte bedauernd. »Ich habe einen Fehler gemacht, indem ich dir dein Handy nicht vorher abgenommen habe. Die Erinnerungen, die darauf gespeichert waren, sollten dir gar nicht mehr zur Verfügung stehen. Andernfalls hätte dich die Oblivisci-Pflanze wie jeden anderen Avis fast vollständig zum Vergessen gebracht.«

Alec springt auf, reißt vier rosafarbene Blumen, die diesen unwiderstehlichen himbeerartigen Geruch auslösen, von einer der Baumwurzeln ab und reicht sie mir. »Überleg es dir noch mal. Das ist alles, was ich will.«

Ich beiße mir auf die Unterlippe und nehme sie dankbar entgegen. Mit einem Lächeln auf den Lippen stupse ich die Blüten an, sodass der goldfarbene Staub in die Luft abgegeben wird, und sauge zugleich den süßlichen Geruch ein.

»Der himbeerartige Geruch«, murmelte ich, und Kian nickte zufrieden, als wäre ich eine seiner besten Schülerinnen, die schnell dazulernte. »So nah am Bett ist ihre Wirkung besonders stark, anders als nur in ihrer natürlichen Umgebung.«

Dann sah er mit einer hochgezogenen Braue Awan an. »Aber das weiß unser Inanis eigentlich.«

Irritiert blickte ich zu ihm, der Kian lediglich mordlustig anstierte, als wäre er nun endgültig kurz davor, ihm an die Gurgel zu gehen.

Dieser fuhr fort, ehe ich weiter nachfragen konnte und womöglich damit die Zündschnur von Awans Frustrationstoleranz ansteckte. »Was er nicht weiß, ist, dass er selbst öfter vergisst.«

»Was soll das heißen?«, wollte Awan bissig wissen und zog mich dabei abermals hinter sich.

Alles an ihm strahlte Kampfbereitschaft aus und ich hatte Sorge, dass Kian es früher oder später zu weit treiben würde. Sein In-Rätseln-Sprechen war nicht gerade förderlich für Awans Laune.

»Du hast die Erinnerungen gesehen, die ich dir zurückgegeben habe. Alec war ein Anima, als du ihn hier kennengelernt hast. Er hat sich dazu entschieden, Teil von Liberantas zu werden«, erklärte Kian mit einem Schulterzucken. »Als er zum Inanis geworden ist, hat er all seine Erinnerungen verloren. Und auch alle Geschöpfe hier haben vergessen, wer er war.«

Mit geweiteten Augen starrte ich Kian an, als ich nun erst richtig begriff, was das alles bedeutete. Das konnte nicht sein! »Aber …«

Doch Kian knallte uns schon unbarmherzig die nächste Offenbarung um die Ohren. »Man wird nicht als Inanis geboren.«

»Das bedeutet, Awan war auch ein …«, flüsterte ich gedankenverloren, bevor ich den zweiten Teil seiner Aussage begreifen konnte.

Kian beendete meinen Satz, löste zunächst ein stilles Beben aus, formte mit dem Wort eine riesige Abrissbirne und schlug dann damit alles in die Brüche: »Avis.«

Kapitel 32

Vertrauen ist gut. Es nicht zu missbrauchen besser.

Das brachte das Fass zum Überlaufen und Awan ging ihm grob an die Kehle. »Was redest du da für einen Mist?«

Schnell war ich bei ihm und legte Awan eine Hand auf seinen Arm, mit dem er Kians Hals umklammert hielt. Doch Kian schien gar nicht auf meine Hilfe zu pochen. Im Gegenteil: Er reagierte völlig unbeeindruckt auf seinen Wutausbruch. Als wäre es ihm egal, dass Awan ihm in nur wenigen Sekunden das Licht ausknipsen könnte.

»Du kannst … lieben, Awan. Du … hast es nur … vergessen«, röchelte er.

»Vergessen?«, schrie Awan ihm ins Gesicht, lockerte jedoch sogleich seinen Griff, sodass Kian hastig Luft einsog.

»Du hast deine erste Liebe vergessen, deine Eltern, und das ist nicht genug: Du hast vergessen, dass du welche hast. Du hast das Gefühl vergessen, geliebt zu werden«, erklärte der Ersatzpsychiater ruhig.

Awan schubste ihn von sich und drehte sich um, während er sich nervös in die Haare fasste. Ich konnte nur erahnen, welches Spektakel sich nun in Awans Kopf abspielte, und bereute schon jetzt zutiefst, ihn in diese ganze Sache hineingezogen zu haben. Er hatte hier ein schönes Leben, hatte alles im Griff gehabt, und nun drohte sein Kartenhaus einzubrechen.

»Warum erzählst du uns das?«, mischte ich mich aufgebracht ein und versuchte auf diese Weise, mein schlechtes Gewissen auf ihn zu übertragen, um nicht vollends daran zu zerbrechen. Ich durfte mir diesen Schuh nicht anziehen!

»In der Wahrheit zu leiden ist erstrebenswerter, als in der Lüge zu versauern.« Kian schaute mich ausdruckslos an. »Ich werde euch nichts vorgaukeln, damit es euch besser geht. Nur um das klarzustellen: Ich habe dir die Chance gegeben, hier ein neues Leben zu beginnen, Elainy. Du hast diese Chance nicht genutzt. Odium wird dich nicht verschonen und du hast das Recht, vor deinem Tod die Wahrheit zu kennen, damit deine Seele befreit ist.«

Sofort war Awan wieder bei uns und schob mich bestimmt hinter sich. »Sie wird nicht sterben. Er wird sie mit deiner Hilfe zurück in die Aviswelt bringen.«

»Das Gleiche gilt für dich, Awan. Nun mehr als vorher, weil du als einziger Inanis die Wahrheit kennst«, sagte Kian mit einer solchen Gelassenheit, als würde er über die Jahreszeiten philosophieren. »Odium wird nicht anders entscheiden als ich.«

Awan blickte ihn verständnislos an. »Er steht für Frieden, ganz im Gegenteil zu dir, Kian. Er wird uns anhören und uns vergeben. Wir finden eine Lösung.«

Dieser lächelte süffisant, sodass seine Zahnlücke zum Vorschein kam. »Versucht euer Glück. Kommt mit.«

Nach diesen Worten drehte er sich um und bedeutete uns, ihm zu folgen.

Ängstlich schaute ich zu Awan, der nun offenbar auch zögerte. »Wollen wir nicht einfach allein zu Odium fliegen?«

»Ab hier funktionieren meine Flügel nicht mehr«, erklärte Awan und führte mich schließlich entschieden und sacht geradeaus.

Ich runzelte die Stirn. »Was meinst du, sie funktionieren nicht mehr?«

Awan nahm meine Hand und zog mich etwas dichter an sich, während wir Kian über den matschigen Weg folgten, der meine Füße zu verschlingen drohte und mein Kardioprogramm für heute erledigte.

»Odium nimmt Inanis die Flügel, wenn sie ihm zu nahe kommen.«

Verständnislos verzog ich das Gesicht. »Der scheint ja ziemliche Angst vor euch zu haben.«

»Reine Schutzmaßnahme«, erwiderte Awan schulterzuckend.

Ich registrierte, wie Kian vor dem Ufer des riesigen Sees stoppte und auf eine Insel in dessen Mitte schaute. Sie war nicht sonderlich groß, dennoch wirkte sie mit ihren vielen massiven Tannen und dunklen Felsen bedrohlich auf mich. Die Pflanzen dort erstrahlten nicht in den buntesten Farben, so wie ich es hier in Liberantas gewohnt war, sondern gaben einen eher schwarzen Schein ab, der von goldfarbenen Partikeln erhellt wurde. Würde ich nicht kurz vor einer Panikattacke stehen, weil wir auf dem Weg zu dem Herrscher dieser Welt waren, der uns laut Kian umlegen würde, hätte ich die Insel vermutlich als kalt, aber schön betitelt – als einnehmende Dunkelheit, die dir in dem Trubel des Lichts Ruhe versprach. »Und wie kommen wir da rüber?«

»Mit dem Boot dort«, antwortete Kian für Awan und zeigte auf ein größeres schwarzes Holzboot, das durch den düsteren Regen beinah verschluckt wurde. In meiner Welt hätte ich nicht einen Fuß darauf gesetzt, so viel stand fest. Selbst mein Bücherregal, das ich mit zwei Nägeln zusammengebaut hatte, sah stabiler aus als dieser Haufen morscher Bretter, die mit mehreren Wurzeln zusammengehalten wurden. Aber was hatte ich schon für eine Wahl?

Awan folgte Kian und sprang leichtfüßig auf das Boot, während er mir die Hand hinstreckte. »Hab keine Angst, ich bin bei dir«, besänftigte er mich, als er meinen Gesichtsausdruck bemerkte.

Das war ja das Problem! Ich würde ihn mit in den Abgrund ziehen. Ich ergriff seine Hand und ließ mich von ihm auf das Boot führen. Kian nahm vorne Platz, während Awan mich ganz hinten platzierte. Er legte mir einen Arm um die Schulter und hauchte mir einen Kuss auf die Schläfe. Kurz zuckte ich zusammen und linste zu Kian, ehe ich mich daran erinnerte, dass er ohnehin schon alles wusste. Schließlich konnte er offensichtlich in unseren Köpfen herumirren und war bereits auf uns und unser Ankommen sowie Vorhaben vorbereitet. Wenn er das Auge und das Ohr von Odium war, würde ich meinen Hintern darauf verwetten, dass Odium über unsere Verbindung ebenso im Bilde war. Ob uns das Erklärungsnöte ersparte, blieb ein bisher ungelöstes Geheimnis.

Plötzlich leuchteten mehrere blaue Schimmer neben uns auf. Erst bei mehrmaligem Blinzeln erkannte ich Confido, die zahlreich in das Wasser eintauchten.

»Confido können schwimmen?«

Und wie!

Awan nickte. »Sie bringen das Boot rüber.«

Und tatsächlich setzte sich das Holzungetüm in genau dieser Sekunde in Bewegung, während das Boot um uns herum in einem sanften blauen Schimmer aufleuchtete, als hätte man an den Rändern LED-Streifen angebracht. Ob ich irgendwann alle

Kuriositäten von Liberantas entdeckt und entschlüsselt hätte? Viel Zeit blieb mir zumindest nicht mehr.

»Was ist Kian? Ein Inanis wohl nicht, er hat blaue Augen. Ein Avis oder ein Anima vermutlich auch nicht, wenn man seine Fähigkeiten betrachtet, oder?«, flüsterte ich ihm zu und linste zu Kian hinüber, der so tat, als würde er unserer Unterhaltung nicht folgen. Ich war mir ziemlich sicher, dass dem nicht so war.

Awan zog mich fester an sich. »Er ist nichts dergleichen. Wie Odium hat er seinen eigenen Titel. Er ist ein Clavis. Der einzige, den es gibt. Er ist quasi ein Avis, der die beiden Welten in Einklang bringen kann. Er ist eine Seele, gefangen zwischen Liberantas und der Aviswelt.«

»Du wusstest, dass die Hypnose ohne ihn nicht funktionieren würde«, stellte ich fest, als mir klar wurde, wie viel er über Kian wusste. Unmöglich hatte er glauben können, dass wir es ohne ihn schaffen könnten.

Awan seufzte tatsächlich ergeben. »Ich hatte gehofft, dass es doch klappt. Schließlich kann ich auch allein in der Aviswelt ein und aus gehen. Es wurde mir erst später klar, dass wir Odium und Kian finden müssen, damit du zurückkehren kannst.«

Ich wollte nicht wütend auf Awan sein – und das hatte nichts damit zu tun, dass uns vermutlich kein Furorem erreichen konnte. Mir war bewusst, dass er so viel für mich aufgegeben und riskiert hatte. Dennoch enttäuschte es mich, dass er offenbar einige Dinge vor mir verheimlicht hatte. »Warum hast du mir nicht gesagt, dass die Pflanze mich vergessen lässt?«

Das Schuldbewusstsein war ihm in sein schönes Gesicht geschrieben, sodass er damit meine Enttäuschung etwas linderte.

»Weil ich an Liberantas geglaubt habe, Elainy. Ich dachte, du könntest hier geheilt werden. Aber insgeheim wusste ich von Anfang an, dass du nicht nach Liberantas gehörst, deshalb wollte ich dich auch unter anderem loswerden.«

»Unter anderem?«

Awan schaute mich nun direkt an und brachte dabei ein schiefes Lächeln zustande, das mein Herz schneller schlagen ließ. Ich war diesem Mann in jeglicher Hinsicht und unwiderruflich verfallen!

»Seit ich dich das erste Mal in der Aviswelt gesehen habe, wusste ich, dass du etwas in mir auslöst. Ich konnte es nur einfach nicht greifen, nicht verstehen. Es war, als würde sich mein Inneres gegen dich sträuben, weil deine Gegenwart mich verwirrte.«

»Glaub mir, ich habe Ähnliches gefühlt«, gab ich zu und lehnte mich kurz gegen seine Schulter, ehe ich mich wieder aufrichtete. Wie sehr wünschte ich mir, dass wir eine Chance hätten, dass wir doch zueinanderfinden dürften, dass diese Verbindung nicht zum Scheitern verurteilt wäre. Doch immer wieder kam ich zu dem Entschluss, dass es sinnlos war, darüber zu philosophieren. Kian war nicht gerade der sympathischste Zeitgenosse, trotzdem hatte er recht: In der Wahrheit zu leiden war tatsächlich erstrebenswerter, als in der Lüge zu versauern. Es brachte uns beiden nichts, in einer Wunschvorstellung zu existieren und immer nur darauf zu warten, dass die Realität mit einem Rammbock an der Tür anklopfte. Das Leben brachte uns eben vor Mauern, die wir nicht erklimmen konnten. Genau in diesen Momenten mussten wir uns umschauen und nach Wegen suchen, die in andere Richtungen führten. Das war immerhin besser, als den Weg in die Vergangenheit zurückzugehen.

Ich atmete einmal tief durch und spähte Richtung Insel. »Ist es jetzt vielleicht ein geeigneter Zeitpunkt, um zu fragen, ob Odium menschenähnlich ist?«

Awan schüttelte den Kopf. »Ist er nicht.«

»Wie eine Sola wird er vermutlich nicht aussehen.«

Er antwortete nicht und ich wertete das nicht unbedingt als bestes Zeichen. Aber was brachte es mir, mich weiterhin verrückt zu machen? Wir waren auf bestem Wege, ihm zu begegnen, und würden diese Reise auch nicht abbrechen. Letztendlich war es völlig irrelevant, was er war. Es zählte einzig und allein, wie er war.

Ich nahm Awans Hand, die in seinem Schoß lag, und drückte sie leicht. »Wenn Odium mich zurück in die Menschenwelt bringt, dann wird die Bedingung sicherlich darin bestehen, dass er mich alles über Liberantas vergessen lässt. Auch dich.« Die Vorstellung daran trieb mir Tränen in die Augen, die ich mit aller Kraft zurückhielt. Es war nicht richtig, es uns noch schwerer zu machen, deshalb wusste ich auch nicht, warum ich das Unausgesprochene und doch so Offensichtliche aussprach, um es uns noch einmal sadistisch und masochistisch vor Augen zu führen.

Awan blickte mich kurz an, ehe er wieder nach vorn schaute. »Ich bin gedanklich immer bei dir, Elainy.«

»Wenn du ein Avis warst, bevor du zum …«

»Das ist Schwachsinn!«, unterbrach er mich forsch. »Kian ist ein manipulativer Sadist. Er würde alles sagen, um Anima an diesen Ort zu binden.«

Ich spürte, dass ich ein ziemlich sensibles Thema angeschnitten hatte, und war mir sicher, dass er deshalb so zornig war, weil er selbst nicht wusste, was hier vor sich ging und was am Ende der tatsächlichen Wahrheit entsprach. »Aber warum?«

Awan schaute nachdenklich in die Ferne. »Um euch zu heilen.«

»Klingt nicht sehr sadistisch.«

»Kian ist regelrecht besessen, Avis aus ihrem Leid zu retten«, widersprach er mit Nachdruck. »Er sieht dabei nicht mehr, dass Schmerz etwas ist, das Avis lebendig macht.«

»Woher willst du das wissen, wenn du nie Schmerz empfunden hast?«, hakte ich nach.

»Das tue ich gerade, Elainy«, entgegnete er ernst und blickte mir dabei tief in die Augen. »Ich kann ihn nicht greifen, aber ich spüre ihn.«

»Warum?«

»Weil ich dich verliere.«

Mit weit geöffneten Augen starrte ich ihn an und streichelte ihm leicht über die Hand, die mit meiner verschränkt war. »Dann lass nicht zu, dass ich gänzlich verschwinde! Wir können doch mit ihm einen Kompromiss schließen. Ich meine, ich könnte doch Liberantas besuchen …«

Awan schüttelte vehement den Kopf. »Liberantas ist kein Touristenort.«

Das konnte doch nicht sein Ernst sein, dass er noch immer damit argumentierte! Nach alldem, was wir beide erlebt hatten. »Du willst einfach nicht, dass wir zusammenbleiben.« Tränen sammelten sich in meinen Augenwinkeln. Mir war klar, dass ich mich kindisch verhielt, und doch prallte ich gegen die Mauer der Verlustängste und fand keine Möglichkeit, über sie hinüberzusteigen.

»Ich will, dass du das Leben bekommst, was du verdienst. Du verdienst Schmerz, Liebe, Hass, Angst, Wut, Trauer, Glück. Du verdienst alles, was zum Leben dazugehört. Nicht diese Leere, die du hier erfährst, Elainy. Du verbindest diese Leere mit Glück, weil du zum ersten Mal ein Stück weit von deiner Realität befreit wurdest, aber mit der Zeit wirst du erkennen, dass dir etwas fehlt.«

Verbittert blickte ich auf den See vor mir. »Schmerz wird mir niemals fehlen, Awan.«

»Es wird besser werden«, kommentierte er und brachte damit einen der vielen Sätze an, den ich total verabscheute. Er sollte vielleicht Trost spenden, beruhigend wirken. Doch ich hatte lediglich das Gefühl, dass meine Gedanken damit abgewertet und heruntergespielt würden.

Doch anstatt ihm meine Meinung zu geigen, schluckte ich den Frust darüber einfach hinunter und zeigte ihn auf eine andere Art. »Es kann nichts besser werden, wenn es einem egal ist.«

»Wenn einem was egal ist?«

Er sah sichtlich irritiert aus, was mich darin bestärkte, dass ihm die Wirkung seiner vorherigen Worte gar nicht bewusst war und er es sicherlich nicht so gemeint hatte, wie mein selbstkritisches Ich, das sich immer persönlich angegriffen fühlte, es aufgefasst hatte. »Ob es besser wird.«

»Dir ist es egal, ob es besser wird, obwohl du so unglücklich bist?«, hakte er verwirrt nach.

Ich fuhr mir durch die nassen Haare. »Nicht obwohl, sondern weil.«

»Das verstehe ich nicht«, gestand er, und so entschied ich, deutlicher zu werden.

»Ich bin mir egal geworden, Awan. Es ist mir egal geworden, was mit mir passiert«, erklärte ich. »Nicht erst jetzt, schon lange, verstehst du? Es ist, als würde man in einer ewigen Spirale der Existenz leben und nur darauf warten, bis alles endet.«

Er drückte wie beiläufig meine Hand, als müsste er sich wahrhaftig an etwas festhalten. »Aber du hattest zum Beispiel Angst vor dem Furorem. Es war dir nicht egal.«

»Natürlich habe ich Angst davor! Natürlich habe ich Angst davor, durch andere Schmerzen zu erleiden. Niemand hat gesagt, dass ich mich nicht vor dem Tod fürchte. Aber ich habe eben mehr Angst vor dem Leben.« Ich atmete tief aus. »Ich weiß, dass ich zurückmuss und mich meinem wahren Leben stellen muss. Aber jetzt, wo ich dich verliere, bin ich verzweifelt. Tue ich das Richtige, Awan?«

Er strich sacht über meinen Wangenknochen und schaute mich dabei zutiefst besorgt an, sodass seine braunen Iriden wie kleine Sterne funkelten. »Liebe sollte nie ein Grund sein, seinem Leben den Rücken zu kehren, kleiner Avis.«

»Welchem Leben?«, kommentierte ich. Es war nicht fair, ihm meine Negativität aufzudrücken. Doch der Gedanke daran, dass ich ihn und Light verlor, überschattete jede Positivität, die ich durch Liberantas erfahren hatte.

»Sag so etwas nicht. Bitte«, flehte Awan neben mir, und ich seufzte ergeben.

Aus welchem Grund sollte ich ihn so zurücklassen? Warum sollte ich dafür sorgen, dass er mich so in Erinnerung behielt, falls er sich überhaupt noch an mich erinnern würde? Es war nicht auszuschließen, dass mich Kian oder irgendeine gut riechende Pflanze aus seinem Kopf saugte, bis nichts mehr von mir Teil seiner Gedanken wäre.

Versuch, eure letzte Zeit harmonisch zu gestalten, und sei nicht wieder so eine negative Tante! Reiß dich zusammen und behalt deine inneren Dämonen an der Leine!, redete ich mir zu.

Noch ehe ich etwas erwidern und ihn beschwichtigen konnte, wurde das Boot zur Seite gerissen, sodass Awan und ich uns erschrocken an den Seiten des Holzwracks festkrallten, um nicht über Bord zu gehen. Kurz war alles still, und als das Boot wieder vollends zum Stehen kam, konnte ich nur erleichtert ausatmen. Was zum Teufel war das gewesen? Doch noch bevor ich diese Frage laut aussprechen konnte, tauchte urplötzlich ein Krokodilkopf aus dem Wasser auf und besiegelte damit mein Todesurteil.

Kapitel 33

Glaubst du daran, dass alles wieder gut werden wird?

Heiliges Kanonenrohr!, schrie ich gedanklich und schrak instinktiv vor dem schnappenden Timeo zurück. Der war sicher nicht hier, um einen netten Plausch abzuhalten.

Awan stand auf und zog mich hinter seinen Rücken. »Scheiße!«

Das umschrieb das Dilemma nicht einmal annähernd. »Er kann aber nicht auf das Boot, oder?«, rief ich panisch, als ich um ihn herum spähte. Doch meine Frage erübrigte sich, da der halbe Körper des Ungeheuers, der eher einer Anakonda ähnelte, bereits auf dem Boot war. »Verdammte …«

Kian war nun bei uns und zückte aufgeregt ein Messer, das er in die Richtung des Timeo hielt. »Wer auch immer von euch beiden Angst hat, sollte sie sofort unter Kontrolle bringen, bevor noch mehr von denen kommen!«

Klar, war doch ganz easy, seine Angst zu unterdrücken, während ein mindestens zweihundertfünfzig Kilogramm schweres

Schlangenkrokodil nach einem schnappte, als wäre man seine nächste Vorspeise. Ob Kian nur seinen eigenen Allerwertesten retten wollte, oder beschützte er uns gerade alle?

Egal, welche der Optionen näher an der Wahrheit war, eines war sicher: Der Timeo hatte nicht im Sinn, irgendeinen von uns zu verschonen. Aggressiv schnappte er mit seinem riesigen Gebiss nach uns und machte keine Anstalten, sich von Kians Messer bedroht zu fühlen. Warum auch? Er war doppelt so groß wie wir und seine Zähne waren sicher zehnmal schärfer als die Klinge dieses verdammten Messers. Es war nur logisch, dass ich mir nicht ausmalen wollte, welche Konsequenzen es haben mochte, wenn uns noch mehr von dieser Sorte einen Besuch abstatteten. Hektisch ging ich in mich und versuchte, diese Tatsache schnellstmöglich abzuschotten. Ich war mir sicher, dass ich diejenige war, die ihn angelockt hatte, deshalb versuchte ich mit ganzer Macht, mich an etwas Schönes zu erinnern, um uns nicht wirklich als Vorspeise, Hauptgang und Dessert auszuliefern. Ich schloss die Augen und dachte an Awans und meine gemeinsame Nacht. Immer wieder blitzten die Bilder der Erinnerungen auf, wie er mich berührt und geküsst hatte; wie wir eins geworden waren und er mich in Besitz genommen hatte; wie er danach meinen Kopf auf seine Brust gebettet hatte. Ich erinnerte mich daran, wie beschützt und sicher ich mich gefühlt hatte, als ob mir niemand in dieser und auch in meiner Welt etwas anhaben konnte. Abermals ließ ich die Empfindungen Revue passieren und kam immer wieder zu dem Punkt, an dem ich mich begehrenswert, sexy, vor allem aber geliebt gefühlt hatte, sodass mein Herz ein weiteres Mal in den schönsten Farben erblühte.

Doch als ich die Augen öffnete, hielt Awan nach wie vor meinen Arm fest umschlungen, als würde er nur darauf warten, mich aus der Schusslinie zu ziehen. Ich sah, wie sich zu meinem

Erschrecken noch weitere Timeo näherten, und hielt inne. Wie Wasserschlangen schwammen sie auf uns zu, ihre Mäuler bereits zum Zubeißen geöffnet. Mit schreckgeweiteten Augen starrte ich zu Awan und glaubte, den Ursprung entdeckt zu haben: Sein Gesicht war zu einer Maske aus Schmerz und Furcht verzogen. Die starren Augen auf die Timeo gerichtet, presste er seine Lippen aufeinander und zog die Augenbrauen zusammen, als würde er angestrengt versuchen, etwas aus seinem Inneren zu vertreiben. Nicht ich war die, die Angst hatte. Es war Awan.

»Wovor hast du Angst?«, fragte ich ihn schnell, während sich der Timeo vor uns mit wildem Blick aufbaute, und drehte Awans Kopf in meine Richtung. »Versuch, es nicht zu unterdrücken, sondern teile es mit mir!«

Kian sah ungläubig zu uns herüber. »Jetzt mach es nicht noch schlimmer, Elainy!«

Doch ich ignorierte ihn souverän und schenkte allein Awan meine Aufmerksamkeit. Awan hingegen blickte immer wieder zu Kian und dem Timeo, ehe er kopflos in meine Augen sah.

»Wovor hast du Angst?«, wiederholte ich etwas lauter, diesmal deutlich energischer. Das schien zu wirken, denn etwas in seinen braunen Iriden verriet mir, dass er nachgab und sich nicht länger darin verstrickte, etwas mit sich allein auszumachen, was er nicht kontrollieren konnte.

»Du wirst dir etwas antun und ich werde nicht da sein, um dich zu retten«, keuchte Awan schließlich und starrte dem Timeo direkt in die Augen.

Das war ungefähr das Letzte, womit ich gerechnet hatte, und es stürzte mich für wenige Sekunden in die Tiefe, als hätte seine Angst mich mit voller Wucht gestoßen. Wie konnte es sein, dass ich jemanden mit meinen Problemen verängstigt hatte? Die noch viel wichtigere Frage: Wie hätte ich in dieser und jeder anderen Welt jemanden wie Awan verdient?

Ohne zu zögern, schloss ich ihn fest in die Arme und strich beruhigend über seinen Rücken, um ihm zu signalisieren, dass ich bei ihm war.

»Für eine Kuschelrunde ist jetzt kein guter Zeitpunkt!«, schrie Kian uns fassungslos an und stach dem Timeo mit einem kräftigen Ruck das Messer in den schuppigen Hals, mit dem einzigen Erfolg, dass die dicke Haut lediglich einen kleinen Kratzer zu verkraften hatte. Die Krokodilschlange schien dies jedoch als Kriegserklärung zu werten und brüllte Kian mitten in sein wutverzerrtes Gesicht, sodass er den Anschein erweckte, als hätte er in Timeo-Sabber gebadet.

»Ich bin hier«, flüsterte ich Awan zu, weil ich wusste, dass nur er das Ganze beenden konnte. »Ich verspreche dir, ich werde leben!«

Nun endlich entspannte er sich spürbar in meinen Armen, als hätte er auf diese Worte gewartet, damit seine Seele ausatmen konnte, und es dauerte keine Minute, da ließ sich der Timeo auf dem Boot wieder sinken und zog sich mit einem bedrohlichen Blick auf Kian zurück in den See. Nicht jedoch, ohne noch ein ziemlich großes Stück Holz aus dem oberen Teil des Wracks abzubeißen und Kian damit zu bewerfen. Dieser beugte sich vor Schmerzen nach vorn, als die Krokodilschlange ihn damit brutal in der Magengrube traf. Kian trat das auf den Boden gefallene Holzstück zornig in die Richtung des Timeo und fixierte ihn mit drohendem Blick. »Danke für das Souvenir, du Drecksvieh! Nächstes Mal ramme ich es dir in deinen Schädel, damit du auch etwas davon hast.«

In einer anderen weniger aufregenden Situation hätte ich es vielleicht sogar witzig gefunden, wie sich ein so riesiger Fleischklops mit Zähnen und ein eins fünfundsiebzig großer Happen einen Schlagabtausch lieferten.

Als ich mich von Awan löste und über die Reling schaute, sah ich auch die anderen Timeo graziös davonschwimmen, als wäre zuvor nichts geschehen. Awan blickte ebenfalls zu der Stelle im See und atmete geräuschvoll aus. Man merkte ihm die Erleichterung an, als hätte er es sich mit schwarzem Edding auf die Stirn geschrieben.

Nachdem wir uns von der Reling gelöst hatten, lag Kians unheilvoller Blick auf uns, ehe er das Messer gänzlich sinken ließ. »Es ist schlimmer, als ich angenommen habe.«

Glaub mir, das ist mir auch schon aufgefallen, und mein Teufelchen auf der Schulter hat mindestens genauso beleidigt dreingeschaut wie du.

Dann machte er sich wieder auf den Weg zum vorderen Teil des Bootes und postierte sich dort fluchend auf einer der Holzbänke, als wäre er ein sich und seinen Job hassender Busfahrer, der zuvor die kaputte Tür einrasten musste. Die leuchtenden Confido setzten sich erneut in Bewegung, diesmal deutlich schneller, als befürchteten sie, die Timeo kämen wieder und veranstalteten eine weitere Abrissparty. Dadurch wurde unsere Fahrt auch ziemlich beschleunigt. Es dauerte mit Sicherheit keine zehn Minuten, bis wir die Insel erreicht hatten. Der Schein von der anderen Seite des Sees hatte nicht getrogen. Sie war wirklich deutlich dunkler, als ich es von Liberantas kannte. Mit weniger Magie und mehr Tod.

Awan nahm wie automatisch meine Hand und gemeinsam sprangen wir vom Boot. Kian wartete bereits ungeduldig am Ufer auf uns, starrte kurz missbilligend auf unsere ineinander verschlungenen Hände, ehe er sich in Bewegung setzte. Wortlos folgten wir ihm und dachten erst gar nicht daran, uns loszulassen. Wozu auch? Kian wusste doch ohnehin bereits alles über uns, weshalb wir nichts verbergen mussten. Mal abgesehen davon, waren dies wohl unsere letzten Minuten miteinander, bevor ich wieder Teil meiner Welt werden würde. Zumindest im besten Fall. Es war merkwürdig, mit wie viel Freude und gleichzeitig so viel Trauer es mich erfüllte, dass ich gehen würde. Deshalb war es nicht sonderlich verwunderlich, dass uns schnell etliche Dolor und Fortuna folgten, die Kian mit einem Augenrollen kommentierte. Ich freute mich darauf, meine Eltern endlich wieder in die Arme schließen zu können, zugleich trauerte ich um den Verlust zweier anderer Lebewesen, die ich dadurch verlor. Es war ein Gefühlschaos, mit dem ich nur schwer zurechtkam.

Kian führte uns zwischen mehreren Bäumen und Büschen hindurch, die hier auf der regnerischen Insel weitaus schwärzer erschienen als sonst in Liberantas. Statt der bunten Farben machte ich bloß viele verschiedene Grau- und Weißtöne aus, die sich von dem matten Schwarz abhoben. Warum lebte der Herrscher der Welt, die so viel Frieden beherbergen sollte, in einer derart düsteren Umgebung? Lag es daran, dass er keinerlei Liebe für irgendetwas empfinden wollte? Empfand er überhaupt etwas oder war seine Seele so schwarz wie die Wurzeln, die wie Tentakel aus der Erde ragten?

Immer wieder bogen wir an Schluchten und dunklen Bächen ab, die mein mulmiges Gefühl in der Bauchgegend nur noch verstärkten.

Ich hatte schon beinah den Eindruck, Kian hätte sich verlaufen und wollte es in seinem falschen Stolz nicht zugeben, als wir an einer Art Steinhöhle ankamen, die mich innehalten ließ. Plötzlich fühlte ich mich zurückversetzt zu dem Tag, als ich hier in Liberantas aufgewacht war, und erinnerte mich, wie hilflos ich mich gefühlt hatte. In dem Moment, als Kians Schritte langsamer wurden und ich mich intensiver in dieser dunklen Gegend umsah, spürte ich eine ähnliche Stimmung. Von nun an war ich dieser Welt mit Haut und Haar ausgesetzt.

»Warum hast du mich damals nicht direkt zu den anderen Anima teleportiert, sondern mich irgendwo hingebracht, wo niemand war?«, löcherte ich Kian, als wäre es die einzig wichtige Frage. Sie war mir auf unerklärliche Art wichtig, bevor ich gehen würde. Es war nicht so, als würde ich Kian als schlimmen Finger ansehen. Ich glaubte sogar an seine Ideologie, dass er Menschen herbrächte, um sie zu heilen. Andernfalls hätte ich auf seine Antwort keinen Wert gelegt, weil ich angenommen hätte, sie ohnehin als moralische Fehlentscheidung abzustempeln. Doch etwas wisperte in mir, dass seine Entscheidungen sehr gut durchdacht waren und einem bestimmten Grund folgten, dem er in seinem Wunsch auf Heilung gefolgt war.

Kian drehte sich zu mir um und sah mich überrascht an. »Das ist nicht so einfach. Das Schicksal entscheidet, wo genau du in Liberantas landest. Offenbar war das deine erste Aufgabe, die du zu bewältigen hattest, um Liberantas' würdig zu sein. Einige haben es einfacher als andere. So ist es immer. Das bedeutet aber nicht, dass du Pech hättest. Es bedeutet, dass du die Chance hast, deine Stärken zu erkennen und über dich hinauszuwachsen.«

Awan blieb schließlich wie angewurzelt stehen, hielt mich damit ebenso an und atmete mehrfach ein und aus, während Kian noch einige Schritte weiterging, stehen blieb und sich schließlich stumm zu uns umdrehte. Irritiert blickte ich zu den beiden Männern und versuchte, in der leicht schimmernden Dunkelheit etwas zu erkennen. Odium war aber nicht etwa eine sprechende Steinhöhle, oder?

Einige Sekunden passierte gar nichts, dann erbebte der Boden, sodass meine gesamten Glieder vibrierten. Entweder explodierte hier gleich ein Vulkan, ein Erdbeben der Stärke sieben hatte uns erreicht, ein riesiger Troll hatte die Blähungen seines Lebens oder Odium war kein kleiner Sola-Verschnitt.

Prompt verließen uns die Fortuna und Dolor, sodass ich mir nun sicher war, dass meine vorherigen Gefühle von etwas anderem abgelöst wurden. Mein Herz pochte mir bis zum Hals, dennoch versuchte ich, meine Angst zu unterdrücken, um keinen Timeo anzulocken. Das Letzte, was ich gebrauchen konnte, war eine Krokodilschlange, die meinem Leben vor der Anhörung von Odium das Licht ausknipste.

Doch als sich plötzlich eine riesige Kreatur vor uns aufrichtete, konnte ich sie doch nicht unterdrücken und hoffte leise, nicht vorab von dem Krokodilmaul verschlungen zu werden. Das Wesen ähnelte von der Statur einer Art Drache mit Federn, die Awans sehr ähnlich sahen, mit der einzigen Ausnahme, dass sie deutlich größer und wuchtiger waren als seine. Sie leuchteten türkis in der Dunkelheit der Insel, erhellten somit alles um uns herum und gewährten mir weitere Einblicke auf seine sonderbare Erscheinung. Seine Hände hatten wenig mit einem Drachen gemein, sie wirkten menschlich. Er hatte Finger und lange Nägel, die in einem satten Schwarz schimmerten, während seine Augen in genau dem gleichen Ton erstrahlten und mich mit einem Ausdruck musterten, der ausschließlich Tod und Verderben versprach. Ihre Form war dabei so menschenähnlich, dass es mir den Atem raubte und mich mit einer Gänsehaut zurückließ. Sein Schwanz war bedeckt von Fell wie bei einer Langhaarkatze, und auch seine Flügel waren bis auf die Federn von einem plüschigen Fell umgeben. Alles an diesem Geschöpf wirkte so surreal und fremd, dass mir die Angst aus jeder Pore sickerte. Meine Schockstarre ignorierend ließ ich meinen Blick über ihn wandern, wie ein Opfer, das sich alle Merkmale seines Täters einprägen wollte, sodass mir bei näherem Hinsehen plötzlich Merkmale auffielen, die mir doch nicht ganz unbekannt waren: Er hatte kachelartige Kristalle am Schwanz wie die eines Dolor, eine Form des Mauls, die mich zunehmend an die der Sola erinnerte, massive rote Streifen auf dem Rückenfell, die dem eines Furorem glichen, schuppenartige gelbliche Ohren, die definitiv wie die der Fortuna aussahen, spitze, raubtierartige Zähne, die auch Desperatis ihr Eigen nennen konnten, und einen mächtigen Schwanz, der dem einer Schlange glich und auch von einem Timeo hätte stammen können. Ich hätte meinen Hintern darauf verwettet, dass das der Herrscher von Liberantas sein musste, denn er verband alle Kreaturen dieser Welt in einer einzigen Erscheinung.

Noch bevor ich mich von meinem Schock erholen oder gar nach Luft schnappen konnte, zog Awan mich mit auf die Knie und verbeugte sich tief und mit höchster Anmut.

»Odium.«

Man hätte mich wenigstens ein wenig vorbereiten können! Nun hockte ich hier mit meinen zitternden Gliedern vor einer Art Drache und hatte keinen blassen Schimmer, wie ich mich verhalten musste. Ich meine, konnte dieses Wesen überhaupt in irgendeiner Weise kommunizieren?

»Awan. Wie schön, dich zu sehen«, dröhnte eine tiefe, unheilvolle Stimme durch meine Knochen, und mir stockte der Atem. Da hatte ich meine Antwort! Hatte das Riesenvieh gerade allen Ernstes gesprochen?! Wenn ich zurück in meiner Welt war, musste ich mir unbedingt noch eine Psychologin extra zulegen, um das zu verarbeiten.

Da glitt sein Blick zu mir, sodass ich mich am liebsten in Luft aufgelöst hätte.

»Und Elainy. Was für eine Freude, dich richtig kennenzulernen.«

Ich schluckte, konnte nichts erwidern, weil ich damit beschäftigt war zu begreifen, dass dieses Vieh erstens sprechen konnte und zweitens meinen verdammten Namen kannte. Die Kacke war so was von kurz vor dem Explodieren! Wenn ich einst darum gefleht hatte, dass man mich beachtete und wahrnahm, würde ich das nun dankend zurücknehmen wollen. Am liebsten hätte ich mich unsichtbar gemacht.

Odium bewegte sich noch einige Schritte auf mich zu, sodass ich glaubte, ich würde hier und jetzt einen Herzinfarkt erleiden, und beugte sich zu uns vor. Seine schwarzen Augen waren so starr auf uns gerichtet, dass ich glaubte, er wollte uns hypnotisieren oder aber mit einem Todesblick hinrichten. »Ihr habt ziemliches Chaos nach Liberantas gebracht.«

Kurz blinzelte ich zu Awan, der den harmlosen Anschein erweckte, als würde ihm das gar nicht bewusst sein. Seine Mimik war derart undurchschaubar, dass ich nicht geahnt hätte, was in ihm vor sich ging, würde ich ihn nicht kennen. Er wusste ganz genau, dass wir in Schwierigkeiten steckten und gute Gründe liefern mussten, warum Odium uns vergeben sollte. Meine Hände waren mittlerweile so schwitzig, dass man darauf ein Schwimmbad hätte errichten können.

»Das war nicht unsere Absicht«, erwiderte Awan ernst und signalisierte mit seinen gesenkten Schultern einen Anflug von Reue.

Odium legte den wuchtigen Kopf schief. »Das habe ich auch nicht angenommen. Aber du hast gegen die Regeln verstoßen.« Regelverstoß. Strafe. Tod.

Im Augenwinkel bemerkte ich, wie sich einige Timeo in dem Bach neben uns tummelten und das Spektakel mitverfolgten. Das alles würde in einem riesengroßen Drama enden, so viel stand fest. Ich wusste ja, dass ich eine naive Erscheinung eines Menschen war, aber über dieses Ausmaß war ich mir dann doch nicht im Klaren gewesen. Wir waren bereitwillig mitten in das Nest des Verderbens gelaufen. Während wir geglaubt hatten, es wäre unsere Rettung, war es unsere Hinrichtung.

»Ich habe den Frieden Liberantas' wahren wollen und habe deshalb auf sie aufgepasst. Sie möchte zurück in die Aviswelt und ich wollte ihr dabei helfen, weil es für beide Seiten das Beste wäre«, rechtfertigte Awan sich ruhig. Äußerlich wirkte er, als würde er gerade einen Kaffeeklatsch abhalten und sich bei der Nachbarsoma entschuldigen, weil er in der letzten Nacht den Lautstärkepegel der Musik um zwei Dezibel zu laut gestellt hatte. Wie machte Awan das?

In den menschenähnlichen Augen Odiums erkannte ich sofort, dass sich Zorn in seinem Inneren sammelte, den er jederzeit bereit war zu entladen. Er hatte uns an Eiern und Eierstöcken und würde nicht mehr loslassen!

Anders als gedacht sprach er fast schon gespenstisch gefasst und doch mit einem drohenden Unterton, der eine Gänsehaut auf meinem Körper hinterließ. »Du kannst die anderen Inanis täuschen, aber nicht mich.« Dann richtete er seine schwarzen Iriden abermals auf mich. »Ich kann nicht von einem Avis erwarten, dass er die nötige Fähigkeit besitzt, die Gesetze von Liberantas zu verstehen, aber dass du einer Libercat und einem Inanis das Lieben beibringst, ist inakzeptabel.«

»Ich habe niemandem das Lieben beigebracht«, beharrte ich nun mit zittriger Stimme und erinnerte mich daran, dass ich das einst auch Awan hatte klarmachen wollen. »Man kann niemandem das Lieben beibringen.«

Odiums Züge verdunkelten sich noch einmal mehr, obwohl ich niemals angenommen hätte, dass das überhaupt möglich wäre. Doch die Farbe seiner Augen wurde zu einem Schwarz, das wie das Nichts aussah. Wie ein Strudel der Verdammnis wickelte es sich um meinen Verstand und drohte, alles mit sich zu reißen. Würde ich noch einen Moment länger hineinsehen, würde ich verschluckt werden, da war ich mir sehr sicher.

Nun erst bemerkte ich, dass ich Odium nicht widersprochen hatte, sondern fast schon zugegeben hatte, wirklich die Schuld daran zu haben, dass die beiden auf diese Weise fühlten. Noch schlimmer: Ich hatte indirekt zugegeben, dass sie überhaupt fühlten. Also fügte ich noch schnell hinzu: »Weder Light noch Awan lieben mich.«

»Light?«, donnerte Odium los, und Awan erhob sich, um sich vor mich zu stellen.

Ich war wahrhaftig die Dummheit in Person! Damit sollte ich ins Guinnessbuch der Rekorde eingetragen werden, oder ich schrieb direkt ein Buch mit dem Titel »How to noch weiter in die Scheiße reiten«.

»Wir sind hier, um sie zurückzubringen. Wie Ihr selbst hört, ist sie in der Aviswelt besser aufgehoben«, versuchte es Awan deutlich intelligenter weiter.

Odium lachte höhnisch auf. »Und du glaubst, ich würde sie einfach wieder nach Hause schicken? Nachdem sie alles über uns weiß und Liberantas erschüttert hat?«

Mit großen Augen blickte ich dem Wesen entgegen, das unser beider Leben in den Klauen hielt.

Er würde uns niemals gehen lassen.

Noch bevor mein Verstand diese Tatsache realisieren konnte, sprach er auch schon in unheilvollem Ton die dunkle Bestätigung aus. »Nein, Inanis. Ihr beide werdet diese Insel nicht verlassen.«

Kapitel 34

Manchmal erkennen wir erst am Ende des Weges den wahren Sinn unserer gemeinsamen Reise.

Wir werden sterben, echote es in meinem Kopf, und diese Erkenntnis drang schließlich bis in meine Adern, wo sie meinen Puls zum Beben brachte.

Auch ich erhob mich nun und drängte mich vor den Mann, den ich liebte. »Awan hat nichts falsch gemacht! Er hat lediglich dafür gesorgt, dass ich nicht zu viel Unordnung in diese Welt bringe. Mehr nicht!«

Wenn ich sterben musste, weil ich mich gegen jede Vernunft gestemmt und diese Welt durcheinandergebracht hatte, war das eine Sache. Aber ich würde nicht zulassen, dass Awan meinetwegen sterben würde. Niemals!

»Mehr nicht«, wiederholte Odium sarkastisch. »Deshalb stellt er sich nun zwischen dich und seinen Herrscher.«

Daraufhin duckte er sich wie zu einem Sprung und visierte mich mit entschlossenem Blick an.

Awan keuchte erschrocken auf, nahm meine Hand fest in seine, wirbelte mich herum und rannte los. So schnell uns unsere Beine trugen, huschten wir in der Hoffnung, dass er uns nicht erreichte, durch das dichte Dickicht und schlüpften zwischen den kleinen Felsvorsprüngen hindurch. Anfangs folgte ich Awan mehr oder weniger stolpernd, während er mich immer weiterzog. Als ich zur Seite blickte, sah ich, wie die Timeo auf den Moment gewartet hatten und sich schnell aus dem Bach schlängelten, um uns zu folgen.

»Ihr könnt mir nicht entkommen! Das hier ist meine Welt!«, hörte ich Odium hinter uns rufen, doch wir liefen einfach weiter.

Awan zog mich in blinder Furcht durch die schwarzen Blüten, die bei unserem stürmischen Zusammenprall wie Pusteblumen durch den Wind getragen wurden. Auch die funkelnden goldenen Partikel richteten sich gen Himmel und hinterließen so die perfekte Route für Odium, um uns zu folgen. Das schien Awan ebenfalls zu realisieren, denn er schlug sogleich einen anderen Weg ein, zwängte sich mit mir durch die großen Wurzeln hindurch und kletterte dann mit mir im Gepäck über mehrere Steinvorsprünge. Ohne darüber nachzudenken, sprang er von einem der großen schwarzen Felsen hinunter in einen der milchigen Bäche. Keuchend tauchte ich auf und machte sofort Awans Augen aus, die mich für einen Bruchteil einer Sekunde gesucht hatten. Schnell griff er nach meinem Arm, zog mich vor sich und schob mich mit Nachdruck aus dem Bach hinaus. Mein Herz schlug mir bis zum Hals, als er mich einen kleinen Pfad entlangführte, ehe er meine Hand abermals in seine nahm und seine Schritte beschleunigte. Immer schneller trug uns unsere Angst, bis wir unsere Erschöpfung völlig ausblendeten. Es ging hier um Leben und Tod, und wenn wir nicht schneller waren als diese Bestie, würde Letzteres unser Schicksal sein. Mir war klar, dass Odium mit uns spielte. Er gab uns einen

Vorsprung, um unsere Angst noch einmal anzuheizen und uns keinen schnellen Tod zu gewähren. Er war viel schneller, viel größer, viel mächtiger als wir. Und doch hielten wir uns an der kleinen Hoffnung fest, doch noch lebend aus dieser Situation zu entkommen, wenn wir nur all unsere Energie dareinsetzten zu fliehen. Aber meine Füße wurden mit den Minuten der Flucht langsam träge und ständig stolperte ich über Wurzeln und Gräser, während Awan ohne mich viel schneller gewesen wäre.

Nach den nächsten Wurzeln, die wir in Windeseile überqueren mussten, konnte ich schließlich das Tempo nicht länger halten, sodass sich mein Kreislauf langsam, aber sicher verabschiedete. Andauernd strauchelte ich, während mir vor meinen Augen bei jedem zweiten Schritt eine schwarze Wand erschien. Auch Awan schien meine Erschöpfung zu bemerken, denn er wurde langsamer und schob mich kraftvoll hinter einen massiven Baumstamm, der uns für wenige Minuten abschirmen konnte. Blitzschnell hockte er sich hin und zog mich mit sich. Noch bevor ich ihm entgegenbrüllen konnte, dass wir weitermussten, blies er alle Gedanken damit weg, dass er mein Gesicht in seine Hände nahm und mich bedauernd musterte. »Es tut mir so leid.« Seine weiche, tiefe Stimme war von einer tiefen Traurigkeit ummantelt, die sie deutlich rauer erscheinen ließ. In diesem Augenblick glaubte ich, ihn das erste Mal in einer solchen Klarheit zu sehen wie noch nie. Seine Gefühle, seine Gedanken, alles lag offen vor mir ausgebreitet. Die Verzweiflung, die in ihm wütete, übernahm ihn, machte ihn bewegungslos und hilflos, sodass er beinah aussah wie ein Kind, das ganz allein in dieser Welt überleben musste. Alles an diesem Anblick schrie danach, repariert zu werden. So, als würde man vor den Käfigen in einem Tierheim stehen, die zahlreichen Augen der einsamen Hunde anschauen und wissen, dass man sie nicht alle mitnehmen konnte. Es zerriss einem das Herz.

Am liebsten hätte ich in sein Gehirn geprügelt, dass nichts davon seine Schuld sei, doch unsere Zweisamkeit wurde durch eine leise Stimme durchbrochen, die nicht allzu weit von uns entfernt war. »Hier rüber!«

Als wir aufblickten, sahen wir Kian, der durch einen grausilbern schimmernden Nebel wie aus dem Nichts sichtbar wurde und uns hinter einem Felsvorsprung zuwinkte. Also entweder wurde ich langsam bekloppt oder Kian war zum Bruder von Magnus Bane mutiert. Awan und ich tauschten kurz ratlose Blicke aus, ehe wir uns wie automatisch erhoben und zu ihm rannten, ohne lange darüber nachzudenken. Vermutlich war das so ungefähr die risikoreichste Entscheidung nach dem Aufsuchen von Odium, die ich je in meinem Leben getroffen hatte, aber was hatten wir schon für eine Wahl? Würden wir hierbleiben, würde uns Odium früher, als uns lieb war, zwischen die Krallen bekommen.

»Du kannst dich unsichtbar machen?!«, zischte ich ihm zu, als wir uns vor ihn kauerten. Doch Kian ignorierte meine unpassende Frage.

»Hört zu. Ich gebe euch diese eine Chance zu fliehen«, murmelte Kian aufgeregt und reichte mir seine Hand. »Ich kann dich in die Aviswelt bringen.«

Woher kam dieser plötzliche Sinneswandel? Ich spürte, wie mein Overthinker-Hirn die Oberhand gewinnen wollte, um dieser Frage auf den Grund zu gehen, doch uns blieb keine Zeit, also übernahm Gott sei Dank das Panikhirn, um unseren Arsch zu retten.

»Und was ist mit Awan?«, fragte ich angsterfüllt, während ich Desperatis heulen hörte. Sie waren nicht mehr weit von uns entfernt, als wären sie das Omen, der Vorbote unseres Schicksals, das uns in wenigen Minuten ereilen würde. Die Todesangst war so unermesslich stark, dass ich keinen Funken Kraft daran verschwendete, sie unterdrücken zu wollen. Ich spürte sie in jeder

Faser meines Körpers wie einen Tornado, der mich mit sich in die Finsternis zog.

»Eure Gefühle werden euch verraten!«, brüllte Odium, während seine dunkle Stimme mich bis ins Mark erschütterte. Er war bereits viel zu nah!

Wir würden sterben, wir würden sterben, wir würden sterben!

Was war mit meiner Familie? Sie würden nie erfahren, was mit ihrer Tochter geschehen war! Sie würden glauben, ich hätte sie genauso verlassen, wie es mein Bruder getan hatte. Nie wieder würden sie ihren Frieden finden, sich immer fragen, womit sie das verdient hatten. Sie würden nie von mir hören, wie sehr ich sie liebte und brauchte und wie leid es mir tat, dass sie meinetwegen ein weiteres Mal diese schmerzhafte Gefühlswelt durchleben mussten.

Was war mit Awan? Die Welt brauchte ihn! Er durfte sie nicht verlassen! Nur er konnte Liberantas mit seiner Macht und seinem Mut, Empfindungen zuzulassen, zu einem besseren Ort machen. Fernab davon war er mit so vielen inneren Privilegien gesegnet, die nur darauf warteten, anderen Wesen und Menschen die Augen zu öffnen. So wie er es bei mir getan hatte. Ohne dass es ihm je bewusst sein würde.

Was war mit mir? Ich war doch endlich bereit, mich meiner Vergangenheit zu stellen und mir zu vergeben! Und jetzt sollte alles vorbei sein?

Kian schüttelte eisern den Kopf. »Awan ist Teil dieser Welt. Ich kann ihn nicht in die Aviswelt bringen. Und hier an diesem Ort kann er auch keine Feder opfern, um selbst zu gehen.«

Wir waren in einer verdammten Falle gelandet! Wie um alles in der Welt konnten wir so naiv sein und wirklich glauben, dass uns vergeben werden würde, obwohl wir gegen alles verstoßen hatten, was Liberantas heilig war? Andererseits, welche Optionen hatten wir? Wir konnten nicht mit unseren Empfindungen versteckt leben und so tun, als wäre nichts zwischen uns. Außerdem war ich nicht bereit, hier dauerhaft zu bleiben, während meine Eltern nach mir suchten. Es war die einzige Möglichkeit gewesen, Odium als Herrscher aufzusuchen und ihn um Gnade zu bitten. Auch wenn ich mir das Ende bereits hätte denken können, konnte ich mir gar nicht ausmalen, welch tiefe Enttäuschung gerade durch Awans Körper floss. Sein Herrscher, alles, woran er je geglaubt hatte, wollte ihn ohne jegliche Diskussion töten. Als hätte Odium Awans Kartenhaus, das er fein säuberlich aufgebaut und von dem er alle mühsam ferngehalten hatte, die es zum Einstürzen hätten bringen können, mit einem kurzen, präzisen Schlag ausgeknockt.

Kian holte mich aus meinen Gedanken und streckte ungeduldig seine raue Hand weiter in meine Richtung aus. »Du musst mir deine Hand geben und an deine schlimmste Erinnerung denken.«

Verzweifelt schaute ich zu Awan, der mich musterte, als hätte er bereits eine Entscheidung für uns beide getroffen, ohne dass ich ein Mitspracherecht hätte. Entschlossen nahm er mein Handgelenk und legte meine Hand in Kians. »Ich sorge dafür, dass du das Leben bekommst, das du verdienst, Elainy.«

»Nein!«, erwiderte ich verzweifelt und blickte auf die Tropfen des Regens, die sich einen Weg über seine Wangen bahnten. Wie konnte er annehmen, dass ich ihn hier einfach so zurücklassen würde?

Awan sah mich flehend an und strich mir meine nassen Strähnen zurück. »Du musst zurück in die Aviswelt! Bitte!«

»Ich lasse dich nicht allein!«, widersprach ich mit Tränen in den Augen. Mehrere Dolor hatten sich bereits um uns herum niedergelassen und würden uns sehr bald verraten, dessen war ich mir bewusst. Trotzdem schaffte ich es nicht, meine

Emotionen zu unterdrücken. Nicht hier. Nicht jetzt. Nicht unter diesen Umständen. »Er wird dich töten.«

Awan nahm mein Gesicht in seine Hände und schaute mich dabei eindringlich an. »Wenn du mich beschützen willst, dann musst du dich jetzt um dich kümmern und dich in Sicherheit bringen.«

»Du wirst sterben«, flüsterte ich schmerzerfüllt, während mein Körper von der Härte der Entscheidung überfordert war und zu zittern begann.

»Werde ich nicht. Ich verspreche es.«

»In Liberantas ist ein Versprechen viel wert«, wiederholte ich die Worte, die mir mehr als einmal eingetrichtert worden waren, und schluchzte.

Awan zog meinen Kopf zu sich heran und küsste meine Stirn. »Nein, es ist nicht diese Art Versprechen. Unser Versprechen geht über diese Welt hinaus und zählt für die Ewigkeit.« Dann ließ er mich los. »Du musst nun gehen. Leb wohl, kleiner Avis.«

Tränen rannen über meine Wangen, als ich das Beben spürte, das immer näher kam. Ich wusste, dass Awan seine Entscheidung getroffen hatte und ich ihn nur beschützen konnte, wenn ich ging. Es war die einzige Chance für ihn zu überleben. Seine einzige Option war zu flüchten, ohne dass er einen Klotz am Bein hatte, um den er sich sorgen musste. »Sag nicht ›leb wohl‹. ›Leb wohl‹ bedeutet ›nie wieder‹.«

Awan lächelte traurig. »Ich hatte recht«, raunte er. »Gefühle bedeuten Schmerz.«

Dann nahm er mein Gesicht abermals in seine Hände. In seinen braunen Augen spiegelten sich Tränen. »Aber sie sind es wert! Denn sie haben mir dich geschenkt.« Er zog die Augenbrauen zusammen und kniff kurz die Lippen zusammen. »Ich fühle mich plötzlich lebendig.« Dann strich er mir ein letztes Mal über die Wange. »Ich muss dich in Sicherheit wissen, kleiner Avis. Du bist mein Leben.«

Nach diesem Gelübde lief er los. Mein Herz brach in tausend Teile, als ich auf seinen Hinterkopf blickte, ehe er nach wenigen Sekunden aus meinem Blickfeld verschwunden war. Die Verlustangst, die sich nun in meinem Inneren ausbreitete, zerstörte jegliche Fröhlichkeit, die sich in den letzten Tagen angesammelt hatte, und wandelte sie in tiefen Schmerz um. Alles in mir schrie regelrecht danach, dem Leid ein Ende zu bereiten, mich von Odium finden zu lassen. Aber ein winziger, mickriger Teil wisperte mir leise zu, dass es nicht die richtige Entscheidung wäre, dass das alles hier nicht umsonst gewesen sein durfte.

Kian rüttelte mich forsch mit der freien Hand und schloss die Augen. »Du musst jetzt an deine schlimmste Erinnerung denken!«

Ich biss mir auf die Lippen, blendete für diesen Moment alles aus und durchlöcherte mein Gehirn. Es war klar, an welche Erinnerung ich denken musste, und sie mir noch mal vor Augen zu führen, würde mich vermutlich zu diesem Zeitpunkt ein zweites Mal entzweireißen. Doch ich würde einen Teufel tun und mich Odium überlassen! Ich würde nicht zulassen, dass sich Awan umsonst in Gefahr gebracht hatte, um mich dann einfach meinem Schicksal hinzugeben. Ich würde meine Eltern wiedersehen und ihnen ihre Sorgen nehmen!

Entschlossen atmete ich tief durch und rief mir die Erinnerung ins Gedächtnis, die ich vor Kian bereits am Anfang unserer Reise offengelegt hatte.

»Mama? Was ist los?«, flüsterte ich, während ich ihr tränenüberströmtes Gesicht musterte. Mein Papa hatte seines in den Händen vergraben und blickte nicht einmal auf, als ich ihm eine Hand auf die Schulter legte.

»Marty. Er … er hat uns einen Abschiedsbrief hinterlassen. Er ist fort. Wir haben schon die Polizei kontaktiert, aber wir haben den Brief erst eben gefunden … Marty ist bereits seit zwei Tagen weg, ich weiß einfach nicht …«, wimmerte meine Mama.

Mein Herz setzte einen Takt aus. »Einen Abschiedsbrief?«

Nun regte sich auch mein Papa und sah mich mit roten Augen an. »Wir glauben, dein Bruder hat sein Leben beendet.«

Als ich meine Augen öffnete und vor Schmerz schluchzte, blickte ich noch immer in das Gesicht von Kian, während ich Odiums Präsenz fast schon riechen konnte. »Es funktioniert nicht!«, rief ich verzweifelt.

Kian öffnete hysterisch die Augen und spähte hektisch über den Felsvorsprung. »Dann ist es nicht die richtige Erinnerung!«

»Aber mit der bin ich hierhergekommen!«, beharrte ich verzweifelt.

Der Clavis schien nun seine Panik nicht mehr vertuschen zu können. »Es gab eine noch schmerzhaftere, seit du hier bist!«

Ich ging in mich und durchlief ein letztes Mal die Zeit in Liberantas. Ich spielte die schönen Erinnerungen ab: Wie ich Light begegnet war, wie Awan mich das erste Mal berührt hatte, unser erster Kuss, unsere gemeinsame Nacht. Intensiv durchforstete ich die negativen: Die Auseinandersetzungen mit Dan, die Grenzüberschreitungen von Alec, die Konflikte mit Rena, die Furcht vor den Geschöpfen Liberantas', der Abschied von Light, der Anblick, wie Awan mich endgültig verließ.

Als ich merkte, dass nichts davon schlimmer war als die Erinnerung an Marty, ging ich mein Gedächtnis noch einmal im Schnelldurchlauf durch und blieb schließlich an einer Stelle hängen. Wie von selbst wanderte meine Hand zu meinem Ausschnitt und griff nach dem Foto, das mir Awan überbracht hatte. In Tränen gehüllt blickte ich in die Gesichter meiner Eltern und schloss schließlich gequält meine Augen, um die Erinnerung zuzulassen.

»Ich habe meine Familie vergessen«, flüsterte ich schmerzverzerrt und ließ meinen Tränen freien Lauf. »Ich habe einfach das Wichtigste in meinem Leben vergessen! Und damit auch mich selbst.«

Als ich wieder auf den Bildschirm schaute, wurde er schwarz.

»Nein!«, schrie ich verzweifelt. »Nein, nein, nein!« Immer wieder tippte ich vergebens auf den Bildschirm und schlug schließlich meine Stirn dagegen. Ich schmiss in meinem Frust das Handy in den Abgrund und schlang meine Arme um meinen Oberkörper.

Einsam. Vergessen. Verraten.

Und ab diesem Zeitpunkt wurde mir klar, was mich wirklich am meisten ängstigte: meine Familie zu vergessen. Zu vergessen, dass es Marty tatsächlich gegeben hatte. Ihn dadurch wahrhaftig sterben zu lassen. Zu vergessen, wer ich war. Warum ich so geworden war, was mich geprägt hatte, wie es mich hatte fühlen lassen.

Meine Vergangenheit machte mich nicht stärker oder schwächer. Ich allein hatte die Macht, darüber zu entscheiden, ob ich mich der Dunkelheit hingab oder mich von ihr befreite und all die Negativität als Erfahrung für mein weiteres Leben bestätigte. Mehr als zuvor erkannte ich, dass ich nur frei sein konnte, wenn ich mich dem Schmerz stellte und ihn nicht tief in mir verdrängte.

Und so versuchte ich, diese Erinnerung zu manifestieren und sie mir noch einmal vor Augen zu rufen, bekämpfte das Leid nicht, das damit einherging, sah die Macht, es zu spüren, als Privileg an und akzeptierte den Druck auf meinen Lungen, die nach Luft ächzten, als würden sie zahlreiche Tritte kassieren. Mein Herz brach ein zweites Mal, doch ich begrüßte den Schmerz und ließ mich davon leiten und treiben, schwamm nicht dagegen an. Diesmal würde ich mutig sein. Diesmal würde ich anfangen zu leben, indem ich den innerlichen Tod überwand.

Ein Windstoß fuhr durch meine Haare, sodass ich blitzschnell erschrocken die Augen aufriss. Ich blinzelte mehrmals, um mich an die Umgebung zu gewöhnen und alles um mich herum zu fokussieren. Wie in Gottes Namen war das möglich? Kurz musste ich mich sammeln und realisieren, dass das gerade wahrhaftig geschehen war. Mit weit geöffneten Augen blickte ich an eine helle Decke, die durch kleine Muster fast hypnotisierend wirkte. Schlagartig richtete ich mich auf und sah mich ungläubig um. Das. Konnte. Nicht. Wahr. Sein. Zahlreiche Notizen auf einem großen, massiven Holztisch, ein weiches Sofa, auf dem ich saß, Bilder an der Wand, die mich an Urlaub erinnerten, ein kleiner Schreibtischstuhl, dessen Lehne bereits von dem ganzen Verschleiß verfärbt war. Diesen Raum kannte ich zu gut, hatte ich ihn doch so oft schon zu Therapiesitzungen betreten müssen.

Ich war allein.

Allein in der Aviswelt.

Tränen rannen mir unaufhaltsam die Wangen hinunter, ehe ich die kleine Stofftasche neben meinem Körper in die Arme schloss und mich daran festhielt, als würde ich andernfalls an meiner plötzlichen Einsamkeit zerbrechen. Ich sollte glücklich sein, froh darüber, dass ich wieder in meiner Welt angekommen war, die mich nicht mit ihren buntesten Farben lockte, um ihre Hässlichkeit zu verbergen. Es war ein Wunder, dass ich überhaupt noch lebte! Vor allem aber sollte ich mich freuen, meine Eltern wieder in die Arme zu schließen, ihnen all ihre Ängste über mein plötzliches Verschwinden nehmen zu können. Doch nun, in diesem Moment, überdeckte lediglich ein dunkler Gedanke dieses Hochgefühl und wollte mit aller Macht gespürt werden: Trotz all meiner Erkenntnisse und all meiner Willenskraft, die ich wiedergewonnen hatte, war etwas eingetreten, das ich erst jetzt in dem sanften Nebel meiner Empfindungen erkannte: Ich hatte mich heute verloren, indem ich mich gefunden hatte.

Ein Schluchzen entfuhr mir, sodass ich mir die Hand vor den Mund schlug, als könnte ich auf diese Weise meine Trauer aufhalten. Ich dachte an Awan. Dachte daran, dass er jetzt in diesem Moment in Gefahr schweben könnte, vielleicht sogar bereits tot … Nein!

Ich vermied den Gedanken an sein blasses, leeres Gesicht, das auf dem farbenfrohen Boden von Liberantas noch kontrastreicher auffallen würde. Awan würde es schaffen. Und dann käme er zu mir zurück und wir würden einen Weg finden, um zusammen sein zu können. Meine Hoffnung schmiss mir eine Lüge nach der anderen an den Kopf, nur damit ich nicht der Wahrheit ins Auge blicken musste.

Vor einigen Tagen hatte ich eine neue Welt betreten, die mir meine große Liebe geschenkt hatte, obwohl genau diese so strikt verboten war. Mir wurde das Privileg zuteil, geliebt zu werden. Zugleich musste ich lernen, dass Liebe allein nicht ausreichte und Schmerz auch bei der richtigen Person ein Begleiter sein würde.

Ich musste mir nun die Frage stellen: War es den Schmerz wert?

Glossar

Liberantas: Welt, fernab der Erde, in der Liebe verboten ist

Avis: Mensch
Aviswelt: Unsere Erde

Anima: Mensch, der sich entschieden hat, in Liberantas zu bleiben. Ihm ist es verboten zu lieben.

Inanis: Menschenähnliche Männer und Frauen mit Flügeln und schwarzen Augen, die für den Frieden in Liberantas verantwortlich sind. Ihnen ist es verboten zu lieben, sie empfinden jedoch alle anderen Emotionen.

Odium: Herrscher von Liberantas
Domo-Berg: Sammelstelle der Inanis

Libercats: Katzen mit Flügeln, die in Liberantas leben

Sola: Geschöpfe, die von Einsamkeit angezogen werden
Furorem: Geschöpfe, die von Wut angezogen werden
Desperatis: Geschöpfe, die von Verzweiflung angezogen werden

Fortuna: Geschöpfe, die von Glück angezogen werden
Timeo: Geschöpfe, die von Angst angezogen werden
Dolor: Geschöpfe, die von Trauer angezogen werden

Confido: Geschöpfe, die den Weg weisen sollen

Clavis: Kian Michaels, der Liberantas und die Aviswelt vereint

Danksagung

Danksagungen fühlen sich für mich immer nach Loslassen an. Ich blicke auf die bisherige Reise meines Buches zurück und gebe es nun an die Leser und Leserinnen ab, damit sie Teil dieser Reise werden können. Nicht jedes Loslassen ist also schmerzhaft. Manchmal ist es auch die Tür zur Freude, nach der man ewig gesucht hat.

Um zu dieser Tür zu gelangen, hatte ich viel Unterstützung. Nichts davon ist selbstverständlich. Alles davon trägt meine pure Dankbarkeit.

Ich danke Eva, die an meine Geschichte geglaubt und ein Zuhause dafür gefunden hat. Danke für all die lieben Gespräche!

Ich danke Christine, die mir immer bei Fragen zur Seite stand und mir auf Anhieb das Gefühl gegeben hat, mit nichts allein gelassen zu werden.

Ich danke Ute, Gaby und Claudia, die meine Geschichte so viel besser gemacht haben. Ihr seid literarische Heldinnen, ganz klar!

Ich danke meinen Testleserinnen Sophie, Lena und Becca, die meine Geschichte feinfühlig gelesen und mich wie selbstverständlich unterstützt haben. Ihr habt mir die Angst genommen, unfertige Manuskripte zum Lesen herauszugeben.

Ich danke Vicky, die sich immer für mich freut und mir zuhört, wann immer ich zweifle.

Ich danke meiner Familie, die mir so viel Liebe entgegenbringt, dass ich all das Vergangene überleben konnte. Ihr wart und seid immer da. Vor allem in meinem Herzen.

Ich danke Mari, der mich immer mit seinen unsichtbaren Flügeln einholen und auffangen wird, wenn ich falle.

Und ich danke mir. Ich danke mir, dass ich nicht aufgegeben habe.

Folge der Autorin auf Amazon

Wenn dir dieses Buch gefallen hat, folge Larissa Braun auf Amazon. Dann erhältst du eine Benachrichtigung, wenn die Autorin ihr nächstes Buch veröffentlicht. Um der Autorin zu folgen, gehe bitte folgendermaßen vor:

Desktop:

1) Suche auf Amazon.de oder in der Amazon App nach dem Namen der Autorin.
2) Klicke auf den Namen der Autorin, um auf die Autorenseite zu gelangen.
3) Klicke auf den »Folgen«-Button.

Smartphone und Tablet:

1) Suche auf Amazon.de oder in der Amazon App nach dem Namen der Autorin.
2) Klicke auf einen Titel der Autorin.
3) Klicke auf den Namen der Autorin, um auf die Autorenseite zu gelangen.
4) Klicke auf den »Folgen«-Button.

Kindle eReader und Kindle App:

Wenn du dieses Buch auf einem Kindle eReader oder in der Kindle App liest, wird dir automatisch angeboten, der Autorin zu folgen, nachdem du die letzte Seite des Buches gelesen hast.